MARIA EDGEWORTH
Belinda

Die junge Landadlige Belinda Portman soll im Jahre 1800 in die feine Gesellschaft Londons eingeführt werden, um eine gute Partie zu machen. Doch bald merkt sie, dass ihre Gastgeberin Lady Delacour, eine vergnügungssüchtige und kapriziöse Dame, keine geeignete Mentorin ist. Sie muss also lernen, sich im turbulenten Gesellschaftsleben selbst zurechtzufinden. Dabei verliebt sie sich in Clarence Hervey, einen Freund Lady Delacours, der jedoch anderweitig versprochen ist …

Maria Edgeworths zweiter Roman, erschienen 1801, zeichnet ein sowohl humorvolles als auch einfühlsames Portrait der englischen Gesellschaft und enthält einige Überraschungen für damalige wie heutige Leserinnen und Leser. Edgeworth wurde damit zum literarischen Vorbild von Jane Austen, Sir Walter Scott und vielen anderen.

MARIA EDGEWORTH

Belinda

Aus dem Englischen übersetzt
von Gerlinde Völker

Mit einem Nachwort
von Katrin Berndt

RECLAM

Belinda

Eine Klugheit, nie betrügend, nie betrogen,
Die nicht zu wenig, nicht zu viel erwogen,
Verschmäht den Argwohn, feig und ungerecht,
Und ohne Schwäche bleibt sie wahr und echt.

LORD LYTTELTON,
»Monody on his Wife«[1]

Anzeige

Jeder Autor hat das Recht, sein Werk so zu bezeichnen, wie er es für passend hält. Die Öffentlichkeit hat ebenso das Recht, die Klassifikation, die man ihr an die Hand gibt, zu akzeptieren oder abzulehnen.

Das folgende Werk wird der Öffentlichkeit als eine moralische Erzählung[1] präsentiert – die Autorin möchte nämlich nicht, dass man sie als Roman ansieht. Wären nun alle Romane wie die von Madame de Crousaz, Mrs Inchbald, Miss Burney oder Dr. Moore,[2] so würde sie die Bezeichnung mit größtem Vergnügen übernehmen. Aber so viel Dummheit, so viele Irrtümer und so viel Lasterhaftes werden mit Büchern dieses Namens unter die Menschen gebracht, dass man nur hoffen kann, der Wunsch, einen anderen Titel zu finden, möge Gefühlen zugeschrieben werden, die löblich und nicht kleingeistig sind.

20. April 1801.

Band I

Kapitel I
Charaktere

Mrs Stanhope, einer Frau von Stand und mit besonders guten Kenntnissen in dem Wissensbereich, den man die Kunst des Aufstiegs in der Welt nennen könnte, war es gelungen, sich mit einem recht kleinen Vermögen in den ersten Kreisen der Gesellschaft zu etablieren. Sie war überaus stolz darauf, ein halbes Dutzend Nichten in besonders glückliche Positionen gebracht zu haben, das heißt, sie mit Männern verheiratet zu haben, deren Vermögen weit über dem lag, was den jungen Damen zur Verfügung stand. Eine ihrer Nichten war allerdings noch unverheiratet – Belinda Portman –, und Mrs Stanhope war fest entschlossen, auch diese so schnell wie nur möglich an den Mann zu bringen. Belinda war gutaussehend, elegant, munter und überaus wohlerzogen, und ihre Tante hatte sich immer bemüht, ihr beizubringen, dass es der Hauptehrgeiz einer jungen Dame sein sollte, in der Gesellschaft zu gefallen, und dass sie alle ihre Reize und Fähigkeiten einem großen Ziel allein unterzuordnen habe, nämlich dem, eine Position in der ersten Gesellschaft zu erlangen.

»Dazu geschult ward Hand und Aug' und Mund
So wird Erziehung wirklich rund.«[1]

Mrs Stanhope fand in Belinda keine so brave Schülerin wie in ihren anderen Nichten, denn diese war hauptsächlich auf dem Lande erzogen worden; sie hatte schon früh im Leben Geschmack an häuslichen Freuden gefunden; sie las sehr gerne und ließ sich eher von Prinzipien wie Klugheit und Integrität leiten. Immerhin bestand durchaus die Möglichkeit, ihren Charakter durch äußere Umstände noch weiterzuentwickeln.

Mrs Stanhope lebte in Bath, wo sich genügend Gelegenheiten ergaben, ihre Nichte vorzuführen, und zwar, wie sie fand, durchaus zu deren Vorteil, aber als ihre Gesundheit nachzulassen begann, konnte sie nicht mehr so oft mit ihr ausgehen, wie sie es gewünscht hätte. Nach einigen Manövern, die ihre sonstige Kunst noch übertrafen, gelang es ihr, Belinda für die laufende Saison in die Obhut der in der gehobenen Gesellschaft so berühmten Lady Delacour zu geben. Ihre Ladyschaft war so angetan von Miss Portmans Talent und ihrer natürlichen Lebhaftigkeit, dass sie sie einlud, den Winter mit ihr in London zu verbringen. Kurz nach ihrer Ankunft in der Hauptstadt erhielt Belinda folgenden Brief von ihrer Tante Mrs Stanhope.

Crescent, Bath
Nachdem sie jeden Ort durchsucht hatte, der mir einfiel, hat Anne dein Armband in deinem Frisiertisch gefunden, zwischen einem Berg merkwürdiger Dinge, die du zum Wegwerfen dagelassen hattest: Ich habe es dir über einen jungen Gentleman zugesandt, der (unglücklicherweise) genau an dem Tag in Bath ankam, als du weggefahren bist, Mr Clarence Hervey, ein Bekannter und großer Bewunderer von Lady Delacour. Er ist wirklich ein ungewöhnlich angenehmer junger Mann, hat gute Verbindungen und ein beträchtliches eigenes Vermögen. Darüber hinaus ist er sehr geistreich und galant, ein wahrer Kenner weiblicher Eleganz und Schönheit – genau der Mann, der ein neues Gesicht in Mode bringen könnte: Also, meine liebe Belinda, ich betone es – sorge dafür, dass du dich vorteilhaft präsentierst, wenn er dir vorgestellt wird, und denke daran, dass niemand – wie ich es dir so oft gesagt habe – einen guten Eindruck machen kann, wenn er sich nicht bemüht zu gefallen.

Ich sehe – oder habe zumindest, als meine Gesundheit es mir noch erlaubte, öfter auszugehen, gesehen, wie eine Unmenge dummer Mädchen, die doch anscheinend alle ganz ähnliche Startchancen hatten, Tag für Tag und Jahr für Jahr öffentliche Orte besuchten und dabei an nichts weiter dachten, als sich zu amüsieren und flüchtige Bewunderung einzuheimsen. Wie habe ich diese frivolen Geschöpfe bemitleidet und verachtet, während ich beobachtete, wie sie ihr lächerliches Theater aufführten, miteinander in der *offensichtlichsten* und damit lächerlichsten Weise wetteiferten und sich so genau vor den Männern zum Narren gemacht haben, die sie doch umgarnen wollten: schwatzend, kichernd und flirtend; nur an den Moment denkend und nie an die Zukunft; gänzlich damit zufrieden, einen Partner für den Ball gefunden zu haben, ohne an einen Partner fürs Leben zu denken! Ich habe mich oft gefragt, was aus solchen Mädchen werden soll, wenn sie einmal alt werden oder hässlich oder wenn das Auge der Öffentlichkeit sich an ihnen sattgesehen hat? Wenn sie ein großes Vermögen haben, ist ja alles schön und gut. Dann können sie sich natürlich eine Saison oder zwei unbesorgt dem Vergnügen hingeben. Denn sicherlich werden dann nicht nur unseriöse Galane ihre Bekanntschaft suchen und ihnen nachlaufen, sondern auch Männer mit angemessener Einstellung und den richtigen Absichten. Nichts jedoch kann meiner Meinung nach erbärmlicher sein, als wenn ein armes Mädchen, das nicht nur die Zinsen, sondern auch das Grundkapital seines kleinen Vermögens in Kleidung und frivole Extravaganz investiert hat, dann in seinen Heiratserwartungen enttäuscht wird (was bei vielen geschieht, weil sie einfach nicht rechtzeitig mit ihren Spekulationen beginnen). Am Ende steht sie mit fünf- oder sechsunddreißig Jahren da und fällt ihren Freunden zur Last, mittellos, ohne jede Möglichkeit, sich unabhängig zu machen (denn die Mädchen, von denen ich rede, denken nie daran, Kartenspiele zu *erlernen*), *de trop*[2] in den ersten Kreisen und doch darauf angewiesen, sich an ihre Bekannten zu halten, die das Mädchen ins Jenseits wünschen, weil es nicht in der Lage ist, gesellschaftliche Höflichkeiten so zu erwidern, wie es sich *gehört*, da es kein Zuhause hat, ich meine: kein Etablissement, kein Haus und nichts dergleichen, was für den Empfang einer Gesellschaft von Rang geeignet wäre. – Meine liebe Belinda, möge das niemals für dich zutreffen! – Du hast jeden nur denkbaren Vorteil, mein liebes Kind: An deiner Erziehung wurde in nichts gespart und (hier kommen wir zu dem wesentlichen Punkt) ich habe Sorge dafür getragen, dass dies bekannt wurde – so dass dir auch der *Ruf* vorauseilt, vortrefflich erzogen worden zu sein. Du wirst auch den Ruf genießen, der neuesten Mode zu entsprechen, wenn du dich oft in der Öffentlichkeit sehen lässt, was du ja mit Lady Delacour wohl tun wirst. Dein eigener gesunder Menschenverstand muss dir vor Augen führen, meine Liebe, dass es angesichts der Position ihrer Ladyschaft und ihrer Kenntnis der Welt immer richtig sein wird, wenn sie, ganz gleich zu welchem Gesprächsthema, eine Richtung vorgibt und du ihr folgst. Es wäre sehr unpassend, wenn ein junges Mädchen wie du sich erlaubte, in irgendeine Art von Wettbewerb mit Lady Delacour zu treten, deren hoher Anspruch an Geist und Schönheit *unbestreitbar* ist. Ich brauche dir zu diesem Thema nichts weiter zu sagen, meine Liebe. Sogar mit deiner kärglichen Erfahrung musst du beobachtet haben, wie dumme junge Leute gerade diejenigen verletzen, die für ihr Weiterkommen besonders wichtig sind, indem sie sich unvorsichtigerweise von der eigenen Eitelkeit leiten lassen.

Lady Delacour hat einen unvergleichlichen Geschmack, was Kleidung angeht: Frage sie um Rat, meine Liebe, und lass dich nicht durch unkluge Sparsamkeit dazu verleiten, meinen Rat zu missachten – apropos, ich habe nichts dagegen, dass du bei Hofe vorgestellt wirst. Du bekommst natürlich Kredit bei allen Geschäftsleuten, bei denen Ihre Ladyschaft kauft, wenn du es richtig anstellst. Zu wissen, wie und wann man sein Geld einsetzt, ist überaus löblich, denn in einigen Situationen schließen die Menschen auf das, was man sich leisten kann, von dem, was man tatsächlich ausgibt. – Ich wüsste nicht, dass irgendein Gesetz eine junge Dame dazu verpflichtet, zu verraten, wie alt sie ist oder wie groß ihr Vermögen ist. Aber du hast ja in beiden Punkten noch keinen Grund zur Sorge.

Ich habe meinen alten Teppich mit einem hübschen grünen Friesstoff abgedeckt und stelle fest, dass jeder Fremde, der mich besucht, selbstverständlich glaubt, dass ich einen kostbaren Teppich darunter habe. Sage von meiner Seite Lady Delacour alles, was sich schickt, und bitte in liebenswürdigster Manier.

Adieu, meine liebe Belinda,
Deine sehr ergebene
SELINA STANHOPE

Es ist manchmal ein Glücksfall, dass die Mittel, die man einsetzt, um bestimmte Veründungen im Denken anderer Menschen zu erreichen, genau den gegenteiligen Effekt haben. Mrs Stanhopes ständige Sorge wegen des Aussehens ihrer Nichte, wegen ihres Verhaltens und ihrer Stellung in der Gesellschaft hatten Belindas Geduld vollkommen erschöpft. Sie war unempfänglicher für ein Lob ihrer persönlichen Reize und Fähigkeiten geworden, als es junge Frauen ihres Alters normalerweise sind, gerade weil ihr von ihrer Tante, die so gerne junge Leute verkuppelte, so oft geschmeichelt worden war und sie so oft von ihr *präsentiert* worden war, wie man das nennt. Und doch liebte Belinda gesellschaftliche Vergnügungen und hatte einige Vorurteile von Mrs Stanhope in Bezug auf Rang und Mode übernommen. Ihre Freude an der Literatur nahm ab, je mehr sie sich in der eleganten Gesellschaft bewegte, da sie in diesen Kreisen überhaupt keine Verwendung für das Wissen fand, das sie sich angeeignet hatte. Man hatte sie nie dazu angeleitet, ihren Geist im Denken zu üben; sie war alles in allem eher eine Marionette in den Händen anderer gewesen. Ihrer Tante hatte sie bisher aus reiner Gewohnheit uneingeschränkten und blinden Gehorsam entgegengebracht. Aber sie war weniger intrigant und zeigte weniger affektiertes und kokettes Verhalten, als man nach der Ausbildung hätte erwarten können, die ihre Tante ihr hatte angedeihen lassen. Sie war begeistert von der Idee, Lady Delacour besuchen zu dürfen, die sie sehr angenehm fand – nein, das war ein zu schwacher Ausdruck –, die sie für die faszinierendste Person hielt, die ihr je begegnet war. Das war die Ansicht, die nicht nur Belinda, sondern die ganze Welt von Lady Delacour hatte – das heißt, die Welt der feinen Gesellschaft, und eine andere kannte sie nicht. – Die Zeitungen waren voll von Lady Delacours Partys und Lady Delacours Kleidern und Lady Delacours Bonmots. Was auch immer ihre Ladyschaft sagte, wurde als sehr geistreich wiederholt, was auch immer sie trug, wurde als Gipfel des Modischen imitiert. Der Geist einer Frau hängt ja manchmal von der Schönheit seiner Besitzerin ab, und die Herrschaft der Schönheit ist von sprichwörtlich kurzer Dauer; auch die Mode lässt ihre Lieblinge manchmal ganz kapriziös im Stich, noch bevor die Natur die Reize ihrer Schönheit verblühen lässt. Lady Delacour schien die glückliche Ausnahme von diesen allgemeinen Regeln zu sein: Obwohl sie längst die Blüte ihrer Jugend überschritten hatte, wurde sie noch als *bel esprit*[3] bewundert, und obwohl sie längst keine Neuigkeit für die feine Gesellschaft mehr darstellte, machten ihr noch alle, die als lebensfroh, geistreich und galant galten, ihre Aufwartung. In der Öffentlichkeit mit Lady Delacour gesehen zu werden, ein Gast in ihrem Hause zu sein, waren Privilegien, nach denen viele mit großem Ehrgeiz strebten, und Belinda Portman wurde beglückwünscht und beneidet von all ihren Bekannten, weil sie in ihr Haus eingeladen worden war. Wie sollte sie sich also nicht für überaus glücklich halten?

Kurze Zeit nach ihrer Ankunft bei Lady Delacour begann Belinda jedoch durch den dünnen Schleier zu blicken, mit dem gute Manieren häusliches Elend bedecken. – In Gesellschaft und daheim war Lady Delacour zwei ganz verschiedene Personen. In

Gesellschaft schien sie ganz Leben, Geist und gute Laune zu sein – daheim war sie lustlos, verdrießlich und melancholisch. Sie war wie eine verwöhnte Schauspielerin, die die Bühne verlassen hatte, überreizt vom Applaus und erschöpft von den Mühen, eine fiktive Figur darzustellen. – Wenn ihr Haus mit gutgekleideten Menschen gefüllt war, mit dem Glanz der vielen Lichter und dem Klang von Musik und Tanz, wandelte sich auch Lady Delacours Charakter, und sie spielte die Rolle der Gastgeberin, war die Seele und der Mittelpunkt von Vergnügen und Frohsinn. Aber in dem Moment, in dem die Gesellschaft nach Hause ging, die Musik verstummte und die Lichter gelöscht wurden, verflog der Zauber.

Sie ging manchmal in dem leeren, prachtvollen Salon auf und ab, in Gedanken versunken, die anscheinend überaus schmerzlicher Natur waren.

In den ersten Tagen nach ihrer Ankunft in der Hauptstadt hörte Belinda nichts von Lord Delacour, seine Frau sprach nie von ihm außer einmal, rein zufällig, als sie Miss Portman das Haus zeigte und sagte: »Öffnen Sie die Tür nicht – das sind nur Lord Delacours Räumlichkeiten.« – Das erste Mal, als Belinda Seine Lordschaft sah, lag er sturzbetrunken in den Armen zweier Lakaien, die ihn die Treppe hinauf in sein Schlafzimmer trugen. Seine Gattin, die soeben aus den Ranelagh Gardens zurückgekehrt war, ging auf dem Treppenabsatz mit dem Ausdruck herrschaftlicher Verachtung an ihm vorbei.

»Was ist denn das? – Wer ist das?«, sagte Belinda.

»Nur der Körper von Lord Delacour«, sagte ihre Ladyschaft, »man hat ihn im falschen Treppenhaus hochgetragen. Nehmen Sie ihn wieder mit nach unten, meine guten Freunde, lassen Sie seine Lordschaft *seinen eigenen Weg* gehen. Schauen Sie nicht so entsetzt und erstaunt drein, Belinda – das wirkt so *kindlich,* so unbedarft, Mädchen. Dass der Intellekt meines Gatten so zu Grabe getragen wird, ist für mich eine nächtliche, oder«, fügte ihre Ladyschaft hinzu, schaute auf ihre Uhr und gähnte, »ich fürchte, ich sollte sagen, tägliche Zeremonie – sechs Uhr, also wirklich!«

Am nächsten Morgen, als ihre Ladyschaft und Miss Portman nach einem sehr späten Frühstück noch am Tisch saßen, betrat Lord Delacour den Raum.

»Lord Delacour im nüchternen Zustand, meine Liebe«, sagte ihre Ladyschaft an Miss Portman gewandt, um ihn ihr vorzustellen. Da sie das Vorurteil ihrer Ladyschaft übernommen hatte, dachte Belinda, Lord Delacour wäre wohl auch nüchtern nicht angenehmer oder vernünftiger als Lord Delacour im betrunkenen Zustand. Seine verhärmten und doch aufgedunsenen Gesichtszüge drückten mürrische Unzufriedenheit und tief verwurzelte Verbohrtheit aus. »Für wie alt halten Sie den Lord?«, flüsterte ihre Ladyschaft, als sie sah, wie Belindas Augen die zitternde Hand verfolgten, mit der er seine Teetasse zu den Lippen führte. »Ich biete Ihnen eine Wette an«, fuhr sie laut fort, »ich wette um ein Kleid für den Geburtstagsball des Königs, samt Goldfransen und Lorbeerkränzen, dass Sie nicht richtig raten.«

»Ich hoffe, Sie glauben nicht, dass Sie zu diesem Ball gehen können, Lady Delacour?«, sagte seine Lordschaft.

»Sie dürfen sechsmal raten und ich wette, Sie schaffen es nicht, auf sechzehn Jahre an das richtige Datum heranzukommen«, fuhr ihre Ladyschaft fort und sah dabei immer noch Belinda an.

»Sie können den neuen Wagen, den Sie bestellt haben, nicht bekommen«, sagte seine Lordschaft. »Wollen Sie mir wohl die Ehre erweisen, mir zuzuhören, Lady Delacour?«

»Dann wollen Sie also nicht versuchen zu raten, Belinda«, sagte ihre Ladyschaft (ohne auch nur im mindesten auf ihren Gatten einzugehen). – »Nun, wahrscheinlich haben Sie recht – denn mit Sicherheit hätten Sie gedacht, er sei sechsundsechzig, statt sechsunddreißig, aber er kann mehr trinken als jedes zweibeinige Tier im Reich seiner Majestät, und Sie wissen, dass das einen Vorteil von zwanzig oder dreißig Jahren im Leben eines

Mannes ausmacht – besonders für Leute, die sonst keine Möglichkeit haben, sich in irgendetwas hervorzutun.«

»Wenn manche Leute sich ein klein bisschen weniger in der Welt hervorgetan hätten«, erwiderte seine Lordschaft, »wäre das auch ganz gut gewesen!«

»Ganz gut! – Wie platt!«

»Platterweise muss ich Sie also darüber informieren, Lady Delacour, dass ich es weder dulde, dass man mir widerspricht noch dass ich verlacht werde – Sie verstehen mich hoffentlich, es wäre ganz gut, wenn Sie, Lady Delacour, platt oder nicht platt, sich mehr um Ihr eigenes Verhalten kümmern würden als um andere!«

»Als *das* von anderen – meint seine Lordschaft, wenn er überhaupt irgendetwas meint. Apropos, Belinda, sagten Sie nicht, dass Clarence Hervey in die Stadt kommt? – Sie haben ihn noch nie gesehen? – Nun, dann werde ich ihn Ihnen einmal mit lauter Negativa beschreiben. Er ist *nicht* der Mann, der jemals irgendetwas *Plattes* von sich gibt – Er ist *kein* Mann, der mit einem halben Dutzend Flaschen Champagner geölt werden muss, bevor er sich *in Gang setzt*. Er ist *kein* Mann, der, wenn er einmal geht, falsch geht und sich nicht korrigieren lassen will – er ist *kein* Mann, dessen gesamte Bedeutung im Leben, wenn er verheiratet wäre, von seiner Frau abhinge. Er ist *kein* Mann, der, wenn er verheiratet wäre, solche Angst hätte, von seiner Frau beherrscht zu werden, dass er zum Spieler, Jockey oder Trinker würde, einzig und allein um zu beweisen, dass er sich selbst beherrscht.«

»Nur weiter so, Lady Delacour«, sagte seine Lordschaft, der während der ganzen Dauer dieser Rede, einer Rede, die mit dem lebhaftesten Bedürfnis zu provozieren vorgetragen wurde, ohne Erfolg versucht hatte, einen Löffel auf dem Rand seiner Teetasse zu balancieren – »Nur weiter so, Lady Delacour – alles, was ich will, ist, dass Sie weitermachen – Clarence Hervey wird es Ihnen danken und ich natürlich auch – weiter so, Lady Delacour, weiter so, Sie tun mir den größten Gefallen.«

»Ich werde Ihnen niemals einen Gefallen tun, mein Herr, darauf können Sie sich verlassen«, rief ihre Ladyschaft voller Verachtung.

Seine Lordschaft pfiff, klingelte, damit man seine Pferde anschirren ließ, und betrachtete seine Fingernägel mit einem Lächeln. Belinda erhob sich und wollte schockiert und verwirrt den Raum verlassen, da sie fürchtete, dass sich dieser grobe Dialog zwischen den Eheleuten noch weiterentwickeln könnte.

»Mr Hervey, Milady«, sagte ein Lakai und öffnete die Tür, und kaum war der Gast angekündigt, da kam ihm ihre Ladyschaft auch schon mit einem Ausdruck ungezwungener Vertrautheit entgegen – »Wo haben Sie sich nur all die Zeit vergraben, Hervey?«, rief sie und begrüßte ihn mit Handschlag. »Es ist ganz und gar unmöglich, in dieser dümmsten aller Welten ohne Sie zu leben, Mr Hervey – Miss Portman – aber schauen Sie nicht drein, als seien Sie noch halb im Schlaf, mein Guter – Was war Ihr Traum, Clarence? – Warum sieht Euer Gnaden heute so sorgenschwer aus?«

»Oh, ich habe eine erbärmliche Nacht hinter mir«, erwiderte Clarence, indem er sich in Schauspielerpose warf und wie auf einer großen Bühne mit erhobener Stimme deklamierte.

»Was war das für ein Traum, Milord? Ich bitte Euch,
sagt es mir«,

sagte ihre Ladyschaft in ähnlichem Ton. Clarence fuhr fort:

»Gott! Gott! Wie schmerzvolll es mir schien zu tanzen;
was für ein schrecklicher Lärm der Geigen in den Ohren!
Wie scheußlich doch die *belles* vor meinen Augen!
  Dann kam ein Schatten
wie ein Engel vorbeigewandert, mit rotem Haar,
besetzt mit Blumen, und sie kreischte laut:
›Clarence ist gekommen, der falsche, wankelmütige,
meineidige Clarence‹!«[4]

»Oh, Mrs Luttridge, wie sie leibt und lebt!«, rief Lady Delacour. »Ich weiß jetzt, wo Sie waren, und Sie haben mein vollstes Mitgefühl. – Aber setzen Sie sich doch«, sagte sie und machte für ihn auf dem Sofa Platz zwischen sich und Belinda – »Setzen Sie sich und erzählen Sie mir, was Sie zu dieser grässlichen Mrs Luttridge gebracht haben kann.«

Mr Hervey warf sich auf das Sofa, Lord Delacour pfiff weiter vor sich hin und verließ den Raum, ohne eine Silbe gesagt zu haben.

»Aber mein Traum hat mich dazu verleitet, mich ganz merkwürdig selbst zu vergessen«, sagte Mr Hervey, wandte sich an Belinda und zog ihr Armband hervor. »Mrs Stanhope versprach mir, dass man mich, wenn ich es sicher ablieferte, mit der Ehre belohnen würde, es dem zarten Arm seiner Besitzerin anlegen zu dürfen.« Die Konversation wandte sich nun den Versprechen von Damen zu – modischen Armbändern – dem Armumfang der Venus der Medici – dem von Lady Delacour und Miss Portman – den dicken Beinen antiker Statuen – und den verschiedenen Schwächen und Absurditäten von Mrs Luttridge samt ihrer Perücke. – Zu allen diesen Themen konnte sich Mr Hervey mit viel Witz, Galanterie oder beißender Ironie äußern, so dass Belinda, als er sich verabschiedete, absolut der Meinung ihrer Tante zustimmte, dass er ein ungewöhnlich angenehmer junger Mann sei.

Clarence Hervey hätte sogar mehr als ein angenehmer junger Mann sein können, wenn ihn nicht ständig das Bedürfnis getrieben hätte, in jeder Hinsicht allen überlegen und die am meisten bewunderte Person in jeder Gesellschaft zu sein. Ihm war schon in jungen Jahren mit der Idee geschmeichelt worden, dass er ein Mann von Genie sei, und er bildete sich ein, dass er als solcher das Recht hätte, unvorsichtig, wild und exzentrisch zu sein. Er trug eine gewisse Eigentümlichkeit zur Schau, um seinen Anspruch auf Genialität zu behaupten. Er hatte beträchtliche literarische Talente, mit denen er sich in Oxford hervortat, aber er befürchtete so sehr, als Pedant angesehen zu werden, dass er, wenn er in Gesellschaft fauler und unwissender Menschen war, vorgab, jede Art von Wissen zu verachten. Sein chamäleonartiger Charakter schien je nach Art des Lichts zu schillern und passte sich den unterschiedlichen Situationen an, in denen er sich befand. Er konnte jedem Mann alles sein – und jeder Frau. – Er galt als Liebling des schönen Geschlechts, und von all seinen Vorzügen und Mängeln legte er auf keinen so viel Wert wie auf seine Galanterie. Er war nicht lasterhaft, er hatte einen starken Sinn für Ehre und lebhaftes Mitgefühl mit anderen, aber er war ungeheuer leicht zu beeinflussen oder besser ungeheuer leicht von seinen Freunden auf dumme Ideen zu bringen, und seine Freunde waren momentan leider von der Art, dass er wahrscheinlich bald boshaft werden würde. Was seine Verbindung mit Lady Delacour anging, so hätte ihn der Gedanke, den Frieden einer Familie zu stören, mit Entsetzen erfüllt, aber in ihrer Familie, sagte er sich, gab es nun einmal keinen Frieden, der hätte gestört werden können. Er war eitel genug, um die Welt gerne sehen zu lassen, dass er von einer Dame ihres Geistes und ihrer Eleganz bevorzugt wurde, und er hielt es nicht für seine Aufgabe, genauer hinzusehen und wachsamer im Hinblick auf den äußeren Anschein zu sein als ihre Ladyschaft. Lord Delacours Eifersucht irritierte ihn manchmal, manchmal fand er sie amüsant und manchmal war er sogar geschmeichelt. Er war ständig in Gesellschaft der Lady, seien die Anlässe öffentlich oder privat, daher sah er Belinda beinahe jeden Tag; und jeden Tag wuchs dabei seine Bewunderung ihrer Schönheit, aber auch seine Sorge, er möchte darauf *hereinfallen*, die Nichte der »alten Kupplerin« zu heiraten – unter diesem Namen war Mrs Stanhope bei den Männern in seinem Freundeskreis bekannt. Junge Damen, die das Pech haben, von diesen gewieften Matronen »angeleitet« zu werden, stehen immer in dem Ruf, Teilhaberin des Geschäfts zu sein, auch wenn ihr Name in der Firma gar nicht auftaucht. Wenn er sich durch das Vorurteil, das der Charakter der Tante in ihm weckte, nicht hätte leiten lassen, hätte Mr Hervey Belinda für ein Mädchen gehalten, das weder berechnend noch affektiert war. Aber so wie die Dinge lagen, glaubte er in jedem Wort, jedem Blick und jeder Bewegung eine List zu erkennen; und gerade, wenn er absolut entzückt war von ihrer bezaubernden Art, war er gleichzeitig geneigt, sie für das zu verachten, was er für verfrühtes Geschick in der Wissenschaft der Koketterie hielt. Sein Wille war nicht stark genug, sich von der Sphäre ihrer Anziehungskraft fernzuhalten, aber häufig, wenn er sich in dieser Sphäre wiederfand, verfluchte er seine Dummheit und zog sich mit plötzlichem Schrecken zurück. Sein Verhalten ihr gegenüber war so wechselhaft und widersprüchlich, dass sie nicht wusste, wie sie seine Sprache interpretieren sollte. Manchmal kam es ihr so vor, dass er mit all der Beredsamkeit seiner Augen sagen wollte, »Ich *bete Sie an*, Belinda«, dann wieder deutete sie sein reserviertes Schweigen als Warnung, er sei so in seiner Beziehung zu Lady Delacour verstrickt, dass er sich aus diesen Fallstricken einfach nicht befreien könne. Immer wenn dieser Gedanke ihr kam, rief er in ihr eine – höchst erbauliche – Entrüstung gegen Koketterie im Allgemeinen und gegen ihre Ladyschaft im Besonderen hervor; und Belinda sah nun überaus klar, wie viel Unschicklichkeit im Verhalten der Lady zu beklagen war. Belinda war in ihrem neu erworbenen moralischen Bewusstsein so erschüttert, dass sie tatsächlich eine vollständige Beschreibung ihrer Beobachtungen und ihrer Skrupel an ihre Tante Mrs Stanhope sandte, die mit der Bitte endete, dass sie nicht weiter unter dem Schutz einer Dame stehen mochte, deren Charakter sie nicht billigen konnte und deren Nähe vielleicht ihrem Ruf schaden könnte, wenn nicht gar ihren Prinzipien.

Mrs Stanhope antwortete auf Belindas Brief in einem sehr vorsichtigen Ton; sie tadelte ihre Nichte streng dafür, dass sie so unvorsichtig gewesen war, auf eine solche Art *Namen* zu nennen, zumal in einem Brief, der mit der allgemeinen Post versandt worden war; sie versicherte ihr, dass Belindas Reputation keinesfalls in Gefahr sei; dass sie hoffe, keine ihrer Nichten möchte für prüde gelten, was Männern von Welt ja sogar noch verdächtiger sein müsse als kokettes Verhalten; dass die Person, auf die sie sich bezogen habe, absolut geeignet sei, als Anstandsdame zu fungieren, und dass man sich mit ihr problemlos in Gesellschaft zeigen könne, solange sie von den ersten Kreisen der Stadt besucht würde; dass Belinda absolutes Schweigen bewahren solle in Bezug auf so gefährliche Themen wie das *private* Verhalten dieser Person und die privaten *brouilleries*[5] zwischen ihr und ihrem Gatten, sowohl in ihren Briefen als auch in ihrer Konversation, denn solange die Dame unter dem Schutz ihres Gatten stand, mochte die Welt ruhig tuscheln, aber würde sich nicht laut äußern, und was Belindas eigene Prinzipien angehe, sei es ja wohl absolut unentschuldbar, wenn nach der Erziehung, die sie genossen habe, diese durch irgendein schlechtes Vorbild verletzt werden könnten; dass sie im Umgang mit einem Mann von —s Charakter gar nicht vorsichtig genug sein könne; dass keine *ernsthaften* Gründe für ihre Eifersucht gegenüber der Person, die sie angeführt habe, vorliegen dürften, da eine Heirat hier nicht in Betracht komme, und es gebe einen solchen Altersunterschied zwischen ihr und der Dame, dass ein Einfluss, der von Dauer wäre, ja gar nicht zu erwarten sei; dass Miss Portman sich ganz sicher dem Spott einer der Parteien und der völligen Missachtung der anderen aussetzen würde, wenn sie Besorgnis oder Eifersucht zeige; um es kurz zu machen, wenn sie närrisch genug sei, ihr eigenes Herz zu verlieren, habe sie wohl kaum eine Chance, das von — zu gewinnen, der offensichtlich eher ein Mann von Galanterie als von Gefühl und bekannt dafür sei, dass er seine Karten geschickt auszuspielen wisse, und der besonderes Glück habe, wenn *Herz* Trumpf sei.

Belindas Befürchtungen, Lady Delacour könnte eine gefährliche Rivalin werden, wurden durch die geschickten Andeutungen von Mrs Stanhope sehr gemildert, die auf deren Alter und dergleichen verwiesen hatte, und je weniger sie zu fürchten hatte, desto mehr genierte sie sich, so harsch über das Verhalten ihrer Ladyschaft geurteilt zu haben. Der Gedanke, dass sie ja, solange sie als deren Freundin in Gesellschaft auftrat, keine Geschichten zu deren Nachteil in Umlauf bringen dürfe, lag schwer auf ihrem Gewissen, und sie machte sich Vorwürfe, dass sie auch nur ihrer Tante erzählt hatte, was sie im privaten Haushalt der Dame erlebt hatte. Sie fand, sie habe sich eines Verrates schuldig gemacht, und sie schrieb sogleich noch einmal an Mrs Stanhope, um sie zu beschwören, ihren letzten Brief zu verbrennen sowie seinen Inhalt, wenn möglich, zu vergessen, und versicherte ihr, dass keine Silbe ähnlicher Natur jemals wieder von ihr gehört werden würde. Sie schloss gerade mit den Worten – »Ich hoffe, Sie, meine liebe Tante, werden all dies nur für einen Fehlgriff meiner Urteilsfähigkeit halten und nicht für einen meines Herzens« –, als Lady Delacour in den Raum hineinplatzte und mit fröhlicher Stimme ausrief – »Tragödie oder Komödie, Belinda? Die Kleider für den Maskenball sind gekommen. Aber was ist das denn?«, fügte sie hinzu und sah Belinda direkt ins Gesicht, »Tränen in den Augen! Hochrote Wangen! Zitternde Glieder! Und Briefe, die versteckt werden! Ach, Sie kleine Novizin unter all den Novizinnen hier, wie ungeschickt versteckt! – Eine Nichte von Mrs Stanhope und dann so ungeschickt im Verstecken! – Kaum zu glauben, dass sie so lächerlich zittert wegen ein oder zwei Liebesbriefen!«

»Oh nein, keine Liebesbriefe, Lady Delacour«, sagte Belinda, wobei sie das Papier festhielt, das ihre Ladyschaft halb im Spiel, halb im Ernst versuchte, an sich zu reißen.

»Keine Liebesbriefe! Dann muss es sich um Verrat handeln und ich muss, bei allem, was gut oder böse ist – aber ich sehe den Namen Delacour!«, – und damit riss ihre Ladyschaft die Briefe mit Gewalt an sich trotz Belindas Mühen und Bitten.

»Ich bitte Sie, ich flehe Sie an, ich beschwöre Sie, lesen Sie das nicht!«, rief Miss Portman händeringend. »Lesen Sie meinen, lesen Sie meinen, wenn es unbedingt sein muss, aber lesen Sie nicht den Brief meiner Tante. – Oh, ich bitte Sie, ich flehe Sie an, ich beschwöre Sie!«, und sie warf sich auf die Knie.

»Sie bitten! Sie flehen! Sie beschwören mich! Nun, das klingt ja wie bei der Herzogin von Brinvilliers, die auf ihrem giftigen Papier geschrieben hat, wer immer dies findet, ich flehe, ich beschwöre ihn, im Namen von mehr Heiligen, als ich zu nennen weiß, dieses Papier nicht weiter zu öffnen. – Kleines Dummerchen, Sie scheinen nichts über die Natur der Neugier zu wissen.«

Während sie noch sprach, öffnete Lady Delacour Mrs Stanhopes Brief, las ihn von Anfang bis Ende, faltete ihn mit kühler Miene zusammen, als sie damit fertig war, und sagte nur: »*Die Person, auf die Sie sich bezogen haben*, ist genauso schlimm wie deren Name in voller Länge. Meint Mrs Stanhope denn wirklich, niemand kann eine versteckte Andeutung oder eine Verleumdung ergänzen, wenn er nicht Staatsanwalt ist?«, wobei sie auf die Auslassungszeichen in Mrs Stanhopes Brief zeigte, die den Namen Clarence Hervey ersetzen sollten.

Belinda war zu verwirrt, als dass sie hätte sprechen oder auch nur denken können.

»Sie hatten recht, Liebesbriefe sind das wahrlich nicht«, fuhr ihre Ladyschaft fort und legte die Papiere auf den Tisch. »Ich möchte betonen, dass ich sie nur aus Spaß an mich genommen habe – entschuldigen Sie. Alles, was ich jetzt tun kann, ist, nicht den Rest zu lesen.«

»Nein, nein – ich bitte Sie – ich wünschte – ich bestehe darauf, dass Sie meinen Brief lesen«, sagte Belinda.

Als Lady Delacour diesen gelesen hatte, änderte sich ihr Gesichtsausdruck plötzlich. – »Hundertmal so viel wert wie der Ihrer Tante, würde ich sagen«, meinte sie und tätschelte Belindas Wange. »Wie kostbar es doch ist, tatsächlich einem *unverbrauchten* Herzen zu begegnen – alle Herzen heutzutage sind doch, wenn überhaupt, eher aus zweiter Hand.«

Lady Delacour sprach mit einem Ausdruck von Gefühl, den Belinda noch nie von ihr vernommen hatte und der sie in diesem Moment so sehr berührte, dass sie die Hand der Lady nahm und diese küsste.

Kapitel II
Masken

»Wo waren wir doch gleich, als das alles begann?«, rief Lady Delacour und zwang sich, wieder fröhlich zu erscheinen. »Ach ja, Maskerade war das Motto des Tages – Tragödie oder Komödie? Was entspricht Ihrer Begabung am ehesten, meine Liebe?«

»Was Ihrem Geschmack am wenigsten entspricht, Milady.«

»Nun, meine Zofe Marriott sagt, ich sollte Tragödie sein, und lässt sich dabei wohl von dem Gedanken leiten, dass Menschen immer am meisten Erfolg haben, wenn sie den Charakter annehmen, der dem ihren am wenigsten entspricht – Clarence Herveys Leitprinzip – vielleicht meinen Sie, er hätte überhaupt keine Prinzipien, aber da liegen Sie falsch, ich versichere Ihnen, er hat sehr gesunde Prinzipen – was Geschmack angeht.«

»Das beweist er überaus überzeugend«, sagte Belinda mit einem gezwungenen Lächeln, »da er doch Ihre Ladyschaft so sehr bewundert.«

»Und da er Miss Portman noch mehr bewundert. Aber während wir hier einander Reden halten, steht die arme Marriott da in großer Qual wie der Schauspieler Garrick zwischen Tragödie und Komödie.«

Lady Delacour öffnete die Tür zu ihrem Ankleidezimmer und zeigte auf Marriott, die dastand und auf dem einen Arm das Kleid für die komische Muse und auf dem anderen das für die tragische Muse hielt.

»Ich fürchte, ich habe nicht die rechte Begeisterung und den rechten Elan, um die komische Muse zu geben«, sagte Miss Portman.

Marriott, die eine Persönlichkeit von ungewöhnlicher Wichtigkeit darstellte und letztendlich als oberste Instanz über die Toilette ihrer Herrin entschied, wirkte äußerst verärgert darüber, dass man sie so lange hatte warten lassen, und noch mehr missbilligte sie wohl, dass ihre höchstrichterliche Entscheidung in Frage gestellt werden könnte.

»Ihre Ladyschaft ist einen halben Kopf größer als Miss Portman«, sagte Marriott, »und sollte mit dieser langen Schleppe wirklich Tragödie sein; außerdem habe ich schon alles Weitere für das Kostüm Ihrer Ladyschaft geregelt. Tragödie ist immer groß und, ohne jemanden kränken zu wollen, ist Ihre Ladyschaft größer als Miss Portman, einen halben Kopf größer.«

»Statt Kopf sagen wir besser Zoll«, sagte Lady Delacour, »wenn ich bitten dürfte.«

»Wenn erst einmal alles zurechtgelegt ist, kann man es wirklich nicht ertragen, wieder alles durcheinanderzubringen – aber Ihre Ladyschaft muss natürlich ihren eigenen Willen durchsetzen, das versteht sich, wie immer – ich sage dazu jetzt nichts mehr«, rief sie und warf die Kleider hin.

»Nun bleiben Sie doch, Marriott«, sagte Lady Delacour und stellte sich zwischen die verärgerte Kammerzofe und die Tür.

»Warum müssen Sie sich, die Sie doch der beste Mensch der Welt sind, in diese Wutanfälle hineinsteigern wegen nichts und wieder nichts – haben Sie Geduld mit uns und wir werden Sie schon zufriedenstellen.«

»Das klingt schon besser«, sagte Marriott.

»Miss Portman«, fuhr ihre Ladyschaft fort, »behaupten Sie bitte nicht, Sie hätten nicht genug Elan – Sie sind doch voller Leben und Elan! – Nun, was sagen Sie, Belinda – Oh, ja, Sie müssen die komische Muse sein und ich, scheint es, muss die tragische verkörpern, weil Marriott es sich nun einmal in den Kopf gesetzt hat, dass ich ›majestätisch vorbeirauschen‹ soll. Und da Marriott in allem und jedem ihren Kopf durchsetzen muss – sie herrscht über mich mit eiserner Hand, meine Liebe – so muss ich denn Tragödie sein – *Marriott kennt ihre Macht.*«

Es lag ein Ausdruck extremen Verdrusses in Lady Delacours Miene, als sie die letzten Worte sprach, die wohl mehr zu bedeuten hatten, als zunächst erkennbar war. Schon bei vielen Gelegenheiten hatte Miss Portman bemerkt, dass Marriott eine despotische Macht über ihre Herrin ausübte; und sie hatte gesehen, dass eine Dame, die nicht ein Jota ihrer Macht an ihren Gatten abtreten wollte, sich jeder kapriziösen Forderung dieser ganz unverschämten Bediensteten unterwarf. Belinda hatte geglaubt, dass diese Unterwerfung nichts weiter war als Gehabe, da sie schon andere feine Damen gesehen hatte, die scheinbar von ihrer Lieblingszofe herumkommandiert wurden, aber schon bald gelangte sie zu der Überzeugung, dass Marriott gar kein Günstling von Lady Delacour war, dass das vorherrschende Gefühl ihrer Ladyschaft nicht *stolze Ehrerbietung* war, sondern Furcht. Es war offensichtlich, dass eine Frau, die so extrem viel Wert auf ihren eigenen *Willen* legte, sich niemals hätte einschränken lassen, wenn es da nicht einen sehr gewichtigen Grund gegeben hätte. Es schien, als ob Marriott im Besitz eines Geheimnisses sei, das für alle Zeiten verborgen bleiben musste. Dieser Gedanke war Miss Portman schon mehr als einmal gekommen, aber nie so nachdrücklich wie bei dem gegenwärtigen Anlass. Die Toilette der Lady war immer ein wenig geheimnisumwoben gewesen. Zu bestimmten Stunden wurden Türen verriegelt, und niemand außer Marriott durfte sich Zugang zu ihr verschaffen. Miss Portman hatte zunächst gedacht, dass Lady Delacour die Aufdeckung kosmetischer Geheimnisse fürchtete, aber das Rouge ihrer Ladyschaft war so leuchtend aufgetragen und ihr Puder so offensichtlich, dass Belinda überzeugt war, dass ein anderer Grund für die Geheimnisse ihrer Toilette vorlag. Es gab ein kleines Kabinett jenseits des Schlafzimmers, das Lady Delacour ihr Boudoir nannte und zu dem ein Eingang über eine Hintertreppe existierte, doch niemand durfte dieses Zimmerchen betreten als Marriott. In einer Nacht, nachdem die Lady mit großem Elan auf einem Ball getanzt hatte, fiel sie in ihrem eigenen Haus plötzlich in Ohnmacht, und Miss Portman half ihr in ihr Schlafzimmer, aber Miss Marriott bat sie, die Lady allein mit *ihr* zu lassen, und wollte es ganz und gar nicht erlauben, dass Belinda ihr in das Boudoir folgte. – An all diese Dinge erinnerte sich Belinda in Sekundenschnelle, als sie dastand und über Marriott und die Kleider nachdachte. Die Eile, sich für den Maskenball fertigzumachen, vertrieb jedoch diese Gedanken, und als sie endlich angezogen war, dachte sie vor allem darüber nach, was Clarence Hervey von ihrer Erscheinung halten würde. Sie fragte sich unruhig, ob er sie als komische Muse wohl erkennen würde. Lady Delacour war unzufrieden mit ihrem tragischen Gewand und ihre Laune wurde noch schlechter, als sie Belinda sah.

»Ich finde wirklich, dass Marriott eine regelrechte Vogelscheuche aus mir gemacht hat«, sagte ihre Ladyschaft, als sie in die Kutsche stieg, »und ich weiß genau, dass mein Kleid Ihnen eine Million Mal besser stehen würde als das Ihre.«

Miss Portman äußerte ihr Bedauern darüber, dass es jetzt zu spät wäre, das zu ändern.

»Ganz und gar nicht zu spät, meine Liebe«, sagte Lady Delacour. »Es ist nie zu spät für Frauen, ihre Meinung, ihre Kleidung oder ihre Liebhaber zu ändern. Nein, ernsthaft, Sie wissen, dass wir meine Freundin Lady Singleton besuchen werden – sie richtet heute Abend einen Vorempfang für die Masken aus – ich kenne sie sehr gut, ich werde dafür sorgen, dass wir in ihr Zimmer gehen können, wo uns niemand stört, und da tauschen wir dann unsere Kleider und Marriott erfährt nichts von der ganzen Sache. Marriott ist eine treue Seele und hängt sehr an mir, hängt aber auch an ihrer Macht – aber wer täte das nicht? – Wir haben alle unsere Fehler – man sollte sich wegen einer solchen Kleinigkeit nicht mit einer guten Seele wie Marriott anlegen.« Plötzlich meinte sie in einem ganz anderen Ton: »Kein Mensch wird bei dem Maskenball herausfinden, wer wir sind, denn niemand außer Mrs Freke weiß, dass wir zwei Musen darstellen werden. Clarence Hervey hat geschworen, er würde mich in jeder Verkleidung erkennen – was ich sehr bezweifle –, es wird mir einen besonderen Spaß bereiten, ihm ein Rätsel aufzugeben. Harriet Freke hat ihm unter dem Siegel der Verschwiegenheit gesagt, ich wolle als Witwe Brady aus dem Theaterstück *The Irish Widow* in Männerkleidung gehen, was in Wahrheit Harriets eigener Charakter ist. Da werden wir den lieben Hervey schön an der Nase herumführen.«

Sobald sie bei dem Haus von Lady Singleton angelangt waren, gingen Lady Delacour und Miss Portman nach oben, um ihre Kleider zu tauschen. Die arme Belinda war recht enttäuscht, dass sie jetzt, da sie sich in der richtigen Stimmung für die komische Muse fühlte, den Charakter, der ihr doch entsprach, wieder aufgeben musste, aber der höflichen Bestimmtheit von Lady Delacours Eitelkeit hatte sie nichts entgegenzusetzen. Ihre Ladyschaft lief schnell wie der Blitz in eine kleine Kammer, die zum Schlafgemach gehörte, und sagte zu Lady Singletons Zofe, die mit der Frage »Kann ich irgendetwas für Sie tun, Ihre Ladyschaft?« versuchte, ihr zu folgen. »Nein, nein, nein – nichts, nichts – danke, danke, ich brauche keine Hilfe – ich lasse mich nie von jemandem unterstützen außer von Marriott.« Und damit schloss sie sich in der Kammer ein. Ein paar Minuten später öffnete sie die Tür zur Hälfte, warf die Robe der tragischen Muse heraus und rief: »Hier, Miss Portman, geben Sie mir Ihre – schnell – und dann wollen wir doch sehen, ob die Komödie oder die Tragödie eher fertig ist.«

»Himmel, Herrgott und Sakrament«, sagte Lady Singletons Zofe, als Lady Delacour vollständig angezogen endlich die Tür öffnete – »nun hat Ihre Ladyschaft sich doch tatsächlich in dieser Höhle ganz allein angezogen, nich' mal 'nen Spiegel hatte sie –

und ich durfte gar nich' helfen – dabei wär' ich doch so stolz gewesen.«

Lady Delacour legte eine halbe Guinee in die Hand der Kammerzofe, lachte affektiert über ihre eigenen *Absonderlichkeiten* und erklärte, dass sie sich immer ohne einen Spiegel besser ankleiden könne als mit einem. All dies schien jedermann zufriedenzustellen, nur Miss Portman nicht. Sie konnte nicht anders, sie fand es sehr sonderbar, dass eine Person, die doch so gerne bedient wurde, niemandem erlaubte, ihr bei ihrer Toilette zu helfen als Marriott, einer Frau, vor der sie sich doch offensichtlich fürchtete. Lady Delacour mit ihrer schnellen Auffassungsgabe sah Neugier in Belindas Miene und schien für einen Augenblick peinlich berührt, aber sie nahm sich schnell zusammen und versuchte Miss Portman auf andere Gedanken zu bringen, indem sie ihr irgendeinen Unsinn über Clarence Hervey zuflüsterte – sie wusste, dass dieser kabbalistische Name, wenn sie ihn in einem gewissen Ton aussprach, die Macht hatte, Belinda in Verwirrung zu stürzen.

Die erste Person, die sie sahen, als sie Lady Singletons Salon betraten, war just Clarence Hervey, der ohne Maske erschienen war. Er hatte mit einem Bekannten eine Wette abgeschlossen, dass er den Part der Schlange geben könne, die in Füsslis bekanntem Bild[6] zu sehen ist. Zu diesem Zweck hatte er viel Erfindungskraft in eine Konstruktion gesteckt, die eine zusammengeringelte Haut darstellen sollte, was ihm mit seiner großen Geschicklichkeit und der Hilfe innen gelegener Drähte auch gelungen war. Seine größte Schwierigkeit lag darin, die Blitze herzustellen, die aus den Augen der Schlange kommen sollten. Er hatte sich Phosphorblitze ausgedacht, die, da war er sich sicher, alle Evastöchter bezaubern würden. Dabei hatte er wohl vergessen, dass man Phosphor bei Kerzenlicht nicht sehr gut sehen kann. Als er schließlich mit seinem fertigen Schlangenkostüm ausgestattet war, setzten seine Blitze Teile seiner Wickelstaffage in Flammen, und er konnte nur mit großer Mühe daraus befreit werden. Er entkam unverletzt, aber seine Schlangenhaut war ganz und gar dahin, nichts blieb als der traurige Anblick des Drahtskeletts. So musste er jede Hoffnung aufgeben, bei der Maskerade zu glänzen, aber er beschloss, wenigstens zu Lady Singletons Empfang zu gehen, um Lady Delacour und Miss Portman zu treffen. In dem Moment, als die tragische und die komische Muse erschienen, beschwor er sie mit viel Witz und gespieltem Pathos, wobei er erklärte, er wisse nicht, welche von ihnen sein Abenteuer besser besingen könne. Nachdem er mit einem Bericht über sein Unglück die Gesellschaft bestens unterhalten hatte und die Musen ihre Rolle zur Zufriedenheit des Publikums und ihrer eigenen gespielt hatten, wurde die Konversation nicht mehr in den Rollen der Masken weitergeführt. Musen und Harlekine, Zigeuner und Cleopatras fingen an, sich über Privates zu unterhalten, über die Neuigkeiten und den Skandal des Tages.

Eine Gruppe von Gentlemen, unter denen auch Clarence Hervey war, versammelte sich um die tragische Muse, denn Mr Hervey hatte verlauten lassen, sie sei eine besonders distinguierte Person, deren Namen er jedoch nicht nannte. Er glaubte, er könne ihrer Ladyschaft am geschicktesten dadurch schmeicheln, dass er Miss Portman schlechtmachte. Nachdem er sich eine Weile um geistreiche Bemerkungen bemüht hatte, ohne auch nur eine Silbe als Antwort der tragischen Muse zu hören zu bekommen, flüsterte er: »Lady Delacour, warum diese unnatürliche Reserviertheit? Glauben Sie denn, dass ich Sie in Ihrer tragischen Verkleidung nicht erkannt hätte?«

Die tragische Muse, anscheinend ganz in Gedanken versunken, würdigte ihn keiner Antwort.

»Du kannst dir noch so viel Mühe machen, Hervey, es müsste mit dem Teufel zugehen, wenn du auch nur ein Wort aus ihr herausbekämst«, sagte ein Herr aus seiner Bekanntschaft, der sich der Gruppe gerade zugesellt hatte. »Warum bist du nicht bei der andren Muse geblieben, die, das muss man wirklich sagen, so wahllos herumflirtet, dass sie ein Mädchen ganz nach deinem Herzen sein muss.«

»Es kann recht gefährlich werden«, sage Clarence, »mit einer so wahllos koketten Dame aus Mrs Stanhopes Schule zu flirten. Das Mädchen hat eine geradezu elektrische Anziehungskraft. Ich habe bei ihr immer so ein Spinnwebengefühl, als würde ein Netz über mich gelegt.«

»Gefahr erkannt, Gefahr gebannt«, erwiderte sein Freund, »der Mann müsste wirklich ein Neuling im Geschäft sein, der jetzt noch auf eine Nichte von Mrs Stanhope hereinfiele.«

»Diese Mrs Stanhope muss wirklich eine ganz besonders schlaue Dame sein, meiner Treu«, sagte ein dritter Gentleman. »Nicht weniger als sechs Nichten hat sie in den letzten vier Wintern ›unter die Haube gebracht‹. Und nicht eine von denen hat sich bei der Heirat verschlechtert. Da ist die älteste aus dem Kreis, Mrs Tollemache, was hatte die schon in drei Teufels Namen, um ihren Platz in der Welt zu finden, als ein Paar schöner Augen – ihre Tante wird ihr schon früh genug beigebracht haben, wie sie die einsetzt – die Nichte hätte aber bis zum Ende aller Tage damit rollen können, mich hätte sie damit nicht um den Verstand gebracht, aber sehen Sie, bei Tollemache haben sie gewirkt. Allerdings wollen die beiden jetzt auseinandergehen, habe ich gehört. Tollemache war ihrer überdrüssig, noch bevor die Flitterwochen vorüber waren, wie ich es vorausgesagt habe. Dann war da noch dieses musikalische Mädchen – Joddrell, der nicht mehr von Musik versteht als ein Laternenpfosten, ist doch tatsächlich hingegangen und hat die geheiratet, weil er sich in den Kopf gesetzt hatte, er müsse zeigen, dass er ein Connaisseur ist, was Musik angeht, und Mrs Stanhope ihm geschmeichelt hatte, das sei er in der Tat.«

Die Herren fielen in das allgemeine Gelächter ein. Die tragische Muse seufzte –

»Sogar wenn sie bei *Die Schule des Skandals*[7] mitspielte, würde die tragische Muse nicht zu lachen wagen, außer hinter ihrer Maske«, sagte Clarence Hervey.

»Es liegt ihr wahrlich fern, über derartige Albernheiten zu lachen, nein, sie muss sie allzeit beklagen!«, sagte Belinda mit verstellter Stimme. »Welches Elend entspringt doch solch unpassenden Eheschließungen! – Die Opfer werden zum Altar geführt, noch bevor sie Vernunft genug entwickelt haben, ihrem Schicksal zu entrinnen.«

Clarence Hervey meinte, dass diese Worte auf Lady Delacours eigene Ehe abzielten.

»Ich will aber verdammt sein, wenn ich auch nur eine Frau kenne, jung oder alt, die es *vermeiden* würde, sich zu verheiraten, wenn sich ihr dazu die Gelegenheit bietet, verdammt«, rief Sir Philip Baddely aus, ein Gentleman, der jede »Leere der Vernunft«[8] mit einem Fluchwort füllte. »Aber, ich will verdammt sein, Rochfort, hat nicht Valleton eine dieser Nichten geheiratet?«

»Ja, sie war eine enorm gute Tänzerin und hatte ganz hübsche Beine; Mrs Stanhope hat Valleton dazu gekriegt, sich zu duellieren wegen des Platzes, den sie bei einem ländlichen Tanz bekommen sollte, und dann war er so zufrieden mit sich und seiner Männlichkeit, dass er das Mädchen gleich geheiratet hat.«

Belinda machte einen Versuch, ihren Platz zu wechseln, aber sie war so von Menschen umringt, dass sie sich nicht zurückziehen konnte.

»Was Jenny Mason angeht, die fünfte *der Nichten*«, fuhr der geistreiche junge Herr fort, »sie war braun wie Mahagoni und hatte weder Augen noch Nase, Mund oder Beine, und was Mrs Stanhope mit ihr anfangen würde, habe ich mich oft gefragt, aber sie nahm ihren ganzen Mut zusammen, schmierte ihr etwas Rouge auf die Wangen und präsentierte sie als verwegene Kokette. Und sie war verwegen genug, in Tom Levits Zweispänner zu landen, und Tom konnte sie da nicht wieder herausbekommen, bis sie die ehrenwerte Mrs Levit war. Sie hat dann die Zügel selbst in die Hand genommen, und wie ich höre, fährt sie ihn und sich selbst in den Ruin, so schnell sie nur galoppieren können. Was diese Belinda Portman angeht, so war es ein cleverer Schachzug, sie bei Lady Delacour unterzubringen, aber ich denke, sie ist gewissermaßen ein Ladenhüter, denn letzten Winter, als ich in Bath war, wurde sie überall hingeschleppt, und die Tante machte nach Leibeskräften Werbung für sie. Wo immer man hinging, hörte man nichts als Belinda Portman und Belinda Portmans Reize – ich schwöre Ihnen, für Belinda Portman und ihre Reize wurde so viel Reklame gemacht wie für Packwoods Streichriemen.«

»Mrs Stanhope hat es wohl ein wenig übertrieben, finde ich«, stimmte der Gentleman zu, der die Unterhaltung begonnen hatte. »Mädchen, die auf diese Weise unter den Hammer gebracht werden, finden nicht besonders viel Anklang. Es ist wirklich so, dass nicht einmal Christie's Auktionshaus mit Mrs Stanhope mithalten kann – viele meiner Bekannten waren versucht, einmal einen Blick auf die Liegenschaften zu werfen, aber keiner von ihnen hat auch nur einen Gedanken daran verschwendet, Mieter auf Lebenszeit zu werden.«

»Das ist eine Ehre, die wir für dich reserviert haben, Clarence Hervey«, sagte ein anderer und schlug ihm auf die Schulter. »Freudige Aussichten, Hervey – freudige Aussichten!«

»Für mich?«, sagte Clarence und zuckte zusammen.

»Ich will gehängt werden, wenn er nicht die Farbe gewechselt hat«, sagte sein witzelnder Bekannter, und alle jungen Männer fielen in das Lachen ein.

»Ja, lacht nur, ihr lustigen Gesellen«, rief Clarence, »aber der Teufel soll mich holen, wenn ich nicht besser weiß, was ich will, als jeder von euch – ihr glaubt doch wohl nicht, dass ich zu Lady Delacour gehe, um eine *Ehefrau* zu suchen? – Belinda Portman ist ein nettes, hübsches Mädchen, aber sonst? Haltet ihr mich für einen Idioten – meint ihr, ich lasse mich von einer aus der Stanhope-Schule becircen? Meint ihr, ich sehe nicht so klar wie jeder von euch, dass Belinda Portman eine Mischung aus Geziertheit und gekünsteltem Gehabe ist?«

»Psst – nicht so laut, Clarence, da kommt sie«, sagte einer seiner Freunde. »Sie ist doch die komische Muse, nicht wahr?«

Lady Delacour kam in diesem Moment leichtfüßig angetrippelt, wandte sich als komische Muse an Hervey und deklamierte:

»Hervey, *mein* Hervey! Du meistbegünstigter all meiner Anhänger, warum hast du mich verlassen?

> Was trauert nur mein Freund, was weint sein Aug?
> Dasselbe Auge, das sonst voller Frohsinn und Vergnügen glänzte?[9]

Wenn du auch die Schlangengestalt verloren hast, so kann die deine doch jeder schönen Tochter Evas gefallen.«

Mr Hervey verbeugte sich; alle Gentlemen, die bei ihm standen, lächelten; die tragische Muse ließ einen unwillkürlichen Seufzer vernehmen.

»Könnte ich nur einen Seufzer oder eine Träne von meiner tragischen Schwester borgen«, fuhr Lady Delacour fort, »wie wenig passend das auch für meinen Charakter wäre, ich würde es tun, wenn allein Seufzer und Tränen das Herz von Clarence Hervey gewinnen könnten – Lassen Sie es mich versuchen« – und ihre Ladyschaft übte das Seufzen mit sehr komischem Effekt.

»Überzeugende Worte und noch überzeugendere Seufzer[10]«, konterte Clarence Hervey.

»Na, das war doch wahrhaftig ein kühner Wurf mit dem Stanhope-Netz«, flüsterte einer seiner Bekannten. »Melpomene[11], ›hast du zu einem Marmor dich vergessen?‹«[12], fuhr Lady Delacour fort. »Mir ist nicht ganz wohl«, flüsterte Miss Portman in Lady Delacours Ohr, »könnten wir fortgehen?«

»Fortgehen – von Clarence Hervey, meinen Sie?«, antwortete die Lady im Flüsterton. »Nun, es ist nicht ganz einfach, aber wir wollen es versuchen, wenn es vonnöten ist.«

Belinda hatte keine Kraft mehr, auf diese Spöttelei zu antworten, sie hörte die Worte, die man zu ihr sagte, kaum, aber sie legte ihren Arm in den Lady Delacours, die zu ihrer großen Erleichterung die Güte hatte, den Raum sofort mit ihr zu verlassen. Obwohl ihre Ladyschaft die Gefühle anderer ohne Bedenken auf dem Altar ihrer Eitelkeit opferte, wann immer man ihren Geist in Frage stellte, zeigte sie denen gegenüber doch Gnade, die ihn anerkannten.

»Was ist denn nur mit dem Kind?«, sagte sie, als sie die Treppe hinunterging.

»Nichts, wenn ich nur ein wenig Luft bekommen kann«, sagte Belinda. Die Eingangshalle war voller Diener.

»Warum weicht mir Lady Delacour so hartnäckig aus? Welches Verbrechen habe ich begangen, dass ich mit keinem einzigen Wort bedacht werde?«, sagte Clarence Hervey, der ihnen nach unten gefolgt war und sie in der Eingangshalle einholte.

»Schauen Sie doch, ob Sie jemanden von meinen Leuten finden können«, rief Lady Delacour.

»Lady Delacour, die komische Muse!«, rief Mr Hervey aus, »ich dachte –«

»Es ist jetzt ganz belanglos, was Sie dachten«, unterbrach ihn ihre Ladyschaft. »Lassen Sie die Kutsche vorfahren, denn hier ist eine junge Freundin von Ihnen, die wegen ›Nichts‹ so sehr zittert, dass ich schon beinahe fürchte, sie wird in Ohnmacht fallen, und Sie können sich ja denken, dass es nicht so angenehm ist, hier vor der Dienerschaft in Ohnmacht zu fallen – Nein, halt! Dieses Speisezimmer ist leer – Oh nein, ich meinte nicht, dass *Sie* hierbleiben sollten«, sagte sie zu Hervey, der ihr unwillkürlich und völlig fassungslos gefolgt war.

»Es geht mir jetzt wieder vollkommen gut – vollkommen gut«, sagte Belinda.

»Vollkommenes Närrchen, denke ich«, sagte Lady Delacour. »Nein, meine Liebe, jetzt müssen Sie gehorchen, Ihre Maske muss jetzt herunter, sagten Sie nicht, Sie bräuchten Luft – Was denn?

Das ist doch nun nicht das erste Mal, dass Clarence Hervey Ihr Gesicht ohne Maske sieht, nicht wahr? Aber es ist wohl das erste Mal, dass er – oder sonst jemand – es mit dieser Farbe sieht, denke ich.«

Als Lady Delacour Belindas Maske abnahm, war ihr Gesicht im ersten Augenblick bleich, im nächsten Augenblick war es von einer brennenden Röte überzogen.

»Was ist denn nur mit Ihnen beiden? – Wie er dasteht!«, sagte die Lady an Mr Hervey gewandt. »Haben Sie noch nie eine Frau erröten sehen? – Oder haben Sie noch nie zuvor etwas gesagt, das eine Frau erröten ließ? – Geben Sie Miss Portman doch ein Glas Wasser! – Meine Güte, es steht hinter Ihnen auf der Anrichte! – Aber er hat natürlich keine Augen im Kopf, hat er überhaupt einen Kopf? – Jetzt kümmern Sie sich einmal um Ihre eigenen Angelegenheiten«, sagte ihre Ladyschaft und schob ihn zur Tür. »Jetzt kümmern Sie sich einmal um Ihre eigenen Angelegenheiten, ich habe einfach keine Geduld mehr mit Ihnen – Herrje, ich glaube gar, der Mann ist verliebt – Und nicht in mich! – Da ist Riechsalz für Sie, mein Kind«, fuhr sie an Belinda gewandt fort. »Oh, Sie können wieder gehen – aber denken Sie daran, Sie befinden sich auf glattem Parkett – vergessen Sie nicht, Clarence Hervey ist kein Mann, der heiratet, und Sie sind keine verheiratete Frau.«

»Das ist mir jetzt vollkommen gleich, Madame«, sagte Belinda mit einer Stimme und einem Gesichtsausdruck stolzer Empörung.

»Lady Delacour, Ihre Kutsche ist vorgefahren«, sagte Clarence Hervey, der wieder an der Tür stand, aber nicht eintrat.

»Dann setzen Sie diese Dame hinein, der es ›vollkommen gut‹ geht und der das alles ›vollkommen gleich‹ ist«, sagte Lady Delacour.

Er gehorchte, ohne auch nur eine Silbe zu sagen.

»Dumm! Absolut dumm, sage ich«, sagte ihre Ladyschaft, als er ihr ein wenig später in die Kutsche half. »Wirklich, Clarence, mit dem Abwerfen Ihrer Schlangenhaut haben Sie wohl auch Ihre ganze Natur verändert – es ist jetzt nur noch die Naivität einer Taube übrig und ich warte nur darauf, dass Sie demnächst anfangen zu gurren – geht es Ihnen nicht auch so, Miss Portman?« Sie befahl dem Kutscher, zum Pantheon[13] zu fahren.

»Zum Pantheon! Ich hatte gehofft, Ihre Ladyschaft hätten die Güte, mich zuhause abzusetzen, denn ich wäre für Sie und jedermann bei der Maskerade doch nur eine Last.«

»Falls Sie eine Verabredung am Berkeley Square am späteren Abend einhalten müssen, setze ich Sie dort natürlich ab, wenn Sie darauf bestehen, meine Liebe, denn Pünktlichkeit ist eine Tugend – aber Vorsicht ist auch eine Tugend für eine junge Dame, die, wie Ihre Tante Stanhope sagen würde, ihren Platz in der Welt noch finden muss. – Warum weinen Sie, Belinda? – Oder sind das überhaupt Tränen? Bei dem Licht der Lampen kann ich es gar nicht genau sagen, doch ich schwöre, ich habe ein Taschentuch an Ihren Augen gesehen. – Was hat das nur alles zu bedeuten? Sie sollten mir vertrauen, denn ich weiß über Männer und Manieren mindestens genauso viel wie Ihre Tante Stanhope. Kurz und gut, Sie haben von mir nichts zu befürchten und alles zu erhoffen, wenn Sie nur Ihre Tränen trocknen wollen. *Behalten Sie Ihre Maske auf* und hören Sie auf meinen Rat, Sie werden merken, er ist ebenso gut wie der Ihrer Tante.«

»Wie der meiner Tante! Oh«, rief Belinda, »niemals, niemals mehr werde ich solche Ratschläge annehmen – niemals mehr werde ich mich so bloßstellen und mich als kleine Abenteurerin beleidigen lassen – wie wenig wusste ich doch darüber, in welchem Licht ich erscheine – wie wenig wusste ich doch davon, was *Gentlemen* von meiner Tante halten – von meinen Cousinen – von mir.«

»*Gentlemen!* Ich nehme einmal an, dass Sie sich nun Clarence Hervey als Repräsentanten aller Gentlemen auf Erden vorstellen und dass er jetzt tatsächlich statt Anacharsis Cloots der *orateur du genre humain*[14] sein soll. – Bitte geben Sie mir doch ein

Beispiel von jener Eloquenz, die, wenn man sie nach ihrer Wirkung beurteilt, von gewaltiger Macht sein muss.«

Miss Portman wiederholte, nicht ohne Widerstreben, die Unterhaltung, die sie gehört hatte. »Und das ist alles?«, rief Lady Delacour. »Herr im Himmel, meine Liebe, Sie müssen entweder ganz der Welt entsagen oder sich daran gewöhnen, dass Sie selbst und Ihre Tanten und Ihre Cousinen und Ihre Freunde über Generationen hinweg geschmäht und verleumdet werden, und zwar jede Stunde jedes Tages, von deren Freunden und von Ihren Freunden, denn das ist nun einmal der Lauf der Welt. Sie wissen doch, was für eine Unmenge von gehorsamen und ehrerbietigen Dienern, liebevollen Geschöpfen und echten, anhänglichen Freunden ich habe, auf meinem Schreibtisch und auf meinem Kaminsims, ganz zu schweigen von der Unmenge an Visitenkarten intimer Bekanntschaften, die sich auf der Ablage sammeln. Sie alle können nicht leben ohne die Ehre, Lady Delacour zweimal wöchentlich zu sehen – doch meinen Sie wirklich, ich wäre närrisch genug zu glauben, dass es sie auch nur das Hundertstel eines Deuts kümmern würde, wenn man mich in dieser Minute in das Rote oder das Schwarze Meer werfen würde! – Nein, ich habe keinen einzigen *echten* Freund in dieser Welt außer Harriet Freke – aber Sie wissen ja, ich bin die komische Muse und ich habe vor, das Spiel weiterzuspielen – weiterzuspielen bis zum Letzten – genau deswegen, weil ich diejenigen ärgern will, die ihren Augapfel opfern würden, um mich bemitleiden zu können – nein, ergebensten Dank, aber niemand bemitleidet Lady Delacour. Folgen Sie meinem Beispiel, Belinda, verwenden Sie Ihre Ellbogen, wenn Sie sich durch die Menge schieben; wenn Sie anhalten, um sich höflich zu entschuldigen – ›hoffentlich habe ich Sie nicht verletzt‹ –, werden Sie nur zertrampelt. Nun werden Sie die jungen Männer ständig wiedertreffen, die sich die Freiheit genommen haben, sich über Ihre Tante und Ihre Cousinen und über Sie lustig zu machen. Sie sind Männer der ersten Gesellschaft. Zeigen Sie ihnen, dass Sie keine

Gefühle haben, und sie werden Sie als Dame der Gesellschaft anerkennen – und Sie werden sich besser verheiraten als jede Ihrer Cousinen, vielleicht sogar mit Clarence Hervey, und dann wird es an Ihnen sein, über Netze und Käfige zu lachen. Was die Liebe und all das angeht –«

Die Kutsche hielt beim Pantheon, gerade als ihre Ladyschaft bei den Worten »Liebe und all das« angelangt war, ihre Gedanken wandten sich etwas anderem zu, und während der restlichen Nacht zeigte sie, in einer Weise, die bei allen Anwesenden Bewunderung auslöste, all die Leichtigkeit, Grazie und den Frohsinn der Muse Euphrosyne.[15]

Belinda erschien die Nacht hingegen lang und öde, der platte Witz von Kaminkehrern und Zigeunern, die Kapriolen von Harlekinen, die Anmut von Blumenmädchen und Cleopatras, all das konnte sie nicht amüsieren, denn ihre Gedanken kehrten immer wieder zu der Unterhaltung zurück, die ihr so viel Schmerz bereitet hatte – Schmerz, den Lady Delacours Spöttelei nicht hatte auslöschen können.

»Was für ein Glück Sie doch haben, Lady Delacour«, sagte sie, als sie in die Kutsche stiegen, um heimzufahren. »Was für ein Glück Sie doch haben, dass Ihnen ein so erstaunlicher Überfluss an Elan und Geist zu Gebote steht.«

»Erstaunlich, das mögen Sie wohl sagen, vor allem wenn Sie alles wüssten«, sagte Lady Delacour – und sie seufzte herzergreifend, warf sich in die Kutsche zurück, ließ ihre Maske fallen und war still. Es war bereits heller Tag, und Belinda konnte ihr Gesicht klar sehen, das ein Bild reiner Verzweiflung war. Die Lady sagte keine Silbe mehr und Miss Portman hatte nicht den Mut, sie in ihren Überlegungen zu stören, bis sie bei Lady Singletons Haus vorbeifuhren, wo Belinda es wagte, sie daran zu erinnern, dass sie beschlossen hatte, dort anzuhalten und ihre Kleider wieder zu tauschen, bevor Marriott sie sehen würde.

»Nein, das ist jetzt ohne Bedeutung«, sagte Lady Delacour, »Marriott wird mich schließlich und endlich genau wie alle anderen verlassen – ganz ohne Bedeutung.« Ihre Ladyschaft sank in ihre vorherige Haltung zurück, aber nachdem sie einige Zeit geschwiegen hatte, schreckte sie auf und rief:

»Wenn ich mir selbst nur halb so gut gedient hätte, wie ich der Welt gedient habe, stünde ich jetzt nicht so einsam und verlassen da,[16] ich habe meinen Ruf, mein Glück – einfach alles – der Liebe zur Geselligkeit geopfert, und alle Geselligkeit wird für mich bald ein Ende haben – ich sterbe – und niemand wird mich beklagen. Wenn ich mein Leben noch einmal leben könnte, was wäre das für ein anderes Leben! – Was für eine ganz andere Person *ich wäre*![17] Aber es ist jetzt alles vorbei – ich sterbe.«

Belindas Erstaunen bei diesen Worten, auch ob der pathetischen Art und Weise, mit der sie vorgetragen wurden, war unaussprechlich. Sie schaute Lady Delacour an und wiederholte das Wort ›sterben‹. »Ja, sterben«, sagte Lady Delacour.

»Aber Sie scheinen mir und der ganzen Welt bei bester Gesundheit zu sein und bis vor einer halben Stunde auch in bester Stimmung«, sagte Belinda.

»Dann erscheine ich Ihnen und der ganzen Welt als jemand, der ich nicht bin – ich sage Ihnen doch, ich sterbe«, sagte ihre Ladyschaft mit großem Nachdruck.

Nicht ein Wort mehr wurde gewechselt, bis sie nach Hause kamen. Lady Delacour eilte die Treppen hinauf und bat Belinda ihr zu ihrem Ankleidezimmer zu folgen. Marriott zündete die sechs Wachskerzen auf der Kommode an. »Du meine Güte, sie haben doch noch die Kleider gewechselt«, sagte Marriott zu sich, als sie Lady Delacour und Miss Portman erblickte. »Ich will verhext sein, wenn Milady mir das nicht büßen wird.«

»Marriott, Sie müssen nicht bleiben, ich klingele, wenn ich Sie brauche«, sagte Lady Delacour und nahm eine der Kerzen vom Tisch, ging schnell mit Miss Portman durch ihr Ankleidezimmer und ihr Schlafzimmer zu der Tür des mysteriösen kleinen Kabinetts.

»Marriott, den Schlüssel für diese Tür«, rief sie ungeduldig, nachdem sie vergeblich versucht hatte, diese zu öffnen.

»Himmel Herrgott!«, rief Marriott, »ist Milady von Sinnen?«

»Den Schlüssel – den Schlüssel, schnell, den Schlüssel«, wiederholte Lady Delacour entschieden. Sie nahm ihn, sobald Marriott ihn aus der Tasche gezogen hatte, und schloss die Tür auf.

»Wäre es nicht besser, wenn ich *die Dinge* erst in Ordnung brächte, Milady?«, sagte Marriott und hielt die Tür mit festem Griff.

»Ich klingele, wenn Sie gebraucht werden, Marriott«, sagte Lady Delacour und riss die Tür gewaltsam auf, sie stürmte in die Mitte des Raumes, wandte sich um und signalisierte Belinda, ihr zu folgen. »Kommen Sie nur herein, wovor fürchten Sie sich?«, sagte sie. Belinda ging hinein, und sobald sie in dem Zimmerchen war, schloss Lady Delacour die Tür und drehte den Schlüssel um. Der Raum war recht dunkel, da es kein Licht gab außer dem der einen Kerze, die Lady Delacour in der Hand hielt und die nur schwach leuchtete. Als Belinda sich umschaute, sah sie nichts als ein Durcheinander von Leinentüchern und Glasfläschchen, einige leer, einige voll, und sie bemerkte, dass ein starker Geruch von Medikamenten in der Luft hing.

Lady Delacour, deren Bewegungen alle sehr hastig wirkten, wie bei einer Person, deren Gemüt in großer Erregung ist, sah von einer Seite des Raumes zur anderen, wobei sie wohl nicht wusste, was sie eigentlich suchte. Dann wischte sie sich mit wütender Hand die Schminke vom Gesicht, wandte sich wieder Belinda zu und hielt die Kerze so, dass das Licht voll auf ihre aschfahle Miene fiel. Ihre Augen waren eingesunken, ihre Wangen hohl, keine Spur von Jugend oder Schönheit lag noch in ihrem an den Tod gemahnenden Gesicht, das in scheußlichem Kontrast zu ihrem fröhlichen, phantasiereichen Kleid stand.

»Sie sind schockiert, Belinda«, sagte sie, »dabei haben Sie bisher noch gar nichts gesehen – sehen Sie hier«, – und sie entblößte eine Hälfte ihrer Brust und enthüllte dort einen grässlichen Anblick.

Belinda sank auf einem Stuhl nieder – Lady Delacour warf sich vor ihr auf die Knie.

»Bin ich gedemütigt, bin ich elend genug?«, rief sie, wobei ihre Stimme vor Qual zitterte. »Ja, haben Sie Mitleid mit mir dessentwegen, was Sie gesehen haben, und tausendmal mehr dessentwegen, was Sie nicht sehen können – mein Geist wird wie mein Körper von einer unheilbaren Krankheit verzehrt – tief verwurzelter Reue – Reue für ein Leben der Narretei – eine Narretei, die mir alle Strafen der Schuld aufgeladen hat.«

»Mein Gatte«, fuhr sie fort und in ihrer Stimme wich plötzlich die Trauer dem Zorn, »mein Gatte hasst mich – was soll's, ich verachte ihn – seine Verwandten hassen mich – was soll's, ich verachte sie. Meine eigenen Verwandten hassen mich – was soll's, ich will sie ohnehin nicht mehr sehen – und sie sollen mein Elend nicht sehen – niemals sollen sie auch nur eine Klage, einen Seufzer von mir hören. Es gibt keine Folter, die ich nicht leichter ertragen könnte als ihr kränkendes Mitleid. Ich werde sterben, wie ich gelebt habe, beneidet und bewundert von aller Welt. Wenn ich von ihnen gegangen bin, mögen sie ihren Fehler herausfinden und herummoralisieren, wenn sie wollen, an meinem Grab.« Sie hielt inne – Belinda hatte nicht die Kraft, etwas zu sagen.

»Versprechen Sie, schwören Sie mir«, fuhr Lady Delacour voller Leidenschaft fort und nahm Belindas Hand, »dass Sie nie einem menschlichen Wesen verraten werden, was Sie heute Nacht gesehen und gehört haben. Kein lebendes Wesen hegt den Verdacht, dass Lady Delacour *peu à peu* stirbt, außer Marriott und diese Frau, von der ich noch vor wenigen Stunden dachte, sie sei meine *wahre Freundin*, der ich jedes Geheimnis meines Lebens anvertraut habe, jeden Gedanken meines Herzens. – Närrin! Idiotin! Dummkopf, der ich war, der Freundschaft einer Frau Vertrauen zu schenken, von der ich wusste, dass sie keine

Prinzipien hat – aber ich dachte doch, sie hätte ein gewisses Ehrgefühl, ich dachte, *mich* würde sie niemals betrügen. Oh, Harriet, Harriet! Dass du mich im Stich lässt! – Alles andere hätte ich ertragen können – aber du, von der ich dachte, du würdest mir in der Folter von Geist und Körper, die mir bevorsteht, beistehen, du würdest meinen letzten Atemzug entgegennehmen, dass du mich im Stich lässt! – Nun bin ich ganz allein in der Welt – der Gnade einer unverschämten Kammerzofe ausgeliefert.«

Lady Delacour barg ihr Gesicht in Belindas Schoß, und da sie geradezu an der stürmischen Gewalt miteinander wetteifernder Emotionen zu ersticken schien, gab sie ihnen nach und schluchzte laut.

»Vertrauen Sie jemandem«, sagte Belinda und drückte ihre Hand mit aller Zärtlichkeit, die die Menschlichkeit verlangen konnte, »der Sie nie der Gnade einer unverschämten Kammerzofe überlassen wird – vertrauen Sie mir.«

»Ihnen vertrauen«, sagte Lady Delacour und schaute begierig in Belindas Gesicht, »ja, ich denke, ich kann Ihnen vertrauen, denn selbst wenn Sie eine Nichte von Mrs Stanhope sind, so habe ich doch heute, und das hat mich durchaus überrascht, Symptome aufrichtigen Gefühls an Ihnen erlebt. Das war es auch, was mich veranlasst hat, mich Ihnen zu öffnen, als ich herausfand, dass ich die einzige Freundin verloren hatte – aber daran will ich jetzt gar nicht weiter denken – wenn Sie ein Herz haben, müssen Sie mit mir fühlen. Gehen Sie jetzt – morgen sollen Sie meine ganze Geschichte hören. Jetzt bin ich völlig erschöpft. Klingeln Sie nach Marriott.« Marriott erschien mit einem Ausdruck erzwungener Höflichkeit und unterdrückter Wut. »Bringen Sie mich zu Bett, Marriott«, sagte Lady Delacour mit gedämpfter Stimme, »aber leuchten Sie zuerst Miss Portman den Weg zu ihrem Zimmer – Sie muss – noch – nicht das schreckliche Geschäft um meine Toilette mitansehen.«

Als Belinda allein war, öffnete sie sofort die Fensterläden und schob das Fenster auf, um sich an der Morgenluft zu erfrischen.

Sie fühlte sich entsetzlich müde, und ihre Gedanken hetzten so durch ihren Kopf, dass sie gar nicht klar denken konnte. Sie zog das Kostüm aus und ging zu Bett in der Hoffnung, für ein paar Stunden das zu vergessen, was sich ihrer Vorstellungskraft unauslöschlich eingeprägt hatte. Aber ihr Versuch, sich genug zu beruhigen, um einzuschlafen, erwies sich als vergeblich, ihre Gedanken waren zu wirr und schmerzlich. Eine Zeitlang verfolgte sie, wenn sie die Augen schloss, das Gesicht und die Gestalt von Lady Delacour, so wie sie sie gerade gesehen hatte, dann kam ihr wieder der Gedanke an Clarence Hervey und die schmerzhafte Erinnerung an die Unterhaltung, die sie mit angehört hatte. Die Worte: »Meint ihr, ich sehe nicht so klar wie jeder von euch, dass Belinda Portman eine Mischung aus Geziertheit und gekünsteltem Gehabe ist?«, waren fest in ihr Gedächtnis eingebrannt. Sie erinnerte sich mit größter Genauigkeit an jeden Blick der Verachtung, den sie in den Gesichtern der jungen Herren gesehen hatte, als sie von Mrs Stanhope, der Kupplerin, gesprochen hatten. Belindas Geist war jedoch nicht ruhig genug, als dass sie wirklich hätte nachdenken können, sie schien nur immer wieder die vergangene Nacht zu durchleben. Schließlich tanzten die sonderbaren kunterbunten Figuren, die sie bei der Maskerade gesehen hatte, vor ihren Augen, und sie fiel in einen unruhigen Schlummer.

Kapitel III
Lady Delacours Geschichte

Miss Portman wurde durch das Klingeln von Lady Delacours Schlafzimmerglocke geweckt. Sie öffnete die Augen mit der wirren Ahnung, dass etwas Unangenehmes geschehen war, und noch bevor sie sich richtig besonnen hatte, kam Marriott mit einem Kärtchen von Lady Delacour an ihr Bett. Es war mit Bleistift geschrieben.

Delacour – *mein* Herr und Meister!!!! ist für heute zu dem eingeladen, was der Schauspieler Garrick ein *Fest der Ganter* nannte, also eines, das nur für Herren gedacht ist – mögen Sie mit mir *tête-à-tête* dinieren? Dann schreibe ich eine *Entschuldigung*, alias eine Lüge, an Lady Singleton in Form einer kleinen charmanten Karte. Ich bin durchaus stolz auf meine *éloquence du billet*.[18] Dann haben wir den Abend ganz für uns – ich habe viel zu erzählen, wie das so ist, wenn man anfängt, über sich selbst zu sprechen.

Ich habe eine doppelte Dosis Opium genommen und bin nicht mehr in so entsetzlicher Stimmung wie gestern Abend, Sie müssen also keine weitere *Szene* befürchten.

Kommen Sie in mein Ankleidezimmer, liebe Belinda, sobald Sie wie die Nymphe Belinda in Popes Gedicht die Toilette überstanden haben:

In Weiß verhüllt seht ihr die Schöne nahn,
Um der Kosmetik Weihen zu empfahn.[19]

Aber Sie schminken sich ja gar nicht – was soll's – Sie werden – Sie müssen – jede muss früher oder später. In der Zwischenzeit, wann immer Sie eine Karte senden wollen, die nicht vom *Überbringer* geöffnet werden soll, vertrauen Sie nicht auf Siegelwachs, sondern falten Sie das Papier Ihrer Botschaft, so wie ich die meine gefaltet habe. Wie Sie sehen, bemühe ich mich, Sie in wertvolle Geheimnisse einzuweihen, bevor ich diese Welt verlasse – was ich mir übrigens doch noch einmal anders überlegt habe – immer sehr zu empfehlen! – und wohl vorerst nicht so schnell tun werde. Es gab ja immerhin die Amazonen – ich hoffe, Sie empfinden Bewunderung für sie – denn wer könnte schon ohne die Bewunderung von Belinda Portman leben! – jedenfalls definitiv nicht Clarence Hervey – und ebenso wenig

T. C. H. Delacour«

Belinda gehorchte Lady Delacours Aufforderung, in ihr Ankleidezimmer zu kommen, und fand die Lady dort auch vor, das Gesicht gänzlich mit Schminke und ihre Stimmung mit Opium repariert. Sie befand sich in lebhafter Beratung mit Marriott und Mrs Franks, der Putzmacherin, wegen eines Batistunterrocks für ihr Kleid zum königlichen Geburtstagsfest, das in seiner ganzen stattlichen Pracht über einen großen Reifrock gespannt war. Mrs Franks zwitscherte ausführlich und gelehrt über Girlanden und Schlaufen, Knoten und Fransen und überließ dabei die ganze Zeit alle Entscheidungen dem besseren Urteil ihrer Ladyschaft.

Marriott war mürrisch und stumm. Sie öffnete ihren Mund nur einmal zu der Frage, ob man sich für Goldregenblüten entscheiden sollte oder nicht.

Gegen die Meinung der anderen zitierte sie aus den Memoiren der berühmten Schauspielerin Mrs Bellamy, die in dem zur Debatte stehenden Punkt beweisen konnte, dass »Strohgelb bei Kerzenlicht immer wie schmutziges Weiß wirke«. Mrs Franks schlug als Kompromiss goldfarbene Blüten vor, »denn nichts kann bei Kerzenlicht, oder überhaupt bei jedem Licht, besser wirken als Gold«, und Lady Delacour, die fürchtete, die Vorstellungskraft der Putzmacherin möchte, da sie nun einmal bei dem Gedanken an Gold angelangt war, so vulgär werden, dass sie *bares Geld* erwartete, brach die Konferenz plötzlich ab, indem sie ausrief:

»Wir kommen zu spät zu der Philips-Ausstellung von französischem Porzellan. Mrs Franks muss uns morgen noch einmal beraten, dann nehmen wir uns Ihr Kleid vor, meine liebe Belinda –‹ Miss Portman, präsentiert von Lady Delacour‹ – Mrs Franks, lassen Sie ihr Kleid um Himmels willen etwas werden, das uns einen ganzen prachtvollen Absatz in den Zeitungen einbringt – ich gebe Ihnen vierundzwanzig Stunden Bedenkzeit. – Ich habe tatsächlich heute eine Schandtat begangen«, fuhr sie fort, als Mrs Franks den Raum verlassen hatte, »ich habe ein ganz *kom-*

pliziert gefaltetes Kärtchen an Clarence Hervey gesandt, meine Liebe – aber warum erzähle ich Ihnen das eigentlich? Jetzt wird in Ihrem Köpfchen den ganzen Tag nur Platz für mein verwickeltes Kärtchen sein statt für *Leben und Ansichten einer Dame der Gesellschaft, erzählt von ihr selbst.*«[20]

Nach dem Dinner, bei dem Lady Delacour Belinda hatte abstreiten und erröten und erröten und abstreiten lassen, dass ihre Gedanken allein um das verwickelte Kärtchen kreisten, begann ihre Ladyschaft die Geschichte ihres Lebens und ihrer Ansichten auf folgende Weise:

»Ich mache keine halben Sachen, meine Liebe – ich werde Ihnen meine Abenteuer nicht erzählen, wie Gil Blas[21] es beim Erzbischof von Granada getan hat, indem ich die *nützlichen* Passagen überspringe, denn Sie sind kein Erzbischof und ich hätte nicht die Begabung, ein weihevolles Gesicht aufzusetzen, selbst wenn Sie es wären. Ich bin keine Heuchlerin und habe nichts Schlimmeres zu verbergen als Torheiten. – Das ist schon schlimm genug, denn eine Frau, die bekannt dafür ist, dass sie sich närrisch verhält, steht auch immer im Verdacht, mit dem Teufel im Bunde zu stehen. Aber ich beginne da, wo ich enden sollte, mit einer Moral, die, wage ich zu behaupten, Sie nicht unbedingt schon vorab hören möchten – also, ich habe noch nie in meinem Leben die Moral am Ende einer Geschichte gelesen oder beachtet – man soll die Sitten und die Moral denen lassen, die so etwas mögen. – Meine Liebe, Sie werden arg enttäuscht sein, wenn Sie bei meiner Geschichte so etwas wie einen Roman erwarten. Ich habe einmal einen General sagen hören, dass nichts weniger einer Nachbesprechung entspricht als die eigentliche Schlacht, und ich kann Ihnen sagen, dass nichts weniger wie ein Roman ist als das wirkliche Leben. Von allen Leben der Welt ist meines das am wenigsten romantische. Keine Liebe ist darin zu finden, aber sehr viel Hass. Ich war eine reiche Erbin – ich hatte, glaube ich, hunderttausend Pfund zur Verfügung oder mehr, und zweimal so viele Capricen. Ich war gutaussehend und geistreich – oder um mit der weitschweifigen Ausdrucksweise zu sprechen, die man Demut nennt, die Welt, die parteiische Welt, fand, ich sei eine Schönheit und ein *bel esprit*. Da ich Ihnen ja mein Vermögen genannt habe, brauche ich nicht hervorzuheben, dass ich – oder es – Verehrer in Hülle und Fülle hatte – jeder Art und jedes Ranges – wobei ich jetzt gar nicht von denen sprechen will, die womöglich eine verborgene Leidenschaft für mich dahinraffte. Ich bekam sechzehn förmliche Liebeserklärungen und Heiratsanträge – also, wie in aller Welt kam es zu dem Wunder, dass ich Lord Delacour geheiratet habe, oder besser: War ich noch ganz bei Verstand, der ja das eigentliche Wunder in diesen Dingen darstellt, als ich Lord Delacour geheiratet habe? – Nun, meine Liebe, Sie – oder nein, nicht *Sie*, aber jedes Mädchen, das nicht an eine Unzahl von Bewunderern gewöhnt ist, hielte es für das Leichteste auf der Welt, eine Wahl zu treffen, aber man sollte sich daran erinnern, was man fühlt, wenn ein geschickter Stoff- oder Tuchhändler einem eine hübsche Sache nach der anderen vorlegt – und dieses hier steht Ihnen so gut und jenes hält nahezu ewig, schwört er, aber dieses wiederum ist besonders modisch. Die Debütantin steht da in ganz reizender Ratlosigkeit, und wenn sie lange genug geprüft und gezweifelt und die Hälfte der Ware im ganzen Geschäft hin und her gewendet hat, steht es zehn zu eins, dass es spät wird und die junge Dame sich in ihrer Eile genau das hässlichste und schlechteste Teil, das sie gesehen hat, herauspickt. Genau so war es mit mir und meinen Liebhabern, und so ›traurig war die Stunde und glücklos war der Tag‹,²² an dem ich mir den Viscount Delacour herauspickte und ihn zu meinem Herrn und Richter erwählte. Er hatte gerade zu diesem Zeitpunkt beim Pferderennen in Newmarket mehr verloren, als er besaß – war also in jeder Hinsicht nichts mehr wert, und mein Vermögen kam einem Mann in seinen Umständen natürlich ungeheuer gelegen. – Lutschpastillen sind bei manchen Beschwerden extrem hilfreich. Die Erbinnenpastille ist ein Allheilmittel bei mancher Art der Auszehrung. Sie sind überrascht, dass ich über eine so traurige Angelegenheit wie meine Heirat mit Lord Delacour lachen und scherzen kann, und das bin ich auch, insbesondere wenn ich an die genaueren Umstände zurückdenke. Denn obwohl ich mich gerade gebrüstet habe, es habe keine Liebe in meiner Geschichte gegeben, gab es sehr wohl – schon als ich noch ein Gänschen oder Küken von etwa achtzehn war, genau in Ihrem Alter, Belinda, glaube ich – etwas, das der Liebe zumindest sehr ähnlich war und das um mein Herz oder meinen Kopf herumspielte. Es gab da nämlich einen Henry Percival, einen Mann, an den mich Clarence Hervey immer erinnert – doch nein, er hatte zehnmal so viel Vernunft wie Clarence Hervey, entschuldigen Sie. Sein Unglück oder das meine war allerdings, dass er zu vernünftig war. Er war in mich verliebt, aber nicht in meine Fehler, und ich, die klugerweise wusste, dass meine Fehler den größten Teil meiner Persönlichkeit ausmachten, bestand darauf, dass er auch meine Fehler akzeptieren müsse. Das wollte er nicht oder konnte er nicht – ich sagte, er wolle es nicht – er sagte, er könne es nicht. Ich war daran gewöhnt, dass die Männer um mich herum den Staub von meinen Schuhen küssten – es war ja schließlich Goldstaub. Percival verzog das Gesicht, was Lord Delacour nie tat. Ich verwies auf den Letzteren als gutes Vorbild, Percival wollte ihm nicht folgen. Ich war verärgert und vermählte mich in der Hoffnung, den Mann zu quälen, den ich liebte, und das Schlimmste daran war, ich quälte ihn damit nicht so sehr, wie ich es erhofft hatte. Sechs Monate später hörte ich, dass er eine sehr liebenswerte Frau geheiratet habe. Ich hasse diese *sehr liebenswerten Frauen*. Armer Percival! – Ich nehme an, ich wäre eine sehr glückliche Frau geworden, wenn ich dich geheiratet hätte, denn du warst wohl der einzige Mann, der mich wirklich geliebt hat – aber das ist ja nun alles vorbei! – Wo waren wir stehen geblieben? Oh, ich heiratete also Lord Delacour, wohl wissend, dass er ein Narr ist, und in dem Glauben, ich würde daher keine Mühe haben, über ihn zu bestimmen. Aber was für ein fataler Irrtum! – Ein Narr ist von allen Tieren der Schöpfung das, welches sich am wenigsten beherrschen lässt. Wir begannen unser Leben in der feinsten Gesellschaft beiderseits mit dem Wunsch, so extravagant wie möglich zu leben. Wie sonderbar, dass wir, obwohl unser Geschmack doch in dieselbe Richtung ging, uns nie einig waren! Wie sonderbar, dass gerade die Gleichartigkeit unseres Geschmacks der Grund für unsere ewigen Streitereien darstellte. Während des ersten Jahres unserer Ehe hatte ich immer die Oberhand in unseren Disputen und das letzte Wort, und ich war es zufrieden. Halsstarrig, wie der Kerl war, dachte ich doch, ich könnte ihn mit der Zeit zähmen. Von dem, was Sie an Beispielen gesehen haben, können Sie erraten, dass ich schon damals recht bewandert in der schönen Kunst der Rechtfertigung meines Tuns war. Ich hatte fast mein Ziel erreicht, gerade das Herz des Lords gebrochen, als ich eines Morgens seinem Butler Champfort dummerweise sagte, er wisse genauso wenig, wie man Haare schneidet, wie ein Schafscherer. Dieser Champfort, die Einbildung in Person, war tödlich beleidigt, und der Teufel, der immer bereit ist, Ärger in Boshaftigkeit zu verwandeln, flüsterte Champfort ein, dieser solle meinem Gatten einflüstern, dass alle Welt glaube, »Milady beherrsche ihn«. Mein Mann sah rot. Man sagt, der Zitterrochen, die kälteste aller kalten Kreaturen, sprühe manchmal Funken – ich nehme an, wenn ihn die Wut elektrifiziert. Als ich Unschuldslamm das nächste Mal darauf bestand, Lord Delacour solle etwas tun oder etwas nicht tun – ich habe vergessen, was es war –, jedenfalls etwas ganz Vernünftiges, wandte sich Milord nur kurz um und antwortete: »Lady Delacour, ich bin nicht der Mann, der sich von einer Frau beherrschen lässt.« Und von dieser Zeit bis zum heutigen Tag sind die Worte »ich bin nicht der Mann, der sich von einer Frau beherrschen lässt« in sein eigensinniges Gesicht eingemeißelt, auf dass ein jeder, der in einem menschlichen Gesicht lesen kann, es sehen möge. – Meine Liebe, ich lache, aber in all dem Gelächter liegt auch Traurigkeit. – Aber Sie können nicht wissen, wie es ist – ich hoffe, das wird auch nie der Fall sein –, einen eigensinnigen Narren ihren engsten Freund nennen zu müssen.

Zunächst bildete ich mir ein, die Krankheit meines Herrn Gemahls sei keine unüberwindbare und unheilbare, aber aus seiner so offensichtlichen Schwäche hätte ich schließen können, dass es keine Hoffnung gibt, denn Fälle von Halsstarrigkeit stehen in ihrer Gefährlichkeit immer in direkter Proportion zur Schwäche des Patienten. – Der Fall meines Herrn Gemahl war also hoffnungslos. – Tod oder Heilung, war meine humane oder kluge Maxime. Ich beschloss, es mit dem Gift der Eifersucht als Heilmittel zu versuchen. Das hatte ich mir schon seit geraumer Zeit *in petto* gehalten als allerletztes Mittel. Ich suchte mir also ein passendes Subjekt dafür aus – einen Mann, von dem ich dachte, ich könnte mit ihm bis in alle Ewigkeit kokettieren, ohne Gefahr für mich selbst – einen gewissen Colonel Lawless – einen Stutzer, so hirnlos, wie man ihn sich nur vorstellen kann. Die Welt, sagte ich mir, kann niemals so absurd sein, Lady Delacour mit einem Mann wie diesem zu verdächtigen, auch wenn ihr Herr Gemahl es vielleicht oder sogar wahrscheinlich tun wird, denn nichts ist so absurd, dass er es nicht glauben würde. – Die Hälfte meiner Theorie erwies sich als richtig, das ist schon viel für eine Theorie. – Mein Herr Gemahl schluckte die Medizin, die ich ihm bereitet hatte, mit einer Begierde und Bonhomie, die ich mit Freuden beobachtete, die Wirkung meiner Medizin übertraf meine kühnsten Erwartungen. Der gute Mann war von seiner Halsstarrigkeit geheilt und wurde schier verrückt vor Eifersucht. Zu der Zeit hatte ich durchaus einige Hoffnung für ihn, denn ein Verrückter kann beherrscht werden, ein Narr nicht. Innerhalb eines Monats wurde er geradezu unterwürfig. Mit einem Gesicht, länger als das des weinenden Philosophen Heraklit, kam er eines Morgens zu mir und versicherte mir, er werde alles tun, was ich wollte, vorausgesetzt, ich würde um meiner und seiner Ehre willen Colonel Lawless aufgeben.

»Aufgeben!« – ich konnte mich kaum zurückhalten, über diesen Ausdruck zu lachen. Ich antwortete, dass ich ihm, solange Milord mich mit dem gebührenden Respekt behandelt habe, absolut keinen Grund zur Klage gegeben hätte, aber dass ich nun einmal keine Frau sei, die man beleidigen dürfe oder die, wie es bei mir geschehen sei, am Gängelband ihres Gatten gehalten werden könne. Mein Gemahl, wie geplant, schien geschmeichelt von der Idee, man könnte möglicherweise denken, er halte seine Frau am Gängelband, und setzte zu allerlei Beteuerungen an: Er hoffe doch, sein künftiges Verhalten würde beweisen usw. – Auf diesen Hinweis hin ließ ich meiner Vorstellungsgabe die Zügel schießen und stürzte mich im Galopp in neue Extravaganzen; wenn man mir Einhalt gebieten wollte, so war das eine *Beleidigung*, und ich fing gleich wieder an, vom *Gängelband* zu sprechen. Dieses lächerliche Spiel gelang mir eine ganze Weile recht gut, doch mit der Zeit merkte er tatsächlich, obwohl er im Rechnen nicht der Schnellste war, dass wir, wenn wir zwanzigtausend im Jahr ausgäben und nur zehntausend zur Verfügung hätten, auf die Dauer nichts mehr übrig haben würden. Diese bemerkenswerte Entdeckung teilte er mir eines Morgens nach einer langen Präambel mit. Als er mit seiner Ansprache fertig war, stimmte ich ihm zu, es sei nachweislich nur gerecht, dass er sich in seinen Ausgaben einschränken müsse, dass es aber genauso ungerecht und unmöglich wäre, wenn ich meine Einkaufslisten überarbeiten müsste. Sparsamkeit sei ein Wort, das ich in meinem Leben nicht gehört hätte, bevor ich seine Lordschaft geheiratet hätte, doch nein, bei genauerem Nachdenken hätte ich doch davon gehört – im Sinne von nationaler Sparsamkeit, und dass dies ein recht hübsches, wenn auch ein wenig abgegriffenes Thema für die Antrittsrede im House of Lords abgäbe; ich würde ihm daher raten, alles, was er zu diesem Thema zu sagen habe, für den Hohen Lordkanzler aufzubewahren. Nein, ich fügte sogar überaus großzügig hinzu, dass ich in diesem Falle persönlich ins Oberhaus gehen würde, um seinen Argumenten und seiner Eloquenz eine faire Anhörung zu gewähren. Ich würde sogar mein Bestes tun, um dabei wach zu bleiben. – Das war alles sehr neckisch und geistreich, aber leider konnte Lord Delacour, der ohnehin nicht viel Sinn für Geist und Witz hatte, das Ganze an diesem unglückseligen Morgen gar nicht recht genießen. Natürlich wurde ich daraufhin ärgerlich und erinnerte ihn mit einem Mangel an Feingefühl, den seine fehlende Großzügigkeit rechtfertigte, dass eine Erbin, die hunderttausend Pfund in seine Familie gebracht hatte, ja wohl ein gewisses Recht hätte, sich zu amüsieren, und dass es nicht meine Schuld sei, dass elegante Vergnügungen nun einmal teurer seien als andere.

Dann kam ein langes Kapitel voller Beschuldigungen und Gegenbeschuldigungen. Es hieß: ›Milord, Ihre Fehler beim Newmarket-Pferderennen.‹ – ›Milady, Ihre Amateurtheater-Aufführungen.‹ – ›Milord, ich werde ja wohl das Recht haben.‹ – und: ›Milady, ich werde ja sicherlich das gleiche Recht haben.‹

Aber, meine liebe Belinda, auch wenn wir es uns immer wieder mit gleicher Münze heimzahlten, so konnten wir mit Worten doch nicht die Welt bezahlen. Kurz und gut, nachdem wir Tausende und Abertausende ausgegeben hatten, waren wir irgendwann in Geldnot. Nun ging es daran, Land zu verkaufen, und was Rechtsanwälte und Notare nicht so alles machen, um Geld aufzutreiben. Es war mir vollkommen gleichgültig, wie sie an Geld kamen, vorausgesetzt sie bekamen es für uns. – Mit welchen Künsten diese Herren Geld herbeischafften, danach zu fragen machte ich mir nie die Mühe, es hätten auch die schwarzen Künste sein dürfen, mich hätte es nicht gekümmert. Also unterzeichnete ich alle Papiere, die man mir brachte, und ich war sehr erfreut zu erleben, dass ich mit dem einfachen Mittel, ›T. C. H. Delacour‹ zu schreiben, über so viel Geld verfügen konnte, wie es mir passte. Ich unterzeichnete und unterzeichnete, bis man mir schließlich und endlich mit aller gebührenden Höflichkeit bedeutete, dass meine Unterschrift keinen Penny mehr wert war, und als ich nach dem Grund für dieses Phänomen fragte, konnte ich überhaupt nicht verstehen, was Lord Delacours Anwalt mir sagte. Er war ein besserwisserischer Mensch, und ich hatte nicht die nötige Geduld, ihm zuzuhören oder ihn anzuschauen. Ich schickte nach einem alten Onkel, der früher, bevor ich geheiratet hatte, meine Geldangelegenheiten für mich geregelt hatte. Meinen Onkel und den Anwalt sperrte ich in einen Raum zusammen mit ihren Pergamenten, damit sie die Sache auskämpften oder zu einer Einigung kämen, wenn das nicht ginge. Letzteres war anscheinend völlig unmöglich. Nach einer halben Stunde kommt mein Onkel mit einer solchen Wut herausgestürmt! Sein Gesicht werde ich so schnell nicht vergessen – alle Galle seines Körpers lag darin – er hatte buchstäblich kein Weiß mehr in den Augen. ›Mein lieber Onkel‹, sagte ich, ›was ist denn nur los? Sie sind ja Ihrer Pflicht mit Aplomb nachgekommen.‹

›Ganz und gar irrelevant, was ich bin, Kind‹, sagte der Onkel, ›ich sage dir jetzt einmal, was du bist mit deiner geistreichen Art – ein Dummkopf – es ist eine Schande, dass eine Frau mit deinen Gaben sich so hat zum Narren halten lassen und so gar nichts von Geschäften versteht – und wenn du schon selbst davon nichts weißt, hättest du mich nicht holen können?‹

›Ich war so unwissend, dass ich gar nicht wusste, dass ich nichts weiß‹, sagte ich, aber ich will dich gar nicht mit all dem Sagte-ich und Sagte-er langweilen. Man gab mir zu verstehen, dass, sollte Lord Delacour am nächsten Tag sterben, ich als Bettlerin dastehen würde. Daraufhin wurde ich doch ernster, wie Sie sich vorstellen können. Mein Onkel versicherte mit, dass ich auf das Schlimmste von Lord Delacour und seinem Anwalt ausgenutzt worden sei und dass man mich beschwindelt und um meine Mitgift betrogen habe. Ich wiederholte treu und brav alles, was mein Onkel gesagt hatte, vor Lord Delacour, und alles, was sowohl er als auch sein Anwalt als Antwort verlauten ließen, war der Satz: ›Not kennt kein Gebot‹. Not, so muss man zugeben, auch wenn sie die Mutter des Gesetzes sein mochte, war doch für meinen Herrn Gemahl niemals die Mutter der Erfindung. Da ich nun herausgefunden hatte, dass ich ein gutes Recht hatte, mich zu beklagen, gab ich mich dieser Tätigkeit mit großem Eifer hin. Kurz und gut, meine Liebe, wir hatten einen prachtvollen Familienstreit – Liebesstreitigkeiten kann man ja noch leicht beheben – aber Geldstreitigkeiten finden einfach kein Ende. Von dem Moment an, als diese Geldstreiterei begann, fing ich an, Lord Delacour zu hassen – zuvor hatte ich ihn nur verachtet. Sie machen sich keine Vorstellung davon, zu welchen Gemeinheiten Extravaganz die Männer verkommen lässt. Ich habe erlebt, wie Lord Delacour sich herumdrückte, wie schäbig er den Leuten Gott weiß was für Lügen erzählte, wegen hundert Guineen – hundert Guineen! Ach, was sage ich denn? Wegen zwanzig, zehn oder gar fünf! – Oh, meine Liebe, ich kann den Gedanken daran gar nicht ertragen! – Aber ich wollte noch erzählen, dass mein guter Onkel und all meine Verwandten mit mir brachen, weil ich mich ruiniert hatte, wie sie sagten – aber ich sage, sie brachen mit mir, weil sie Angst hatten, ich möchte sie um etwas von dem bitten, was Brutus in Shakespeares *Julius Cäsar* ›jämmerliche Habe‹ nennt. Also beschimpfte und verspottete ich sie alle, und zum Dank für meine Bemühungen sagte meine ganze Bekanntschaft, Lady Delacour sei eine Frau mit enorm viel Esprit.

Wir wurden aus unserer peinlichen Lage durch den zeitlich sehr günstigen Tod eines adligen Herrn befreit, dessen großes Vermögen Lord Delacour erbte. Meine Bekannten überhäuften mich mit leeren Glückwünschen, und ich versuchte, mich über das häusliche Elend durch Vergnügungen außer Hause hinwegzutrösten. Meine Ambition war es, allen überall zu gefallen, und so wurde ich der traurigste aller Sklaven – ein Sklave der Welt. Nicht ein Moment meiner Zeit gehörte mir mehr, nicht eine meiner Handlungen. Ich kann sogar sagen, dass nicht einmal meine Gedanken mehr meine eigenen waren, ständig musste ich Dinge ›zauberhaft‹ finden, die mich zu Tode ermüdeten, und jeden Tag absolvierte ich dieselbe öde Runde der Heuchelei und Vergeudung. Sie wundern sich vielleicht, dass Sie mich so sprechen hören, Belinda, aber ab und zu muss man einfach die Wahrheit sagen, und das ist es, was ich Harriet Freke ständig erklärt habe, ständig, die ganzen letzten zehn Jahre lang. Warum sind Sie dann bei dieser Art zu leben geblieben, fragen Sie? – Nun, meine Liebe, ich konnte einfach nicht aufhören; dieses Leben passte zu mir und kein anderes – ich konnte ja *zu Hause* nicht glücklich werden, denn was für einen Gefährten hätte ich schon aus Lord Delacour machen können? Mittlerweile war er seiner Pferde namens Potatoes, High-Flyer, Eclipse, Goliath, Jenny Grey etc. müde geworden und hatte angefangen, viel zu trinken, was ihn dann, wie Sie ja sehen, völlig in ein Tier verwandelte. – Ach, ich vergaß, Ihnen zu erzählen, dass ich drei Kinder bekam in den ersten drei Jahren meiner Ehe. Das erste war ein Junge, er wurde tot geboren, und mein Gemahl und all seine grässlichen Verwandten gaben mir dafür die Schuld, weil ich mich geweigert hatte, ein halbes Jahr von einer alten Mutter aus seiner Familie gefangen gehalten zu werden, einer widerwärtigen Kassandra, die immer schon prophezeite, mein Kind würde tot geboren werden. Mein zweites Kind war ein Mädchen, aber ein armes, winziges, kränkliches Ding. Es war damals Mode, dass vorbildliche Mütter ihre Kinder selbst stillten, ein großes Pech für die armen Bälger. Elegante Mütter haben noch nie gesunde Kinder gehabt. Es wurde ein unglaubliches Theater um die Sache gemacht, Gefühl und Mitgefühl und Komplimente und Nachfragen, aber nachdem das Ganze keinen Neuigkeitswert mehr hatte, machte es mich regelrecht krank, und nach drei Monaten war natürlich auch mein Kind krank und – ich denke wirklich nicht sehr gern daran zurück – starb. Wenn ich es in die Obhut einer anderen Frau gegeben hätte, hätten meine Freunde mich für eine schlechte Mutter gehalten, aber das hätte das Leben des Kindes gerettet. Ich hätte den Verlust der Kleinen mehr beklagt, wenn die Verwandten von Lord Delacour und meine eigenen bei der Gelegenheit nicht ein so furchtbares Geschrei angestimmt hätten, dass ich wie betäubt war. Ich konnte oder wollte einfach keine Träne vergießen und überließ es meiner Schwiegermutter, in aller Öffentlichkeit die Rolle der Hauptleidtragenden zu spielen, wie sie es wünschte, und im Privaten die Hände zu ringen und die Augen zum Himmel zu erheben und über mich zu jammern, mich, die herzloseste aller Mütter. Während all der Zeit litt ich mehr als sie, aber die Genugtuung, das zu wissen, gönnte ich ihr nicht. Ich beschloss, dass ich, wenn ich je wieder ein Kind haben sollte, nicht mehr so barbarisch sein würde, es selbst zu stillen. Als mein drittes Kind, ein Mädchen, geboren wurde, sandte ich es also aufs Land zu einer stämmigen, gesunden, breitgesichtigen Pflegemutter, in deren Obhut es wuchs und gedieh, so dass ich, als es mit drei Jahren zu mir zurückgebracht wurde, kaum glauben konnte, dass das pausbäckige kleine Ding wirklich mein Kind war. Dieselben Gründe, die mich davon überzeugt hatten, es sei besser, mein Kind nicht selbst zu stillen, bewogen mich auch *à plus forte raison*,[23] seine Erziehung nicht selbst zu übernehmen. Lord Delacour mochte das Kind nicht um sich haben, weil es kein Junge war. Das Mädchen wurde also einer Erzieherin übergeben, die mir mit ihren Allüren und ihren ewigen *Tracasserien*[24] drei oder vier Jahre lang herzlich auf die Nerven ging. Am Ende musste ich sie leider, da sie in aller Form die Stellung als Lord Delacours Geliebte angenommen hatte – in aller Form! –, bitten, mein Haus zu verlassen. Ihre Schülerin gab ich in hoffentlich bessere Hände, nämlich an eine vielgerühmte Akademie für junge Damen. Dort wird sie in jedem Fall besser unterrichtet werden, als es zu Hause geschehen könnte. – Ich muss, meine Liebe, für diesen Exkurs zum Thema der Aufzucht und Erziehung von Kindern um Verzeihung bitten, aber ich wollte damit nur erklären, weshalb ich, obwohl ich des ganzen Geschäfts müde war, immer noch all meinen Vergnügungen nachging. Sie sehen, ich hatte nichts und niemanden daheim, weder einen Ehemann noch Kinder, die meinem Herzen nahestanden. Ich glaube, es war diese »schmerzliche Leere«[25] in mir, die mich, nachdem ich mich eine ganze Weile in der Gesellschaft nach einer besten Freundin umgesehen hatte, so viel Gefallen an Mrs Freke hat finden lassen. Sie hat just zu dieser Zeit die Londoner Gesellschaft erobert. Als ich sie das erste Mal sah, erschien sie mir geradezu hässlich zu sein, aber es lag etwas so Wildes und Eigentümliches in ihrem Gesicht, dass man sie einfach anstarren musste, und sie war immer hoch erfreut, wenn man sie anstarrte, besonders wenn ich es tat, so dass wir uns gegenseitig durchaus ergänzten, ich als Starrerin und sie als Angestarrte. Harriet Freke strahlte eine unvergleichliche Selbstsicherheit aus, mehr als jeder Mann, jede Frau, die ich je gesehen habe. Sie war wie Metall, von dem alles abgleitet – aber von der feinsten Art, wie dieses edle Metall, das in Korinth hergestellt wird. Sie war eine der Ersten, die das in Mode brachten, was ich ›Wildfangmanieren‹ nenne. Ich erzählte Ihnen ja, dass sie sehr selbstsicher war – ›unverschämt‹ hätte ich sagen sollen, denn kein anderes Wort ist stark genug. – Ich habe Harriet Freke Sachen sagen hören! – Sie werden es nicht glauben, aber zu Beginn ließ mich eine Unterhaltung mit ihr wünschen, ich hätte, wie so eine altmodische Närrin, einen Fächer, mit dem ich spielen könnte. Aber zu meiner Überraschung *schlug* all das bei einer Gruppe junger Männer ungemein *ein*. Ich fand es daher notwendig, meine eigenen Manieren anzupassen. Wenn ich also nicht so mutig gewesen wäre und den Ketzereien *falschen Zartgefühls*[26] abgeschworen hätte, wäre ich exkommuniziert worden. Lady Delacours lebhafte Eleganz – erlauben Sie, dass ich im Stil der Zeitungskolumnisten über mich rede –, Lady Delacours lebhafte Eleganz war nur blasses, um nicht zu sagen: *ausgewaschenes* Rosa, im Vergleich zum Scharlachrot von Mrs Frekes schneidigem Wagemut. Als meine Rivalin hätte sie mich auf gewissen Gebieten komplett geschlagen, es war deswegen nur gute Politik, sie zu meiner Freundin zu machen. Wir taten uns zusammen, und nichts und niemand konnte uns aufhalten. Aber ich habe eigentlich kein Recht, mich wegen einer politisch-taktischen Entscheidung zu beglückwünschen, als ich ihre Nähe suchte, in Wahrheit folgte ich dem Diktat meines Herzens oder meiner Vorstellungskraft. Es lag eine Offenheit in Harriets Art, die ich für schlichte Arglosigkeit hielt. Sie sprach mit so grenzenloser Freizügigkeit über gewisse Themen, dass ich ihr grenzenlose Ehrlichkeit in Bezug auf alle Themen zutraute. Sie hatte das Talent, die Welt glauben zu machen, dass gerade *jene* Tugend von Natur aus unverletzlich sei, die die zu ihrer Verteidigung errichteten künstlichen Befestigungsanlagen von Grund auf verachtete. Ich, und natürlich andere auch, hielten es für selbstverständlich, dass eine Frau, die sich ein Vergnügen daraus machte, an ›den Rand all dessen, was wir hassen‹, zu gehen, wie Alexander Pope es so schön sagt, einen besseren Kopf haben musste als andere Menschen. – Mittlerweile habe ich allerdings meinen Irrtum eingesehen. Ich habe mich davon überzeugen lassen, dass wenige bis an diesen Rand gehen können, ohne Hals über Kopf in den Abgrund zu stürzen. Sie sollten das nicht *wörtlich* auf die Person beziehen, über die wir sprechen. Ich bin nicht so tief gefallen, dass ich ihre Geheimnisse verraten würde, egal wie sehr mich ihr Verrat verärgert. Über ihren Charakter und ihre Geschichte werden Sie nichts zu hören bekommen als das, was zu meiner eigenen Rechtfertigung vonnöten ist. – Der Freundschaftsbund zwischen uns beiden war kaum unterzeichnet, als auch schon Lord Delacour mit seinen weisen Vorhaltungen ankam und mich bat, doch zu bedenken, »was meiner eigenen Ehre und der seinen angemessen« sei. Wie der Kosmogonie-Betrüger im *Pfarrer von Wakefield* ließ er immer wieder die Phrase seiner Zunft verlauten, die ihm schon einmal so gut zustattengekommen war. – ›Meinen Sie wirklich, Milord‹, sagte ich, ›dass ich, nur weil ich Ihnen den Gefallen getan habe, den armen Lawless aufzugeben, jede Vernunft an den Nagel hänge, um mich ganz nach Ihrem Geschmack zu verhalten? – Harriet

Freke wird von jedermann besucht, alte Witwen und alte Jungfern vielleicht ausgenommen. Ich bin weder eine alte Witwe noch eine alte Jungfer, was daraus folgt, ist offensichtlich, Milord.‹ Keckheit in der Unterhaltung führt, meine Liebe, oft zu besseren Ergebnissen bei meinem Gemahl als geistreiche Ausführungen. Ich behielt also das echte Gold für mich und überließ ihm nichts als billigen Tand – das sage ich Ihnen, um meinen Ruf in Bezug auf Geschmack und Urteilskraft zu retten. – Aber um auf meine Freundschaft mit Harriet Freke zurückzukommen. Ich erzählte ihr natürlich jedes Wort, das zwischen mir und meinem Gatten gefallen war. Sie ›herodisierte noch über den Herodes‹[27] bei dieser Gelegenheit und wollte sich schier totlachen über meine – wie sie fand – unglaubliche Dummheit, mich in der Lawless-Angelegenheit schuldig zu bekennen, so dass ich mich regelrecht schämte und, nur um meine Unschuld zu beweisen, beschloss, bei der nächsten Gelegenheit meine Freundschaft mit dem Colonel wiederaufleben zu lassen. Die heißersehnte Gelegenheit, meine Unabhängigkeit wiederherzustellen, ließ nicht lange auf sich warten. Wie die Sterne es so wollten (die, wie Sie ja wissen, immer mehr Schuld tragen als wir selbst[28]), kam Lawless eben zu dieser Zeit vom Kontinent zurück, wo er mit seinem Regiment gewesen war. Er kam zurück mit einer Wunde an der Stirn und einem schwarzen Band darum, mit dem er ein wenig wie ein Held aussah und noch zehn Mal mehr als zuvor wie ein Stutzer. Er war bei allen gesellschaftlichen Zusammentreffen gerade sehr gefragt, und neben anderen Damen umwarb ihn auch Mrs Luttridge – die grässliche Mrs Luttridge! – Der Colonel hatte jedoch Geschmack genug, um die lächelnden Avancen der Damen der Gesellschaft richtig einzuschätzen, und legte sich selbst samt Lorbeeren mir zu Füßen; und ich trug ihn und sie im Triumph herum. Wohin ich auch ging, besonders in Mrs Luttridges Haus, reichten sich Neid und Skandal die Hand, um mich zu attackieren, und ich hörte Staunen und Geflüster, wohin ich auch ging. Mein Ziel war es eigentlich nur gewesen, meinen Gatten zu reizen, und deswegen machte es mir – im vollen Bewusstsein meiner Unschuld – große Freude, der Meinung der staunenden Welt zu trotzen. Ich machte mir gar keine Gedanken, welchen Effekt meine Koketterie auf das Objekt dieses Flirts haben könnte – auf das Herz des armen Lawless! –, ich hielt es für selbstverständlich, dass er keines habe. – Wie sollte auch ein Stutzer an ein Herz kommen – Eitelkeit hatte er reichlich, aber das beunruhigte mich nicht weiter, da ich dachte, sollte er sich darüber je selbst vergessen – das heißt, vergessen, was er mir schuldig war –, so könnte ich ihn mit einem Blitz meines Geistes zur Erde niederwerfen oder ihn für alle Zeit vollständig vernichten. Eines Nachts waren wir bei Mrs Luttridge zusammen gewesen. Sie unterhielt eine Faro-Spielbank, neben anderen guten Dingen, und – da bin ich mir sicher – betrog. Wie auch immer, ich verlor eine Unmenge an Geld, und mein Stolz ließ mich mit so viel Frohsinn verlieren, wie andere ihn beim Gewinnen zeigen. Deswegen war ich, es schien zumindest so, in ungewöhnlich guter Stimmung, und Lawless teilte meine gute Laune. Wir verließen Mrs Luttridge gemeinsam schon recht früh, gegen halb zwei. Als der Colonel mir in meine Kutsche half, kam ein sehr elegant aussehender junger Mann, wie ich dachte, nahe an die Tür des Gefährts und starrte mir direkt ins Gesicht. Ich bin nicht die Frau, die sich von solchen Dingen aus der Fassung bringen lässt, aber ich war doch etwas erschrocken, als der junge Kerl nach mir in die Kutsche sprang. Ich dachte, er sei verrückt, ich hatte nur Mut genug zu schreien. – Lawless ergriff den Eindringling, um ihn wieder herauszuziehen, und dabei rief er mit schriller Stimme: ›Was soll das heißen, Sir? – Wer zum Teufel sind Sie? – Mein Name ist Lawless – wer zum Teufel sind Sie?‹ Die Antwort darauf war ein regelrechter Lachkrampf. Am Lachen erkannte ich, es war Harriet Freke. – ›Wer ich bin! nur ein Freak!‹, rief sie. ›Lasst uns die Hände schütteln.‹ Ich gab ihr meine Hand, sie sprang in den Wagen und forderte den Colonel auf, ihr zu folgen, Lawless lachte, wir alle lachten und fuhren davon. ›Was glauben Sie wohl, wo ich gewesen bin?‹, sagte Harriet, ›in der Galerie des House of Commons, man hat mich schier zu Tode gequetscht in den letzten vier Stunden, aber ich hatte geschworen, ich würde die Rede des berühmten Sheridan heute Abend anhören und das habe ich auch. Hatte um fünfzig Guineen mit Mrs Luttridge gewettet und habe gewonnen. – Vergnügen und Freke für immer, hussa!‹ Harriet war so verrückt vor Übermut, so ausgelassen und widerspenstig, dass ich sicher war, sie müsse betrunken sein, was ich ihr auch sagte. Lawless lachte auf seine alberne Art ohne Unterlass, und ihre Verrücktheiten nahmen mich so in Anspruch, dass ich eine ganze Weile nicht merkte, dass wir Gott weiß wohin fuhren, bis schließlich, als das Getön' von Harriets Stimme für einen Augenblick abbrach, mich der sonderbare Klang der Wagenräder aufmerken ließ. ›Wo sind wir? Auf jeden Fall nicht auf einem Straßenpflaster‹, sagte ich, und als ich meinen Kopf zum Fenster hinausstreckte, sah ich, dass wir die Stadttore hinter uns gelassen hatten. ›Der Kutscher ist genauso betrunken wie Sie, Harriet‹, sagte ich und ich wollte schon an dem Band ziehen, um ihn anzuhalten, aber Harriet hielt es fest. ›Der Mann fährt schon richtig‹, sagte sie, ›ich habe ihm gesagt, wohin es geht. – Nun glauben Sie aber nicht, dass Lawless und ich mit Ihnen davonlaufen wollen. – Das ist ja heutzutage Gott sei Dank auch gar nicht mehr nötig!‹ Dem stimmte ich zu und lachte aus Furcht, mich zum Gespött zu machen. ›Raten Sie doch, wohin Sie fahren‹, sagte Harriet. Ich riet und riet, aber ich kam nicht darauf, und meine lustigen Gesellen fanden meine Verwirrung unfassbar unterhaltsam, wie auch meine Ungeduld, denn obwohl ich mir Mühe gab, wurde ich doch etwas ernster, als ich es normalerweise bin. Wir fuhren bis zum Ende der Sloane Street und ganz aus der Stadt heraus, schließlich hielten wir an. Es war dunkel, die Fackel des Lakaien war ausgegangen, ich konnte im Licht der Lampen nur sehen, dass wir bei einem einsamen, seltsam aussehenden Haus angelangt waren. Die Tür des Hauses öffnete sich, und eine alte Frau mit einer Laterne in der Hand erschien.

›Wo soll diese Farce, oder frekesche Verrücktheit, oder wie immer Sie es nennen wollen, nur enden?‹, sagte ich, als Harriet mich in einen dunklen Gang zog.

Ach, meine liebe Belinda«, sagte Lady Delacour und hielt inne, »ich konnte ja damals nicht voraussehen, wo oder wie das alles enden würde. Aber ich bin noch nicht beim tragischen Teil meiner Geschichte angelangt, und solange ich lachen kann, will ich das auch tun. – Während die alte Frau mit ihrem armseligen blauen Licht vor uns herging, hätte ich beinahe an Sir Bertrand oder an eine andere Horrorgeschichte aus Deutschland gedacht, aber ich hörte Lawless, der wie üblich nicht anders konnte, als an der falschen Stelle zu lachen, hinter mir aus dem Gefühl der Überlegenheit heraus losprusten.

›Jetzt werdet Ihr Euer Schicksal erfahren, Lady Delacour!‹, sagte Harriet mit getragener Stimme.

›Ja! Von der gefeierten Mrs W—, der großen Magierin‹, sagte ich lachend, ›denn jetzt weiß ich, glaube ich, wo ich gelandet bin – Colonel Lawless' Gelächter hat den Bann gebrochen – Harriet Freke, solange Sie leben, sollten Sie sich nicht am *Erhabenen* versuchen.‹ Harriet beschimpfte den Colonel als schlimmsten Spielverderber, den sie je erlebt hätte, und flüsterte mir zu: ›Er lacht ja nur, weil er fürchtet, wir könnten die Wahrheit vermuten, dass er nämlich *tout de bon*[29] an Zauberei und den Teufel und all das glaubt.‹ – Die alte Frau, die taubstumm zu sein schien, wie ich herausfand, öffnete die Tür am Ende einer engen Treppe, zeigte auf eine große Gestalt, die ganz in Pelz gehüllt war, und überließ uns unserem Schicksal. Ich will Sie nicht mit einer prätentiösen Beschreibung des ganzen Mummenschanzes langweilen, meine Liebe, da ich ohnehin nicht die Hoffnung habe, Sie zu Tode zu erschrecken. Ich wäre wahrscheinlich wirklich erzürnt gewesen, dass Harriet Freke mich an einen solchen Ort gebracht hatte, aber ich wusste, dass Frauen aus den ersten Kreisen schon vor uns bei Mrs W— gewesen waren, einige aus traurigem Anlass, andere zum reinen Vergnügen. Also gab es keinen Grund zur Sorge, man könne sich lächerlich machen, und damit keinen Grund zur Scham, wissen Sie, und mein Gewissen war ganz ruhig. Harriet hatte kein Gewissen und war daher immer ganz ruhig, vor allem dann, wenn sie Männerkleidung trug, die ihr, wie man ihr gesagt hatte, ganz vorzüglich stand. Sie verkörperte die Rolle des jungen Lebemannes mit so viel Elan und Wahrhaftigkeit, dass ich sicher bin, kein normaler Zauberer hätte auch nur irgendetwas Weibliches an ihr entdecken können. Sie plapperte mit einer Reihe ganz unsinniger Fragen drauflos und fragte unter anderem: ›Wie bald wird Lady Delacour nach dem Tod ihres Gatten wieder heiraten?‹

›Sie wird nach dem Tod ihres Gatten nie wieder heiraten‹, antwortete das Orakel. – ›Dann heiratet sie also, während er noch lebt‹, sagte Harriet. ›Das ist wahr‹, antwortete das Orakel. Colonel Lawless lachte, ich war verärgert und der Colonel wäre verstummt, denn er war ein Gentleman, aber Mrs Freke, die zwar die Tugendhaftigkeit ihres eigenen Geschlechts abgelegt hatte, aber nicht über den Anstand des anderen verfügte, war einfach nicht zu bändigen. – ›Wer wird denn Lady Delacours zweiter Gemahl werden?‹, rief sie. ›Sie können niemanden der Anwesenden verletzen, wenn Sie jetzt den Namen nennen.‹ – ›Ich kann nicht sagen, wie ihr zweiter Gatte heißen wird‹, erwiderte das Orakel, ›doch sie möge sich vor einem gesetzlosen[30] Liebhaber hüten.‹ Mrs Freke und Colonel Lawless fühlten sich von dem Orakel ermutigt und triumphierten über mich ohne Gnade, oder ich könnte auch sagen: ohne Scham! – Nun, meine Liebe, ich möchte jetzt doch schnell zum Ende kommen: Obwohl ich mich der ›Torheit gänzlich hingab‹,[31] versetzte mich der Gedanke an Schlimmeres doch in Schrecken. Die Vorstellung, geschieden zu sein, öffentlich ein ehrloses Leben führen zu müssen, schockierte mich trotz all meines echten oder vorgespielten Leichtsinns. Oh, wenn ich doch in diesem Augenblick gewagt hätte, *ich selbst zu sein*! Aber meine Furcht vor Lächerlichkeit war größer als meine Furcht vor dem Laster. – ›Meine Güte, meine liebe Lady Delacour‹, flüsterte Harriet, als wir das Haus verließen, ›was kann Sie nur veranlasst haben, so eilig den Weg nach Hause einzuschlagen? – Sie starren und zappeln herum – man möchte meinen, Sie wären noch nie zuvor in Ihrem Leben eine Nacht lang wach geblieben. – Ich glaube tatsächlich, Sie haben Angst, sich uns anzuvertrauen. – Vor wem fürchten Sie sich denn, vor Lawless oder vor mir oder vor sich *selbst*?‹ – Es lag ein solcher Ton von Verachtung in ihren letzten Worten, dass ich zutiefst verletzt war, und wie sonderbar es auch erscheinen mochte, ich wollte jetzt nur noch Harriet davon überzeugen, dass ich keine Angst vor mir selbst hatte. – Falsche Scham ließ mich handeln, als hätte ich gar keine Scham. Sie hätten mich wahrscheinlich nie im Verdacht gehabt, falsche Scham zu empfinden, aber Sie können sich sicher sein, viele, die so selbstsicher erscheinen wie ich, sind im Geheimen Sklaven falscher Scham. – Ich moralisiere, denn ich bin an einer Stelle in meiner Geschichte angelangt, die ich mit Freuden auslassen würde, aber ich hatte Ihnen ja versprochen, dass es keine Auslassungssünden geben würde. – Es wurde schon hell, aber der Tag hatte noch nicht recht begonnen, als wir in Knightsbridge ankamen. Lawless, den – ich kann es nicht leugnen – mein wie auch Harriets Leichtsinn ermutigt hatte, war so übermütig und vertraulich, wie ich ihn noch nie erlebt hatte. Mrs Freke wollte bei ihrer Schwester am Grosvenor Square abgesetzt werden. Das tat ich und ich bitte Sie, glauben Sie mir, ich hätte alles dafür gegeben, meinen Colonel zur selben Zeit loszuwerden, aber Sie können sich ja denken, dass das nicht möglich war, es sei denn, ich hätte vor Harriet Freke zu ihm ›Steigen Sie sofort aus!‹ gesagt. Um ehrlich zu sein, aus meinem Verhalten hätte man nicht schließen können, dass ich von irgendeiner Sorge geplagt würde – so gut oder so schlecht spielte ich meine Rolle. – Als Harriet Freke aus der Kutsche sprang, krähte ein Hahn in der Gegend um das Haus ihrer

Schwester. ›Da!‹, rief Harriet. ›Hören Sie den Hahn krähen, Lady Delacour? – Jetzt können wir doch hoffen, dass Ihre Angst vor Kobolden verflogen ist – sonst wäre ich natürlich nicht so grausam, das kleine Liebchen ganz allein zu lassen.‹ – ›Ganz allein‹, antwortete ich, ›Ihr Freund der Colonel ist Ihnen sicher dankbar, dass Sie ihn zu einem Niemand degradieren.‹ ›Mein Freund der Colonel‹, flüsterte Harriet und lehnte kühn ihre gefalteten Männerarme auf die Tür der Kutsche, ›mein Freund der Colonel ist mir sicherlich überaus dankbar, dass ich nicht vergessen habe, was die durchtriebene oder die weise Frau uns gerade gesagt hat, dass nämlich Sie und er ein Leib und eine Seele sind oder sein werden. Also, als ich sagte, ich lasse Sie allein, habe ich doch wohl keinen logischen Fehler gemacht, nicht wahr?‹ Ich hatte immerhin so viel Anstand, mich bei diesen Worten von Herzen zu schämen, und rief völlig verwirrt: ›Zum Berkeley Square. – Aber wo soll ich Sie denn absetzen, Colonel? – Harriet, haben Sie einen schönen Tag – vergessen Sie nicht, dass Sie Männerkleidung tragen.‹ Ich wagte in diesem Augenblick nicht, die Frage: ›Wo soll ich Sie denn absetzen?‹ zu wiederholen, weil Harriet mich so höhnisch anlächelte, als wollte sie sagen: ›Immer noch Angst vor dir selbst?‹. Wir fuhren weiter. – Ich denke jetzt, die Verwirrung, die sich trotz all meiner Bemühungen Bahn brach, ermutigte Lawless, der von Natur aus ein Stutzer und ein Narr war, zu glauben, ich gehörte ihm tatsächlich – sonst wäre er niemals so unverschämt geworden. Kurzum, meine Liebe, noch bevor wir die Stadttore passiert hatten, war ich regelrecht gezwungen, zu ihm: ›Steigen Sie sofort aus!‹ zu sagen, was ich mit einer Entrüstung tat, die ihn ganz und gar in Erstaunen versetzte. Er murmelte etwas über Damen, die auch nicht wüssten, was sie wollten, und ich gebe zu, dass ich, obwohl ich den Sieg davontrug, mir genauso viel Schuld gab wie ihm, und Harriet schrieb ich mehr Schuld zu als jedem von uns. – Ich schickte nach ihr am nächsten Tag, um mich mit ihr zu beraten. Sie zeigte so viel Erstaunen und so viel Besorgnis angesichts der Katastrophe, mit der unser nächtliches Vergnügen geendet hatte, und verfluchte sich selbst mit solchen Vorwürfen, verwünschte Lawless, den dummen Stutzer, so sehr, dass mein Gewissen beruhigt wurde und ich mich in meiner guten Meinung von ihr wieder bestätigt fühlte, woraufhin ich sie mit der alten Zuneigung und Achtung betrachtete – beachten Sie bitte, für mich folgt Achtung immer der Zuneigung, nicht andersherum. Wehe all denen, die in Dingen der Moral den Karren vor das Pferd spannen! – Aber um mit meiner Geschichte fortzufahren – andererseits schieben ja alle Historiker solche Überlegungen ein in der Annahme, sie allein seien so klug, diese zu entwickeln. Meine *geschätzte* Freundin stimmte mir zu, dass es das Beste für alle Beteiligten sei, die ganze Angelegenheit totzuschweigen; dass wir Lawless, da er in einigen Tagen die Stadt ohnehin verlassen würde, um sich als Vertreter eines Landkreises wählen zu lassen, dadurch auf die angenehmste Weise loswürden, und zwar ohne viele ›letzte Worte‹; dass er in der Situation selbst schon genug bestraft worden sei und dass eine doppelte Bestrafung, einmal im Privaten und einmal in aller Öffentlichkeit, den Gesetzen englischer Bürger widersprechen würde und in meinem Fall auch jeglicher Vorsicht und Vernunft, denn es war mir nicht möglich, mich über ihn beklagen, ohne Lord Delacour dazu zu bringen, ihn zum Duell zu fordern. Dies wiederum konnte ich nicht tun, ohne zuzugeben, dass seine Lordschaft ganz recht gehabt hatte, als er mich gewarnt hatte bezüglich *seiner und meiner Ehre*, denn ich musste befürchten, diese Phrase zum neunundneunzigsten Male zu hören zu bekommen. Im Übrigen wäre Lord Delacour der letzte Mann auf der Welt gewesen, den ich als meinen Ritter gewählt hätte, obwohl er nun einmal unglücklicherweise mein Gemahl war. – Darüber hinaus fand ich alles in allem, die Geschichte würde sich nicht unbedingt zu meinen Gunsten in der Gesellschaft erzählen lassen, zumindest nicht so, wie ich es gern gehabt hätte. Wir waren uns daher einig, dass es ratsam sei, unsere Zungen im Zaum zu halten. Wir hielten es für selbstverständlich, dass Lawless das auch tun würde, und was meine Leute anging, dachte ich, sie wüssten nichts, und selbst wenn, so konnte ich mich doch auf sie verlassen. Wie die Geschichte dann doch herauskam, konnte ich mir zu der Zeit überhaupt nicht vorstellen, doch jetzt weiß ich ja Bescheid darüber, was für eine gemeine Verräterin die Frau ist, die ich meine Freundin nannte. Die Affäre wurde bekannt, und man sprach am nächsten Tag überall darüber, besonders bei der grässlichen Mrs Luttridge, und das mit Übertreibungen, die mich schier in den Wahnsinn trieben. Ich war wütend, unvorstellbar wütend auf Lawless, von dem, wie ich meinte, die Berichte stammten.

Ich machte meiner Entrüstung gerade in einem Raum mit großer Gesellschaft Luft und hatte gerade meine Geschichte in meinem Sinne zurechtgebogen, als ein Herr, den ich gar nicht kannte, vollkommen außer Atem mit der Neuigkeit hereinkam, dass Colonel Lawless im Duell von Lord Delacour getötet worden sei, dass man ihn heimbringe zum Haus seiner Mutter und dass der Leichnam soeben an unserer Tür vorbeigetragen werde. Die ganze Gesellschaft drängte sich sofort an die Fenster, und ich stand ganz allein da, bis ich nicht mehr stehen konnte. Was danach getan oder gesagt wurde, daran kann ich mich nicht erinnern, ich weiß nur, dass mich, als ich wieder zu mir kam, das schrecklichste Gefühl, das ich je erlebt hatte, überwältigte, die Gewissheit nämlich, dass meine Hände mit dem Blut eines Mitmenschen besudelt waren. – Ich frage mich«, sagte Lady Delacour, brach bei diesem Teil ihrer Geschichte ab und erhob sich plötzlich, »ich frage mich, was ist denn nur mit Marriott? Es ist doch bestimmt an der Zeit, meine Tropfen einzunehmen. – Miss Portman, seien Sie doch so gut zu klingeln, ich muss sofort etwas bekommen.« Belinda war entsetzlich erschrocken über die Wildheit ihres Gebarens. Lady Delacour fasste sich jedoch oder nahm sich noch um einiges mehr zusammen, als sie Marriott kommen sah, die aus dem Kämmerchen in den Räumen ihrer Herrin die Tropfen brachte, die Lady Delacour eilig schluckte. Dann orderte sie Kaffee und einen kleinen Likör für hinterher, wandte sich schließlich mit einem gezwungenen Lächeln an Belinda und sagte: »Soll die Prinzessin Scheherazade nun ihre Geschichte weitererzählen?«

Kapitel IV
Lady Delacours Geschichte – Fortsetzung

»Ich habe mit der echten Kunstfertigkeit der Geschichtenerzähler im interessantesten Moment aufgehört – mit einem Duell –, andererseits sind Duelle ja wieder so häufig geworden, dass sie regelrecht banale Geschehnisse darstellen.

Nun denkt man aber, dass ein Duell, das wegen der eigenen Person ausgetragen wurde, trotz allem etwas Besonderes sein muss. Man hört jeden Tag von Männern, die wegen nichts und wieder nichts in einem Duell erschossen wurden, es war also wirklich ein wenig schwach von mir, wie Harriet Freke mir damals sagte, so viel über Lawless' Tod nachzudenken. Sie erwartete natürlich, dass ich in *Gesellschaft* meine Trauer offenbaren würde, aber glücklicherweise stachelte sie damit meinen Stolz an, der schon immer stärker ausgeprägt gewesen war als meine Vernunft, und ich verhielt mich in der Situation, wie es sich für eine Dame aus den ersten Kreisen gehörte. – Es gab allerdings einiges, was ich kaum ertragen konnte. – Sie müssen wissen, dass Lawless, Narr und Stutzer, der er war, doch über einige Großherzigkeit verfügte und diese auf seinem Sterbebett zeigte – wie manche Leute es tun, von denen man es am wenigsten erwartet. Die letzten Worte, die er von sich gab, waren: ›Lady Delacour ist unschuldig – ich verlange, dass Sie Lord Delacour nicht gerichtlich belangen.‹ Dies sagte er zu seiner Mutter, die – um das Maß meines Elends vollzumachen – eine der angesehensten Frauen in ganz England ist und ganz entsetzlich an Lawless hing, der auch noch ihr einziger Sohn war. Sie hat sich nie von ihrem Verlust erholt. Erinnern Sie sich noch, dass Sie mich fragten, wer die hochgewachsene ältere Dame sei, die Sie eines Tages in ihre Kutsche steigen sahen bei der Kapelle in der South Audley Street, als wir auf dem Weg in den Park vorbeifuhren? Das war Lady Lawless – ich glaube, ich habe Ihnen damals keine Antwort gegeben. Ab und an treffe ich sie – mir erscheint sie wie ein Gespenst, das mich zur Betroffenheit mahnt. – Aber wie Harriet Freke schon sagte, ein Mann wie Lawless ist ja wohl doch ein nutzloses Wesen für die Gesellschaft gewesen, sosehr ihn eine liebende Mutter auch vermissen mag. Wir sollten die Dinge nach Möglichkeit in einem philosophischen Lichte sehen. Ich hätte nicht halb so viel gelitten, wenn er ein Mann mit einem besseren Verstand gewesen wäre, aber er war eine arme, eitle, schwache Kreatur, die ich mit meiner Koketterie aufgezogen und betrogen habe, während ich die ganze Zeit über nur Lord Delacour quälen wollte. Ich wurde ohnehin schon genug gestraft durch das aufgeblasene Gehabe, das seine Lordschaft wegen seiner Tapferkeit und seinem Urteilsvermögen nun noch mehr an den Tag legte; es brachte mich schier zur Weißglut, ich gab ihm mit Nachdruck alle Schuld und brachte eine große Gruppe meiner Freunde, ich meine, meiner Bekannten, dazu, ihn dafür aufs Korn zu nehmen, dass er sich für mich duelliert hatte. Es sei absurd gewesen – es sei voreilig gewesen – es habe einen unglaublichen Mangel an Vertrauen in die eigene Frau bewiesen, das war *unsere Position*. Lord Delacour hatte natürlich auch seine Parteigänger, das ist wohl wahr, unter den lautesten von ihnen war die grässliche Mrs Luttridge. Ich nutzte die erste Möglichkeit, die sich mir bot, um es ihr heimzuzahlen. Sie müssen wissen, dass Mrs Luttridge nicht nur eine große Faro-Spielerin ist, sondern auch in der Politik herumpfuscht, denn sie ist ebenso hinter der Macht her wie hinter dem Geld. Sie redet sehr laut und flüssig und hatte sich irgendwie, teils durch Intrigen, teils durch Beziehungen, in Verbindung mit einigen führenden

Männern im Parlament gebracht. Es sollte in unserer Grafschaft eine Wahl geben, bei der mehrere Kandidaten aufgestellt waren. Mr Luttridge hatte dort ein sehr ansehnliches Anwesen neben dem von Lord Delacour, und da sie zu einer alteingesessenen Familie gehörten und gastfreundlich waren, waren die Luttridges beliebt genug. Kaum war die Wahl auch nur erwähnt worden, erschien schon eine flammende Anzeige von Mr Luttridge; schon gab Mrs Luttridge den Beginn ihrer Wahlkampagne bekannt, und schon gab Lady Delacour ihrerseits bekannt, dass sie eine Wahlkampagne für einen Cousin Harriet Frekes organisieren würde. Das war etwas ganz Neues für mich, aber ich rühmte mich ja schließlich vieler verschiedener Talente und tat, was ich nur konnte, um all die Squires und, was viel schwieriger war, die Gattinnen all der Squires in —shire für uns zu gewinnen. Mein Ehrgeiz war es, man solle von mir sagen, ich sei die prachtvollste Figur gewesen, die jemals einen Wahlkampf unterstützt hätte. – Oh, ihr Bewohner unserer Grafschaft, wie hart habe ich gearbeitet, um euer Lob zu erhalten! Alles, was die vereinten Kräfte von Eitelkeit und Hass hervorbringen konnten, tat ich, und das mit Erfolg. Sie wollen wahrscheinlich gar nicht wissen, wie viele Fässer Port durch den Hals von John Bull[32] flossen oder welche ungeheuren Mengen an Opfertieren dem Genius der englischen Freiheit serviert wurden. Mein Hass für Mrs Luttridge wurde natürlich Vaterlandsliebe genannt. Lady Delacour wurde von allen *wahren* Patrioten wie eine Göttin verehrt, und glücklicherweise vererbte mir ein Onkel, der sechs Wochen vor der Wahl verstarb, für meinen Einsatz eine hübsche Hinterlassenschaft, so dass ich die Rechnung für meine Apotheose begleichen konnte. Der Tag der Wahl kam. Harriet Freke und ich hatten unseren Auftritt auf den Rednertribünen in prachtvollen Uniformen unserer Partei, und vor uns hielten unsere Ritter und Squires zwei enorme Packtaschen voller Bänder und Kokarden, die wir mit einer Anmut verteilten, die alle Herzen, wenn auch nicht alle Stimmen gewann. Mrs Luttridge dachte, die Packtaschen würden die Wahl entscheiden, und deswegen bestellte sie express ein paar Taschen, die zweimal so groß wie unsere waren. Ich nahm meinen Bleistift und zeichnete eine Karikatur der ›Eselin mit zwei Packtaschen‹,³³ schrieb ein Epigramm dazu, und das Epigramm und die Karikatur waren bald in den Händen der halben Grafschaft. Die Verse waren so schlecht, wie Stegreifverse es nun einmal sind, und die Zeichnung war auch nicht viel besser als das, was ich geschrieben hatte, aber der ›gute Wille‹ meiner Kritiker machte all meine Schwächen wieder wett, und niemals wurde dem Stift Burkes oder dem Pinsel Reynolds'³⁴ mehr Lob zuteil als mir durch meine braven Freunde. – Meine liebe Belinda, wenn Sie nicht auf Qualität bestehen, können Sie Lob in einer Quantität bekommen, die nichts zu wünschen übriglässt. Mrs Luttridge war, wie ich erhofft und erwartet hatte, über die Maßen erzürnt, als sie die Karikatur und das Epigramm zu Gesicht bekam. Sie war jedoch nicht nur eine versierte Spielerin und Politikerin, sondern auch noch – was glauben Sie? – eine exzellente Schützin. Sie wünschte, sagte sie, sie wäre ein Mann, damit sie in der Lage wäre, meinem Verhalten in angemessener Weise Paroli zu bieten. Dieselben lieben Freunde, die ihr mein Epigramm gezeigt hatten, wiederholten vor mir, was sie dazu gesagt hatte. Harriet Freke, die gerade direkt neben mir stand, bot an, jede ›Forderung‹, die ich für geboten hielte, an Mrs Luttridge zu überbringen. Ich dachte zunächst, sie könne es nicht ernst meinen, bis sie hinzufügte, dass die einzige Möglichkeit für Frauen, sich heutzutage hervorzutun, darin bestehe, Verve zu zeigen, denn alles andere sei ›billig und vulgär in den Augen der Mitmenschen‹³⁵ geworden. Sie kenne einen der klügsten jungen Männer in England, obendrein in der eleganten Gesellschaft anerkannt, der eben im Begriff sei, eine Abhandlung über ›Die Schicklichkeit und die Notwendigkeit weiblicher Duelle‹ zu verfassen; dieser habe absolut über jeden Zweifel erhaben bewiesen, dass eine zivilisierte Gesellschaft kein weiteres halbes Jahrhundert bestehen könne ohne diese absolute Notwendigkeit. Ich zollte Harriets Verstand in seiner von mir angenommenen maskulinen Überlegenheit vollkommene Anerkennung. Sie war Philosophin und eine elegante Dame der Gesellschaft – ich war nur Letzteres. Ich hatte jedoch noch nie in meinem Leben eine Pistole abgefeuert, und ich hatte eine gewisse Neigung, eher feige zu sein, aber Harriet bot an, jede Wette auf die Ruhe meiner Hand einzugehen, und versicherte mir, dass ich alle Zuschauer in Männerkleidung bezaubern würde. Kurz und gut, sie schwor, als meine Sekundantin würde sie, wenn sie nur die entsprechenden Urkunden bekäme, es übernehmen, mich mit Kleidung, Pistolen und Mut und was immer ich bräuchte auszustatten. Ich setzte mich also hin, um meine Forderung niederzuschreiben. Als ich sie schrieb, zitterte meine Hand nicht *allzu sehr* – jedenfalls nicht mehr, als es die von Lord Delacour immer tut. Die Forderung war sehr hübsch formuliert – ich glaube gar, ich kann sie Ihnen noch auswendig wiederholen:

›Lady Delacour entbietet Mrs Luttridge ihre Grüße. Man hat sie darüber informiert, dass Mrs L— wünschte, sie wäre ein Mann, um Lady D—s Verhalten *angemessen* zu begegnen. Lady Delacour erlaubt sich, Mrs Luttridge zu versichern, dass sie, obwohl sie unglücklicherweise eine Frau ist, für ihr Verhalten einsteht, in welcher Art Mrs L— es auch für passend erachten mag und zu welcher Stunde und an welchem Ort diese sich einstellen möge. Lady D— überlässt die Wahl der Waffen Mrs L—. Mrs H. Freke, die die Ehre hat, diese Nachricht zu überbringen, steht bei dieser Angelegenheit Lady Delacour zur Seite.‹

Ich kann Ihnen Mrs Luttridges Antwort nicht zitieren, alles, was ich noch weiß, ist, dass sie nicht halb so treffend formuliert war wie die meine, aber der wichtigste Teil besagte, dass sie meine Herausforderung ›mit Vergnügen‹ akzeptiere und sich am nächsten Morgen um sechs Uhr die Ehre geben würde, mich zu treffen, Miss Honour O'Grady sei bei dieser Angelegenheit ihre Sekundantin und Pistolen seien die von ihr bevorzugten Waffen. Der Ort der Verabredung lag hinter einer alten Scheune, etwa zwei Meilen von der Stadt — entfernt. Die Zeit wurde so früh auf den Morgen gelegt, um die Gefahr, unterbrochen zu werden, möglichst auszuschließen. Am Abend zuvor ritten Harriet und ich zu der Stelle. Es steckten mehrere Kugeln in den Pfosten der Scheune, denn dies war der Ort, an dem Mrs Luttridge sich für gewöhnlich im Zielschießen übte. Ich gebe zu, mein Mut schwand bei diesem Anblick ein wenig. – Der Herzog von La Rochefoucauld, glaube ich, war es, der sehr treffend behauptete, dass ›viele Menschen Feiglinge wären, wenn sie es nur wagten‹. Es schien keine physische und erst recht keine moralische Notwendigkeit für dieses Duell zu geben, aber ich ließ mich nicht auf eine Diskussion über Ehrenfragen mit meiner schneidigen Sekundantin ein. Ich spielte vor Harriet ganz großmütig die Tapfere, aber am Abend, als Marriott mir die Kleider abnahm, konnte ich doch nicht umhin, ihr einen Hinweis zu geben, der, so dachte ich, vielleicht den königlichen Frieden und den Landesfrieden bewahren mochte. Ich begab mich am Morgen in guter Stimmung und mit reinem Gewissen an den verabredeten Ort. Harriet war voller Bewunderung für meinen Löwenmut, ich muss wirklich sagen, dass sie sich bei dieser Gelegenheit sehr gelassen zeigte, aber dann sollte man auch nicht vergessen, dass ich ja diejenige war, die dem Feuer standhalten musste, und nicht sie. Ich dachte wohl eine Milliarde Mal an den armen Lawless, als wir zum Duellplatz gingen, ich hatte so meine Vorahnungen und wirre Gedanken von ausgleichender Gerechtigkeit, aber ausgleichende Gerechtigkeit und alle anderen Varianten von Gerechtigkeit waren prompt kein Thema mehr, als ich meine Gegnerin und ihre Sekundantin tatsächlich mit der Pistole in der Hand auf uns warten sah. Beide trugen Männerkleidung. Im Geheimen rief ich inbrünstig Marriotts Namen und blickte ängstlicher um mich, als Blaubarts Frau oder ›Anne, Schwester Anne!‹[36] je danach Ausschau gehalten hatten, ob jemand käme. Doch nichts war zu sehen als das Gras, das im Winde wehte, keine Marriott, die sich *toute eplorée*[37] zwischen die Duellanten geworfen hätte, keine Polizeibeamten, die uns wieder an unsere guten Sitten erinnern würden, keine Rettung in Sicht – und Mrs Luttridge, als diejenige, die herausgefordert worden war, hatte nach allen Regeln der Ehre das Recht, als Erste zu schießen. Oh, diese Regeln der Ehre! – Es hätte nicht viel gefehlt und ich hätte mich entschuldigt, trotz all dieser Regeln, als ich zu meiner unaussprechlichen Freude von der schrecklichen Alternative befreit wurde, entweder ein Loch in den Kopf geschossen zu bekommen oder mich für den Rest meines Lebens der Lächerlichkeit preisgeben zu müssen, und zwar durch ein Geschehnis, das zugegebenermaßen wenig heroisch, aber durchaus opportun war. Aber Sie sollen die ganze Geschichte hören, so genau, wie ich sie noch im Kopf habe – nur *so genau* –, denn die, die zum ersten Mal auf einem Schlachtfeld stehen, finden nicht immer, so wurde mir glaubhaft versichert, und das entspricht auch meiner Überzeugung, dass die Klarheit ihres Gedächtnisses durch das Neuartige ihrer Situation gesteigert wird. Mrs Luttridge lehnte, als wir uns näherten, mit wahrhaft martialischer Lässigkeit an der Wand der Scheune, ihre Pistole wie bereits erwähnt in der Hand. Sie sagte kein Wort, aber ihre Sekundantin Honour O'Grady kam uns sofort entgegen, nahm ihren Hut sehr mannhaft ab und wandte sich an meine Sekundantin: ›Mistriss Harriet Freke, nehme ich an, wenn ich mich nicht irre.‹ – Harriet verbeugte sich leicht und antwortete: ›Miss Honour O'Grady, nehme ich an, wenn ich mich nicht irre.‹ ›Eben die, zu Ihren Diensten‹, antwortete Miss Honour. ›Ich habe einen gewissen Vorschlag, der uns allerlei Lärm und Blutvergießen und Feindseligkeit ersparen könnte.‹ – ›Was Lärm angeht‹, sagte Harriet, ›so ist das etwas, das mir überaus behagt, deswegen würde ich darum bitten, damit meinetwegen nicht zu geizen; was Blutvergießen angeht, daran sollten Sie bitte um Lady Delacours willen nicht sparen, denn ihre Ehre ist für sie von weit größerer Bedeutung als ihr Blut; und was das Zurückschrecken vor Feindseligkeiten betrifft, hätte ich Bedenken wegen Mrs Luttridge, die, wie wir alle wissen, eben daran ihre größte Freude findet, sogar noch mehr als ich an Lärm und Lady Delacour an Blut. Aber bitte fahren Sie fort, Miss Honour O'Grady, Sie wollten einen gewissen Vorschlag machen.‹ – ›Ja, ich möchte unter allen Umständen folgende Beobachtung zu Gehör bringen, denn das erachte ich für meine Pflicht gegenüber der Dame, *die ich hier vertrete*‹, sagte Honour, ›dass nämlich jemand, der gezwungen ist, mit der linken Hand zu schießen, auch wenn er *von Natur aus* ein ungemein guter Schütze ist, niemals unter den gleichen Bedingungen antritt wie jemand, der den Vorteil des Rechtshänders genießt.‹ Harriet rieb meine Pistole mit dem Ärmel ihres Mantels, und ich fand nun all meinen Witz wieder in der Hoffnung, ungestraft witzig sein zu können, und konnte antworten: ›Ganz ohne Frage! – Linkische Weisheit und linkischer Mut sind beide nicht die besten ihrer Art, aber wir müssen uns damit zufriedengeben, *falls* wir keine anderen haben können.‹ ›Dieses *falls*‹, rief Honour O'Grady, ›ist wie die ganze Familie der falls-Sätze kein Friedensstifter. Lady Delacour, ich wollte Ihnen mitteilen, dass die Dame, die ich vertrete, einen unglücklichen Unfall hatte in Form eines Geschwürs am Zeigefinger der rechten Hand, das es ihr unmöglich macht, den Abzug zu betätigen; aber ich stehe Ihnen zu Diensten, meine Damen, jeder von Ihnen beiden, falls Sie die Enttäuschung nicht mit Fassung ertragen können.‹ Ich war noch nie in meinem Leben eher bereit gewesen, eine Enttäuschung mit Fassung zu ertragen, und bereit zu beweisen, dass ich gar nicht fähig war, nachtragend zu sein. Um unseren Sekundantinnen einen Gefallen zu tun, stimmte ich zu, dass wir der Form halber unsere Positionen einnehmen sollten und unsere Pistolen in die Luft abfeuern sollten. Mrs Luttridge mit ihrer linkischen Weisheit feuerte zuerst, und ich folgte mit großer Hochherzigkeit ihrem Beispiel. Ich muss der Sekundantin meiner Gegnerin, Miss Honour O'Grady, die Ehre geben und betonen, dass sie in dieser Sache nicht nur das Temperament, sondern auch die Gutherzigkeit und die Großzügigkeit ihrer irischen Nation bewies. Wir trafen uns als Feindinnen und gingen als Freundinnen auseinander.

Das Leben ist eine Tragikomödie! Auch wenn die Literaturkritiker in ihren Büchern das nie zugeben würden, so ist das doch eine wahre Darstellung dessen, was in der Welt passiert, und von allen Leben ist meines immer die groteskeste Mischung oder ein Auf und Ab von Tragödie und Komödie gewesen. Dies ist die Vorrede zu etwas, das ich Ihnen noch nicht erzählt habe. Unser komödiantisches Duell endete tragisch für mich. ›Wie das?‹, fragen Sie. Nun, es ist wohl klar, dass man mir kein Loch in den Kopf schoss, aber es wäre besser für mich gewesen, hundertmal besser, wenn das geschehen wäre. Mir wären, zumindest in diesem Leben, die Qualen der Verdammten erspart geblieben. Ich war nicht darin geübt, eine Pistole scharf zu machen und zu laden, meine Pistole war zu sehr geladen, als ich sie abfeuerte – es gab einen Rückstoß, und sie traf meine Brust. Die Folgen haben Sie ja gesehen, oder Sie werden sie noch sehen.

Der Schmerz in dem Moment war nichts im Vergleich zu dem, was ich seither ertragen musste. Aber ich will mich nicht beklagen, solange ich das vermeiden kann. Als ich den Schlag erlitt, hatte ich nicht die Muße zu klagen, denn kaum hatte ich meinen Schuss abgegeben, hörten wir einen lauten Schrei auf der anderen Seite der Scheune und eine Gruppe von Stadtleuten, Landbewohnern und Heumachern kam mit Rechen und Heugabeln in den Händen den Weg herab auf uns zugerannt. Ein englischer Mob ist wahrhaftig furchterregend. Marriott hatte ihren Auftrag vollkommen falsch erledigt, sie hatte tatsächlich die Kunde von einem Duell verbreitet – einem Duell zwischen zwei Frauen –, aber diese Bauern waren mit ihrem ungeschulten Sinn für Anstand von der Vorstellung eines Duells, das Frauen in *Männerkleidung* ausfochten, dermaßen schockiert, dass ich tatsächlich glaube, sie hätten uns am liebsten in den Fluss geworfen. Dumme Holzköpfe! Ich bin mir sicher, sie hätten sich nicht halb so sehr aufgeregt, wenn wir in Unterröcken geboxt hätten. Dass wir aber keine Unterröcke anhatten, hätte beinahe zu unserem Untergang geführt oder zumindest zu einer entsetzlichen Blamage, denn eine adlige Dame, die man ins Wasser geworfen hat, kann nie wieder ihren Kopf mit einer gewissen Eleganz über Wasser halten. – Der Mob hatte uns gerade ganz umzingelt, wobei er ›Schande! Schande! Schande!‹ schrie und ›ins Wasser mit ihnen – hochgeboren oder niedrig – ins Wasser, ins Wasser‹, als er seine Aufmerksamkeit plötzlich einer Person zuwandte, die eine große Herde quiekender und grunzender Schweine den Landweg hinab vor sich hertrieb. Diese Person war in eine prachtvolle Uniform gekleidet und mit einer langen Stange bewaffnet, an deren Ende eine Blase hing. Die Schweine waren verängstigt und rannten quiekend von einer Seite der Straße zur anderen, und der Schweinehirt in Uniform hatte inmitten all dieses Lärms Schwierigkeiten, sich Gehör zu verschaffen, aber schließlich verstand man, dass er sagen wollte, dass eine Wette um hundert Guineen davon abhänge, ob es ihm gelingen würde, diese Schweine vor einer Herde Truthähne, die sie verfolgten, herzutreiben, und er bitte die versammelte Menschenmenge, ihm und seinen Schweinen eine faire Chance zu geben. Als der Mob von dieser Wette hörte, und wohl auch angesichts eines Gentlemans, der zum Schweinehirten geworden war, geriet er ganz außer sich vor Entzücken, und kaum hatte sie seine Stimme gehört, rief Harriet Freke schon aus: ›Clarence Hervey! – Was für ein Glück!‹«

»Clarence Hervey!«, unterbrach Belinda. – »Clarence Hervey, meine Liebe«, sagte Lady Delacour kühl, »kann einfach alles, wissen Sie! Sogar Schweine kann er besser treiben als jeder andere – aber lassen Sie mich fortfahren.

Harriet Freke brüllte mit Stentorstimme, was den Schweinehirten tatsächlich aufmerken ließ; sie erklärte ihm auf Französisch unser Problem und auch, warum es so gekommen war. Clarence Hervey war, wie Sie wahrscheinlich längst entdeckt haben, ›dieser unglaublich kluge junge Mann, der über die Schicklichkeit und Notwendigkeit weiblicher Duelle‹ geschrieben hatte. Er antwortete Harriet auf Französisch: ›Ihre Rettung mit körperlicher Gewalt zu versuchen wäre hoffnungslos, aber ich werde es geschickter anfangen, ich werde die Leute einfach ablenken.‹ Im nächsten Augenblick wandte sich unser Held an einen kräftigen Burschen, der mich in Gewahrsam hatte, und rief: ›Hussa, Jungs! Für England, unser gutes altes England! Da hinten kommt ein Franzose mit einer Herde Truthähne. Meine Schweine werden ihn für hundert Guineen schlagen. England für immer, hussa!‹

Während er noch sprach, erschien der französische Offizier, mit dem Clarence Hervey die Wette abgeschlossen hatte, an der Kehrung des Weges – seine Truthähne flogen halb, halb hoppelten sie auf der Straße vor ihm her. Der Franzose schwenkte einen roten Wimpel über den Köpfen seiner Herde – Clarence schüttelte seine Stange, an deren Spitze eine Blase voller Bohnen hing. Die Schweine grunzten, die Truthähne kollerten, und der Mob brüllte – ganz wild darauf, den Ruhm des guten alten Englands zu mehren, folgte die Menge Clarence mit lauten Beifallsbekundungen. Dem französischen Offizier folgte man mit Gestöhn und Gezische. – So groß war das Chaos und der Eifer der Patrioten, dass sogar das Vergnügen, weibliche Duellanten ins Wasser werfen zu können, in der allgemeinen Begeisterung unterging. Alle Augen und alle Herzen waren ganz auf das Rennen gerichtet – einmal lagen die Truthähne wieder vorne – ein andermal die Schweine. – Aber als wir in Sichtweite des Teiches kamen, wo die Pferde getränkt wurden, hörte ich einen Mann rufen: ›Vergesst das Tunken nicht.‹ Wie ich zitterte! Aber unser Ritter rief seinen Gefolgsleuten zu: ›Aus Liebe zu unserm guten alten England, meine tapferen Jungs, bleibt zwischen meinen Schweinen und dem Teich – wenn unsere Schweine das Wasser sehen, laufen sie dorthin, und England ist verloren.‹

Der Eifer des Mobs wurde durch diese Rede von uns abgelenkt. ›Auf, auf, meine Freunde, zur Stadt, zum Markt, wer als Erster am Marktplatz ankommt, hat die Wette gewonnen.‹ – Unser General schüttelte die klappernde Blase im Triumph über den Köpfen der ›schweinischen Menge‹,[38] während wir seinem Tross in vollkommener Sicherheit bis in die Stadt folgten.

Männer, Frauen und Kinder drängten sich an den Fenstern und Türen. ›Ziehen Sie sich an den nächsten Ort zurück, der sich anbietet‹, flüsterte Clarence uns zu, denn wir gingen ganz nahe bei ihm. Harriet Freke drängte sich in ein Putzmacherinnengeschäft, ich aber konnte nicht nach ihr dort hinein, denn ein verängstigtes Schwein drehte plötzlich um und hätte mich fast umgeworfen. Clarence Hervey fing mich auf und half mir, in dem Geschäft zu verschwinden. Aber der arme Clarence verlor seine Wette wegen dieser galanten Höflichkeit. Während er mich in das Geschäft manövrierte, gelang es den Truthähnen, mehrere Yards vor den Schweinen als Erste den Marktplatz zu erreichen und das Rennen zu gewinnen.

Der französische Offizier hatte große Schwierigkeiten, sicher aus der Stadt zu kommen, aber Clarence machte dem Mob klar, dass er ein Gefangener auf Ausgang sei und dass es Engländern gar nicht ähnlich sehe, einen Gefangenen schlecht zu behandeln. So kam er davon, ohne mit Steinen oder sonst etwas beworfen zu werden, und die beiden gelangten sicher beim Haus General Y—s an, wo sie dinieren sollten und wo sie eine große Gesellschaft von Offizieren mit einem Bericht von ihrem Abenteuer unterhielten.

Mrs Freke und ich, wir waren gottfroh, entkommen zu sein, und glaubten, die ganze Angelegenheit sei nun vorüber, aber da hatten wir uns geirrt. Die Nachricht von unserem Duell, die sich in der Stadt verbreitet hatte, führte zu einem Aufruhr, wie man ihn nie zuvor erlebt hatte, nicht einmal bei der umstritttensten Wahl. Hätten Sie das für möglich gehalten? Der Ausgang der Wahl wurde von diesem Duell bestimmt. Die einfachen Leute erklärten, einer wie der andere, dass sie weder für Mr Luttridge noch für Mr Freke stimmen würden, denn *wie* –, aber ich muss nicht alle *Plattitüden*, die sie von sich gaben, wiederholen. Kurzum, weder Bänder noch Brandy konnten sie zur Vernunft bringen. Mit echter englischer Dickköpfigkeit ging jeder von ihnen hin und gab seine Stimme einem unabhängigen Kandidaten seiner eigenen Wahl, dessen Frau fürwahr eine war, die sich zu benehmen wusste.

Mein einziger Trost für all dies war Clarence Herveys Meinung, ich sähe besser in Männerkleidung aus als meine Freundin Harriet Freke. Clarence war ganz bezaubert von meinem Esprit und meiner Anmut, aber er hatte damals nicht die Zeit, sich mir oder sonst etwas ernsthaft zu widmen. Er war in dem Jahr, schätze ich, vielleicht neunzehn oder zwanzig, er war ganz Lebhaftigkeit, Vermessenheit und Widersprüchlichkeit; er war voller Eifer, wenn es darum ging, seine Meinung zu vertreten, aber gleichzeitig war er auch der offenherzigste Mann der Welt, denn es gab keine Grundsätze, denen er sich exklusiv verschrieb; er übernahm in freiheitlicher Rotation jede mögliche Absurdität, und um ihm Gerechtigkeit widerfahren zu lassen, verteidigte er diese mit den raffiniertesten Argumenten, die man sich nur denken konnte, und mit einer Wortgewalt, die das Ohr erfreute, wenn auch nicht immer den Verstand. Sein Essay über das Duell unter Frauen war eine ganz außerordentliche Leistung; er wurde als Manuskript herumgereicht, bis er zerschlissen war; Hervey sprach davon, ihn drucken zu lassen und ihn mir zu widmen. Jedoch gehörte dieses Vorhaben zu einer Million anderer, von denen er *sprach*, die er jedoch nie zur Ausführung brachte. Glücklicherweise lösten sich viele seiner Verrücktheiten in reine Worte auf. Ich bekam aber zu der Zeit wenig mit von ihm und seinen verrückten Ideen. – Alles, was ich über ihn weiß, ist, dass er, nachdem er seine Wette um hundert Guineen als Schweinehirt verloren hatte, weil er ritterlich die Aufgabe übernommen hatte, weibliche Duellanten vor einem Mob zu beschützen, sehr charmante Verse über die Geschichte schrieb und so verärgert über die Dummheit seiner Offiziersbrüder war, die die Verse nicht verstehen konnten, und einen solchen Widerwillen gegen die Armee entwickelte, dass er sein Offizierspatent verkaufte. Er begab sich auf eine Grand Tour auf dem Kontinent, und ich ging mit Harriet Freke nach London zurück und vergaß die Existenz Clarence Herveys für etwa drei oder vier Jahre. – Wenn Menschen nicht irgendwie von Nutzen sein können oder wenn sie nicht anwesend sind, dann mögen sie noch so angenehm oder verdienstvoll sein, wir haben die Neigung, sie zu vergessen. – Man wird so sonderbar selbstsüchtig, wenn man in der Welt lebt. – Es ist das perfekte Heilmittel für romantische Vorstellungen von Dankbarkeit und Liebe und dergleichen. – Hätte ich auf dem Lande in einem alten Herrenhaus gelebt, so hätte Clarence Hervey mit Sicherheit einen überragenden Platz in meiner Phantasie eingenommen als der Retter meines Lebens etc. etc. Aber in London hat man keine Zeit, an Retter zu denken. Und doch kann ich Ihnen nicht sagen, was ich mit meiner Zeit gemacht habe – sie ist dahin und keine Spur bleibt mehr von ihr – ein Tag nach dem anderen ist vergangen, ich weiß gar nicht wie. – Hätte ich um jeden Tag, den ich so verloren habe, Tränen vergossen, so hätte ich mir sicherlich schon die Augen ausgeweint. – Wenn ich mich bei all den Vergnügungen wirklich amüsiert hätte, so wäre es mir ja gutgegangen, aber ich erkläre Ihnen im Vertrauen, dass mich das alles zu Tode ermüdet hat. Nichts kann so monoton sein wie das stereotype Leben einer Dame der feinen Gesellschaft. Ich halte es für unwahrscheinlich, dass ein Zugpferd oder ein Pferd in einer Mühle mit unsereinem tauschen würde, wenn es so viel über dieses Leben wüsste, wie ich es tue. Sie sind sicher überrascht, solche Töne von mir zu hören. Meine liebe Belinda, wie ich Sie beneide! Sie sind noch nicht all der Dinge müde. *Die Welt* hat für Sie noch den Glanz des Neuen. Aber erwarten Sie nicht, das könne länger dauern als eine Saison. Mein erster Winter war unterhaltsam genug. Am Anfang ist man noch bezaubert von dem geschäftigen Treiben und dem ach so hellen Licht und dem, was die Franzosen das *spectacle* nennen, das ist aber, denke ich, in sechs Monaten vorbei. Ich kann mich gerade noch daran erinnern, wie ich die Theater, die Oper, das Pantheon und die Ranelagh Gardens und all diese Orte um ihrer selbst willen unterhaltsam fand. – Doch bald, allzu bald gehen wir aus, um Menschen zu sehen, nicht mehr die Orte. – Dann werden wir des Anblicks der Menschen müde – dann sind wir es leid, von Menschen gesehen zu werden – und dann gehen wir nur noch aus, weil wir nun einmal nicht daheimbleiben können. Eine traurige Geschichte, aber sie ist wahr. – Verzeihen Sie mir, dass ich Ihnen die Wahrheit offenbart habe, hübsch gekleidete Falschheit ist eine sehr viel *präsentablere* Gestalt. – Ich komme jetzt zu der Epoche in meiner Geschichte, die recht arm an außerordentlichen Ereignissen ist. – Was soll ich tun? – Soll ich mir etwas ausdenken – ich würde, wenn ich könnte – aber ich kann es nicht. Dann muss ich Ihnen also gestehen, dass ich in den letzten vier Jahren vor Langeweile gestorben wäre, wenn mich der Hass auf Mrs Luttridge und auf meinen Mann nicht am Leben erhalten hätte, ich weiß nicht, wen ich mehr hasse – oh, ja, doch – ich hasse bestimmt Mrs Luttridge am meisten, denn eine Frau kann immer eine Frau stärker hassen als einen Mann, es sei denn, sie war in ihn verliebt, was ich ja in den armen Lord Delacour nie war. Ja! Mit Sicherheit hasse ich Mrs Luttridge am meisten, ich kann die verrückten Dinge gar nicht alle aufzählen, die ich ausdrücklich deswegen getan habe, um sie in den Schatten zu stellen. Wir hatten gigantische rivalisierende Feste, rivalisierende Konzerte, rivalisierende Galas, rivalisierende Theatervorstellungen – sie hat mich mehr gekostet, als *sie selbst* wert ist, als ihr eigenes Vermögen wert ist. Aber ich habe sie zumindest einmal im Monat gedemütigt. Mein Hass auf Mrs Luttridge, meine Liebe, ist die indirekte Ursache meiner Zuneigung zu Ihnen, denn er war der Grund, warum ich Ihre Tante Stanhope näher kennenlernte – Mrs Stanhope ist eine kluge Frau, sie kann den Hass all ihrer Freunde und Bekannten zu ihrem Vorteil einsetzen. Liebenden dienlich zu sein ist eine undankbare Aufgabe im Vergleich mit der, etwas für Hassende zu tun – *elegante* Hassende, meine ich. Es kann schon gefährlich sein, soweit ich weiß, sich in die Streitereien derjenigen einzumischen, die ihre Nächsten nicht nur aus ganzer Seele, sondern mit ganzer Kraft hassen – die Barbaren kämpfen, küssen sich und sind wieder Freunde. – Bei Streitigkeiten, in denen es nicht zu körperlichen Schlägen kommt, kann man eher dazwischengehen, aber selbst diese kann man nicht mit denen vergleichen, bei denen es nie zu Worten kommt. Ein echter stummer Hass ist der, der alle Ewigkeit überdauert. Sobald bekannt wurde, dass Mrs Luttridge und ich beschlossen hatten, nicht mehr miteinander zu sprechen, begann Ihre Tante, sich auf eine Art meines Hasses anzunehmen, die sie mir sehr gefällig machte. Einmal im Winter informierte sie mich darüber, dass meine Gegnerin ihr ganzes Herz darangesetzt habe, eine prachtvolle Einladung für einen bestimmten Tag zu planen. Also beschloss ich natürlich, genau für diesen Tag eine rivalisierende Gala zu organisieren. Mrs Stanhopes Zofe hatte einen Verehrer, einen Gärtner, der in Chelsea lebte, und dieser Gärtner hatte eine Aloe, die bald blühen sollte. Nun, eine Pflanze, die nur einmal in hundert Jahren blüht, ist schon recht kostbar. Der Gärtner hatte vorgehabt, eine öffentliche Ausstellung zu veranstalten, mit der er etwa hundert Guineen verdienen wollte. Das Mädchen Ihrer Tante handelte sie ihm für fünfzig ab, und ich brachte das Gerücht in Umlauf, dass bei einem Dinner eine Aloe in voller Blüte in der Mitte von Lady Delacours Tisch stehen würde. Das Schwierigste war, Mrs Luttridge sich genau für den richtigen Tag entscheiden zu lassen, Sie können sich vorstellen, dass wir ja die Blüte unserer Aloe unmöglich verschieben konnten. Ihre Tante regelte das Ganze auf bewundernswerte Weise, und zwar über einen *gemeinsamen Freund*, der den Luttridges völlig unverdächtig erschien. Kurzum, meine Liebe, dieser Punkt ging an mich. Jedermann kam von Mrs Luttridges Haus zu mir oder zu meiner Aloe. Sie hatte ein wunderbares Abendessen zubereitet, aber kaum eine Seele blieb bei ihr, sie kamen alle zu mir, um zu sehen, was man nur einmal in hundert Jahren sehen kann. Nun ist eine Aloe als Tischdekoration von einer sehr hinderlichen Höhe. Mein Salon hat zum Glück eine Kuppel, und darunter hatten wir sie platziert. Um die gigantische Porzellanvase, in die sie gepflanzt war, stellten wir die schönsten, oder besser: die teuersten Treibhauspflanzen, die wir nur bekommen konnten. Schließlich ist so eine Aloe ein hässliches Ding, aber sie tat ihren Zweck, sie brachte Mrs Luttridge, wie man mir hinterbrachte, vor Wut regelrecht zum Weinen. Ich war Ihrer Tante ungemein dankbar und versicherte ihr, wenn es jemals in meiner Macht stehe, könne sie meiner Dankbarkeit gewiss sein. – Ach bitte, wenn Sie ihr schreiben, berichten Sie ihr das doch, und sagen Sie ihr, dass ich, seit sie mir Belinda Portman vorgestellt hat, ihr noch hundertmal mehr verpflichtet bin als zuvor. – Aber um mit meiner ach so wichtigen Geschichte fortzufahren. – Ich will Sie nicht damit ermüden, dass ich all meine Schlachten im Siebenjährigen Krieg mit Mrs Luttridge noch einmal durchspiele. Ich glaube, Liebe ist mehr nach Ihrem Geschmack als Hass, deswegen werde ich, so schnell es geht, zu Clarence Herveys Heimkunft von seinen Reisen übergehen. – Er hatte sich sehr zum Besseren entwickelt, zumindest dachte ich das, denn man hörte ihn erklären, dass er nach allem, was er in Frankreich und Italien gesehen hatte, der Meinung sei, Lady Delacour sei die bezauberndste Frau *ihres Alters* in ganz Europa. Die Worte ›ihres Alters‹ verletzten mich durchaus, und ich gab mir alle Mühe, ihn sie vergessen zu lassen – einen dummen Mann kann man nicht so einfach um seinen Verstand bringen – was er sieht, sieht er, nicht mehr und nicht weniger –, aber es ist das Leichteste auf der Welt, sich eines Mannes von Genie zu bemächtigen, man muss nur von seinen Sinnen ausgehend an seine Imaginationskraft appellieren. Dann sieht er mit den Augen der Phantasie und hört mit den Ohren der Phantasie, und dann ist es gleich, welchen Alters die bezaubernde Schöne sein mag, mag sie auch wenig gutaussehend oder geistreich sein – egal, ob sie Lady Delacour oder Belinda Portman ist – ich denke, ich kenne Clarence Herveys Charakter *au fin fond*[39] und ich könnte ihn hinführen, wohin es mir beliebt – aber seien Sie nicht beunruhigt, Sie wissen, dass ich ihn niemals in eine Ehe führen könnte. – Sie schauen mich an und dann schauen Sie weg – Sie wissen nicht recht, wohin Sie schauen sollen – Sie sind vielleicht überrascht, dass ich nach allem, was geschehen ist, nach allem, was ich gefühlt habe und was ich noch wegen des armen Lawless fühle, noch immer nicht von der Koketterie geheilt bin. Davon bin ich auch überrascht, aber die Gewohnheit, die Mode, der Teufel, glaube ich, verleitet uns – und dann ist ja auch Lord Delacour so eigensinnig und so eifersüchtig – Sie haben doch sicherlich die *höfliche Konversation* an jenem Morgen zwischen mir und seiner Lordschaft beim Frühstück nicht vergessen, bei der es um Clarence Hervey ging. Aber weder weiß seine Lordschaft noch kann Clarence Hervey irgendeinen Verdacht haben, dass es mein Ziel ist, vor der Welt zu verbergen, was ich vor mir selbst nicht verbergen kann: dass ich eine Frau bin, die stirbt. Ich bin, und ich sehe, dass Sie das auch von mir denken, eine sonderbare, schwache und unbeständige Kreatur – ich war für Besseres bestimmt – aber nun ist es zu spät – als Kokette habe ich gelebt, und als Kokette werde ich auch sterben – ich spreche ganz offen mit Ihnen – lassen Sie mir das Vergnügen, Clarence Hervey noch ein paar Monate in der Öffentlichkeit als meinen Verehrer zu präsentieren, dann muss ich die Bühne ohnehin verlassen. – Was Liebe angeht, so wissen Sie, dass das für mich nicht in Frage kommt, alles, was ich verlange oder wünsche, ist Bewunderung.«

Lady Delacour hielt inne und lehnte sich auf dem Sofa zurück – sie schien große Schmerzen zu haben.

»Oh! – Ich habe manchmal«, fuhr sie fort, »wie Sie sehen, schreckliche Schmerzen; über zwei Jahre lang nach dem verhängnisvollen Pistolenschuss ignorierte ich ein warnendes Stechen, das ich von Zeit zu Zeit fühlte – schließlich war ich in Panik. – Marriott war die einzige Person, der gegenüber ich meine Befürchtungen aussprach, und sie war ja völlig unwissend. Sie wiegte mich in falscher Hoffnung, bis – ach! – bis es sinnlos war, die Art meines Leidens in Zweifel zu ziehen. Dann drängte sie mich, einen Arzt zu Rate zu ziehen – das jedoch wollte ich nicht – das konnte ich nicht tun – ich werde niemals einen Arzt zu Rate ziehen – um alles in der Welt würde ich nicht wollen, dass jemand von meiner Situation erführe. – Sie machen große Augen – Sie können meine Gefühle nicht verstehen. – Nun, meine Liebe, wenn ich die Bewunderung verliere, was bleibt mir dann noch? – Würden Sie wollen, dass ich vom Mitleid lebe? – Überlegen Sie doch, was für ein schreckliches Leben das für mich wäre, ich, die ich keine Freunde, keine Familie habe, wenn ich in einem Krankenzimmer eingesperrt wäre – in einem Krankenbett – das wird zwar einst mein Ende sein – aber noch nicht jetzt – noch nicht – ich verfüge über große Seelenstärke – ich müsste mich ja selbst verachten, wenn ich gar kein eigenes Verdienst hätte. Außerdem ist es ja doch eine Aufgabe für mich, meine Rolle in der Öffentlichkeit zu spielen. Das Geschäftige, der Lärm, der ganze Unsinn amüsieren und interessieren mich zwar nicht, aber immerhin unterdrücken sie den Drang nachzudenken – mögen Sie nie erleben, was es heißt, Reue zu fühlen! – Der Gedanke an diesen armen Unglückswurm Lawless, den ich im Grunde ja umgebracht habe, gerade so, als hätte ich ihn erschossen, verfolgt mich, wenn ich allein bin. Es ist jetzt etwa acht oder neun Jahre her, dass er gestorben ist, und seither habe ich in einem fort in ständiger Zerstreuung gelebt – aber es hilft nichts. Das Gewissen! Das Gewissen will gehört werden. – Seitdem meine Gesundheit angeschlagen ist, glaube ich fast, höre ich mehr auf mein Gewissen – ich nehme tatsächlich an, dass mein armer Lord, der weder Ideen noch Gefühle hat, außer wenn er betrunken ist, hundertmal glücklicher ist als ich. – Aber ich will Sie damit verschonen, Belinda – ich hatte Ihnen ja versprochen, dass ich keine *Szene* machen würde, und ich werde mein Wort halten. Es ist allerdings eine große Erleichterung, sich jemandem anzuvertrauen, der Gefühle hat – Harriet Freke hat ja keine –, ich bin mir sicher, sie hat nicht mehr Gefühl als dieser Tisch hier. Ich habe Ihnen noch gar nicht erzählt, wie sie mich ausgenutzt hat. Sie wissen schon, dass sie es war, die mich in diesen furchtbare Schlamassel mit Lawless gebracht hat, ja, sie hat mich da regelrecht hineingezerrt. Das habe ich ihr nie vorgeworfen. Sie wissen, dass sie es war, die mich so in Angst und Schrecken versetzt hat, dass ich das Duell mit Mrs Luttridge ausgefochten habe. Auch das habe ich ihr nie vorgeworfen. Sie hat mich um meinen Seelenfrieden gebracht – meine Gesundheit – mein Leben. Sie weiß das, und sie lässt mich im Stich, betrügt mich, beleidigt mich und lässt mich im Sterben allein – ich kann mich gar nicht genug beruhigen, um zusammenhängend zu sprechen, wenn es um sie geht – ich kann in Worten nicht ausdrücken, was ich fühle. Wie konnte dieses verschlagenste aller Wesen mich zehn Jahre lang glauben machen, sie sei meine Freundin? – Solange ich dachte, sie liebe mich, habe ich ihr alle ihre Fehler vergeben – *alle* – was für ein umfassendes Wort! – Alles, alles vergab ich, und ich sagte mir immer wieder – aber sie hat ein gutes Herz. Ein gutes Herz! – Sie hat überhaupt kein Herz! Sie hat keine Gefühle für irgendein Lebewesen außer sich selbst – ich dachte immer, sie sei niemandem außer mir zugetan – aber jetzt merke ich, sie kann mich so leichten Herzens wegwerfen wie einen Handschuh. – Und auch das nennt sie wahrscheinlich einen kleinen Scherz – oder in ihrer eigenen vulgären Sprache ›Spaß‹. – Können Sie das begreifen? – Was glauben Sie wohl, was sie getan hat, meine Liebe? Jetzt ist sie tatsächlich in das Lager der grässlichen Mrs Luttridge übergewechselt – genaugenommen ist sie mit den Luttridges nach —shire gefahren. Das unabhängige Parlamentsmitglied hat die Chiltern Hundreds übernommen und seinen Sitz freigemacht, eine neue

Wahl steht unmittelbar bevor, und die Luttridges wollen Freke unterstützen – nicht Harriets Cousin, den wollen sie nicht, sondern ihren Ehegatten, der jetzt Senator werden soll, er soll stattdessen für die Grafschaft aufgestellt werden unter der Bedingung, dass Luttridge dann Frekes Wahlkreis übernimmt. – Lord Delacour ist, ohne eine Silbe zu sagen, auf und davon und hat sein Interesse an dieser prachtvollen Intrige angemeldet, und Lady Delacour ist nur noch ein trauriges Nichts. Die Motive meines Herrn Gemahls kann ich ja noch verstehen; er hat an Mrs Luttridge in diesem Winter tausend Guineen verloren, und dies ist eine günstige Möglichkeit, sie zurückzuzahlen. Warum Harriet so viel Wert darauf legt, einem Ehemann behilflich zu sein, den sie hasst – bitterlich hasst –, mag jeden überraschen, der nicht so gut wie ich *les dessous des cartes*[40] kennt. – Sie sind erst soeben in die Welt gekommen, Belinda, die böse Welt, meine ich, sonst hätten Sie davon gehört, was es vor ein paar Jahren für eine Affäre gegeben hat wegen Harriet Freke und diesem Cousin von ihr. – Ohne ihr Vertrauen zu missbrauchen, kann ich Ihnen doch erzählen, was jedermann weiß: dass sie so weit gegangen ist, dass keine Seele sie mehr besucht hätte, wenn ich nicht für sie eingestanden wäre – sie schwamm in einem Meer von Aberwitz, hatte jeden Bodenkontakt verloren – die modischen Gezeiten wechselten, und sie blieb knietief im Schlamm steckend zurück, eine lächerliche, skandalumwitterte Figur. Ich war so mutig und gutherzig, mich selbst für sie in Gefahr zu bringen, und schleppte sie auf festen Grund – was sie seitdem gemacht hat, *kann* ich Ihnen nicht erzählen, eben weil sie mich diesbezüglich ins Vertrauen gezogen hat – aber die Katastrophe ist öffentlich geworden, und um ihren Frieden mit ihrem Ehemann zu machen, gibt sie ihre Freundin auf. Nun! Das hätte ich ihr noch verzeihen können, wenn sie nicht so tief gesunken wäre, in Mrs Luttridges Lager zu wechseln. Mrs Luttridge hat ihr nämlich angeboten (ich habe den Brief gesehen und Harriets Antwort), Freke, den Ehegatten, ins Parlament zu bringen und für beides zu sorgen, einen Grafschafts- und einen *Familienfrieden*, unter der Bedingung, dass Harriet jede Verbindung zu Lady Delacour aufgeben würde. Mrs Luttridge wusste, dass mich das über die Maßen ärgern würde, und es gibt nichts, was sie nicht täte, um ihre gemeinen, bösartigen Gefühle zu befriedigen – das ist ihr jetzt einmal im Leben gelungen – die Schuld an dem Duell wird natürlich ganz und gar mir zugeschrieben – und ob Sie es glauben oder nicht, Harriet Freke gibt mir die gesamte Schuld an der Sache mit Colonel Lawless – ja, sie deutet sogar an, dass Lawless' letzte Worte auf dem Sterbebett über meine Unschuld *sehr großzügig* gewesen seien. Oh, wie heimtückisch, wie niederträchtig diese Frau doch ist! Und ich musste mir das gestern Nacht bei der Maskerade alles anhören – ich wartete und wartete und hielt überall Ausschau nach Harriet Freke – sie sollte ja die Witwe Brady sein, das wusste ich. Schließlich erschien die Witwe Brady, und ich grüßte sie mit der üblichen Vertrautheit. Die Witwe blieb stumm – ich bestand darauf zu erfahren, warum sie so plötzlich die Sprache verloren zu haben schien – die Witwe nahm mich in ein anderes Appartement mit, nahm die Maske ab, und vor mir stand Mr Freke, ihr Ehemann. Ich war erstaunt und hatte ja keine Ahnung, was passiert war. ›Wo ist Harriet?‹, waren wohl die ersten Worte, die ich hervorbrachte. ›Aufs Land gefahren.‹ – ›Aufs Land!‹ – ›Ja, nach —shire, mit Mrs Luttridge.‹ – Mrs Luttridge, die grässliche Mrs Luttridge! Ich konnte mich kaum fassen, aber Freke, der mich immer gehasst hatte, weil er glaubte, ich habe seine Frau und nicht sie mich ins Ungemach geführt, hätte sich an meinem Erstaunen und an meiner Wut geweidet, deswegen verbarg ich beides mit großer Geistesgegenwart. Er fuhr fort, mich mit Erklärungen und Briefkopien zu traktieren und betonte, er tue all dies und sage all dies auf Mrs Frekes Bitte hin, und er werde ihr früh am nächsten Morgen nach —shire folgen. Ich wandte mich von ihm ab, wünschte ihm schlicht eine gute Reise und so viel Familienfrieden, wie seine Geduld verdient habe. Er weiß, dass ich die Geschichte seiner

Frau kenne, und wenn *sie* auch keine Scham empfindet, so tut er das doch. Ich hatte die Genugtuung, ihn vor Ärger erröten zu sehen, als ich ging, und hielt dann den Charakter der komischen Muse noch für eine ganze Stunde aufrecht, um ihn davon zu überzeugen, dass es ihnen bei all ihrer Boshaftigkeit nicht gelingen würde, mich zu besiegen – zumindest in der Öffentlichkeit nicht – was ich im Privaten erleide, das weiß allein mein Herz.«

Während sie mit diesen Worten endete, erhob sich Lady Delacour abrupt und summte eine der neuen Opernarien. Dann zog sie sich in ihr Boudoir zurück und sagte mit leisem Spott zu Belinda, als sie das Zimmer verließ:

»Auf Wiedersehen, Belinda, ich lasse Sie nun süße und bittere Gedanken wälzen – lasse Sie die letzten Worte und das Bekenntnis der Lady Delacour überdenken oder, was Sie sicher mehr interessieren wird, die ersten Worte oder das Bekenntnis von – Clarence Hervey.«

Kapitel V

Geburtstagskleider

Lady Delacours Geschichte und die Art, in der sie erzählt worden war, riefen in Belinda Erstaunen, Mitleid, Bewunderung – und Verachtung hervor. Erstaunen wegen Lady Delacours Widersprüchlichkeit, Mitleid wegen ihres Unglücks, Bewunderung für ihre Talente und Verachtung für ihr Verhalten. Auf diese Gefühle folgte die Erinnerung an das Versprechen, das sie gegeben hatte, sie in der letzten Phase ihrer Krankheit nicht der Gnade ihrer unverschämten Zofe zu überlassen. An dieses Versprechen dachte Belinda mit Schrecken, ihr graute davor, ihre Leiden mitansehen zu müssen, die, wie sie wusste, mit dem Tod enden müssten, ihr graute davor, die vorgebliche Fröhlichkeit mitanschauen zu müssen und den realen Leichtsinn, die einer sterbenden Frau so schlecht zu Gesicht standen. Sie zitterte bei dem Gedanken, unter dem Schutz von jemandem zu stehen, der so wenig wusste, wie er sich selbst zu verhalten hatte, und sie konnte nicht anders, sie machte ihrer Tante schwere Vorwürfe, dass sie sie in eine so gefährliche Situation gebracht hatte. Es war offensichtlich, dass Teile von Lady Delacours Geschichte Mrs Stanhope bekannt gewesen sein mussten; und Belinda war, je mehr sie darüber nachdachte, umso erstaunter, dass ihre Tante solch eine Begleiterin für eine junge Frau gewählt hatte, die gerade dabei war, sich in die Welt hineinzufinden. Wenn der Kopf erst einmal in Gang gebracht wird und gezwungen wird, sich zu betätigen, was zieht er nicht in kurzer Zeit für eine Unmenge an Schlussfolgerungen! Belinda sah die Dinge in neuem Licht, und zum ersten Mal in ihrem Leben dachte sie selbständig über all das nach, was sie sah und fühlte. – Es ist für junge Leute manchmal sicherer, wenn sie bestimmte Charaktere sehen und nicht nur von ihnen hören. – Aus der Ferne schien Lady Delacour die glücklichste Person der Welt zu sein, bei näherem Kontakt entdeckte sie jedoch, dass ihre Ladyschaft eines der elendsten menschlichen Wesen auf dieser Erde war. Ihre Nichte mit einem Mann wie Lord Delacour zu verheiraten, hätte Mrs Stanhope für das größte Glück gehalten, das man sich nur vorstellen kann, aber es war Belinda jetzt vollkommen klar geworden, dass weder der Titel einer Vicomtesse noch das Vergnügen, drei Vermögen ausgeben zu dürfen, menschliches Glück garantieren konnte. Lady Delacour hatte ihr gestanden, dass sie mitten in einem Leben von größtem Luxus und ständigen Vergnügungen unter andauernder Langeweile litt, dass der Mangel an häuslichem Glück nicht durch die öffentliche Bewunderung aufgewogen werden konnte, der ihr ganzer Ehrgeiz galt, und dass die Tatsache, dass sie ständig ungebremst ihrer eigenen Eitelkeit nachgab, sie nach und nach und zwangsläufig zu Verrücktheiten und Unvorsichtigkeiten verleitet hatte, die ihre Gesundheit ruiniert und ihren inneren Frieden zerstört hatten. – »Wenn Lady Delacour mit all ihren Vorteilen, was

Reichtum, Rang, Esprit und Schönheit angeht, nicht in der Lage war, in diesem Leben modischer Vergnügungen glücklich zu werden«, sagte sich Belinda, »warum sollte ich denselben Weg verfolgen und dann erwarten, mehr Glück zu haben?«

Es war schon eigentümlich, dass ausgerechnet die Mittel, die Mrs Stanhope eingesetzt hatte, um eine Dame der Gesellschaft aus ihrer Nichte zu machen, eine Wirkung zeigten, die der erwarteten diametral entgegengesetzt war. Alles in allem mündete Belindas Nachsinnen über Lady Delacours Geschichte in dem Entschluss, von ihrem schlechten Vorbild zu lernen, aber dieser Entschluss war natürlich leichter zu fassen als aufrechtzuerhalten. Ihre Ladyschaft hatte, wenn sie gefallen oder herrschen wollte, faszinierende Umgangsformen und konnte mal die sarkastische Macht ihres Witzes, mal den zärtlichen Ton der Überredung einsetzen, um ihre Ziele zu erreichen. Belinda hatte, um ihren neuen Lebensplan umzusetzen, beschlossen, solange sie in London weilte, so wenig Geld wie möglich für Überflüssiges und Kleidung auszugeben. Sie hatte nur 100 Pfund pro Jahr zu ihrer eigenen Verfügung, die Zinsen ihres Vermögens, aber davon abgesehen hatte ihre Tante, die es gern gesehen hätte, dass sie bei Hof präsentiert und dort Furore machen würde, ihr einen Scheck über zweihundert Guineen zugeschickt. »Du wirst, da bin ich mir sicher«, hatte ihre Tante am Ende ihres Briefs geschrieben, »mir das Geld zurückzahlen, wenn du dich in der Gesellschaft zur allgemeinen Zufriedenheit deiner Freunde etabliert hast, worauf ich hoffe und woran ich glaube nach allem, was ich von Lady Delacour über deinen Charme gehört habe. – Bitte vergiss nicht, insbesondere meinen Freund Clarence Hervey zu erwähnen, wenn du das nächste Mal schreibst. Von jemandem, der mit ihm gut bekannt ist und der tatsächlich seine Pachtzinsabrechnung gesehen hat, habe ich gehört, dass er ganze 10 000 Pfund im Jahr zur Verfügung hat.«

Belinda beschloss, weder an den Hof zu gehen noch die zweihundert Guineen ihrer Tante anzurühren, und sie schrieb ihr einen langen Brief, in dem sie ihre Gefühle und ihre Ansichten in Gänze erklärte. In diesem Brief hatte sie eigentlich Mrs Stanhopes Scheck zurückschicken wollen, aber ihre Gefühle und Ansichten änderten sich zwischen dem Verfassen der Epistel und dem Versenden der Post. Mrs Franks, die Putzmacherin, kam in der Zwischenzeit und brachte Lady Delacours wunderschönes Kleid ins Haus, es war jedoch nicht der Anblick des Kleides, der Belindas Entschluss änderte, sondern Lady Delacour, die sie wieder einmal aufzog.

»Nun, meine Liebe«, sagte ihre Ladyschaft, nachdem sie sich alles angehört hatte, was Miss Portman zu sagen hatte über ihr Bedürfnis nach Unabhängigkeit und die Notwendigkeit, sparsam zu sein, um sich diese Unabhängigkeit zu erhalten, »all das ist ja ungeheuer edel – aber wir wollen es jetzt einmal in einfaches Englisch übersetzen. Sie sind letzthin durch die beiläufigen Überlegungen einer Gruppe von törichten jungen Männern tödlich verletzt worden – bei denen auch Clarence Hervey war –, und statt die Herren zu bestrafen, haben Sie jetzt so weise wie großzügig entschieden, sich selbst zu bestrafen. Um diesen jungen Mann davon zu überzeugen, dass Sie nicht an die widerwärtigen Netze und Käfige gedacht haben, dass Sie überhaupt keine Absichten haben, sein Herz zu gewinnen, und dass er nicht den Hauch eines Einflusses auf das Ihre hat, beschließen Sie dann sehr vernünftig, auf den ersten Wink von seiner Seite hin Ihre Kleidung, Ihr Verhalten und Ihren Charakter zu ändern und ihm damit so deutlich wie nur möglich mitzuteilen: ›Sehen Sie, Sir, ein Wort von Ihnen genügt, ich habe verstanden, dass Sie nichts von auffallender Kleidung und Koketterie halten, und da ich mich nur auffällig gekleidet und kokettiert habe, um Ihnen zu gefallen, lege ich deswegen jetzt Kleid und Koketterie ab, denn ich weiß, dass beide nicht nach Ihrem Geschmack sind – ich hoffe, mein Herr, dass Sie meine Einfachheit mögen.‹ – Verlassen Sie sich darauf, meine Liebe, Clarence Hervey versteht Einfachheit genauso gut, wie Sie oder ich es tun. All dies wäre ja gut und schön, wenn er nicht wüsste, dass Sie diese Unterhaltung mitangehört haben, aber da er es nun einmal weiß, wird er jede Veränderung in Ihrem Verhalten und Ihrer Erscheinung, richtig oder falsch, den Motiven zuschreiben, die ich erwähnt habe. – Also, Sie als Neuling sollten nicht damit beginnen, sich selbst Manöver auszudenken. Überlassen Sie all das Ihrer Tante oder mir und dann wissen Sie, Ihr Gewissen wird immer so rein und weiß sein wie – Ihre Hände, die Clarence Hervey im Übrigen neulich die weißesten Hände nannte, die er je gesehen habe. – Vielleicht haben Sie auch die ganze Zeit über geglaubt, ein Ballkleid stehe Ihnen nicht, aber ich versichere Ihnen, das wird es, Sie sehen in allem gut aus:

> Unter des Reifes zauberhaftem Rund
> Sogar ihr Schuh mein Herz verwund't.[41]

Nun kommen Sie mit mir zu Mrs Franks herunter und bestellen Ihr Kleid für den Geburtstagsball des Königs, wie es sich für ein vernünftiges Mädchen gehört.«

Wie ein vernünftiges Mädchen folgte Miss Portman also Lady Delacour und bestellte, oder besser: ließ Lady Delacour für sie Eleganz und Mode im Wert von 50 Guineen bestellen. »Sie müssen mit mir in der nächsten Woche zum Salon gehen und dort vorgestellt werden«, sagte Lady Delacour, »und da es das erste Mal ist, müssen Sie dort auch elegant gekleidet sein und dürfen nicht dasselbe Kleid anhaben wie auf dem königlichen Geburtstagsball. Also, Mrs Franks, machen Sie dies zuerst fertig, so schnell Sie können, und bis dahin haben wir uns vielleicht etwas höchst Charmantes für die Nacht der Nächte überlegt.«

Mrs Franks ging, und Belinda seufzte. »Einen Penny für Ihre Gedanken!«, rief Lady Delacour, »Sie denken, Sie sind hier Camilla und ich Mrs Mitten[42] – das Lesen von Romanen, wie Ihnen sicher von Ihrer Gouvernante gesagt wurde, genau wie mir von meiner und dieser von ihrer, das Lesen von Romanen ist für junge Damen die gefährlichste –«

»Oh, Clarence Hervey, also wirklich!«, rief Lady Delacour, als dieser in dem Augenblick den Raum betrat, »bitte helfen Sie mir, einen hochmoralischen Satz gegen das Lesen von Romanen zu formulieren für diese junge Dame hier, aber das könnte gegen Ihr Gewissen gehen – oder gegen Ihre eigenen Interessen, deswegen wollen wir Ihnen das erlassen. Wie sehr ich es doch bedaure, dass wir bei der Maskerade gestern Abend die zauberhafte Schlange missen mussten!«

Sobald Lady Delacour die Maskerade erwähnte, überkam Clarence Hervey die Erinnerung an die Unterhaltung bei Lady Singleton mit aller Macht, und es war offensichtlich, dass er peinlich berührt war – allerdings nicht für Belinda, die sich abgewandt hatte, um einige neue Notenblätter durchzusehen, die auf einem Ständer am fernen Ende des Raumes lagen, und sie fand dies eine so wunderbar interessante Beschäftigung, dass sie kein einziges Wort von der Unterhaltung zwischen Mr Hervey und Lady Delacour hörte oder zu hören schien. Schließlich klopfte ihre Ladyschaft ihr leicht auf die Schulter und sagte in spielerischem Ton: »Miss Portman, ich bitte Sie, Clarence Hervey Ihre Aufmerksamkeit zu schenken, dieser Gentleman ist ein leidenschaftlicher Musikliebhaber – zu meinem großen Leidwesen, denn nie sieht er eine Harfe, ohne mich mit Vorwürfen zu bedenken, dass ich aufgehört habe, darauf zu spielen. Jetzt hat er mir gerade sein Wort gegeben, dass er mich mit seinen Vorwürfen für einen Monat verschonen wird, wenn Sie uns den Gefallen tun und eine kleine Melodie spielen. Ich versichere Ihnen, Clarence, dass Belinda die Harfe ganz göttlich zu spielen versteht – sie wird Sie mit Sicherheit bezaubern.« »Ihre Ladyschaft sollte nicht so wertvolles Lob auf mich verschwenden«, unterbrach Belinda. »Haben Sie vergessen, dass für Belinda Portman und ihre Reize bereits so viel Reklame gemacht wurde wie für Packwoods Streichriemen?«

Die Art, wie diese Worte ausgesprochen wurden, machte einen nachhaltigen Eindruck auf Clarence Hervey, und er begann es für möglich zu halten, dass eine Nichte der Kupplerin Mrs Stanhope vielleicht doch etwas anderes sein könnte als ›eine Mischung aus Geziertheit und gekünsteltem Gehabe‹. »Mag ihre Tante auch Werbung für sie gemacht haben«, sagte er sich, »hat sie wohl doch zu viel Würde, um sich selbst zu preisen, und es wäre sehr ungerecht ihr gegenüber, sie für die Fehler einer anderen Person verantwortlich zu machen. Ich möchte doch mehr von ihr sehen.«

Einige morgendliche Besucher wurden angekündigt, die für eine Weile Clarence Herveys Gedanken in eine andere Richtung lenkten, das Ergebnis seiner Überlegungen machte sich jedoch sofort bemerkbar, denn je mehr seine gute Meinung von ihr sich festigte, desto stärker wurde auch sein Ehrgeiz angeregt, ihr zu gefallen. Er zeigte sich von seiner witzigsten und launigsten Seite, und nicht nur Lady Delacour, sondern jeder der Anwesenden stellte fest, ›dass Mr Hervey, der ja immer ein überaus unterhaltsamer junger Mann war, sich an diesem Morgen selbst übertraf und wohl der unterhaltsamste Mann im ganzen Universum genannt werden könnte‹. Er wurde jedoch dadurch gekränkt, dass er deutlich bemerkte, wie ernst und reserviert Belinda ihm gegenüber blieb, obwohl sie ungezwungen und würdevoll an der allgemeinen Unterhaltung teilnahm. Am nächsten Morgen kam er früher als sonst zu Besuch, aber wenngleich Lady Delacour für ihn immer zu sprechen war, war sie unglücklicherweise gerade dabei, sich für den Hof anzukleiden. Er fragte, ob Miss Portman ihre Ladyschaft begleiten würde, und erfuhr von seiner Freundin Marriott, dass sie am heutigen Tag nicht vorgestellt werden würde, weil Mrs Franks ihr Kleid noch nicht gebracht hatte. Mr Hervey stellte sich zwei Stunden später wieder ein – Lady Delacour war bei Hofe. Er fragte nach Miss Portman. »Nicht im Hause«, war die kränkende Antwort, obwohl er, als er unter den Fenstern vorbeigegangen war, den wunderbaren Klang ihrer

Harfe gehört hatte. Er ging auf dem Vorplatz ungeduldig auf und ab, bis er Lady Delacours Kutsche vorfahren sah.

»Der Salon hat aber heute Morgen ungebührlich lange gedauert«, sagte er, als er ihrer Ladyschaft aus dem Gefährt half. »Bin ich nicht die tugendhafteste aller tugendhaften Frauen«, sagte Lady Delacour, »dass ich an einem solchen Tag wie diesem bei Hofe vorstellig werde?« »Aber«, flüsterte sie, als sie die Treppen hinaufstiegen, »wie alle erstaunlich braven Leute habe ich erstaunlich gute Gründe, brav zu sein. Die Königin wird demnächst eines dieser wundervollen Frühstücke auf ihrer Landresidenz Frogmore veranstalten und ich gehe zum Hof, sooft ich kann, in der Hoffnung, eingeladen zu werden, denn Belinda muss unbedingt eine der Galas zu sehen bekommen, bevor wir die Stadt verlassen, *dazu* bin ich fest entschlossen. Aber wo ist sie denn?« »Nicht im Hause«, sagte Clarence lächelnd. »Oh, nicht im Hause ist Unsinn, wissen Sie. ›Dein Glanz erschein', er mög' gefunden werden, Zara,[43] mein Lieb!‹«, rief Lady Delacour, indem sie die Tür zur Bibliothek öffnete. »Da ist sie ja – was sie gerade tut, weiß ich nicht; sie studiert wahrscheinlich gerade Herveys *Meditationen über Grabsteine*,[44] sollte man meinen, da sie so weihevoll dreinschaut. – Wenn Sie nicht ganz und gar jenseits aller irdischen Betrachtung sich bewegen, so bewundern Sie doch meine Maiglöckchen und lassen Sie mich Ihnen einen Vortrag halten, nicht über Köpfe, nicht über Herzen, sondern über ein Thema von viel größerer Wichtigkeit, über Reifröcke. Alle tragen Reifröcke, aber wie wenige – es ist wahrhaftig eine traurige Wahrheit! –, wie wenige können sie zu ihrem Vorteil nutzen. Da ist zum Beispiel meine Freundin Lady C—, wenn sie eines dieser eleganten neuen leichten Kleider trägt, erscheint sie sehr vornehm, aber stecken Sie sie in einen Reifrock, und sie macht eine erbärmliche Figur – wirkt wie eine Gefangene und kann ebenso wenig laufen wie ein Kind im Laufrahmen. Sie kommt durchaus voran, das gebe ich ja zu, das tut das arme Kind ja auch, aber vorankommen ist nicht laufen. – Oh, Clarence, ich wünschte, Sie hätten die beiden Ladys R— gesehen, sie standen ganz eng beieinander, geradezu zusammengeklebt, ihr Vater schob sie vor sich her wie zwei Karaffen auf einem Untersetzer – mit so prachtvollen Diamantschildern um den Hals!«

Ermutigt von Clarence Herveys Lachen, fuhr Lady Delacour fort, das, was sie die Reifrock-Ungeschicklichkeit all ihrer Bekannten nannte, nachzuahmen, und obwohl das Belinda nicht so recht amüsieren konnte, war es ihr doch unmöglich, ernst zu bleiben, als Clarence Hervey erklärte, er könne sich in einem Reifrock ebenso gut bewegen wie jede Frau in England, Lady Delacour natürlich ausgenommen.

»Soeben steht die extrem kurzsichtige und etwas dumme Herzoginmutter Lady Boucher gerade vor Ihrer Tür, Lady Delacour; sie würde mein Gesicht nicht erkennen, sie würde meinen Bart nicht sehen, und ich wette um fünfzig Guineen, dass ich in den Raum kommen kann, ohne dass sie mich an meinem Auftreten erkennt – dass ich mich, kurz und gut, nicht durch meine männliche Ungeschicklichkeit verraten werde.«

»Ich nehme Sie beim Wort«, rief Lady Delacour. – »Man hat die kurzsichtige Herzoginmutter schon hereingelassen, ich höre sie auf der Treppe. Hier – auf diesem Weg können Sie hinaus – da Sie ja alles schneller tun können als irgendwer sonst in der Welt, werden Sie sicher in einer Viertelstunde fertig angekleidet sein, ich erzähle Lady Boucher derweil die neuesten Skandale. – Gehen Sie! – Marriott hat alte Reifröcke und alten Schmuck von mir, und Sie können Marriott ja zu allem bewegen, das weiß ich – also bitte, gehen Sie, machen Sie Ihren Einfluss auf Marriott geltend und lassen Sie sich in all Ihrer Herrlichkeit hier wieder blicken – ich schwöre Ihnen, ich zittere schon um meine fünfzig Guineen.«

Lady Delacour berichtete der Herzoginmutter etwa eine Viertelstunde lang all den neuesten Gesellschaftsklatsch, wie sie es versprochen hatte, dann ging es eine weitere Viertelstunde um die Kleider im Salon bei Hofe, und zum Schluss gab Lady Boucher noch einen Vortrag über verschiedene wunderbare

Heilerfolge zum Besten, die, da sei sie sich absolut sicher, dem von ihr bevorzugten konzentrierten Extrakt aus *anima quassia*, dem Bitterholz, zuzuschreiben seien. – Sie war soeben dabei, die Geschichte des schwarzen Sklaven mit dem Namen Quassi zu erzählen, der diese Medizin entdeckt hatte, was er streng geheim gehalten habe, bis Mr Daghlberg, der Magistrat von Surinam, ihm sein Geheimnis entlockt, einen Zweig davon nach Europa gebracht und seine Wirkung dem großen Linné kundgetan habe – als Clarence Hervey angekündigt wurde mit dem Titel »Die Komtess de Pomenars«.[45]

»Eine Emigrantin – eine ganz charmante Frau!«, flüsterte Lady Delacour. »Sie hätte heute beim Salon sein sollen, aber ich habe da leider einen Fehler gemacht; sie war schon fertig angezogen und ich habe sie nicht abgeholt! – Ah, Madame de Pomenars, ich bin sehr beschämt, Sie zu sehen«, fuhr ihre Ladyschaft fort, und sie trat einige Schritte vor, um Clarence Hervey in Empfang zu nehmen, der den Raum tatsächlich mit sehr gesetzter Sicherheit und Grazie betrat. Er wusste den Reifrock mit so viel Geschicklichkeit und Gewandtheit zu tragen, dass man ihm seinen Ruf als Universalgenie wirklich nicht absprechen konnte. Die Komtesse de Pomenars, die Französisch und gebrochenes Englisch unvergleichlich gut sprach, betonte, dass sie von den Pomenars aus der Zeit von Madame de Sévigné abstamme; sie sagte, sie habe mehrere Originalbriefe der Madame de Sévigné in ihrem Besitz und eine Locke von dem feinen Haar ihrer Tochter, Madame de Grignan.

»Ich habe manchmal gedacht, aber das kann natürlich auch nur Einbildung sein«, sagte Lady Delacour, »dass diese junge Dame«, sie wandte sich dabei Belinda zu, »Ihrer Madame de Grignan recht ähnlich sieht; ich habe ein Bild von ihr in Walpoles Haus Strawberry Hill gesehen.«

Madame de Pomenars gab zu, dass eine gewisse Ähnlichkeit bestehe, fügte aber hinzu, dass man mit dieser Behauptung Madame de Grignan ungeheuer schmeicheln würde.

»Es wäre ganz zweifelsohne eine Sünde, Schmeichelei an Tote zu verschwenden, meine liebe Komtesse«, sagte Lady Delacour. »Aber nun, ganz ohne Schmeichelei für die Lebenden, da Sie doch eine Locke von Madame de Grignans Haar besitzen, können Sie uns vielleicht sagen, ob *la belle chevelure,*⁴⁶ von der Madame de Sévigné so häufig schwärmte, sich wohl mit Belindas Haarpracht vergleichen lässt.« Während sie noch sprach, löste Lady Delacour geschickt, bevor Belinda ihr Vorhaben durchschaute, deren schöne Haarflechten, so dass sie auf ihre Schultern fielen – und die Komtesse von Pomenars war derart beeindruckt von diesem Anblick, dass sie unfähig war, die notwendigen Komplimente zu formulieren. »Nur zu, berühren Sie es doch einmal«, sagte Lady Delacour, »es ist so fein und so weich.«

In diesem gefährlichen Moment ließ Lady Delacour ganz kunstvoll ihren Kamm fallen, und Clarence Hervey bückte sich schnell, um ihn aufzuheben, dabei vergaß er ganz und gar seinen Reifrock und die Rolle, die er spielte. Er warf den Notenständer mit seinem Reifrock um, Lady Delacour rief laut: »Bravissima!« und brach in schallendes Gelächter aus. Clarence Hervey gab zu, dass er die Wette verloren habe – er fiel in das Gelächter ein und erklärte, fünfzig Guineen seien zu wenig, um für den Anblick des feinsten Haares zu bezahlen, das ihm je untergekommen sei. »Wahrlich, er verdient eine Locke der *belle chevelure* für dieses Kompliment, Miss Portman«, rief Lady Delacour. »Ich bitte alle Welt um Beistand – muss Madame de Pomenars nicht eine Locke haben, um sie mit der von Madame de Grignan zu vergleichen? – Ach, kommen Sie, Belinda, ein zweiter Lockenraub.«⁴⁷

Belinda hatte Glück, die »glänzende Schere«, von der bei Pope die Rede ist, war nicht gleich zur Hand, da die elegante Dame der Gesellschaft heutzutage solche unnützen Utensilien nicht mehr wie in früheren Zeiten mit sich herumträgt.

Miss Portmans Manieren waren so bescheiden und voll anmutiger Würde, dass sie davonkam, ohne dass man ihr Prüderie hätte vorwerfen können. Sie zog sich in ihre Gemächer zurück, sobald sie nur konnte.

»Sie geht davon in ›unversehrter Majestät‹«, sagte Lady Delacour.

»Sie ist wirklich eine reizende Frau«, sagte Clarence Hervey mit leiser Stimme zu Lady Delacour und zog sie in ein Erkerfenster. Mit derselben leisen Stimme fuhr er fort: »Könnte ich für einige wenige Minuten eine private Audienz bekommen, wenn Ihre Ladyschaft die Zeit erübrigen kann? – Ich habe …« – »Ich kann nie Zeit erübrigen«, unterbrach ihn Lady Delacour, »aber wenn Sie mir etwas Besonderes mitteilen möchten, was wohl der Fall ist, wie ich es dank meiner – ungeheuren Menschenkenntnis – erraten habe, kommen Sie zu meinem Konzert heute Abend, bevor der Rest der Welt erscheint, warten Sie geduldig im Musikzimmer, und vielleicht werde ich Ihnen eine private Audienz gönnen, da Sie ja immerhin den Anstand hatten, nicht von einem *tête-à-tête* zu sprechen. Bis dahin sollten wir, meine liebe Komtesse de Pomenars, uns vielleicht doch unserer Reifröcke entledigen.«

Am Abend fand sich Clarence Hervey geraume Zeit, bevor Lady Delacour erschien, im Musikzimmer ein; wie geduldig er wartete, ist niemandem bekannt außer ihm selbst.

»Habe ich Ihnen nicht reichlich Zeit gelassen, sich eine charmante Ansprache auszudenken?«, sagte Lady Delacour, als sie den Raum betrat, »aber machen Sie die bitte so kurz, wie Sie nur können, es sei denn, Sie haben nichts dagegen, dass Miss Portman sie zu hören bekommt, denn sie wird in drei Minuten herunterkommen.«

»In einem Wort dann, meine liebe Lady Delacour, können Sie und würden Sie Frieden zwischen mir und Miss Portman stiften? – Ich bin wegen des dummen ›Streichrahmen-Dialogs‹ sehr in Sorge, den sie bei Lady Singleton mitanhören musste.«

»Sie sind in Sorge, weil sie ihn mitanhören musste, das glaube ich gerne.«

»Nein«, sagte Clarence Hervey, »ich bin sogar froh, dass sie ihn mitangehört hat, denn das hat mich davon überzeugt, dass ich mich geirrt habe, aber ich bin in Sorge, weil ich so anmaßend und ungerecht über Miss Portman geurteilt habe und so voreilig. – Ich bin absolut davon überzeugt, dass sie, obwohl sie eine Nichte von Mrs Stanhope ist, eine Dame von großer innerer Würde und schlichter Natürlichkeit ist – Würden Sie, Lady Delacour, ihr das bitte sagen?«

»Halt«, unterbrach ihn Lady Delacour, »lassen Sie mich das festhalten – ich hätte einen schrecklich schlechten Boten für die Götter und Göttinnen abgegeben, denn nie im Leben hätte ich wie Iris in denselben Worten wiederholen können, was man mir aufgetragen hat. Lassen Sie mich wiederholen: ›große innere Würde und schlichte Natürlichkeit‹, war es nicht so? Kann ich nicht gleich sagen: ›Meine liebe Belinda, Clarence Hervey hat mich gebeten, Ihnen zu sagen, dass er davon überzeugt ist, Sie seien ein Engel‹? – Das einfache Wort ›Engel‹ ist so ausdrucksstark, so allumfassend, derart allumfassend, dass es alles enthält, glauben Sie mir, was bei diesen Gelegenheiten gesagt oder gedacht werden kann, *de part et d'autre*.[48]«

»Aber«, sagte Mr Hervey, »vielleicht kennt Miss Portman das Lied

Was wissen wir schon von Engeln,
Ich meinte, einen Scherz zu machen.«[49]

»Dann scherzen Sie gar nicht, sondern meinen es ganz und gar todernst? – Ha!«, sagte Lady Delacour mit einem verschmitzten Blick, »ich wusste ja nicht, dass es schon *so* weit mit Ihnen gekommen ist.«

Und ihre Ladyschaft setzte sich an ihr Klavier und spielte:

»Ein Jüngling aus Ballinacrasy
Sucht 'ne Frau so schrullig wie *die-se*,

Zu ihr in zartem Ton sprach er,
Willst mich heiraten, Ally Croker?«[50]

»Nein, nein«, rief Clarence Hervey lachend aus, »so weit ist es mit mir noch nicht gekommen, Lady Delacour, das kann ich Ihnen versprechen. Aber besteht nicht die Möglichkeit, dass man sagt, eine junge Dame habe große innere Würde und einen einfachen und natürlichen Charakter, ohne gleich Gedanken an Heirat dabei zu haben oder diese auch zu äußern?«

»Sie haben soeben eine sehr korrekte, aber nicht nachdrücklich genug formulierte Unterscheidung gemacht zwischen solche Gedanken ›haben‹ und ›äußern‹ gemacht«, sagte Lady Delacour. »Es liegt bisweilen im Interesse eines Gentlemans, zugunsten seiner Ehre oder seines Vergnügens etwas zu ›äußern‹, was er um nichts in der Welt versprechen, ich meine, ausführen würde.«

»Ein Schurke«, rief Clarence Hervey laut, »nicht ein Gentleman mag es in seinem Interesse finden, bei seiner Ehre und für sein Vergnügen etwas zu versprechen, was er nicht ausführen will, aber ich bin kein Schurke – ich habe noch nie jemandem ein Versprechen gemacht, weder einer Frau noch einem Mann, das ich nicht treu gehalten hätte – ich bin kein Schwindler in Sachen Liebe.«

»Und doch«, sagte Lady Delacour, »hätten Sie keine Skrupel, leichtfertig und mit allerlei Schmeicheleien das Herz einer Frau zu brechen.«

»*Cela est selon!*«,[51] sagte Clarence lächelnd. »Ein fairer Tausch ist kein Diebstahl. Wenn eine schöne Frau mir das Herz bricht, so kann Lady Delacour wahrlich nicht von mir verlangen, dass ich nicht das ihre zu gewinnen versuche.« »Ist das auch Teil meiner Botschaft an Miss Portman?«, sagte Lady Delacour. »Wie es Ihrer Ladyschaft gefällt«, sagte Clarence, »ich habe vollstes Vertrauen in das Taktgefühl Ihrer Ladyschaft.«

»Nun, ich habe wahrlich sehr viel Taktgefühl«, sagte Lady Delacour, »aber Sie vertrauen zu sehr darauf, wenn Sie erwarten, dass es mir gelingen würde, mit Anstand *und* Erfolg den delikaten Auftrag auszuführen, einer jungen Dame, die sich in meiner Obhut befindet, mitzuteilen, dass ein junger Mann und bekennender Bewunderer meiner Person sich in sie verliebt hat, aber dabei gar nicht an Heirat denkt und auch nicht wünscht, solche Gedanken ins Spiel zu bringen.«

»Verliebt!«, rief Clarence Hervey aus. »Aber wann habe ich je diesen Ausdruck verwendet? Wenn ich über Miss Portman gesprochen habe, habe ich doch nur von Hochachtung und Be... – oh, nichts *weiter* ...«

»Das reicht«, sagte Lady Delacour. »Begnügen Sie sich mit Hochachtung – nur damit, und Miss Portman ist in Sicherheit, genau wie Sie – nehme ich an. Apropos, bitte, Clarence, wie gehen denn Ihre Hochachtung und Ihre Bewunderung (so weit darf ich doch gehen, nicht wahr?) für Miss Portman mit Ihrer Bewunderung für Lady Delacour zusammen?«

»Problemlos«, erwiderte Clarence Hervey, »denn jedermann sollte sich darüber im Klaren sein, dass Clarence Hervey ein Mann mit zu viel Geist und Fähigkeiten ist, als dass er eine kleine Debütantin vom Lande mit Lady Delacour vergleichen würde. Er mag, wie Männer von Genie es manchmal tun, dem Gedanken mit Freude entgegensehen, einen solchen Neuling vom Lande zu einer Ehefrau zu erziehen. Ein Mann muss ja irgendwann einmal heiraten – aber meine Stunde hat Gott sei Dank noch nicht geschlagen.«

»Gott sei Dank!«, sagte Lady Delacour, »denn Sie wissen ja wohl, dass ein verheirateter Mann für die Welt der Mode und der Galanterie verloren ist.«

»Nicht mehr, sollte ich hoffen, als eine verheiratete Frau«, sagte Clarence Hervey. An diesem Punkt kündigte ein lautes Klopfen an der Tür die Ankunft von Gesellschaft für das Konzert an. »Sie werden für mich einen Frieden mit Miss Portman aushandeln, versprechen Sie das?«, rief Clarence eifrig.

»Ja, ich werde für Frieden sorgen, und Sie sollen Belinda wieder lächeln sehen, unter einer Bedingung«, fuhr Lady Delacour fort, wobei sie sehr schnell sprach, als müsste sie sich wegen der Leute, die die Treppe heraufkamen, beeilen, »aber darüber sprechen wir ein anderes Mal.«

»Nein, nein, meine liebe Lady Delacour, jetzt, jetzt«, sagte Clarence und griff nach ihrer Hand, »unter einer Bedingung! Was für eine Bedingung?«

»Unter der Bedingung, dass Sie eine kleine Sache für mich erledigen – also eigentlich für Belinda. Sie soll mit mir zum Geburtstagsball des Königs gehen, und sie hat oft schon angedeutet, dass unsere Pferde entsetzlich schäbig für Leute unseres Schlages seien. Ich weiß, sie wünscht sich, dass wir bei einer solchen Gelegenheit, ihrem ersten Erscheinen bei Hofe, wissen Sie, standesgemäß fahren. Nun hat mein lieber, ach so entschiedener Herr Gemahl *gesagt*, wir sollen die prachtvollsten Pferde, die ich je gesehen habe, und zwar bei der ersten Adresse, bei dem Pferdehändler Tattersall, nicht bekommen; Belinda hat im Geheimen und ich ganz offen das Herz an sie verloren.«

»Ihre Ladyschaft und Miss Portman können unmöglich ihre Herzen umsonst an etwas verlieren – zumal, wenn es in Clarence Herveys Macht steht, es Ihnen zu beschaffen. Dann«, fügte er galant hinzu und küsste ihre Hand, »kann ich mein Friedensabkommen hiermit besiegeln?«

»Wie verwegen! – Sehen Sie nicht, dass diese Leute hereinkommen?«, rief Lady Delacour und entzog ihm ihre Hand ohne große Eile: Sie war weder in diesem Moment noch in den vielen zuvor erschrocken oder beschämt darüber, dass Mr Hervey seine Verehrung ihr gegenüber in der Öffentlichkeit zeigte. Mit großer Gewandtheit hatte sie sich darüber informiert, wie es um Mr Herveys Verehrung von Belinda stand. Sie war sich sicher, dass er erst einmal keine Gedanken an eine Verheiratung verschwendete, dass aber, wenn er unbedingt heiraten müsse, Miss Portman seine Frau werden würde. Da das nicht mit ihren Plänen kollidierte, war Lady Delacour zufrieden.

Kapitel VI
Mittel und Wege

Als Lady Delacour Miss Portman die Nachricht über die »schlichte Natürlichkeit und die große innere Würde ihres Charakters« überbrachte, sagte sie ganz offen:

»Belinda, ganz davon abgesehen, seien Sie sich bitte darüber im Klaren, dass ich vorhabe, Clarence Hervey unter meinen offiziellen Verehrern zu behalten, solange ich noch lebe, was, wie Sie wissen, nicht mehr lange dauern kann. Wenn ich einmal nicht mehr bin, meine Liebe, gehört er ganz Ihnen, und ich wünsche Ihnen alles Gute. Posthumer Ruhm ist eine alberne Sache, aber posthume Eifersucht ist geradezu widerwärtig.«

Einen Teil der Unterhaltung mit Clarence Hervey gab es allerdings, den ihre Ladyschaft – mit ihrem ungeheuren Taktgefühl – vor Miss Portman nicht gleich wiederholte, den Teil, bei dem es um die Pferde ging. Bei der ganzen Angelegenheit bestand Belindas Anteil allein darin, dass sie, als ihre Ladyschaft die Pferde hatte vorbeibringen lassen, um sie anzuschauen, ihr zugestimmt hatte, es seien die prachtvollsten Pferde, die sie je gesehen habe. Mr Hervey war, obwohl er ihrer Ladyschaft sehr galant geantwortet hatte, im Geheimen verärgert darüber, dass Belinda so wenig Feingefühl hatte, dass sie Lady Delacour erlaubte, ihren Namen für solche Zwecke zu verwenden. Er bereute, den unpassenden Ausdruck »innere Würde« verwendet zu haben, und fiel auf seine frühere Auffassung von Mrs Stanhopes Nichte zurück. – Ein Rückfall ist immer gefährlicher als die ursprüngliche Krankheit. – Er sandte die Pferde am nächsten Tag zu Lady Delacour und sprach mit Belinda, als er sie traf, mit dem Gebaren eines galanten Kavaliers, der dachte, sein Friede sei zu einem günstigen Preis ausgehandelt worden. Aber je vertraulicher seine Manieren wurden, desto reservierter wurden die ihrigen. Lady Delacour zog sie wegen *ihrer Prüderie* auf, aber vergebens. Clarence Hervey schien zu denken, Lady Delacour habe

ihren Teil der Abmachung nicht eingehalten. »Ist nicht das Lächeln«, sagte er, »das Epithet, das man der Allegorie des Friedens immer zuschreibt – nun habe ich noch kein einziges Lächeln von Miss Portman gesehen, seit man mir Frieden versprochen hat.«
Peinlich berührt von Mr Herveys Vorwürfen und verärgert darüber, dass Belinda sich von ihrer Spöttelei nicht beeindrucken ließ, wurde Lady Delacour ihr gegenüber regelrecht übellaunig. Belinda, die nicht wusste, welchen Anlass sie ihr dazu gegeben hatte, blieb ungerührt, und die peinliche Lage ihrer Ladyschaft wurde immer unangenehmer. Schließlich zeigte diese sich wieder so freundschaftlich und vertrauensvoll wie zuvor, und nachdem sie Belinda mit viel Schmeichelei in Hochstimmung gebracht hatte, rief sie plötzlich aus:

»Wissen Sie, meine Liebe, dass ich mich die ganz letzte Woche derartig geschämt habe, dass ich Ihnen kaum ins Gesicht sehen konnte. Mir ist bewusst, dass ich an einem Tag regelrecht grob und bösartig Ihnen gegenüber war, und seitdem war ich voller Reue. Und wie alle reumütigen Sünder war ich sicher dumm und unausstehlich, aber sagen Sie mir, Sie verzeihen meine Kapricen, und Lady Delacour wird wieder ganz sie selbst sein.«

Es war nicht schwierig, Belindas Vergebung zu erlangen.

»Wirklich«, fuhr Lady Delacour fort, »Sie sind zu gütig, aber andererseits muss ich zu meiner eigenen Rechtfertigung sagen, dass ich mehr Dinge anführen kann, die mir die Laune verderben, als andere Leute. Nun, meine Liebe, dieses ach so halsstarrige Wesen, Lord Delacour, hat mich in eine ganz schreckliche Situation gebracht; ich habe Clarence Hervey ein Paar Pferde für mich kaufen lassen, und ich bringe Lord Delacour einfach nicht dazu, sie zu bezahlen – aber ich habe ganz vergessen, Ihnen zu sagen, dass ich für dieses Geschäft Ihren Namen benutzt habe – na, wenigstens nicht vergebens. Ich habe Clarence gesagt, dass Sie – unter der Bedingung, dass er diese *Angelegenheit* für mich regelt – ihm alle seine Sünden verzeihen, und – aber, meine Liebe, warum schauen

Sie denn drein, als hätte ich Ihnen ein Messer ins Herz gebohrt? Ich habe doch nur auf Ihren hübschen Mund gesetzt für ein Lächeln dann und wann. Bitte lassen Sie mich sehen, dass Sie nicht ganz und gar vergessen haben, *wie* man lächelt.«

Belinda war in diesem Moment zu verärgert, um auf ihre Neckerei einzugehen. Ihr Ärger verlieh ihr ungewohnten Mut, und sie verlor alle Furcht vor Lady Delacours spöttischem Witz. Sie machte Lady Delacour sehr ernsthafte Vorhaltungen, dass diese ihren Namen für so etwas verwendet hatte ohne ihre Zustimmung oder Kenntnis. Belinda fühlte, dass sie nun Gefahr lief, in eine Situation hineinzugeraten, die fatal für ihren Ruf und ihr Glück werden könnte; und sie war umso überraschter angesichts des Verhaltens ihrer Ladyschaft, wenn sie an die Geschichte von Harriet Freke und Colonel Lawless dachte.

»Sie können mir doch sicher nachfühlen, Lady Delacour«, sagte Belinda, »dass ich mich, nachdem ich hörte, welche Verachtung Mr Hervey gegenüber den Nichten der großen Kupplerin Mrs Stanhope zum Ausdruck brachte, erniedrigen würde, wenn ich auch nur in irgendeiner Weise seine Aufmerksamkeit auf mich zöge. Keine geistreiche Bemerkung, keine Eloquenz kann meine Meinung in dieser Sache ändern – ich kann Verachtung einfach nicht ertragen.«

»Ja, wahrscheinlich – zweifellos«, unterbrach Lady Delacour, »aber wenn Sie nur Ihre Augen öffnen würden – was die Heldinnen in Romanen aus Prinzip ja nie tun, sonst wäre die Geschichte ja auch sofort zu Ende – wenn Sie nur Ihre Augen öffnen würden, so könnten Sie sehen, dass dieser Mann verliebt ist in Sie, und während Sie sich vor seiner Verachtung fürchten, fürchtet er sich hundertmal so sehr vor der Ihren, und solange Sie beide sich so sehr vor Gott weiß was fürchten – Sie müssen entschuldigen, wenn ich mich hier ein wenig in Spöttelei ergehe.« Belinda lächelte. »Na bitte, ein Lächeln wie dieses für Clarence Hervey, und ich bin meine Schulden und jede Gefahr los«, sagte Lady Delacour.

»Oh, Lady Delacour, warum, warum nur müssen Sie Ihre Macht über mich auf diese Weise ausnutzen?«, sagte Belinda. »Sie wissen, dass ich nicht zu etwas überredet werden sollte, das meinem Gewissen widerspricht. Vor ein paar Tagen erst haben Sie mir selbst gesagt, dass Mr Hervey kein – kein Mann ist, der heiratet, und eine Frau, die so weitblickend wie Sie ist, muss doch sehen – dass er nur mit mir flirten will. Ich bin Mr Hervey in keinerlei Hinsicht gewachsen. Er ist ein Mann von Geist und Galanterie, und ich bin in den Gepflogenheiten der eleganten Welt völlig ungeübt. Ich bin gar nicht von meiner Tante Stanhope erzogen worden, ich war nur in den letzten Jahren bei ihr – ich wünschte, ich wäre nie in meinem Leben in ihrem Haus gewesen.«

»Ich sorge dafür, dass Mr Hervey das erfährt«, sagte Lady Delacour, »aber in der Zwischenzeit denke ich doch, dass jeder, der damenhafte Drangsal beurteilen kann, mir bescheinigen würde, dass ich alles in allem mehr zu bemitleiden bin als Sie. Das Schlimme an der Sache ist ganz offensichtlich, dass ich, wie man es auch wendet, zweihundert Guineen für die Pferde aufbringen muss.«

»Ich kann für sie bezahlen«, rief Belinda aus, »und würde das mit größtem Vergnügen tun. Ich gehe einfach nicht zu dem Geburtstagsball – mein Kleid ist noch nicht bestellt. – Würden zweihundert Guineen für die Pferde reichen? – Oh, nehmen Sie das Geld – bezahlen Sie Mr Hervey, liebe Lady Delacour, und alles ist gut.«

»Sie sind ein liebes Kind«, sagte Lady Delacour und umarmte sie, »aber wie könnte ich vor meinem Gewissen verantworten oder vor Mrs Stanhope, dass Sie nicht mit zum königlichen Geburtstagball gehen können? – Das geht nicht, meine Liebe, außerdem wissen Sie, dass Mrs Franks heute Ihr Kleid für den Salon vorbeibringt, und es wäre so dumm, für nichts und wieder nichts dort vorgestellt zu werden, ohne nachher zum Ball zu gehen. Wer A sagt, muss auch B sagen.«

»Dann«, sagte Belinda, »gehe ich eben nicht zum Salon.« – »Nicht zum Salon gehen, meine Liebe! Wie, Sie wollen fünfzig

Guineen für nichts wegwerfen! Also, ich habe wirklich noch niemanden gesehen, der so verschwenderisch mit Geld umgeht und so sehr mit seinem Lächeln geizt.«

»Es ist doch sicher besser für mich«, sagte Miss Portman, »fünfzig Guineen wegzuwerfen, obwohl ich so arm bin, als das Glück meines Lebens zu riskieren. Ihre Ladyschaft weiß, dass ich, wenn ich A zu Mr Hervey sage, auch B zu ihm sagen muss. – Nein, nein, meine liebe Lady Delacour, hier ist der Scheck über zweihundert Guineen – bezahlen Sie Mr Hervey damit, um Himmels willen, und die Sache hat ein Ende.«

»Sie ist doch entschieden noch ein Kind! – Nun, so wird sie nicht gezwungen sein, das ABC von Cupidos Alphabet dem grausamen Pädagogen Clarence Hervey aufzusagen, bis es ihr gefällt – aber ernsthaft, Miss Portman, kann ich diesen Scheck wirklich annehmen? Ich beraube Sie ja nachgerade. – Aber im Grunde ist es Lord Delacour, dem Sie die Vorwürfe machen müssen – es ist ja nur wegen seiner halsstarrigen Art – nachdem er einmal gesagt hat, er wolle nicht für die Pferde bezahlen, müssten Sie und ich und der Rest der Menschheit sich in Luft auflösen, bevor er seine Meinung ändern würde, dumm wie er ist. Im nächsten Monat werde ich in der Lage sein, meine Liebe, Ihnen das Geld mit tausendfachem Dank zurückzuzahlen – und in ein paar weiteren Monaten gibt es einen anderen königlichen Geburtstagsball, und ein neuer Stern wird am Firmament der Gesellschaft aufgehen, und sein Name wird Belinda sein. In der Zwischenzeit, meine Liebe, wenn ich es mir überlege, vielleicht können wir Mrs Franks doch dazu bringen, Ihr Kleid für den Salon einer anderen Person mit Geschmack zu verkaufen, und Sie können Ihre fünfzig Guineen für die nächste Gelegenheit aufbewahren. Ich sehe mal, was ich tun kann – adieu – tausend Dank, dummes Kindchen, das Sie sind.«

Mrs Franks erklärte zunächst, es sei ganz und gar unmöglich, Miss Portmans Kleid zurückzunehmen, wenn sie auch alles auf Erden täte, um Lady Delacour einen Gefallen zu erweisen – zehn

Guineen machten es dann aber doch möglich. Belinda war hocherfreut, dass sie sich, wie sie meinte, so günstig aus der Sache herausgewunden hatte, und zufrieden mit ihrem eigenen Verhalten, beschloss sie, ihrer Tante zu schreiben, um diese insoweit über die Transaktion zu informieren, wie sie es konnte, ohne Lady Delacour zu verraten. »Ihre Ladyschaft brauchte gerade unbedingt zweihundert Guineen«, schrieb sie, und um ihr die Summe zur Verfügung zu stellen, habe sie die Idee, an den Hof zu gehen, aufgegeben.

Der Tenor von Miss Portmans Brief lässt sich klar genug aus Mrs Stanhopes Antwort erkennen.

MRS STANHOPE AN MISS PORTMAN

Bath, 2. Juni

Ich muss mich doch sehr wundern, Belinda, über dein so außergewöhnliches Verhalten und deinen noch außergewöhnlicheren Brief. Was du mit den Worten ›Prinzipien‹ und ›Taktgefühl‹ andeuten möchtest, kann ich zugegebenermaßen nicht recht verstehen, wenn ich sehe, dass du den Respekt, den die Meinung und die Ratschläge einer Tante verdienen, der du alles verdankst, vollkommen vermissen lässt. Stattdessen fällt es dir doch tatsächlich ein, das Geld deiner Tante zu verschwenden, und das ohne jeden üblichen Anstand. – Ich sende dir 200 Guineen mit dem Wunsch, dass du sie dafür verwendest, bei Hofe zu erscheinen – du leihst das Geld Lady Delacour und schreibst mir, dass du, da du die Ehre der Dame nicht verletzen willst, nicht alle Einzelheiten erklären kannst. Wenn dem nicht so wäre, würde ich, da seist du dir sicher, die Gründe, die dich dazu gebracht hätten, sicher billigen. – Also wirklich, höchst zufriedenstellend! – Und dann, um die Sache ein wenig abzumildern, sagst du mir, dass es für die Situation, in der du dich befindest, deiner Meinung nach nicht notwendig sei, dass du bei Hofe vorgestellt wirst. Deine Ansichten und die meinen, fügst du hinzu, gingen eben in vielen Dingen auseinander. – In Anbetracht all dessen muss ich wirklich sagen, dass du ebenso undankbar wie anmaßend bist, denn ich bin ja kein solcher Neuling in gesellschaftlichen Dingen, dass ich nicht wüsste, dass, wenn eine junge Dame behauptet, sie sei anderer Meinung als ihre Freunde, dies nur das Präludium für weit Schlimmeres ist. Es fängt damit an, dass sie sagt, sie sei entschlossen, selber zu denken, und sie sei entschlossen, selber zu handeln – und schon ist alles zu spät und all das schöne Geld etc., das man für ihre Erziehung ausgegeben hat, können ihre Freunde komplett abschreiben.

Nun, ich persönlich sehe das so: Ein junges Mädchen, das allein durch die ihm Nahestehenden aufgezogen wurde und in die Welt eingeführt wurde wie du, sollte sich unbedingt auch von diesen in seinem Verhalten leiten lassen. – Was würdest du von einem Mann halten, der, nachdem er durch einen Freund ins Parlament gebracht wurde, hingehen würde und gegen die Meinungen ebendieses Freundes votieren würde? – Du bist ja nicht dumm, Belinda – du verstehst schon, was ich meine –, daher muss ich deine Fehler einem Mangel an Gefühl zuschreiben, nicht einem Mangel an Urteilsfähigkeit. – Ich habe gesehen, dass wegen einer Erkrankung der Prinzessin die Geburtstagsfeier für den König um vierzehn Tage verschoben wurde. Wenn du es geschickt anstellst und wenn du (ohne dass Lady — es erfährt, die dich in dieser Sache nicht gut behandelt hat und der du daher kein besonderes Taktgefühl schuldig bist) bei Lord — durchblicken lässt, dass deine Tante Stanhope enttäuscht und verstimmt ist (was ich wahrlich bin), da du vorhast, diese Gelegenheit, bei Hof zu erscheinen, verstreichen zu lassen, steht es zehn zu eins, dass Lord Delacour, der sich ja, nehme ich einmal an, nicht darauf festgelegt hat, deine Bitte abzulehnen, dir deine 200 Guineen erstatten wird. Du wirst dich seiner Lordschaft natürlich erkenntlich zeigen, aber bitte ihn unbedingt auch inständig, er möge dein Ansinnen nicht seiner Gemahlin verraten, da diese verletzt sein könnte, dass du dich an ihn gewandt hast. – Von einem engen Bekannten seiner Lordschaft habe ich erfahren, dass er dir sehr wohlgesinnt ist, und wenn er auch halsstarrig sein kann, so ist er doch gutmütig und kann ja keine Sorge haben, dass du ihn irgendwie lenken willst; daher wird er genau das tun, was du von ihm möchtest.

Im Endeffekt wirst du die Gelegenheit haben, die ganze Sache Lady — aufs freundlichste als ein Beispiel dafür zu präsentieren, wie sehr ihr Gemahl sie schätzt. So wirst du allen Beteiligten einen Gefallen erweisen (immer überaus wünschenswert), ohne dass es dich einen einzigen Penny kostet, und doch noch zum Geburtstagsball des Königs gehen. Und dies alles nur, indem du dich ein wenig bemühst, wenn man das nicht tut, erreicht man in dieser Welt ganz und gar nichts.

Deine *dich* (wenn du meinem Ratschlag folgst) *liebende*
SELINA STANHOPE

Belinda konnte zwar den Rat, den man ihr so kunstfertig in dem Schreiben gegeben hatte, nicht mit dem vereinbaren, was sie für richtig hielt, war jedoch in höchstem Maße betroffen, dass sie sich den Unmut einer Tante zugezogen hatte, der sie sich doch verpflichtet fühlte. Sie beschloss, so viel Geld wie möglich von den Zinsen ihres Vermögens zurückzulegen und Mrs Stanhope ihre zweihundert Guineen zurückzubezahlen. Sie war sich der Tatsache durchaus bewusst, dass sie nicht das Recht gehabt hätte, Lady Delacour den Betrag zu leihen, wenn ihre Tante ausdrücklich gesagt hätte, er sei nur für ein Kleid gedacht, das sie bei Hofe tragen könne, aber das war ihr nie so ausdrücklich mitgeteilt worden, als Mrs Stanhope ihrer Nichte den Scheck zugesandt hatte. Die Tante hatte die Angewohnheit, zweideutig zu sprechen und zu schreiben, so dass sogar diejenigen, die sie gut kannten, oftmals im Zweifel waren, wie sie ihre Worte zu interpretieren hatten. Andererseits war sie äußerst verstimmt, wenn ihre Andeutungen und ihre halb zum Ausdruck gebrachten Wünsche nicht verstanden wurden. – Neben der Sorge, die ihr der Gedanke daran bereitete, dass sie ihre Tante verärgert hatte, war Belinda aber auch irritiert und gekränkt, da sie in Clarence Herveys Verhalten ihr gegenüber nicht die Veränderung bemerkte, die ihr Verhalten eigentlich hätte hervorrufen müssen.

Eines Tages war sie sehr überrascht, als er ihr vorwarf, sie sei kapriziös, weil sie ihr Vorhaben, bei Hofe zu erscheinen, aufgegeben hatte. Dass Lady Delacour bei Mr Herveys Worten peinlich berührt war, schrieb Belinda dem Wunsch ihrer Ladyschaft zu, Clarence solle nicht erfahren, dass sie sich hatte Geld leihen müssen, um ihm die Pferde zu bezahlen. Belinda hielt das zwar für kleinlichen Stolz, aber sie legte natürlich Wert darauf, Lady Delacours Geheimnis zu bewahren. Sie antwortete Mr Hervey deswegen obenhin, »sie wundere sich, dass ein Mann, der sich mit dem weiblichen Geschlecht so gut auskenne, sich überhaupt noch über die Kapricen einer Frau wundern könne«. Die Unterhaltung nahm dann eine neue Wendung, und während man über belanglose Themen sprach, kam Champfort, Lord Delacours Butler, mit Mrs Stanhopes Scheck über zweihundert Guineen herein, den der Kutschenbauer soeben zurückgebracht hatte, weil Miss Portman vergessen hatte, diesen schriftlich zu bestätigen. Belindas Erstaunen war in diesem Augenblick ebenso groß wie Lady Delacours Verwirrung. »Ach, kommen Sie doch mit mir, meine Liebe, und wir finden Feder und Tinte für Sie – Sie brauchen nicht zu bleiben, Champfort – aber sagen Sie dem Mann, er soll auf den Scheck warten, Miss Portman wird ihn sofort bestätigen.« Damit nahm sie Belinda mit in ein anderes Zimmer.

»Lieber Himmel! Ist dieses Geld denn nicht an Mr Hervey gezahlt worden?«, rief Belinda aus.

»Nein, meine Liebe, aber ich werde alle Schuld auf mich nehmen oder, was für Sie auf das Gleiche herauskommt, werde sie meiner besseren Hälfte zuschieben – Lord Delacour wollte ja nicht für meine neue Kutsche zahlen. Der Kutschenbauer, das unverschämte Biest, wollte sie nicht vom Hof lassen, ohne hundert Guineen in barem Geld. Sie wissen ja, dass ich die Pferde schon hatte, aber was sollte ich mit Pferden ohne eine Kutsche? Clarence Hervey konnte, das wusste ich, besser auf sein Geld warten als der arme Teufel von Kutschenbauer, so dass ich erst den Kutschenbauer bezahlt habe. Ein paar Monate früher oder später können Clarence Hervey ja nichts ausmachen, der gar nicht weiß, wo er mit seinem Gold hinsoll, meine Liebe – wenn Ihnen das ein Trost ist, wie ich doch hoffe.«

»Oh, was soll er nur von mir denken!«, sagte Belinda.

»Nein, was wird er jetzt von *mir* denken, Kind?«

»Lady Delacour«, sagte Belinda in einem festeren Ton, als sie ihn je zuvor Lady Delacour gegenüber verwendet hatte, »ich muss darauf bestehen, dass Sie diesen Scheck Mr Hervey geben.«

»Absolut unmöglich, meine Liebe. Ich kann ihn dem Kutschenbauer nicht wegnehmen, er hat die Kutsche schließlich geschickt, die Sache ist abgemacht und kann nicht wieder zurückgenommen werden. Aber kommen Sie, da ich weiß, dass nichts anderes Ihnen wieder Ihre Gemütsruhe schenken wird, werde ich diesen großen Gefallen von Mr Hervey ganz auf meine Kappe nehmen. Dagegen können Sie nichts einwenden, denn Sie sind schließlich nicht die Hüterin meines Gewissens. – Ich werde Clarence die ganze Geschichte erzählen und Ihnen alle Ehre geben. Also bestätigen Sie den Scheck, während ich hingehe und das Lob Ihrer großen inneren Würde und Ihrer schlichten Natürlichkeit singe, etc. etc. etc. etc. etc.« – Ihre Ladyschaft wandte sich von Belinda ab, ging zu Clarence Hervey zurück und erzählte ihm die ganze Affäre mit der ihr eigenen Anmut, mit der sie eine gute Geschichte aus einer schlechten zu machen wusste. Clarence war in diesem Moment ein so unkritischer Zuhörer, wie sie sich ihn nur wünschen konnte, denn kein Mensch konnte Geld weniger Bedeutung beimessen als er, und der Eindruck von Lady Delacours niedrigen Beweggründen wurde völlig von seiner Freude überschattet zu entdecken, dass Belinda seiner Hochachtung wert war. Er fühlte jetzt die Macht, die sie über sein Herz hatte, in ihrem ganzen Ausmaß, und er war eben im Begriff, seine Zuneigung für sie zum Ausdruck zu bringen, als sich – *malheureusement*[52] – Sir Philip Baddely und Mr Rochfort durch den Lärm, den sie im Treppenhaus machten, ankündigten. Die beiden waren die jungen Männer, die damals bei Lady Singleton in einem so verächtlichen Ton von der Kupplerin Mrs Stanhope und ihren Nichten gesprochen hatten. Mr Hervey war ängstlich darum bemüht, dass sie nichts über die Wege seines Herzens erfahren sollten, er verbarg seine Gefühle sofort und gab sich der plappernden Fröhlichkeit hin, die seine Kumpanen immer so erfreute, da sie stets jemanden brauchten, der ihre wenig entwickelte Vorstellungsgabe in Bewegung brachte. Schließlich bestanden sie darauf, Clarence mitzunehmen, um neuen Wein für Sir Philip Baddely zu probieren.

Kapitel VII
Die Serpentine im Hyde Park

Auf seinem Weg zur St. James Street, wo der Weinhändler wohnte, holte Sir Philip Baddely mehrere junge Männer aus seinem Bekanntenkreis ab, die alle begierig waren, eine Probe des *guten Geschmacks*, des epikureischen[53] Geschmacks, im Wettbewerb zwischen dem Baronet und Clarence Hervey zu erleben. Unter diversen anderen Fähigkeiten war unser Held auch sehr stolz auf die exquisite Präzision seines Geschmackssinns. Wein bedeutete ihm nichts, und er hatte auch keine Vorliebe für gutes Essen, aber bei erlesenen Diners mit jungen Männern, die richtige Epikureer waren, gab sich Hervey ganz als Connaisseur und behauptete, er könne sogar Wein und Saucen besser beurteilen als andere. Er hatte sich unvergängliche Ehren damit erworben, dass er bei einer Einladung mit großem Ernst kritisiert hatte, eine Schildkrötensuppe wäre ganz exzellent gewesen, wenn sie nicht *ein Blubbern zu lang* gekocht hätte, und beschwingt vom Applaus der Gesellschaft, machte er den Anspruch geltend, niemand in England habe einen besseren Geschmackssinn als er. – Sir Philip Baddely konnte solche Arroganz unmöglich hinnehmen, er protestierte laut, dass er zwar Mr Herveys Urteil, was Essen anging, nicht in Frage stellen würde, doch als Weinkenner könne er ihm durchaus Paroli bieten. Er wolle den Wettbewerb bei jedem beliebigen erstklassigen Weinhändler in London austragen und von einem gemeinsamen Freund von allseits anerkanntem Geschmack und Erfahrung beurteilen lassen. Mr Rochfort wurde als der gemeinsame Freund von allseits anerkanntem Geschmack und Erfahrung ausgewählt, und ein Weinhändler, der gerade groß in Mode war, wurde aufgesucht, um mit ihm über die Verdienste des bacchanalischen[54] Ruhms der beiden Kandidaten zu entscheiden. Sir Philip, der im Begriff war, seinen Weinkeller wieder aufzufüllen, war für den Weinhändler eine Person von großer Wichtigkeit, deswegen legte er ihnen seine allerfeinsten Schätze vor. Sir Philip und Clarence probierten diese abwechselnd, Sir Philip mit echter, Clarence mit vorgetäuschter Ernsthaftigkeit, und sie gaben ihre Meinungen zu den grundsätzlichen und vergleichsweisen Vorzügen jedes einzelnen zum Besten. Der Weinhändler war offensichtlich, wie Mr Hervey fand, eher auf Sir Philips Seite. »Ja, tatsächlich, Sir Philip, da haben Sie vollkommen recht, dieser Wein ist der beste, den wir haben, Sie haben wahrhaftig einen überaus anspruchsvollen Geschmack«, sagte der Weinhändler beflissen. »Ich sag Ihnen was«, rief Sir Philip, »die Sache ist doch die – bei G— jetzt ist aber Schluss – Schluss damit – bei G— mich irgendwie zu bevormunden.« »Dann«, sagte Clarence Hervey, »würdest du wohl dabei mitmachen, den Unterschied zwischen diesen beiden Weinen zehnmal mit verhüllten Augen zu bestimmen?« – »Ha, zehnmal ist doch gar nichts«, erwiderte Sir Philip, »würde ich sogar fünfzig Mal, würde ich, bei G—.«

Aber als es um den Beweis seiner Fähigkeiten ging, hatte Sir Philip nichts als seine Flüche auf seiner Seite. Clarence Hervey gewann den Wettstreit, und die Bedeutsamkeit seines Sieges wurde noch um einiges durch die Weingeister erhöht, die ihm zu Kopf stiegen. Sein Triumph sei, ganz wie er seiner Meinung nach sein sollte, bacchanalisch, er lachte und sang mit wahrhaft anakreontischer[55] Begeisterung, und zum Ende hin erklärte er, er habe es verdient, mit Weinreben gekrönt zu werden. »Komm mit mir zum Dinner, Clarence«, sagte Rochfort, »und wir krönen dich mit dreimal drei[56] – und«, flüsterte er Sir Philip zu, »nach dem Dinner machen wir noch eine Weinprobe.«

»Aber es ist ja noch gar nicht Zeit fürs Dinner, erst halb sieben, wie ich sehe, was sollen wir denn bis dahin mit uns anfangen?«, sagte Sir Philip und gähnte herzzerreißend.

Clarence, der anders als seine Freunde nicht daran gewöhnt war, schon tagsüber zu trinken, war sehr angeschlagen vom Wein, und Rochfort schlug vor, eine Runde im Park zu drehen, um Herveys Kopf ein wenig abzukühlen. Also ging es zum Hyde Park, wobei Sir Philip sich die ganze Zeit mit der Überlegenheit seines alkoholerprobten Kopfes brüstete.

Clarence protestierte, dass der seine mehr vertrage als die besten in England, und merkte an, dass er in diesem Augenblick gerader gehe als seine Begleiter, Sir Philip nicht ausgenommen. Nun war Sir Philip bekannt als schneller Läufer, und prompt forderte er unseren Helden heraus, mit ihm um die Wette zu laufen für so viel Geld, wie er wollte. »Abgemacht«, sagte Clarence, »für zehn Guineen oder was immer du willst«, und sie begannen zu laufen, nachdem Rochfort gerufen hatte: »Eins, zwei, drei, auf geht's; immer schön die Richtung halten, wer die Ulme dort als Erster erreicht, hat gewonnen.«

Beide waren auf den ersten Yards genau auf der gleichen Höhe, dann setzte sich Clarence vor Sir Philip und erreichte die

Ulme als Erster, aber als er seinen Hut schwenkte und ausrief: »Clarence hat auch diesmal gewonnen«, kam Sir Philip mit seinen Begleitern nach und informierte ihn kühl, dass er verloren habe – »verloren! verloren! verloren! Clarence hat nach allen Regeln verloren.«

»Hab' ich denn den Baum nicht als Erster erreicht?«, sagte Clarence.

»Ja«, antworteten seine Freunde, »aber du bist nicht auf dem Pfad geblieben. Du bist davon abgewichen, als dir die Kindergruppe dahinten begegnet ist.« – »Wohingegen *ich*«, sagte Sir Philip, »einfach durch sie durchgestürmt bin – Pfad gehalten – Wette gewonnen.«

»Aber«, sagte Hervey, »hättet ihr denn gewollt, dass ich das kleine Kind umrenne, das sich genau vor mir gebückt hatte?«

»Ich doch nicht!«, sagte Sir Philip, »ich habe natürlich nichts gegen deine guten Manieren. Wenn ein Mann unbedingt höflich sein will, muss er eben manchmal für seine Höflichkeit bezahlen. Du hast gesagt, du setzt *jeden Betrag*, den ich haben will, erinnere dich – nun, ich will bescheiden sein, und da ich doch dein besonderer Freund bin, Clarence, nehme ich dir nur zehn Guineen ab.«

Das laute Lachen seiner Begleiter ärgerte Clarence; sie waren froh, ›ihm eins ausgewischt zu haben‹, denn er wurde von allen wegen seiner überlegenen Talente beneidet und weil er immer die Führung übernahm bei den Albernheiten, die zwar unter seiner Würde, aber perfekt dafür geeignet waren, seine Kameraden zu unterhalten.

»So sei es, die könnt ihr haben, ich bezahle gern zehn Guineen dafür, dass ich bessere Manieren habe als jeder von euch«, rief Hervey lachend, »aber, wenn ich auch diese Wette verloren habe, möchte ich doch meine Ehre als Läufer verteidigen. Sir Philip, jetzt sind gerade keine Frauen da, die mir goldene Äpfel in den Weg werfen,[57] und keine Kinder, über die ich stolpern könnte, ich fordere Sie noch einmal heraus – doppelt oder gar nichts.«

»Ich bin raus, bei G—«, sagte Sir Philip, »mir ist auch viel zu heiß, verdammt, um noch weiter mit dir zu laufen, aber ich mache mit, wenn du nichts gegen Schwimmen hast. Verdammt, da fließt die Serpentine, Clarence. Na? Verdammt, na?«

Sir Philip und alle seine Begleiter wussten, dass Clarence nicht schwimmen gelernt hatte.

»Ihr könnt einander noch so pfiffig zuzwinkern«, sagte Clarence, »aber was soll's, Jungs – ich *bin* dabei – hundert Guineen setze ich –

Wagst du, Rochfort, nun,
mit mir zu springen in die krautige Flut,
und bis dorthin zu schwimmen.«[58]

Und schon warf Hervey, der in seinem wirren Kopf eine vage Erinnerung an Dr. Franklins Essay über das Schwimmen hatte, mit deren Hilfe er glaubte, gleichzeitig seine Sicherheit und seinen Ruhm garantieren zu können, den Mantel von sich und sprang in den Fluss; zu seinem Glück hatte er keine Stiefel an. Rochfort fing an, sich in aller Ruhe unter den Bäumen auszuziehen, und die anderen jungen Männer standen lachend am Ufer. »Wer zum Teufel sind denn die zwei, die da zu uns aufholen«, sagte Sir Philip und blickte zwei Herren entgegen, die auf sie zukamen. »St. George, hey, du kennst doch Gott und die Welt?« »Der vorne ist Percival von Oakley Park, glaube ich, bei meiner Ehr'«, erwiderte Mr St. George, und er fing an aufzurechnen, wie viel Tausend Mr Percival an Vermögen hatte. Diese Frage war noch nicht ganz entschieden, als die Herren an der Stelle anlangten, wo Sir Philip stand.

Das Kind, um dessentwillen Clarence Hervey seine Wette verloren hatte, war Mr Percivals, und er kam, um ihm für seine Freundlichkeit zu danken. Der Herr, der ihn begleitete, war ein alter Freund von Clarence Hervey, er hatte ihn im Ausland getroffen, aber seit ein paar Jahren nicht gesehen.

»Pardon, meine Herren«, sagte er zu Sir Philip und seinen Begleitern, »ist Mr Clarence Hervey unter Ihnen? Ich meinte, ihn gerade vorbeigehen gesehen zu haben.«

»Verdammt, ja, wo ist denn Clary nur?«, rief Sir Philip laut, dem plötzlich alles wieder einfiel. Clarence Hervey begann genau in diesem Augenblick zu ertrinken, er war ins tiefe Wasser geraten und hatte vergeblich versucht, wieder Fuß zu fassen.

»Ich will verflucht sein, wenn Clary nicht hin ist«, fuhr Sir Philip fort. »Sieht noch einer von euch seinen Kopf irgendwo? Verdammt, Rochfort, da hinten ist er.«

»Verdammt, so ist es«, sagte Rochfort, »aber er ist so schwer in seinen Kleidern, er würde mich mit sich zu Daveys Spind[59] hinabziehen, wenn ich verdammt noch mal hinter ihm herschwimmen würde.«

»Verdammt auch, kann denn keiner von euch schwimmen? Kann denn keiner reinspringen?«, schrie Sir Philip seine Kameraden an. »Verdammt, Clarence geht noch vollends unter.«

Und das wäre er auch ganz ohne jeden Zweifel, wäre nicht Mr Percival in diesem Augenblick ins Wasser gesprungen und hätte den ertrinkenden Clarence gepackt. Er hatte große Schwierigkeiten, ihn an das rettende Ufer zu ziehen. Sir Philips Gesellschaft bot, sobald die Gefahr gebannt war, dienstbeflissen ihre Hilfe an. Clarence Hervey war ohnmächtig. »Verdammt, was sollen wir bloß mit ihm machen«, sagte Sir Philip, »verdammt, wir müssen ein paar Leute von dem Bootshaus da drüben zur Hilfe holen, er ist schwer wie Blei – ich will verdammt sein, wenn ich weiß, was ich mit ihm machen soll.«

Während Sir Philip sich so verfluchte, lief Mr Percival zum Bootshaus, um Hilfe zu holen, und man trug den leblosen Körper von Clarence Hervey ins Haus; der ältere Herr, der Mr Percival begleitet hatte, drängte sich nun durch die lärmende Menge und gab Anweisungen, was zu geschehen habe, um Mr Hervey wiederzubeleben. Während er mit dieser mildtätigen Aufgabe befasst war, machten sich Clarence' ehrenwerte Freunde über ihn lustig und flüsterten miteinander. »Teufel auch, der redet, als wär' er ein Doktor«, sagte Rochfort.

»Bei meiner Ehr', ich glaube beinahe«, sagte St. George, »das ist der berühmte Dr. X—, ich hab ihn kürzlich in einer Leihbücherei getroffen.«

»Dr. X—, der Schriftsteller, meinst du den«, sagte Sir Philip, »dann sollten wir verdammt noch mal, so schnell wir nur können, von hier verschwinden, sonst verewigt er womöglich noch einige von uns Schwarz auf Weiß, und ich will verflucht sein, bevor ich mich in einem Buch wiederfinde.« »Da besteht doch keine Gefahr«, sagte Rochfort, »wie soll man sich in einem Buch wiederfinden, Sir Philip, wenn man nie eines öffnet. Bei G—, so ist es ja auch richtig!«

»Nein, bei meiner Ehr'«, sagte St. George, »ich fände nichts so herrlich, wie mich selbst in einem Buch zu finden, das würde einen doch bekannt und berühmt machen.«

»Verdammt will ich sein, also ich bilde mir wirklich ein, man könne berühmt werden und bekannt nach allen Regeln der Kunst, ohne irgendwas zu diesen Autorengenies sagen zu müssen. Was bist du für ein Kerl, Donnerwetter, dass du dich gedruckt wiedersehen willst – ich werde das in der Bond Street öffentlich machen – verdammt, was das Berühmtsein angeht, würd' ich meinen Random[60] hochhalten gegen alle Bücher, die je gelesen oder geschrieben wurden, verdammt noch mal. Aber was machen wir überhaupt noch hier? Hervey ist in guten Händen«, sagte Sir Philip, »und das ist doch ein verflucht blöder Ort für uns – außerdem ist es bald Zeit fürs Dinner. Ich schlage vor, wir verschwinden von hier; wir können ja St. George (der so sehr dafür ist, in den Büchern des Doktors zu landen) hierlassen, damit er uns Clary dann mitbringt, wenn er wieder ein Dinner und gute Gesellschaft vertragen kann, was, ha! ha! ha!«

Und schon machten sich die getreuen Freunde auf, um ihren wichtigen Tagesgeschäften nachzugehen.

Als Clarence Hervey wieder zu sich kam, schreckte er auf,

rieb sich die Augen und sah sich um, wobei er rief: »Was ist denn das? – Wo bin ich? – Wo ist Baddely? – Wo ist Rochfort? – Wo sind sie denn alle?«

»Heimgegangen zum Dinner«, antwortete St. George, der als Sir Philips Hofschranze brav geblieben war. »Aber sie haben mich hiergelassen, um dich mit zu ihnen zu nehmen. Mann, Clary, du bist dem Tod von der Schippe gesprungen, bei meiner Ehr', wir dachten für einen Moment, das war's jetzt mit Clary – aber du bist ja nicht so schnell unterzukriegen. Wir müssen jetzt doch noch kein ›Fläschchen Roten über deinem Grab leeren‹[61] – du *machst* es noch ein bisschen, mein Junge. So, ich laufe und rufe eine Kutsche für dich, Clary, und wir werden beim Dinner sein, so schnell wie die sind wir auch, bei Jingo. Ich lasse dich jetzt in den guten Händen des Doktors hier, der dich ins Leben zurückgeholt hat, und bei dem Gentleman, der dich aus dem Wasser gezogen hat.« – »Hier ist ein Briefchen für dich«, flüsterte St. George, indem er sich über Clarence Hervey beugte, »hier ist ein Briefchen von Sir Philip und Rochfort – du musst es aber auf jeden Fall *allein* lesen.«

»Wenn ich das kann«, sagte Clarence, »aber Sir Philips Handschrift ist so *grausam* schlecht.«

»Oh, der ist ja auch ein Baronet«, sagte St. George »Ha! ha! ha!« – und entzückt von seiner eigenen Witzigkeit verließ er den Raum.

Clarence entzifferte das Briefchen nur mit Mühe; es enthielt folgende Worte:

Zieh den Doktor nur ordentlich auf, Clary, falls du das denn schon wieder schaffst – er ist ein Autor, also sozusagen Freiwild. Zieh ihn auf und wir trinken mit Rochforts Burgunder dreimal drei auf dein Wohl.

Dein etc.
Phil. Baddely

PS. Verbrenn das, wenn's gelesen ist.

Der Aufforderung, die im Postskriptum zu lesen war, kam Clarence sofort nach; er warf das Briefchen angewidert ins Feuer, gleich nachdem er es gelesen hatte, und wandte sich an den Herrn, auf den es sich bezog. Er begann, seine tiefempfundene Dankbarkeit für dessen gütige Hilfe zum Ausdruck zu bringen. Aber er hielt mitten in seiner Danksagung inne, als er entdeckte, mit wem er sprach.

»Dr. X—!«, rief er aus, »ist das möglich? – Wie sehr ich mich freue, Sie wiederzusehen. Und was für eine Freude es ist, dass Sie es sind, dem ich verpflichtet bin – niemandem in ganz England wäre ich lieber Dankbarkeit schuldig als Ihnen.«

»Sie haben wohl noch nicht die Bekanntschaft von Mr Percival gemacht, nehme ich an«, sagte Dr. X—, »erlauben Sie mir, Mr Percival, Sie dem jungen Mann vorzustellen, dessen Leben Sie gerettet haben, und dessen Leben – auch wenn die Gesellschaft, in der er sich befand, das eher zweifelhaft erscheinen lassen mag, sich zu retten lohnt. Dieser Mann ist niemand anderer als Mr Clarence Hervey, von dessen Universalgenie Sie soeben eine beispielhafte Probe gesehen haben, für die ihn der Gott des Serpentineflusses wohlverdient mit Riedgras krönte. Bitte tun Sie ihm nicht Unrecht mit der Annahme, er sei so anmaßend, wie es Universalgenies nun einmal oft sind. Mr Clarence Hervey ist ganz ohne Ausnahme der bescheidenste Mann in meinem Bekanntenkreis, denn während jeder Mensch mit Urteilsvermögen meinen könnte, er wäre der richtige Umgang für einen Mr Percival, hat er die große Bescheidenheit zu glauben, er gehöre auf eine Ebene mit Mr Rochfort und Sir Philip Baddely.«

»Sie haben, seit ich Sie im Ausland getroffen habe, nichts von Ihrem satirischen Witz verloren, Dr. X—, so wenig wie von Ihrer gütigen Hilfsbereitschaft, stelle ich fest«, sagte Clarence Hervey. »Aber ich möchte mir Ihren ungerechten Vorwurf der Bescheidenheit nicht zu eigen machen, und wenn Sie mir sagen, wo in der Stadt ich Sie finden kann, werde ich morgen –« »Morgen – und morgen – und morgen«,[62] sagte Dr. X—, »warum nicht heute?« – »Ich bin verabredet«, sagte Clarence, hielt inne und lachte. »Unglücklicherweise bin ich zum Dinner mit Mr Rochfort und Sir Philip Baddely verabredet, und am Abend muss ich zu Lady Delacour.«

»Lady Delacour! – Doch nicht eben die Lady Delacour, die Sie vor vier Jahren, als wir uns in Florenz trafen, mit der Venus von Medici verglichen haben – nein, nein, es kann ja nicht dieselbe sein, eine Göttin, die vier Jahre überdauert! Unglaublich!«

»So unglaublich es erscheinen mag«, sagte Clarence, »es ist wahr, ich bewundere ihre Ladyschaft mehr als je zuvor.«

»Als echter Connaisseur, der Sie sind«, sagte Dr. X—, »bewundern Sie ein schönes Bild mit zunehmendem Alter immer mehr. Ich hörte, das Gesicht von Lady Delacour ist wahrhaftig ein prachtvolles Exemplar der Malerei unserer Zeit, mit einem großen Vorteil, nämlich mit ›jenem Reiz, den Zeit allein verleiht‹.«[63]

»Ich bitte Sie, Dr. X—«, rief Mr Percival, »keine Spöttelei auf Kosten von Lady Delacour – ich habe da ähnliche Gefühle wie Mr Hervey.«

»Nun, Sie sind ja wohl nicht verliebt in Lady Delacour, oder?«, sagte Dr. X—. »Ich bin nicht in Lady Delacours Bild von sich selbst verliebt«, erwiderte Mr Percival, »ich war jedoch einmal in das Original verliebt.«

»Wie? – Wann? – Wo?«, rief Clarence Hervey in einem Ton, der ganz und gar anders war als der, mit dem er Mr Percival zunächst angesprochen hatte.

»Morgen werden Sie das Wie, das Wann und das Wo erfahren«, sagte Mr Percival, »hier ist Ihr Freund Mr St. George mit seiner Kutsche.«

»Er soll zum Teufel gehen«, sagte Clarence, »aber sagen Sie mir doch, ist es möglich, dass Sie nicht mehr in sie verliebt sind? – Und warum nur?« – »Warum, warum!«, meinte Mr Percival. »Nun, kommen Sie morgen, wie Sie es versprochen haben, zur Upper Grosvenor Street und lassen Sie sich Lady Anne Percival vorstellen, sie kann ihre Frage besser beantworten als ich – wenn nicht ganz zu Ihrer Zufriedenheit, so doch absolut zu meiner, was umso überraschender sein mag, als die Dame meine Frau ist.«

Mittlerweile war Clarence Hervey mit trockener Kleidung versehen worden, und da er bei bester Gesundheit war, die er nie aufs Spiel gesetzt hatte trotz seines liederlichen Umgangs, hatte er sich von den Auswirkungen seines letzten Abenteuers wieder erholt. »Clary, nun komm mit, hier ist die Kutsche«, sagte Mr St. George. »Wirklich, Junge, du bist doch ein famoser Kerl! Steht dir gut, ein bisschen Wasser geschluckt zu haben. Bei meiner Ehr', wenn ich du wäre, würde ich jeden Tag mindestens einmal in die Serpentine springen.« – »Ja, wenn ich immer sicher sein könnte, dass ich gute Freunde hätte, die mich wieder herausziehen«, meinte Hervey. »Sag mal, St. George, was haben du und Rochfort und Sir Philip eigentlich gemacht, während ich beinahe ertrunken bin?«

»Kann ich tatsächlich nicht so genau sagen, wirklich nicht«, erwiderte St. George, »was mich angeht, so hatte ich meine Stiefel an, also war ich schon einmal raus aus der Sache. Aber was soll das jetzt alles? Komm schon, wir sollten uns nun am besten um unser Dinner kümmern.«

Clarence Hervey, der sehr gefühlvoll war, war überaus verletzt von der Gleichgültigkeit, die seine lieben Freunde an den Tag gelegt hatten, als sein Leben in Gefahr gewesen war. Er hatte in dem Glauben gelebt, seine Kameraden hätten ihn gern und bewunderten ihn, und hatte gedacht, dass sie, wenn sie auch weder besonders gescheit noch besonders geistreich waren, doch immerhin mit Sicherheit einen gutartigen Charakter hätten. Nachdem sie durch ihr heutiges Verhalten diesen Anspruch preisgegeben hatten, verwandelte sich seine Vorliebe für sie in Verachtung.

»Sie sollten vielleicht doch lieber mit zu mir kommen und bei mir dinieren, Mr Hervey«, sagte Mr Percival, »wenn Sie nicht ganz fest verabredet sind, denn Ihr Arzt hier sagt mir, dass Mäßigung das Gegebene für einen Mann ist, der sich davon erholt, dass er beinahe ertrunken wäre, und Mr Rochfort ist so gastfreundlich, sagt man, dass es für einen Mann in Ihrem Zustand nicht geeignet wäre.«

Clarence nahm diese Einladung so freudig an, dass Mr St. George nur staunen konnte.

»Jeder nach seinem Geschmack«, sagte er an Clarence gewandt, »ich für mein Teil werde meinem Freund Rochfort die Ehre geben zu behaupten, dass niemand so gut zu leben versteht wie er.«

»Wenn gut zu leben nichts meint als zu essen«,[64] sagte Clarence.

»Also«, sagte Dr. X— und sah auf seine Uhr, »es wird acht Uhr sein, bis wir bei der Upper Grosvenor Street ankommen, und Lady Anne wird wahrscheinlich mit dem Dinner schon zwei Stunden auf uns gewartet haben, was ausreichen dürfte, um die Geduld jeder Frau außer Griselda[65] zu strapazieren. – Bitte glauben Sie nicht«, fuhr er an Clarence Hervey gewandt fort, »in Lady Anne Percival einer altmodischen, geistlosen und geduldigen Griselda zu begegnen – ich kann Ihnen versichern, sie ist – aber ich will Ihnen gar nicht verraten, was sie ist oder was sie nicht ist. Jeder Mann, der irgendwelche geistigen Fähigkeiten hat, möchte ja doch einen Menschen nach seinem eigenen Urteil einschätzen dürfen, statt dessen Charakter in ganzer Ausführlichkeit in goldenen Großbuchstaben aufgezwungen zu bekommen, ausgeschmückt und ausgeleuchtet durch die Hand eines etwas übergriffigen Freundes. – Jedes Kind findet ja das Veilchen, das es selbst gefunden hat, am schönsten. Ich will Ihnen jetzt alle weiteren Anspielungen und bildlichen Darstellungen ersparen«, schloss Dr. X—, »denn da sind wir, Gott sei Dank, schon in der Upper Grosvenor Street.«

Kapitel VIII
Eine Familie

Sie fanden Lady Anne Percival inmitten ihrer Kinder, die alle die gesunden, rosigen, intelligenten Gesichter in Richtung Tür wandten, als sie die Stimme ihres Vaters hörten. Clarence Hervey war so beeindruckt vom Ausdruck des Glücks in Lady Annes Gesicht, dass er ganz vergaß, ihre Schönheit mit der Lady Delacours zu vergleichen. Ob ihre Augen groß oder klein, blau oder haselnussbraun waren, konnte er nicht sagen; nein, er hätte sogar Schwierigkeiten gehabt, wenn man ihn nach der Farbe ihres Haars gefragt hätte. Ob sie gutaussehend nach den Regeln der Kunst war, wusste er nicht, aber er fühlte, dass sie den essentiellen Charme der Schönheit besaß, die Macht, jedermanns Herz für sich einzunehmen. Die Wirkung ihrer Umgangsformen genau wie die ihrer Schönheit fühlte man eher, als dass man sie hätte beschreiben können. Jedermann war in ihrer Gesellschaft zufrieden und entspannt; niemand meinte, er müsse sie bewundern. Für Clarence Hervey, der an die brillante und *exigeante*[66] Lady Delacour gewöhnt war, war diese Ruhepause von all der ermüdenden Bewunderung auf merkwürdige Weise angenehm. Die ungezwungene Heiterkeit Lady Anne Percivals verwies auf ein Gemüt, das mit sich im Reinen war, und verströmte sofort ein Gefühl von Glück, indem sie Anteilnahme erweckte, wohingegen in Lady Delacours Witz und Fröhlichkeit ein Element von Kunst und Anstrengung lag, das oftmals das Vergnügen, das sie zu bereiten versuchte, zunichtemachte. – Manche Menschen mochten sie bewundern, aber niemand kann an gekünsteltem Gehabe mitfühlend teilhaben. Mr Hervey war vielleicht mehr als sonst dazu geneigt, über diese Dinge nachzudenken, da er gerade dem Tod durch Ertrinken entkommen war, denn er stellte all diese Vergleiche an und kam zu dem abschließenden Fazit mit der Treffsicherheit eines Metaphysikers, der daran gewöhnt ist, Ursache und Wirkung zu studieren – es gab ja tatsächlich keinen Wissensbereich, für den er kein Interesse und keine Talente gehabt hätte, wobei er, um auch Narren zu gefallen, oft genug vorgab, »glückselig unwissend«[67] zu sein.

Die Kinder in Lady Anne Percivals Haus waren gerade dabei, sich einige Goldfische in einer Glaskugel anzuschauen, und man stürzte sich auf Dr. X—, sobald er den Raum betreten hatte, denn er war bei allen jungen wie auch bei allen älteren Mitgliedern der Familie besonders beliebt. Ein hübsches kleines Mädchen von fünf Jahren hielt ihn am Rockschoß gefangen, während zwei seiner Brüder ihn mit Fragen über die Ohren, Augen und Flossen der Fische bestürmten. Einer der kleinen Jungen schnippte kräftig an die Glaskugel und stellte fest, dass die Fische an die Wasseroberfläche kamen und das Geräusch wohl sehr schnell hörten, aber sein Bruder war im Zweifel, ob die Fische das Geräusch hören konnten, und bemerkte, dass sie möglicherweise aufgeschreckt würden, weil sie sahen oder fühlten, wie das Wasser sich bewegte, wenn man an das Glas schlug.

Dr. X— betonte, das sei ja ein sehr gelehrter Disput und dass diese Frage von niemand Geringerem als dem Abbé Nollet[68] bereits diskutiert worden sei, und er berichtete von einigen der ausgeklügelten Experimente, die dieser Herr durchgeführt hatte, um herauszufinden, ob Fische hören können oder nicht. – Während der Doktor sprach, fiel Clarence Hervey das intelligente Gesicht eines der kleinen Zuhörer auf, eines Mädchens von etwa zehn oder zwölf Jahren; er war überrascht, in ihren Gesichtszügen, wenn auch nicht in ihrem Gesichtsausdruck, eine auffallende Ähnlichkeit mit Lady Delacour zu erkennen. Er sprach Mr Percival darauf an und das Kind, das seine Worte gehört hatte, errötete sichtbar. – Das Essen wurde in diesem Moment angekündigt, und Clarence Hervey dachte nicht weiter darüber nach. Er schrieb das Erröten des Mädchens einer gewissen Verlegenheit zu, weil man es so genau betrachtet hatte. – Einer der kleinen Jungen flüsterte, als sie zum Dinner gingen: »Helena, ich glaube, das ist der freundliche Gentleman, der aus dem Weg gegangen ist, um uns

Platz zu lassen, statt durch uns durchzurennen wie der andere Mann.« Die Kinder waren alle der Meinung, dass Clarence Hervey wirklich *der freundliche Gentleman* sei, woraufhin sich einer der Jungen beim Dinner neben Clarence setzte und sich mit allen spielerischen Manövern, die in seiner Macht lagen, bemühte, seine Dankbarkeit zum Ausdruck zu bringen und eine Freundschaft zu kultivieren, die so vielverheißend begonnen hatte. Mr Hervey, der sich zugutehielt, seine Konversationskünste stets an sein Gegenüber anpassen zu können, tat sich während des Mahls damit hervor, dass er von den chinesischen Kormoranfischern berichtete, um von da zu den verschiedenen erfindungsreichen Methoden überzugehen, die die russischen Kosaken beim Angeln einsetzten. Er fragte Dr. X—, was denn wohl der Grund für das Vorurteil sein könnte, das die russischen Bauern davon abhielt, den Maifisch zu essen, der in so großen Mengen in ihren Gewässern vorkomme. Dann ging er von den neuzeitlichen zu den antiken Fischen über und sprach über eine Art, die so sehr von den römischen Epikureern bewundert worden war, weil sie eine Folge von phantastischen Farben zeigte, wenn sie starb, und die deswegen immer in Anwesenheit der Gäste als Teil der Abendunterhaltung sterben durfte. Clarence wurde schließlich durch die Fragen der Kinder von Fischen zu Vögeln geführt; er sprach über die römischen Volieren, die so gebaut waren, dass ihre Insassen die »Felder, Wälder und jedes Ding, das sie an ihre frühere Freiheit gemahnen könnte«,[69] nicht sehen konnten. Von den Vögeln wollte Clarence Hervey gerade zu den Säugetieren übergehen, als er erschreckt verstummte, weil eine ältere Dame, die ihm gegenübersaß, ihn mit so furchteinflößender Strenge ansah. Er hatte ihr bis zu diesem Augenblick überhaupt keine Beachtung geschenkt, aber ihr unfreundlicher Gesichtsausdruck stand in so starkem Kontrast zu den wohlwollenden Gesichtern der Kinder, die neben ihr saßen, dass Clarence nicht umhinkonnte, ihn zu bemerken. Er bat sie, ihm die Ehre zu geben und ein Glas Wein mit ihm zu trinken. Sie lehnte diese Ehre ab und bemerkte, dass sie nie mehr als ein Glas Wein beim Dinner trinke und dass sie soeben eines mit Mr Percival getrunken habe. Ihre Umgangsformen zeugten von guter Erziehung, aber auch von äußerstem Hochmut, und sie wurde so extrem davon bestimmt, dass ihr Ärger manchmal sogar ihre Höflichkeit verdrängte. Ihre Abneigung gegen Clarence Hervey war offensichtlich, sogar in ihrem Schweigen. »Wenn die alte Dame eine Antipathie gegen mich entwickelt hat, kaum dass ich ihr unter die Augen gekommen bin, kann ich es auch nicht ändern«, dachte er und fuhr fort, über die Säugetiere zu sprechen. Der Junge, der neben ihm saß, hatte ein paar Fragen über den Rüssel von Elefanten gestellt, und Mr Hervey führte den Bericht von Ives[70] an, der beschrieb, dass Elefanten in Indien, die eingesetzt wurden, um kleine Kinder zu hüten, sie mit ihren Rüsseln vorsichtig wieder zurückholten, wenn sie sich zu weit entfernen. Als Nächstes sprach er über das Einhorn und wandte sich dabei an Dr. X— und Mr Percival. Er erklärte, dass seiner Meinung nach Herodot nicht verdient habe, der Vater der Lüge genannt zu werden, und führte das Mammut an, um zu beweisen, dass dessen zweifelhafte *Historien* nicht von vornherein abgeschrieben werden dürften, sondern im Gegenteil wahrscheinlich bald als echte Naturwissenschaft gelten würden. Das Dessert war auf dem Tisch, bevor Clarence mit dem Mammut abgeschlossen hatte.

Als der Butler eine schöne Schüssel Kirschen auf den Tisch stellte, sagte er: »Milady, diese Kirschen sind ein Geschenk des alten Gärtners für Miss Delacour.«

»Dann stellen Sie sie vor Miss Delacour ab«, sagte Lady Anne, »Helena, mein Liebes, verteile du doch deine Kirschen.«

Bei der Erwähnung des Namens ›Delacour‹ schaute Clarence Hervey erstaunt auf, obwohl sein Kopf noch voller Mammutfragen war, und als er sah, dass die Kirschen vor die junge Dame gestellt wurden, deren Ähnlichkeit mit Lady Delacour er zuvor bemerkt hatte, konnte er nicht anders als auszurufen: »Die junge Dame ist also keine Tochter Ihrer Ladyschaft?«

»Nein, aber ich liebe sie genau wie eine Tochter«, erwiderte Lady Anne. »Was wollten Sie doch gleich zu den Mammuts sagen?«

»Dass man annimmt, das Mammut sei – «, Clarence unterbrach sich und meinte im Frageton: »Eine *Nichte* Lady Delacours?«

»Lady Delacours *Tochter*, Sir«, sagte die strenge alte Dame mit einer Stimme, die noch furchterregender war als ihre Miene.

»Soll ich Ihnen ein paar Erdbeeren geben, Mr Hervey«, sagte Lady Anne, »oder soll Ihnen Helena ein paar Kirschen auftun?«

»Lady Delacours *Tochter*!«, rief Clarence Hervey erstaunt aus.

»Ein paar Kirschen, Sir?«, sagte Helena, aber ihre Stimme zitterte so sehr, dass sie die Worte kaum hervorbrachte.

Clarence erkannte, dass er der Grund für ihre Erregung war, wenn er auch nicht wusste warum, und er machte sich jetzt wortlos daran, seine Erdbeeren auszuwählen.

Die Damen zogen sich danach zurück, und da Mr Percival das Thema nicht wieder aufbrachte, verzichtete Clarence darauf, weitere Fragen zu stellen, obwohl er von dieser plötzlichen Entdeckung sehr überrascht war. Als sie wieder in das Esszimmer gingen, um den Tee einzunehmen, hörte er seine Freundin, die strenge alte Dame, laut und mit viel Gefühl sprechen. Die Worte, die er hörte, als er den Raum betrat, lauteten: »Wenn es keine Clarence Herveys gäbe, gäbe es auch keine Lady Delacours.« Clarence verbeugte sich, als habe er ein großes Kompliment gehört, und die alte Dame ging ins Vorzimmer hinaus, wobei sie sich energisch mit dem Fächer Luft zufächelte.

»Mrs Margaret Delacour«, sagte Lady Anne mit leiser Stimme zu Hervey, »ist eine Tante Lord Delacours. – Eine Frau, deren Herz wärmer ist als ihr Naturell.«

»Und das ist schon nie sehr *kühl*«, sagte eine junge Dame, die neben Lady Anne saß. »Ich nenne Mrs Margaret Delacour immer den Vulkan, wirklich jedes Mal, wenn man in ihrer Gesellschaft ist, muss man einen Ausbruch befürchten. Dann und wann kommt unter großem Lärm Feuer und Rauch und Schutt hervor.«

»Und kostbare Mineralien«, sagte Lady Anne, »unter all dem Schutt.«

»Aber das Beste dabei ist«, fuhr die junge Dame fort, »dass sie selten in Wut gerät, ohne hundert Fehler zu machen, für die sie dann hinterher leider tausendmal um Verzeihung bitten muss.«

»Nach dieser Rechnung«, sagte Lady Anne, »die ich durchaus für korrekt halte, ist ihre Reue immer zehn Mal so groß wie ihre Schandtaten.«

»Da Sie gerade von Reue sprechen, Lady Anne«, sagte Mr Hervey, »sollte ich an meine eigenen Schandtaten denken; es tut mir sehr leid, dass meine indiskrete Frage Miss Delacour verletzt hat – mein Kopf war so voll vom Mammut, dass ich immer weiter dumme Fragen gestellt habe, ohne zu merken, was ich tat, bis es zu spät war.«

»Bitte, Sir«, sagte Mrs Margaret Delacour, die jetzt zurückkam und ihren Platz auf dem Sofa wieder einnahm mit der ganzen Feierlichkeit einer Person, die über einen Kriminellen zu Gericht sitzen wird, »bitte, Sir, darf ich fragen, wie lange Sie schon mit Lady Delacour bekannt sind?«

Clarence Hervey nahm ein Buch zur Hand, küsste es mit großem Ernst, als müsse er in einem Gerichtshof einen Eid ablegen, und antwortete: »Wenn mich meine Erinnerung nicht täuscht, Madam, sind es jetzt vier Jahre, seitdem ich zum ersten Mal das Vergnügen und die Ehre hatte, Lady Delacour kennenzulernen.«

»Und in all der Zeit, in der Sie das Vergnügen hatten, mit Lady Delacour bekannt zu sein, *gut* bekannt zu sein, haben Sie nie erfahren, dass Sie eine Tochter hat?«

»Nie«, sagte Mr Hervey.

»Da hören Sie es, Lady Anne! – Da hören Sie es!«, rief Mrs Delacour aus, »wollen Sie mir jetzt immer noch erzählen, dass Lady Delacour kein Monster ist?«

»Jedermann sagt, sie sei ein Wunderkind«, sagte Lady Anne,

»und Wunderkinder und Monster hält man ja manchmal für Synonyme.«

»Von so einer Mutter hat die Welt noch nicht gehört«, fuhr Mrs Delacour fort, »seit den Tagen von Savage und Lady Macclesfield.[71] Ich bin fest davon überzeugt, dass sie ihre Tochter *hasst*. Sie spricht ja nie von ihr – sie will sie nicht sehen – sie denkt nicht an sie!«

»Einige Mütter sprechen mehr über ihre Kinder, als sie an sie denken, andere wiederum denken öfter an sie, als sie von ihnen sprechen«, sagte Lady Anne.

»Ich habe immer angenommen«, sagte Mr Hervey, »Lady Delacour sei eine Frau von großer Empfindsamkeit.«

»Empfindsamkeit!«, rief die alte Dame entrüstet aus, »sie hat überhaupt keine Empfindsamkeit, Sir, überhaupt kein Gefühl, nichts dergleichen. Sie, die in einem ständigen Trubel von Vergnügungen lebt, die keiner einzigen Verpflichtung nachkommt, die nur an sich denkt, wie sollte sie denn Empfindsamkeit zeigen? Empfindet sie überhaupt etwas für ihren Ehemann – für ihre Tochter – für irgendetwas Sinnvolles auf dieser Erde? – Oh, wie ich diese Batisttaschentuchempfindsamkeit hasse, die immer hervorgeholt wird, um über Tragödien zu weinen! – Ja, Lady Delacour hat Empfindsamkeit genug, das gestehe ich Ihnen zu, wenn Empfindsamkeit gerade der neuesten Mode entspricht. Ich kann mich noch gut daran erinnern, wie sie unter Applaus die Rolle der stillenden Mutter gespielt hat, und ich erinnere mich auch, wie viel *Empfindsamkeit* sie gezeigt hat, als das Kind, das sie gestillt hat, ihren Vergnügungen zum Opfer gefallen ist. Das zweite ihrer Kinder, das sie umgebracht hat –«

»Umgebracht! – Oh, aber meine liebe Mrs Delacour, das ist doch ein zu starkes Wort«, sagte Lady Anne. »Sie wollen doch keine Medea[72] aus Lady Delacour machen.«

»Es wäre besser gewesen, wenn ich das getan hätte«, rief Mrs Delacour. »Ich kann ja verstehen, dass es in der Natur so etwas gibt wie eine eifersüchtige Ehefrau, aber eine gefühllose

Mutter ist mir einfach unerklärlich – das übertrifft mein Vorstellungsvermögen.«

»Und auch meines, und zwar so sehr«, sagte Lady Anne, »dass ich nicht glauben kann, dass ein solches Wesen in dieser Welt überhaupt existiert – trotz aller Beschreibungen, die ich davon gehört habe. Wie Sie sagen, Mrs Delacour, es übertrifft meine Vorstellungskraft. – Lassen Sie uns dieses Wesen in Mr Herveys zweifelhaftes Kapitel der Naturgeschichte verbannen, und er wird es uns nicht übelnehmen, wenn ich nicht glaube, dass es je in der echten Wissenschaft zugelassen wird – zumindest so lange nicht, bis man bessere Beweise vorlegen kann, als ich sie bisher gehört habe.«

»Nun, meine liebe, liebe Lady Anne«, rief Mrs Delacour, »meine Güte, ich habe diesen Kaffee so süß gemacht, man kann ihn gar nicht mehr trinken – was für Beweise wollen Sie denn noch haben?«

»Gar keine«, sagte Lady Anne lächelnd, »ich möchte gar keine haben.«

»Das heißt, Sie akzeptieren einfach keine«, sagte Mrs Delacour, »aber kann denn irgendetwas ein überzeugenderer Beweis sein, als das Verhalten ihrer Ladyschaft *meiner* armen kleinen Helena gegenüber – *Ihrer* Helena gegenüber, sollte ich sagen –, denn Sie waren es doch, die sie erzogen hat, Sie haben ihr Schutz gewährt, Sie waren wie eine Mutter für sie. Ich bin eine gebrechliche, schwache, unwissende, aufbrausende alte Frau – ich hätte diesem Kind niemals das sein können, was Sie für es waren – der Herr wird Sie dafür segnen – der Herr wird Sie dafür segnen!«

Sie erhob sich, als sie sprach, um die Kaffeetasse auf den Tisch zu stellen, Clarence Hervey nahm ihr diese ab mit einem vielsagenden Blick, den sie auch ganz und gar richtig zu deuten verstand.

»Junger Mann«, sagte sie, »es entspricht nicht eben der neuesten Mode, Alter und Gebrechlichkeit mit Höflichkeit zu behandeln. Ich hoffe sehr, dass Ihre Freundin Lady Delacour in meinem Alter mit so viel Respekt behandelt werden wird, wie sie Bewunderung und Galanterie in ihrer Jugend erfahren hat. Die arme Frau, man hat ihr mit all der Bewunderung gehörig den Kopf verdreht – und wenn die Gerüchte stimmen, hat Mr Clarence Hervey einen gehörigen Anteil daran gehabt mit seiner Schmeichelei.«

»Ich bin mir ganz sicher, dass ihre Ladyschaft den meinen mit ihren Reizen verdreht hat«, sagte Clarence, »und ich muss mir bestimmt nicht vorwerfen lassen, etwas zu bewundern, was alle Welt bewundert.«

»Ich wünschte«, sagte die alte Dame, »um ihretwillen, um der Familie willen und um ihres Rufes willen, dass Lady Delacour weniger Bewunderer hätte und mehr Freunde.«

»Frauen, die so viele Bewunderer haben, finden selten viele Freunde«, sagte Lady Anne.

»Nein«, sagte Mrs Delacour, »denn sie sind selten weise genug, ihren Wert zu erkennen.«

»Wir lernen den Wert aller Dinge, aber ganz besonders den von Freunden, erst durch Erfahrung kennen«, sagte Lady Anne, »und es verwundert daher nicht, dass diejenigen, die wenig Erfahrung mit den Freuden der Freundschaft haben, oft nicht weise genug sind, ihren Wert zu erkennen.«

»Das ist gutgemeinte Sophisterei – aber Lady Delacour ist zu eitel, als dass sie je einen Freund finden könnte«, sagte Mrs Delacour. »Meine liebe Lady Anne, Sie kennen sie nicht so gut, wie ich es tue – sie ist mehr von Eitelkeit getrieben als jede Frau vor ihr.«

»Das ist natürlich ein schwerer Vorwurf«, sagte Lady Anne, »aber dann sollten wir auch bedenken, dass Lady Delacour als Erbin, als anerkannte Schönheit und geistreiche Dame der Gesellschaft einen zumindest dreifachen Anspruch auf Eitelkeit hat.«

»Beides, ihr Vermögen und ihre Schönheit, sind dahin, und wenn sie noch etwas an Geist übrig hat, wäre es wirklich an der Zeit, dass ihr dieser hilft, sich anständig zu benehmen, meine ich«, sagte Mrs Delacour, »aber ich gebe sie auf – ich gebe sie auf.«

»Oh, nein«, sagte Lady Anne, »Sie dürfen sie nicht aufgeben. Ich habe gehört, und zwar von den *allerbesten Quellen*, dass Lady Delacour nicht immer die gefühllose vergnügungssüchtige Gesellschaftsdame war, die sie jetzt zu sein scheint. Das ist nur eine modische Wandlung, die sie durchmacht, die Zeit ihrer Verzauberung wird an ihr Ende kommen, und sie wird wieder zu ihrer wahren Natur zurückfinden. Ich wäre gar nicht so überrascht, wenn Lady Delacour dann plötzlich *la femme comme il y en a peu*[73] werden würde.«

»Oder *la bonne mère?*«,[74] sagte Mrs Delacour sarkastisch, »nachdem sie ihre Tochter im Stich gelassen hat.«

»*Pour bonne bouche*«,[75] unterbrach Lady Anne, »wenn sie einmal des schalen Geschmacks anderer Vergnügungen überdrüssig geworden ist, wird sie das häusliche Leben umso attraktiver finden, weil es neu und frisch für sie sein wird.«

»Und Sie denken also tatsächlich, meine liebe Lady Anne, dass Lady Delacour in trauter Häuslichkeit enden wird. – Nun«, sagte Mrs Margaret, nachdem sie zwei Prisen Schnupftabak genommen hatte, »manche Leute glauben auch, dass Christus zum Millennium wieder erscheinen wird, aber ich muss gestehen, ich gehöre nicht dazu – Sie etwa, Mr Hervey?«

»Wenn mir ein guter Engel das weissagen würde«, sagte Clarence lächelnd mit einem Seitenblick auf Lady Anne, »wenn mir ein guter Engel das weissagen würde, wie könnte ich es da in Zweifel ziehen?«

Hier wurde die Unterhaltung durch das Erscheinen eines von Lady Annes kleinen Söhnen unterbrochen, der zu seiner Mutter gelaufen kam, um eifrig zu fragen, ob er den Schwefel haben könne, den er Helena Delacour zeigen wollte. »Ich möchte ihr Vertumnus und Pomona[76] zeigen, Mama«, sagte er. »Waren die Kirschen, die der alte Gärtner geschickt hatte, nicht köstlich?«

»Was ist denn mit den Kirschen und dem alten Gärtner, Charles?«, sagte die junge Dame, die bei Lady Anne saß. »Komm doch einmal her und erzähle mir die ganze Geschichte.«

»Das tue ich, aber ich sollte sie vielleicht besser ein andermal erzählen«, sagte der Junge, »weil Helena doch auf Vertumnus und Pomona wartet.«

»Geh du nur zu Helena«, sagte Lady Anne, »und ich erzähle die Geschichte für dich.«

Dann wandte sie sich an die junge Dame und begann: »Es war einmal ein alter Gärtner, der in Kensington lebte, und dieser alte Gärtner hatte eine Aloe, die älter war als er selbst, denn sie war fast hundert Jahre alt, und diese Aloe sollte nun bald erblühen. Der alte Gärtner überschlug, wie viel Geld er verdienen könnte, wenn er die Pflanze in voller Blüte der zahlenden Öffentlichkeit präsentieren würde – und er rechnete aus, dass wohl hundert Pfund dabei zusammenkommen würden. Mit diesen hundert Pfund wollte er mehr erreichen, als jemals mit hundert Pfund erreicht worden war, doch unglücklicherweise hatte er sich zu früh gefreut, denn es begab sich, dass er eine wunderbare junge Maid traf, die all seine Berechnungen zunichtemachte.«

»Ach ja, Mrs Stanhopes Zofe, nicht wahr?«, unterbrach Mrs Margaret Delacour. »Sie war ein hübsches junges Ding und beinahe eine so gute Politikerin wie ihre Herrin. Denken Sie nur, das kleine Biest hat den armen alten Kerl um seine Aloe betrogen – und – oh, wie gemein das war von Lady Delacour, die Aloe für eine ihrer extravaganten Unterhaltungen anzunehmen!«

»Aber ich habe immer gedacht, sie habe fünfzig Guineen dafür bezahlt«, sagte Lady Anne.

»Ob sie das getan hat oder nicht«, sagte Mrs Delacour, »ihre Ladyschaft und Mrs Stanhope zusammengenommen waren der Ruin dieses armen alten Mannes. Er wurde durch allerlei Täuschungen dazu gebracht, das Weibsbild von Kammerzofe zu heiraten; sie erwies sich dann als genau das, was man von einer Schülerin von Mrs Stanhope erwarten konnte – die Kupplerin Mrs Stanhope, Sie wissen schon, Sir.« (Clarence Hervey verfärbte sich.) »Es stellte sich heraus«, fuhr Mrs Delacour fort, »dass sie über jede erdenkliche schlechte Eigenschaft der Welt verfügte –

ruinierte ihren Ehemann – lief ihm davon – und ließ ihn als Bettler zurück.«

»Der arme Mann!«, sagte Clarence Hervey.

»Aber jetzt«, sagte Lady Anne, »jetzt kommen wir zum besten Teil der Geschichte – man beachte, wie Gutes aus Bösem entstehen kann. Wenn dieser arme Mann nicht seine Aloe und seine Frau verloren hätte, hätte ich wahrscheinlich niemals die Bekanntschaft von Mrs Delacour und meiner kleinen Helena gemacht. Ungefähr zu der Zeit, als der alte Gärtner als Bettler zurückgelassen worden war, ging ich, wie der Zufall es wollte, an einem schönen Abend in der Sloane Street spazieren und traf eine Gruppe von Schulmädchen in Zweierreihen. Ein alter Mann bettelte sie mit sehr rührender Stimme um Geld an, und im Vorbeigehen warfen mehrere junge Damen ihm Halfpennies zu. Ein kleines Mädchen, das beobachtet hatte, dass der alte Mann sich nur unter großen Schwierigkeiten bücken konnte, blieb hinter ihren Kameradinnen zurück, sammelte die Münzen, die sie dem Mann zugeworfen hatten, und legte sie in seinen Hut. Er fing an, ihr seine Geschichte noch einmal zu erzählen, und sie blieb so lange stehen, um ihm zuzuhören, dass ihre Kameradinnen schon die Straßenecke umrundet hatten und außer Sichtweite waren. Sie schaute in großer Not um sich, und ich werde nie die mitleiderregende Stimme vergessen, mit der sie sagte: »Oh, was wird jetzt aus mir werden? Sie werden alle ärgerlich sein.« Ich versicherte ihr, dass niemand ihretwegen verärgert sein würde, und sie gab mir ihre kleine Hand mit ganz und gar unschuldigem Vertrauen. Ich brachte sie heim zu ihrer Lehrerin, und ich hatte so viel Freude an der Art, wie unsere Bekanntschaft begonnen hatte, dass ich beschloss, sie nicht aus den Augen zu verlieren. Eine erfreuliche Bekanntschaft führt, wie ich gehört habe, immer zu einer weiteren. Helena stellte mich ihrer Tante Delacour, ihrer besten Freundin, vor. Mrs Delacour hatte die Güte, ihre kleine Nichte die Ferien und all ihre Freizeit bei mir verbringen zu lassen, so dass sich unsere Bekanntschaft in Freundschaft gewandelt hat. – Helena gehört jetzt wirklich zur Familie.«

»Und ich bin mir ganz sicher, dass sie ein ganz anderes Mädchen geworden ist, seit sie so oft bei Ihnen sein darf«, rief Mrs Delacour, »ihre Stimmung hatte sehr unter der Vernachlässigung durch ihre Mutter gelitten – jung wie sie ist, hat sie doch sehr viel echte Empfindsamkeit, ganz im Gegensatz zu den Gefühlen ihrer Mutter ...«

Bei dem Gedanken an Lady Delacours Gleichgültigkeit ihrem Kind gegenüber wollte Mrs Delacour wieder eine entrüstete Schimpftirade loslassen, aber Lady Anne hielt sie davon ab, indem sie ihr zuflüsterte: »Seien Sie vorsichtig, wie Sie über die Mutter sprechen, denn hier kommt die Tochter, und sie hat tatsächlich sehr viel echte Empfindsamkeit.«

Helena und ihre jungen Freunde kamen in den Raum und brachten die Schwefelabdrücke mit, die sie sich angeschaut hatten.

»Mama«, sagte der kleine Charles Percival, »wir bringen dir hier die Schwefelabdrücke, weil einige dabei sind, die *ich* nicht kenne.«

»Wunderbar!«, sagte Lady Anne. »Was nicht so wunderbar ist, ist die Tatsache, dass *ich* einige davon auch nicht kenne.«

Die Kinder breiteten die Abdrücke auf einem kleinen Tisch aus, und die ganze Gesellschaft versammelte sich darum.

»Hier habe ich alle neun Musen für Sie!«, sagte der kleinste der Jungen, der sich beim Dinner neben Clarence Hervey gesetzt hatte. »Hier sind Ihre Musen, sehen Sie, Mr Hervey, welche mögen Sie am liebsten? – Oh, das ist aber die tragische Muse, die Sie da ausgewählt haben! – Sie mögen doch die tragische Muse nicht lieber als die komische, oder?«

Clarence Hervey gab keine Antwort, denn er erinnerte sich in dem Augenblick daran, wie Belinda im Kostüm der tragischen Muse ausgesehen hatte.

»Hat Ihre Ladyschaft schon einmal die junge Dame getroffen,

die diesen Winter bei Lady Delacour verbringt?«, fragte Clarence an Lady Anne gewandt.

»Ich habe einmal abends neben ihr in der Oper gesessen«, sagte Lady Anne, »sie hat ein ganz reizendes Gesicht.«

»Wer! – Belinda Portman, meinen Sie?«, sagte Mrs Delacour. »Also, wenn ich ein junger Mann wäre, würde ich mit Sicherheit dem reizenden Gesicht einer jungen Dame nicht trauen, die eine Schülerin von Mrs Stanhope ist und eine Freundin der – Helena, meine Liebe, schließe doch die Tür, bitte – der vergnügungssüchtigsten Frau in ganz London.«

»Es ist wirklich so«, sagte Lady Anne, »Miss Portman ist in einer gefährlichen Situation, aber manche jungen Leute lernen ja, vorsichtig zu sein, gerade weil sie sich in einer gefährlichen Situation befinden, das ist wie bei jungen Pferden, die, so habe ich Mr Percival sagen hören, lernen, die Hufe richtig zu setzen, wenn man sie ihren Weg auf schlechten Straßen selber suchen lässt.«

In diesem Moment kamen Mr Percival, Dr. X— und einige andere Herren nach oben zum Tee, und die Unterhaltung nahm eine andere Wendung. Clarence Hervey bemühte sich, an dem lebhaften Austausch teilzuhaben, aber er dachte an Belinda Portman, gefährliche Situationen, stürzende Pferde etc. und machte mehrere Fehler, die zeigten, wie geistesabwesend er war.

»Was haben Sie denn da, Mr Hervey?«, sagte Dr. X— und schaute ihm über die Schulter. »Die tragische Muse? – Diese tragische Muse scheint mit Lady Delacour um Ihre Bewunderung zu konkurrieren.«

»Oh«, sagte Clarence lächelnd, »Sie wissen ja, dass ich schon immer ein großer Verehrer der Musen war.«

»Und ein Anhänger, der ihr Liebling zu sein scheint«, sagte Dr. X—, »ich wünschte im Interesse der Literatur, Dichter möchten immer auch Liebende sein, wenn ich auch nicht behaupten kann, dass Liebende auch immer Dichter sein sollten. – Aber Mr Hervey, Sie dürfen niemals heiraten, vergessen Sie das nicht«, fuhr Dr. X— fort, »denn ein echter Dichter muss immer im Elend schwelgen. Sie wissen ja, Petrarca sagt uns, er hätte nicht glücklich sein wollen, selbst wenn er es hätte sein können; er hätte seine Geliebte nicht geheiratet, selbst wenn es in seiner Macht gestanden hätte, denn das wäre das Ende seiner schönen Sonette gewesen.«

»Jeder nach seinem Geschmack«, sagte Clarence, »ich für mein Teil habe noch weniger Ehrgeiz, dem Heldenmut Petrarcas nachzueifern, als die Hoffnung, mit seinem poetischen Genie inspiriert zu werden. Ich habe gar nicht den Wunsch, ganze Nächte mit der Komposition von Sonetten zu verbringen. Ich wäre viel, viel lieber (und habe ich da nicht recht, Mr Percival?) ein Sklave des Rings als ein Sklave der Lampe.«[77]

Damit endete die Unterhaltung, Clarence verabschiedete sich, und Mrs Delacour bemerkte, sobald er den Raum verlassen hatte: »Ein ganz anderer junger Mann, als ich zunächst gedacht habe.«

Kapitel IX
Ratschläge

Am nächsten Morgen besuchte Mr Hervey Dr. X— und bat darum, er möge ihn zu Lady Delacour begleiten.

»Um Ihrer tragischen Muse vorgestellt zu werden?«, sagte der Doktor.

»Ja«, sagte Hervey, »ich brauche Ihre Einschätzung, bevor ich mich festlege.«

»Meine Einschätzung! Aber zu wem? Lady Delacour?«

»Nein, aber zu einer jungen Dame, die Sie bei ihr treffen werden.«

»Ist sie gutaussehend?«

»Schön!«

»Und jung?«

»Ja, auch jung.«

»Und anmutig?«

»Die anmutigste Person, die ich je gesehen habe.«

»Jung, schön, anmutig; mich soll der Teufel holen«, meinte Dr. X—, »wenn ich Ihnen unter diesen Bedingungen meine Einschätzung dieser Person gebe; man kann darauf wetten, dass sie mindestens tausend Fehler hat, die so viel Perfektion wieder ausgleichen.«

»Tausend Fehler? Nun, Sie machen da eine sehr freundliche Einschränkung«, sagte Clarence lächelnd.

»Na bitte«, meinte Dr. X—, »›Berühr' ihn nur, kein Staatsdiener kann so empfindlich sein.‹[78] Um Sie dafür zu bestrafen, wie Sie bei meiner ersten Reaktion zusammengezuckt sind, verspreche ich, dass ich, selbst wenn die Dame eine Million Fehler aufweist, jeder so gigantisch wie der Olymp, sie doch nur mit den Augen des Schmeichlers sehen werde – nicht mit denen eines Freundes.«

»Ich biete Ihnen da absolut Paroli, Sie werden niemals Ihr Wort halten können, Doktor«, sagte Hervey. »Sie haben einfach zu viel Geist, als dass Sie einen guten Schmeichler abgäben.«

»Und vielleicht denken Sie zu viel nach, um einen guten Freund abzugeben«, sagte Dr. X—.

»Keineswegs«, meinte Clarence, »ich würde in jedem Falle lieber mit einem scharfen Messer geschnitten werden als mit einem stumpfen. Aber, mein lieber Herr Doktor, ich hoffe, Sie lassen sich bei Ihrer Einschätzung von Belinda nicht von Vorurteilen leiten, nur weil sie bei Lady Delacour lebt, denn ich weiß ganz genau, dass sie nicht unter dem Einfluss ihrer Ladyschaft steht. Sie urteilt und handelt eigenständig, dafür habe ich schon Beispiele gehabt.«

»Gut möglich!«, unterbrach Dr. X—. »Aber bevor wir weitergehen, könnten Sie mir vielleicht sagen, von welcher Belinda Sie reden?«

»Belinda Portman. – Ich vergaß ganz, dass ich Ihnen das noch nicht gesagt hatte.«

»Miss Portman, eine Nichte von Mrs Stanhope?«

»Ja, aber seien Sie deshalb nicht voreingenommen«, sagte Clarence eifrig, »wenn ich das auch selbst einmal gewesen bin.«

»Dann werden Sie doch wohl nichts dagegen haben, wenn ich Ihrem Beispiel und nicht Ihren Grundsätzen folge.«

»Doch«, meinte Clarence, »denn meine Grundsätze sind weit besser als mein Beispiel.«

Lady Delacour empfing Dr. X— mit großer Höflichkeit und dankte Mr Hervey, dass er ihr einen Herrn vorstellte, mit dem sie sich seit langem schon hatte unterhalten wollen. Dr. X— war bekannt für seine große Belesenheit, und sie merkte schnell, dass er überaus gebildet und wohlerzogen war; deswegen brannte sie darauf, seine Bewunderung zu erlangen. Ihr fiel auch auf, dass er einen beträchtlichen Einfluss auf Clarence Hervey ausübte, und dies war für sie ein weiterer guter Grund, sich seines Wohlwollens zu versichern. Belinda war besonders angetan von seinen Manieren und seiner Konversation; sie bemerkte, dass er ihr viel Aufmerksamkeit schenkte, und wünschte ebenfalls, dass er gut von ihr dächte, aber sie war vernünftig genug und hatte das nötige Fingerspitzengefühl, ihre Fähigkeiten und Reize nicht zur Schau zu stellen. Ein feinfühliger Mann, der sich in der Welt auskennt und der ein talentierter Gesprächspartner ist, kann ja mit Leichtigkeit die Kenntnisse einer Person zum Vorschein bringen, mit der er sich unterhält. Dr. X— besaß diese Fähigkeit im Übermaß.

»Nun«, rief Clarence, als ihr Besuch vorüber war, »was ist Ihre Meinung zu Lady Delacour?«

»Ich bin ›erschlagen von dem Übermaß an Licht‹«,[79] sagte der Doktor.

»Ihre Ladyschaft ist gewiss sehr brillant«, meinte Clarence, »aber ich hoffe doch, Miss Portman hat Sie nicht derartig überwältigt.«

»Nein – ich habe meine Augen von Lady Delacour zu Miss Portman gewandt, wie ein Maler seine Augen auf mildes Grün lenkt, wenn er ihnen Erholung gönnen möchte, nachdem sie von schreienden Farben geblendet worden sind. ›Mit süßem Zögern lässet sie die Reize ihres Geistes frei.‹«[80]

»Ich hatte schon befürchtet«, meinte Hervey, »Sie möchten ihr Verhalten als zu reserviert und kalt empfinden – es geht tatsächlich neuerdings eher in diese Richtung, stärker als es früher der Fall war. – Aber umso besser; außerdem findet man ja manchmal schöne Blumen unter dem Schnee.«

»Eine sehr poetische Hoffnung«, sagte Dr. X—; »aber wenn wir über den menschlichen Charakter urteilen, dürfen wir Analogien und Anspielungen aus der Pflanzenwelt nicht ganz und gar vertrauen.«

»Was!«, rief Clarence Hervey und schaute aufmerksam in die Augen des Doktors. »Was wollen Sie damit sagen? Ich fürchte fast, Sie können meine Verehrung für Belinda nicht gutheißen.«

»Ihre Befürchtungen sind beinahe ebenso voreilig wie Ihre Hoffnungen, mein guter Freund, aber um Sie von Ihren Ängsten zu erlösen, will ich Ihnen sagen, dass ich durchaus gutheiße, was ich von der jungen Dame gesehen habe, aber dass es absolut nicht in meiner Macht steht, nach einem einzigen morgendlichen Besuch ein wirkliches Urteil zum Naturell und Charakter einer jungen Frau abzugeben. Frauen, wissen Sie, sprechen genau wie Männer oft mit einer Art von Begeisterung und handeln nach einer ganz anderen. Ich muss Ihre Belinda erst einmal handeln sehen, ich muss sie studieren, bevor ich mein abschließendes Urteil formuliere. Lady Delacour war so gut, mich dazu aufzufordern, so oft wie möglich zu ihr zu kommen. Um Ihretwillen, mein lieber Hervey, werde ich ihrer Ladyschaft brav gehorchen, damit ich häufig die Gelegenheit haben werde, Ihre Miss Portman zu sehen.«

Clarence verlieh mit lebhaften Worten seiner Dankbarkeit Ausdruck für diesen weiteren Freundschaftsbeweis des Doktors. – Belinda, die sich durch Dr. X—s Konversation bei diesem ersten Besuch sehr gut unterhalten gefühlt hatte, fand immer mehr Vergnügen an seiner Gesellschaft, als sie seinen Verstand und seinen Charakter besser kennenlernte. Sie hatte das Gefühl, dass er ihre eigenen Fähigkeiten zur Entfaltung brachte und dass er mit der größten Höflichkeit und Gewandtheit ihr Selbstvertrauen stärkte, ohne je in billige Schmeichelei zu verfallen. Nach und nach begann sie, ihn als Freund anzusehen; sie legte ihm mit großer Offenheit ihre Meinung zu verschiedenen Themen dar. Einerseits amüsierten sie seine Bemerkungen zum Naturell und dem Verhalten der Menschen, die Lady Delacours Salon besuchten, andererseits lernte sie aber auch durch ihn sehr viel dazu. Sie beurteilte die Ehrlichkeit des Doktors nicht allein nach der Freundlichkeit, die er ihr gegenüber bewies, sondern auch nach dem Verhalten, das er anderen gegenüber zeigte.

An einem Abend unterhielt ein Gentleman aus Spanien bei einer von Lady Delacours ausgesuchten Gesellschaften die Anwesenden mit einigen Anekdoten, die zeigten, welche außerordentliche Leidenschaft seine Landsleute in früheren Zeiten dem Schachspiel entgegengebracht hatten. Er erzählte von Familien, in denen unbeendete Spiele per Testament vom Vater an den Sohn vererbt wurden, wobei der Sieg bisweilen ein ganzes Jahrhundert lang offenblieb.

Mr Hervey merkte an, dass es zu dieser Zeit am spanischen Hof derart gang und gäbe war, Schlachten zu gewinnen, dass ein Sieg beim Schach einen größeren Eklat darstellte, so habe zum Beispiel ein Abt, der klugerweise ein Schachspiel gegen einen spanischen Minister verloren hatte, auf diese Weise einen Kardinalshut ergattert.

Der Fremde war geschmeichelt von der Art, wie Hervey diese kleine Begebenheit vorbrachte, und wandte sich im Gespräch an ihn, wobei er manchmal Französisch, manchmal Italienisch sprach; er war in beiden Sprachen recht bewandert, aber Clarence sprach sie noch besser. Bis Letzterer erschienen war, hatte der

Fremde im Mittelpunkt der Aufmerksamkeit gestanden, aber er wurde sehr bald von Mr Hervey in den Schatten gestellt. Nichts, was amüsant oder interessant am Schachspiel hätte sein können, ließ er aus, und der literarische Hintergrund, den der langsame Don in einigen Stunden abgearbeitet hätte, wurde von unserem Helden in wenigen Minuten skizziert: Von Twiss zu Vida, von Irwin zu Sir William Jones, von Spanien bis Indien, mit bewundernswerter Gewandtheit entwickelte er seinen Gedankengang und schmückte ihn dabei mit allem Möglichen von indischen Antiquitäten bis hin zu asiatischen Forschungsergebnissen aus.[81]

Mit dieser Zurschaustellung von Wissen überraschte er sogar seinen Freund Dr. X—. Die Damen bewunderten seinen Geschmack als Dichter, die Herren seine wissenschaftliche Genauigkeit; Lady Delacour applaudierte laut, und Belinda zollte ihm still Anerkennung. Clarence war freudig erregt von seinem Erfolg. Der spanische Gentleman, für den er soeben ein typisches Beispiel aus Vidas *Scacchia* zitiert hatte, fragte ihn, ob er ebenso virtuos in der Praxis wie in der Theorie des Schachspiels sei. Clarence in seinem Stolz, sich in allen Gebieten auszuzeichnen, konnte die Herausforderung des Spaniers nicht ablehnen. Sie setzten sich zu einem Spiel hin.

Während sie noch die Spielfiguren aufstellten, rief Lady Delacour aus: »Wer dieses Spiel gewinnt, soll mein Ritter sein, und dieser silberne Springer[82] soll seine Belohnung sein. – War es nicht Königin Elisabeth, die eine silberne Schachfigur einem ihrer Höflinge gab als Zeichen ihrer königlichen Gunst? Ich sollte mich zwar schämen, dass ich eine so kleinliche Kokette imitiere, aber da ich es nun einmal gesagt habe, kann ich es auch nicht mehr zurücknehmen!«

»Unmöglich, unmöglich!«, rief Clarence Hervey. »Dieser silberne Springer muss jetzt unser Siegespreis sein, und wenn ich ihn gewinne, werde ich ihn wie der galante Raleigh an meiner Kappe tragen, welcher stolze Essex wird es wagen, mir da den Kampf anzusagen!«[83]

Der Wettstreit begann – die Zuschauer verfolgten ihn stumm. Clarence machte einen Fehler bei seinem ersten Zug, denn seine Aufmerksamkeit wurde von Belinda abgelenkt, die hinter dem Stuhl seines Gegners stand. Der Spanier bildete sich irrtümlicherweise wegen dieses Fehlers eine zu geringe Meinung von seinem Gegner – Belinda wechselte den Platz – Clarence gewann seine Geistesgegenwart zurück und überzeugte ihn davon, dass er nicht der Mann war, dem man mit Geringschätzung begegnen konnte. Der Ausgang des Spiels war lange schwer vorherzusagen, aber am Ende ging zur Überraschung aller Anwesenden Clarence Hervey als Sieger aus dem Wettstreit hervor.

Er frohlockte und schaute sich nach Lady Delacour um, von der er eine Ehrung für seinen Triumph erwartete. Sie hatte den Raum verlassen, aber bald kam sie auch schon zurück, gekleidet in ein Kostüm der Königin Elizabeth, das sie einmal bei einem Maskenball getragen hatte, mit einer großen Halskrause und allem, was zu einem Kleid dieser Zeit gehörte.

Clarence Hervey warf sich ihr zu Füßen und sprach sie in dem blumigen Stil an, den ihre Majestät von ihrem galanten Raleigh und ihrem kultivierten Essex zu hören gewohnt gewesen war.

Gar bald überwog die Koketterie der Königin vollkommen ihre prüdere Seite, und ihr Günstling, offensichtlich von der Situation freudig erregt, war so hingerissen, wie es die unersättliche Eitelkeit ihrer Majestät nur verlangen konnte. – Ihre Rollen wurden von beiden perfekt aufrechterhalten; sowohl der Schauspieler als auch die Schauspielerin waren so von ihrem Spiel eingenommen, dass sie die Kommentare am Rand der Szene gar nicht wahrnahmen. – Clarence Hervey wurde sich erst bewusst, was er da tat, als er die tiefe Röte auf Belindas Wangen sah in dem Moment, als Königin Elizabeth sie als eine ihrer Ehrendamen ansprach, auf die eifersüchtig zu sein sie vorgab. Ihm wurde bewusst, dass er im Eifer des Gefechts weiter gegangen war, als ihm recht war oder er hatte gehen wollen. Es war schwierig, sich aus der Situation zurückzuziehen, während ihre Majestät eher geneigt war, das Spiel weiterzutreiben, aber Sir Walter Raleigh wandte sich mit großer Geistesgegenwart an den fremden Gast, den er als den spanischen Botschafter ansprach.

»Eure Exzellenz sehen ja«, sagte er, »wie sehr diese große Königin die Köpfe ihrer Untergebenen verdreht, um sie dann kunstvoll mit nichts als Worten zu belohnen. – Hat die neue Welt euch eine Münze finden lassen, die auch nur halb so wertvoll ist?«

Die gravitätische Antwort des spanischen Botschafters auf diese spielerische Frage gab der Unterhaltung eine neue Wendung und erlöste Clarence Hervey aus seiner peinlichen Lage. Lady Delacour, die immer noch übermütig und ausgelassen war, ließ sich leicht von neuen Themen ablenken. Sie nahm den Botschafter mit in ein Nachbarzimmer, um ihm ein Bild von Elizabeths Gegenspielerin, der schottischen Königin Maria, zu zeigen. Die Gesellschaft folgte ihr – Clarence blieb mit Dr. X— und Belinda zurück, die den Doktor soeben gebeten hatte, sie die Grundzüge des Schachspiels zu lehren.

»Lady Delacour ist so charmant«, meinte Clarence Hervey, »sie löst bei jedermann Frohsinn aus.«

»Jedermann? Sie löst bei mir eher Melancholie als Heiterkeit aus«, sagte Dr. X—. »Diese ständige Ausgelassenheit erscheint mir nicht so recht natürlich. Die Munterkeit von Jugend und Gesundheit, Miss Portman, finde ich immer ganz bezaubernd, aber die Fröhlichkeit von Lady Delacour scheint mir nicht die eines gesunden Geistes in einem gesunden Körper zu sein.«

Die kluge Beobachtung des Doktors kam der Wahrheit so nahe, dass Belinda, die befürchtete, sie könne das Geheimnis ihrer Freundin verraten, die Augen nicht vom Schachbrett erhob, während er sprach, sondern lieber weiterhin die gefallenen Türme und Läufer und Könige mit schneller Sorgfalt auf ihre Plätze stellte.

»Sie stellen den braven Läufer auf den Platz des kecken Springers«, sagte Clarence.

»Lady Delacour«, fuhr der Doktor fort, »scheint in einem dauernden Fieber zu sein, entweder in einem geistigen oder einem körperlichen – ich kann gar nicht sagen, welcher Art – und als Arzt bin ich doch recht neugierig, wie diese Frage zu beantworten ist. Wenn ich ihren Puls fühlen dürfte, könnte ich es sofort entscheiden, aber ich habe sie sagen hören, der Gedanke, dass jemand ihren Puls fühlen könnte, erfülle sie mit Schrecken – und der Schrecken einer Dame ist nun einmal unüberwindbar – zumindest mit Vernunftgründen –«

»Aber nicht, wenn man es etwas geschickt anstellt«, sagte Clarence, »ich kann Ihnen eine Methode verraten, wie man ihren Puls fühlen kann, ohne dass sie es merkt – ohne dass sie Sie sieht – ohne dass Sie sie sehen.«

»Tatsächlich!«, sagte Dr. X— lächelnd, »das wäre für meinen Beruf ein sehr nützliches Geheimnis; bitte lassen Sie es mich doch hören – Sie, der Sie ja in allem so gewandt sind.«

»Meinen Sie das ernst, Mr Hervey?«, sagte Belinda.

»Absolut ernst – mein Geheimnis ist ganz einfach. Schauen Sie durch die Tür auf den Schatten von Königin Elizabeths Halskrause – beobachten Sie, wie er vibriert; die Bewegung, genau wie ihre Gestalt, wird durch den Schatten vergrößert. Können Sie so nicht jeden Pulsschlag deutlich zählen?«

»Das stimmt«, sagte Dr. X—, »und ich muss Sie loben, dass Sie eine so kleine Beobachtung so genial zu nutzen wissen.« Der Doktor hielt inne und schaute sich um. »Diese Leute können nicht hören, was wir sagen, hoffe ich?«

»Oh nein«, meinte Belinda, »sie sind mit sich selbst beschäftigt.«

Dr. X— schaute Clarence Hervey mit mildem Blick an und rief in einem ernsten, aber freundlichen Ton aus: »Wie schade es doch ist, Mr Hervey, dass ein junger Mann mit Ihren Talenten und Fähigkeiten, ein Mann, der alles werden könnte, sich dafür entschieden hat – entschuldigen Sie den Ausdruck –, nichts zu sein, und der seine Fertigkeiten, die ihm Großes ermöglichen könnten, an Kleinigkeiten verschwendet, indem er sich mit ganzer Seele frivolen Wettbewerben hingibt, obwohl dieselbe Energie, wenn sie nur einen Fokus fände, ihm eine Vormachtstellung unter den ersten Männern seines Landes einräumen könnte. – Sollte jemand, der sich in jeder Wissenschaft und Situation hervortun könnte, der nicht nur persönlichen Ruhm erringen, sondern – oh, welch weitaus edleres Motiv! – der sogar seinen Mitmenschen nützlich sein könnte, sich wirklich auf die schnelllebigen Vergnügungen des Salons beschränken? – Sollte jemand, der eine wichtige öffentliche Rolle spielen könnte oder glücklich im Privatleben werden könnte, wirklich die besten Jahre seines Lebens in dieser beklagenswerten Art verschwenden – eine Zeit, die nicht zurückgeholt werden kann?«

»Das ist Rhetorik!«

»Nein, es ist die Wahrheit, die ich in den stärksten Worten ausdrücke, die mir zu Gebote stehen, in der Hoffnung, einen nachhaltigen Eindruck zu hinterlassen: Ich spreche aus tiefster Seele, denn ich schätze Sie sehr, Mr Hervey, und wenn ich unverschämt war, so müssen Sie mir vergeben.«

»Ihnen vergeben?«, rief Clarence Hervey und nahm die Hand von Dr. X— in die seine, »meiner Meinung nach sind Sie ein echter Freund – ich werde es Ihnen auf die beste Weise danken, nicht mit Worten, sondern mit Taten. – Sie haben meinen Ehrgeiz geweckt, und ich werde edle Ziele mit edlen Mitteln anstreben. – Ein paar Jahre habe ich schon verloren, aber die Lektionen, die ich währenddessen gelernt habe, bleiben mir ja. – Ich kann mir nicht vormachen, selbst wenn ich noch so anmaßend wäre, dass meine Bestrebungen von großem Nutzen für meine Mitmenschen werden, aber ich will tun, was ich kann. – Mein lieber guter Freund! Sollte ich nach dem heutigen Tag erfolgreich im öffentlichen Leben oder glücklich im privaten werden, so sind Sie es, dem ich das zu verdanken habe.«

Belinda war berührt von der Offenheit und dem gesunden Menschenverstand, mit dem Clarence Hervey sprach. Sein Charakter erschien ihr in einem neuen Licht – sie war stolz auf ihre eigene Urteilskraft, mit deren Hilfe sie seine Verdienste bereits erkannt hatte, und für einen Moment erlaubte sie sich, »in harmlos wonniglichem Weben / Mit ihm dahinzuleben«.[84]

Am nächsten Morgen besuchten Sir Philip Baddely und Mr Rochfort Lady Delacour – Mr Hervey war auch zugegen. Als ihre Ladyschaft zu Mrs Franks gerufen wurde, blieb Belinda mit den Herren allein.

»Na, verdammich, Clary! Dich hab ich ja ewig nicht gesehen«, rief Sir Philip Baddely, »nicht seitdem du ertrunken bist – Verdammich, warum bist du nicht mitgekommen, um mit uns zu dinieren an dem Tag, jetzt weiß ich es wieder? Wir waren eine verdammt fröhliche Runde – aber tröste dich, Clarence, wir haben dich verflucht noch mal vermisst, es hat uns verdammt leidgetan, dass du den verdammt unglücklichen Sprung ins Wasser der Serpentine gewagt hast – verdammt leid, nicht wahr, Rochfort?«

»Oh«, meinte Clarence in ironischem Ton, »ihr braucht keine Belege dafür beizubringen, dass euer Mitgefühl echt ist. – Ich kann einfach nicht vergessen, wie mutig ihr in den Fluss gesprungen seid, um das Leben eures Freundes zu retten.«

»Ach, pah, verdammt«, sagte Sir Philip, »ist doch egal, wer dich herausgezogen hat, Hauptsache, du bist jetzt gesund und munter. Ach, übrigens, Clary, hast du den Doktor an der Nase herumgeführt, wie ich es dir gesagt habe? – Nein, hast du nicht, was? Aber ich bin mir sicher, er hat dich an der Nase herumgeführt, denn, verdammich, ich glaube, du hast einen solchen Narren an dem Mann gefressen, dass er dich zum Narren gehalten hat und du jetzt nicht mehr ohne ihn leben kannst. – Miss Portman, bewundern Sie nicht Herveys Geschmack?«

»In diesem Fall bewundere ich ganz bestimmt Mr Herveys Geschmack«, meinte Belinda, »und zwar aus dem besten aller möglichen Gründe, nämlich weil er absolut mit dem meinen übereinstimmt.«

»Das ist ja stark, tatsächlich?«, rief Sir Philip.

»Und was zum Teufel findest du an ihm, Clary?«, fuhr Mr Rochfort fort. »Denn es wäre jetzt ungehörig, die Frage einer Dame zu stellen. Damen sollte man, wie du weißt, nie danach fragen, warum sie etwas mögen oder nicht. Einige haben Lieblingshunde, einige haben Lieblingskatzen, warum also nicht einen *Lieblingsnarren*.«

»Ha! ha! ha! Der war gut, Rochfort – einen Lieblingsnarren. Ha! ha! ha! Dr. X— soll Miss Portmans Lieblingsnarr sein. Das muss man unter die Leute bringen – das muss man unter die Leute bringen, Rochfort«, fuhr der witzige Baronet fort, und er und sein drolliger Kamerad lachten, solange sie nur eben konnten, über ihren glücklichen Treffer.

Belinda, die nicht im Geringsten von ihren unverschämten Eseleien beunruhigt war, betonte, als sie endlich mit ihrem Gelächter fertig waren, sehr kühl, dass sie überhaupt nichts dagegen hätte, ihre Vorliebe für Dr. X—s Gesellschaft zu begründen, außer dass diese Argumente Sir Philip und seine Freunde vielleicht verletzen könnten. Sie verteidigte den Doktor dann mit einer solchen Entschlossenheit und gleichzeitig mit so viel Anstand, dass Clarence Hervey voll und ganz von ihr bezaubert war – und natürlich von seiner eigenen Klarsicht, denn er hatte ja ihren wahren Charakter erkannt, obwohl sie eine Nichte von Mrs Stanhope war.

»Was mich betrifft, ich diskutiere nie«, rief Mr Rochfort, »bei meiner Ehr', es ist einfach zu mühsam. Eine Dame, eine gutaussehende Dame, meine ich, hat von mir aus immer recht.«

»Aber was dich angeht, Hervey«, sagte Sir Philip, »verdammich, weißt du eigentlich, mein Junge, dass unser Club beschlossen hat, dich auszuschließen, wenn du weiter die Gesellschaft von diesem famosen Doktor suchst?«

»Ihr Club, Sir Philip, würde mir mit dieser Ächtung eine große Ehre erweisen.«

»Ächtung?«, wiederholte Sir Philip. »Soll das in einfachem Englisch heißen, dass du tatsächlich von uns ausgeschlossen werden willst? – Ja, verdammt, Clary, du bist dann ein Niemand – aber folg' nur deinen eigenen genialen Ideen. – Ich will verdammt sein, wenn ich diese genialen Männer verstehe – sind im Wasser der Serpentine an einem Tag – und in den Wolken am nächsten. Dann gehab dich wohl, Clary. – Würd' mich nicht wundern, wenn du demnächst Doktor der Medizin oder ein methodistischer Prediger wirst, verdammich – dann gehab dich wohl, Clary. Ist das dein letztes Wort? Oder überlegst du es dir noch mal und gibst den Doktor auf?«

»Ich kann die Freundschaft von Dr. X— in keinem Falle aufgeben – eher würde ich mich von jedem Club in London ausschließen lassen. Die Lektion, Sir Philip, die Sie mir erteilt haben, als ich dumm genug war, in die Serpentine zu springen, hat mich für mein ganzes Leben weiser gemacht. Ich kenne jetzt, denn ich habe ihn am eigenen Leibe gefühlt, den Unterschied zwischen echten Freunden und Bekannten aus der feinen Gesellschaft. – Dr. X— aufgeben! Niemals! Nie!«

»Dann gehab dich wohl, Clary«, sagte Sir Philip. »Du bist jetzt keiner mehr von uns.«

»Dann gehab dich wohl, Clary, du bist nicht länger mein Freund«, sagte Rochfort.

»*Tant pis* und *tant mieux*«,[85] sagte Clarence, und so gingen sie auseinander.

Als sie den Raum verließen, wandte sich Clarence Hervey unwillkürlich Belinda zu, und er meinte in ihrem aufrichtigen, lebhaften Gesicht volle Zustimmung für sein Verhalten zu lesen.

»Uff! Sind sie weg? Endlich weg?«, sagte Lady Delacour, die den Raum aus dem Nebenzimmer betrat. »Sie sind wirklich eine unverschämt lange Zeit geblieben. Wie dankbar bin ich doch Mrs Franks dafür, dass sie mich aufgehalten hat. So bin ich ihrer hirnlosen Dreistigkeit wenigstens entkommen, und heute Morgen habe ich tatsächlich so vieles zu erledigen, dass ich nicht einmal einen Moment für Geist und Clarence Hervey erübrigen kann. – Belinda, meine Liebe, wollen Sie so lieb und gut sein, einige dieser Briefe für mich durchzuschauen? Sie liegen, wie Marriott mir sagte, schon eine ganze Woche auf meinem Schreibtisch und erwarten unverschämterweise von mir, dass ich sie endlich öffnen möge. – Wir werden ständig von unserer Trägheit bestraft, wie ihr Freund Dr. X— neulich so richtig sagte, wenn wir geschäftlichen Dingen erlauben, zu einem wahren Berg zu werden, treiben sie mit jedem bösen Wind dahin wie Schnee, bis schließlich eine ganze Lawine über uns hereinbricht und wir ganz und gar verschüttet werden. Entschuldigen Sie, Clarence«, fuhr ihre Ladyschaft fort und öffnete ihre Briefe, »das ist wirklich unhöflich, aber ich weiß, ich habe mir Ihre Vergebung bereits gesichert, indem ich mich an die geistreiche Bemerkung – oder besser, die Weisheit – Ihres Freundes erinnert habe. – Wie selten doch Geist und Weisheit zusammenkommen! – Sie wären vielleicht in Lady Delacour zusammengekommen – welche Eitelkeit! –, wenn sie schon in jungen Jahren einen Freund wie Dr. X— gehabt hätte – jetzt ist es zu spät«, sagte sie mit einem tiefen Seufzer.

Clarence Hervey hörte ihn, und er hinterließ in seiner wohlwollenden Vorstellungsgabe einen tiefen Eindruck. – »Warum zu spät?«, sagte er sich. »Mrs Margaret Delacour irrt sich, wenn sie meint, diese Frau habe nicht genug Empfindsamkeit.«

»Was haben Sie denn da, Miss Portman?«, sagte Lady Delacour und nahm einen Brief aus Belindas Hand, den diese auf ihre Bitte hin angeschaut hatte. »Etwas furchtbar Herzergreifendes, sollte man meinen, wenn es nach Ihrem Gesichtsausdruck geht. – ›Helena Delacour‹ – ach, lesen *Sie* das doch, meine Liebe, Briefe von Schulmädchen finde ich grässlich – ich habe es mir zur Regel gemacht, niemals Helenas Briefchen zu lesen.«

»Dann lassen Sie sich doch bitte dazu bewegen, eine Ausnahme von der allgemeinen Regel zu machen«, sagte Belinda, »ich kann Ihnen versichern, dies ist kein typischer Brief eines Schulmädchens: Miss Delacour hat wohl von ihrer Mutter deren *éloquence de billet*[86] geerbt.«

»Unsere liebe Miss Portman verfügt durch Vererbung, durch Instinkt, durch Zauberei oder sonstwoher über Überredungskünste, denen sich niemand entziehen kann. – Hier haben Sie ein Kompliment für ein Kompliment, meine Liebe. – Gibt es etwas derartig geschickt Formuliertes in Helenas Brief? Nun wirklich, das ist ein schöner Brief«, fuhr ihre Ladyschaft fort, während sie den Brief las, »wo hat der kleine Racker nur gelernt, so charmant zu schreiben? – Ich muss wirklich sagen, ich hätte sie am liebsten bei mir zu Hause im Sommer – der 21. Juni – nun, nach dem königlichen Geburtstag werde ich die Zeit haben, darüber nachzudenken. – Aber dann werden wir ja die Stadt verlassen, und in einem Kur- und Badeort wie Harrowgate wüsste ich gar nicht, was ich mit ihr anfangen soll – sie geht wohl doch besser zu ihrer langweiligen Tante Margaret wie sonst auch – die sitzt in Grosvenor Square fest – diese ortsgebundenen guten Menschen, diese zoophiten[87] Bekannten sind manchmal ganz nützlich, und Mrs Margaret Delacour ist die durchschnittlichste Zoophitin der Schöpfung. Sie hat, das ist wohl wahr, eine Antipathie gegen mich, weil ich von ganz anderer Natur bin als sie, aber ihre Antipathie schließt wenigstens meinen Nachwuchs nicht mit ein – sie ist über die Maßen freundlich und gütig zu Helena, wahrscheinlich mit Absicht, um mich zu verärgern. Stattdessen verärgere ich sie, indem ich mich einfach nicht ärgern lasse – und sie erspart mir so allerhand Umstände, wofür sie geradezu fürstlich bezahlt wird, weil sie das Vergnügen hat, über mich herzuziehen. – Das ist der Lauf der Welt, Clarence. – Schauen Sie nicht so ernst drein. – Sie müssen sich noch nicht mit all dem herumplagen, mit Töchtern und Söhnen und Schulen und Ferien und all den Übeln des häuslichen Lebens.«

»Übeln!«, wiederholte Clarence in einem Tone, der ihre Ladyschaft überraschte. Sie schaute sogleich mit einem bedeutsamen

Lächeln zu Belinda. »*Übeln*! Warum höre ich da kein Echo von Ihnen, Miss Portman?«

»Bitte, Lady Delacour«, unterbrach Clarence Hervey, »wann reisen Sie nach Harrowgate ab?«

»Was für eine abrupte Überleitung!«, meinte Lady Delacour. »Welche Gedankenverbindung hat Sie denn gerade in diesem Augenblick auf Harrowgate gebracht? Wann reise ich nach Harrowgate? Gleich nach dem Geburtstagsball des Königs, denke ich, Sie sollten unbedingt mitkommen.«

»Zu viel der Ehre, Ihre Ladyschaft«, sagte Hervey, »es wird mir ein Vergnügen sein, wenn es möglich ist, Ihnen meine Aufwartung zu machen.«

Und bald nachdem diese Verabredung getroffen worden war, verabschiedete sich Mr Hervey.

»Grübeln Sie immer noch über diesen Brief von Helena nach?«, sagte Lady Delacour zu Miss Portman.

»Ich glaube, Ihre Ladyschaft hat ihn nicht ganz gelesen«, meinte Belinda.

»Nein, ich habe da etwas über das Leverian Museum[88] gesehen und über ein Schwalbennest in einer Gartenschere; und da befürchtete ich, einen ganzen Katalog von Kuriositäten verkraften zu müssen, für den mir einfach das Interesse und die Zeit fehlt.«

»Sie haben also nicht gesehen, was Miss Delacour über die Dame sagt, die sie mitgenommen hat in das Museum?«

»Ich – nein. Welche Dame? Ihre Tante Margaret?«

»Nein, Mrs Margaret Delacour, sagt sie, sei in letzter Zeit zu krank gewesen, so dass sie nirgendwo hingeht außer zu Lady Anne Percival.«

»Die Arme«, sagte Lady Delacour, »sie wird wahrscheinlich bald sterben, und dann habe ich Helena wieder am Hals, wenn nicht irgendeine andere Freundin Geschmack an ihr findet. – Wer ist die Dame, die sie mit ins Leverian Museum genommen hat?«

»Lady Anne Percival, von der sie mit so viel Dankbarkeit und Zuneigung spricht, dass ich sie wirklich gern ...«

»Ach, du lieber Himmel!«, unterbrach sie Lady Delacour. »Lady Anne Percival! Helena hat diese Lady Anne Percival mir gegenüber bereits in anderen Briefen erwähnt, ich erinnere mich.«

»Dann haben Sie ja doch einige ihrer Briefe gelesen.«

»Halb! – Ich lese nie mehr als die Hälfte, das schwöre ich«, sagte Lady Delacour lachend.

»Warum macht es Ihnen Freude, sich als schlechter darzustellen, als Sie es sind, meine liebe Lady Delacour?«, sagte Belinda und nahm ihre Hand.

»Weil ich es nun einmal hasse, wie andere Menschen zu sein«, sagte Lady Delacour, »denen nichts lieber ist, als besser dazustehen, als sie es sind – aber ich wollte Ihnen gerade erzählen, dass ich doch glaube, dass ich Percival mit meiner Heirat mit Lord Delacour verärgert habe. Ich kann Ihnen gar nicht sagen, wie sehr diese Idee mir behagt. – Ich bin sicher, der Mann hat eine lebendige Erinnerung an mich, sonst hätte er seine Frau niemals dazu gebracht, sich so um meine Tochter zu kümmern.«

»Aber Sie denken doch wohl nicht«, meinte Belinda, »dass eine Frau ein Wesen ist, dessen Handlungen notwendigerweise von ihrem Gatten bestimmt werden.«

»Nicht notwendigerweise – aber zufälligerweise. – Wenn eine Dame sich zufälligerweise vornimmt, eine gute Ehefrau zu werden, muss sie natürlich lieben, ehren und gehorchen. Sie müssen wissen, dass ich absolut keinen Grund habe, mich Lady Anne Percival für ihre Freundlichkeit Helena gegenüber verpflichtet zu fühlen, denn diese fällt, soweit ich das beurteilen kann, ganz in die Kategorie Gehorsam – und ihre Ladyschaft wird durch eine Verbesserung ihres Ansehens dafür bezahlt. Als Belohnung für ihre Taten sagt man über sie: ›Oh, Lady Anne ist einfach die beste Ehefrau der Welt‹ und: ›Oh, Lady Anne ist schlichtweg eine mustergültige Frau!‹ – Ich hasse mustergültige

Frauen – ich hoffe, Lady Anne kommt mir niemals unter die Augen, denn ich bin sicher, ich würde sie verabscheuen mehr als alles, was da lebt – Mrs Luttridge nicht ausgenommen.«

Belinda war überrascht und schockiert von der bösartigen Heftigkeit, mit der ihre Ladyschaft diese Worte hervorbrachte; sie blieb jedoch erfolglos in ihrem Bemühen, zu zeigen, wie ungerecht es war, Lady Anne einfach von vornherein zu verabscheuen, nur weil sie freundlich zu Helena gewesen war und weil sie ein hohes Ansehen genoss. Lady Delacour war eine Frau, die einfach nicht auf Einwände der Vernunft hörte, oder besser, sie hörte darauf, aber nur um sie mit viel Geist und Witz zu entkräften. Bei dieser Gelegenheit hatte ihr Witz jedoch nicht den üblichen Effekt auf Miss Portman; statt sich darüber zu amüsieren, betrachtete sie ihn mit großem Widerwillen.

»Sie haben mich Ihre Freundin genannt, Lady Delacour«, sagte sie, »ich würde diese Bezeichnung kaum verdienen, wenn ich nicht den Mut hätte, Ihnen die Wahrheit zu sagen, wenn ich nicht den Mut hätte, es Ihnen zu sagen, wann immer ich der Meinung bin, dass Sie im Unrecht sind.«

»Aber ich habe nicht den Mut, Ihnen zuzuhören, meine Liebe«, sagte Lady Delacour und hielt sich die Ohren zu. »Damit dürfte Ihr Gewissen beruhigt sein, Sie können annehmen, Sie hätten alles gesagt, was weise und gut und korrekt und erhaben ist, und dass Sie es verdienen, die beste aller Freundinnen genannt zu werden – Sie dürfen das Amt des Zensors bei Lady Delacour übernehmen, ich gönne Ihnen das gerne, aber vergessen Sie nicht, es ist eine Pfründe, auch wenn ich Sie mit meiner Liebe und meiner Wertschätzung bezahlen will, so viel Sie wünschen. Sie seufzen – angesichts meiner Torheit. Ach, meine Liebe, das lohnt sich kaum – meine Verrücktheiten werden bald an ihr natürliches Ende kommen. Wie könnte mir jetzt die Weisheit Salomons weiterhelfen? – Wenn Sie auch nur über ein kleines bisschen Menschlichkeit verfügen, werden Sie mich nicht zwingen, viel nachzudenken – solange ich noch lebe, muss ich mich mit unermüdlichen Vergnügungen *aufrechthalten*. Der Kreisel hält sich nur aufrecht, solange er sich dreht – deswegen lassen Sie uns vom Geburtstagsball des Königs sprechen oder von dem neuen Schauspiel, das wir heute Abend sehen werden, oder davon, was für eine lächerliche Gestalt Lady H— beim Konzert abgab, oder lassen Sie uns von Harrowgate sprechen oder von was auch immer.«

Mitleid löste nun in Belinda Widerwillen und Missvergnügen ab, und sie konnte die Tränen kaum zurückhalten, als sie sah, wie diese unglückliche Kreatur mit gezwungenem Lächeln ihre Seelenqualen zu überdecken versuchte. Sie konnte nur sagen: »Aber, meine liebe Lady Delacour, meinen Sie nicht, dass Ihre kleine Helena, die ein wirklich liebevolles Kind zu sein scheint, zu Ihrem häuslichen Glück beitragen könnte?«

»Ihr liebevolles Wesen ist für mich ohne Bedeutung«, sagte Lady Delacour.

Belinda fühlte, wie eine heiße Träne auf ihre Hand fiel, die auf Lady Delacours Schoß lag.

»Können Sie sich wundern«, fuhr ihre Ladyschaft fort und wischte hastig die Träne weg, die sie hatte fallen lassen, »können Sie sich wundern, dass ich davon spreche, wie sehr ich Lady Anne Percival verabscheue? – Sie sehen ja, dass sie mir die Liebe meines Kindes geraubt hat. – Helena bittet mich, nach Hause kommen zu dürfen – ja – aber wie fragt sie? Kalt, rein formell, als Pflicht – doch schauen Sie sich das Ende ihres Briefes an – ich habe ihn ganz gelesen – jedes bittere Wort habe ich mir zu Herzen gehen lassen. Wie anders sie schreibt – schauen Sie nur, wie schwungvoll sogar die Handschrift wird in dem Augenblick, als sie von Lady Anne Percival zu sprechen beginnt – da fließt ihre Seele richtig über – ›Lady Anne Percival habe angeboten, sie nach Oakley Park mitzunehmen – sie wäre sehr glücklich, wenn sie dorthin gehen dürfte, falls ich einverstanden sei.‹ – Ja – sie soll nur gehen – sie soll nur so weit von mir fortgehen wie möglich – sie soll nie, nie ihre elende Mutter wiedersehen.« – »Schreiben Sie ihr«, sagte Lady Delacour und wandte sich hastig an Belinda, »schreiben Sie ihr in meinem Namen und sagen Sie ihr, sie möge nach Oakley Park gehen und dort glücklich sein.«

»Aber warum gehen Sie von vornherein davon aus, dass sie nicht bei Ihnen glücklich sein könnte?«, sagte Belinda. »Lassen Sie uns sie doch sehen – lassen Sie uns das Experiment doch wagen.«

»Nein«, sagte Lady Delacour, »nein, es ist zu spät – ich werde niemals so tief sinken, in meinen letzten Momenten um die Zuneigung zu bitten, auf die ich, wie man glaubt, meinen natürlichen Anspruch längst verloren habe.«

Stolz, Ärger und Trauer flogen über ihre Gesichtszüge, während sie sprach. – Sie wandte ihr Gesicht von Belinda ab und verließ den Raum voller Würde.

»Mir bleibt nichts weiter übrig«, dachte Belinda, »als diesen stolzen Geist zu besänftigen – alle anderen Hoffnungen sind wohl vergebens.«

Gerade in diesem Moment hatte Clarence Hervey, der nicht wissen konnte, dass die fröhliche und brillante Lady Delacour dem Grab nahe war, einen Plan gefasst, der ganz seinem passionierten und menschenfreundlichen Charakter entsprach. Die Art, wie ihre Ladyschaft von seinem Freund Dr. X— gesprochen hatte, der Seufzer, den sie bei der Überlegung von sich gegeben hatte, dass sie ein ganz anderer Mensch hätte sein können, wenn sie nur früh genug einen verständigen Freund gehabt hätte, hatte einen tiefen Eindruck bei Mr Hervey hinterlassen. Bis dahin hatte er ihre Ladyschaft nur als Quell des Amüsements angesehen und als Zugang zum Leben in der eleganten Gesellschaft, aber jetzt empfand er so viel Interesse an ihr, dass er beschloss, alles zu tun, um zu ihrem Glück beizutragen. Er wusste, dass sein Einfluss beträchtlich war – nicht, dass er so eitel und dumm gewesen wäre zu meinen, Lady Delacour sei in ihn verliebt; er war sich ganz und gar im Klaren darüber, dass sie nur den Wunsch hatte, seine Bewunderung zu erlangen. Er beschloss also, ihr zu zeigen, dass diese nicht zu haben war, wenn sie nicht mit Wertschätzung einherging. – Clarence Hervey war ein durch und durch großzügiger junger Mann und in der Lage, große Opfer zu bringen, wenn er dadurch die Hoffnung haben konnte, etwas Gutes zu bewirken, und so entschied er, seine Zuneigung zu Belinda noch nicht öffentlich zu machen, damit er sich ganz seinem neuen Vorhaben widmen konnte. Sein Plan war, Lady Delacour nach und nach ihrer Vergnügungssucht zu entwöhnen, indem er sie ihrer Tochter und Lady Anne Percival näherbrachte. Er war voller Hoffnung, dass sein Plan gelingen würde, und neigte zu schnellen, aber nicht zu unüberlegten Entscheidungen. Von Lady Delacours Haus ging er gleich zu Dr. X—, dem er seinen Plan erklärte.

»Ich bin sehr angetan von Ihrem menschenfreundlichen Vorhaben«, meinte der Doktor, »aber sind Sie nicht vermessen zu hoffen, dass ein unbedarfter junger Mann von achtundzwanzig Jahren eine langjährige Kokette von achtunddreißig reformieren kann?«

»Lady Delacour ist nicht einmal sechsunddreißig«, sagte Clarence, »aber je älter sie ist, desto besser stehen die Chancen, dass sie ein Spiel aufgibt, bei dem sie nur verlieren kann. Sie verfügt über einen bewundernswerten Verstand und sie wird bald – ich meine, sobald sie mit Lady Anne Percival Bekanntschaft gemacht hat – entdecken, dass sie auf ihrer Suche nach Glück auf den Holzweg geraten ist. Die einzige Schwierigkeit wird sein, die beiden geschickt zusammenzubringen – damit, mein lieber Doktor, möchte ich Sie betrauen. Bitte sorgen Sie dafür, dass Lady Anne Lady Delacours Fehler tolerieren kann, und ich will Lady Delacour dazu bringen, Lady Annes Tugenden zu ertragen.«

»Na, da haben Sie ja freundlicherweise die schwierigere Aufgabe von den beiden übernommen«, erwiderte Dr. X—. »Ich will sehen, was ich tun kann. Nach dem Geburtstagsball will Lady Delacour ja, sagte sie, nach Harrowgate reisen, und wie Sie wissen, liegt Harrowgate nicht weit von Oakley Park entfernt, so dass sich häufig die Möglichkeit ergibt, dass die beiden sich treffen. Aber glauben Sie mir, nichts kann unternommen werden bis nach dem Ball, denn Lady Delacours Kopf ist zurzeit voller Batistunterröcke und voller Pferde und Kutschen und voll mit einer gewissen Mrs Luttridge, die sie mit einem Hass verfolgt, der alles übertrifft, was Frauen sonst an Hass entwickeln.«

Kapitel X
Das mysteriöse Boudoir

Dank seiner Erfahrung im Studium der menschlichen Natur hatte Dr. X— sich eine ganz besondere Urteilsfähigkeit in Bezug auf den menschlichen Charakter erworben. Obwohl Lady Delacour sich mit aller Geschicklichkeit bemühte, ihre wahren Motive für ihr scheinbar so gedankenloses Verhalten zu verbergen, entdeckte er doch bald, dass der Hass auf Mrs Luttridge ihre Gefühle am stärksten bestimmte. Über neun Jahre ständiger Kriegshandlungen hatten die Gefühle auf beiden Seiten zum Kochen gebracht, und die beiden Damen ließen keine Gelegenheit aus, um einander ihre Abneigung zu beweisen. Auch wenn Lady Delacour Bewunderung über die Maßen liebte, so war doch das höchste Lob nicht nach ihrem Geschmack, wenn es nicht in irgendeiner Hinsicht ihre Überlegenheit über die Frau bestätigte, die sie für ihre ewige Rivalin hielt.

Nun hatte der Kutschenbauer gesagt, Mrs Luttridge würde beim königlichen Geburtstagsball ein höchst elegantes, leichtes Gefährt zur Schau stellen. Prompt entwickelte Lady Delacour Ambitionen, sie mit ihrer Equipage zu übertrumpfen, und es war dieser lächerliche Ehrgeiz gewesen, der sie dazu veranlasst hatte, die schäbige Transaktion durchzuführen, die ihr Miss Portmans Scheck und Clarence Herveys zweihundert Guineen eingebracht hatte. – Der große, wichtige Tag kam endlich. Der Triumph ihrer Ladyschaft beim Salon war vollkommen. Mrs Luttridges Kleid, Mrs Luttridges Gefährt und Mrs Luttridges Pferde waren nichts – absolut nichts – im Vergleich zu denen von Lady Delacour. Ihre Ladyschaft genoss das volle Hochgefühl ihres eitlen Erfolges und machte sich abends in bester Stimmung zum Geburtstagsball auf.

»Oh, meine liebste Belinda«, sagte sie, als sie ihr Ankleidezimmer verließ, »wie schrecklich ist es doch, dass Sie nicht mit mir kommen können! – Keine der Freuden dieses Lebens kommt ohne eine trübe Beimischung aus! – Es wäre auch zu schön, an einem Abend Mrs Luttridges Demütigung *und* den Triumph meiner Belinda zu sehen. Adieu, meine Liebe – es bleibt zu hoffen, dass wir noch einen anderen Geburtstagsball erleben – Marriott, meine Tropfen. – Oh! die habe ich ja schon genommen.«

Belinda zog sich, als ihre Ladyschaft gefahren war, in die Bibliothek zurück. Die Zeit verging so angenehm während Lady Delacours Abwesenheit, dass sie überrascht war, als sie die Uhr zwölf schlagen hörte.

»Ist es wirklich möglich«, dachte sie, »dass ich drei Stunden allein in der Bibliothek verbracht habe, ohne mich mit mir selbst zu langweilen? – Wie anders sind meine Gefühle doch jetzt, als sie es unter den gleichen Umständen noch vor drei Monaten gewesen wären! Damals wäre es mir ungeheuer schwergefallen, den Geburtstagsball verpassen zu müssen. Es ist doch sonderbar, dass ein Winter bei der vergnügungssüchtigsten Frau Englands mich so vollkommen ernüchtert hat. Wenn ich niemals diesen Höchstgrad von weltlichen Vergnügungen, wie man das wohl nennt, erlebt hätte, wäre ich in meiner Vorstellung wahrscheinlich mein ganzes Leben lang in die Irre gegangen, jetzt aber kann ich aufgrund eigener Erfahrungen urteilen, und ich bin absolut davon überzeugt, dass ein Leben als Dame der Gesellschaft mich niemals glücklich machen würde. – Dr. X— hat mir ja neulich auch gesagt, dass ich zu Besserem geboren bin, und er ist ja nun wahrlich kein Schmeichler.«

Der Gedanke an Clarence Hervey war so eng mit dem an seinen Freund verbunden, dass Miss Portman sie in ihren Überlegungen selten voneinander trennen konnte, und sie sann eben darüber nach, wie Clarence Hervey ausgesehen hatte, als er Sir Philip Baddely erklärte, er würde Dr. X— niemals aufgeben, als sie vom plötzlichen Eintreten Marriotts aufgeschreckt wurde.

»Oh, Miss Portman, was sollen wir bloß tun? – Was sollen wir bloß tun? Milady! Meine arme Lady!«, rief sie.

»Was ist denn geschehen?«, sagte Belinda.

»Die Pferde – die jungen Pferde! – Oh, ich wünschte, Milady hätte sie nie gesehen. – Oh, meine arme, arme Lady, was soll jetzt nur werden?«

Es dauerte einige Minuten, bis Belinda von Marriott einen verständlichen Bericht von den Geschehnissen bekommen konnte.

»Ich weiß ja auch nur, was James mir gerade gesagt hat«, meinte Marriott. »Milady hat dem Kutscher wohl gesagt, Mrs Luttridges Kutsche dürfte auf gar keinen Fall vor ihre gelangen. Mrs Luttridges Kutscher wollte aber auch der Erste sein. – Die Pferde von meiner Lady sind ja noch jung und nicht gut abgerichtet, sagen sie, und man konnte sie überhaupt gar nicht unter Kontrolle kriegen. Die Kutschen haben sich wohl irgendwie verhakt, und die von Milady wurde umgeworfen und alles ging zu Bruch. Oh, Ma'am«, fuhr Marriott fort, »wenn Mr Hervey nicht da gewesen wäre, hieß es, wäre Milady niemals lebend aus der Menge herausgekommen. Er bringt sie jetzt in seiner Kutsche nach Hause – Gott segne ihn!«

»Aber ist Lady Delacour verletzt?«, rief Belinda.

»*Bestimmt* – ganz bestimmt, Ma'am«, rief Marriott und führte ihre Hand an die Brust. »Aber auch wenn sie noch so sehr verletzt ist, Milady wird das geheim halten – die Diener schwören, sie habe keinen Schrei von sich gegeben, keinen einzigen Schrei; deswegen meinen sie natürlich, sie sei unverletzt. Aber ich weiß, dass das gar nicht sein kann – und die denken sowieso nur an die

Kutsche, so dass sie überhaupt nicht vernünftig berichten können, was los war – und was mich betrifft, ich bin völlig durcheinander. – Der Himmel weiß, ich hab Milady noch gesagt, sie soll nicht mit diesen jungen Pferden fahren, erst gestern ...«

»Hören Sie doch!«, rief Belinda, »da sind sie.« Im selben Moment lief sie die Treppen hinunter. Das Erste, was sie sah, war Lady Delacour, die sich in Krämpfen wand, denn die Tür zur Straße war offen. Die Halle war voller Dienstboten. Belinda zwängte sich durch die Menschenmenge und verlangte mit ruhiger Stimme, man möge Lady Delacour sofort in ihr Ankleidezimmer bringen und sie dort Marriotts und ihrer Pflege überlassen. Mr Hervey half Lady Delacour zu tragen – sie kam wieder zu sich, als man sie die Treppen hinauftrug. »Setzen Sie mich ab – setzen Sie mich ab«, rief sie aus. »Ich bin nicht verletzt – es geht mir gut. – Wo ist Marriott? – Wo ist Miss Portman?«

»Wir sind hier – Sie werden ganz vorsichtig getragen – vertrauen Sie mir«, sagte Belinda mit fester Stimme, »und bewegen Sie sich nicht.«

Lady Delacour ließ es geschehen, sie hatte entsetzliche Schmerzen, aber ihre seelische Kraft war so groß, dass sie nicht einmal ein Stöhnen von sich gab. Es war der Zwang, den sie sich mit dem Versuch auferlegt hatte, trotz allem nicht zu schreien, der ihre furchtbaren Krämpfe verursachte. »Sie ist verletzt, ich bin sicher, dass sie verletzt ist, auch wenn sie es nicht zugeben will«, rief Clarence Hervey. »Mein Fußgelenk ist verstaucht, das ist alles«, sagte Lady Delacour, »legen Sie mich auf dieses Sofa hier und überlassen Sie mich Belinda.«

»Was ist denn hier passiert?«, rief Lord Delacour, der stark schwankend in den Raum kam; er war völlig betrunken und war in diesem Zustand gerade nach Hause gekommen, als man Lady Delacour die Treppen hinauftrug; man konnte ihm die Wahrheit nicht verständlich machen, aber sobald er Clarence Herveys Stimme gehört hatte, hatte er darauf bestanden, hinauf zum Ankleidezimmer *seiner Ehefrau* zu gehen. Das war sehr ungewöhnlich für ihn, aber weder Champfort noch sonst irgendwer konnte ihn zurückhalten, nachdem er einmal die Idee gefasst hatte; er drängte sich in den Raum.

»Was ist hier passiert? – Colonel Lawless!«, sagte er und wandte sich dabei an Clarence Hervey, den er in seinem wirren Geisteszustand für den Colonel hielt, das erste Objekt seiner Eifersucht. »Colonel Lawless«, rief seine Lordschaft, »Sie sind ein Schurke – ich wusste es schon immer.«

»Vorsichtig! – Sie hat große Schmerzen, Milord«, sagte Belinda und hielt Lord Delacours Arm fest, gerade als dieser Clarence Hervey schlagen wollte. Sie führte ihn zu dem Sofa, auf dem Lady Delacour lag, legte ihr stark angeschwollenes Fußgelenk bloß und zeigte es ihm. Seine Lordschaft, der im Grunde ein gutherziger Mann war, wurde durch diesen Appell an seinen noch verbliebenen Verstand doch berührt, und er begann, so laut er konnte, nach Arquebusade-Balsam zu brüllen.

Lady Delacour legte ihren Kopf auf die Sofalehne, ihre Hände zuckten krampfartig – sie gab keinen Ton von sich. Marriott rannte hektisch hin und her ohne Sinn und Verstand und wiederholte ständig: »Ich wünschte, niemand käme hier herein außer Miss Portman und mir. – Milady hat gesagt, es soll niemand hereinkommen. – Herrgott, nein! – Jetzt ist sogar Milord auch noch hier!«

»Hast du kein Arquebusade, Marriott? Arquebusade für deine Herrin, aber sofort!«, rief seine Lordschaft und folgte ihr zur Tür des Boudoirs, aus dem sie Tropfen holen wollte.

»Oh, Milord, Sie dürfen nicht hereinkommen, ich versichere Ihnen, hier ist weiter nichts, Milord, überhaupt gar nichts«, sagte Marriott und stellte sich mit dem Rücken zur Tür. Ihre Furcht und ihre Verlegenheit riefen prompt wieder jeden eifersüchtigen Verdacht Lord Delacours auf den Plan. »Frau!«, rief er, »ich *will* jetzt sehen, wen du da in dem Zimmer hast! Du hast dort jemanden versteckt, und ich *werde* jetzt hineingehen.« Dann riss er unter brutalen Flüchen Marriott von der Tür weg und schnappte sich trotz aller Widerstände den Schlüssel aus ihrer Hand.

Lady Delacour schreckte auf und ließ einen verzweifelten Schrei ertönen. »Milord! – Lord Delacour«, rief Belinda und sprang auf ihn zu, »hören Sie mich an.«

Lord Delacour hielt inne. »Dann sagen Sie mir«, rief Lord Delacour, »ist da nicht ein Liebhaber von Lady Delacour versteckt?« »Nein! – Nein! – Nein!«, antwortete Belinda. »Dann ein Liebhaber von Miss Portman«, sagte Lord Delacour. »Gott! Jetzt haben wir den Nagel auf den Kopf getroffen, denke ich.«

»Denken Sie doch, was Sie wollen, Milord«, sagte Belinda schnell, »aber geben Sie mir den Schlüssel.«

Clarence Hervey nahm den Schlüssel aus Lord Delacours Hand, gab ihn Belinda, ohne sie anzuschauen, und zog sich sogleich zurück. Lord Delacour folgte ihm mit einem betrunkenen Lachen, und niemand blieb im Raum außer Marriott, Belinda und Lady Delacour. Marriott war so *flattrig*, wie sie sagte, dass sie gar nichts mehr tun konnte. Miss Portman schloss die Zimmertür und begann Lady Delacour auszuziehen, die bewegungslos dalag. »Sind wir allein?«, sagte Lady Delacour und öffnete die Augen.

»Ja, sind Sie schwer verletzt?«, erwiderte Belinda. »Oh, Sie sind so ein wunderbares Mädchen!«, sagte Lady Delacour. »Wer hätte je gedacht, dass Sie so viel Geistesgegenwart und Mut entwickeln – ist der Schlüssel in Sicherheit?« »Hier ist er«, sagte Belinda, holte ihn hervor und wiederholte ihre Frage: »Sind Sie schwer verletzt?« »Gerade jetzt habe ich keine Schmerzen«, sagte Lady Delacour, »aber ich *habe* schrecklich gelitten. – Wenn Sie mir vielleicht helfen könnten, die ganze Abendgarderobe abzulegen – wenn Sie mir ins Bett helfen könnten, damit ich schlafen kann?«

Während Belinda Lady Delacour entkleidete, schrie diese mehrmals auf, aber zwischen den Schmerzanfällen wiederholte sie immer wieder: »Morgen wird es mir schon bessergehen.« Sobald sie im Bett war, wollte sie, dass Marriott ihr eine doppelte Portion Laudanum gebe, denn sie konnte nicht in den Schlaf finden, sosehr sie es auch gewollt hatte, und sie konnte die Schmerzen kaum ertragen, die ihr durch die Brust schossen.

»Lassen Sie mich allein mit Ihrer Herrin, Marriott«, sagte Miss Portman und nahm ihr das Fläschchen mit Laudanum aus der zittrigen Hand, »gehen Sie zu Bett, denn Sie können sich sicherlich nicht mehr lange aufrecht halten.«

»Während sie sprach, nahm sie Marriott mit in das Ankleidezimmer nebenan. »Oh, liebe Miss Portman«, sagte Marriott, die aufrichtig an ihrer Herrin hing und die in diesem Moment all ihre Eifersucht und all ihre Machtgelüste vergaß, »ich will ja alles tun, worum Sie mich bitten – aber bitte lassen Sie mich im Zimmer bleiben, auch wenn ich weiß, dass ich völlig hilflos bin. Es ist auch für Sie zu viel, hier die ganze Nacht über allein bei ihr zu bleiben. – Die Krämpfe könnten Milady wieder überfallen. Wie sie manchmal aufschreit! – Und niemand weiß, was mit ihr los ist, nur wir beide, und im Haus fragen mich alle, warum man nicht nach einem Arzt schickt, wo Milady doch so böse verletzt ist. Oh, ich kann es vor meinem Gewissen gar nicht verantworten, dass ich die Sache so lange geheim gehalten habe, denn wenn man früh genug einen Arzt geholt hätte, hätte er meine Herrin sicherlich retten können – aber jetzt kann sie nichts mehr retten!« Und damit brach Marriott in Tränen aus.

»Warum gebt ihr mir das Laudanum denn nicht?«, rief Lady Delacour laut und bestimmt, »jetzt gebt es mir, aber sofort.« – »Nein«, sagte Miss Portman mit fester Stimme, »hören Sie mich an, Lady Delacour – Sie müssen mir jetzt erlauben, zu beurteilen, was getan werden muss, denn es ist Ihnen doch sicher bewusst, dass Sie nicht in der Lage sind, für sich selbst zu urteilen – oder besser, Sie müssen mir erlauben, nach einem Arzt zu schicken, der für uns beide urteilen kann.«

»Ein Arzt!«, rief Lady Delacour, »niemals – niemals. Wehe Ihnen, wenn Sie einen Arzt rufen. Denken Sie an Ihr Versprechen – Sie *können* mich nicht verraten – Sie *werden* mich nicht verraten.«

»Nein«, entgegnete Belinda, »das habe ich ja zu Genüge bewiesen – aber Sie werden sich selbst verraten – Ihre Diener wissen ja schon, dass Sie sich bei dem Unfall mit der Kutsche verletzt haben – wenn Sie sich nicht von einem Chirurgen oder Arzt untersuchen lassen, wird das Überraschung und Argwohn auslösen. – Es liegt gar nicht in Ihrer Macht, wenn Sie von starken Schmerzen geplagt werden, nicht zu ...« »Oh, doch, das tut es«, unterbrach Lady Delacour, »Sie werden nicht auch nur einen weiteren Schrei hören – nur bitte, senden Sie nicht, senden Sie bloß nicht nach einem Arzt, meine liebe Belinda.«

»Dann werden Sie wieder Krämpfe bekommen«, sagte Belinda, »Marriott hat, wie Sie sehen, schon völlig die Kontrolle verloren – ich habe gar nicht die Kraft, Sie zu halten – vielleicht verliere ich auch noch alle Geistesgegenwart, ich kann das nicht wissen – Ihr Gatte will Sie vielleicht sehen.«

»Darum brauchen Sie sich nicht zu sorgen«, sagte Lady Delacour, »sagen Sie ihm einfach, mein Knöchel sei verstaucht – sagen Sie ihm, ich sei voller blauer Flecken – sagen Sie ihm, was Sie wollen – er wird sich nicht weiter um mich sorgen, er wird vergessen haben, was heute Nacht geschehen ist, wenn er erst einmal nüchtern ist. – Oh, bitte! Geben Sie mir das Laudanum, liebste Belinda – und sprechen Sie nicht weiter über Ärzte.«

Weitere Versuche, Lady Delacour zur Vernunft zu bringen, waren zwecklos. Belinda versuchte, sie zu überreden: »Bitte, um meinetwillen«, sagte sie, »lassen Sie mich Dr. X— holen, er ist ein Mann von Ehre, Ihr Geheimnis wird bei ihm vollkommen sicher sein.«

»Er wird es Clarence Hervey erzählen«, sagte Lady Delacour, »er wäre der Letzte, nach dem ich schicken würde, ich werde ihn nicht empfangen, wenn er kommt.«

»Dann«, sagte Belinda und ihr Gesicht drückte absolute Entschlossenheit aus, »muss ich Sie morgen früh verlassen, dann muss ich nach Bath zurückkehren.«

»Mich verlassen! Denken Sie an Ihr Versprechen.«

»Es sind jetzt Dinge geschehen, in Bezug auf die ich keine Versprechungen gemacht habe«, sagte Belinda, »ich muss Sie verlassen, es sei denn, Sie geben mir Ihre Erlaubnis, nach Dr. X— zu schicken.«

Lady Delacour zögerte. »Sie sehen«, fuhr Belinda fort, »dass es mir wahrlich ernst ist; wenn ich gehe, haben Sie keine Freundin mehr – wenn ich gehe, wird Ihr Geheimnis mit Sicherheit entdeckt werden, denn ohne mich wird Marriott nicht die Kraft aufbringen, es zu wahren.«

»Meinen Sie denn, wir können Dr. X— vertrauen?«, sagte Lady Delacour.

»Ich bin mir ganz sicher, dass wir ihm vertrauen können«, sagte Belinda energisch, »ich würde mein Leben auf seine Ehre verwetten.«

»Dann schicken Sie nach ihm, wenn es denn sein muss«, sagte Lady Delacour.

Kaum waren diese Worte über ihre Lippen gekommen, da flog Belinda auch schon förmlich hinaus, um den Befehl auszuführen. Marriott kam wieder zu sich, als sie hörte, dass ihre Ladyschaft zugestimmt hatte, einen Arzt zu rufen, aber sie erklärte, es müsse mit Zauberei zugehen, dass ihre Herrin diese Entscheidung getroffen habe.

Belinda hatte gerade erst einen Diener zu Dr. X— geschickt, als Lady Delacour die Erlaubnis, die sie gegeben hatte, bereits bereute, und alles, was man sagen konnte, um sie zu beruhigen, verschlechterte ihre Stimmung nur noch mehr. Sie fiel ins Delirium, Belindas Geistesgegenwart verließ sie jedoch nicht. Sie blieb ruhig am Bett, wartete auf die Ankunft von Dr. X— und verbat den Dienern kategorisch den Eintritt in das Zimmer, die die schrecklichen Schreie ihrer Herrin hörten und ständig zur Tür kamen, um ihre Hilfe anzubieten.

Gegen vier Uhr kam der Doktor, und Miss Portmans Unruhe legte sich ein wenig. Er versicherte ihr, es gebe keine unmittelbare Gefahr, und er versprach, dass das Geheimnis, das sie ihm anvertraut hatte, absolut bewahrt werden würde. Er blieb einige Stunden bei ihr, bis Lady Delacour ruhiger wurde und erschöpft von ihren Fieberkrämpfen einschlief. »Ich denke, ich kann Sie jetzt allein lassen«, sagte Dr. X—, aber als er durch das Ankleidezimmer ging, hielt Belinda ihn auf. »Nun, da ich Zeit habe, an mich selbst zu denken«, sagte sie, »lassen Sie mich Ihnen eine Frage als Freundin stellen – ich bin nicht daran gewöhnt, ganz allein zu entscheiden, und ich wäre Ihnen äußerst dankbar, wenn Sie mir mit Ihrem Ratschlag beistehen würden. – Ich hasse Versteckspielerei, aber ich fühle mich durch meine Ehre dazu verpflichtet, das Geheimnis, das Lady Delacour mir anvertraut hat, zu bewahren. Gestern Nacht haben sich Umstände ergeben, die dazu führten, dass ich ihre Ladyschaft nicht entlasten konnte, ohne mich selbst einem gewissen – einem gewissen Verdacht auszusetzen.«

Miss Portman erzählte dann alles, was an der geheimnisvollen Tür geschehen war, die Lord Delacour in seinem Anfall von betrunkener Eifersucht hatte aufbrechen wollen.

»Mr Hervey«, fuhr Belinda fort, »war anwesend, als all das passiert ist – er schien sehr erstaunt zu sein – es würde mir leidtun, wenn er – fälschlicherweise etwas von mir annehmen würde, das meiner Reputation durchaus nicht zuträglich wäre – Sie wissen, eine Frau sollte eigentlich nicht einmal dem Verdacht ausgesetzt sein – nur weiß ich nicht, wie ich diesen Verdacht aus der Welt schaffen kann, denn ich kann nichts erklären, ohne Lady Delacour zu verraten – sie hat, wie ich weiß, besondere Angst davor, Mr Hervey könne die Wahrheit erfahren.«

»Wie ist es nur möglich«, rief Dr. X—, »dass eine Frau so erbärmlich selbstsüchtig ist und auf eine solche Art und Weise das Ansehen einer Freundin in Gefahr bringt, nur um ihrer eigenen Eitelkeit zu frönen.«

»Psst – sprechen Sie nicht so laut«, mahnte Belinda, »sonst wecken Sie sie noch auf, und im Moment sollte sie doch eher ein Objekt des Mitleids als der Entrüstung sein. – Wenn Sie so gut sein wollen, mit mir zu kommen, so werde ich Sie über eine Hintertreppe hinauf in das *mysteriöse Boudoir* führen. – Ich bin nicht gerade stolz darauf, Ihnen eindeutige Beweise dafür zu geben, dass ich die Wahrheit spreche. Der Schüssel zu diesem Raum liegt auf Lady Delacours Bett – er war es, den sie im Delirium fest in ihrer Hand eingeschlossen hielt – jetzt hat sie ihn fallen gelassen – damit kann man beide Türen des Boudoirs öffnen. – Sie werden sehen«, fügte Miss Portman mit einem Lächeln hinzu, »dass ich mich nicht fürchte, sie beide aufschließen zu lassen.«

»Als höflicher Mensch«, sagte Dr. X—, »finde ich, ich sollte es kategorisch ablehnen, irgendeine Art von äußerem Beweis dafür anzunehmen, dass eine Dame die Wahrheit sagt, aber diese Demonstration kann nicht einmal von feindlichen Gemütern in Frage gestellt werden, und ich werde Ihre Interessen nicht auf dem Altar meiner Höflichkeit opfern – ich bin also bereit, Ihnen zu folgen. Die Neugier der Diener könnte durch die Aufregungen der letzten Nacht geweckt worden sein, und ich wüsste nicht, wie wir dem Gerücht die Stirn bieten können außer über den von Ihnen genannten Weg. Die Göttin des Gerüchtes (da kann Ovid[89] sagen, was er will) ist in der Küche oder in den Dienstbotenräumen geboren und erzogen worden. – Aber«, fuhr Dr. X— fort, »meine liebe Miss Portman, Sie werden einer ganzen Reihe von phantastischen Geschichten durch Ihre Vorsichtsmaßnahme ein Ende bereiten – eine Romanze mit dem Titel *Das mysteriöse Boudoir* von mindestens neun Bänden könnte über das Thema geschrieben werden, wenn Sie sich nur so weit herabließen, wie alle anderen Heldinnen zu handeln, das heißt, ohne jede Spur von Vernunft.«

Dann folgte der Doktor Belinda und überzeugte sich mit eigenen Augen, dass das Kabinett ein Ort der Krankheit und nicht einer des Vergnügens war.

Es war etwa acht Uhr morgens, als Dr. X— heimkam; dort fand er Clarence Hervey, der auf ihn wartete. Clarence schien sehr erregt zu sein, obwohl er mit aller Kraft versuchte, seine Gefühle im Zaum zu halten.

»Sie sind bei Lady Delacour gewesen«, sagte er ruhig. »Ist sie schwer verletzt? – Es war ein furchtbarer Unfall.«

»Sie ist schwer verletzt«, sagte Dr. X—, »und sie befand sich für einige Stunden im Delirium, aber fragen Sie mich jetzt nichts mehr, denn ich schlafe schon und muss ins Bett – es sei denn, Sie haben mir irgendetwas zu sagen, das mich aufwecken könnte – Sie sehen aus, als habe Sie ein großes Unglück getroffen, was ist denn nur geschehen?«

»Oh, mein lieber Freund«, sagte Hervey und nahm seine Hand, »scherzen Sie nicht mit mir, ich kann Ihre Spöttelei in meiner augenblicklichen Verfassung nicht ertragen – mit einem Wort, ich fürchte, dass Belinda meiner Wertschätzung nicht würdig ist – ich kann Ihnen nicht mehr sagen – nur hätte ich nie gedacht, dass eine Frau mich je so unglücklich machen könnte.«

»Sie haben es ja erstaunlich eilig, unglücklich zu werden«, sagte Dr. X—, »ich muss wirklich sagen, Sie würden einen sehr hübschen Helden in einem Roman abgeben; Sie halten Dinge im Vorhinein für erwiesen, und auf dieses Sofa hingestreckt, spielen Sie die Rolle des verzweifelten Liebhabers ganz hervorragend – und um die Sache voll und ganz auf die Spitze zu treiben, können Sie mir nicht einmal sagen, warum Sie unglücklicher sind als je ein Mann oder ein Held zuvor. Ich muss Ihnen dazu sagen, dass Sie noch mehr Grund zur Eifersucht haben, als Sie annehmen. – Ach ja, erschrecken Sie nur – jeder eifersüchtige Mann erschrickt bei dem Klang des Wortes ›Eifersucht‹ – ein sicheres Symptom der Krankheit.«

»Sie schätzen mich ganz falsch ein«, rief Clarence Hervey, »niemand neigt weniger zur Eifersucht als ich – aber –«

»Aber Ihre Geliebte – nein, nicht Ihre Geliebte, denn Sie haben ihr ja Ihre Zuneigung noch gar nicht gestanden – aber die

Dame, die Sie bewundern, will einen betrunkenen Mann eine Tür nicht aufschließen lassen, und da nehmen Sie natürlich sofort an –«

»Sie hat Ihnen davon erzählt!«, rief Hervey freudig aus. »Dann *muss* sie doch unschuldig sein.«

»Bewundernswerte Argumentation! – Ich wollte Ihnen gerade sagen, wenn Sie mir erlaubt hätten, zusammenhängend zu sprechen, dass Sie mehr Grund zur Eifersucht haben, als Sie annehmen, denn Miss Portman hat tatsächlich für mich – für mich! Sehen Sie mich an – die Tür aufgeschlossen, die mysteriöse Tür – und solange ich lebe und solange sie lebt, können weder sie noch ich Ihnen den Grund des Geheimnisses verraten. Alles, was ich Ihnen verraten kann, ist, dass kein Liebhaber in der Sache vorkommt, bei meiner Ehre – und jetzt, sollten Sie noch ein einziges Mal in Ihren Gefühlen Neugier mit Eifersucht verwechseln, erwarten Sie bitte kein Mitleid von mir.«

»Ich würde es auch nicht verdienen«, sagte Clarence Hervey. »Sie haben mich zum glücklichsten Mann der Welt gemacht.«

»Zum glücklichsten Mann der Welt! – Nein, nein, bewahren Sie sich diesen superlativischen Ausruf für eine Gelegenheit in der Zukunft auf. – Aber nun, da Sie sich wieder wie eine vernunftbegabte Kreatur verhalten, verdienen Sie es auch, Lobeshymnen auf Ihre Belinda zu hören. Ich bin so sehr von ihr angetan, dass ich wünschte –«

»Wann kann ich sie sehen«, unterbrach ihn Hervey, »ich gehe in diesem Moment zu ihr.«

»Langsam«, sagte Dr. X—, »Sie vergessen, welche Tageszeit wir haben – Sie vergessen, dass Miss Portman die ganze Nacht über wach geblieben ist – dass Lady Delacour sehr krank ist und dass dies die unpassendste Gelegenheit für einen Besuch ist, die Sie wählen könnten.«

Diesem Einwand stimmte Clarence Hervey zu, aber er ergriff sofort eine Feder vom Schreibtisch des Doktors und begann, einen Brief an Belinda zu schreiben. – Der Doktor warf sich auf das

Sofa und sagte: »Wecken Sie mich, wenn Sie mich brauchen«, und war in wenigen Minuten eingeschlafen.

»Doktor, wenn ich es mir recht überlege«, sagte Clarence, erhob sich plötzlich und zerriss seinen Brief, »ich kann ihr noch nicht schreiben – ich habe ganz die Reform von Lady Delacours Leben vergessen. – Wie bald, glauben Sie, wird sie wohl gesund sein? – Außerdem habe ich noch einen anderen Grund, warum ich Belinda zurzeit noch nicht schreiben kann. – Sie müssen wissen, mein lieber Doktor, dass ich noch eine weitere Geliebte habe oder hatte.«

»Noch eine Geliebte, tatsächlich!«, rief Dr. X— und versuchte wach zu werden.

»Gütiger Gott! Ich glaube fast, Sie haben geschlafen.«

»Ich glaube, das habe ich.«

»Ist es denn wirklich möglich, dass Sie in so einem Moment einschlafen können?«

»Durchaus«, sagte der Doktor, »was ist denn so außergewöhnlich daran, wenn ein Mann einschläft? Menschen schlafen nun einmal einen Teil der vierundzwanzig Stunden eines Tages – es sei denn, sie haben ein Dutzend Geliebte, die sie wach halten, wie das bei Ihnen, mein guter Freund, der Fall zu sein scheint.«

Ein Diener betrat nun den Raum mit einem Brief, der gerade direkt vom Lande für Dr. X— gekommen war.

»Das ist jetzt etwas anderes«, rief er und erhob sich.

Der Brief verlangte seine sofortige Anwesenheit. Er schüttelte Clarence die Hand.

»Mein lieber Freund, ich fürchte wirklich, dass ich nicht bleiben kann, um mir die Geschichte von Ihren sechs Geliebten anzuhören, aber Sie sehen ja, dies ist eine Frage von Leben oder Tod.«

»Leben Sie wohl«, sagte Clarence, »ich habe zwar keine sechs, ich habe nur drei Göttinnen, selbst wenn Sie Lady Delacour dazuzählen. – Aber ich hätte allen Ernstes gern Ihren Rat gehabt.«

»Wenn Ihr Fall so überaus dringend ist, können Sie ja schreiben, nicht wahr? – Schicken Sie den Brief an Horton Hall, Cambridge. – In der Zwischenzeit kann ich Ihnen, soweit die Regeln es zulassen, einen Gratisratschlag geben mit der Formel eines alten schottischen Liedes:

> Gut ist's zu sein fröhlich und weise,
> Gut ist's zu sein brav und treu,
> 's ist gut, alte Liebe zu brechen,
>   Bevor du sie findest ganz neu.«

Kapitel XI
Schwierigkeiten

Bevor er die Stadt verließ, besuchte Dr. X— noch Berkeley Square, um nach Lady Delacour zu sehen; er stellte fest, dass sie sich nicht mehr in unmittelbarer Gefahr befand. Miss Portman bedauerte sehr, dass er sie in dieser schwierigen Zeit allein lassen musste, aber sie sah ein, dass es notwendig war; man hatte nach ihm geschickt, um Mr Horton beizustehen, einem engen Freund, einem Gentleman mit großen Talenten und von überaus tatkräftiger Menschenfreundlichkeit, der von einem schlimmen Fieber befallen war, nachdem er sich bemüht hatte, die armen Einwohner eines Dorfes in der Nachbarschaft vor einem schrecklichen Feuer zu retten, das in der Nacht ausgebrochen war.

Lady Delacour, die Dr. X— davon sprechen hörte, zog ihren Vorhang zurück und sagte: »Machen Sie sich sofort auf den Weg – ich bin außer Gefahr, sagen Sie, aber selbst, wenn ich das nicht wäre, so muss ich doch im Laufe der nächsten Monate sterben, das wissen Sie ja – und was bedeutet mein Leben schon angesichts der Möglichkeit, Ihren bewundernswerten Freund zu retten! – Er ist von Wert für diese Welt – das bin ich nicht – gehen Sie, Doktor, gehen Sie.«

»Wie schade«, sagte Dr. X—, als er das Zimmer verließ, »dass eine Frau, die zu solcher Großherzigkeit fähig ist, ihr Leben mit Nichtigkeiten verschwendet hat.«

»Ihr Leben ist ja noch nicht an sein Ende gekommen – oh, Sir, wenn Sie sie doch *retten* könnten!«, rief Belinda.

Dr. X— schüttelte den Kopf, aber kehrte noch einmal zu Belinda zurück, als er schon halb die Treppe hinuntergegangen war, und fügte hinzu: »Wenn Sie dieses Papier gelesen haben, werden Sie alles wissen, was ich Ihnen zu dem Thema sagen kann.«

Kaum war der Doktor gegangen, schloss sich Belinda in ihr eigenes Zimmer ein und las das Papier, das er ihr gegeben hatte. Dr. X— konstatierte zunächst, er könne keinesfalls sicher sein, dass es sich bei ihrem Leiden wirklich um das von ihr befürchtete handele; diesbezüglich könne er sich nur durch eine eingehendere Untersuchung Gewissheit verschaffen, die ihm aber verwehrt sei. Er beschrieb zunächst alles, was dazu beitragen könnte, Lady Delacours Schmerzen zu lindern, und alles, was getan werden könnte, um mit größter Wahrscheinlichkeit ihr Leben zu verlängern. Dann schloss er mit den folgenden Worten: »Dies alles sind nur zeitweilige Heilmittel; wenn man den üblichen Verlauf der Krankheit in Betracht zieht, kann Lady Delacour noch ein Jahr leben, oder eventuell zwei. Es besteht die Möglichkeit, dass ihr Leben von einem *geschickten* Chirurgen gerettet werden könnte. – Einer Bemerkung, die ihre Ladyschaft gestern Nacht fallen ließ, entnehme ich, dass sie überlegt, sich einer Operation zu unterziehen, die jedoch viel Schmerz und Gefahr mit sich bringt, sogar dann, wenn man den erfahrensten Chirurgen in London dazu heranzieht, wenn sie sich aber in der fruchtlosen Hoffnung auf Geheimhaltung in unwissende Hände begibt, wird sie sich mit Bestimmtheit zugrunde richten.«

Nachdem sie das Papier gelesen hatte, hatte Belinda doch ein wenig Hoffnung, dass Lady Delacours Leben gerettet werden könnte, aber sie beschloss zu warten, bis Dr. X— wieder in die Stadt zurückkommen würde, bevor sie der Patientin seine Einschätzung vorlegen würde; und sie hoffte aufrichtig, dass ihre Ladyschaft nicht auf die Idee verfallen würde, sich in unwissende Hände zu begeben.

Lord Delacour hatte am Morgen, als er wieder nüchtern war, nur noch eine wirre Vorstellung davon, was in der Nacht zuvor geschehen war, doch er entschuldigte sich etwas linkisch, aber freundlich bei Miss Portman für sein Eindringen in das Zimmer und für den Aufruhr, den er veranstaltet hatte, an dem, wie er sagte, wohl vor allem Lord Studleys exzellenter Burgunder die Schuld getragen habe. – Er zeigte sich sehr besorgt wegen Lady Delacours schrecklichem Unfall, aber er konnte nicht umhin zu betonen, dass, wenn man auf ihn gehört hätte, die Dinge anders verlaufen wären – denn das alles sei ja die Folge davon, dass ihre Ladyschaft unbedingt die jungen Pferde habe einsetzen wollen.

»Wie sie die Pferde bekommen hat, ohne für sie zu bezahlen, oder wie sie an das Geld gekommen ist, um für sie zu bezahlen, weiß ich auch nicht«, sagte seine Lordschaft, »denn ich habe ihr gesagt, ich will mit der Sache nichts zu tun haben, und bin bei diesem Beschluss geblieben.«

Seine Lordschaft beendete seinen morgendlichen Besuch bei Miss Portman mit der Bemerkung, dass ihr das Haus jetzt wohl recht öde erscheinen würde und dass die Aufgaben einer Krankenschwester für eine so junge und schöne Dame doch wenig passend seien, aber dass die heitere Bereitschaft, mit der sie diese übernommen hätte, wahrhaftig ein Beweis für ihre Gutherzigkeit sei, die man nicht immer bei jungen und gutaussehenden Menschen finde.

Die Art, in der Lord Delacour sprach, überzeugte Belinda davon, dass er im Grunde doch an seiner Frau hing, sosehr ihn die Furcht, von ihr beherrscht zu werden oder zumindest diesen

Anschein zu erwecken, ihr und seinem Zuhause auch entfremdet haben mochte. Sie erkannte in ihm nun viel mehr guten Menschenverstand und Anzeichen eines guten Charakters, als seine Gattin ihm zuschrieb oder als diese je zugeben würde.

Jedoch ließen die Gedanken, die sich Miss Portman über das traurige Leben dieses Paares machte, das so wenig zusammenzupassen schien, ihr die Ehe im Allgemeinen in keinem günstigen Licht erscheinen; große Talente auf der einen Seite und Gutherzigkeit auf der anderen hatten in diesem Falle nur dazu geführt, dass beide Parteien einander unglücklich machten. Ehen, die aus geschäftlichem Interesse, aus Zweckmäßigkeit und Eitelkeit geschlossen wurden, da war sie sich sicher, verringerten nur die Chancen auf Glück, statt sie zu vergrößern. Beispiele für häusliches Glück hatte sie überhaupt nie außer in ihrer Kindheit gesehen; sie hatte zwar die Beschreibungen des Dr. X— von der glücklichen Familie Lady Anne Percivals gehört, aber sie wollte sich nicht der romantischen Hoffnung hingeben, jemals von einem Mann mit überlegenem Geist und Anstand geliebt zu werden, dessen Wesen und Verhaltensweisen ihren Bedürfnissen entgegenkamen. Die einzige Person, die sie je kennengelernt hatte, auf die diese Beschreibung zutraf, war Mr Hervey, doch für sie stand absolut fest, dass er kein Mann war, der sich verheiraten wollte, und dass sich deswegen keine Frau erlauben sollte, mit besonderer Neigung an ihn zu denken. Sie konnte nicht daran zweifeln, dass ihm ihre Gesellschaft und ihre Konversation lieb war, seine Haltung hatte manchmal schon mehr als nur kühle Wertschätzung zum Ausdruck gebracht. Lady Delacour hatte ihr versichert, dies sei ein Ausdruck von Liebe, aber Lady Delacour war in ihrem eigenen Verhalten unvorsichtig und kaum skrupulöser, was das Verhalten anderer anging. – Belinda verließ sich in Fragen des Anstands nicht auf Lady Delacour, und nun, da ihre Ladyschaft ans Bett gefesselt und ohnehin nicht in der Lage war, ihr mit Rat und Tat zur Seite zu stehen, hatte sie das Gefühl, sie müsse sich besonders bemühen, nicht nur ihr Verhalten von jedem Vorwurf frei zu halten, sondern auch ihr Herz vor einer unglücklichen Liebe zu bewahren. Sie prüfte sich mit fester Unvoreingenommenheit – sie erinnerte sich des grausamen Schmerzes, den sie empfunden hatte, als sie Clarence Hervey zum ersten Mal sagen hörte, Belinda Portman sei eine Mischung aus Geziertheit und gekünsteltem Gehabe; aber das, dachte sie, sei nur der Schmerz verletzten Stolzes – eines gewissen Hochmuts – gewesen. Sie erinnerte sich an die große Sorge, die sie erfüllt hatte, besonders in den letzten vierundzwanzig Stunden, welche Meinung er sich aufgrund der Sache mit dem Schlüssel und dem Boudoir von ihr womöglich gebildet hatte – aber diese Sorge rechtfertigte sie vor sich selbst. Sie bezog sich, dachte sie, eher auf ihr Ansehen; es wäre kaum mit dem weiblichen Schamgefühl vereinbar gewesen, den Verdachtsmomenten, die sich aus den Umständen ergaben, in denen sie sich befunden hatte, gleichgültig gegenüberzustehen. – Noch bevor Belinda mit der strengen Prüfung ihrer Empfindungen fertig war, wurde Clarence Hervey angemeldet, der sich nach Lady Delacour erkundigen wollte. – Während er von ihrer Ladyschaft sprach und über seine Besorgnis wegen des schlimmen Unfalls, an dem er sich einen großen Teil der Schuld zuschrieb, wirkte er lebhaft und ungekünstelt, aber sobald er mit diesem Thema abgeschlossen hatte, schien er irgendwie verlegen zu werden. Auch wenn er absolutes Vertrauen und echte Wertschätzung ihr gegenüber ausdrückte, schien er zu wünschen, eher als ein Freund mit ihr zu sprechen statt als Bewunderer, was ihm aber nicht ganz gelang. Er schien sich bewusst zu sein, dass er nicht, ohne sich etwas zu vergeben, zu den Verdächtigungen und der Eifersucht zurückkehren konnte, die er in der vergangenen Nacht empfunden hatte, denn ein Mann, der seine Liebe nie gestanden hatte, wäre ja absurd und unverschämt, wenn er eifersüchtig wäre. – Clarence fehlte es weder an Geschick noch Geistesgegenwart, aber als er gerade seinen Abschied von Miss Portman nahm, gab es ein Missgeschick, das ihn vollkommen durcheinanderbrachte. – Das überraschte Belinda, ja es verwirrte sie sogar. – Sie hatte vergessen, Dr. X— nach seiner neuen Adresse zu fragen, und da sie dachte, es könnte vielleicht notwendig werden, ihm wegen Lady Delacours Gesundheit zu schreiben, bat sie Mr Hervey, ihr diese Adresse zu geben. – Er nahm einen Brief aus seiner Tasche und schrieb sie mit einem Bleistift auf, aber als er das Papier öffnete, um die äußere Seite abzureißen, um darauf zu schreiben, fiel eine Haarlocke aus dem Brief, er bückte sich hastig, und als er sie vom Boden aufnahm, entrollte sie sich. – Belinda war, obwohl sie nur einen schnellen Blick darauf warf, von der Schönheit ihrer Farbe und der ungewöhnlichen Länge beeindruckt. – Angesichts der Bestürzung, die Clarence Hervey an den Tag legte, war sie davon überzeugt, dass die Person, der das Haar gehörte, für ihn von großer Wichtigkeit sein musste, und die Art des Schreckens, den sie bei dieser Entdeckung empfand, öffnete ihr erfolgreich die Augen dafür, wie es um ihr eigenes Herz stand. Sie war sich bewusst, dass der Anblick einer Haarlocke, wie lang oder wie schön auch immer, in der Hand eines anderen Mannes als Clarence Hercey bei ihr auf gar keinen Fall ein solches Gefühl ausgelöst hätte. »Glücklicherweise«, dachte sie, »habe ich jetzt entdeckt, dass er mit einer anderen in Verbindung steht, solange es noch in meiner Macht liegt, meine Zuneigung zu kontrollieren, und er wird sehen, dass ich nicht so schwach bin, falsche Erwartungen zu haben wegen etwas, das ich nun wohl nur als reine Schmeichelei bezeichnen kann.« Belinda war froh, dass Lady Delacour bei der Entdeckung der Haarlocke nicht anwesend war, da sie wusste, sie hätte sie gnadenlos deswegen aufgezogen; und sie freute sich, dass sie sich nicht dazu hatte hinreißen lassen, *Madame la Comtesse de Pomenars* eine Locke ihrer *belle chevelure* zu geben. Sie kam nicht umhin zu glauben, wenn sie sich an einige Begebenheiten erinnerte, dass Clarence Hervey versucht hatte, einen Platz in ihrem Herzen zu erobern, und sie fand es sehr ungehörig, seine zweideutigen Besuche zuzulassen, solange Lady Delacour ihr Zimmer nicht verlassen konnte. Deswegen wies sie die Dienstboten an, Mr Hervey möge in Zukunft nicht mehr eingelassen werden, bis ihre Ladyschaft wieder Gesellschaft empfangen könne. Diese Vorsichtsmaßnahme erwies sich jedoch als vollkommen überflüssig, da Mr Hervey während der ganzen Zeit von Lady Delacours Krankheit nicht mehr zu Besuch kam; stattdessen sprach sein Diener jeden Tag vor, um sich nach dem Befinden ihrer Ladyschaft zu erkundigen. – Lady Delacour blieb zehn Tage lang auf ihrem Zimmer, und dies war eine Einschränkung, der sie sich nur mit großer Ungeduld unterwarf: Körperlichen Schmerz ertrug sie tapfer, aber Eingesperrtsein und Langeweile konnte sie einfach nicht ertragen.

Eines Morgens, als sie im Bett saß und eine große Menge Briefchen und Karten mit Fragen zu ihrer Gesundheit durchsah, rief sie aus: »Diese Leute werden es bald überhaben, ihre Diener zu bitten, ›für sie in Erfahrung zu bringen, ob ich noch lebe oder schon dahin bin‹[90] – ich muss wieder in Gesellschaft gehen, und wenn es nur für ein paar Minuten ist, oder sie werden mich vergessen. – Wenn ich erschöpft bin, ziehe ich mich wieder zurück, und Sie, meine liebe Belinda, werden mich vertreten – also sagen Sie ihnen, sie sollen meine Türen wieder öffnen und den Türklopfer wieder auspacken – lassen Sie mich den Klang von Musik und Tanz wieder hören und das Haus wieder mit Menschen füllen, um Himmels willen. – Dr. Zimmermann[91] hätte wirklich nie mein Arzt werden können, denn er hätte Einsamkeit verschrieben. – Nun, Einsamkeit und Stille sind für mich schlimmer als Mohnsaft und Mandragora.[92] Es ist ganz unmöglich zu sagen, wie sehr Stille denen auf die Ohren schlägt, die nicht daran gewöhnt sind. – Um Himmels willen, Marriott«, fuhr ihre Ladyschaft an Marriott gewandt fort, die gerade leise hereinkam, »Um Himmels willen, geh nicht bis in alle Ewigkeiten auf Zehenspitzen – wenn die Leute wie Geister herumschweben, habe ich das Gefühl, mich schon im Reich der Schatten zu befinden. – Ich würde lieber vom lautesten Schlag betäubt werden, den ein Diener an meine Tür donnert, als Marriott das Boudoir abschließen hören, als hinge mein Leben davon ab, dass ich nicht höre, wie der Schlüssel sich im Schloss dreht.«

»Also wirklich, ich habe noch keine kranke Herrin erlebt außer Milady, die sich darüber beklagt, dass man keinen Lärm macht, um sie zu schonen«, sagte Marriott.

»Dann, um dir einen Gefallen zu tun, Marriott, werde ich mich über das einzige Geräusch beklagen, das mich stört oder je gestört hat – das Geschrei Ihres grässlichen Aras.«

Nun hing Marriott wirklich sehr an diesem Ara, und sie verteidigte ihn so eifrig, als wäre er ihr Kind.

»Grässlich? Ach Gott, Milady! Den armen Ara grässlich nennen! – Ich hätte nie gedacht, dass es einmal so weit kommen würde – das habe ich aber nun wirklich nicht verdient – das habe ich aber nun wirklich nicht verdient, dass Milady mich nun gar nicht mehr mag.«

Und an dieser Stelle brach Marriott tatsächlich in Tränen aus. – »Aber meine liebe Marriott«, sagte Lady Delacour, »ich habe doch nur etwas gegen Ihren Ara – kann ich nicht Ihren Ara nicht mögen, ohne etwas gegen Sie zu sagen? – Ich habe schon gehört, dass man sagt ›liebe mich, liebe meinen Hund‹ – aber noch nie ›liebe mich, liebe meinen Vogel‹. – Haben Sie schon einmal so etwas gehört, Miss Portman?«

Marriott wandte sich abrupt nach Miss Portman um und warf ihr feurige Blicke zu durch ihren Tränenschleier. – »Na, dann weiß ich ja«, sagte sie, »wem ich das zu verdanken habe.« Damit verließ sie den Raum, und ihre Herrin konnte sich nicht darüber beklagen, dass sie die Tür zu leise zugemacht hätte.

»Geben Sie ihr drei Minuten und sie wird sich wieder besinnen«, sagte Lady Delacour, »denn es ist nicht so, dass sie über keinen Sinn und Verstand verfügt. – Oh, nein, drei Minuten werden nicht reichen, ich muss ihr wohl drei Tage zugestehen«, sagte Lady Delacour, als Marriott nach einer halben Stunde wieder auftauchte mit einem Gesicht, mit dem sie für ein Porträt der schlechten Laune als Modell hätte dienen können. Ihre üble Laune verhinderte jedoch nicht, dass sie sich wie gewohnt um ihre Herrin kümmerte; sie verrichtete alles wie sonst auch mit geradezu übertriebener Akribie, aber in absolutem Schweigen. Nur dann und wann gab sie einen Seufzer von sich, der zu sagen schien: »Seht her, wie sehr ich an meiner Herrin hänge, und doch hasst sie meinen Ara!« Ihre Herrin, die die Sprache der Seufzer perfekt verstand und die ganze Macht von Marriotts Gefühlswelt nachempfinden konnte, unterließ es, das prekäre Thema des Ara noch einmal anzusprechen, in der Hoffnung, dass, wenn ihr Haus wieder mit Geselligkeit erfüllt sein sollte, sie doch durch angenehmere Geräusche von dem hartnäckigen Quälgeist befreit würde.

Sobald bekannt wurde, dass Lady Delacour ausreichend wiederhergestellt war und dass sie Gesellschaft empfangen konnte, standen die Kutschen vor ihrer Türe Schlange, und als klar war, dass Bälle und Konzerte wieder wie zuvor in ihrem Haus stattfinden würden, erschien ihr »Freundestrost«,[93] um ihr zu gratulieren und sich zu amüsieren.

»Wie albern es doch ist«, sagte Lady Delacour zu Belinda, »Glückwünsche von Menschen zu bekommen, denen es einerlei wäre, wenn ich in dieser Minute im schwarzen Loch in Kalkutta[94] einsäße, aber wir müssen die Welt nehmen, wie sie nun einmal ist – Schmutz und Schmuck miteinander vermischt. Clarence Hervey jedoch *n'a pas une ame de boue*,[95] er ist, da bin ich mir sicher, ehrlich besorgt um mich: Er meint, seine jungen Pferde seien der einzige Grund für das ganze Elend, und er gibt sich so absolut und so unsinnigerweise die Schuld daran, dass ich wirklich versucht bin, ihm die Wahrheit zu sagen, aber das würde bedeuten, ihm Unrecht zu tun, denn bekanntlich sagen uns die großen Philosophen, dass es kein größeres Vergnügen gibt, als geschickt betrogen zu werden, besonders vom schönen Geschlecht. – Wirklich, Belinda, bilde ich mir das ein oder ist Clarence nicht wunderbar verändert? – Ist er nicht blass und dünn und ernsthaft, um nicht zu sagen: melancholisch geworden? Was haben Sie nur mit ihm angestellt, seitdem ich krank war?«

»Nichts – ich habe ihn gar nicht gesehen.«

»Nicht! Na, das erklärt es natürlich – er ist verzweifelt, weil er aus Ihrer göttlichen Gegenwart verbannt wurde.«

»Wahrscheinlich eher, weil er in Sorge ist um ihre Ladyschaft«, sagte Belinda.

»Ich werde den Grund jedenfalls herausfinden, was immer er sein mag«, sagte Lady Delacour, »glücklicherweise bin ich ebenso geschickt wie neugierig, und das will wirklich etwas heißen.«

Obwohl sich ihre Ladyschaft als noch so geschickt erwies, wurde ihre Neugier nicht befriedigt; sie konnte Clarence Herveys Geheimnis nicht ergründen und begann zu glauben, dass die Veränderung, die sie in seinem Aussehen und seinem Verhalten wahrgenommen hatte, doch nur ihrer Einbildung entsprang oder ganz zufällig war. Hätte sie ihn öfter gesehen, so hätte sie in dieser Zeit nicht so leicht ihren Verdacht fallengelassen, aber sie sah ihn immer nur ein paar Minuten pro Tag und während dieser Zeit sprach er mit ihr mit seiner früheren Fröhlichkeit; außerdem hatte Lady Delacour selbst eine Rolle zu spielen, die ihre ganze Aufmerksamkeit verlangte. Auch wenn sie sich sehr munter gab, merkte Belinda doch, dass sie stärker wegen ihrer Gesundheit beunruhigt war als je zuvor. Sie musste all ihre Kräfte zusammennehmen, um für eine kurze Zeit des Tages in Gesellschaft zu erscheinen – an einigen Abenden kam sie nur für eine halbe Stunde herunter, an anderen Tagen nur für wenige Minuten, ging durch die Räume, begrüßte jeden Gast, klagte dann über nervöse Kopfschmerzen, ließ Belinda die Honneurs für sie machen und zog sich wieder zurück.

Miss Portman befand sich nun in einer so schwierigen wie gefährlichen Situation und hatte ausgiebig Gelegenheit, Vorsicht zu lernen und Klugheit walten zu lassen. – Alle eleganten und vergnügungssüchtigen jungen Männer in London besuchten Lady Delacours Haus, und man sagte, sie würden durch die Anziehungskraft ihrer schönen Stellvertreterin dorthin gelockt. Die Gentlemen betrachteten eine Nichte von Mrs Stanhope als etwas, das ihnen gewissermaßen zustand. Die Damen wunderten sich, dass die Herren Belinda für eine Schönheit halten konnten; aber während sie noch ihrer Verachtung Ausdruck gaben, fürchteten sie doch ihre Reize. – So ganz und gar ihrer eigenen Urteilskraft überlassen, war Belinda zugleich dem bösartigen Auge des Neids und der heimtückischen Stimme der Schmeichelei ausgesetzt – sie hatte keinen Beistand, niemanden, der sie anleitete, und kaum jemanden, der ihr Schutz bot; zwar versorgten die Briefe ihrer Tante Stanhope sie ständig mit Ratschlägen, doch diese Ratschläge widersprachen durchweg ihren eigenen Gefühlen und Prinzipien. – Lady Delacour, selbst wenn sie gesund gewesen wäre, war keine Person, auf deren Ratschläge sie sich verlassen konnte, und unsere Heldin war keiner dieser wagemutigen Geister, deren Ehrgeiz darin liegt, selber zu bestimmen, was sie tun; sie war eher zurückhaltend und bescheiden, aber gleichzeitig fest entschlossen, sich auch durch Zaghaftigkeit nicht zu Dummheiten verleiten zu lassen, die ihr durch das Beispiel von Lady Delacour verachtenswert vorkamen. Belindas Vorsicht schien in dem Maße zu wachsen, wie sie ihr notwendig wurde. Es war nicht die geschäftstüchtige schlaue Klugheit einer jungen Dame, der man beigebracht hatte, es als Tugend anzusehen, ihr Herz im Interesse eines Vermögens zu opfern – es war nicht die Klugheit einer kalten und selbstsüchtigen, sondern die einer bescheidenen und großherzigen Frau. – Sie fand es am allerschwierigsten, in ihrem Verhalten Clarence Hervey gegenüber ihren eigenen Ansprüchen gerecht zu werden: Er schien gekränkt und traurig zu sein, wenn sie ihn als einen Bekannten von vielen behandelte, und doch fühlte sie, wie gefährlich es wäre, eine engere Freundschaft zuzulassen. Wäre sie absolut überzeugt gewesen, dass er an eine andere Frau gebunden wäre, hätte sie ganz frei mit ihm umgehen und mit ihm sprechen und ihn als verheirateten Mann ansehen können. Aber trotz der wunderschönen Haarlocke konnte sie sich nicht ganz von der Empfindung freimachen, dass sie geliebt wurde, wenn sie das außerordentliche Verlangen beobachtete, mit dem Clarence Hervey jede ihrer Bewegungen wahrnahm, indem er ihr mit den Augen folgte, als hinge sein Leben davon ab. Sie bemerkte, dass er versuchte, diese Art der Aufmerksamkeit möglichst im Verborgenen zu halten, sowohl vor der Öffentlichkeit als auch vor ihr selbst: Sein Verhalten ihr gegenüber wurde von Tag zu Tag distanzierter und respektvoller, gezwungener und verlegener, aber dann und wann entwischte ihm ein anderer Blick, ein anderer Ausdruck. Sie hatte schon oft gehört, wie *geschickt* Mr Hervey in Dingen der Galanterie war, und manchmal neigte sie dazu zu denken, er spiele nur mit ihr, allein um der Ehre willen, noch ein Herz mehr erobert zu haben. Dann wieder verdächtigte sie ihn weitreichenderer Absichten, die nur Verachtung und Abscheu verdienten, aber alles in allem war sie geneigt zu glauben, er sei in eine ältere Beziehung verwickelt, aus der er sich nicht auf ehrenvolle Weise lösen konnte. Mit dieser Vermutung hielt sie ihn sowohl ihrer Wertschätzung für würdig als auch ihres Mitleids.

Ungefähr um diese Zeit fing Sir Philip Baddely an, Belinda eine träge Art von Aufmerksamkeit zu schenken – er wusste, dass Clarence Hervey sie mochte, und das war der Hauptgrund dafür, dass er ihr den Hof machte. – »Auf Belinda Portmans Wohl« trank er am liebsten, und unter seinen Kameraden gab er vor, von ihr mit Begeisterung zu sprechen.

»Rochfort«, sagte er eines Tages zu seinem Freund, »verdamm mich, wenn ich *irgendwie* an Belinda Portman denken würde, verstehst du – würde Clary ganz schön blöd dreinschauen – was? Ganz schön blöd und teuflisch mickrig und auch verflucht dämlich – was?«

»Bei meiner Ehr', das möchte ich sehen«, sagte Rochfort, »bei meiner Ehr', verdient hätte er's, Sir Phil, und ich würd' mich als dein Freund zeigen und es wäre ja nicht weiter schlimm, ihr einen Wink zu geben, dass Clary diese Flamme in Windsor hat – ganz im Vertrauen natürlich – bei meiner Ehr', verdient hätte er's.«

Anscheinend hatten Sir Philip Baddely und Mr Rochfort in der Zeit ihrer engen Freundschaft mit Clarence Hervey beobachtet, dass er oft in Windsor jemandem Besuche abstattete, und in ihren Köpfen hatte sich die Idee festgesetzt, er habe dort eine Geliebte. Sie waren begierig, sie zu sehen, und ohne dass Clarence etwas merkte, unternahmen sie mehrere Versuche in dieser Richtung. Eines Abends schließlich, als sie sicher waren, dass er nicht in Windsor war, kletterten sie über die Gartenmauer des Hauses, das er dort besuchte, und es gelang ihnen tatsächlich, einen Blick auf ein schönes junges Mädchen und eine ältere Dame zu werfen, die sie für dessen Gouvernante hielten. Dieses Abenteuer hielten sie vor Clarence absolut geheim, denn sie wussten, es hätte sonst eine heftige Auseinandersetzung mit ihm gegeben und er hätte sie für ihre Indiskretion zur Rechenschaft gezogen. Sie beschlossen nun, sich ihr Wissen ebenso zunutze zu machen wie den Umstand, dass er nichts von der ganzen Geschichte mitbekommen hatte, aber sie waren sich durchaus bewusst, dass sie vorsichtig zu Werke gehen mussten, damit sie sich nicht verrieten. Also fingen sie an, allgemeine mysteriöse Hinweise über Clarence Hervey fallenzulassen, wenn sie mit Lady Delacour oder mit Miss Portman sprachen. –

So zum Beispiel: »Verdammich, wir wissen ja wohl, dass Clary ein echter Connaisseur in Sachen weiblicher Schönheit ist – was, Rochfort? – *Eine* solche Schönheit allein reicht ihm nicht – was, verdammich? Und es ist auch gar nicht *immer* modische Eleganz oder Geist und all so was, nach dem er sucht.«

Diese Beobachtungen wurden von höchst bedeutungsvollen Blicken begleitet. – Belinda ließ all dies in schmerzlichem Schweigen über sich ergehen, aber Lady Delacour machte sich oftmals die Mühe, Sir Philip weitere Erklärungen zu entlocken, worauf seine Antwort immer nur lautete: »Nein, nein, Ihre Ladyschaft muss mich entschuldigen, ich kann nichts verraten, verdammich – was, Rochfort?«

Als er sah, wie reserviert Miss Portman Clarence behandelte, hatte er die Hoffnung, es könne ihm gelingen, dass sie sich ohne eine klare Anschuldigung seinerseits von seinem Rivalen voller Widerwillen abwendete. – Mr Hervey war zu dieser Zeit weniger beflissen als früher in seinen Besuchen bei Lady Delacour, doch Sir Philip war jeden Tag zugegen und machte sich tatsächlich die Mühe, Miss Portman mit den Neuigkeiten aus der Stadt zu unterhalten. – Eines Morgens, als auch Clarence Hervey zufällig einmal anwesend war, hielt der Baronet es für angebracht, seinen Rivalen in der Konversation damit auszustechen, dass er von der letzten *fête champêtre* auf Frogmore[96] zu erzählen begann.

»Was war das doch für ein Pech mit Ihrem Unfall, Lady Delacour, mit den famosen jungen Pferden – na – mit dem verrenkten Fuß und der ganzen Nervengeschichte, Sie konnten sich seit dem Geburtstagsball ja kaum bewegen und haben das Frühstück verpasst und das alles, in Frogmore, meine ich – na, alle Welt ist deswegen schwitzend in der Stadt geblieben und Sie hatten doch auch eine Karte – war schon ganz schön ärgerlich, was?«

»Ich bedaure zutiefst, dass meine Krankheit mich davon abgehalten hat, bei dieser wundervollen Fête dabei gewesen zu sein. – Ich bedaure es eher wegen Miss Portman als meinetwegen«, sagte ihre Ladyschaft. Belinda versicherte ihr, dass sie diese Enttäuschung nicht als besonders schlimm empfunden habe.

»Aber verdammich, ich hätte Sie in meinem offenen Zweispänner gefahren«, sagte Sir Philip. »Er ist der prachtvollste und am besten geführte, den ich je gesehen habe, und es fehlte nur Miss Portman, um alles perfekt zu machen. – Wir hatten Zigeuner und Mrs Mills, die Schauspielerin, als die Königin der Zigeuner, und sie hat dieses famos gute Lied gesungen, Rochfort, erinnerst du dich? – Und dann war'n da tatsächlich zwei Kinder auf 'nem Esel, verdammich, ich weiß auch nicht, was die da sollten, sind ja Sachen, die man jeden Tag sieht, nicht wahr – die gehörten dann auch bloß zwei Frauen von den Soldaten, denn wir hatten die komplette Band des Staffordshire Regiments da, die haben für uns beim Dinner gespielt, mit famosen Liederkränzen – und Fawcett, der Schauspieler, hat noch sein lustiges Lied gesungen, und dann haben wir ein Schiff zu Wasser gelassen, war natürlich nur ein Boot, das war natürlich famos, aber das Lied von ›Sweet Polly Oliver‹ allein war das Ganze schon wert – wie sonst nur der Flämische Herkules – der Athlet du Crow, wissen Sie, war in Hellblau und Silber gekleidet – und Miss Portman! Ich wünschte, Sie hätten das gesehen! Drei große Kutschenräder auf seinem Kinn und eine Leiter und zwei Stühle und zwei Kinder auf den Stühlen – und danach hat er eine Muskete und ein Bajonett gehabt mit der Spitze des Bajonetts auf seinem Kinn – meiner Treu! Das war wirklich famos! Aber ich hab' ganz den Pyrrhischen Tanz vergessen, der auch verdammt gelungen war – in Stiefeln und Sporen von diesen ungarischen Kerlen getanzt – die springen und drehen sich und klatschen mit den Händen auf ihre Knie und machen alle möglichen Verrenkungen – und dann hatten wir ja noch das Lied von Polly Oliver, wie ich ja schon gesagt habe, und Mrs Mills hat – nein, gar nicht – es war der Trommler vom Staffordshire Regiment, verkleidet als Zigeunermädchen, der hat ›The Cottage on the Moor‹ gesungen, war wirklich schön und wäre auch was für Ihre Stimme, Miss Portman – verdammich, Sie würden das wie ein Engel singen – aber wo war ich gleich? – Oh, ja, dann gab es Tee – und solche Feuerstellen aus Ziegelsteinen gebaut draußen im Freien – und dann war der Eingang zum Ballsaal eine Kolonnade aus Lampen und Blumen und so Sachen – und es gab da noch ein Bonmot (aber das war am Morgen), haben sich die Zigeuner erzählt, wegen einer Orange und dem Statthalter der Niederlande[97] – und dann kam der Türkische Tanz und eine Polonaise, alles ganz schön, aber nichts, was mit dem Pyrrhischen Stil hätte mithalten können, das war doch noch eher was Besonderes mit den Stiefeln und den Sporen – verdammich, also ich kann Ihnen das gar nicht beschreiben, verfluchte Schande, dass Sie nicht dabei waren, verdammich.«

Lady Delacour versicherte Sir Philip, dass sie durch die Beschreibung besser unterhalten worden sei, als es durch die Realität hätte geschehen können. »Clarence, war das nicht die beste Beschreibung, die Sie je gehört haben? – Bitte tun Sie uns den Gefallen und zeigen Sie uns einmal den Stil des Pyrrhischen Tanzes, Sir Philip.«

Lady Delacour sprach mit so viel höflicher Ernsthaftigkeit und der Baron hatte so wenig Verstand und war so eingebildet, dass er sie nicht der Ironie verdächtigte: Er begann, den Pyrrhischen Tanz aufzuführen, aber auf eine solche Art, dass es menschlichem Ernst unmöglich sein musste, diesem Anblick zu widerstehen. – Rochfort lachte als Erster, Lady Delacour folgte, und auch Clarence Hervey und Belinda konnten nicht länger an sich halten.

»Verdammich, jetzt glaub' ich fast, Sie haben mich alle reingelegt, verdammich«, rief der Baronet und verfiel in beleidigtes Schweigen, wobei er Clarence Hervey und Miss Portman dann und wann Blicke zuwarf, die er für *vielsagend* hielt. Sein Schweigen und seine schlechte Laune dauerten an, bis Clarence sich verabschiedete. Kurz danach zog sich Belinda in das Musikzimmer zurück. Sir Philip bat Lady Delacour, ihr kurz etwas mitteilen zu dürfen, mit sehr bedeutsamer Miene, und nach einer Präambel unsinniger Kraftausdrücke sagte er, er habe den Wunsch, da er ihre Ladyschaft und Miss Portman so sehr schätze, gewisse Anspielungen zu erklären, die ab und zu schon von ihm fallengelassen worden seien. Diese könne er aber nicht zu ihrer Zufriedenheit erklären, wenn sie ihm nicht absolute Geheimhaltung verspreche. – »Da Hervey eine Art Freund ist oder war, kann ich, verdammich, so etwas nicht ohne eine gewisse vorwegnehmende Vergewisserung sagen.« – Lady Delacour gab die vorwegnehmende Vergewisserung, und Sir Philip informierte sie darüber, dass man allgemein zu bemerken beginne, dass Hervey ein Bewunderer von Miss Portman sei und dass das zum Nachteil der jungen Dame sein könne, da Mr Hervey keine ernsthaften Absichten haben könne, weil er, das wisse er genau, bereits anderweitig gebunden sei.

»Geht es um ein Eheversprechen?«, sagte Lady Delacour.

»Na, verdammich, also wegen Ehe, das kann ich nicht sagen, aber das Mädchen ist so famos schön und Clary ist ihr über so viele Jahre lang treu gewesen ...«

»Viele Jahre – sie ist also nicht jung?«

»Oh, verdammich, doch, sie ist höchstens siebzehn – und was sie auch sein mag, sie ist ein famos nettes Mädchen – ich habe sie einmal in Windsor gesehen, ganz im Geheimen.«

Und dann beschrieb der Baron sie, so gut er eben konnte. – »Wo er sie jetzt untergebracht hat, konnte ich nicht herausfinden, aber in Windsor ist sie nicht mehr. – Sie war damals da mit einer Gouvernante und ist ganz teuflisch stolz, was bei Clary ja schon was mit Ehe zu tun haben könnte.«

»Und kennen Sie den Namen dieser unvergleichlichen Dame?«

»Ja, verdammich, ich glaube, die alte Hexe hat sie Miss St. Pierre genannt – ja, verdammich – und Virginia – Virginia St. Pierre.«

»Virginia St. Pierre, ein hübscher, ein romantischer Name«,[98] sagte Lady Delacour, »Miss Portman und ich sind Ihnen sehr verbunden dafür, dass Sie alles tun, um unsere Herzen vor Schmerz und Pein zu bewahren – und ich verspreche Ihnen, wir werden ebenso Stillschweigen walten lassen, wie Sie es getan haben.«

Daraufhin erklärte Sir Philip, mit mehr als der üblichen Beimischung von Flüchen, Miss Portman sei das prachtvollste Mädel, das er je gesehen habe, und verabschiedete sich.

Als Lady Delacour Belinda die Geschichte erzählt hatte, schloss sie mit folgenden Worten: »Nun, meine Liebe, wie Sie wissen, hat Sir Philip Baddely seine ureigensten Absichten, wenn er uns all das wissen lässt – wenn er *Sie* all das wissen lässt – denn er bewundert Sie ganz offensichtlich und hasst Clarence deswegen. – Deswegen glaube ich nur die Hälfte von dem, was der Mann sagt, und die andere Hälfte, auch wenn sie Sie so furchtbar hat erbleichen lassen, meine Liebe, halte ich für schlichtweg unbedeutend für Sie.«

»Absolut unbedeutend für mich, das versichere ich Ihrer Ladyschaft«, sagte Belinda, »ich habe Mr Hervey immer nur als ...«

»Oh, ja, als ganz normalen Bekannten, zweifellos – aber all diese hübschen Reden überspringen wir jetzt einmal – ich wollte soeben sagen, dass diese ›Dame vom Walde‹[99] für Ihr Glück nur ohne Belang sein kann, denn, was dieser Dummkopf Sir Philip auch immer denken mag, Clarence Hervey ist nicht der Mann, der ein Mädchen heiratet, das seit einem halben Dutzend Jahren seine Geliebte gewesen ist – sehen Sie nicht so schockiert drein, meine Liebe, ich kann nicht umhin, darüber zu lachen – ich gratuliere Ihnen aber dazu, dass die Sache nicht schlimmer ist – das ist alles ganz im Rahmen des Üblichen – wenn ein Mann heiratet, kauft er neue Equipagen und befreit sich von alten Geliebten – oder wenn Sie die Sache eher aus romantischer Sicht betrachten möchten denn als Dame von Welt, so gibt es hier für Ihren Liebhaber eine hübsche Gelegenheit, ein Opfer für Sie zu bringen. – Es tut mir wirklich leid, dass ich Sie nicht zu einem Lächeln verleiten kann, meine Liebe, aber bedenken Sie doch, da niemand außer uns von dieser bösen Sache weiß, brauchen wir unsere Moral auch nicht auf Hochglanz zu bürsten, und selbst die moralischsten Damen der Welt erwarten nicht von Männern, dass sie so moralisch sind wie sie selber, so dass wir das Ausmaß unserer äußeren Entrüstung an unsere wahren Gefühle anpassen können. – Sir Philip kann in der Angelegenheit nicht handeln, denn er weiß, Clarence würde ihn zum Duell fordern, wenn sein Geheimnis bezüglich Virginias an den Tag käme. Ich rate Ihnen *d'aller votre train*[100] mit Clarence ohne jeden Hinweis darauf, dass Sie ihn verdächtigen. – Es gibt nichts Besseres als Unschuld in diesen Fällen, aber ich sehe dem spanischen Stolz in Ihrer Haltung an, dass Sie lieber den Tod der Gefühlvollen sterben würden, als meinem Ratschlag zu folgen.«

Belinda erwiderte ohne jeden Stolz, aber mit beharrlicher Liebenswürdigkeit, sie habe keine Absichten in Bezug auf Mr Hervey gehabt, und es gebe deswegen auch von ihrer Seite keinen Grund für irgendwelche Manöver. – Angesichts der Zweideutigkeit in seinem Verhalten ihr gegenüber habe sie seit langem den Beschluss gefasst, Vorsicht bei ihren Gefühlen walten zu lassen, und sie empfinde es nun als Genugtuung, sie ganz unter Kontrolle halten zu können.

»Das ist tatsächlich eine große Genugtuung, meine Liebe«, sagte Lady Delacour. »Es ist nur schade, dass Ihr Gesicht, in dem man normalerweise ja vieles lesen kann, in diesem Augenblick Ihren Wünschen nicht gehorcht und keinen perfekten Seelenfrieden ausdrückt. – Aber wenn Sie keinen Schmerz aus enttäuschter Zuneigung empfinden, resultieren die Bedenken, die Sie äußern, wohl aus der Notwendigkeit, dass Sie Mr Hervey ein gewisses Maß an Wertschätzung entziehen müssen – das entspricht doch wohl Ihrem Stil, nicht wahr? – Schließlich kann das Ganze auch wieder eine ›Hereinlegerei‹ von Sir Philip sein – andererseits gab er mir eine so genaue Beschreibung ihrer Person! – Ich bin mir ganz sicher, der Mann hat einfach weder den Erfindungsreichtum noch den Geschmack, ein so hübsches Tableau zu malen.«

»Hat er«, fragte Belinda mit leiser Stimme, »die Farbe ihrer Haare erwähnt?«

»Ja – hellbraun – aber diese Haarfarbe scheint Sie ja mehr zu bestürzen als alles andere.«

Hier wurde die Unterhaltung zu Belindas großer Erleichterung durch Marriotts Erscheinen unterbrochen. Nach allem, was sie gehört hatte, aber besonders weil die Haarfarbe in Sir Philips Beschreibung von Virginia mit dem Haar, das aus

Herveys Brief herausgefallen war, übereinstimmte, war Miss Portman überzeugt, dass Clarence eine geheime Beziehung eingegangen war, und sie konnte nicht anders, sie musste ihm im Stillen vorwerfen, dass er versucht hatte, wie sie meinte, ihre Zuneigung zu gewinnen, während er sein Herz einer anderen versprochen wusste. Allerdings gab ihr Mr Hervey keinen weiteren Grund für den Verdacht, er versuche, ihre Liebe zu gewinnen, denn etwa um diese Zeit wandelte sich sein Verhalten ihr gegenüber. Er bemühte sich offensichtlich, den Umgang mit ihr zu vermeiden, seine Besuche waren kurz, und er schenkte seine Aufmerksamkeit vornehmlich Lady Delacour. Wenn diese sich zurückzog, verabschiedete er sich und überließ Sir Philip Baddely das Feld. Der Baronet dachte, es sei ihm gelungen, eine gewisse Kälte zwischen Belinda und seinem Rivalen zu verursachen, und war überrascht, als er herausfand, dass ihm daraus kein Vorteil erwuchs. Eine ganze Zeit lang hatte er nicht den leisesten Gedanken an eine ernsthafte Verbindung mit der Dame verschwendet, aber dann ärgerte ihn ihre Gleichgültigkeit doch, genau wie die Spöttelei seines Freundes Rochfort.

»Bei meiner Ehr'«, sagte Rochfort, »das Mädel muss Clary wirklich lieben, denn es beachtet dich nicht mehr, als wenn du ein Niemand wärst.«

»Verdammich, ich könnte sie schon umstimmen, wenn ich Lust dazu hätte«, sagte Sir Philip, »aber verdammich, es würde mich zu viel kosten – eine Ehefrau ist heutzutage zu verdammt teuer. Also, ein Mann könnte sich zwanzig Zweispänner, einen prachtvollen Zuchthengst, eine ganze Hundemeute und so viele Geliebte, wie er nur wollte, noch dazu leisten für das, was ihn eine Ehefrau kosten würde. – Oh, verdammich, Belinda Portman ist ein prachtvolles Mädel, aber so viel, wie da zusammenkommt, ist sie auch nicht wert – aber, Hölle, ich würd' schon gern Clarys dummes Gesicht sehen, wenn ich ihr einen echten Antrag machen würde – was, Rochfort? – Ich würd' ihm das schon gern heimzahlen, dass er sich für das Hereinlegen des Doktors zu gut war, was?«

»Jaaa«, sagte Rochfort, »du weißt noch, er hat gesagt, es gäbe ein *tant pis* und ein *tant mieux* in allem – der ist noch nicht beim *tant pis* angekommen. – Bei meiner Ehr', Sir Philip, es liegt bei dir.«

Der Baronet schwankte einige Zeit zwischen der Furcht, von einer der Nichten von Mrs Stanhope eingefangen zu werden, und der Hoffnung, über Clarence Hervey triumphieren zu können. – Schließlich und endlich siegte das, was er Liebe nannte, über die Vorsicht, und er war fest entschlossen, koste es, was es wolle, die Hand von Belinda Portman zu gewinnen. Er hatte nicht den geringsten Zweifel, dass sein Antrag, wenn er ihn gemacht hätte, angenommen werden würde. So schien es ihm nur folgerichtig, dass er, kaum dass er seinen Entschluss gefasst hatte, auch schon *d'avance*[101] den Ton des begünstigten Liebhabers anschlug.

»Verdammich«, rief Sir Philip eines Abends bei einem Konzert in Lady Delacours Haus, »Mr Hervey glaubt wohl, er hat ein Patent darauf, mit Miss Portman sprechen zu dürfen, aber ich will verdammt sein, wenn ich diesen Platz aufgebe, jetzt wo ich ihn einmal habe.« Und damit setzte sich der Baronet neben Belinda.

Mr Hervey machte ihm seinen Platz gar nicht streitig, und Sir Philip behielt ihn während des ganzen Konzerts, doch obwohl er das Feld ganz für sich hatte, konnte er nichts Interessanteres, nichts Amüsanteres zu ihr sagen als: »Finden Sie nicht auch, dass diese famosen Kerzen dringend geschnäuzt werden müssen?«[102]

Kapitel XII
Der Ara

Der Baronet wählte den nächsten Tag für seinen großen Angriff aus. Er besuchte Miss Portman, und obwohl er vollkommen davon überzeugt war, dass sein Antrag wohlwollend aufgenommen werden würde, war er doch etwas unsicher, wie er das Gespräch beginnen sollte, als er sich mit der Dame allein fand.

Er drehte und wendete ein kurzes Stöckchen, das er in der Hand hielt, steckte es wohl zwanzig Mal in seinen Stiefel und zog es wieder heraus und begann schließlich mit der Frage: »Lady Delacour ist noch nicht nach Harrogate gefahren?«

»Nein – ihre Ladyschaft fühlt sich noch nicht wohl genug, die Reise zu unternehmen.«

»Das war ein verflucht unglücklicher Unfall – den hat sie Clarence Hervey zu verdanken – das ist typisch für ihn – er meint, er weiß mehr über Pferde und Wein und alles andere als irgendwer sonst auf der Welt. – Ich will verdammt sein, wenn er nicht sogar glaubt, nur er könne erkennen, ob eine prachtvolle Frau eine prachtvolle Frau ist – aber ich werde dafür sorgen, dass er erfährt, dass Sir Philip Baddely seit zwei Monaten seine Toasts auf Miss Belinda Portman ausgebracht hat.«

Da diese Mitteilung nicht den erhofften Eindruck auf Miss Belinda Portman zu machen schien, wandte sich Sir Philip wieder seinem Stöckchen zu, mit dem er eine kleine Schwertübung machte – nach ein paar Minuten des Schweigens und nachdem er einmal zum Fenster gegangen war und wieder zurück, als ob er dort etwas Hilfreiches erspähen könnte, rief er aus: »Wie geht es denn Mrs Stanhope, Miss Portman? – Und Ihrer Schwester Mrs Tollemache – ich fand, sie war wirklich die prachtvollste Frau, die ich je gesehen habe, in dem ersten Winter, als sie bei Hofe erschien, verdammich. – Hat man Ihnen schon gesagt, dass Sie ihr ähnlich sehen?«

»Noch nie, Sir.«

»Oh, verdammich, tun Sie aber, nur noch zehnmal besser.«

»Zehnmal besser als die prachtvollste Frau, die Sie je gesehen haben, Sir Philip?«, sagte Belinda lächelnd.

»Als die prachtvollste Frau, die ich *damals* je gesehen hatte«, sagte Sir Philip, »denn, verdammich, *damals* wusste ich noch nicht, was es heißt, verliebt zu sein.« (Hier gab der Baronet einen hörbaren Seufzer von sich.) »Ich habe mich *damals* nur über Liebe und all so was lustig gemacht und besonders über das Heiraten – ich hoffe, es ist nicht zu viel Aufwand, aber ich muss Sie wohl um Mrs Stanhopes Adresse bitten, Miss Portman, wenn ich die Sache mit Stil erledigen will, sollte ich ihr wohl erst einmal schreiben, bevor ich mit Ihnen spreche.«

Belinda schaute ihn erstaunt an, legte den Bleistift, den sie zur Hand genommen hatte, um Mrs Stanhopes Adresse aufzuschreiben, wieder hin und sagte: »Vielleicht sollte ich, Sir Philip, um *die Sache mit Stil zu erledigen*, jetzt vorgeben, ich verstünde kein Wort – aber so ein falsches Taktgefühl könnte Sie in die Irre führen – erlauben Sie mir also zu sagen, dass, wenn es in dem Brief, den Sie an meine Tante, Mrs Stanhope, schreiben wollen, um mich geht...«

»Gut geraten!«, unterbrach Sir Philip. »Tatsächlich, und Sie sind wirklich ein famos prachtvolles Mädel, oder ich will verdammt sein, dass Sie mir da so schön entgegenkommen – was uns eine ganz verfluchte Menge an Aufwand erspart.« Mit diesen Worten setzte sich der höfliche Liebhaber zufrieden neben Belinda aufs Sofa.

»Um Ihnen also zu ersparen, meinetwegen irgendwelchen Aufwand zu betreiben...«, sagte Miss Portman.

»Nein, verdammich, nun hängen Sie sich doch nicht so an dem blöden Wort ›Aufwand‹ auf und schauen Sie nicht so verärgert drein; wenn es Ihnen auch gut zu Gesicht steht, unglaublich gut, und mir gefällt ja auch Stolz bei einer gutaussehenden Frau und wenn es nur wegen der Abwechslung ist, trifft man ja nicht so oft an heutzutage. – Also, was den Aufwand betrifft, alles, was ich sagen wollte, war, den Aufwand, an Mrs Stanhope zu schreiben, da bin ich Ihnen schon dankbar, dass Sie mir das ersparen, denn ich würde natürlich lieber (da können Sie mir keinen Vorwurf machen) die Antwort von Ihren reizenden Lippen hören, und wenn es dabei nur wegen des Vergnügens wär', Sie dabei auf diese himmlische Art rotwerden zu sehen.«

»Um dieser himmlischen Art ein Ende zu bereiten, Sir«, sagte Belinda, und entzog dem Baronet ihre Hand, die er genommen hatte, als sei er sich seiner Beute sicher, »ich muss Ihnen mit Nachdruck versichern, dass es nicht in meiner Macht steht, Sie irgendwie in Ihrem Antrag zu ermutigen.« Miss Portman fügte hinzu: »Ich bin mir der Ehre, die mir Sir Philip Baddely erwiesen hat, bewusst, und ich hoffe, Sie sind nicht verletzt von der Ehrlichkeit meiner Antwort.«

»Das ist doch nicht Ihr Ernst, Miss Portman!«, rief der erstaunte Baronet.

»Mein vollkommener Ernst, Sir Philip.«

»Ich werd' verrückt!«, rief er und stand auf. »Wenn das nicht die unglaublichste Sache ist, die ich je gehört habe! – Wollen Sie mir die Ehre erweisen, Madam, mich wissen zu lassen, was Sie gegen Sir Philip Baddely einzuwenden haben.«

»Meine Einwände«, sagte Belinda, »können nicht umgangen werden, und daher wäre es sinnlos, sie hier anzuführen.«

»Nein – bitte – Ma'am – tun Sie mir den Gefallen – ich will nur wissen, warum – ist es Sir Philip Baddelys Vermögen von 15 000 Pfund pro Jahr, gegen das Sie etwas einzuwenden haben, oder seine Familie oder seine Person? – Ach, zum Teufel!«, sagte er und änderte seinen Ton. »Sie wollen mich bloß an der Nase herumführen, um mal zu sehen, was ich für ein Gesicht mache – verdammich, das haben Sie wirklich gut hingekriegt, Sie kleine Kokette.«

Belinda versicherte ihm, es sei ihr vollkommener Ernst, und sie sei gar nicht in der Lage, so zu kokettieren, wie er es ihr unterstellt habe.

»Oh, verdammich, Ma'am, dann habe ich nichts weiter zu sagen – eine Kokette ist eine Sache, die ich so gut verstehe wie jede andere, und wenn wir beide nur so dahingeredet hätten, wäre es ja etwas anderes gewesen, aber wenn ich sofort einen offiziellen Antrag mache und eine Frau sagt mir ernsthaft, sie habe Einwände, die nicht umgangen werden könnten, verdammich, dann muss ich oder dann muss alle Welt doch annehmen, dass sie sehr unverantwortlich ist oder dass sie verlobt ist – ich nehme an, das Letztere ist der Fall, und es hätte mir sehr viel mehr Befriedigung verschafft, wenn ich das eher gewusst hätte – wie auch immer, es verschafft mir immerhin Befriedigung, das wenigstens jetzt zu wissen.«

»Es tut mir leid, dass ich Ihnen diese Befriedigung nicht lassen kann«, sagte Miss Portman, »ich bin tatsächlich mit niemandem verlobt.«

Hier wurde die Unterhaltung durch Lord Delacour unterbrochen, der kam, um von Miss Portman zu erfahren, wie es seiner Gattin ging. Der Baronet hatte mittlerweile sein kleines schwarzes Stöckchen in alle möglichen Richtungen gedreht und beendete diese Übungen, indem er es zerbrach, und als ihm daraufhin nichts weiter zu tun blieb, wünschte er Miss Portman plötzlich einen guten Tag und machte sich mit einem Gesicht von dannen, das dumme schlechte Laune ausdrückte. – Er war fest entschlossen, an Mrs Stanhope zu schreiben, deren Einfluss auf ihre Nichte sich, da hatte er keine Zweifel, zu seinen Gunsten auswirken würde. »Sir Philip scheint heute Morgen ein wenig missvergnügt zu sein«, sagte Lord Delacour, »ich fürchte, er ist verärgert, dass ich diese Unterhaltung unterbrochen habe, aber ich wusste wirklich nicht, dass er hier ist, und ich wollte Sie für einen Moment allein sprechen, um Ihnen zum einen für Ihre Güte Lady Delacour gegenüber zu danken – sie hat eine so langwierige Verstauchung davongetragen, all dieses Nervenfieber und die Krämpfe – ich verstehe ja nichts davon, aber ich denke, Dr. X—s Verschreibungen scheinen ihr gutgetan zu haben, denn es geht ihr in letzter Zeit doch schon besser, und ich freue mich, wieder Musik und Gäste im Haus zu hören, da ich ja weiß, dass Lady Delacour dergleichen mag, und es gibt wahrhaftig keinen annehmbaren Genuss, den ich nicht willens wäre, meiner Gattin zu erlauben, aber ich denke, es gibt ein Maß für alle Dinge. – Ich bin nicht der Mann, der sich von einer Frau beherrschen lässt, und wenn ich einmal etwas gesagt habe, bleibe ich auch dabei, diese Regel werde ich nicht brechen. Und ich bin mir sicher, Miss Portman ist zu vernünftig, als dass sie mir darin nicht beipflichten würde, denn nun, Miss Portman, was den Streit wegen der Kutsche und der Pferde angeht, von dem Sie an dem einen Morgen beim Frühstück erfahren haben, muss ich Ihnen noch erklären, wie das alles begann.«

»Entschuldigen Sie bitte, Milord, ich würde lieber vom Ende des Streits hören als von seinem Anfang.«

»Das zeigt, wie gescheit und gutherzig Sie sind. Ich wünschte, Sie könnten Lady Delacour davon etwas abgeben – nun, sie ist gescheit genug – aber dann wiederum (ich spreche ganz frei zu Ihnen über alles, was mir auf der Seele liegt, Miss Portman, denn ich weiß – ich *weiß*, Sie haben keine Freude daran, Unheil in diesem Haus zu stiften) ist ihre Gescheitheit, unter uns gesagt, nicht von der richtigen Art. – Eine Frau kann durchaus zu viel Geist und Witz haben – tatsächlich ist zu viel genauso von Übel wie zu wenig und bei einer Frau noch schlimmer, und wenn zwei Menschen sich streiten, dann sind Geist und Witz bei beiden Parteien, aber vor allem bei der Frau, sehr irritierend – es ist geradeso wie versteckte Waffen, die ja zum Glück per Gesetz verboten sind. – Wenn eine Person eine andere mit einer versteckten Waffe in einer Auseinandersetzung tötet, Ma'am, mit einem Schwert in einem Spazierstock zum Beispiel, so ist es Mord im Sinne des Gesetzes. Nun, also ich würde niemals so etwas in meinem Spazierstock mit mir herumtragen, selbst dann nicht, wenn es nicht gegen das Gesetz wäre, denn wenn ein Mann in Wut gerät, vergisst er alles um sich herum und würde sich mit Schwert oder Stock wehren – daher ist es doch besser, wenn er gar nicht die Möglichkeit dazu hat. – Das gilt also genauso für Geist und Witz, die man möglichst außer Reichweite mancher Leute halten sollte.«

»Aber ist es denn gerecht, Milord, wenn Sie Ihren Geist und Witz einsetzen, um ebendiese bei anderen zu beklagen?«, sagte Belinda mit einem Lächeln, das bei seiner Lordschaft perfektes Wohlwollen seiner Gattin gegenüber und beste Laune auslöste.

»Nun ja, das stimmt schon«, sagte er, »es wäre gar nicht möglich, mit Lady Delacour zusammenzuleben, wenn ich nicht ab und zu etwas Schlaues und Witziges von mir gäbe, aber ich neige wirklich nicht dazu, das kann ich Ihnen versichern, außer wenn ich ganz extrem dazu gedrängt werde. – Aber Miss Portman, da Sie doch so gern vom Ende einer Streitigkeit hören, hier ist das Ende eines Streits, von dem zu hören Sie ein ganz besonderes Recht haben«, fuhr seine Lordschaft fort, griff nach seiner Börse und entnahm ihr einige Banknoten. »Sie hätten dies längst bekommen sollen, Madam, wenn ich nur früher von der Transaktion gehört hätte – also, von Ihrem Teil daran, meine ich.«

»Milord, der Monsieur wegen *le* geordete Burgunder, Milord«, sagte Champfort, der mit einem hinterlistig neugierigen Gesichtsausdruck den Raum betrat.

»Sagen Sie ihm, ich komme sofort – lassen Sie ihn ins Empfangszimmer und geben Sie ihm die Zeitung zu lesen.«

»Ja, Milord – Milord 'at sie in der Tasch, seit er sisch angezogen.«

»Hier ist sie«, sagte seine Lordschaft, und als Champfort näher kam, um die Zeitung entgegenzunehmen, fiel sein Blick auf die Banknoten und dann auf Miss Portman.

»Hier«, fuhr Lord Delacour fort, als Champfort das Zimmer verlassen hatte, »hier sind Ihre zweihundert Guineen, Miss Portman, und da ich auf dem Weg bin zu diesem Mann wegen des Burgunders und danach den ganzen Tag nicht im Hause sein werde, seien Sie doch so freundlich und geben Sie das nächste

Mal, wenn Sie Lady Delacour sehen, ihr diese Geldbörse von mir. – Es täte mir sehr leid, Miss Portman, wenn nach allem, was geschehen ist, der Gedanke aufkommen sollte, dass ich ein geiziger Ehemann bin oder ein Tyrann, wenn ich auch durchaus der Herr in meinem eigenen Haus sein will. – Was machen Sie denn da, Madam? – Das ist Ihr Geld, das gehört nicht in die Börse, wissen Sie.«

»Erlauben Sie mir, es da hineinzulegen, Milord«, sagte Belinda und gab ihm die Börse zurück, »und ich bitte Sie sehr, machen Sie Lady Delacour die Freude, sie kurz zu besuchen; sie hat schon mehrere Male gefragt, ob Ihre Lordschaft im Hause wäre. Ich laufe schnell zu ihrem Ankleidezimmer und sage ihr, dass Sie da sind.«

»Wie leicht sie dahineilt auf den Flügeln der Gutherzigkeit!«, sagte Lord Delacour. »Da kann ich ja gar nicht anders, als ihrem Beispiel zu folgen, denn wenn ich auch mit Respekt in meinem eigenen Haus behandelt werden will, hat doch ein jedes Ding seine Zeit. – Ich kann ja nicht verlangen, dass Lady Delacour sich die Mühe auferlegt, mit ihrem verstauchten Knöchel hier zu mir herunterzukommen, zumal sie schon mehrere Male nach mir gefragt hat.«

Der Besuch seiner Lordschaft war nicht von unpassender Länge, denn er erinnerte sich, dass der Mann, der wegen des Burgunders gekommen war, auf ihn wartete. Aber vielleicht machte die Kürze des Besuchs diesen noch erfreulicher, denn Lady Delacour sagte nachher zu Belinda: »Meine Liebe, Sie werden es kaum glauben, aber Lord Delacour war heute Morgen geradezu beispielhaft nützlich und angenehm – wer weiß, vielleicht schafft er es noch mit der Zeit bis zum Erhabenen und Schönen[103] – *en attendant*.[104] Hier sind Ihre zweihundert Guineen, meine liebe Belinda – tausend Dank für die Sache selbst und eine ganze Million für die Art und Weise – die Art und Weise ist wahrlich das Wichtigste, wenn man jemandem einen Gefallen tut. Mein Herr Gemahl, der, um gerecht zu sein, viel zu ehrlich ist, als dass er mehr Takt vorspiegeln würde, als er besitzt, sagte mir, dass er heute Morgen von Miss Portman eine Lektion erhalten habe in der Kunst, jemandem gefällig zu sein; und man muss wirklich sagen: Dafür, dass er schon erwachsen ist und erst eine einzige Lektion erhalten hat, hat er sich überraschend gut entwickelt. Ich denke wirklich, dass er, bis er einmal Witwer ist, noch ganz etwas anderes sein wird – ein angenehmer Mann – freilich kein Genie wie Clarence Hervey, das kann man nicht erwarten. – Apropos, was ist der Grund dafür, dass wir so wenig von Clarence Hervey gesehen haben in letzter Zeit? Er muss wohl irgendwo anders eine geheime Attraktion gefunden haben. – Es kann ja nicht das Mädchen sein, das Sir Philip erwähnt hat. – Nein – sie ist ja nichts Neues. Kann es etwas in Lady Anne Percivals Haus sein? – Oder wo könnte es noch sein? Wann immer er mich besucht, fragt er, wann wir denn nach Harrogate fahren. – Nun liegt Oakley Park ja nur wenige Meilen von Harrogate entfernt. Ich werde da nicht hinfahren, das ist beschlossene Sache. Lady Anne ist eine vorbildlich brave Matrone, so dass sie aus dem Rennen ist, aber ich hoffe, dass sie keine ebenso vorbildliche Schwester hat, keine Nichte, keine Cousine, um unseren Helden in ihren Bann zu ziehen.«

»*Unseren!*«, sagte Belinda.

»Na, dann *Unseren*?«, sagte Lady Delacour.

»*Meinen?*«

»Ja, Ihren, ich habe in meinem Leben noch keinen besseren Kampf zwischen einem Seufzer und einem Lächeln gesehen. Aber was haben Sie bloß mit dem armen Sir Philip Baddely gemacht? – Lord Delacour hat mir erzählt – Sie wissen ja, alle Leute, die sonst nichts zu berichten haben, erzählen einem Neuigkeiten schneller als andere – Lord Delacour hat gesagt, dass er Sir Philip heute Morgen in entsetzlich schlechter Laune von Ihnen weggehen sah. – Kommen Sie, während Sie mir Ihre Geschichte erzählen, helfen Sie mir doch diese Perlen aufzufädeln, dann müssen Sie mich nicht anschauen und können Ihr Rotwerden kaschieren. – Sie brauchen sich keine Gedanken zu machen, dass Sie vielleicht Sir Philips Geheimnisse verraten, denn ich hätte Ihnen schon vor langer Zeit sagen können, dass es unvermeidlich ist, dass er Ihnen einen Heiratsantrag macht – diese Tatsache ist für mich nichts Neues oder Überraschendes, aber ich würde schon gern hören, wie lächerlich sich der Mann dabei gemacht hat.«

»Und das«, sagte Belinda, »ist das Einzige, was ich Ihrer Ladyschaft nicht gern erzählen möchte.«

»Herrje, es ist doch nun wirklich kein Geheimnis, dass Sir Philip Baddely eine lächerliche Figur ist – aber Sie sind so gutherzig, dass ich es Ihnen nicht übelnehmen kann. – Wenn Sie meine Neugierde nicht befriedigen wollen, würden Sie dann vielleicht mein Bedürfnis nach Musik befriedigen und noch einmal das reizende Lied singen, das niemand außer Ihnen so singen *kann*, dass es mir gefällt – ich muss es unbedingt von Ihnen lernen.«

Gerade als Belinda anfangen wollte zu singen, fing Marriotts Ara an zu schreien, so dass Lady Delacour nichts anderes mehr hören konnte.

»Oh, dieser grässliche Ara!«, rief ihre Ladyschaft, »ich ertrage ihn nicht mehr.« – Sie läutete wild die Klingel. – »Er hat mich die ganze letzte Nacht vom Schlafen abgehalten – Marriott muss den Vogel weggeben. – Marriott, ich kann diesen Ara nicht mehr ertragen – Sie müssen sich um meinetwillen von ihm trennen, Marriott. – Er hat Sie vier Guineen gekostet, ich gebe Ihnen gerne mit dem größten Vergnügen fünf, um ihn loszuwerden, denn er ist für mich die reinste Folter.«

»Liebe Herrin, nein! Es ist sicherlich bloß, weil sie die Türen nie hinter sich zumachen da unten, wie ich es ihnen immer sage. – Mr Champfort hat in seinem Leben noch keine Tür hinter sich zugemacht, wird er auch nicht, und wenn er so alt wird wie Methusalem.«

»Das hilft mir auch nicht weiter, Marriott«, sagte Lady Delacour.

»Und mir hilft es nicht weiter, dass ich mir das Geschimpfe über den Ara jeden Tag, den Gott gegeben hat, bloß wegen Mr Champfort anhören muss.«

»Aber es ist doch nicht Champforts Schuld, dass ich Ohren habe.«

»Aber wenn die Türen geschlossen würden, Milady, würden Sie oder könnten Sie nichts hören – ich beweise es Ihnen gleich«, sagte Marriott und sie lief sofort los und schloss, wie sie sagte, »elf Türen, die sperrangelweit offen standen«. – »Nun, Milady, jetzt können Sie keine einzige Silbe von meinem Ara mehr hören.«

»Nein, aber eine der elf Türen wird sich in Kürze öffnen«, sagte Lady Delacour, »Sie werden sehen, es steht ständig mehr als zehn zu eins gegen mich.«

Eine Tür öffnete sich, und man hörte den Ara schreien.

»Der Ara muss gehen, Marriott, das steht fest«, sagte ihre Ladyschaft – mit Nachdruck.

»Dann muss *ich* auch gehen«, sagte Marriott – ärgerlich, »das steht fest – denn mich von meinem Ara zu trennen ist etwas, das ich einfach nicht tun kann, für *niemanden*.« Ihr Blick fiel auf Belinda – einfach nur infolge einer Assoziation, denn als sie das letzte Mal ärgerlich auf ihren Ara gewesen war, war sie überdies ärgerlich auf Miss Portman gewesen, die sie für die geheime Feindin ihres Lieblings hielt.

»Auch nur eine weitere Woche in einem Haus zu bleiben, wo mein Ara mit Schimpf und Schande davongejagt wurde, ist mir ein Ding der Unmöglichkeit.« – Sie marschierte wutentbrannt aus dem Zimmer.

»Herr im Himmel! Muss ich mir das wirklich antun?«, sagte Lady Delacour. »Sie meint wohl, sie habe mich in ihrer Gewalt – doch nein, sterben kann ich auch ohne sie – ich habe ja nur noch eine kurze Zeit zu leben, und die will ich nicht wie eine Sklavin verbringen – von mir aus kann die Frau mich ruhig verraten – folgen Sie ihr bitte in diesem Moment, meine liebe – großzügige Freundin! – Sagen Sie ihr, sie möge nicht mehr in diesen Raum zurückkommen – nehmen Sie die Börse – bezahlen Sie ihr erst einmal, was ihr zusteht, und geben Sie ihr dann fünfzig Guineen – aber Achtung! – nicht als Bestechung, sondern als Belohnung.«

Es war ein schwieriger Auftrag, der viel Takt verlangte. Belinda fand es zunächst unmöglich, mit Marriott vernünftig zu reden. »Ich bin mir ganz sicher, kein Mensch auf dieser Welt würde mich und meinen Ara so behandeln wie Milady!«, rief sie. »Und irgendwer muss sie gegen mich aufgebracht haben, denn das sieht ihr gar nicht ähnlich – aber da sie mich ja nicht mehr um sich haben will, ist es wirklich Zeit, dass ich gehe.«

»Das Einzige, über das sich Lady Delacour beklagt hat, war der Lärm, den der Ara gemacht hat«, sagte Belinda, »es ist ein hübscher Vogel – wie lange haben Sie ihn denn schon?«

»Kaum einen Monat«, sagte Marriott, schluchzend.

»Und wie lange sind Sie schon bei Ihrer Herrin?«

»Sechs Jahre! – Und nach all dieser Zeit soll ich sie verlassen!«

»Und das nur wegen eines Aras! Und dann noch zu einer Zeit, in der Ihre Herrin Sie so sehr braucht, Marriott! – Sie wissen doch, dass sie nicht mehr lange leben wird und wie sehr sie noch leiden muss, bevor sie stirbt, und wenn Sie sie verlassen und wenn Sie in einem Anfall von Wut und Ärger das Geheimnis verraten, das sie Ihnen anvertraut hat, werden Sie sich das für den Rest Ihres Lebens zum Vorwurf machen. Dieser Vogel – nein, alle Vögel dieser Welt, werden Sie nicht darüber hinwegtrösten können – denn Sie sind einfach ein mitfühlender Mensch, das weiß ich, und Sie hängen so an Ihrer armen Herrin.«

»Das bin ich wirklich! – Und ihr Geheimnis verraten! – Oh, Miss Portman, ich würde mir eher die Hand abhacken, als das zu tun. – Und ich wurde mehr in Versuchung geführt, als meine Lady weiß oder auch als Sie wissen (denn Mr Champfort, der der übelste Unheilstifter der Welt ist und der an dem ganzen Dilemma schuld ist, weil er die Tür nicht zumacht – denn jetzt bin ich sicher, wo Sie so freundlich mit mir sprechen, dass Sie gar nicht die eigentliche Feindin sind, wie ich gedacht habe – entschuldigen Sie bitte), aber ich wollte eigentlich sagen, dass Mr Champfort, der den *frecas*[105] zwischen Lord Delacour und mir gesehen hat wegen dem Schlüssel und der Tür in der Nacht, als Milady den Unfall hatte, hat das heimlich bei Lady Singleton und überall herumerzählt – die Zofe von Mrs Luttridge, Ma'am, die meine Cousine ist, hat mich schon mit so vielen Fragen und Angeboten von Mrs Luttridge und Mrs Freke getriezt und auch Geld geboten, wenn ich nur sagen würde, wer in dem Boudoir ist – und ich habe immer geantwortet: Niemand – und ich will doch mal sehen, ob die je irgendetwas aus mir herauskriegen. – Meine Lady verraten! Da würd' ich mir eher noch in dieser Minute die Zunge herausschneiden. Kann sie denn eine so schlechte Meinung von mir haben, oder können Sie das, Ma'am?«

»Nein, ich bin absolut davon überzeugt, dass Sie gar nicht in der Lage sind, sie zu verraten, Marriott, aber es ist schon wahrscheinlich, wenn Sie sie einmal verlassen haben, dass –«

»Wenn meine Herrin mir nur den Ara lassen würde«, unterbrach Marriott, »käme ich gar nicht auf die Idee, sie zu verlassen.«

»Den Ara will sie nicht im Haus behalten – und wäre das auch vernünftig von ihr? – Er lässt sie nun einmal nicht schlafen – er hat sie heute Morgen drei Stunden lang wach gehalten.«

Marriott wollte gerade wieder mit der Geschichte von Champfort und den Türen anfangen, doch Miss Portman verhinderte das, indem sie sagte: »All das ist ja nun vorüber. – Wie viel Geld bekommen Sie noch, Marriott? Lady Delacour hat mich beauftragt, Ihnen alles auszuzahlen, was Ihnen zusteht.«

»Zusteht? – Herr im Himmel, Ma'am – soll ich wirklich gehen?«

»Aber ja – es war doch Ihr eigener Wunsch – deswegen ist es auch der ihrer Ladyschaft – sie weiß ganz genau, wie sehr Sie an ihr hängen und was Sie alles für sie getan haben, aber sie kann sich ja auch nicht mit mangelndem Respekt behandeln lassen –

hier sind fünfzig Guineen, die sie Ihnen als Belohnung für Ihre treuen Dienste gibt – wohlgemerkt nicht als Bestechungsgeld, um Sie auch weiterhin zur Geheimhaltung zu verpflichten. – Es steht Ihnen vollkommen frei, hat sie mich gebeten, Ihnen zu sagen, ihr Geheimnis aller Welt zu verraten, wenn Sie das tun wollen.«

»Oh, Miss Portman, nehmen Sie meinen Ara – machen Sie mit ihm, was Sie wollen – nur bitte, helfen Sie mir, mich mit meiner Herrin zu versöhnen«, rief Marriott und rang ihre Hände völlig verzweifelt, »hier sind die fünfzig Guineen, Ma'am, ich will sie nicht – ich werde auch nie wieder respektlos sein – nehmen Sie meinen Ara und alles! – Nein, ich werde ihn selbst zu meiner Herrin tragen.«

Lady Delacour war überrascht, als plötzlich Marriott samt ihrem Ara das Zimmer betrat; die Kette, die den Vogel festhielt, legte Marriot in die Hand ihrer Ladyschaft, ohne mehr zu sagen als: »Tun Sie, was Sie wollen, Milady, mit ihm – und mit mir.«

Durch diese Unterwerfung besänftigt, versprach Lady Delacour, Marriott zu verzeihen, und sie schien von Herzen froh über die Aussöhnung zu sein.

Am nächsten Tag bat Belinda die verwitwete Lady Boucher, die einen Vogelhändler besuchen wollte, sie mitzunehmen, in der Hoffnung, dass sie vielleicht einen Vogel finden könnte, der musikalischer wäre als der Ara, um Marriott über den Verlust ihres schreienden Lieblings hinwegzutrösten. – Lady Delacour beauftragte Miss Portman, jeden Preis, den sie für richtig hielt, zu zahlen. – »Wenn ich könnte, würde ich Sie selbst begleiten, meine Liebe, um der armen Marriott willen, auch wenn ich fast genauso gern zu den Ställen des Augias[106] gehen würde.«

Es gab einen Vogelhändler in High Holborn, der mehrere von den hundertachtzig schönen Vögeln gekauft hatte, die, wie die Zeitungen des Tages verkündeten, »mit viel Arbeit und großen Kosten von Monsieur Marten und Co. für das Republikanische Museum in Paris gesammelt worden waren und vor kurzem aus der französischen Brig Urselle auf ihrer Reise von Cayenne nach Brest übernommen und von der HMS Unicorn an Land gebracht worden waren«.

Als Lady Boucher und Belinda bei dem Vogelhändler ankamen, waren sie lange unschlüssig, welcher der gefiederten Schönheiten sie den Vorzug geben sollten. Während Lady Boucher Lobeshymnen auf ihre verschiedenen guten Eigenschaften sang, kam eine Dame mit drei Kindern herein; sie zog sofort die Aufmerksamkeit Belindas auf sich, weil sie der Beschreibung, die Clarence Hervey von Lady Anne Percival gegeben hatte, so sehr entsprach. Und es war auch Lady Anne, wie Lady Boucher, die entfernt mit ihr bekannt war, Belinda zuflüsterte.

Die Kinder waren bald eifrig damit beschäftigt, die Vögel zu betrachten.

»Miss Portman«, sagte Lady Boucher, »da es Lady Delacour ja gar nicht gutgeht und sie einen Vogel zu haben wünscht, der im Haus keinen Lärm macht, was halten Sie denn davon, für Marriott dieses hübsche Paar grüner Papageien zu kaufen – oder halt – ein Distelfink macht doch nicht so viel Lärm, und hier ist einer, der tausend nette kleine Kunststückchen beherrscht. – Bitte, Sir, lassen Sie ihn doch einmal Wasser in seinem Eimerchen zum Trinken hochziehen.«

»Oh, Mama«, sagte einer der kleinen Jungen, »genau das wird doch auch in Bewicks *Geschichte der britischen Vögel* erwähnt. Bitte, Helena, schau doch einmal, was dieser Distelfink macht – jetzt zieht er sein kleines Eimerchen hoch – aber wo ist Helena? – hier ist noch Platz für dich, Helena.«

Während die Jungen dem Distelfinken zusahen, fühlte Belinda, wie jemand sie vorsichtig berührte. Es war Helena Delacour.

»Darf ich kurz mit Ihnen reden?«, sagte Helena.

Belinda ging zum äußersten Ende des Geschäfts mit ihr.

»Geht es meiner Mama besser?«, sagte sie schüchtern. »Ich habe ein paar Goldfische, die, wie Sie wissen, überhaupt keinen

Lärm machen können, darf ich sie ihr schicken? – Ich hörte, wie die Dame ›Miss Portman‹ zu Ihnen sagte, und ich glaube, Sie waren es, die ein so freundliches Postskriptum in Mamas letztem Brief an mich geschrieben hat – das ist der Grund, warum ich so frei mit Ihnen spreche. – Vielleicht könnten Sie mir schreiben, um mir Bescheid zu sagen, wenn ich Mama besuchen darf. Lady Anne würde mich jederzeit hinbringen, da bin ich mir ganz sicher – aber sie fährt in ein paar Tagen nach Oakley Park – ich wäre so gerne bei Mama, solange sie krank ist, ich würde auch bestimmt keinen Lärm machen. – Aber fragen Sie sie nicht, wenn Sie meinen, es könnte sie stören – lassen Sie mich nur die Goldfische schicken.«

Belinda war gerührt von der Art, wie dieses kleine anhängliche Mädchen mit ihr sprach. Sie versicherte Helena, sie würde ihrer Mutter alles sagen, was sie wünschte, und bat sie, die Goldfische zu schicken, wann immer sie wollte.

»Dann«, sagte Helena, »werde ich sie schicken, sobald ich *heim*komme – sobald ich wieder bei Lady Anne bin, meine ich.«

Belinda hörte, als das Gespräch mit Helena beendet war, wie der Mann, der die Vögel vorführte, darüber klagte, dass er keinen blauen Ara habe, den Lady Anne Percival für Mrs Margaret Delacour besorgen sollte.

»Rote Aras, Milady, habe ich jede Menge, aber unglücklicherweise habe ich im Moment keinen blauen Ara, und ich habe auch keinen bekommen können, obwohl ich bei allen Vogelhändlern in der Stadt angefragt habe; ich bin sogar extra auf die Auktion beim Haydon Square gegangen, aber ich konnte keinen bekommen.«

Belinda bat Lady Boucher, die Diener anzuweisen, den Käfig hereinzubringen, der Marriotts blauen Ara enthielt, und sobald er da war, gab sie ihn Helena und bat sie, ihn zu ihrer Tante Mrs Delacour zu tragen.

»Oje, meine liebe Miss Portman«, sagte Lady Boucher und zog sie zur Seite, »ich fürchte, Sie könnten da schlimmen Ärger bekommen, denn Lady Delacour spricht nicht mit dieser Mrs Margaret Delacour, sie kann sie nicht ertragen, Sie wissen ja, es ist die Tante von Lord Delacour.«

Belinda bestand jedoch darauf, ihr den Ara zu senden, denn sie hatte die Hoffnung, dass die schrecklichen Familienstreitigkeiten beendet werden könnten, wenn eine Partei nur signalisierte, sie sei geneigt, der anderen entgegenzukommen.

Lady Anne Percival verstand Miss Portmans höfliche Geste, wie sie gemeint war. »Dieser Vogel ist ein gutes Omen«, sagte sie, »er verheißt Familienfrieden. – Ich wünschte, Sie könnten mir den Gefallen tun, Lady Boucher, und mich Miss Portman vorstellen«, fuhr Lady Anne fort.

»Genau, was ich mir gewünscht habe!«, rief Helena.

Man unterhielt sich noch ein paar Minuten über verschiedene Dinge, und Lady Anne Percival und Belinda gingen in der beiderseitigen Hoffnung auseinander, mehr voneinander zu sehen.

ENDE DES ERSTEN BANDES

Band II

Kapitel XIII
Sortes Virgilianae[1]

Als Belinda heimkam, war Lady Delacour in der Bibliothek damit beschäftigt, eine Sammlung französischer Dramen mit dem *ci-devant*[2] Comte de N— anzuschauen, einem Gentleman, der eine solch einzigartige Begabung dafür besaß, dramatische Werke vorzulesen, dass viele Leute sagten, sie würden lieber ihn ein Stück vortragen lassen, als es im Theater aufgeführt zu sehen. Sogar die, die seine Verdienste eigentlich nicht beurteilen konnten oder kein großes Interesse an Literatur hatten, erschienen in Scharen, um ihn zu hören, denn er war in Mode. – Lady Delacour hatte ihn für eine Lesung in ihrem Haus engagiert, und er beriet sich mit ihr, welches Stück das Publikum am meisten amüsieren würde. – »Meine liebe Belinda, ich bin froh, dass Sie da sind, um uns Ihre Meinung mitzuteilen«, sagte ihre Ladyschaft, »niemand hat einen besseren Geschmack, aber ich sollte Sie zunächst einmal fragen, was Sie bei dem Vogelhändler erreicht haben; ich hoffe, Sie haben einen gehörnten[3] *Hahn* oder ein anderes *monströs* schönes Tier für Marriott heimgebracht. Solange es keine Stimme wie ein Ara hat, bin ich es zufrieden, aber selbst, wenn es ein Paradiesvogel ist, frage ich mich, ob Marriott ihn so gernhaben wird wie den schreienden Vorgänger.«

»Ich bin sicher, sie wird das mögen, was auf sie zukommt«, sagte Belinda, »und das wird Ihre Ladyschaft auch, aber bitte, ich will Sie und Monsieur le Comte nicht unterbrechen.« Und während sie noch sprach, nahm sie einen Band mit Dramen in die Hand, der auf dem Tisch lag.

»*Nanine* oder *La Prude*? Was sollen wir nehmen?«, sagte Lady Delacour, »oder was halten Sie von *L'Ecossaise*?«[4]

»Der Ort, an dem *L'Ecossaise* spielt, ist London«, sagte Belinda, »ich könnte mir vorstellen, dass das einem englischen Publikum gefällt.«

»Ja! Das würde es tatsächlich«, sagte Lady Delacour, »also wird es *L'Ecossaise*. Monsieur le Comte wird, da bin ich mir sicher, der Rolle von Friport, dem Engländer, gerecht werden, *qui sçait donner, mais qui ne sçait pas vivre*.[5] Meine Liebe, ich vergaß, Ihnen zu sagen, dass Clarence Hervey hier war; es ist wirklich schade, dass Sie nicht ein wenig eher gekommen sind, dann hätten Sie ihn eine charmante Szene aus der *School for Scandal*[6] lesen hören können. Monsieur le Comte war sehr angetan – aber Clarence war in großer Eile, er wollte uns nur eine Szene gönnen, er war auf dem Weg zu Mr Percival wegen geschäftlicher Dinge. – Ich bin mir sicher, das stimmt, was ich Ihnen neulich gesagt habe. – Aber, wie auch immer, er hat versprochen, zurückzukommen und mit mir zu dinieren – Monsieur le Comte, Sie dinieren hoffentlich auch mit uns?«

Der Comte bedauerte, das sei leider unmöglich – er sei anderweitig verpflichtet. – Belinda erinnerte sich plötzlich, dass es Zeit war, sich für das Dinner umzuziehen, aber gerade als der Graf sich verabschiedete und sie auf dem Weg nach oben war, traf sie einen Diener, der ihr sagte, Mr Hervey sei im Salon und wolle sie gern sprechen. Belindas Kopf war voller Mutmaßungen, während sie zum Salon ging, aber in dem Moment, als sie die Tür öffnete, wusste sie, welches Geschäft Mr Hervey hergeführt hatte, denn sie sah die Glaskugel mit Helena Delacours Goldfischen auf dem Tisch neben ihm stehen. »Ich habe den Auftrag erhalten, diese hier Lady Delacour zu überbringen«, sagte Mr Hervey, »und ich habe selten einen Auftrag erhalten, der mir so viel Freude bereitet. – Ich denke, Miss Portman ist Lady Delacour eine echte Freundin – welch ein Glück für sie, dass sie so eine Freundin hat!«

Nach einer Pause fuhr Mr Hervey fort, von Lady Delacour zu sprechen und von seinem ernsthaften Wunsch, sie im häuslichen Leben so glücklich zu sehen, wie sie im öffentlichen zu sein *schien*. Er bekannte ganz offen, dass er sie, als er sie kennengelernt habe, nur für eine vergnügungssüchtige Dame der eleganten Adelskreise gehalten habe und dass er nur an sein eigenes Amüsement gedacht habe, als er ihre Gesellschaft suchte. – »Aber«, fuhr er fort, »in letzter Zeit habe ich eine andere Meinung von ihrem Charakter gewonnen, und ich denke nach allem, was ich beobachtet habe, dass Ihre Vorstellungen zu diesem Thema, Miss Portman, mit den meinen übereinstimmen. Ich hatte einen Plan entworfen, wie ich Lady Delacour dazu bringen könnte, die Bekanntschaft von Lady Anne Percival zu machen, die mir eine der liebenswürdigsten und eine der glücklichsten Frauen zu sein scheint. Oakley Park liegt nur wenige Meilen von Harrogate entfernt. Aber ich bin in diesem Vorhaben nicht weitergekommen; Lady Delacour sagt, sie habe sich anders entschieden und wolle nicht dorthin fahren. Lady Anne jedoch hat mir soeben mitgeteilt, dass sie, obwohl es schon Juli ist und obwohl sie das Landleben liebt, gerne noch einen Monat länger in der Stadt bleiben will, weil sie denkt, dass es mit Ihrer Hilfe vielleicht eine Möglichkeit gibt, eine Versöhnung zwischen Lady Delacour und den Verwandten ihres Mannes herbeizuführen; Lady Anne ist mit einigen dieser Verwandten gut bekannt. Allen voran meine Freundin Mrs Margaret Delacour: Der Ara wurde mit großer Freude angenommen, und ich schmeichle mir, dass ich Mrs Delacour so weit gebracht habe, dass sie jetzt etwas mehr von ihrer Nichte hält als zuvor. Alles hängt nun von Lady Delacours Verhalten gegenüber ihrer Tochter ab – wenn sie sie weiterhin so vernachlässigt, kann ich nur annehmen, dass ich mich in der Einschätzung ihres Charakters geirrt habe.«

Belinda war sehr erfreut über die Offenheit und ungekünstelte Gutherzigkeit, mit denen Clarence Hervey sprach, und sie war definitiv nicht unglücklich darüber, dass sie aus seinem eigenen Munde eine eindeutige Erklärung seiner Ansichten und Gefühle zu hören bekam. Sie versicherte, dass sie nichts, was sich im Rahmen des Anstands bewegte, unversucht lassen würde, um die so wünschenswerte Versöhnung zwischen Lady Delacour und ihrer Familie herbeizuführen, denn sie sei ganz seiner Meinung, dass Lady Delacours Charakter von aller Welt falsch verstanden worden sei.

»Ja«, sagte Mr Hervey, »ihre Verbindung mit dieser Mrs Freke hat ihrem Ansehen in der Öffentlichkeit mehr geschadet, als sie selbst weiß. Es gibt eine stillschweigende Übereinkunft in der Gesellschaft, dass jede Dame für das Verhalten ihrer weiblichen Bekannten verantwortlich gemacht wird. Wenn Lady Delacour das Glück gehabt hätte, in ihren jungen Jahren eine Freundin wie Miss Portman zu finden, was für eine ganz andere Frau wäre dann aus ihr geworden! Sie hat mir selbst einmal etwas in der Richtung gesagt, und sie schien mir nie liebenswerter als in diesem Moment.«

Mr Hervey äußerte diese letzten Worte in einem viel bewegteren Ton als sonst, und während er sprach, beugte sich Belinda zu dem Zweig einer Myrte[7] hinunter, die auf dem Ofen stand. Sie bemerkte, dass diese Myrte, die in eine große Porzellanvase gepflanzt war, auf einer Seite durch die zerbrochenen Stücke von Sir Philip Baddelys Stöckchen gestützt wurde; sie nahm sie und warf sie aus dem Fenster. – »Lady Delacour hat diese Fragmente heute Morgen dort hineingesteckt«, sagte Clarence lächelnd, »als Trophäen. Sie hat mir von Miss Portmans Sieg über das Herz von Sir Philip Baddely erzählt, und Miss Portman hätte sie eigentlich dort lassen müssen als unbestreitbaren Beweis für den Geschmack und die Urteilsfähigkeit des Baronets.«

Clarence Hervey wirkte ein wenig verlegen und wurde wohl durch irgendeinen geheimen Grund davon abgehalten, seine wahren Gefühle zu offenbaren: Sein Betragen veränderte sich ständig. – Belinda kam nicht umhin, seine Verwirrung zu bemerken – sie flüchtete sich wieder zu den Goldfischen und zu Helena, über diese zwei Themen konnten sie beide problemlos sprechen. Lady Delacour erschien, als Clarence gerade damit fertig war, von den Experimenten des Abbé Nollets[8] zu berichten, von denen er durch seinen Freund Dr. X— gehört hatte.

»Also, Miss Portman, die Übermittlung von Klang im Wasser ...«, sagte Clarence.

»Ganz vertieft in Fragen der Philosophie, also wirklich!«, sagte Lady Delacour, als sie hereinkam. »Was ist das mit der Übermittlung von Klang im Wasser? – Ha! wo kommen denn die hübschen Goldfische her?«

»Diese Goldfische«, sagte Belinda, »sollen Marriott über den Verlust ihres Aras hinwegtrösten.«

»Dankeschön, meine liebe Belinda, für diese stummen Trosttiere«, sagte ihre Ladyschaft – »das Beste, was Sie nur wählen konnten!«

»Ich verdiene nicht, für die Wahl gelobt zu werden«, sagte Belinda, »aber ich bin von Herzen froh, dass Sie damit einverstanden sind.«

»Was für hübsche Kerlchen!«, sagte Lady Delacour, »es gibt keine hübscheren Fische seit den Tagen des Prinzen auf den Schwarzen Inseln[9] in den *Geschichten aus Tausendundeiner Nacht*. – Und habe ich Ihnen diese neuen Untertanen zu verdanken, Clarence?«

»Nein, ich hatte nur die Ehre, sie Ihre Ladyschaft zu bringen von ...«

»Von wem bloß? – Habe ich unter all meinen vielen Bekannten einen in dieser Welt, dem ich einen Goldfisch wert bin? – Halt – sagen Sie es nicht, lassen Sie mich raten – Lady Newland? – Nein. Sie schütteln Ihre Köpfe – ich habe ihre Ladyschaft auch nur genannt, weil ich weiß, sie will mich bestechen, damit ich zu der einen oder anderen ihrer dummen Gesellschaften gehe; sie will so viel Geschmack aus mir herausholen, dass sie ein Vermögen ausgeben kann. Aber Sie sagen, es war nicht Lady Newland? – Mrs Hunt dann vielleicht, denn sie hat zwei Töchter, die ich zu meinen Konzerten einladen soll? – Mrs Hunt war es auch nicht? – Nun, dann war es Mrs Masterson, denn die möchte gern mit mir nach Harrogate kommen – wohin ich im Übrigen nicht fahren werde – so dass ich sie nicht um ihre Goldfische betrügen möchte. – Es war Mrs Masterson, nicht wahr?«

»Nein. Aber diese kleinen Goldfische kommen von einer Person, die furchtbar gern mit Ihnen nach Harrogate fahren würde«, sagte Clarence Hervey. »Die aber auch sehr gern mit Ihnen in der Stadt bleiben würde«, ergänzte Belinda, »von einer Person, die nichts von Ihnen will als – Ihre Liebe.«

»Männlich oder weiblich?«, fragte Lady Delacour.

»Weiblich.«

»Weiblich? Ich habe keine Freundin auf dieser Welt außer Ihnen, meine liebe Belinda! Ich wüsste auch von keiner Frau, über deren Liebe ich auch nur eine Sekunde lang nachdenken würde. Aber sagen Sie mir doch den Namen dieser unbekannten Freundin, die nichts als meine Liebe von mir will!«

»Es tut mir leid«, sagte Belinda, »ich kann Ihnen den Namen nicht sagen, bevor Sie nicht versprechen, sie zu sehen.«

»Sie haben mich so weit gebracht, dass ich es kaum erwarten kann, sie zu sehen«, sagte Lady Delacour, »aber Sie wissen ja, ich kann noch nicht ausgehen, und bei neuen Bekannten muss man das ganze Zeremoniell des morgendlichen Besuches und so weiter beachten. – Nun, *en conscience*[10], lohnt sich das alles?«

»Das lohnt sich wirklich sehr«, riefen Belinda und Clarence Hervey eifrig.

»*Ah pardi!*, wie Monsieur le Comte ständig ausruft. – *Ah pardi!* Sie sind beide so eigentümlich an dieser Sache interessiert. – Es ist wohl eine Schwester, Nichte oder Cousine von Lady Anne Percival – oder – nein, Belinda schaut drein, als wäre auch das falsch. – Dann – ist es vielleicht Lady Anne selbst? – Nun, nehmen Sie mich zu wem auch immer mit und stellen Sie mich wem auch immer vor, ich verlasse mich ganz auf Ihr Feingefühl und Ihre Urteilsfähigkeit in diesen Dingen, aber ich bin wirklich noch nicht in der Lage, morgendliche Besuche zu machen.«

»Die Zeremonie eines morgendlichen Besuchs ist in diesem Fall ganz und gar unnötig«, sagte Belinda, »ich werde Ihnen die unbekannte Freundin morgen vorstellen, wenn ich sie zu Ihrer Lesung einladen darf.«

»Mit Vergnügen. Es ist sicher eine reizende Emigrantin aus Clarence Herveys Bekanntenkreis. Aber wo haben Sie sie denn heute Morgen getroffen? – Sie haben sich beide zusammengetan, um mir Rätsel aufzugeben. – Sie müssen dann auch die Verantwortung tragen, wenn diese neue Bekannte nicht, wie Ninon de L'Enclos einmal sagte, *quit cost*.[11] – Aber wenn sie nur halb so angenehm und *graziös* ist wie die Komtesse de Pomenars, Clarence, würde ich ihre Bekanntschaft nicht für zu teuer erkauft halten, selbst wenn ich sie mit einem Dutzend morgendlicher Besuche erkaufen müsste.«

An diesem Punkt wurde die Unterhaltung durch einen donnernden Schlag an der Tür unterbrochen.

»Wessen Kutsche ist es denn?«, fragte Lady Delacour. – »Oh, Lady Newlands protzige Livree, und hier sehen wir, wie ihre Ladyschaft so unbeholfen aus der Kutsche aussteigt, als hätte sie noch nie in einer gesessen. – Viel zu sehr herausgeputzt, wie man das ja von den Damen aus der Stadt kennt! – Bitte, Clarence, schauen Sie sich das an, in einen Stoffballen aus Goldmusselin eingepackt und im vollen Bewusstsein, dass sie ein ganzes Schmuckkästchen von Diamanten mit sich herumträgt! – ›Wert, wenn ich denn etwas wert bin, mindestens fünfhundert Pfund Bankenwährung!‹, sagt sie oder scheint sie zu sagen, wann immer sie einen Raum betritt. – Jetzt wollen wir einmal ihr Entree erleben. Aber, meine Liebe!«, rief Lady Delacour erschreckt, als sie Belinda genauer betrachtete, die noch immer in ihrem Morgenkleid war, »das geht nun wirklich nicht! – Laufen Sie schnell zu Marriott, ich flehe Sie an, wir müssten sonst die Verachtung einer Dame fürchten, die Ihre Bekleidung mit einem einzigen Blick *au juste*[12] bis auf den letzten Pfennig pro Zoll einschätzen wird.«

Als sie das Zimmer verließ, hörte Belinda, wie Clarence Hervey aus Ben Jonson zitierte:

»Gib mir den Blick, gib mir ein Gesicht,
Einfachheit stört ihre Anmut nicht;
Die Robe fließt lose, ihr Haar so frei, –«

Er hielt inne, aber Belinda erinnerte sich an den Rest der Strophe:

Ihre süße Missachtung, sie zwingt mich herbei
Mehr noch als kunstvoller Lug, Trug und Schmerz,
Die mir fallen ins Auge, jedoch nicht ins Herz.[13]

Es wurde bemerkt, dass Miss Portman sich an diesem Tag mit äußerster Einfachheit kleidete.

Lady Delacours Neugier war durch Belindas und Clarence Herveys Beschreibung der neuen Bekannten geweckt worden, die die Goldfische geschickt hatte und die nichts weiter wollte als ihre Liebe.

Miss Portman sagte ihr, dass die *Unbekannte* eine halbe Stunde vor dem Rest der Gesellschaft zu der Lesung kommen würde. Ihre Ladyschaft war allein in der Bibliothek, als Lady Anne Percival Helena brachte, worum Belinda sie in einem Briefchen gebeten hatte.

Miss Portman lief eilig die Treppen hinunter in die Eingangshalle, um sie in Empfang zu nehmen: Das kleine Mädchen nahm ihre Hand, ohne ein Wort zu sagen. – »Deine Mutter hat sich sehr über die Goldfische gefreut«, sagte Belinda, »und sie wird sich noch mehr freuen, wenn sie erfährt, dass sie von dir kommen, *das* weiß sie bisher noch nicht.«

»Ich hoffe, es geht ihr heute besser? Ich werde auch nicht das kleinste bisschen Lärm machen«, flüsterte Helena, als sie auf Zehenspitzen die Treppe hinaufging.

»Du brauchst keine Angst zu haben, dass du zu laut bist – du brauchst nicht auf Zehenspitzen zu gehen oder die Tür leise zu schließen, denn Lady Delacour scheint alle Geräusche zu mögen, nur das Geschrei des Aras nicht. – Hier entlang, meine Liebe.«

»Oh, ich vergaß – es ist so lange her! – Ist Mama schon aufgestanden und angezogen?«

»Ja. Sie hat auch schon Konzerte und Bälle seit ihrer Krankheit gegeben. – Heute Abend wirst du ein Schauspiel zu hören bekommen«, sagte Belinda, »von dem französischen Herrn, den Lady Anne Percival gestern erwähnte.«

»Aber ist denn eine große Gesellschaft bei Mama?«

»Im Moment ist niemand bei ihr, also komm mit mir in die Bibliothek«, sagte Belinda. – »Lady Delacour, hier ist die junge Dame, die Ihnen die Goldfische geschickt hat.«

»Helena!«, rief Lady Delacour.

»Jetzt müssen Sie aber wahrlich zugeben, dass Mr Hervey recht hatte, als er sagte, die Dame habe eine auffallende Ähnlichkeit mit Ihrer Ladyschaft.«

»Mr Hervey weiß zu schmeicheln. Ich hatte nie diese Arglosigkeit, nicht einmal in meinen besten Tagen. – Aber es stimmt, sie hat meinen Kopf – und meine Hände und Arme. – Aber warum zitterst du, Helena? Ist denn etwas so schrecklich an deiner Mutter?«

»Nein, nur ...«

»Was, nur, mein Liebes?«

»Es ist nur – ich hatte Angst – Sie könnten mich nicht leiden.«

»Wer hat dir denn solch unnötige Befürchtungen in deinen kleinen dummen Kopf gesetzt? – Komm, Dummerchen, gib mir einen Kuss – und erzähle mir, wie es kommt, dass du nicht in Oakley Hall bist – oder – wie heißt es gleich? – Oakley Park?«

»Lady Anne Percival sagte, sie wolle nicht mit mir die Stadt verlassen, solange Sie krank sind, denn sie dachte, Sie möchten vielleicht – ich meine, sie dachte, dass ich Sie vielleicht besuchen könnte – wenn Sie das wollten.«

»Lady Anne ist sehr gut – sehr entgegenkommend – sehr rücksichtsvoll.«

»Sie hat ein *sehr* gutes Herz.«

»Du liebst diese Lady Anne Percival, das merke ich wohl.«

»Oh, ja, das tue ich. Sie war immer so gütig zu mir! Ich liebe sie so, wie wenn sie ...«

»Wie wenn sie – was? – Beende doch deinen Satz.«

»... meine Mutter wäre«, sagte Helena mit leiser Stimme und errötete.

»Du liebst sie so sehr, als wäre sie deine Mutter«, wiederholte Lady Delacour, »das ist ja ganz verständlich; sprich verständlich, wann immer du etwas sagst, und lass niemals einen Satz unvollendet.«

»Ja, Ma'am.«

»Nichts zeugt von schlechterer Erziehung und ist so absurd, denn es zeigt, dass du zwar deine Gefühle verbergen möchtest, aber dass es dir nicht gelingt. – Nun, meine Liebe, fahre ruhig gleich nach Oakley Park – alles Zeremoniell mir gegenüber sei dir erlassen.«

»Zeremoniell, Mama!«, sagte das kleine Mädchen, und die Tränen traten ihm in die Augen – Belinda seufzte, und für eine gewisse Zeit herrschte tödliche Stille.

»Ich wollte damit nur sagen, Miss Portman«, hob Lady Delacour wieder an, »dass ich jede Art von Verpflichtungszeremoniell hasse, aber ich weiß auch, dass es Menschen auf dieser Welt gibt, die so etwas lieben, die meinen, alle Tugend, alle Zuneigung hingen von Zeremoniellen ab, die ›sich nur mit *Schicklichkeit* begnügen‹.[14] Ich will mich nicht über Verdienste dieser Art streiten. Im Grunde bekommen diese Leute ihren Lohn schon durch die gute Meinung und die guten Worte der Kleingeister, das heißt, von mehr als der halben Welt. Ich neide ihnen auch ihren mühsam verdienten Ruhm nicht. Zeremonielles Denken mag sich vor dem zeremoniellen Denken mit chinesischer Höflichkeit verbeugen, aber wenn reines Zeremoniell mit Zuneigung bezahlt werden will, bitte ohne mich.«

»Reines Zeremoniell kann Zuneigung überhaupt nicht wertschätzen und würde deswegen auch nicht erwarten, damit belohnt zu werden«, sagte Belinda.

»Nie im Leben«, fuhr Lady Delacour in ihrem Gedankengang fort, ohne Belinda zuzuhören, »nie im Leben wurde etwas wie echte Zuneigung von solchen zeremoniellverliebten Menschen gewonnen.«

»Niemals«, sagte Miss Portman und schaute auf Helena, die intelligent genug war zu erkennen, dass die Tirade Ihrer Mutter zum Thema Zeremoniell gegen Lady Anne Percival gerichtet war, und in schmerzlicher Verlegenheit dasaß, die Augen niedergeschlagen und Gesicht und Nacken von Röte überzogen. »Niemals«, sagte Miss Portman, »hat eine Person, der es nur um Schicklichkeit und leeres Zeremoniell geht, echte Zuneigung gewonnen, schon gar nicht von Kindern, die das Wesen anderer Menschen oft ganz außerordentlich gut beurteilen können, weil sie keine Vorurteile haben.«

»Wir neigen ja alle dazu zu meinen, dass eine Meinung, die sich von unserer unterscheidet, ein Vorurteil ist«, sagte Lady Delacour, »wie sollen wir da zu einer Entscheidung kommen?«

»Durch Fakten, würde ich denken«, sagte Belinda.

»Aber es ist so schwierig, an Fakten zu gelangen, das gilt sogar für bloße Kleinigkeiten«, sagte Lady Delacour, »wir können Handlungen sehen, aber die Beweggründe dahinter sehen wir selten. – Ein Aphorismus, der von Konfuzius stammen könnte. – Jetzt zur praktischen Anwendung. – Hör einmal, meine liebe Helena, wie bist du denn an die hübschen Goldfische gekommen, die du mir freundlicherweise gestern geschickt hast?«

»Lady Anne Percival hat sie mir gegeben, Ma'am.«

»Und wie kam es, dass ihre Ladyschaft sie dir gegeben hat, Ma'am?«

»Sie hat sie mir gegeben«, sagte Helena zögernd.

»Du musst nicht rot werden und wiederholen, dass sie sie dir gegeben hat, das habe ich schon gehört – das ist die Tatsache – jetzt zu dem Beweggrund, es sei denn, der ist ein Geheimnis. – Wenn er ein Geheimnis ist, das du nicht verraten sollst, ist es ganz richtig, wenn du nichts sagst. – Ohne Zweifel ist es nach gewissen Erziehungsprinzipien notwendig, dass man Kinder lehrt, Geheimnisse zu bewahren, und ich bin mir sicher (denn Lady Anne Percival kann, wie ich gehört habe, Fragen des Anstands perfekt beurteilen), dass es besonders angemessen ist, einer Tochter beizubringen, wie sie Geheimnisse vor ihrer Mutter bewahrt: Also, meine Liebe! Du brauchst dir nicht die Mühe zu machen, zu erröten und zu zögern – ich stelle keine weiteren Fragen mehr – ich wusste ja nicht, dass es sich in diesem Fall um ein Geheimnis handelt.«

»Es gibt absolut kein Geheimnis in diesem Fall, Mama«, sagte Helena, »nur ich – ich zögere, weil ...«

»Du zögerst *nur*, weil, meinst du wohl. – Ich gehe einmal davon aus, dass Lady Anne Percival keine Einwände dagegen hat, dass du gutes Englisch sprichst?«

»Ich habe nur gezögert, weil ich fürchtete, es könne nicht richtig sein, mich selbst zu loben. Lady Anne Percival hat uns alle einmal gebeten ...«

»Uns alle?«

»Ich meine Charles, Edward und mich – sie bat uns, ihr einen Bericht über einige Experimente zu geben, die sich mit dem Hörvermögen von Fischen beschäftigen, von denen Dr. X— uns erzählt hat; sie versprach demjenigen die Fische zu geben, die wir alle sehr gernhatten, der den besten Bericht verfasste – und Lady Anne hat mir die Fische gegeben.«

»Und das ist das ganze Geheimnis? – Dann war es in Wahrheit Bescheidenheit, die sie zögern ließ, Belinda? Ich muss mich bei dir entschuldigen, mein Liebes – und bei Lady Anne – Sie sehen, wie ehrlich ich bin, Belinda. Aber noch eine Frage, Helena: Wer hat dich denn auf die Idee gebracht, die Goldfische zu schicken?«

»Niemand, Mama, niemand hat mich auf die Idee gebracht. – Ich war nur bei dem Vogelhändler gestern, als Miss Portman versucht hat, einen Vogel für Mrs Marriott zu finden, der keinen Lärm machen konnte, der Sie stören würde; da dachte ich, meine Fische wären doch die allerbesten Tiere für Sie, denn sie können überhaupt kein Geräusch machen, und sie sind so hübsch wie jeder Vogel der Welt – sogar noch hübscher, finde ich – und ich hoffe, Mrs Marriott findet das auch.«

»Ich weiß ja nicht, wie Marriott darüber denkt, aber ich kann dir sagen, was ich denke«, sagte Lady Delacour, »nämlich, dass du das freundlichste kleine Mädchen der Welt bist und dass du mich dazu bringen würdest, dich liebzuhaben, selbst wenn ich ein Herz aus Stein hätte – was ich nicht habe, was immer manche Leute auch denken mögen. – Gib mir einen Kuss, mein Kind!«

Das kleine Mädchen sprang auf, warf seine Arme um ihre Mutter und rief: »Oh, Mama, meinst du das ernst?« und drückte sich an die Brust der Mutter, so fest es nur konnte.

Lady Delacour schrie auf und schob ihre Tochter von sich.

»Sie ist nicht verärgert, mein Liebes!«, sagte Belinda. »Sie hat nur plötzlich schreckliche Schmerzen. – Hab keine Angst – es wird ihr gleich bessergehen. Nein – klingele nicht nach den Dienern, aber versuch einmal, die Fensterläden und den Schieberahmen zu öffnen.«

Während Belinda Lady Delacour stützte und während Helena versuchte, das Fenster zu öffnen, kam ein Diener in das Zimmer, um den Grafen von N— anzukündigen.

»Führen Sie ihn in den Salon«, sagte Belinda. – Lady Delacour erhob sich, obwohl sie große Schmerzen hatte, und zog sich in ihr Ankleidezimmer zurück. – »Ich kann noch nicht zu diesen Leuten herunterkommen«, sagte sie, »Sie müssen mich bei dem Grafen entschuldigen und auch bei den anderen Gästen; und sagen Sie der armen Helena, dass ich nicht verärgert war, auch wenn ich sie von mir geschoben habe. Lassen Sie sie unten warten, ich komme, sobald ich kann. Senden Sie nach Marriott – und, meine Liebe, vergessen Sie nicht Helena zu sagen, dass ich nicht verärgert war.«

Die Lesung nahm ihren Lauf, und Lady Delacour erschien, als die Gesellschaft gerade zwischen dem vierten und fünften Akt etwas Orgeat[15] trank. »Helena, *mein Liebes!*«, sagte sie, »magst du mir ein Glas Orgeat bringen?« – Clarence Hervey blickte mit einem bewundernden Lächeln zu Belinda hinüber. – »Meinen Sie nicht«, flüsterte er, »dass wir Erfolg haben werden? Haben Sie Lady Delacours Gesichtsausdruck gesehen?«

Nichts trägt so viel dazu bei, die Wertschätzung und die Zuneigung zweier Menschen füreinander zu vermehren, als wenn diese ein gemeinsames Objekt ihrer Mildtätigkeit haben. Clarence Hervey und Belinda schienen an diesem Abend die Gedanken und Gefühle des jeweils anderen zu kennen, und zwar besser, als sie es je im Laufe ihrer Bekanntschaft getan hatten.

Nachdem das Stück vorüber war, ging ein Großteil der Gesellschaft nach Hause, nur eine kleine Gruppe von *beaux esprits*[16] blieb zum Abendessen. Sie standen noch an dem Tisch, an dem der Comte gelesen hatte; mehrere Bände mit französischen Dramen und Romanen lagen dort, und Clarence Hervey rief, indem er einen davon in die Hand nahm: »Kommen Sie, versuchen wir das Schicksal mit einem *Sortes-Virgilianae*-Spiel.«

Lady Delacour öffnete das Buch, bei dem es sich um einen Band von Marmontels Geschichten handelte.

»*La Femme comme il y a en a peu!*«, rief Hervey aus.

»Wer wird jetzt noch an die *Sortes Virgilianae* glauben?«, sagte Lady Delacour lachend, aber während sie noch lachte, ging sie näher an die Kerze, um die Seite zu lesen, die sie geöffnet hatte. Belinda und Clarence Hervey folgten ihr. »Also wirklich, es ist schon eigentümlich, Belinda, dass ich gerade diese Seite aufgeschlagen habe«, fuhr sie mit leiser Stimme fort und zeigte sie Miss Portman.

Beschrieben wurde dort, wie die *femme comme il y en a peu*[17] mit ihrem Ehegatten umging, der eine extreme Furcht davor an den Tag legte, man möge denken, er würde von seiner Frau beherrscht. Als ihre Ladyschaft die Seite umblätterte, sah sie ein Myrtenblatt, das Belinda, die diese Geschichte am Tag zuvor gelesen hatte, als Lesezeichen in das Buch gelegt hatte.

»Wessen Lesezeichen ist denn das? Bestimmt das Ihre, Belinda, es ist so elegant«, sagte Lady Delacour. »So! Das ist also der Plan, den Sie beide ausgeheckt haben, ich verstehe«, fuhr ihre Ladyschaft ein wenig verletzt fort, »Sie haben einen Plan ausgeklügelt, um mir sehr freundlich *dire de vérités!*[18] Der eine sagt: ›Versuchen wir doch das Schicksal mit einem *Sortes-Virgilianae-*Spiel.‹ – Die andere hat geschickt bereits ein Lesezeichen in das Buch gelegt, damit es sich an der Stelle öffnet, die eine Lektion für das unartige Kind enthält.«

Belinda und Clarence Hervey versicherten ihr, dass sie sich solch gemeiner Künste nicht bedient hätten – dass nichts von ihnen ausgeklügelt worden sei.

»Wie kam denn das Myrtenblatt in das Buch?«, sagte Lady Delacour.

»Ich habe die Geschichte gestern gelesen und es als Lesezeichen verwendet.«

»Ich muss Ihnen wohl glauben, denn Sie haben mich noch nie betrogen, nicht einmal bei der kleinsten Kleinigkeit; Sie sind die Wahrheit in Person, Belinda. – Nun, Sie sehen, dass *Sie* der Grund dafür waren, dass ich ein so außerordentliches Los gezogen habe, das Buch hätte sich nicht an dieser Stelle geöffnet, wenn da nicht Ihr Lesezeichen gewesen wäre. Mein Schicksal, das sehe ich wohl, liegt in Ihrer Hand: Wenn Lady Delacour jemals *la femme comme il y a peu* werden sollte, was die *unwahrscheinlichste* Sache dieser Welt sein dürfte, Miss Portman, dann sind Sie der Grund dafür.«

»Was die wahrscheinlichste Sache der Welt sein dürfte«, sagte Clarence Hervey. »Diese Myrte hat einen hinreißenden Duft«, fügte er noch hinzu und rieb das Blatt mit den Fingern.

»Aber, wenn man es genau nimmt«, sagte Lady Delacour und warf das Buch zur Seite, »ist diese Heldin von Marmontel nicht *la femme comme il y en a peu*, sondern vielmehr *la femme comme il n'y en a point.*«[19]

»Mrs Margaret Delacours Kutsche, Milady, für Miss Delacour!«, sagte der Diener zu ihrer Ladyschaft.

»Helena bleibt heute Nacht bei mir, mit besten Grüßen«, sagte Lady Delacour. »Wie glücklich der kleine Racker ausschaut!«, fügte sie noch hinzu und wandte sich an Helena, die die Botschaft gehört hatte, »und wie hübsch sie aussieht, wenn sie glücklich ist! Die kastanienbraunen Locken, die du hast, Helena, ist das Natur oder sind sie aufgedreht?«

»Natur, Mama.«

»Natur? – Na, umso besser. Meine Haare waren in deinem Alter auch so lockig.«

Einige Anwesende nahmen nun die erstaunliche Ähnlichkeit zwischen Helena und ihrer Mutter wahr, und je mehr Lady Delacour ihre Tochter als Teil ihrer selbst betrachtete, desto mehr freute sie sich an ihr. Die Glaskugel mit den Goldfischen wurde beim Abendessen mitten auf den Tisch gestellt, und Clarence Hervey umwarb ihre Ladyschaft an diesem Abend mit so viel Aufmerksamkeit wie nie zuvor.

Die Unterhaltung bei Tische wandte sich einer prachtvollen und eleganten Gesellschaft zu, die eine sehr populäre Herzogin organisiert hatte, und einige der Anwesenden lobten in den höchsten Tönen, wie schön und wie wohlerzogen die Tochter Ihrer Durchlaucht sei, die bei dieser Gelegenheit zum ersten Mal in der Öffentlichkeit erschienen war.

»Die Tochter wird die Mutter in den Schatten stellen, vollkommen in den Schatten stellen«, sagte Lady Delacour. »Eine solche Sonnenfinsternis wurde schon von vielen klugen Leuten vorausgesagt«, sagte Clarence Hervey, »aber wie kann das geschehen bei zwei Körpern, die einander niemals begegnen? – Und so ist es meines Ermessens doch bei der Herzogin und ihrer Tochter.«

Diese Beobachtung schien tiefen Eindruck bei Lady Delacour zu hinterlassen. Clarence Hervey fuhr fort und gab mit großer Beredsamkeit zu verstehen, wie sehr er die Mutter bewundere, die ihre Vergnügungssucht aufgegeben hatte, um ihre einzigartigen Talente der Erziehung ihrer Kinder zu widmen, und die

die Tugend in Mode gebracht hatte wie nie zuvor durch ihren unwiderstehlichen Witz und ihre Schönheit.

»Also, Clarence«, sagte Lady Delacour und erhob sich vom Tisch, »*vous parlez avec beaucoup d'onction.*[20] Ich gebe Ihnen den guten Rat, schreiben Sie eine *comédie larmoyante* oder ein Drama nach der deutschen Mode[21] und nennen Sie es *Die Schule der Mütter*, dann sollten Sie noch ihre Durchlaucht bitten, die Rolle der Heldin zu übernehmen.«

»Ihre Ladyschaft würden doch sicherlich nicht so grausam sein, einen ihrer treuen Diener wegzuschicken, um sich eine neue Heldin zu suchen?«, sagte Clarence Hervey.

Lady Delacour lächelte erst über das Kompliment, aber wenige Minuten später seufzte sie bitterlich. »Für mich ist es zu spät, jemals die Rolle einer Heldin zu übernehmen«, sagte sie.

»Zu spät?«, rief Hervey und folgte ihr eifrig, als sie den Raum, in dem man das Abendessen eingenommen hatte, verließ. »Zu spät? – Ihre Durchlaucht ist um *einige* Jahre älter als Ihre Ladyschaft.«

»Nun – ich meinte etwas anderes als *zu spät*«, sagte Lady Delacour, »aber lassen Sie uns von etwas anderem reden – warum waren Sie letzthin nicht bei der *fête champêtre*[22]? Und wo waren Sie denn den ganzen Morgen über? – Und bitte, können Sie mir sagen, wann ihr Freund Dr. X— wieder in die Stadt zurückkommt?«

»Mr Horton geht es langsam besser«, sagte Clarence, »und ich hoffe, dass wir Dr. X— bald wieder bei uns haben werden. Ich habe gehört, er soll in wenigen Tagen in die Stadt zurückkommen.«

»Hat er nach mir gefragt? – Wollte er wissen, wie es mir geht?«

»Nein, ich nehme an, er hielt es für selbstverständlich, dass es Ihrer Ladyschaft recht gut geht, denn ich habe ihm erzählt, dass Sie sich jeden Tag ein wenig mehr erholen und dass Sie in bester Stimmung seien.«

»Ja«, sagte Lady Delacour, »aber ich verausgabe mich mit dieser wunderbaren Stimmung. Meine Nerven sind immer noch sehr reizbar, versichere ich Ihnen, und lange aufzubleiben ist gar nicht gut für mich. Deswegen sage ich Ihnen und dem Rest der Welt jetzt gute Nacht – Sie sehen, ich bin die Lebedame[23], die sich bessern will.«

Kapitel XIV
Die Ausstellung

Zwei Stunden, nachdem ihre Ladyschaft sich in ihre Gemächer zurückgezogen hatte, ging Belinda an ihrer Tür vorbei auf dem Weg zu ihrem eigenen Schlafzimmer und hörte, wie Lady Delacour nach ihr rief.

»Belinda, Sie brauchen nicht so leise zu gehen, ich schlafe noch nicht. Könnten Sie bitte hereinkommen, meine Liebe? Ich habe Ihnen etwas Wichtiges mitzuteilen. Sind sie alle gegangen?«

»Ja, und ich dachte, Sie schliefen. Ich hoffe, Sie haben keine Schmerzen?«

»Im Moment nicht, danke, aber die Umarmung der armen kleinen Helena war schon sehr schlimm. Sie sehen ja, was für unglücklichen Zufällen ich ausgesetzt wäre, wenn ich das Kind ständig um mich hätte, aber dann wieder scheint sie so lieb und anhänglich zu sein, dass ich wünschte, es wäre möglich, sie zu Hause zu behalten. Setzen Sie sich doch an mein Bett, meine liebe Belinda, und ich werde Ihnen erzählen, was ich beschlossen habe.«

Belinda setzte sich, und Lady Delacour sagte einige Minuten lang kein Wort.

»Ich habe beschlossen, noch einen verzweifelten Versuch zu machen, mein Leben zu retten. Neue Pläne, neue Hoffnung auf Glück haben meine Vorstellungskraft beflügelt, und mit der

Hoffnung, doch noch glücklich zu werden, steigt auch mein Mut. Ich bin entschlossen, mich der furchtbaren Operation zu unterziehen, die allein mich radikal kurieren kann; – Sie verstehen mich schon. Aber das muss ein absolutes Geheimnis bleiben. Ich kenne eine Person, die diese Operation unter vollkommener Geheimhaltung durchführen könnte.«

»Aber vor allem anderen«, sagte Belinda, »ist doch wichtig, dass Sie in sicheren Händen sind.«

»Nein, Geheimhaltung ist das Wichtigste. Nein, bitte stellen Sie das nicht in Frage. Hören Sie mich an – ich werde Helena für ein paar Tage bei mir behalten; sie war überrascht von dem, was heute Abend in der Bibliothek geschehen ist; ich muss jeden Verdacht ihrerseits ausräumen.«

»Sie hat überhaupt gar keinen Verdacht«, sagte Belinda.

»Nun, umso besser; dann soll sie gleich in ihre Schule zurückkehren oder nach Oakley Park. – Ich werde mich also meiner Probe auf Leben oder Tod unterwerfen, und wenn ich überlebe, werde ich das sein, was ich noch nie war, eine Mutter für Helena. Wenn ich sterben sollte, werden Sie und Clarence Hervey sich um sie kümmern; – ich weiß, dass Sie das tun werden. Dieser junge Mann ist Ihrer wert, Belinda. Hiermit beauftrage ich Sie, dass Sie ihm, wenn ich sterbe, sagen, ich hätte gewusst, was für ein wunderbarer Mensch er sei; dass ich eine Seele hatte, die für die Beredsamkeit der Tugend empfänglich war.«

Lady Delacour sagte nach kurzem Innehalten in verändertem Ton: »Glauben Sie, Belinda, dass ich diese Operation überlebe?«

»Die Meinung von Dr. X—«, sagte Belinda, »hat bestimmt mehr Aussagekraft als die meine«, und sie wiederholte, was der Doktor ihr in schriftlicher Form zu der Frage hinterlassen hatte.

»Sie sehen«, fügte Belinda hinzu, »Dr. X— ist keineswegs sicher, dass Sie wirklich an der Krankheit leiden, die Sie fürchten.«

»Also ist der Doktor der Meinung, dass ich mich zwangsläufig zugrunde richten werde, wenn ich mich in der fruchtlosen Hoffnung auf Geheimhaltung in unwissende Hände begebe? Das sind seine eigenen Worte, nicht wahr? – Sehr starke Worte – und er ist umsichtig genug, sie in schriftlicher Form zu hinterlassen. So kann er für ›Maßnahmen, die er nicht empfohlen hat‹, auch nicht verantwortlich gemacht werden. Und Sie ebenso wenig, meine Liebe! – Sie alle haben getan, was korrekt und angemessen ist. – Aber vergessen Sie bitte nicht, dass ich weder ein Kind bin noch eine alte Närrin, dass ich schon ein gesetztes Alter erreicht habe und dass ich nicht in einem fiebrigen Delirium bin, deswegen kann es keinen Grund geben, warum man mich *anleiten* müsste. In diesem besonderen Fall muss ich darauf bestehen, die Leitung selbst zu übernehmen. Ich habe Vertrauen in die Fähigkeiten der Person, die ich anstellen will. Dr. X— hätte das sehr wahrscheinlich nicht, weil der Mann womöglich kein Diplom hat, um Menschen ordnungsgemäß zu töten oder zu kurieren. Nun, das tut nichts zur Sache. Ich bin es schließlich, die sich der Operation unterziehen muss. Es ist *meine* Gesundheit, *mein* Leben, die hier riskiert werden, und wenn ich es zufrieden bin, so ist das genug. – Geheimhaltung, wie ich Ihnen schon sagte, ist mir das Wichtigste.«

»Und können Sie sich nicht«, sagte Belinda, »mit größerer Sicherheit auf die Ehre eines Chirurgen verlassen, der zu den Besten seines Berufsstandes gehört und der einen guten Ruf zu verlieren hat, als auf das vage Versprechen zur Geheimhaltung von einem unbekannten Quacksalber, der keinen Ruf hat, den er verlieren könnte?«

»Nein«, sagte Lady Delacour, »ich sage Ihnen, meine Liebe, ich kann mich nicht von diesen ›ehrenwerten Männern‹[24] abhängig machen. Ich habe Mittel und Wege gefunden, in dieser Beziehung sicherzugehen; die Ehre und das närrische Feingefühl dieser Herren würde es ihnen nicht erlauben, solch eine Operation an einer Frau durchzuführen ohne die Kenntnis, die Unterschrift, das Einverständnis etc. etc. etc. ihres Ehegatten. Und dass Lord Delacour von der Sache erfährt, kommt ganz und gar nicht in Betracht.«

»Aber warum nicht, meine liebe Lady Delacour, warum nicht?«, fragte Belinda mit großer Ernsthaftigkeit. »Ein Ehemann sollte doch sicherlich vor allen anderen das Anrecht haben, bei solch einer Gelegenheit konsultiert zu werden! Ich beschwöre Sie, Lord Delacour Ihr Vorhaben mitzuteilen, und dann wird sich alles finden. Sagen Sie *ja*, meine liebe Freundin! Lassen Sie mich einmal Ihnen den Weg weisen«, sagte Belinda und nahm die Hand ihrer Ladyschaft und hielt sie zwischen ihren beiden Händen mit liebevollem Nachdruck.

Lady Delacour gab keine Antwort, aber schaute in Belindas Augen.

»Lord Delacour hat ein Recht darauf, weil er so viel Interesse gezeigt hat, zunehmendes Interesse an Ihrer Gesundheit. Seine Güte und sein freundliches Verhalten neulich morgens haben Ihnen doch auch gefallen, und jetzt haben Sie eine Gelegenheit, ihm das Vertrauen zu beweisen, das seine Zuneigung und seine unveränderliche Anhänglichkeit Ihnen gegenüber verdienen.«

»Ich habe kein großes Interesse an der Unveränderlichkeit von Lord Delacours Anhänglichkeit mir gegenüber«, sagte ihre Ladyschaft kalt und entzog Belinda ihre Hand. »Ob die Zuneigung seiner Lordschaft mir gegenüber zunimmt oder abnimmt, ist mir ganz und gar gleichgültig. Aber wenn mir wirklich daran gelegen wäre, ihm seine Aufmerksamkeit der letzten Zeit zu vergelten, wäre es doch vielleicht angemessener, wenn wir eine bessere Belohnung fänden als die, die Sie vorschlagen. Falls Sie nicht meinen, dass Lord Delacour eine besondere Vorliebe für chirurgische Operationen hat, sehe ich nicht, wie die Tatsache, dass er von mir ins Vertrauen gezogen wird, seine Zuneigung zu mir stärken kann – eine Zuneigung, die mich wirklich keinen Deut kümmert, wie Sie ja wohl besser als sonst jemand wissen. Denn eine Heuchlerin bin ich nun wirklich nicht, ich habe Sie ja in alle meine Herzensangelegenheiten eingeweiht, Belinda.«

»Aus ebendiesem Grunde«, sagte Miss Portman, »liegt mir so viel daran, den Einfluss, den ich, wie ich weiß, auf Ihr Herz habe, für Ihr Glück einzusetzen. Ich bin fest davon überzeugt, dass es vollkommen unmöglich sein wird, Ihren Plan in diesem Haus auszuführen, ohne dass Ihr Gatte etwas davon mitbekommt. Falls er es durch Zufall *entdeckt*, wird er ganz anders fühlen, als wenn Sie ihn von vornherein ins Vertrauen ziehen.«

»Um Himmels willen, meine Liebe!«, rief Lady Delacour. »Ich will von Lord Delacours Gefühlen nichts mehr hören.«

»Dann erlauben Sie mir, von meinen eigenen zu sprechen«, sagte Belinda, »ich kann mich mit der Angelegenheit nicht befassen, wenn sie vor Ihrem Mann geheim gehalten wird.«

»Das können Sie halten, wie Sie wollen«, sagte Lady Delacour hochmütig. »Ihr Sinn für Anstand gegenüber Lord Delacour ist, wie ich feststelle, stärker als Ihr Sinn für Ehre mir gegenüber. Aber ich habe keinen Zweifel, dass Sie aus Prinzip handeln – berechtigtem Prinzip. Sie hatten versprochen, mich nicht im Stich zu lassen, aber genau in dem Moment, da ich Ihre Hilfe am meisten brauche, verweigern Sie sie aus Rücksichtnahme auf Lord Delacour. Empfindsame Skrupel beruhigen das Gewissen von Menschen mit delikaten moralischen Empfindungen, das merke ich immer wieder, und sogar feste Versprechen gelten dann nicht mehr! – Ein neuer und ungemein bequemer moralischer Kodex!«

Obwohl Belinda sehr verletzt war von dem sarkastischen Ton, in dem ihre Ladyschaft sprach, antwortete sie ruhig, dass das Versprechen, das sie gegeben habe, bei ihrer Ladyschaft in ihrer Krankheit zu bleiben, etwas ganz anderes sei als eine Verpflichtung, ihr bei einem Plan, wie sie ihn jetzt in Erwägung ziehe, beizustehen.

Lady Delacour zog plötzlich den Vorhang zwischen sich und Belinda zu und sagte: »Nun, meine Liebe, immerhin bin ich doch froh zu hören, dass Sie Ihr Versprechen, bei mir zu *bleiben*, nicht vergessen haben. Dass Sie mir Ihre Unterstützung versagen, ist vielleicht ganz klug von Ihnen – wenn man alle Umstände bedenkt. Gute Nacht! Ich habe Sie schon zu lange aufgehalten. Gute Nacht!«

»Gute Nacht!«, sagte Belinda und zog den Vorhang wieder auf. »Meine Reaktion wird Sie nicht mehr so ärgern, wenn Sie noch einmal in Ruhe darüber nachdenken.«

»Das Licht blendet mich«, sagte Lady Delacour und wandte ihr Gesicht von Miss Portman ab, dann fügte sie mit schlaftrunkener Stimme noch hinzu: »Ich werde noch einmal *über das nachdenken, was gesagt wurde,* früher oder später, aber jetzt würde ich lieber schlafen, als noch etwas zu sagen oder zu hören, denn ich bin schon mehr als halb eingeschlafen.«

Belinda schloss die Vorhänge und verließ das Zimmer. Aber Lady Delacour war trotz des schlaftrunkenen Tones, mit dem sie die letzten Worte von sich gegeben hatte, nicht im mindesten geneigt zu schlafen. Eine Leidenschaft hatte von ihrem Denken Besitz ergriffen, die sie den Rest der Nacht über hellwach halten sollte – die Leidenschaft der Eifersucht. Der extreme Eifer, mit dem Belinda sie gedrängt hatte, Lord Delacour zu Rate zu ziehen und ihn in ihr Geheimnis einzuweihen, missfiel ihr; nicht nur als Zeichen des Widerstands gegen ihren Willen und als unpassende Aufmerksamkeit Lord Delacours Gefühlen gegenüber, sondern auch als »starker Eifersuchtsbeweis«,[25] nachdem Sir Philip Baddely einen Hinweis hatte fallenlassen, der ihr bis zu diesem Moment keines weiteren Gedankens wert erschienen war. Sir Philip hatte nämlich gesagt, dass, wenn eine junge Dame die Hoffnung hege, eine Viscountess zu werden, es ja nicht verwundere, dass ein Baronet unter ihrer Würde sei. »Nun«, dachte Lady Delacour, »ist das ja nicht ganz unmöglich. Zunächst einmal ist Belinda Portman die Nichte von Mrs Stanhope; sie kann ja durchaus über die Kunstfertigkeit ihrer Tante verfügen und dazu noch über die weit größere Kunst, diese unter der Maske von Offenheit und Einfachheit zu verbergen: *Volto sciolto, pensieri stretti*[26] ist ja schließlich die Hauptmaxime der Stanhope-Schule.« Kaum hatte Lady Delacour dem Argwohn in ihrem Denken Raum gegeben, versorgte sie ihr Scharfsinn auch schon mit Umständen und Argumenten, die ihre Zweifel bestätigten und rechtfertigten.

»Miss Portman fürchtet, dass mein Mann mich zu liebgewinnt, sie sagt ja, er habe mir in letzter Zeit allerlei Aufmerksamkeiten bewiesen. Ja, das stimmt; und damit er sich angewidert von mir abwendet, drängt sie mich, ihm zu sagen, dass ich eine abscheuliche Krankheit habe und mich einer schrecklichen Operation unterziehen muss. Wie ich mich doch von ihren Schlichen habe täuschen lassen! Dieser letzte Streich war aber dann doch zu kühn und hat mir mit Macht die Augen geöffnet. Jetzt sehe ich tausend Dinge, die mir zuvor entgangen sind. Sogar heute Abend: die *Sortes Virgilianae* und das Myrtenblatt, Miss Portmans Zeichen, das sie genau an der Stelle im Buch hinterlassen hat, an der Marmontel ein Rezept formuliert, wie man einen Ehegatten mit Lord Delacours Charakter handhabt. Ach, natürlich! Sie hat ja selbst zugegeben, dass sie es gelesen hat, dass sie es studiert hat. Ja, sie hat es mit Bedacht studiert; sie hat dafür gesorgt, dass mein armer schwacher Herr und Gemahl meint, sie sei ein wahrer Engel. Wie er sie neulich gar nicht genug loben konnte, als er mich mit einem Morgenbesuch beehrte! Dieser morgendliche Besuch geschah auch nur auf ihren Vorschlag hin, und die Banknoten, wie es mir der alte Narr im Laufe des Gesprächs verraten hat, waren ja zuvor ihr angeboten worden. Sie bat darum, mit einem Taktgefühl, das meine kurzsichtige Dummheit bezauberte, sie möchten zunächst durch meine Hände gehen. Wie kunstvoll arrangiert! Mrs Stanhope hätte das auch nicht besser deichseln können. Sie kann also Lord Delacour dazu bringen, alles zu tun, was sie möchte, und sie lässt sich dazu herab, ihn so anzuleiten, dass er sich mir gegenüber hübsch brav verhält und mir als Friedensangebot Banknoten überreicht. Sie ist doch tatsächlich mein Bankier geworden und herrscht über mein Haus, meinen Gatten und über mich selbst. Ich war jetzt zehn Tage in meinem Zimmer eingesperrt, und sie hat die Zeit wahrhaftig sehr gut zu nutzen gewusst, und ich, Närrin, die ich bin, habe ihr die ganze Zeit auch noch für ihre uneigennützige Güte gedankt!

Dann ihre Fürsorge meiner Tochter gegenüber! Uneigennützig, wie ich dachte! – Aber, lieber Himmel, was bin ich für eine Idiotin gewesen! Sie freut sich einfach schon darauf, die Stiefmutter von Helena zu werden; sie wagt es doch tatsächlich, die Zuneigung des unschuldigen Kindes vor meiner Nase zu stehlen und so Lord Delacour zu zeigen, was für eine wunderbare Frau und Mutter sie abgeben würde! Er hat auch neulich etwas in der Richtung zu mir gesagt, ich erinnere mich noch. Dann ihre extreme Vorsicht! Sie kokettiert nie – sie doch nicht! – mit einem der jungen Männer, die nur ihretwegen hierherkommen. Ist das natürlich? Absolut unnatürlich; Kunstgriffe und List! Ihr Ziel wird sicherlich sein, im Vergleich mit mir vor Lord Delacour besser dazustehen. Sogar Clarence Hervey gegenüber, von dem sie doch so angetan war oder es zumindest vorgab, ist sie in letzter Zeit kalt und reserviert! Und wie hochmütig sie meinen Rat zurückgewiesen hat, als ich andeutete, dass sie nicht den richtigen Weg gewählt habe, ihn für sich zu gewinnen! Ich konnte sie gar nicht verstehen; sie habe gar keine Absichten, ihn für sich einzunehmen, versicherte sie mir. Unverdorbene Reinheit! Wahrlich und wahrhaftig!

Und dann ihre Zurückweisung von Sir Philip Baddely! – Ein Baronet mit fünfzehntausend im Jahr sollte von einem Mädchen abgewiesen werden, das nichts hat, und das nur, weil er ein Dummkopf ist! Wie konnte *ich* nur so ein Dummkopf sein, das zu glauben? Ganz die Nichte von Mrs Stanhope, ich durchschaue dich nun! Und jetzt fällt mir auch wieder der Brief von Mrs Stanhope ein, den ich Miss Portmans Händen vor einigen Monaten entriss, voller Auslassungen und Innuendos und Anspielungen auf einen Brief, den Belinda über meine Streitigkeiten mit meinem Mann geschrieben habe! Seitdem hat mich Miss Portman nie wieder einen der Briefe ihrer Tante sehen lassen. Da darf man doch annehmen, dass sie alle in demselben Stil geschrieben sind; und es steht ganz unzweifelhaft fest, dass sie ihre Nichte die ganz Zeit über beraten hat, wie sie vorgehen soll.

Jetzt weiß ich auch, warum sie die Briefe ihrer Tante immer in ihre Tasche steckt, sobald sie sie erhalten hat, und warum sie sie nie in meiner Anwesenheit öffnet. Und ich habe diesem Mädchen mein Innerstes offengelegt, habe ihr meine ganze Geschichte erzählt, meine Fehler und Verrücktheiten eingestanden! Und ich habe ihr gesagt, dass ich sterben werde, ich habe sie gelehrt, sich auf das Krönchen, das sie so sehr begehrt, zu freuen und ihm mit Gewissheit entgegenzusehen.

Auf Knien habe ich sie beschworen, bei mir zu bleiben und meinen letzten Atemzug zu vernehmen. Oh, ich Tölpel, elender Tölpel, der ich bin! Konnte mich denn nichts und niemand warnen? In dem Moment, als ich vom Verrat der einen Freundin erfuhr, bin ich hingegangen und habe mich den Schlichen einer anderen ausgesetzt – einer anderen, die tausend Mal gefährlicher ist – und zehntausend Mal mehr geliebt wurde! Denn was war Harriet Freke schon im Vergleich mit Belinda Portman? Harriet Freke habe ich, sogar als ich sie ungeheuer unterhaltsam fand, halb verachtet. Aber Belinda! – Oh, Belinda! Wie sehr habe ich dich geliebt! Dir vertraut! Dich bewundert! Angebetet! Respektiert! Verehrt!«

Erschöpft von den Gefühlen, in die sie sich mit der ganzen Kraft ihrer starken Vorstellungsgabe hineingesteigert hatte, schlief Lady Delacour, nachdem sie mehrere rastlose Stunden im Bett verbracht hatte, erst am Morgen ein, und als sie aufwachte, stand Belinda an ihrem Bett. »Wovon haben Sie bloß geträumt?«, sagte Belinda lächelnd. »Sie erschraken und sahen mich mit solchem Entsetzen an, als Sie Ihre Augen öffneten, als wäre ich ein böser Geist.«

»Es liegt nicht in der menschlichen Natur«, dachte Lady Delacour, überwältigt von dem süßen Lächeln und dem freundlichen Ton Belindas, »es liegt nicht in der menschlichen Natur, so heimtückisch zu sein«; sie streckte ihre Arme nach Belinda aus und sagte: »Sie, ein böser Geist? Nein. Mein Schutzengel, meine liebste Belinda! Geben Sie mir einen Kuss und vergeben Sie mir.«

»Vergeben, wofür?«, sagte Belinda. »Ich glaube beinahe, Sie träumen immer noch, und es tut mir leid, dass ich Sie wecken muss, aber ich bin gekommen, um Ihnen etwas Wundervolles zu erzählen – Lord Delacour ist bereits aufgestanden, angezogen und tatsächlich im Frühstücksraum; und er hat sich eine halbe Stunde mit mir unterhalten – und was meinen Sie wohl, worüber? – Über Helena. Er sei ganz überrascht gewesen, zu sehen, dass sie zu einem so prachtvollen Mädchen herangewachsen ist, und er hat erklärt, dass es ihm jetzt nichts mehr ausmacht, dass sie kein Junge ist, und er sagt, dass er heute zu Hause dinieren wird, damit er mit seinem neuen Burgunder auf Helenas Wohl anstoßen kann, und, kurz und gut, ich habe ihn noch nie in so guter Laune erlebt und so verbindlich – ich habe ja immer schon gedacht, er sei einer der gutherzigsten Männer, die ich je gesehen habe. Wollen Sie nicht auch zum Frühstück kommen? Lord Delacour hat in den letzten fünf Minuten schon zehnmal nach Ihnen gefragt.«

»Tatsächlich!«, sagte Lady Delacour und rieb sich die Augen. »Das ist wirklich alles unglaublich wundervoll, aber ich wünschte, Sie hätten mich nicht so früh geweckt.«

»Nein, nein«, sagte Belinda, »ich erkenne am Ton Ihrer Stimme, dass Sie das nicht so meinen; ich weiß, dass Sie aufstehen und gleich zu uns herunterkommen werden – deswegen rufe ich jetzt Marriott.«

Lady Delacour stand auf und ging zum Frühstück herunter, sehr verunsichert, was sie von Miss Portman denken sollte, aber zu beschämt, als dass sie sie an ihren Gedanken hätte teilhaben lassen; noch mehr Scham rief in ihr der Gedanke hervor, Lord Delacour könnte merken, dass sie ihn ihrer Eifersucht würdigte. – Belinda hatte nicht die leiseste Ahnung, was wirklich im Kopf ihrer Ladyschaft vorging; sie glaubte vorbehaltlos den Beteuerungen von Lady Delacour, ihr Gatte sei ihr zutiefst gleichgültig, und Eifersucht wäre das Letzte gewesen, was Miss Portman ihrer Ladyschaft unterstellt hätte, denn unglücklicherweise war sie sich zu wenig im Klaren darüber, dass Eifersucht auch ohne Liebe existieren kann. Die Vorstellung, Lord Delacour könne ein Objekt ihrer Zuneigung sein oder sein Adelstitel könne ihren Ehrgeiz geweckt haben oder der nahende Tod ihrer Freundin könne sie mit Vorfreude erfüllen, war Belindas unschuldigem Denken so fremd, dass es ihr ganz und gar unmöglich war, Lady Delacours Gedankengänge zu entschlüsseln. Ihre Ladyschaft gab vor, an diesem Morgen ›in außerordentlich guter Stimmung zu sein‹, erklärte, dass sie sich seit ihrer Erkrankung nicht mehr so wohl gefühlt habe, ließ ihre Kutsche vorfahren, sobald das Frühstück vorüber war, und sagte, sie wolle Helena zu Maillardet mitnehmen, um ihr den wundervollen kleinen Zauberer und seinen Singvogel zu zeigen. »Nichts, das Maillardets Singvogel gleicht, ist je gesehen oder gehört worden, meine liebe Helena! Und das seit den Tagen von Aboulcasems Pfau in den *Geschichten aus Tausendundeiner Nacht* – da Lady Anne Percival dir diese zauberhaften Dinge noch nicht gezeigt hat, muss ich es tun.«

»Aber ich hoffe, Sie werden sich dabei nicht übernehmen, Mama«, sagte das kleine Mädchen.

»Ich fürchte, das werden Sie«, sagte Belinda. »Und du weißt doch, meine Liebe«, fügte Lord Delacour hinzu, »dass Miss Portman, die so freundlich und gutherzig ist, genauso gut mit Helena hinfahren *könnte*, und, da bin ich sicher, auch *würde*, damit du dich nicht übernimmst und dir unnötige Mühen machst.«

»Miss Portman ist wirklich sehr gütig«, sagte Lady Delacour hastig, »aber ich finde, es ist keine unnötige Mühe, meiner Tochter jedes Vergnügen zu bereiten, das in meiner Macht steht – was das Problem angeht, ich könnte mich übernehmen, so bin ich ja noch nicht tot und liege auch *noch* nicht im Sterben. Und zu allem anderen kann ich nur sagen, dass Miss Portman, die so sehr auf Anstand achtet, an Ihrer Stelle errötet, Milord, wenn Sie vorschlagen, dass sie, die selbst *noch* keine verheiratete Frau ist, als *Anstandsdame* einer jungen Dame dienen soll. Es ist gegen jede

Regel, und Mrs Stanhope wäre schockiert, wenn sich ihre Nichte für so etwas hergeben könnte oder würde, nur um irgendjemandem einen Gefallen zu tun.«

Lord Delacour war zu sehr daran gewöhnt, sarkastische und für ihn unverständliche Reden von ihrer Ladyschaft zu hören, als dass er groß Notiz von ihren Worten genommen hätte, und wenn Belinda errötete, so geschah es eher, weil sie so verwirrt war und sich fragte, was der durchdringende Blick bedeuten sollte, mit dem Lady Delacours schwarze Augen sie bedachten – ein Blick, dem weder Schuld noch Unschuld standhalten konnten. Belinda glaubte, ihre Ladyschaft sei noch verärgert wegen der Unterhaltung der vergangenen Nacht, und sobald sie wieder allein mit Lady Delacour war, wandte sie sich noch einmal dem Thema zu in der Hoffnung, sie milder zu stimmen und sie zu überzeugen. »Wie auch immer, meine liebe Freundin!«, sagte sie. »Sie werden hoffentlich nicht verletzt sein wegen der Ehrlichkeit, mit der ich spreche – ich *kann* ja kein anderes Ziel haben als Ihre Sicherheit und Ihr Glück.«

»Ehrlichkeit verletzt mich nie«, war die kalte Antwort ihrer Ladyschaft. Und während der ganzen Zeit, die sie außer Haus miteinander verbrachten, war sie ungewöhnlich formell gegenüber Miss Portman, und es wäre kaum ein Gespräch in Gang gekommen, wenn Helena nicht anwesend gewesen wäre, mit der ihre Mutter sich mit lebhafter Fröhlichkeit unterhielt. Als sie bei den Brunnengärten ankamen, rief Helena aus: »Oh, da ist Lady Anne Percivals Kutsche, und Charles und Edward sind bei ihr. Sie gehen bestimmt auch dorthin, wo wir hingehen, denn ich hörte, wie Charles Lady Anne gebeten hat, ihn zu Maillardets kleinem Vogel mitzunehmen – Mr Hervey hatte von ihm gesprochen und gesagt, er sei ein ganz besonderes kleines Maschinchen.«

»Ich wünschte, du hättest mir früher gesagt, dass die Möglichkeit besteht, dass Lady Anne hier ist; ich möchte sie nicht unter so heiklen Umständen kennenlernen – es geht mir noch nicht gut genug für diese grässlichen, heißen und engen Orte, und überhaupt hasse ich Sehenswürdigkeiten.«

Helena sagte mit großer Freundlichkeit, sie würde die Sehenswürdigkeit lieber doch nicht sehen, als ihrer Mutter Unannehmlichkeiten zu bereiten. – Als sie jedoch bei Maillardet ankamen, sah Lady Delacour, wie Mrs — aus ihrer Kutsche stieg, und sie vertraute ihr Helena und Miss Portman an, indem sie sagte, sie würde ein, zwei Runden im Park drehen und sie in einer halben Stunde wieder abholen. Als die halbe Stunde vorüber war und ihre Ladyschaft zurückkehrte, fragte sie ganz beiläufig, während sie heimfuhren, ob ihnen der Besuch bei dem Vogel und dem Zauberer gefallen habe: »Oh ja, Mama!«, sagte Helena. »Und weißt du, eine der Fragen, die jemand dem Zauberer stellte, war: ›*Wo findet man die glücklichste Familie?*‹ Und Charles und Edward haben gleich gesagt, wenn er ein guter Zauberer ist und wenn er die Wahrheit sagt, wird er antworten: ›*In Oakley Park.*‹«

»Und, Miss Portman, haben Sie sich auch mit Lady Anne Percival unterhalten?«, sagte Lady Delacour kalt.

»Eine ganze Weile«, sagte Belinda, »und ich bin sicher, das hätte Ihnen auch gefallen; sie ist ganz und gar keine Person, die auf äußeres Zeremoniell hält, ich denke, ich habe noch nie eine Person gekannt, die so ungezwungene und einnehmende Umgangsformen hat.«

»Und hat sie dich eingeladen, Helena, wieder dahin zu gehen, wo man die glücklichste Familie der Welt findet?«

»Nach Oakley Park? – Nein, Mama, sie sagte, sie freue sich sehr, dass ich bei dir bin, aber sie bat Miss Portman, sie zu besuchen, wann immer es möglich wäre.«

»Und konnte Miss Portman einer solchen Versuchung widerstehen?«

»Aber Sie wissen doch, dass ich Ihnen verpflichtet bin«, erwiderte Belinda.

Lady Delacour verbeugte sich. »Nun, nach dem, was in der

vergangenen Nacht geschehen ist«, sagte sie, »fürchtete ich, Sie könnten Ihre Verpflichtungen mir gegenüber bereuen, und wenn das der Fall sein sollte, so gebe ich meine Ansprüche Ihnen gegenüber auf. Es sollte mir sehr leidtun, wenn irgendwer, aber insbesondere Miss Portman, sich in meinem Haus wie eine Gefangene fühlen sollte.«

»Aber liebe Lady Delacour! Ich empfinde mich doch nicht als Gefangene, ich habe mich bis jetzt immer als eine Freundin in Ihrem Haus gesehen, aber darüber reden wir ein andermal. Bitte schauen Sie mich doch nicht mit solcher Kälte an, sprechen Sie nicht mit so ausgesuchter Höflichkeit mit mir. Ich werde Sie nicht vergessen lassen, dass ich Ihre Freundin bin.«

»Das will ich gar nicht vergessen, Belinda«, sagte Lady Delacour voll Gefühl. »Ich bin auch nicht undankbar, selbst wenn ich Ihnen kapriziös erscheine – nehmen Sie es einfach hin.«

»Ach, endlich sind Sie wieder so, wie ich Sie kenne, und ich bin zufrieden«, rief Belinda. »Was einen Besuch in Oakley Park betrifft, so gebe ich Ihnen mein Wort, es ist mir gar nicht in den Sinn gekommen, dorthin zu gehen. Ich bleibe bei Ihnen, weil ich es nicht anders will, und nicht, weil ich mich dazu verpflichtet fühle, glauben Sie mir.«

»Ich *glaube* Ihnen ja«, sagte Lady Delacour, und einen Augenblick lang war sie auch überzeugt, dass Belinda allein ihretwegen bei ihr blieb, aber in der nächsten Minute regte sich in ihr wieder der Verdacht, dass Lord Delacour der geheime Grund dafür sei, dass sie sich weigerte, nach Oakley Park zu gehen. Seine Lordschaft dinierte an diesem Tag zu Hause, was er auch an den nächsten zwei oder drei Tagen tat, und er war von Montag bis Donnerstag nüchtern. Diese Umstände erschienen seiner Gemahlin sehr ungewöhnlich. In Wahrheit hatte er sehr viel Freude an seiner Tochter Helena, die ihn prächtig unterhielt, und obwohl sie ihm noch nahezu wie eine Fremde vorkam, wollte er ihr gegenüber doch in einem angenehmen und respektablen Licht erscheinen. Eines Tages sagte Lord Delacour, der bemerkenswert guter Laune war, zu ihrer Ladyschaft: »Meine Liebe, Sie wissen ja, dass Ihre Kutsche beinahe in mehrere Teile zerbrochen ist in der Nacht, als Sie den Unfall hatten. Nun, ich habe sie wieder reparieren und neu streichen lassen, und sie ist jetzt fertig, nur das Tuch am Sitz des Kutschers muss noch neue Fransen bekommen. Welche Farbe sollen die Fransen denn haben?«

»Was meinen Sie, Miss Portman?«, sagte ihre Ladyschaft.

»Schwarz und Orange würden gut aussehen, meine ich«, sagte Belinda, »und würden zur Spitze an den Livreen passen – was denken Sie?«

»Stimmt – Schwarz und Orange also«, sagte Lord Delacour, »so machen wir es.«

»Wenn Sie mich fragen«, sagte Lady Delacour, »so wäre ich für Blau und Weiß, passend zum Stoff der Livreen.«

»Blau und Weiß wird es also«, sagte Lord Delacour.

»Ach nein, Miss Portman hat doch einen besseren Geschmack als ich, und sie sagt Schwarz und Orange, Milord.«

»Dann möchten Sie sie also in Schwarz und Orange, richtig?«, sagte Lord Delacour.

»Ganz wie Sie meinen«, sagte Lady Delacour, und damit endete die Unterhaltung.

Kurz danach kam ein Briefchen von Lady Anne Percival mit ein paar Kleinigkeiten, die Helena gehörten und um deren Zusendung ihre Mutter gebeten hatte. Das Briefchen war für Belinda – eine weitere ausdrückliche Einladung, nach Oakley-Park zu kommen –, und es enthielt eine sehr höfliche Nachricht von Mrs Margaret Delacour samt ihrem Dank an Lady Delacour für den Ara. Natürlich, dachte Lady Delacour, Miss Portman will sich mit allen Verwandten meines Mannes gutstellen. »Mrs Margaret Delacour hätte diese Danksagung an Sie adressieren sollen, Miss Portman, denn ich hatte ja nicht die freundliche Idee, ihr den Ara zu schicken.« Lord Delacour, der sehr an seiner Tante hing, schloss sich den Dankesbekundungen sogleich an und bemerkte, dass Miss Portman immer aufmerksam, immer entgegenkommend, immer gütig war. Dann erhob er auf ihre Gesundheit sein Glas Burgunder und bestand darauf, dass auch seine kleine Helena auf ihre Gesundheit anstoßen sollte. »Das solltest du wirklich, mein Liebes, denn Miss Portman ist immer sehr gut – zu gut zu dir, mein Kind.«

»Sehr gut – nicht zu gut, hoffe ich doch«, sagte Lady Delacour. »Miss Portman, auf Ihr Wohl.«

»Und ich hoffe wirklich«, fuhr seine Lordschaft fort und trank seinen Wein aus, »dass Lady Anne Percival nicht vorhat, Sie von uns fortzulocken, Miss Portman. Sie denken hoffentlich nicht daran, uns zu verlassen? Der kleinen Helena hier würde es das Herz brechen; ich sage gar nichts im Namen von Lady Delacour, weil sie alles so viel besser ausdrücken kann als ich, und ich sage auch nichts für meine eigene Person, weil ich nun einmal ein Mann bin, der absolut nicht in der Lage ist, Reden zu schwingen, wenn mir eine Sache am Herzen liegt, was Ihr Bleiben wirklich tut, Miss Portman.«

Belinda versicherte ihm, dass es überhaupt keinen Grund gebe, sie zu etwas zu drängen, das ihr ohnehin am liebsten sei, und sagte, dass sie ganz und gar nicht vorhabe, Lady Delacour zu verlassen. Ihre Ladyschaft bezeichnete sich, ein wenig peinlich berührt, als ihr außerordentlich verbunden, erfreut und glücklich. Helena umarmte sie mit unverhohlener Freude und rief: »Ich bin so froh, dass Sie nicht weggehen! Ich habe nämlich noch nie eine Person so gerngehabt, von der ich so wenig wusste.«

»Je besser du Miss Portman kennenlernst, desto mehr wirst du sie mögen, Kind. Zumindest habe ich das so empfunden«, sagte Lord Delacour.

»Clarence Hervey hätte, da bin ich mir sicher, den Pigot-Diamanten[27] für das Lächeln hergegeben, mit dem Sie Lord Delacour gerade bedacht haben, wenn er ihn in seinem Besitz hätte«, flüsterte Lady Delacour. – Für einen Moment war Belinda wie erstarrt ob der Verstimmung und des Vorwurfs, die in Lady Delacours Ton zum Ausdruck kamen. »Ach nein, meine Liebe, ich wollte wirklich nicht, dass Sie so erbärmlich erröten müssen«, fuhr ihre Ladyschaft fort. »Ich hätte auch nicht gedacht, dass es da etwas gibt, das Sie so rot werden lassen müsste – aber Sie dürften das am besten beurteilen können. Glauben Sie mir, ich sprach ganz ohne jede Bosheit, wir neigen dazu, nach unseren eigenen Gefühlen zu urteilen – und ich könnte ebenso gut wegen des Alten vom Berge[28] erröten wie wegen Lord Delacour.«

»Lord Delacour?«, sagte Belinda mit einem Blick so unverfälschter Überraschung, dass ihre Ladyschaft sofort ihren Ton änderte, ihre Hand fröhlich nahm und sagte: »So, so, meine kleine Belinda! Da habe ich Sie erwischt – das Erröten galt Clarence Hervey? Nun, jeder Mann, der halbwegs vernünftig ist, hätte es lieber, dass man seinetwegen einmal errötet, als dass man ihm tausendmal zulächelt. – Jetzt verstehen wir uns. Und gehen Sie morgen mit mir zur Ausstellung? Man hat mir gesagt, es gebe in diesem Jahr einige sehr reizvolle Bilder. Helena, die wirklich eine große Begabung im Zeichnen hat, sollte sie unbedingt sehen, und während sie bei *mir* ist, will ich sie so glücklich wie möglich machen. Sie sehen, die Läuterung beginnt – Clarence Hervey und Miss Portman können Wunder vollbringen. Wenn es denn mein Schicksal sein soll, *la bonne mère* oder *la femme comme il y en a peu* zu sein, was soll ich dagegen tun? Man kann sich nicht gegen sein Schicksal auflehnen, meine Liebe!«

Immer wenn Lady Delacours Verdächtigungen gegen Belinda vorübergehend entkräftet wurden, kehrte ihre Zuneigung mit doppelter Wucht zurück; sie wunderte sich über ihre eigene Dummheit, war beschämt, dass sie dergleichen Gedanken nachgegeben hatte, und war außerdem über die Maßen erstaunt, dass irgendetwas, das Lord Delacour betraf, sie überhaupt so sehr beschäftigte. »Glücklicherweise«, sagte sie sich, »hat er nicht einmal so viel Verstand wie ein blinder Käfer, und überdies leidet er ja selbst unter kleinen hübschen Eifersüchteleien, deswegen wird er mich nie durchschauen. Es wäre wirklich zu schön, wenn er meine ›Hauptfolter‹[29] gegen mich einsetzen könnte – das wäre mein Jüngstes Gericht. Die Manen[30] des armen Lawless wären besänftigt. Aber es ist einfach nicht möglich, dass ich eine eifersüchtige Ehefrau werde, ich bin nur eine eifersüchtige Freundin, ich muss mir in Bezug auf Belinda Gewissheit verschaffen. Ein zweites Mal dem Verrat einer Freundin anheimzufallen, wäre einfach zu viel für mich – zu viel für meinen Stolz – zu viel für mein Herz.«

Am nächsten Tag, als sie zu der Ausstellung kamen, hatte Lady Delacour Gelegenheit, Belindas wahre Gefühle zu beurteilen. Als sie die Treppen hinaufgingen, hörten sie die Stimmen von Sir Philip Baddely und Mr Rochfort, die auf dem Treppenabsatz standen, sich über das Geländer lehnten und mit ihren kleinen Stöckchen an den Eisengittern entlangfuhren, um herauszufinden, wer den meisten Lärm machen konnte.

»Haben Ihnen die Bilder sehr gefallen, meine Herren?«, sagte Lady Delacour, als sie an ihnen vorüberging.

»Oh, verdammich, nein, das ist so langweilig – doch nein, einige prächtige Bilder gibt es schon; eins im Besonderen, was, Rochfort? Ein verdammt prächtiges Bild!«, sagte Sir Philip, und die beiden Gentlemen lachten bedeutungsvoll, bevor sie Lady Delacour und Belinda in die Ausstellungsräume folgten.

»Oh, ja, ein Bild gibt es, das den ganzen Rest wert ist, bei meiner Ehr'!«, wiederholte Rochfort, »und wir überlassen es einmal dem Geschmack und dem Urteilsvermögen von Ihrer Ladyschaft und Miss Portman, es zu finden, nicht, Sir Philip, so machen wir das?«

»Oh, verdammich, ja«, sagte Sir Philip, »so machen wir das tatsächlich.« Aber er war so ungeduldig, sie zu dem Bild zu führen, dass er keinen Augenblick stillstehen konnte.

»Ach, verflucht, Rochfort, wir sagen es den Damen doch besser gleich, sonst müssen sie den ganzen Tag lang herumgucken und herumgucken.«

»Nein, Sir Philip, dürfen wir denn gar nicht raten? Müssen Sie uns unbedingt sagen, welches Ihr prächtiges Bild ist? – Das ist ja nicht eben ein Kompliment für meinen Geschmack.«

»Oh, verdammich, Ihre Ladyschaft hat den besten Geschmack der Welt, weiß doch jeder, und Miss Portman auch – und dieses Bild wird Ihren Geschmack besonders treffen, da bin ich sicher. Es trifft auch den von Clarence Hervey, aber das ist ein absolutes Geheimnis – absolut – Clary meint, wir wüssten genauso wenig davon wie der Mann im Mond.«

»Trifft Clarence Herveys Geschmack! – Dann ist es zweifellos in irgendeiner Beziehung gelungen«, sagte Lady Delacour, »wenn der Maler sich von seiner Vorstellungskraft hat inspirieren lassen, denn Clarence hat eine sehr treffende Vorstellungskraft.«

»Oh, verdammich! Es ist ja nicht bei den Historiengemälden«, rief Sir Philip, »es ist ein Porträt.«

»Aber auch ein historisches Gemälde, bei meiner Ehr'!«, sagte Rochfort, »ein historisches Familiengemälde, würd' ich sagen, bei meiner Ehr', trifft es am ehesten«, und beide Herren wurden von Lachkrämpfen geschüttelt, oder gaben es zumindest vor, wobei sie die Worte ›historisches Familiengemälde‹ ständig wiederholten: »Historisches Familiengemälde – bei meiner Ehr'! Historisches Familiengemälde, verdammich.«

»Ich würd' einen Eid drauf ablegen, dass das Porträt teuflisch gute Ähnlichkeit mit dem Original hat«, fügte Sir Philip noch hinzu, und während er sprach, drehte er sich zu Miss Portman um: »Miss Portman hat's gefunden! Verdammich! Miss Portman hat ihn erwischt!«

Belinda wandte schnell ihre Augen von dem Bild ab, das sie betrachtet hatte. – »Was für eine wunderschöne Frau!«, sagte Lady Delacour. –

»Oh, Himmel, ja – ich hab' schon immer zugeben müssen, dass Clary einen verdammt guten Geschmack hat, was Frauenschönheit angeht.« – »Aber dies scheint eine Frauenschönheit aus einem fernen Land zu sein«, fuhr Lady Delacour fort, »wenn man von ihrem Aussehen, ihrem Kleid und der sie umgebenden Szenerie ausgehen kann – Kakaopflanzen, Bananenstauden – Miss Portman, was meinen Sie?«

»Ich denke«, sagte Belinda (aber ihre Stimme ließ sie so sehr im Stich, dass sie kaum sprechen konnte), »dass es eine Szene aus *Paul und Virginia* ist. Ich denke, die Frau ist St. Pierres Virginia.«[31]

»Virginia St. Pierre, Ma'am«, rief Mr Rochfort und zwinkerte Sir Philip zu. »Nein, nein, verdammich, da irrst du dich, Rochfort. Sag lieber Herveys Virginia, das trifft es eher, verdammich! Oder vielleicht Virginia Hervey – wer weiß?«

»Das ist das Porträt«, flüsterte der Baronet Lady Delacour zu, »der Geliebten von Clarence.« Während ihre Ladyschaft sich zu Sir Philip hinneigte, um die geflüsterte Bemerkung zu hören, die durchaus gut zu verstehen war, warf sie einen scheinbar achtlosen Blick auf Belinda. Deren Verwirrung war, weil sie Sir Philips Flüstern verstanden hatte, maßlos.

»Sie liebt Clarence Hervey – sie denkt gar nicht an Lord Delacour und seine Titel – ich habe ihr Unrecht getan«, dachte Lady Delacour, und prompt sandte sie Sir Philip aus dem Raum, damit er ihr einen Katalog der Bilder hole, und bat Mr Rochfort, etwas anderes zu beschaffen. Sie hakte Miss Portmans Arm unter und sagte mit leiser Stimme: »Stützen Sie sich auf mich, meine liebste Belinda! Sie können absolut sicher sein, dass Clarence niemals dumm genug sein wird, das Mädchen zu heiraten – Virginia Hervey wird sie nie werden!«

»Und was soll dann aus ihr werden? Kann Mr Hervey sie denn im Stich lassen? Sie sieht aus wie die Unschuld selbst und ist auch noch so jung! Kann er sie für alle Zeit Elend, Laster und Schande überlassen?«, dachte Belinda, während sie ihre Augen fest auf das Bild von Virginia heftete. – »Nein, das kann er nicht; wenn er das je täte, wäre er meiner nicht wert und ich *sollte* gar nicht mehr an ihn denken. Nein, er wird sie heiraten, und ich *darf* nicht mehr an ihn denken.«

Sie wandte sich abrupt von dem Gemälde ab und sah Clarence Hervey hinter sich stehen.

»Was denken Sie denn über dieses Bild? Ist sie nicht wunderschön? Wir sind ganz verzaubert von dem Bild, aber Sie scheint es nicht so zu beeindrucken, wie es uns auf den ersten Blick geschehen ist.«

»Das liegt daran«, sagte Clarence fröhlich, »dass dies nicht der erste Blick ist, den ich auf das Gemälde werfen konnte – ich habe es gestern schon bewundert und bewundere es auch heute.«

»Aber Sie haben genug davon, es zu bewundern, das sehe ich wohl. Nun, wir werden Sie nicht zwingen, in immer neue Begeisterungsstürme seinetwegen auszubrechen, nicht wahr, Miss Portman? Einem Mann kann das schönste Gesicht der Welt zu viel werden, aber es liegt wahrlich so viel reizvolle Süße, so viel Unschuld, eine so zarte Melancholie in diesem Gesicht, dass ich, wäre ich ein Mann, mich in das Mädchen verlieben würde, und das für immer! Eine solche Schönheit, wenn es sie in der wirklichen Welt gäbe, würde sicherlich den unstetesten Mann auf Erden an sich binden.«

Belinda wagte es, ihre Augen für einen Moment von dem Bild abzuwenden, um zu schauen, ob Clarence Hervey dreinschaute wie der unsteteste Mann der Welt. Er betrachtete sie eingehend, aber sobald sie aufblickte, rief er plötzlich aus, indem er sich dem Bild wieder zuwandte: »Ein himmlisches Gesicht, das ist wahr! Der Maler ist dem Dichter gerecht geworden.«

»Dem Dichter?«, wiederholte Lady Delacour. »Der Mann hat wohl den Kopf in den Wolken!«

»Entschuldigen Sie«, sagte Clarence, »aber verdient Monsieur de St. Pierre es nicht, ein Dichter genannt zu werden? Auch wenn er nicht in Versen schreibt, hat er doch wohl eine poetische Vorstellungsgabe?«

»Das stimmt natürlich«, sagte Belinda, und die gefasste Ruhe, mit der Mr Hervey nun sprach, ließ sie plötzlich doch denken, dass die ganze Geschichte von Sir Philip falsch sei. »Monsieur de

St. Pierre hat ohne Zweifel sehr viel Phantasie und verdient, ein Dichter genannt zu werden.«

»Das mag ja sein, meine Lieben!«, sagte Lady Delacour. »Aber was hat das mit der Sache hier zu tun?«

»Nun«, rief Clarence, »Ihre Ladyschaft hat doch wohl erkannt, dass dies St. Pierres Virginia ist?«

»St. Pierres Virginia! – Oh, ich weiß, wer sie ist, Clarence, ebenso gut, wie Sie es tun, Clarence, ich bin nicht so blind oder so dumm, wie Sie glauben.« Dann, als ihr ihr Versprechen wieder einfiel, dass sie Sir Philips Geheimnis nicht verraten dürfe, fügte sie hinzu, wobei sie auf die Landschaft des Bildes zeigte: »Da sind Kakaobäume, ein Brunnen und die Worte *Fontaine de Virginie*[32] in den Felsen eingemeißelt – ich müsste schon die Dummheit in Person sein, wenn ich es nicht herausgefunden hätte. Ich kann nämlich tatsächlich lesen, Clarence, und buchstabieren und Gedankenverbindungen herstellen. – Aber hier kommt Sir Philip Baddely, der, glaube ich, nicht lesen kann, denn ich habe ihn vor etwa einer Stunde geschickt, einen Katalog zu holen, und er starrt auf das Buch, als hätte er den Titel immer noch nicht entziffert.«

Sir Philip ging mit Absicht langsam, denn er fürchtete sich davor, wieder mit Lady Delacour zusammenzutreffen, während Clarence Hervey bei ihr stand und während man über das Bild von Virginia sprach.

»Hier ist der Katalog; hier ist auch das Bild, das Ihre Ladyschaft interessiert: St. Pierres Virginia; verdammich, hab noch nie von dem Kerl gehört; muss wohl ein ganz neuer Maler sein, verdammich; das ist es wohl, warum ich die Malweise nicht erkannt habe. – Kein Wort zu Clary von dem, was ich Ihnen gesagt habe – verraten Sie uns Clary gegenüber nicht«, fügte er ›beiseite‹ an ihre Ladyschaft gerichtet hinzu. »Rochfort hält sich fern und das werd' ich auch, verdammich!«

In diesem Moment winkte ein Gentleman Mr Hervey mit großer Ungeduld zu sich heran. Clarence ging und sprach mit ihm, dann kam er mit gänzlich veränderter Miene zurück und entschuldigte sich Lady Delacour gegenüber dafür, dass er nicht wie versprochen bei ihr dinieren könne. Geschäfte von großer Wichtigkeit, sagte er, verlangten, dass er die Stadt sofort verlasse. – Helena hatte Miss Portman gerade in einen kleinen Raum mitgenommen, wo Westalls[33] Zeichnungen hingen, um ihr ein Bild von Lady Anne und ihren Kindern zu zeigen, und Belinda war allein in dem Raum mit dem kleinen Mädchen, als Mr Hervey zu ihr kam, um sich von ihr zu verabschieden. Er war in großer Aufregung.

»Miss Portman, ich fürchte, ich werde Sie für eine Weile nicht wiedersehen können; vielleicht werde ich nie dieses – ähm! – Glück haben. Es gibt etwas von großer Wichtigkeit, das ich Ihnen gern gesagt hätte, bevor ich die Stadt verlasse, aber ich bin gezwungen, so bald zu gehen, dass ich kaum auf einen anderen Moment als den gegenwärtigen hoffen kann, um mit Ihnen zu reden, Madam. Darf ich Sie fragen, ob Sie vorhaben, weiterhin bei Lady Delacour zu bleiben?«

»Ja«, sagte Belinda sehr erstaunt, »ich denke schon – ich bin nicht ganz sicher, aber – ich denke schon, dass ich noch einige Zeit bei ihrer Ladyschaft bleiben werde.«

Mr Hervey sah unangenehm berührt drein, und sein Blick fiel unwillkürlich auf die kleine Helena. Helena entzog Belinda vorsichtig ihre Hand, verließ den Raum und ging zu ihrer Mutter zurück.

»Dieses Kind, Miss Portman, ist Ihnen sehr zugetan«, sagte Mr Hervey. Er hielt wieder inne und schaute sich um, um festzustellen, ob jemand ihn hören könnte. »Verzeihen Sie mir das, was ich sagen werde. Dies ist kein angemessener Platz dafür. Ich muss Ihnen ohne Umschweife etwas anvertrauen, weil ich nun überhaupt keine Zeit mehr zu verlieren habe. Darf ich mit Ihnen mit der Ehrlichkeit eines Freundes reden?«

»Ja, bitte seien Sie ehrlich mit mir«, sagte Belinda, »und dann hätten Sie es verdient, dass ich Sie als Freund betrachte.« Sie zitterte ganz furchtbar, aber sprach und schaute ihn mit so viel Festigkeit an, wie sie nur aufbringen konnte.

»Mir ist etwas zu Ohren gekommen«, sagte Mr Hervey, »das Ihnen großen Schaden zufügen könnte.«

»Mir!«

»Ja. Niemand kann der Verleumdung entkommen. Es geht das Gerücht, dass, sollte Lady Delacour sterben ...«

Bei dem Wort ›sterben‹ schreckte Belinda auf.

»Dass, sollte Lady Delacour sterben, Miss Portman Helenas Mutter werden würde!«

»Um Himmels willen, was für ein absurdes Gerücht! *Sie* können das doch nicht auch nur für einen Moment glauben, Mr Hervey?«

»Nicht für eine Sekunde. Aber ich habe mich, sobald ich davon gehört hatte, entschieden, es Ihnen gegenüber zu erwähnen, denn ich glaube, dass die Hälfte allen Elends in der Welt von dummen Geheimnissen kommt – vom mangelnden Mut zur Wahrheit. Jetzt, da Sie auf der Hut sind, wird Ihre eigene Klugheit Sie in hinreichender Weise schützen. Ich habe noch niemanden aus Ihrem Geschlecht getroffen, der über so viel Klugheit verfügte und so wenig Arglist – aber – leben Sie wohl – ich habe keine Sekunde zu verlieren«, fügte Clarence hinzu, sich plötzlich selbst Einhalt gebietend, und er machte sich eilig davon, während Belinda wie erstarrt auf der Stelle stand, an der er sie verlassen hatte, bis die Stimmen von mehreren Leuten, die in den Raum kamen, um die Bilder zu betrachten, sie aus diesem Zustand erwachen ließen. Sie schreckte auf wie aus einem Traum und machte sich gleich auf die Suche nach Lady Delacour.

Sir Philip Baddely war in ein ernsthaftes Gespräch mit ihrer Ladyschaft vertieft, aber er hörte auf zu sprechen, sobald Belinda in Hörweite war, und Lady Delacour wandte sich an Helena und sagte: »Mein Liebes, wenn du genug gesehen hast, lass uns um Himmels willen gehen, denn ich bin absolut überwältigt von der Hitze – und von der Neugier«, fügte sie noch mit leiser

Stimme an Belinda gewandt hinzu, »ich möchte wirklich zu gern wissen, wie Clarence Hervey die Bilder von Westall gefallen.«

Sobald sie zu Hause angekommen waren, schickte Lady Delacour ihre Tochter an ihr Cembalo, damit sie eine neue Lektion einüben möge. »Und nun setzen Sie sich, meine liebe Belinda!«, sagte sie »und befriedigen Sie meine Neugier. Es ist die Neugier einer Freundin, nicht die einer Person, die ihre Nase in alle möglichen Privatangelegenheiten stecken muss. Hat Clarence sich Ihnen erklärt? Er hat sich ja eine sonderbare Zeit und einen sonderbaren Ort ausgesucht, aber das ist einerlei, das vergebe ich ihm, und Sie doch auch, wage ich zu behaupten. Aber warum zerpflücken Sie denn die arme Nelke? Es kann doch nicht sein, dass es Ihnen peinlich ist, mit mir zu sprechen! Was ist denn los? Ich habe Ihnen ja einmal gesagt, ich würde meinen Anspruch auf Clarence' Verehrung nicht zu Lebzeiten aufgeben. Aber ich habe ja nun doch vor, noch einige Jahre länger zu leben, wenn die Amazonenoperation durchgeführt worden ist, wissen Sie – und es würde meinem Gewissen schon zu schaffen machen, wenn Sie noch jahrelang warten müssten. Es ist besser, Dinge mit Anstand zu tun, damit man nicht am Ende gezwungen wird, sie ohne jeden Stil und Takt zu tun. Deswegen gebe ich jeden Anspruch auf alles auf – außer – der Schmeichelei! – das werden Sie mir doch vonseiten des armen Clarence gönnen. So, nun fangen Sie nicht mit der nächsten Blume an, sondern erzählen Sie mir ohne jede falsche Bescheidenheit all die hübschen Dinge, die Clarence gesagt oder geschworen hat.«

Während Belinda die Nelke in Stücke riss, erinnerte sie sich daran, was Mr Hervey ihr über Geheimnisse gesagt hatte, seine Worte klangen ihr noch in den Ohren: »*Ich glaube, dass die Hälfte alles Elends in der Welt von dummen Geheimnissen kommt – vom mangelnden Mut zur Wahrheit.*« Ich werde den Mut zur Wahrheit haben, dachte sie, was es mich auch immer kosten mag.

»Das einzig Hübsche, das Mr Hervey gesagt hat, war, dass er nie eine Frau gesehen hat, die über so viel Klugheit und so wenig Hinterlist verfüge«, sagte Belinda.

»Das ist ja wirklich sehr hübsch, meine Liebe! Aber das hätte auch vor Gericht von Ihrem Großvater oder Urgroßvater gesagt werden können. Wenn das alles war, tut es mir leid, dass Helena nicht geblieben ist, um ein so reizendes moralisches Kompliment zu hören – *Moralité à la glace*.³⁴ Das ist wirklich das Letzte, was ich von einem *tête-à-tête* mit Clarence Hervey erwartet hätte. Hat es sich wirklich gelohnt, die arme Blume wegen einer hübschen Rede dieser Art zu zerpflücken? – Und das war dann alles?«

»Nein, nicht alles, aber Sie überwältigen mich so mit Ihrer geistreichen Art, und ich kann dem ›Blitz Ihrer Augen‹³⁵ nicht standhalten.«

»Nun denn!«, sagte ihre Ladyschaft und zog ihren Schleier über ihr Gesicht, »das Feuer meiner Augen ist jetzt nicht mehr zu viel für Sie.«³⁶

»Helena zeigte mir gerade Westalls Zeichnung von Lady Anne Percival und ihren Kindern …«

»Und Mr Hervey wünschte, er wäre der Vater einer solch reizenden Gruppe von Kindern und Sie die Mutter? Hach, war es das nicht? Er hat es nicht so direkt ausgedrückt, aber das war, worauf alles hinauslief, nehme ich an?«

»Nein, überhaupt nicht; er sagte gar nichts über Lady Anne Percivals Kinder, nur …«

»Aber – warum haben Sie denn dann ihre Ladyschaft und die Kinder erwähnt? Um Zeit zu gewinnen? – Dumme Idee! – Nie im Leben sollte man, wenn man eine Geschichte erzählen will, einen Haufen Leute ins Spiel bringen, die nichts mit dem Anfang, der Mitte und dem Ende des Ganzen zu tun haben. Wie konnte ich denken, Sie wären zu einem solchen Missgriff in der Lage? Ich dachte wirklich, die Kinder wären von Bedeutung für die Geschichte, aber entschuldigen Sie, dass ich Ihnen hier die

Grundelemente der Literaturkritik vermittle. Ich versichere Ihnen, ich unterbreche Sie nur und spreche so schnell, weil ich so gutherzig bin und Ihnen Zeit geben möchte, sich zu fassen, denn ich weiß, Ihr Gedächtnis ist nicht das beste, besonders wenn es um Dinge geht, die Clarence Hervey gesagt hat. Aber nun kommen Sie, meine Liebe, mit voller Kraft *in medias res*, und das sofort, ganz wie es sich für gutes episches Erzählen gehört.«

»Dann, um sofort mit voller Kraft *in medias res* zu gelangen«, sagte Miss Portman, sehr schnell sprechend, »Mr Hervey bemerkte, dass Miss Delacour mir sehr zugetan sei.«

»Miss Delacour, haben Sie gesagt?«, rief ihre Ladyschaft. »*Et puis*[37]?«

In diesem Augenblick öffnete Champfort die Türe und schaute herein, und als er Lady Delacour sah, zog er sich sofort wieder zurück.

»Champfort, wen suchen Sie denn? Oder was suchen Sie?«, fragte ihre Ladyschaft.

»Miledi, *c'est que*[38] – isch komme nämlisch von Milord, um 'erauszufinden, ob Miledi und Mademoiselle anwesend sind. Isch dachte nämlisch, Miledi sei nischt im 'ause.«

»Wie Sie sehen, bin ich aber doch im Hause«, sagte ihre Ladyschaft. »Hat Lord Delacour etwas mit mir zu besprechen?«

»Nein, Miledi, nischt mit Miledi«, sagte Champfort, »es war wegen Mademoiselle.«

»Wegen mir, Champfort? Dann seien Sie doch so gut und richten Lord Delacour aus, dass ich hier bin.«

»Und dass *ich* nicht hier bin, Champfort, denn ich muss mich jetzt wirklich anziehen.«

Sie erhob sich hastig, um das Zimmer zu verlassen, aber Miss Portman hielt sie an der Hand fest. »Sie gehen doch hoffentlich nicht, Lady Delacour«, sagte sie, »bevor ich meine lange Geschichte beendet habe?« Lady Delacour setzte sich wieder und war beschämt wegen ihrer Verlegenheit, als sie sah, wie ruhig und gelassen Belinda blieb.

Ob das Hinterlist, Unschuld oder Selbstsicherheit ist, dachte sie, kann ich nicht sagen, aber wir werden sehen.

Nun kam Lord Delacour herein, eine halb gefaltete Zeitung und einen Packen Briefe in der Hand. Er kam, um sich bei Miss Portman zu entschuldigen, dass er aus Versehen das Siegel eines Briefes an sie aufgebrochen hatte, der zu seinen Händen geschickt worden war. Er hatte Champfort nur gefragt, ob die Damen im Hause seien, um sich die Mühe zu ersparen, die Treppen hinaufzusteigen, falls sie nicht da gewesen wären. Doch der hinterlistige Champfort besaß nun einmal die Fähigkeit, aus den einfachsten Dingen der Welt ein großes Geheimnis zu machen.

»Wenn ich auch so gedankenlos war, das Siegel zu erbrechen, bevor ich die Adresse des Briefes angeschaut hatte«, sagte Lord Delacour, »versichere ich Ihnen, habe ich nicht mehr als die ersten drei Worte gelesen, denn ich wusste gleich ›meine liebe Nichte‹ konnte nicht mich meinen.« Er gab Miss Portman den Brief und verließ das Zimmer. Diese Erklärung war für Belinda vollkommen zufriedenstellend, aber Lady Delacour, die sich von dem Zögern Champforts hatte beeinflussen lassen, kam nicht umhin, den Verdacht zu hegen, dass dieser Brief nur ein Vorwand für den Besuch seiner Lordschaft gewesen war.

»Von meiner Tante, Mrs Stanhope«, sagte Miss Portman, als sie den Brief öffnete. Sie faltete ihn wieder zusammen, nachdem sie die erste Seite überflogen hatte, steckte ihn in ihre Tasche und wurde tiefrot.

Alle Verdächtigungen wegen Mrs Stanhopes brieflicher Ratschläge und Geheimnisse kamen Lady Delacour sofort wieder in den Sinn, und das mit solcher Macht, dass sie nahezu von der Richtigkeit ihrer Annahme überzeugt war.

»Miss Portman«, sagte sie, »ich hoffe, Ihre Höflichkeit mir gegenüber hindert Sie nicht daran, Ihren Brief zu lesen? Es gibt natürlich Leute, die sich an jede Anstandsregel halten und es als furchtbar unhöflich betrachten, wenn man einen Brief in Gesellschaft liest, aber ich gehöre nicht dazu; ich kann mich ans

Schreiben machen, während Sie lesen, denn ich muss noch mindestens fünfzig Karten und Briefchen beantworten. Also bitte, lesen Sie Ihren Brief in aller Ruhe.«

Belinda hatte soeben ihren Brief wieder entfaltet, als Lord Delacour zurückkam, gefolgt von Champfort, der einen prachtvollen Kutschenstoff brachte.

»Hier, meine liebe Lady Delacour«, sagte seine Lordschaft, »ist eine kleine Überraschung für Sie: Hier ist der neue Stoff für den Kutschensitz, für mich nach meinen Vorgaben und meinem Geschmack angefertigt; ich hoffe, er gefällt Ihnen.«

»Sehr gelungen, wahrhaftig!«, sagte Lady Delacour kalt und blickte auf die Fransen, die in Schwarz und Orange gehalten waren. »Nach Miss Portmans Geschmack, wie ich sehe!«

»Sagten nicht Sie Schwarz und Orange, meine Liebe?«

»Nein. Ich sagte Blau und Weiß, Milord.«

Seine Lordschaft erklärte, er wisse auch nicht, wie es zu dem Fehler habe kommen können; es sei einfach ein Fehler passiert, aber ihre Ladyschaft war davon überzeugt, dass es mit Bedacht geschehen war. Und sie sagte sich: »Miss Portman wird demnächst noch meine Livreen bestellen! Ich habe nicht einmal mehr ein Quäntchen Macht in meinem eigenen Haus! Man behandelt mich nicht im mindesten mehr mit Respekt! Aber das geht nur so lange so weiter, bis ich Gewissheit über ihre Absichten erlangt habe.«

Sie verbarg ihr Missvergnügen und lobte den Kutschenstoff, besonders die Fransen. Lord Delacour zog sich zufrieden zurück, und Miss Portman setzte sich hin, um den folgenden Brief ihrer Tante zu lesen.

Kapitel XV
Eifersucht

Crescent, Bath
Juli, Mittwoch

MEINE LIEBE NICHTE,
ich habe die Banknoten über meine zweihundert Guineen, die in deinem letzten Brief lagen, sicher erhalten. Aber du solltest niemals auf diese Art der Post ohne Not Geld anvertrauen, sondern immer, wenn du Geld per Post versendest, die Noten in zwei Teile schneiden und die eine Hälfte mit einem Brief, die andere mit einem anderen verschicken. Das ist es, was man als vorsichtiger Mensch tut. Klugheit, sei es bei Kleinigkeiten, sei es bei Dingen von Wichtigkeit, kann man nur durch Erfahrung lernen (welche oft zu teuer bezahlt werden muss) – oder indem man auf die Ratschläge derjenigen hört, die über eine gründliche Kenntnis dieser Welt verfügen, was dann nichts kostet.

Mir ist etwas zu Ohren gekommen, das dich und einen *gewissen Lord* betrifft, und das macht mir aufrichtige Sorgen. Ich wusste schon immer, und das habe ich dir ja auch mitgeteilt, dass du bei der besagten Person *in großem Ansehen* stehst. Ich hatte mich darauf verlassen, dass du vorsichtig, taktvoll und moralisch gefestigt genug bist, um diesen Hinweis richtig zu verstehen, und ich vertraute darauf, dass du dich entsprechend verhalten würdest. Es ist allzu offensichtlich (nach dem, was ich gehört habe), dass irgendjemand sich falsch verhalten haben muss oder jemand etwas falsch gehandhabt hat. Das falsche Verhalten kann ich dir nicht zuschreiben, die falsche Handhabung jedoch muss ich dir anlasten, meine Liebe. Denn wie groß die Bewunderung eines Mannes für eine Frau auch immer sein mag, solange diese sich nicht von Eitelkeit blenden lässt oder wenn sie nicht von Natur eher unbedacht ist, kann sie doch sicherlich verhindern, dass seine Vorliebe für sie so offensichtlich wird, dass sie Neid erregt. Neid sollte von gutaussehenden jungen Frauen immer vermieden werden, weil er früher oder später grundsätzlich zu einem Skandal führen muss. – Du warst dir dieser Dinge, fürchte ich, nicht ausreichend bewusst und siehst nun die Folgen – Folgen, die für eine Frau von echtem Zartgefühl oder wahrer Vernunft äußerst alarmierend sein müssen. Kleingeistige und kaltherzige Männer, die absolut unfähig sind, echte großzügige Leidenschaft für unser Geschlecht zu empfinden, legen oft einen unverständlichen Ehrgeiz an den Tag, sich rühmen zu dürfen, dass sie ein *gutes Verhältnis* zu jeder Frau entwickeln können, deren Schönheit, Fähigkeiten oder Verbindungen sie in Mode gebracht haben. Welche Gefühle auch immer vorgetäuscht werden, das ist häufig das *letztendliche* und *einzige* Ziel dieser selbstsüchtigen Kreaturen. Ob die Person, die ich im Auge habe, es verdient, dieser Gruppe zugeordnet zu werden, das zu entscheiden will ich mir nicht anmaßen, aber du, die du persönlich Gelegenheit hast, Beobachtungen anzustellen, magst diese Frage selbst beantworten (wenn du diesbezüglich Neugier entwickelst), indem du darauf achtest, ob er vorgibt, seiner Vorliebe für dich eher in der Öffentlichkeit oder im privaten Rahmen Ausdruck zu verleihen. Wenn Letzteres der Fall sein sollte, so ist es am gefährlichsten, denn auch ein Mann von äußerst beschränktem Denkvermögen hat immerhin noch so viel gesunden Menschenverstand oder Überlebensinstinkt, dass er weiß, der leiseste Makel auf der Reputation einer Frau, die seine Gattin ist oder werden soll, würde seinen eigenen Seelenfrieden oder seine Ehre in den Augen der Welt beeinträchtigen. Ein Gemahl, der in seiner ersten Ehe, wie man hört, in beständiger Furcht gewesen sein muss, seiner Frau unterworfen oder der Schande ausgesetzt zu sein, wäre bei der Wahl einer zweiten Gattin besonders heikel oder wahrscheinlich eher *zögerlich*. Jeder Gunstbeweis, den man ihm gezeigt haben, jede Erkundigung, die er eingezogen haben könnte, und vor allem, jede Art von Zwang, dem er sich unterworfen fühlen mag wegen einer unausgesprochenen Verpflichtung, oder weil er entdeckt hat oder man darüber spricht, dass die von ihm Verehrte ihm überlegen ist, was Verstand oder Talente angeht, würde sich sofort zu ihren Ungunsten auswirken, so dass ihre Pläne durcheinandergebracht würden, ihr Ruf ruiniert wäre, ebenso wie ihr Seelenfrieden und ihre Hoffnungen auf eine angemessene gesellschaftliche Stellung. – Nein, nehmen wir einmal das Beste an, das überhaupt geschehen könnte, nämlich, dass du mit größter Geschicklichkeit dieses verzweifelte Spiel gespielt hättest und der gesamte Einsatz nun dir gehörte, sollte es dann unter den Zuschauern noch irgendeinen Verdacht wegen eines unfairen Spieles geben, so wärest du doch alles in allem nicht die Gewinnerin, denn, meine Liebe, ohne eine makellose Reputation, was ist da schon Reichtum oder all das, was Reichtum uns geben kann? – Ich will dich gar nicht mit schalen weisen Sprüchen traktieren, die junge Leute ohnehin hassen, noch mit muffiger Moralität, die selten für den Gebrauch in der Welt taugt oder die zu sehr nach Büchern riecht, als dass man sie in die feine Gesellschaft mitnehmen dürfte. Das ist nicht meine Art, Ratschläge zu erteilen, aber ich bitte dich wirklich, genau zu beobachten, was vor deinen Augen in den Kreisen, in denen wir leben, geschieht. – Sogar Damen aus den besten Familien, von Rang und mit eigenem Vermögen können es sich (bisher in diesem Land) nicht erlauben, von der strengsten Befolgung der Regeln von Tugend und Dekorum abzusehen. Manche glaubten, sie seien so weit über das Vulgäre erhaben, dass sie gegen Donner und Blitz der öffentlichen Meinung gefeit seien, aber diese Damen in den Wolken mussten feststellen, dass sie sich geirrt hatten; sie sind vernichtet worden und sind so tief gefallen, niemand weiß wohin! Was ist aus Lady — geworden oder aus der Komtesse von — und aus anderen, die ich nennen könnte, die so hoch standen, wie der Neid nur blicken konnte? – Ich erinnere mich, wie die Komtesse von —, die damals die schönste Frau war, die ich je gesehen hatte, und die so sehr bewundert wurde wie sonst keine, in die Oper kam und den ganzen Abend über in ihrer Loge saß, ohne dass eine einzige Frau mit ihr gesprochen oder sich vor ihr verneigt hätte oder irgendwie mehr Notiz von ihr genommen hätte, als man es von einem Pfosten oder einer Bettlerin getan hätte. – Auch der Titel eines Viscounts kann, wie du siehst, eine Frau nicht vor Schande bewahren: Wenn sie fällt, werden sie und der Titel, alle beide, mit Füßen getreten. – Aber warum sage ich all dies meiner lieben Nichte? Wohin haben der Schrecken und die Verwirrung, die mich bei dem sonderbaren Gerücht wegen dir und Lord — überkamen, mich nur geführt? – Und doch, man kann nicht vorsichtig genug sein – *Ce n'est que le premier mot qui coûte*[39] – ein Skandal hört nie mit dem ersten Wort auf, es sei denn, man erstickt ihn sofort mit geschickter Hand. Nichts soll von meiner Seite unversucht bleiben, aber du allein bist diejenige, die das Wesentliche vollbringen kann. Bitte denke nicht, dass du Lady — verlassen müsstest; das ist der erste Gedanke, der dir in den dummen kleinen Kopf kommen wird, aber lass ihn sofort wieder fallen. Wenn du bei diesem Angriff das Feld räumst, überlässt du deinen Feinden den Sieg. Lady —s Haus zu verlassen, wäre genauso dumm wie verrückt. So lange sie deine Freundin *ist* oder zumindest als deine Freundin *erscheint*, bist du in Sicherheit, aber jedes Erkalten ihrerseits würde in den gegenwärtigen Umständen deiner Reputation den Garaus machen. Und selbst wenn du sie unter den bestmöglichen Umständen verlassen würdest, würde die boshafte Welt behaupten, es seien die schlechtesten gewesen, und würde als Grund dafür das Gerücht anführen, das ich bereits erwähnte. Diejenigen, die es bis dahin nicht geglaubt haben, würden dann daraus schließen, dass es doch wahr sein muss, und so würdest du durch deine Feigheit ein unwiderlegbares Argument gegen deine Unschuld liefern. Ich wünsche daher, dass du im Moment nicht einmal daran denkst, heim zu mir zu kommen; tatsächlich hoffe ich, dass dein gesunder Menschenverstand dich davon abhält, überhaupt den Wunsch zu verspüren, wegen der Gründe, die ich dir dargelegt habe. Nein, statt Lady — wegen falschverstandenen Feingefühls zu verlassen, ist es deine Aufgabe, um ihres Friedens und auch um des deinen willen, dich um sie im privaten Rahmen doppelt zu bemühen und, das ist das Wichtigste, so oft wie möglich mit ihr in der Öffentlichkeit zu erscheinen. Ich war froh zu erfahren, dass ihre Gesundheit so weit wiederhergestellt ist, dass sie in der Öffentlichkeit erscheinen *kann* – ihrer Stimmung, worauf du ja hinweisen kannst, wird ein wenig Vergnügung durchaus guttun. Glücklicherweise steht es ganz in deiner Macht, sie und alle Welt von der Korrektheit deiner Ansichten zu überzeugen. Ich glaube beinahe, meine Liebe, ich wäre in Ohnmacht gefallen, als ich zum ersten Mal von diesem schockierenden Gerücht hörte, wenn ich nicht gleich danach einen Brief von Sir Philip Baddely erhalten hätte, der meine Lebensgeister wieder anfachte. Sein Antrag in der gegenwärtigen Krise, meine Liebe, ist eine wunderbare Sache. Du brauchst nichts zu tun, als seine Bemühungen um dich sofort zu ermutigen – das Gerücht stirbt dann ganz von selbst – und alles ist wieder, wie es sich deine besten Freunde nur wünschen können. Solch eine Stellung in der Gesellschaft, meine Liebe, übertrifft deren höchste Erwartungen. Sir Philip deutet in seinem Brief an, dass mein Einfluss nötig sei, damit deine Entscheidung zu seinen Gunsten ausfalle. – Aber das kann ja wohl nicht sein. Wie ich ihm gesagt habe, hat er nur schickliche weibliche Zurückhaltung für einen Mangel an Empfindungsvermögen deinerseits gehalten, alles andere wäre ja genauso unnatürlich wie absurd. Weißt du eigentlich, meine Liebe, dass Sir Philip Baddely einen Landsitz in Wiltshire hat, der ihm fünfzehntausend pro Jahr einbringt? Und der Landsitz seines Onkels Barton in Norfolk wird über kurz oder lang seine Schulden bezahlen. Dann, was seine Familie angeht – schau einmal die Liste der Baronets in deinem Adelsregister an, und es steht ja wohl fest, mein Kind, dass ein alter Titel eines Baronets, über den man wirklich verfügt, mehr wert ist als ein neuer Titel als Viscount – selbst wenn man meinen würde, dieser sei auf anständige Weise zu bekommen, was der Himmel verhüten möge! – Also, ich sehe nicht, dass irgendetwas gegen Sir Philip sprechen könnte, meine liebe Belinda, und ich bin mir sicher, dass du über genügend Bodenständigkeit und gesunden Menschenverstand verfügst, um keine kindischen oder romantischen Schwierigkeiten zu machen. Sir Philip ist nicht das, was man einen Mann von Genie nennen könnte. Umso besser, meine Liebe! – Diese genialen Männer sind als Ehegatten eher gefährlich; sie haben so viele merkwürdige Angewohnheiten und sind oft so exzentrisch, man kann sie schwer in den Griff bekommen, auch wenn sie in Gesellschaft angenehm erscheinen und die Konversation beleben. Dafür ist dein Favorit Clarence Hervey ein gutes Beispiel. Aber es ist allseits bekannt, dass er kein Mann ist, der heiraten will, du kannst also nicht an ihn als Kandidaten gedacht haben. – Du bist ja auch kein Mädchen, das sich durch romantische Vorlieben und solchen Unsinn der Lächerlichkeit und dergleichen vor den Damen deiner Bekanntschaft aussetzt. Ich hätte überhaupt kein Verständnis dafür, wenn eine meiner Nichten sich zu einer vulgären Voreingenommenheit für einen Mann herabließe, der ihr nie seine Zuneigung erklärt hat und der, davon bin ich überzeugt, auch keine solche Zuneigung empfindet. – Damit du dich keinen Illusionen hingibst, ist es wohl doch angemessen, dass ich dir erzähle, was man unter anderen Umständen einer jungen Dame gegenüber nicht erwähnen sollte, nämlich, dass er eine Geliebte hat, und das schon seit einigen Jahren. Diejenigen, die ihn am besten kennen, haben mir versichert, dass, wenn er überhaupt jemals heiratet, es dieses Mädchen sein wird, was gar nicht so abwegig ist, wenn man bedenkt, dass sie das schönste junge Geschöpf sein soll, das je gesehen wurde, und er ein *Mann von Genie* ist. Wenn du also über auch nur ein Quäntchen Verstand und Lebensmut verfügst, habe ich wohl genug gesagt. – Nun denn, adieu! – Schreibe mir doch bitte mit der nächsten Post, dass alles auf gutem Wege ist. Ich kann es kaum erwarten, deiner Schwester Tollemache die guten Nachrichten zu schreiben. Ich habe ja schon immer gesagt, dass meine Belinda sich noch besser verheiraten würde als ihre Schwester und alle ihre Cousinen, so dass sie ihnen den Rang ablaufen würde. Bist du mir nicht dankbar, dass ich dich in diesem Winter in die Stadt zu Lady — geschickt habe? Das war ein bewundernswerter Streich. Bitte sage Lady Delacour mit meinen besten Grüßen, dass unsere *Aloe*-Freundin (ihre Ladyschaft wird mich schon verstehen) einen Gentleman aus meiner Bekanntschaft neulich im Casino um siebzig Guineen betrogen hat. Er hasst den Anblick ihrer grässlichen roten Perücke nun ebenso sehr, wie wir es immer getan haben. Ich wusste ja und habe auch Lady D— daran erinnert, das muss sie mir zugutehalten, dass Mrs — beim Spiel betrügt. – Was für eine verachtenswerte Figur! – Und bitte, meine Liebe, vergiss nicht, Lady Delacour zu berichten, dass ich eine ganz charmante Anekdote für sie habe über eine andere *Freundin* von uns, die vor kurzem zum Feind übergelaufen ist. Hat ihre Ladyschaft ein Manuskript gesehen, das als großes Geheimnis herumgereicht wird und von — stammen soll – angeblich eine Parallele zwischen *unserer Freundin* und dem Chevalier D'Eon?[40] Es ist sehr geistreich und launig im Stil Plutarchs[41] verfasst. Ich würde gern eine Abschrift davon mitschicken, aber ich fürchte, mein Porto wird zu teuer, wenn ich noch ein weiteres Blatt beschreibe. – Nun denn, ein zweites Mal Adieu, meine liebe

Nichte! Schreibe mir unbedingt zurück und berichte von Sir Philip. Ihm habe ich meine Dankbarkeit und Zustimmung etc. bereits schriftlich mitgeteilt.

Mit besten Grüßen
SELINA STANHOPE

»Mrs Stanhope scheint Ihnen ja einen ganzen Band und nicht nur einen Brief geschrieben zu haben, Miss Portman!«, rief Lady Delacour, während Belinda die Seiten des langen Ergusses ihrer Tante umblätterte. Sie versuchte erst gar nicht, ihn Wort für Wort durchzulesen, einige Passagen hier und da reichten aus, um sie in Erstaunen zu versetzen und sie auf das Äußerste zu schockieren. »Ich hoffe, es sind keine schlechten Neuigkeiten?«, sagte Lady Delacour und sah wieder von ihrem Schriftstück zu Belinda auf, die regungslos dasaß und ihren Kopf auf ihre Hand stützte, als sei sie völlig in Gedanken versunken, wobei Mrs Stanhopes entfalteter Brief in ihrer Hand hing. Inmitten der Vielzahl von peinlichen, schmerzlichen und erschreckenden Gefühlen, die der Brief in ihr hervorrief, hatte sie genug Geistesgegenwart und Stärke, bei ihrer Entscheidung zu bleiben, Lady Delacour die ganze Wahrheit zu sagen. Als die Frage ihrer Ladyschaft: »Ich hoffe, es sind keine schlechten Neuigkeiten, Miss Portman?« sie aus ihren Gedanken riss, antwortete sie mit aller Festigkeit, über die sie verfügte.

»Doch. Meine Tante ist wegen eines sonderbaren Gerüchts beunruhigt, von dem ich zum ersten Mal heute Morgen durch Mr Hervey gehört habe. Ich bin ihm sehr dankbar, dass er den Mut hatte, mir die Wahrheit zu sagen.«

Und dann wiederholte sie, was Mr Hervey ihr mitgeteilt hatte.

Lady Delacour hob, während Belinda sprach, nicht einmal die Augen, sondern strich einige Worte in dem, was sie gerade schrieb, aus. Durch die Maske von Schminke, die sie trug, war keine farbliche Veränderung in ihrem Gesicht erkennbar, und da

Belinda den Ausdruck in den Augen ihrer Ladyschaft nicht sah, konnte sie nicht beurteilen, was in ihrem Kopf vor sich ging.

»Mr Hervey hat wie ein Mann von Ehre und sehr vernünftig gehandelt«, sagte Lady Delacour, »aber es ist schon bedauerlich, besonders für Sie, dass er nicht eher gesprochen hat – bevor dieses Gerücht Bath erreicht hat und Ihre Tante. – Obwohl es sie ja nicht übermäßig überrascht haben kann – sie kennt sich in der Welt doch so gut aus – und ...«

Lady Delacour gab diese Worte mit unterdrücktem Ärger von sich, räusperte sich dabei mehrmals und hielt schließlich, unfähig weiterzusprechen, inne – dann fing sie an in großer Hast, Siegelplättchen in den Brief zu legen, den sie geschrieben hatte. »Es hat also Bath erreicht?«, dachte sie. »Das Gerücht ist öffentlich! – Ich habe bis jetzt nicht auch nur einen einzigen Hinweis darauf gehört außer von Sir Philip Baddely, aber es war mit Sicherheit Thema in der ganzen Stadt, und man lacht über mich als arme betrogene Idiotin, die ich ja auch bin. Und jetzt, da das Ganze ohnehin nicht mehr verborgen werden kann, kommt sie zu mir mit ihrem Unschuldsgesicht, und weil sie weiß, wie großzügig ich bin, vertraut sie darauf, dass ich Gnade walten lasse und dass ihre wagemutige Offenheit mich von ihrer Unschuld überzeugen wird. »Sie haben sich so klug verhalten, wie es unter diesen Umständen nur möglich war, Miss Portman«, sagte ihre Ladyschaft, während sie fortfuhr, ihre Briefe zu versiegeln, »als Sie mir von diesem sonderbaren, skandalösen und absurden Gerücht erzählt haben. Handeln Sie auf den Ratschlag Ihrer Tante hin oder ausschließlich nach Ihrer persönlichen Beurteilung und Kenntnis meines Charakters?«

»Aus meiner Beurteilung und Kenntnis Ihres Charakters heraus, bei der ich hoffe, dass ich nicht – ich kann doch nicht – falschliegen«, sagte Belinda und sah sie mit einer Mischung aus Zweifel und Erstaunen an.

»Nein – Sie haben das bewundernswert auskalkuliert – es war das Beste, das Einzige, was Sie tun konnten. Nur«, sagte ihre Ladyschaft und fiel unter hysterischem Lachen auf ihren Stuhl zurück, »nur der Versprecher von Champfort, der Auftritt von Lord Delacour und der Kutschenstoff mit den orangen und schwarzen Fransen. Vergeben Sie mir, meine Liebe, ich kann einfach nicht anders, ich muss lachen! Es war ein wenig unglücklich, so linkisch, so ein absurder Zwischenfall! – Aber Sie«, fügte sie hinzu, wischte die Tränen aus den Augen und erholte sich von ihrem Lachanfall, »Sie haben eine so bewundernswerte Geistesgegenwart, Sie bringt nichts aus der Ruhe! Sie bleiben in allen Situationen gelassen und brauchen so lange Briefe mit Ratschlägen von Ihrer Tante gar nicht«, wobei sie auf die beiden Folioblätter zeigte, die zu Belindas Füßen lagen.

Die hastige und unzusammenhängende Art, in der Lady Delacour sprach, ihre unwirschen Bewegungen, die schnellen, argwöhnischen, ärgerlichen Blicke, ihr Gelächter, ihre unverständlichen Worte, all das zusammen brachte Belinda auf die Idee, dass die Gedanken ihrer Ladyschaft verwirrt sein könnten. Sie war so fest davon überzeugt, dass Lord Delacour seiner Gemahlin gleichgültig war, dass sie sich überhaupt nicht vorstellen konnte, sie würde von der Leidenschaft der Eifersucht angetrieben – der Eifersucht auf Macht – eine Spielart der Eifersucht, die Belinda nie gefühlt hatte und daher auch nicht verstehen konnte. Aber sie hatte Lady Delacour schon leidenschaftliche Anfälle durchleben sehen, die an Wahnsinn zu grenzen zu schienen, und die Möglichkeit, ihre Ladyschaft könne den Verstand verlieren, überkam Belinda nun mit unaufhaltbarer Gewalt. Sie fühlte, dass sie jetzt nicht die Fassung verlieren durfte, und nahm sich zusammen, um ganz ruhig Mrs Stanhopes Brief aufzuheben und nach der Passage zu suchen, in der Mrs Luttridge und Harriet Freke erwähnt wurden. Wenn ich Lady Delacour ablenken kann, dachte sie, oder ihre Aufmerksamkeit auf etwas anderes ziehen kann, vielleicht erholt sie sich dann wieder. »Hier ist eine Botschaft für Sie, meine liebe Lady Delacour!«, rief sie, »von meiner Tante über – über Mrs Luttridge.«

Miss Portmans Hand zitterte, als sie die Seiten des Briefes umwendete. »Ich bin ganz Ohr«, sagte Lady Delacour gefasst, »nur bemühen Sie sich, keinen Fehler zu machen. Ich habe keine Eile, lesen Sie nichts vor, das Mrs Stanhope mich nicht hören lassen will. Es ist gefährlich, Briefe zu verstümmeln, beinahe ebenso gefährlich, wie sie einer Freundin aus der Hand zu reißen, wie ich es einmal gemacht habe, das wissen Sie ja – aber jetzt müssen Sie nicht die leiseste Sorge mehr deswegen haben.«

Da sie wusste, dass dieser Brief nicht für die Augen ihrer Ladyschaft gedacht war, bot Belinda weder an, ihn ihr zu zeigen, noch versuchte sie, sich für ihre Zurückhaltung und Verlegenheit zu rechtfertigen, vielmehr machte sie sich hastig daran, die Botschaft vorzulesen, die Mrs Luttridge betraf; ihre Stimme wurde dabei zunehmend fester, denn sie merkte wohl, dass sie Lady Delacours Aufmerksamkeit gewonnen hatte, die jetzt dasaß und ihr ruhig und bewegungslos zuhörte. Aber als Miss Portman zu den Worten kam: »Und vergiss nicht, Lady Delacour zu berichten, dass ich eine ganz charmante Anekdote für sie habe, über eine andere *Freundin* von uns, die vor kurzem zum Feind übergelaufen ist«, rief ihre Ladyschaft zornig aus: »*Freundin*! – Harriet Freke! – Ja – genau wie alle anderen Freunde – Harriet Freke! – Womit hat sie sie noch verglichen? – 's ist zu viel für mich – einfach zu viel«, und sie legte ihre Hand an den Kopf.

»Fassen Sie sich, meine liebe *Freundin*!«, sagte Belinda in einem ruhigen, sanften Ton, und sie ging auf sie zu, um sie mit Liebkosungen zu besänftigen, aber, als sie näher kam, schob Lady Delacour den Tisch, an dem sie geschrieben hatte, mit ganzer Wucht von sich. Sie sprang auf, warf den Schleier zurück, der ihr ins Gesicht fiel, als sie sich erhob, und warf Belinda einen Blick zu, der sie auf der Stelle erstarren ließ. Dieser Blick sagte: ›Komm nicht auch nur einen Schritt näher, wage es nicht!‹ Belindas Blut gefror in ihren Adern – sie hatte jetzt keinen Zweifel mehr, dass es sich um Wahnsinn handelte. Sie klappte das Briefmesser, das auf dem Tisch lag, zu und steckte es in ihre Tasche.

»Feige Kreatur!«, schrie Lady Delacour, und ihr Gesicht nahm nun den Ausdruck unaussprechlicher Verachtung an. – »Was fürchten Sie denn?«

»Dass Sie sich verletzen könnten. – Setzen Sie sich doch. – Um Himmels willen, hören Sie mich an, hören Sie Ihre Freundin an, Ihre Belinda!«

»Meine Freundin! Meine Belinda!«, rief Lady Delacour aus, und sie wandte sich von ihr ab und ging einige Schritte, ohne ein Wort zu sagen; dann rang sie plötzlich die Hände, hob ihre Augen zum Himmel mit einem leidenschaftlichen, aber wilden Ausdruck der Andacht und rief aus: »Großer Gott im Himmel! Meine Strafe ist gerecht. Das ist die Rache für den Tod von Lawless. – Möge die Seelenqual, die ich soeben erfahre, meine Torheiten sühnen! – Doch Schuld – vorsätzliche Schuld – Heuchelei – Verrat – habe ich nie – oh, möge ich niemals – bereuen müssen!«

Sie hielt inne – ihre Augen wandten sich unwillkürlich wieder Belinda zu. »Oh, Belinda! – Sie! Die ich so geliebt – der ich so vertraut habe!«

Die Tränen rollten in Strömen über ihre geschminkten Wangen; sie wischte sie hastig weg und tat das so grob, dass ihr Gesicht zu einem merkwürdigen und grausigen Schauspiel wurde. Ohne sich ihrer unordentlichen Erscheinung bewusst zu sein, stürzte sie an Belinda vorbei, die vergebens versucht hatte, sie aufzuhalten, riss einen Fensterflügel auf, streckte sich weit aus dem Fenster und schnappte nach Luft. Miss Portman zog sie zurück, schloss das Fenster und sagte: »Sie haben Ihr ganzes Rouge verwischt, meine liebe Lady Delacour! – Sie können sich so nicht sehen lassen. Setzen Sie sich auf dieses Sofa, und ich werde nach Marriott klingeln und etwas frisches Rouge holen. Schauen Sie sich ihr Gesicht in diesem Spiegel an, Sie sehen ...«

»Ich sehe«, unterbrach Lady Delacour und wandte sich wieder ganz Belinda zu, »dass die, deren Seele ich für die edelste hielt, die schändlichste hat! Ich sehe, dass sie unfähig ist zu fühlen. –

Rouge! – Können sich nicht sehen lassen! – In einem Moment wie diesem spricht sie zu mir über so etwas! – Oh, Sie Nichte von Mrs Stanhope! – Närrin! – Närrin, die ich bin!« Sie warf sich auf das Sofa und schlug sich mit der Hand mehrere Male heftig gegen die Stirn.

Belinda griff nach ihrem Arm, hielt ihn mit aller Kraft fest und rief im Befehlston: »Fassen Sie sich, Lady Delacour! Ich beschwöre Sie, oder Sie werden den Verstand verlieren, und wenn das geschieht, wird Ihr Geheimnis von aller Welt entdeckt werden.«

»Halten Sie mich nicht fest – dazu haben Sie nicht das Recht«, rief Lady Delacour und versuchte, ihre Hand wieder loszureißen. »Wenn Sie in diesem Haus auch allmächtig sein mögen, so haben Sie doch keine Macht mehr über mich! – Ich verliere nicht den Verstand! – Sie können mich nicht ins Irrenhaus bringen, allmächtig und hinterlistig wie Sie sind. Sie haben wohl genug getan, um mich in den Wahnsinn zu treiben – aber ich bin nicht verrückt. – Kein Wunder, dass Sie mir nicht glauben können – kein Wunder, dass Sie diese starken Gefühle nicht begreifen können, die Ihrer Natur so fremd sind – kein Wunder, dass Sie das Zucken und Sichkrümmen eines Herzens, die Seelenqual einer großherzigen Natur für Wahnsinn halten! Schauen Sie nicht so entsetzt drein, ich werde Ihnen nichts antun. Hören Sie nicht, dass ich meine Stimme senken kann? – Sehen Sie nicht, dass ich ruhig werden kann? – Könnte Mrs Stanhope selbst – könnten *Sie*, Miss Portman, in sanfterem, milderem, höflicherem, angemessenerem Ton sprechen, als ich es jetzt tue? – Sind Sie angenehm überrascht, sind Sie zufrieden?«

»Ich bin schon zufriedener – ein wenig zufriedener«, sagte Belinda.

»Das ist schön – aber Sie zittern noch immer. Es gibt überhaupt keinen Grund, sich zu fürchten – Sie sehen, ich kann an mich halten und Sie anlächeln.«

»Oh, lächeln Sie nicht auf diese schreckliche Art.«

»Warum nicht? – Schrecklich! – Mögen Sie denn Betrug nicht?«

»Ich verabscheue ihn von ganzem Herzen.«

»Ach, tatsächlich!«, sagte Lady Delacour, die noch immer in demselben leisen, sanften, unnatürlichen Ton sprach. – »Warum betrügen Sie denn dann, meine Liebe?«

»Ich betrüge nicht, auch nicht für eine Sekunde – ich bin völlig unfähig, jemanden zu betrügen. Wenn Sie wieder *wirklich* ruhig sind, wenn Sie *wirklich* wieder Ihre Fassung erlangt haben, werden Sie mir Gerechtigkeit widerfahren lassen, Lady Delacour, aber jetzt ist es wohl meine Aufgabe, Geduld mit Ihnen zu haben.«

»Ach, Sie sind die Güte selbst, und Sanftheit und Klugheit in Person. – Sie wissen ganz genau, wie Sie eine Freundin zu *behandeln* haben, bei der Sie befürchten müssen, Sie hätten sie an den Rand des Wahnsinns getrieben. Aber sagen Sie mir, gute, sanfte, kluge Miss Portman, warum fürchten Sie überhaupt so sehr, ich könnte verrückt werden? Sie wissen doch, würde ich verrückt, würde niemand mehr darauf hören, würde niemand mehr glauben, was ich sage – ich könnte nicht mehr gegen Sie aussagen und wäre dann aus dem Weg, nicht wahr? – Und Sie hätten alle Macht in Ihren Händen, stimmt das nicht? – Und wäre das nicht genauso gut, wie wenn ich tot und begraben wäre? – Nein, Ihre Berechnungen sind besser als die meinen. Die arme verrückte Frau wäre Ihnen noch immer im Weg, stünde noch immer zwischen Ihnen und dem so sehr ersehnten Objekt Ihres Herzens – einer Adelskrone!«

Als sie das Wort ›Adelskrone‹ aussprach, zeigte sie auf ein Krönchen auf einem Schmuckkasten auf dem Tisch, das mit Diamanten verziert war. Dann packte sie plötzlich den Kasten und warf ihn mit all ihrer Kraft gegen den marmornen Kamin. – »Abscheulicher Tand!«, rief sie. »Muss ich meine einzige Freundin für so ein lächerliches Ding verlieren? Oh, Belinda! Verstehen Sie denn nicht, dass ein Adelstitel kein Glück verschaffen kann?«

»Das habe ich schon vor langer Zeit erkannt – ich bemitleide Sie aus tiefster Seele«, sagte Belinda und brach in Tränen aus.

»Bemitleiden Sie mich nicht. Ich kann Ihr Mitleid nicht ertragen, Sie Verräterin!«, rief Lady Delacour und stampfte wütend mit dem Fuß auf. »Sie absolut treulose, Sie heimtückische Frau!«

»Ja, nennen Sie mich treulos, heimtückisch, eine Verräterin – treten Sie mich mit Füßen – sagen Sie, tun Sie, was Sie wollen; ich kann und werde alles ertragen – alles mit Geduld ertragen, denn ich bin unschuldig, und Sie sind im Irrtum und unglücklich«, sagte Belinda. »Sie werden mich lieben, wenn Sie alle Ihre Sinne wieder beisammenhaben, wie kann ich also Ärger Ihnen gegenüber empfinden!«

»Fassen Sie mich nicht an«, sagte Lady Delacour, vor Belindas Zärtlichkeiten zurückschreckend. »Erniedrigen Sie sich nicht ohne Sinn und Zweck – ich lasse mich niemals mehr von Ihnen übertölpeln – Ihre Unschuldsbeteuerungen sind an mich verschwendet – ich bin nicht so blind, wie Sie glauben – Sie halten mich für eine Närrin, aber ich habe so einiges stillschweigend wahrgenommen. Sie merken, dass Sie jetzt die ganze Welt im Verdacht hat. – Also wollen Sie meine Freundschaft, um Ihren guten Ruf zu retten – Sie wollen ...«

»Ich will gar nichts von Ihnen, Lady Delacour«, sagte Belinda. »*Sie haben mich stillschweigend schon lange verdächtigt* – dann habe ich mich in Ihnen geirrt, ich kann Sie nicht länger lieben. – Leben Sie wohl, für immer! – Finden Sie eine andere – eine bessere Freundin.«

Mit stolzer Empörung wandte sie sich von Lady Delacour ab und wollte gehen, aber noch bevor sie die Tür erreichte, erinnerte sie sich wieder an ihr Versprechen, bei der unglücklichen Frau zu bleiben.

»Darf ich mich über eine sterbende Frau, die von den Qualen einer an Verrücktheit grenzenden Leidenschaft umgetrieben wird, wirklich entrüsten?«, dachte Belinda und hielt inne. – »Nein, Lady Delacour«, rief sie, »ich will nicht einfach einer Laune folgen – ich will nicht einfach meinem Stolz nachgeben. Ein paar Worte, in der Hitze des Gefechts dahingesagt, sollen mich weder mich selbst noch Sie vergessen lassen. Sie haben sich mir anvertraut, dafür bin ich dankbar. Ich kann – und will Sie nicht im Stich lassen – mein Versprechen ist mir heilig.«

»Ihr Versprechen?«, sagte Lady Delacour voller Verachtung, »ich entbinde Sie von Ihrem Versprechen. Sofern Sie es nicht für sich für *zweckdienlich* erachten, sich daran zu erinnern, vergessen Sie es doch bitte, und wenn ich sterben muss ...«

In diesem Augenblick öffnete sich plötzlich die Tür, und die kleine Helena kam herein, dabei sang sie den Refrain von Ariels Lied:

»Wie fröhlich wird künftig unser Aufenthalt sein
Unter den Blüten im duftenden Hain![42]

Wie geht es nur weiter, Miss Portman?«

Lady Delacour zog ihren Schleier übers Gesicht und stürzte aus dem Raum.

»Was ist denn passiert? – Ist Mama krank?«

»Ja, mein Liebes«, sagte Belinda. Aber gerade in dem Augenblick hörte sie die Stimme von Lord Delacour auf der Treppe, und sie machte sich von dem kleinen Mädchen los und eilte in ihr eigenes Zimmer, so schnell sie nur konnte.

Sie hatte dort nicht einmal eine halbe Stunde verbracht, als Marriott an der Tür klopfte.

»Miss Portman, Sie wissen gar nicht, wie spät es ist. Lady Singleton und die Fräulein Singleton sind gekommen. Aber, Gott im Himmel!«, rief Marriott, als sie den Raum betrat. »Was soll denn die Packerei? Was hat denn Ihre Truhe hier zu bedeuten?«

»Ich gehe mit Lady Anne Percival nach Oakley Park«, sagte Belinda ruhig.

»Ich dachte mir schon, dass etwas nicht in Ordnung ist, ich konnte mir beim Anziehen von Milady keinen Reim darauf machen, sie war so flattrig und hat überhaupt nicht mit mir gesprochen – ich würde mein Leben drauf geben, das hat auf die ein oder andere Weise mit Mr Champforts Machenschaften zu tun. Aber liebe gute Miss Portman, können Sie meine arme Lady wirklich im Stich lassen, wo sie Sie doch so braucht – und ich wage auch zu sagen, Sie so sehr liebt im Grunde ihres Herzens? – Oje, oje, wie rot Sie geworden sind! – Bitte, lassen Sie mich diese Sachen packen, wenn es denn sein muss. Aber ich hoffe trotzdem, dass Sie, wenn es irgendwie möglich ist, bleiben. – Andererseits habe ich ja nichts dazu zu sagen. Ich bitte um Vergebung, dass ich so unverschämt war; ich hoffe sehr, Sie möchten es mir nicht übelnehmen, es ist nur aus Rücksicht auf meine arme Lady, dass ich zu sprechen gewagt habe.«

»Ihre Rücksicht Ihrer Lady gegenüber verdient meinen ganzen Beifall, Marriott«, sagte Belinda. »Es ist leider ganz unmöglich, dass ich weiterhin bei ihr bleibe. Wenn ich gegangen bin, liebe Marriott, und wenn ihre Gesundheit und ihre Kräfte nachlassen, werden Ihre Treue und Ihre Dienste von größter Wichtigkeit für Ihre Herrin sein, und was ich von der Güte Ihres Herzens gesehen habe, hat mich davon überzeugt, je mehr sie Sie braucht, desto respektvoller werden Sie auf sie achthaben.«

Marriott antwortete nur mit Tränen und fuhr fort, in großer Eile zu packen.

Nichts konnte Lady Delacours Erstaunen ausdrücken, als sie von Marriott erfuhr, dass Miss Portman sich tatsächlich darauf vorbereitete, das Haus zu verlassen. Nach einem Augenblick des Nachdenkens kam sie jedoch zu der Überzeugung, dass das nur einen neuen Kunstgriff darstellte, um auf ihre Zuneigung Einfluss zu nehmen, dass Belinda gar nicht vorhabe, sie zu verlassen, aber dass sie bis zum Äußersten gehen würde in der Hoffnung, im letzten Augenblick doch zum Bleiben gedrängt zu werden. Folglich beschloss Lady Delacour, Belindas Erwartungen zu enttäuschen; sie entschied sich, ihr mit der höflichen Kälte zu begegnen, die ihrer eigenen Würde wohlanstand und die, ohne dass sie damit die Gesetze der Gastfreundschaft verletzte, sehr effektiv aller Welt zeigen würde, dass Lady Delacour sich nicht übertölpeln ließ und dass Miss Portman ein unwillkommener Gast in ihrem Haus war.

Die Fähigkeit, fröhlich zu erscheinen, wenn ihr Herz von leidenschaftlichen Gefühlen bewegt wurde, hatte sie seit langem mit viel Übung kultiviert. Mit der Schnelligkeit einer Schauspielerin konnte sie von einem Moment auf den anderen auf der Bühne erscheinen und eine Rolle spielen, die ihrem eigenen Charakter völlig widersprach. Lautes Klopfen an der Tür, das die Ankunft von Gesellschaft ankündigte, war das Signal, das prompt auf ihre Gedankenwelt wirkte, und dieser Art konventioneller Notwendigkeit unterwarfen sich ihre heftigsten Gefühle mit geradezu magischer Geschwindigkeit. Mit frischem Rouge und eleganter Kleidung spielte sie ihre Rolle vor einer brillanten Zuschauerschaft in ihrem Salon, als Belinda hereinkam. Belinda betrachtete sie mit Erstaunen, aber noch mehr mit Mitleid.

»Miss Portman«, sagte ihre Ladyschaft und wandte sich ihr achtlos zu, »wo kaufen Sie denn Ihr Rouge? Lady Singleton, hätten Sie in diesem Moment lieber den Stein der Weisen in Ihrem Besitz oder ein Patent für Rouge, das kommen und gehen kann wie das von Miss Portman? – Apropos, haben Sie *St. Leon*[43] gelesen?« Ihre Ladyschaft war schon bei einem neuen Thema angelangt, als ein Diener die Ankunft von Lady Anne Percivals Kutsche ankündigte, und Miss Portman sich erhob, um zu gehen.

»Sie dinieren wohl mit Lady Anne, Miss Portman, vermute ich? – Grüßen Sie ihre Ladyschaft und auch Mrs Margaret Delacour und ihren Ara. – *Au revoir!*[44] Obschon Sie davon reden, von mir wegzulaufen nach Oakley Park, bin ich doch sicher, dass Sie so etwas Grausames nicht tun werden. Ich bin bei aller gegebenen Bescheidenheit so von der unwiderstehlichen Anziehungskraft dieses Hauses überzeugt, dass ich Oakley Park und all seinen Reizen die Stirn zu bieten wage. – Also, Miss Portman, statt *adieu*[45] sage ich nur – *au revoir!*«

»Adieu, Lady Delacour!«, sagte Belinda mit einem Blick und in einem Ton, der ihre Ladyschaft ins Mark traf. All ihre Verdächtigungen, all ihr Stolz, all ihre vorgebliche Fröhlichkeit verschwanden, ihre Geistesgegenwart verließ sie, und für einige Sekunden stand sie bewegungslos und kraftlos da. Dann besann sie sich und eilte plötzlich hinter Miss Portman her, hielt sie auf dem oberen Treppenabsatz zurück und rief: »Meine liebste Belinda, gehen Sie wirklich? – Meine beste, meine einzige Freundin! – Sagen Sie, dass Sie nicht für immer gehen werden! – Sagen Sie, dass Sie zurückkommen!«

»Adieu!«, wiederholte Belinda. Mehr brachte sie nicht über die Lippen, sie machte sich von Lady Delacour los und eilte aus dem Haus, voller Mitleid mit dieser unglücklichen Frau, aber im Herzen ganz sicher, dass es ihr der Anstand gebot, festzubleiben.

Kapitel XVI
Häusliches Glück

Das Wohlwollen und die vollkommene Aufrichtigkeit in der höflichen Art, mit der Lady Anne Percival Belinda willkommen hieß, taten ihrem aufgewühlten und geplagten Gemüt auf ganz besondere Weise gut.

»Ich fürchte«, sagte Belinda, »dass Ihre Ladyschaft mich als kapriziös empfindet, weil ich nun doch zu Ihnen komme, und das als ungebetener Gast, nachdem ich Ihre freundlichen Einladungen so oft abgelehnt habe.«

»Aber nein«, sagte Lady Anne, »dass Sie nach eigenem Belieben kapitulieren, eben als ich die Belagerung verzweifelt aufgeben wollte, schmeichelt meiner Selbstgefälligkeit ungemein. Und die einzige Bedingung, die ich stellen werde, lautet, dass Sie nur so lange bei uns auf Oakley Park bleiben, wie wir es Ihnen angenehm machen können. Ob diejenigen, die aufhören zu gefallen, oder diejenigen, die aufhören, an ihnen Gefallen zu finden, die größte Schuld tragen,[46] lässt sich bisweilen wohl schwer feststellen – so schwer, dass, wenn diese Frage zwischen zwei Freunden aufgeworfen wird, diese besser auseinandergehen, als sich auf die Diskussion darüber einzulassen.«

Lady Anne Percival konnte sich des Verdachts nicht erwehren, dass sich etwas Unangenehmes zwischen Lady Delacour und Belinda zugetragen hatte, aber sie wurde nicht von der Krankheit unnützer Neugier geplagt, und angesichts ihres Beispiels enthielt sich auch Mrs Margaret Delacour, die mit ihr dinierte, jeglicher Fragen und Kommentare.

Das Vorurteil, welches diese Dame gegen unsere Heldin entwickelt hatte, weil sie eine Nichte von Mrs Stanhope war, war vor kurzem von den lobenden Berichten über ihr Verhalten ausgeräumt worden, die sie von ihrem Neffen gehört hatte, aber auch durch die Freundlichkeit, die sie der kleinen Helena gezeigt hatte.

»Madam«, sagte Mrs Delacour, wobei sie sich an Miss Portman zwar mit einer gewissen Förmlichkeit, aber auch mit viel Würde wandte, »erlauben Sie mir als einer der nächsten noch lebenden Verwandten von Lord Delacour, Ihnen meinen Dank dafür auszusprechen, dass Sie, wie mich mein Neffe informiert, Ihren Einfluss auf Lady Delacour zugunsten des Glückes seiner Familie geltend gemacht haben. Meine kleine Helena, da bin ich mir sicher, fühlt, dass Sie Ihnen viel zu verdanken hat, und ich freue mich ganz besonders, dass ich eine Gelegenheit habe, Ihnen persönlich sagen zu können, wie sehr unsere Familie Miss Portman zu Dank verpflichtet ist. Was alles andere angeht, so wird ihr Herz sie selbst belohnen. Das Lob der Welt ist dabei von geringerer Bedeutung. Es verdient jedoch erwähnt zu werden, als Beispiel für die Aufrichtigkeit der Welt und für die Einzigartigkeit dieses Falls, wie einig sich alle darin sind, dass es nur Gutes über Miss Portman zu sagen gibt, obwohl sie eine so attraktive junge Dame ist.«

»Sie muss außerordentliche Besonnenheit bewiesen haben«, sagte Lady Anne, »und die Welt tut gut daran, das mit besonderer Wertschätzung zu belohnen.«

Belinda bemerkte mit ebenso viel Vergnügen wie Überraschung, dass all das ganz arglos gesagt wurde und dass das Gerücht, von dem sie gefürchtet hatte, es könnte bereits öffentlich sein, Mrs Delacour und Lady Anne Percival noch gar nicht erreicht hatte.

Tatsächlich war es nur denen bekannt und wurde nur von denen geglaubt, die durch eine vergleichbare Boshaftigkeit oder Dummheit wie die von Sir Philip Baddely voreingenommen waren. Verärgert darüber, wie sein Antrag von Belinda aufgenommen worden war, hörte er nur zu bereitwillig auf die willkommenen Worte seines Kammerdieners, der ihm versicherte, er wisse aus absolut sicherer Quelle (von Lord Delacours eigenem Butler Mr Champfort), dass seine Lordschaft völlig *eingenommen* von Miss Portman sei – dass die junge Dame alles im Haus organisiere – dass sie wahrhaftig klug genug gewesen sei, große Geschenke abzulehnen – aber dass es gar keinen Zweifel daran gebe, dass sie die nächste Lady Delacour würde, falls seine Lordschaft je wieder frei wäre. Sir Philip hatte dies auch gegenüber Clarence Hervey erwähnt, und Sir Philip war derjenige, der es gegenüber Mrs Stanhope angedeutet hatte, eben in dem Brief, in dem er sie angefleht hatte, ihren Einfluss zugunsten seines Antrages geltend zu machen. Diese manipulative Dame hatte dann das Gerücht als allgemein bekannt dargestellt und gehofft, ihre Nichte in solche Furcht zu versetzen, dass sie den Baronet umgehend heiraten würde. Nie und nimmer hätte Mrs Stanhope in ihrem strategischen Denken die Möglichkeit vorhersehen können, dass ihre Nichte Lady Delacour einfach die Wahrheit sagen könnte, und gegen diese Gefahr hatte sie sich nicht zu wappnen versucht. Sie hätte nie gedacht, Belinda könnte ihrer Ladyschaft von dem Gerücht erzählen, weil sie selbst niemals so offen ihre Karten auf den Tisch gelegt hätte, wäre sie an ihrer

Stelle gewesen. Auf diese Weise kamen ihre hinterlistigen Kunstgriffe und ihre Falschheit ihren eigenen Aussichten in die Quere und zogen Konsequenzen nach sich, die ihren Erwartungen diametral entgegengesetzt waren. – Es waren gerade ihre Übertreibungen, die Clarence Hervey dazu veranlassten, mit Belinda zu sprechen, und die Lady Delacour wiederum annehmen ließen, als Belinda ihr mitteilte, was er gesagt hatte, dass das Gerücht allseits bekannt sei und von allen geglaubt werde. Die eigenen Verdächtigungen der Lady wurden auf diese Weise wieder zum Leben erweckt, ihre Eifersucht und Wut wurden in einem solchen Maße gesteigert, dass sie sich nicht mehr beherrschen konnte und ihre Freundin, die doch auch ihr Gast war, beleidigte. Daher blieb Miss Portman nichts anderes übrig, als genau das zu tun, was Mrs Stanhope am meisten befürchtete: Lady Delacours Haus und all seine Annehmlichkeiten zu verlassen. Was Sir Philip Baddely anbetraf, so dachte Belinda von dem Moment an, als sie den Brief ihrer Tante gelesen hatte, bis sie ihre Ladyschaft verlassen hatte, nicht weiter an ihn; sie war in diesem Punkt absolut entschlossen, und doch musste sie befürchten, dass ihre Tante ihre Gründe nicht verstehen und ihr Verhalten missbilligen würde. Sie schrieb an Mrs Stanhope im freundlichsten und respektvollsten Ton und versicherte ihr, dass das Gerücht, das so viel Unruhe verursacht habe, völlig unbegründet sei; dass Lord Delacour sie immer mit großer Höflichkeit und Freundlichkeit behandelt habe, aber dass Gedanken von der Art, die man ihm zugeschrieben hatte, davon sei sie überzeugt, ihm niemals in den Sinn gekommen seien; dass jedoch, als sie von der weitreichenden Verbreitung des Gerüchts gehört habe, Lady D— *sehr betroffen* gewesen sei. »Ich habe daher«, schrieb Belinda, »gedacht, es sei das Klügste, ihre Ladyschaft zu verlassen und eine Einladung von Lady Anne Percival nach Oakley Park anzunehmen. Ich hoffe, meine liebe Tante, dass Sie nicht verstimmt sind, da ich aus London weggefahren bin, ohne Sir Philip Baddely noch einmal zu sehen. Ein Treffen mit ihm hätte wahrlich überhaupt keinen Sinn, da es mir vollkommen unmöglich ist, seine Gefühle zu erwidern. Von seinem Charakter, seinem Temperament und seinen Manieren weiß ich genug, um überzeugt zu sein, dass eine Verbindung uns nur beide unglücklich machen würde. Nach allem, was ich gesehen habe, kann mich nichts mehr dazu bringen, aus den üblichen Gründen wie gesellschaftlichem Ansehen und Ehrgeiz zu heiraten.«

Dieses Thema behandelte Belinda nur so oberflächlich wie möglich, obwohl sie sich ihrer Gefühle ganz und gar sicher war, weil sie inständig den Eindruck zu vermeiden suchte, sie wolle den Meinungen einer Tante, der sie verpflichtet war, *die Stirn bieten*. Sie war versucht, den ganzen Teil im Brief ihrer Tante, der sich mit Clarence Hervey beschäftigte, stillschweigend zu übergehen, aber nach einigem Nachdenken beschloss sie doch, ihren Widerwillen, von ihm zu sprechen, zu überwinden und vollkommene Ehrlichkeit zum Grundprinzip ihres Verhaltens zu machen. Sie gab deswegen gegenüber ihrer Tante zu, dass von allen Menschen, die sie bisher gesehen habe, ihr dieser Gentleman am meisten zusage, aber gleichzeitig versicherte sie ihr, dass die Ablehnung Sir Philip Baddelys völlig unabhängig von Gedanken an Mr Hervey geschehen sei – da noch bevor sie den Brief ihrer Tante erhalten habe, gewisse Umstände sie davon überzeugt hätten, dass Mr Hervey einer anderen Frau verbunden sei. Sie schloss mit der Beteuerung, sie hege weder romantische Hoffnungen noch Wünsche, sondern habe ihre Gefühle in ihrer Gewalt.

Gerade als die Kutsche vorfuhr, um sie nach Oakley Park zu bringen, erhielt Belinda die folgende verärgerte Antwort von Mrs Stanhope:

Künftig, Belinda, kannst du deine Angelegenheiten selbst regeln, wie du es für richtig hältst, ich werde mich nie wieder mit meinen Ratschlägen einmischen. Lehne ab, wen du willst – geh, wohin du willst – finde die Freunde und Bewunderer und die gesellschaftliche Stellung, die du finden kannst – ich habe damit nichts mehr zu tun – ich wasche meine Hände in Unschuld – ich werde mich nie wieder um die Anleitung junger Leute kümmern. Da ist z. B. deine Schwester, Mrs Tollemache, die mir meine freundliche Sorge um ihre Belange auf ganz reizende Weise zurückzahlt! Sie wird sich von ihrem Ehegatten trennen und hat doch tatsächlich die Dreistigkeit, alle Schuld mir zuzuschreiben. – Aber es ist ja mit euch allen dasselbe. – Da ist deine Cousine Joddrell, die sich geweigert hat, mir einhundert Guineen zu zahlen, obwohl das Pianoforte und die Harfe, die ich für sie gekauft hatte, bevor sie geheiratet hat, mich bestimmt die doppelte Summe gekostet haben und obwohl sie nun völlig nutzlos bei mir herumstehen und sie Joddrell ohne die Instrumente niemals hätte heiraten können, was sie ganz genau weiß. Was Mrs Levit angeht, so schreibt sie mir nie und beachtet mich überhaupt nicht mehr. Aber das ist ja nun auch egal, denn von ihr beachtet zu werden, kann ohnehin niemandem mehr nützen. Er hat alles, was er in dieser Welt besaß, verloren! – All die schönen Anwesen Levits wurden heute in der Zeitung zum Verkauf annonciert – der Gerichtsvollzieher sei im Haus, sagt man mir. Ich nehme an, sie wird die Unverschämtheit besitzen, in ihrer Not zu mir zu kommen, aber sie wird meine Tür verschlossen finden, das kann ich versprechen. Die Ehe deiner Cousine Valleton hat sich durch ihre eigene Dummheit so entwickelt wie bei allen anderen. Sie, ihr Gatte und all seine Verwandten bekämpfen sich bis aufs Messer; Valleton wird bald sterben und ihr keinen Pfennig hinterlassen, das sehe ich schon jetzt voraus, und das ganze herrliche Valleton-Anwesen wird an Gott weiß wen gehen!

Wenn sie meinem Ratschlag gefolgt wäre nach der Verheiratung, so wie sie es vorher getan hat, würde es in diesem Augenblick ihr gehören. Aber die Menschen lassen sich ganz und gar von ihren Gefühlen bestimmen und vergessen alles –

gesunden Menschenverstand, Dankbarkeit und alles andere – genau wie du es tust, Belinda. Clarence Hervey wird eine Verbindung mit dir niemals in Erwägung ziehen, und ich schreibe dich ab! – Nun plane dein Leben, wie es dir passt und so gut du es vermagst! Ich will nichts mehr mit den Angelegenheiten von jungen Damen zu tun haben, die keinen Rat annehmen.

SELINA STANHOPE

PS. Wenn du sofort zu Lady Delacour zurückkehrst und Sir Philip Baddely heiratest, will ich vergessen, was sich zugetragen hat.

Das Bedauern, das Belinda darüber empfand, dass sie ihre Tante so schrecklich verletzt hatte, wurde ein wenig durch das Gefühl gemildert, rechtschaffen und umsichtig gehandelt zu haben. In ihrem Ärger war Mrs Stanhope, ohne es zu wollen, so unvorsichtig gewesen, ihrer Nichte die allerbesten Argumente gegen ihren Rat bezüglich Sir Philip Baddely zu liefern, nämlich indem sie festgestellt hatte, dass ihre Schwester und ihre Cousinen, die aus Gewinnsucht geheiratet hatten, sich nur unglücklich gemacht und ihrer Tante weder Dankbarkeit noch Respekt bewiesen hatten.

Es ist wohl kaum vonnöten zu sagen, dass Belinda nicht zu Lady Delacour zurückkehrte und auch in Bezug auf Sir Philip Baddely zu keiner anderen Entscheidung kam. Vielmehr stieg sie, sobald sie den Brief gelesen hatte, in die Kutsche von Lady Anne Percival und machte sich mit dieser nach Oakley Park auf.

Dort kam Belinda nach und nach zur Ruhe, was an dem Umgang mit den Menschen dort lag, den sie sehr genoss. Sie fand sich in einer großen und fröhlichen Familie wieder, und sie konnte nicht anders, als deren häusliches Glück als ihr eigenes zu betrachten. Es herrschte in diesem Hause eine liebevolle Vertrautheit miteinander und eine ungezwungene Heiterkeit, die sie nicht zuletzt so sehr wegen des Kontrastes zu allem, was sie in Lady Delacours Haus gesehen hatte, beeindruckte. Sie beobachtete, dass Mr Percival und Lady Anne einander durch gemeinschaftliche Interessen, Beschäftigungen, gleichartigen Geschmack und Zuneigung verbunden waren. Zunächst war sie über die Offenheit erstaunt, mit der sie in ihrer Anwesenheit über ihre eigenen Belange sprachen; es gab weder Familiengeheimnisse noch irgendwelche kleinliche Geheimniskrämerei, wie sie sich aus einem Missverhältnis im Temperament zweier Ehepartner und aus deren Kampf um die Vorherrschaft ergeben würden. Bei Unterhaltungen brachte jeder ohne Scheu seine Wünsche und Ansichten zum Ausdruck, und wenn diese irgendwie auseinandergingen, so bemühte man sich um Vernunft und versuchte dem Allgemeinwohl gerecht zu werden. Der ältere und der jüngere Teil der Familie lebten nicht getrennt voneinander, selbst das jüngste Kind im Haus schien Teil der allgemeinen Geselligkeit zu sein und Anteil zu nehmen an dem, womit sich die Familie gerade beschäftigte oder vergnügte. Die Kinder wurden weder wie Sklaven noch wie Spielzeug behandelt, sondern wie vernunftbegabte Wesen, und die Leichtigkeit, mit der man sie anleiten konnte, überraschte Belinda, denn sie hörte nie das ständige Predigen, das in einigen Häusern vonstattengeht und so ermüdend und trübsinnig für alle Beteiligten ist, ebenso wie für alle Zuschauer. Ohne Zwang und ohne gekünstelte Exaltiertheit wurden den Kindern die Freude am Wissen und die Gewohnheit, sich anzustrengen, durch das Beispiel der Erwachsenen vorgelebt und mit Einfühlungsvermögen bestärkt. MrPercival war ein Mann, der sich für Naturwissenschaften und Literatur interessierte, und seine täglichen Beschäftigungen sowie die allgemeine Konversation waren erfreulich lehrreich und anregend für seine Familie. Von den alltäglichsten Kleinigkeiten konnte er auf eine wissenschaftliche Tatsache, auf eine schöne literarische Anspielung oder philosophische Frage zu sprechen kommen.

Lady Anne Percival verfügte über viel genaues Wissen, ohne dass sie dies pedantisch oder prahlerisch zur Schau gestellt hätte, und über eine Freude an der Literatur, die sie zu einer passenden Gefährtin für ihren Gatten machte, sowohl im Denken als auch für sein Herz. Weder musste er also seine Unterhaltungen ausschließlich mit Freunden seines eigenen Geschlechts führen, noch war er gezwungen, sich abzusondern, wenn er sich mit einem Wissensbereich befasste; die Partnerin seiner innigsten Gefühle war auch die Partnerin seiner ernsthaften Beschäftigungen, und ihre Anteilnahme, ihr Beifall sowie das tägliche Gefühl, dass sie die Kinder erfolgreich erzog, erfüllten ihn mit viel glücklicher und geselliger Energie, etwas, das die selbstsüchtigen und einsamen Verfechter von Geiz und Ehrgeiz gar nicht kennen.

In dieser großen und glücklichen Familie gab es eine ganze Reihe von Beschäftigungen. Einer der Jungen interessierte sich für Chemie, ein anderer für Gartenbau; eine der Töchter hatte ein Talent für das Malen, eine andere für die Musik, und all ihre Fertigkeiten und Vorzüge trugen dazu bei, das Familienglück zu fördern, weil es keinen Neid und keine Eifersucht unter ihnen gab.

Diejenigen, die ein häusliches Glück, wie ich es hier beschreibe, leider nie genossen haben, werden das gesamte Bild vielleicht für utopisch und romantisch halten; es gibt jedoch andere, und es bleibt zu hoffen: viele andere, die denken werden, es sei nach der Wahrheit und dem echten Leben gezeichnet. Wessen Geschmack vom Stimulus der Verschwendungssucht verdorben wurde, dem mögen diese einfachen Vergnügungen vielleicht schal und langweilig erscheinen.

Jedermann muss im Grunde genommen selbst beurteilen, was ihm zum Glück verhilft, indem er seine Gefühle in unterschiedlichen Situationen gegeneinanderstellt. Belinda wurde durch diesen Vergleich davon überzeugt, dass nur ein häusliches Leben sie auf die Dauer vollkommen glücklich machen würde.

Sie vermisste keine der Vergnügungen, keine der fröhlichen Gesellschaften, an die sie in Lady Delacours Haus gewöhnt gewesen war. Sie war sich am Ende jedes Tages bewusst, dass dieser angenehm verbracht worden war, dabei hatte niemand außerordentliche Anstrengungen gemacht, sie zu unterhalten, alles schien seinen natürlichen Gang zu gehen, und diese Harmonie spiegelte sich in ihrem Geist. Wo es so viel Glück gab, fehlte niemandem das, was man *Vergnügung* nennt. Sie war kaum eine Woche auf Oakley Park gewesen, und schon hatte sie vergessen, dass es nur wenige Meilen von Harrogate entfernt lag, und sie dachte einen ganzen Monat lang nie daran, dass sie sich in der Nähe dieses modischen Kurortes befand.

»Das ist doch nicht möglich!«, werden einige junge Damen ausrufen. Wir hoffen, dass andere es für völlig natürlich halten werden. Aber um unseren Lesern gegenüber fair zu sein, dürfen wir nicht vergessen, einen gewissen Mr Vincent zu erwähnen, der in der ersten Woche von Belindas Besuch nach Oakley Park kam und den ganzen folgenden Monat der Glückseligkeit über dortblieb. Mr Vincent war Kreole, er war etwa zweiundzwanzig Jahre alt; seine Person und seine Umgangsformen waren so eindrucksvoll wie einnehmend; er war groß und ausgesprochen gutaussehend; er hatte große dunkle Augen, eine Adlernase, schönes Haar und ein sonnengebräuntes Angesicht, das ihm eine männliche Ausstrahlung gab. Seine Miene war offen und freundlich, und wenn er über ein interessantes Thema sprach, so erhellte sie sich und war voller Feuer und Lebhaftigkeit. Er unterstrich bei Unterhaltungen alles, was er sagte, mit Gesten; er hatte nicht die Umgangsformen vieler junger Männer, die in Mode sind oder sich wünschen, es zu sein, aber er war in Gesellschaft vollkommen ungezwungen, und alles, was ungewöhnlich an ihm war, erschien exotisch. Er hatte ein offenes und leidenschaftliches Temperament, war ganz und gar unfähig, sich zu verstellen und so wenig misstrauisch den Menschen gegenüber, dass er kaum glauben konnte, Falschheit existiere in der

Welt, sogar wenn er selbst darauf hereingefallen war. Er war immer völlig fassungslos, wenn er irgendeine Niederträchtigkeit bei einem *Gentleman* entdeckte, weil er der Meinung war, Ehrenhaftigkeit und Großherzigkeit seien allgegenwärtig in den privilegierten Ständen, wenn auch nicht ausschließlich. Seine Vorstellungen von Tugend waren definitiv aufs äußerste aristokratisch, aber er hatte sogar den Ehrgeiz, ausschließlich solche zu entwickeln, die diesen aristokratischen Anspruch auf das beste fördern würden und seiner wahrhaft würdig wären. Sein Stolz war großmütig, nicht anmaßend, und seine gesellschaftlichen Vorurteile waren so beschaffen, dass sie in gewisser Weise die Macht und das Nachdenken ersetzten, die ihm völlig abgingen. Ein philosophisches Prinzip besaß er geradezu in höchster Perfektion: Er erfreute sich des gegenwärtigen Moments, ohne jedes vergebliche Bedauern um Vergangenes oder lästige Sorgen um die Zukunft. Alles Gute des Lebens genoss er mit epikureischer Lebensfreude, alles Üble nahm er mit stoischem Gleichmut hin. Die reine Freude am Leben erfüllte ihn ständig mit Wohlwollen sich selbst und anderen gegenüber, und sein nie enden wollender Überfluss an Vitalität heiterte sogar den Phlegmatischsten auf. Menschen mit einem kalten und reservierten Wesen erschien er manchmal zu ichbezogen, denn er sprach mit ungebrochenem Enthusiasmus über die großen Vorzüge und die Schönheit all dessen, was er liebte, sei es sein Hund, sein Pferd oder sein Land, aber dabei handelte es sich nicht um die Ichbezogenheit der Eitelkeit, sondern das Überfließen eines gefühlvollen Herzens, das sich des Mitgefühls der Menschen um sich herum sicher war, weil es für alles, was da lebte, selbst diese Empfindung aufbrachte.

Er war ebenso dankbar wie großzügig, und obwohl er zu Übermut und Ungeduld neigte, wenn er auf Widerstände stieß, unterwarf er sich immer mit liebenswerter Sanftheit der Stimme eines Freundes oder hörte mit Ehrerbietung auf den Ratschlag derer, in deren überlegenes Urteil er Vertrauen setzte.

Eine Mischung aus Dankbarkeit, Respekt und Zuneigung verlieh Mr Percival große Macht über seine Seele. Mr Percival war ihm Vormund und Vater gewesen. Sein eigener Vater, ein reicher Kreole, hatte auf seinem Totenbett verlangt, dass sein Sohn, der damals etwa achtzehn gewesen war, umgehend nach England geschickt werden solle, damit er die Vorteile einer europäischen Erziehung genießen könne. Mr Percival, der den Vater sehr schätzte, was sich aus Umständen ergab, die nichts zur Sache tun, übernahm die Verantwortung für den jungen Herrn Vincent, und ihm gelang das so gut, dass dieser im Alter von einundzwanzig Jahren gar nicht das Gefühl hatte, er wolle jetzt endlich seine Ketten abwerfen. Im Gegenteil, seine Bindung an seinen Vormund wurde noch stärker, sobald er voll und ganz über sein Vermögen verfügen konnte und selbst entscheiden durfte, was er tat und was nicht.

Mr Vincent war schon einige Zeit in Harrogate gewesen, bevor Mr Percival aufs Land kam, aber sobald er von Mr Percivals Ankunft hörte, brach er inmitten eines Billardspiels, das er im Übrigen außerordentlich liebte, auf, um seine Aufwartung in Oakley Park zu machen. Als er Belinda das erste Mal sah, schien er von ihr nicht sehr beeindruckt zu sein, vielleicht weil er dachte, es liege nicht genug schmachtende Verträumtheit in ihren Augen und zu viel Farbe auf ihren Wangen; er musste zwar zugeben, dass sie sehr anmutig war, aber ihre Art, sich zu bewegen, war nicht langsam genug, um ihm wirklich zu gefallen.

Eigentümlicherweise war ausgerechnet Harriet Freke, Lady Delacours treue Freundin, die Ursache dafür, dass Mr Vincent Miss Portman mit anderen Augen zu betrachten begann und mehr Gefallen an ihr fand.

Er hatte einen schwarzen Diener mit dem Namen Juba,[47] der sehr an ihm hing; er hatte Juba schon gekannt, als er noch ein Junge gewesen war, und hatte ihn mitgebracht, als er zum ersten Mal nach England kam, weil der arme Kerl so sehr darum gebeten hatte, mit seinem jungen Massa mitgehen zu dürfen. Juba hatte seitdem bei ihm gelebt und begleitete ihn, wo immer er hinging. Während er in Harrogate war, wohnte Mr Vincent im selben Haus wie Mrs Freke. Es gab irgendeinen Streit zwischen ihren jeweiligen Bediensteten um ein Kutschenhaus, von dem beide Parteien behaupteten, es stehe ausschließlich ihnen zu. Der Herr des Hauses wurde von Juba, der mit Nachdruck die Rechte seines Massas verteidigte, als Richter angerufen; er setzte sich auch durch und rollte den Zweispänner seines Massas triumphierend ins Kutschenhaus. Mrs Freke, die die ganze Transaktion von ihrem Fenster aus hörte und beobachtete, sagte, beziehungweise schwor, dass Juba das noch bereuen sollte, was sie seine Unverschämtheit nannte. Die Drohung wurde laut genug ausgesprochen, dass er sie hören konnte, und er schaute auf, sehr erstaunt darüber, eine solche Stimme von einer Frau zu hören, aber gleich darauf fing er an, fröhlich zu singen, sprang in den Zweispänner, um die Kissen zu wenden, und tanzte auf den Federn auf und ab, als würde er sich über seinen Sieg freuen. Ein zweites und drittes Mal wiederholte Mrs Freke ihre Drohung, bekräftigte diese mit einem Fluch, schloss mit lautem Knall das Fenster und verschwand. Mr Vincent, dem Juba mit großer Aufrichtigkeit seine Aversion gegen die *Mann-Frau* schilderte, die mit ihnen im selben Haus wohne, lachte über die seltsame Art, in der der Schwarze ihre Stimme und ihr Benehmen nachahmte, aber dachte nicht weiter an die Sache. Einige Zeit später jedoch schien Juba alle Lebensfreude zu verlieren, man hörte ihn nicht mehr singen oder pfeifen, er sprach kaum noch, nicht einmal mehr mit seinem Herrn, der von der plötzlichen Wandlung von Frohsinn und Redseligkeit zu Melancholie und Schweigsamkeit sehr überrascht war. Nichts konnte dem armen Kerl den Grund für die Veränderung in seinem Wesen entlocken, und wenn er auch überaus dankbar für die Sorge zu sein schien, die sein Herr wegen seiner Gesundheit an den Tag legte, konnten doch alle Freundlichkeit und alle Vergnügungen seine gewohnte Heiterkeit nicht wiederherstellen. Mr Vincent wusste, dass Juba die

Musik leidenschaftlich liebte, und da er einmal gehört hatte, er wünsche sich ein Tamburin, schenkte er ihm eines, aber Juba spielte nie darauf, und seine Stimmung verschlechterte sich von Tag zu Tag. Seine Melancholie dauerte die ganze Zeit über an, die sie in Harrogate verbrachten, aber sobald sie in Oakley Park angekommen waren, verbesserte sie sich. Kaum war er eine Woche dort, hörte man ihn singen und pfeifen und erzählen, wie er es früher getan hatte, und sein Herr gratulierte ihm zu seiner Gesundung. Eines Abends bat ihn sein Herr, nach Harrogate zurückzugehen, um sein Tamburin zu holen, weil der kleine Charles Percival ihn gern darauf spielen hören wollte. Diese einfache Bitte hatte eine erstaunliche Wirkung auf den armen Juba, er fing an, am ganzen Körper zu zittern, sein Blick wurde starr, und er stand bewegungslos da; nach einer Weile rang er plötzlich die Hände, fiel auf die Knie und rief: »Oh, Massa, Juba stirbt! Wenn Juba zurückgeht, stirbt er!«, und er wischte sich die Schweißtropfen von der Stirn. »Aber ich geht, wenn Massa will – ich stirbt!«

Mr Vincent fing schon an zu glauben, der arme Kerl habe den Verstand verloren. Er versicherte ihm mit großer Freundlichkeit, dass er beinahe ebenso gern bereit wäre, sein eigenes Leben zu riskieren, wie das seines treuen, lieben Dieners, aber er drängte ihn zu erklären, was er denn befürchte, wenn er nach Harrogate zurückkehre. Juba blieb stumm, als fürchte er sich, zu sprechen. »Hab keine Angst, mit mir zu sprechen«, sagte Mr Vincent, »ich werde dich verteidigen; wenn dich jemand verletzt hat, oder wenn du befürchtest, jemand könnte dir etwas antun, vertrau mir, ich werde dich beschützen.«

»Ah, Massa, das nicht können! Ich stirbt, wenn zurückgehen! Ich kann nicht sagen mehr Wort«, und er legte den Finger auf die Lippen und schüttelte den Kopf. Mr Vincent wusste wohl, dass Juba über die Maßen abergläubisch war, und war überzeugt davon, dass, wenn er nicht bereits den Verstand verloren hatte, er es mit Sicherheit tun würde, sofern ein geheimer Schrecken in dieser Weise auf seinem Gemüt lasten würde; er schaute also sehr ernst drein und versicherte ihm, er wäre äußerst verärgert, wenn Juba weiterhin in diesem dummen und hartnäckigen Schweigen verharre. Das überwand dessen Widerstand, er brach in Tränen aus und antwortete: »Dann sagt ich alles.«

Dieses Gespräch spielte sich im Beisein von Miss Portman und Charles Percival ab, die im Park mit Mr Vincent spazieren gingen um die Zeit, als er Juba traf und ihn bat, das Tamburin zu holen. Bei den Worten »ich sagt alles« machte er ihm ein Zeichen, dass er wünsche, mit seinem Herrn allein zu sprechen. Belinda und der kleine Junge gingen weiter, damit er frei sprechen konnte; und dann erzählte er, wenn auch mit einem gewissen widerwilligen Schrecken, dass die Gestalt einer alten Frau, ganz in Flammen gehüllt, ihm jede Nacht in seinem Schlafzimmer in Harrogate erschienen war und dass das mit Sicherheit eine der Obeah-Frauen[48] seines Heimatlandes sei, die ihn bis nach Europa verfolgt habe, um sich dafür zu rächen, dass er einmal als Kind eine Eierschale zertrampelt habe, die etwas von ihren Giften enthalten habe. Da diese Geschichte so unglaublich absurd klang, musste Mr Vincent laut lachen, aber seine Mitmenschlichkeit ließ ihn im nächsten Augenblick wieder ernst werden, denn der arme Anhänger dieses schrecklichen Aberglaubens fiel, nachdem er etwas ausgesprochen hatte, was nach dem Glauben seines Landes mit dem Tod bestraft wird, bewusstlos zu Boden. Als Juba wieder zu sich kam, sagte er ganz ruhig, dass er wisse, er müsse jetzt sterben, denn die Obeah-Frauen vergäben niemals denjenigen, die über sie und ihre Geheimnisse sprächen, und mit einem abgrundtiefen Stöhnen fügte er hinzu, dass er wünschte, er könne vor der Nacht sterben, damit er sie nicht noch einmal sehen müsse. Es war völlig unmöglich, ihn von der Idee abzubringen, dass er diese Erscheinung tatsächlich gesehen hatte: Er berichtete, dass sie ihm zum ersten Mal eines Nachts im Kutschenhaus erschienen sei, als er dorthin im Dunkeln gegangen sei – dass er danach niemals wieder im Dunkeln zum Kutschenhaus gegangen sei, aber dass dieselbe Gestalt einer alten Frau, ganz in Flammen, am Fuße seines Bettes jede Nacht erschienen sei, solange er in Harrogate gewesen sei, und er sei damals überzeugt gewesen, er würde ihrer Macht nie entkommen, bis sie ihn getötet hätte. Sie habe ihn jedoch, seit er Harrogate verlassen hatte, nicht mehr gequält, denn er habe sie nicht wieder gesehen, und er habe gehofft, sie habe ihm vielleicht vergeben, aber jetzt sei er sicher, sie würde Rache nehmen, weil er von der Vergangenheit gesprochen habe.

Mr Vincent kannte die erstaunliche Macht, die der Glaube an diese Art von Hexerei[49] bei den jamaikanischen Schwarzen hatte, sie siechten von dem Augenblick dahin, da sie sich unter dem bösartigen Einfluss dieser Hexen glaubten, und starben schließlich wirklich. Er gab Juba beinahe als verloren auf. Die erste Person, die er nach diesem Gespräch traf, war Belinda, der er alles aufgeregt erzählte, weil er festgestellt hatte, dass sie aufmerksam und voller Mitgefühl zugehört hatte, als der arme Kerl anfing, seine Geschichte zu erzählen. Sobald sie von der Erscheinung in Flammen hörte, erinnerte sie sich daran, dass sie einen mit Phosphor gezeichneten Kopf gesehen hatte, den eines der Kinder zu ihrem Vergnügen angefertigt hatte, und es fiel ihr ein, dass vielleicht jemand, der unbedacht oder böswillig war, den unwissenden Schwarzen auf ähnliche Weise hatte erschrecken wollen. Als sie das Mr Vincent gegenüber erwähnte, erinnerte er sich an die Drohung, die Mrs Freke an dem Tag ausgestoßen hatte, als Juba das Kutschenhaus übernommen hatte, um das sie sich gestritten hatten, und da Belinda den Charakter der Dame kannte, meinte sie, es wäre gut möglich, dass sie ihm einen solchen Streich gespielt habe und es dann wie üblich einen ›Spaß‹ oder ›Scherz‹ nennen würde. Miss Portman riet, man solle eine Gestalt aus Phosphor zeichnen, die so genau wie möglich der, die Juba beschrieben hatte, ähnelte, und dass man sie ihm bei Nacht zeigen sollte, um herauszufinden, ob sie ihn wieder so ängstigen würde. Mr Vincent zeichnete also die Gestalt einer furchterregenden alten Frau auf die Wand, die dem Fußende von Jubas Bett gegenüberlag. Am Morgen erzählte dieser seinem Herrn, dass er wieder von der Obeah-Frau heimgesucht worden sei, und wie zuvor war er völlig außer sich. Belinda schlug daraufhin vor, dass eines der Kinder ihm den Phosphor zeigen und in seiner Gegenwart irgendeine alberne Gestalt aufmalen sollte. So geschah es, und es hatte genau den Effekt, den sie erwartet hatte. Als Juba nach und nach verstand, was sich hinter dem Objekt seines heimlichen Schreckens verbarg, und er sich davon überzeugt hatte, dass es keine Obeah-Frau gab, die ihn mit ihren Hexenkünsten verfolgte, erholte er sich gesundheitlich und wurde wieder lebensfroher. Seine Dankbarkeit Miss Portman gegenüber, der er seine Heilung vor allem zu verdanken hatte, war so aufrichtig wie rührend, weil sie so lebhaft war und von Herzen kam. Dies waren die Umstände, die Mr Vincent zuerst auf Belinda aufmerksam gemacht hatten. Als man das Zimmer, in dem der Schwarze in Harrogate normalerweise schlief, untersuchte, fiel der starke Geruch von Phosphor auf, und ein Teil der Tapete war genau an der Stelle verbrannt, an der er immer die Gestalt gesehen hatte, so dass er jetzt absolut sicher war, dass man ihm den Streich in der Absicht gespielt hatte, ihn aus Rache zu erschrecken, weil er sich des Kutschenhauses bemächtigt hatte.

Als Mrs Freke sich entlarvt sah, genoss sie den Erfolg ihres Scherzes sichtlich und erzählte die Geschichte zur allgemeinen Unterhaltung, wo immer sie hinkam – voller Triumph bei dem Gedanken, dass sie es gewesen war, die beide, Herrn und Diener, aus Harrogate vertrieben hatte.

Die Folgen dieser Heldentat gefielen ihrer Freundin Mrs Luttridge jedoch ganz und gar nicht, die jetzt in Harrogate war. Sie hatte ihre eigenen Gründe, warum sie Mr Vincent in ihrer Gesellschaft behalten wollte, und war äußerst verärgert über Mrs Frekes Verhalten. Die Damen stritten sich gewaltig, und es hätte einen irreparablen Bruch zwischen ihnen gegeben, hätte nicht Mrs Freke sich mitten in ihrem Wutanfall an Mr Luttridges Wahlinteresse erinnert. Plötzlich änderte sie deswegen ihren Ton und erklärte, es tue ihr wirklich leid, dass sie Mr Vincent aus Harrogate vertrieben habe, und dass sie eigentlich nur vorgehabt habe, den Schwarzen loszuwerden; sie würde jede Wette eingehen, dass sie mit Mrs Luttridges Hilfe den Gentleman wieder zurückgewinnen könnten, und schlug als sichere Methode, Mr Vincent an Mrs Luttridges Gesellschaft zu binden, vor, Belinda nach Harrogate einzuladen.

»Sie können fest darauf vertrauen«, sagte Mrs Freke, »dass sie ihren Aufenthalt bei diesen dummen gutartigen Leuten auf Oakley Park mittlerweile verflucht satthat, und Frauen *fehlt* es nie an Entschuldigungen dafür, das zu tun, was sie gern tun: Also verlassen Sie sich auf ihre eigene Intelligenz, sich eine anständige Erklärung dafür auszudenken, dass sie von den Percivals wegrennt. Was Vincent betrifft, da können Sie sicher sein, Belinda ist der einzige Anreiz, bei dieser wunderbaren Familie zu bleiben, und wenn wir sie haben, haben wir ihn auch. Wir können uns ihrer jetzt sicher sein, denn sie hat sich gerade mit unserer lieben Lady Delacour überworfen. Ich habe die ganze Geschichte von meiner Zofe, die sie von Champfort gehört hat. Lady Delacour und sie bekämpfen sich bis aufs Messer, und es wird ihr überaus gefallen, wenn sie hört, wie man ihre Ladyschaft tüchtig beschimpft. Wir sind die erklärten Feinde ihrer Feindin, also müssen wir ihre Freunde sein. Nichts verbindet Leute so schnell und so dauerhaft wie der Hass auf einen gemeinsamen Gegner.«

Mit dieser Argumentation musste sie Mrs Luttridge überzeugen, und gleich am nächsten Tag nahm Mrs Freke das Intrigenspiel in Angriff. Sie fuhr in ihrem dreispännigen Wagen nach Oakley Park, um Miss Portman einen Besuch abzustatten. Sie war zwar überhaupt nicht bekannt mit Mr Percival oder mit Lady Anne, und sie hatte Belinda, wenn sie sie in London getroffen hatte, als bescheidene Begleiterin von Lady Delacour immer sehr herablassend behandelt. Aber Mrs Freke kostete es nichts, ihre Einstellung zu ändern: Sie war eine dieser Damen, die sich an Menschen erinnerte oder sie vergaß, die völlig vertraut mit ihnen umging oder sie merkwürdig grob behandelte, ganz wie es ihr passte, sei es aus reiner Zweckmäßigkeit, aus Gründen der gegenwärtigen Mode oder aus einer Laune heraus.

Kapitel XVII
Die Rechte der Frau[50]

Belinda war allein und las gerade, als Mrs Freke ins Zimmer rauschte.

»Zum Gruße, Kindchen«, rief sie, ging auf sie zu und schüttelte ihr energisch die Hand. »Zum Gruße! – Freut mich, wirklich! – Schon lange hier? Enorm heißer Tag heute!«

Sie warf sich auf das Sofa neben Belinda, ihr Hut flog auf den Tisch, und sie fuhr fort: »Und was machen Sie hier so, mein Kind! – Gott! Was bin ich froh, dass Sie allein sind. – Fürchtete schon, Sie von einer ganzen Truppe von Rechtschaffenen umgeben zu finden. Loben Sie mich mal dafür, dass ich gekommen bin, um Sie aus ihren Händen zu erlösen. Luttridge und ich, wir hatten so ein Mitleid mit Ihnen, als wir hörten, Sie seien hier völlig eingesperrt! – Ich schwor, das Fräulein in Bedrängnis zu befreien, allen Drachen der Christenheit zum Trotz. – Also, lassen Sie mich Sie im Triumph in meinem Dreispänner davontragen, und diese guten Menschen sollen dumm dreinschauen, wenn sie von ihrem braven Spaziergang heimkehren und herausfinden, dass Sie weg sind. Es gibt nichts, was ich so liebe, wie gute Menschen dumm dreinschauen zu lassen – ich hoffe, es geht Ihnen genauso. – Sie sehen allerdings nicht so aus – aber mir ist grundsätzlich gleich, wie junge Damen ausschauen – ist ohnehin immer das Gegenteil von dem, was sie so denken. – Wo wir schon von Aussehen sprechen – ich fand Sie im Leben noch nicht so wohlaussehend – ansehnlich wie ein Engel! – Umso besser für mich. – Wissen Sie, ich habe zwanzig Guineen auf Ihren Kopf gewettet – das heißt, auf Ihr Gesicht. Es gibt da eine junge Braut in Harrogate, Lady H—, die sind alle verrückt nach ihr, die Männer schwören, sie ist die am besten aussehende Frau in England, und ich habe geschworen, ich kenne eine, die ist noch zehnmal so gutaussehend. Sie haben mich herausgefordert, ich soll meine Behauptung beweisen, und ich habe versprochen, meine Schöne auf dem nächsten Ball vorzuführen und sie für Geld gegen die andere Belle aufzustellen. – Die mit den meisten Stimmen gewinnt – ich bin bereit, meine Wette zu verdoppeln, seit ich Sie gesehen habe. – Kommen Sie schon, sollten wir uns nicht beeilen wegzukommen? Jetzt weisen Sie mich nur nicht ab und halten lange Reden – Sie wissen, das ist doch alles Unsinn – ich nehme die ganze Schuld auf mich.«

Belinda, der es nicht gelungen war, auch nur ein Wort dazwischenzuschieben, während Mrs Freke in dieser merkwürdigen Manier weiterplapperte, konnte ihr Erstaunen nicht verbergen, aber als diese sie packte und zur Tür zerrte, entzog sie sich Mrs Frekes Griff mit einer sanften Bestimmtheit, die diese erstaunte. Lächelnd, aber mit fester Stimme sagte sie, dass es ihr leidtue, dass Mrs Freke ihre Ritterlichkeit nicht für einen angemesseneren Zweck einsetze, sie sei nämlich weder eine Gefangene noch ein Fräulein in Not.

»Was, ich soll meine Wette verlieren?«, rief Mrs Freke. »Oh, aber Sie müssen unbedingt zu dem Ball kommen! – Ich hab' mein Wort gegeben. – Aber ich will Sie jetzt nicht bedrängen, weil Ihnen schon das kleine Köpfchen schwirrt und Sie sich, wie ich sehe, bei dem bloßen Gedanken daran schrecklich fürchten, was zu tun, das gegen eine Regel dieser guten Menschen verstößt. Nun, nun, das kriegen wir schon für Sie hin – überlassen Sie mir das. – Ich bin daran gewöhnt, mit kleinen Feiglingen umzugehen. – Sagen Sie mir nur – Sie und Lady Delacour sind auseinander, soweit ich das sehe? – Na bestens! – Sie und ich waren ja mal die besten Freunde, das heißt, ich hatte über sie ›diese Macht, die starke Geister über die schwachen haben‹,[51] aber sie war für mich zu schwach – gehörte zu diesen Leuten, die weder den Mut haben, gut zu sein, noch den, schlecht zu sein.«

»Den Mut, schlecht zu sein«, sagte Belinda, »hat sie wohl tatsächlich nicht.«

Mrs Freke starrte sie an. – »Wie, ich habe doch gehört, Sie hätten sich mit ihr zerstritten!«

»Selbst wenn es so wäre«, sagte Belinda, »so hoffe ich doch, dass ich ihren Verdiensten Gerechtigkeit widerfahren lassen würde. Man sagt, dass die Menschen die Veranlagung haben, eher durch ihre Freunde als durch ihre Feinde zu leiden. Ich hoffe, das wird für Lady Delacour nie der Fall sein, denn ich gebe zu, eine ihrer Freundinnen gewesen zu sein.«

»Gottchen, ich mag Ihr Temperament – es mangelt Ihnen wenigstens nicht an Mut, wie ich sehe, Sie kämpfen sogar für Ihre Feinde. Genau die Art von Mädel, die ich bewundere – ich merke schon, Sie sind wegen Lady Delacour voreingenommen gegen mich. Aber was für Geschichten sie auch aus dem Hut gezaubert haben mag, die Wahrheit ist doch, man kann gar nicht mit ihr auskommen, sie ist dermaßen eifersüchtig – so lächerlich eifersüchtig wegen ihrem Herrn Gemahl, dabei hat sie die Frechheit, die ganze Zeit so zu tun, als bedeute er ihr nicht mehr als mir die Sohle meines Stiefels«, sagte Mrs Freke, wobei sie diese mit ihrer Reitpeitsche schlug, »aber sie hat einfach nicht den Mut, es ihm heimzuzahlen. – Na, das ist, was ich Schwäche nenne. – Sagen Sie mal, wie steht es denn um sie und Clarence Hervey? – Sind sie denn endlich raus aus der platonischen Fibel?«

»Mr Hervey war nicht in der Stadt, als ich London verließ«, sagte Belinda.

»War er nicht, was? – Ho, ho! – Hat sich aus dem Staub gemacht, was? – Tja, hatte ich vorhergesagt. Sie ist einfach nicht die Frau für ihn. – Er hat doch so was wie Geistesstärke – eine Seele – jenseits von vulgären Vorurteilen. Das müsste eine Frau auch bieten, wenn sie ihn halten wollte. Er war erst wegen ihrer Grazie und Schönheit und all dem Zeug von ihr eingenommen, aber ich wusste, das würde nicht lange vorhalten – wusste, sie würde ein wenig mit Clary herumtändeln, bis er sich auf dem Absatz umdrehen und sie im Stich lassen würde.«

»Meiner Meinung nach liegen Sie ganz falsch, sowohl, was Mr Hervey betrifft, als auch, was Lady Delacour angeht«, begann Belinda mit großem Ernst zu entgegnen, aber Mrs Freke unterbrach sie und fuhr fort: »Nein, nein, nein! Ich liege überhaupt nicht falsch; Clarence hat sie durchschaut. – Sie ist *so sehr* Frau – das könnte er ihr ja noch vergeben und ich auch. Aber sie ist *nichts als* Frau – und das kann er ihr nicht vergeben – ebenso wenig wie ich.«

Mrs Freke hatte etwas Drolliges an sich, so dass manche Menschen die merkwürdigen Dinge, die sie manchmal von sich gab, für witzig hielten. Sie hatte auch wirklich Humor, und wenn sie wollte, konnte sie durchaus unterhaltsam für die sein, die Possen bei Frauen mögen. Sie hatte sich in den Kopf gesetzt, Belinda für den Ball zu gewinnen. Zunächst hatte sie es versucht, indem sie ihr wegen ihrer Schönheit schmeichelte, aber als sie sah, dass das keine Wirkung zeigte, wollte sie sehen, was sie erreichen konnte, wenn sie vorgab, sie habe eine hohe Meinung von ihrem Denkvermögen, indem sie als *esprit fort*[52] zu ihr sprach.

»Wenn Sie mich fragen«, sagte sie, »so muss ich zugeben, dass ich einen starken Teufel einem schwachen Engel vorziehe.«

»Sie vergessen«, sagte Belinda, »dass es nicht Milton ist, sondern Satan, der sagt: ›Gefallener Geist, bist du schwach, so bist du elendig.‹«[53]

»Ach, Sie lesen, wie ich sehe! – Ich wusste gar nicht, dass Sie ein Mädchen sind, das liest. – Hab' ich früher auch mal getan! Aber jetzt lese ich nicht mehr. Bücher zerstören nur die Originalität eines Genies. Sind schon recht für die, die nicht selber denken können. – Aber wenn man sich erst einmal selbst Meinungen gebildet hat, lohnt es sich nicht mehr zu lesen.«

»Aber um sich Meinungen zu *bilden*«, erwiderte Belinda, »könnte es doch vielleicht nützlich sein?«

»Absolut ohne jeden Nutzen für Köpfe mit einem gewissen Standard. – Sie, die Sie doch selber denken können, sollten niemals lesen.«

»Aber ich lese, *damit* ich selber denken kann.«

»Macht nur eigenes Denken kaputt, hören Sie auf mich. Bücher sind voller Müll – Unsinn – Konversation ist mehr wert als alle Bücher der Welt.«

»Und in der Konversation gibt es nie irgendwelchen Unsinn?«

»Was haben Sie denn da?«, fuhr Mrs Freke fort, die wohl entschlossen war, diese Frage nicht zu beachten, und während sie alle Bücher auf dem Tisch sichtete, kommentierte sie sie ganz in der umfassend abwertenden Sprache anmaßender Ignoranz. »Smiths *Theorie der ethischen Gefühle* – ein Wasser-und-Milch-Buch! John Moores Reisebeschreibungen – der reine Haferschleim! – La Bruyère – Brennnesselsuppe! Das hatten Sie gerade vor der Nase, als ich kam, was?«, sagte sie und nahm ein Buch auf, in dem sie Belindas Lesezeichen sah, »*Essay über die Unbeständigkeit menschlicher Wünsche*[54] – Sie armes Ding! Wer hat Sie denn mit dieser Aufgabe gelangweilt?«

»Mr Percival hat es mir empfohlen als den besten Essay in der englischen Sprache.«

»Teuflisch! Die haben Sie wohl auf eine Kur mit Magenbitter gesetzt – eine Kur im Wald würde Ihnen sicher besser bekommen. Gehen Sie eigentlich auf die Jagd? – Kommen Sie doch an einem Morgen mal mit. – Sie sähen auf einem Pferd bestimmt aus wie ein Engel – oder lassen Sie mich Sie einmal auf meinem Dreispänner mitnehmen.«

Belinda lehnte diese Einladung ab, und Mrs Freke ging mit energischen Schritten zum Fenster, um ihren Ärger darüber zu verbergen, warf den Fensterflügel auf und rief ihrem Burschen zu: »Beweg die Pferde, du Blödmann!« – In ebendiesem Augenblick kamen Mr Percival und Mr Vincent in den Raum.

»Na, mein Guter, schön, Sie zu sehen«, rief Mrs Freke und streckte Mr Vincent ihre Hand entgegen.

Es gibt die Theorie, dass eine Antipathie zwischen Geschöpfen besteht, die, ohne von derselben Wesensart zu sein, doch eine starke äußerliche Ähnlichkeit besitzen. Mr Percival sah, wie dieser Instinkt sich in Mr Vincent regte, und lächelte.

»Na, mein Guter, schön, Sie zu sehen, sag' ich. – Kommen Sie schon, lassen Sie uns die Hände schütteln und wieder Freunde sein, Mann! – Auch wenn ich mich normalerweise nie entschuldige, werd' ich Sie doch, wenn es Ihnen Genugtuung bereitet, dafür um Verzeihung bitten, dass ich Ihrem armen schwarzen Teufel einen solchen Schrecken eingejagt habe.«

Dann wandte sie sich Mr Percival zu und musterte ihn, denn sie wünschte sich sehr, ihn anzugreifen. Sie meinte, wenn *diese Percivals* in Belindas Augen herabgesetzt werden könnten, so würde sie in ihrer Hochachtung steigen; deswegen versuchte sie Mr Percival in ein Streitgespräch zu verwickeln.

»Ich habe mich, fürchte ich, wohl des Verrats schuldig gemacht gegenüber Miss Portman«, rief sie, »denn ich habe einigen Ihrer Meinungen, Mr Percival, widersprochen.«

»Selbst wenn Sie ihnen allen widersprächen, Madam«, sagte Mr Percival, »so würde ich das nicht als Verrat bezeichnen.«

»Unglaublich höflich! – Aber ich für mein Teil halte all unsere Höflichkeit für Heuchelei. Was sagen Sie denn dazu?«

»Das wissen Sie selbst am besten, Madam!«

»Dann gehe ich noch einen Schritt weiter, denn ich will unbedingt, dass Sie mir widersprechen. – Ich denke, alle Tugend ist Heuchelei.«

»Da brauche ich Ihnen nicht zu widersprechen, Madam«, sagte Mr Percival, »denn die Begriffe, die Sie verwenden, widersprechen einander ja selbst.«

»Meiner Theorie nach«, fuhr Mrs Freke fort, »ist Scham immer die Ursache des Lasters bei Frauen.«

»Sie ist manchmal die Wirkung«, sagte Mr Percival, »und da Ursache und Wirkung reziprok sind, könnten Sie unter gewissen Umständen recht haben.«

»Oh, ich hasse Leute, die in einem Streitgespräch immer alles relativieren. – Unverblümte Bekräftigung oder unverblümtes Leugnen sind mir am liebsten. – So kommen Sie mir nicht davon – ich sage, Scham ist die Ursache aller Laster von Frauen.«

»Falsche Scham, meinen Sie wohl?«, sagte Mr Percival.

»Reine Wortklauberei! – Alle Scham ist falsche Scham. – Uns ging es allen viel besser ohne dergleichen. Was sagen Sie, Miss Portman? – Sie schweigen – was? – Vielsagendes Schweigen!«

»Miss Portman errötet«, sagte Mr Vincent, »und das spricht *für* sie.«

»*Gegen* sie«, sagte Mrs Freke. »Frauen erröten, weil sie verstehen.«

»Und Sie hätten es gern, dass sie verstehen, ohne zu erröten?«, sagte Mr Percival. »Das geht mir auch so, denn nichts unterscheidet sich so sehr wie Unschuld und Unwissenheit. Weibliches Feingefühl ...«

»Das ist genau das, womit ihr Männer die Frauen verderbt«, rief Mrs Freke, »indem ihr über das *Feingefühl ihres Geschlechts* sprecht und solches Zeug. Dieses *Feingefühl* versklavt die hübschen zarten Schätzchen.«

»Nein, es macht uns zu Sklaven«, sagte Mr Vincent.

»Ich hasse Sklaverei! *Vive la liberté!*«,[55] rief Mrs Freke. »Ich bin eine Verfechterin der Frauenrechte.«

»Ich verstehe mich als Anwalt ihres Glücks«, sagte Mr Percival, »und ihres Feingefühls, denn ich glaube, es fördert ihr Glück.«

»Ich bin eine Feindin ihres Feingefühls, da ich sicher bin, es fördert ihr Elend.«

»Sprechen Sie aus Erfahrung?«, sagte Mr Percival.

»Nein, ich habe das beobachtet. – Die feinfühligsten Frauen

sind immer die größten Heuchlerinnen, und meiner Meinung nach kann und sollte kein Heuchler glücklich sein.«

»Aber Sie haben die Heuchelei doch gar nicht bewiesen«, sagte Belinda. »Feingefühl ist, hoffe ich doch, kein unbestreitbarer Beweis dafür? – Wenn Sie *falsches* Feingefühl meinen ...«

»Um das Ganze einmal sofort abzukürzen«, rief Mrs Freke, »warum geht eine Frau, wenn sie einen Mann mag, nicht zu ihm und sagt es ihm ehrlich?«

Belinda war überrascht, dass eine Frau diese Frage stellte, und zu beschämt, als dass sie sofort hätte antworten können.

»Weil sie eine Heuchlerin ist. Das ist und muss die Antwort sein.«

»Nein«, sagte Mr Percival, »denn wenn sie eine Frau mit Verstand ist, so weiß sie, dass sie das Objekt ihrer Zuneigung damit abstößt.«

»Ha, List, List, List! – Die Waffe der Schwächsten.«

»Klugheit, Klugheit! – Die Waffe der Stärksten. Sich des besten Mittels zu bedienen, um unser Glück zu erreichen, ohne das der anderen zu verletzen, ist der überzeugendste Beweis von Verstand und Geistesstärke, ob in einem Mann oder einer Frau. Es ist ein großer Vorteil für unsere Gesellschaft, dass gerade das Verhalten der Damen, das am besten ihr Glück sicherstellt, das unsere am meisten fördert.«

Mrs Freke trommelte wie wild mit den Fingern auf dem Tisch und rief dann aus: »Sie können sagen, was Sie wollen, aber das gegenwärtige System in unserer Gesellschaft ist radikal falsch: Alles, was ist, ist falsch.«[56]

»Wie würden Sie denn den Zustand unserer Gesellschaft verbessern?«, fragte Mr Percival ruhig.

»Ich bin doch nicht der oberste Kesselflicker dieser Welt«, sagte sie.

»Da bin ich aber froh«, sagte Mr Percival, »denn ich habe gehört, dass Kesselflicker oft mehr kaputtmachen, als sie reparieren.«

»Aber wenn Sie es unbedingt wissen wollen«, sagte Mrs Freke, »was ich tun würde, um die Welt zu verbessern, ich werd's Ihnen sagen: Ich würde Ihrem Geschlecht beibringen zu sagen: Hörner, Hörner, ich trotze euch.«

»Das wäre zweifellos eine wesentliche Verbesserung«, sagte Mr Percival, »aber Sie würden doch die Gesellschaft nicht umstürzen, um das zu erreichen? Oder doch? Würden wir die Dinge sehr zum Besseren verändert finden, wenn wir das entblößen würden, was man ›die Anstandshüllen des Lebens‹[57] nennt?«

»Hüllen sind, wenn Sie mich fragen«, rief Mrs Freke, »also, Hüllen, ob nass oder trocken, sind das teuflisch Unanständigste der Welt.«

»Das hängt sicherlich von der *öffentlichen* Meinung ab«, räumte Mr Percival ein. »Die spartanischen Athletinnen, die nur der Respekt der Öffentlichkeit umgab, waren besser gekleidet als einige englische Ladies in nassen Hüllen.«

»Ich weiß nicht viel über die nackten Kämpferinnen aus Sparta, ich habe mich nicht mehr mit ihnen beschäftigt, seit ich ein Schuljunge war – Mädchen, wollte ich sagen. Aber bitte, wie spät haben Sie es – ich sitze hier schon so lange, dass ich überall Krämpfe kriege«, sagte Mrs Freke, stand auf und streckte und reckte sich so heftig, dass einige Nähte ihres Kleides barsten. »*Honi soit qui mal y pense!*«,[58] sagte sie und brach in heiseres Gelächter aus.

Ohne im Geringsten die Verlegenheit zu teilen, die Belinda stellvertretend für sie empfand, schritt sie aus dem Zimmer und sagte: »Miss Portman, Sie verstehen sich auf solche Sachen besser, als ich es tue; kommen Sie und richten Sie das.«

Als sie in Belindas Zimmer war, warf sie sich in einen Sessel und brach in maßloses Gelächter aus.

»Na, wie hab' ich Percival heute Morgen zurechtgestutzt!«, sagte sie.

»Ich bin froh, dass Sie das denken«, sagte Belinda, »denn ich hatte schon befürchtet, er sei zu streng mit Ihnen gewesen.«

»Ich wünschte nur«, fuhr Mrs Freke fort, »ich wünschte nur, seine Frau wäre dabei gewesen. Warum ist sie denn nicht erschienen? – Na, ich nehme mal an, die prüde Ziege hatte Angst, ich würde sie auseinandernehmen und ihr die Takelage zerfetzen.«

»Mir scheint, Sie wären da in größerer Gefahr gewesen als irgendwer sonst«, sagte Belinda, während sie sich daranmachte, Mrs Frekes *Takelage*, wie diese es nannte, in Ordnung zu bringen.

»Also, wenn mir etwas Spaß macht, dann ist es, die gute Meinung der Leute aus ihren muffigen Schubladen zu zerren und dann zu beobachten, wie sie gucken, wenn sie vor ihren Augen in Stücke gerissen werden. Ach übrigens, sind das Lady Annes Schubladen oder Ihre?«, sagte Mrs Freke und zeigte auf eine Kommode.

»Meine.«

»Schade, denn wenn es ihre wären, hätte ich, bei Gott, um sie dafür zu bestrafen, dass sie mich meidet, jeden Fetzen, den sie in dieser Welt besitzt, in zehn Minuten mitten auf den Boden geworfen! Sie kennen mich nicht – ich bin eine schreckliche Person, wenn man mich verärgert – mich hält dann nichts auf.«

Da Mrs Freke merkte, dass sie keine Möglichkeit fand, Belinda zu überreden, wollte sie es nun mit Einschüchterung versuchen.

»Mich hält nichts auf«, wiederholte sie und blickte Miss Portman fest in die Augen, um ihr Angst einzujagen. »Freund oder Feind! Krieg oder Frieden! Sie haben die Wahl. – Kommen Sie zu dem Ball in Harrogate und lassen Sie mich meine Wette gewinnen und ich bin Ihr eingeschworener Freund. – Wenn Sie wegbleiben und ich meine Wette verliere, bin ich Ihr eingeschworener Feind.«

»Es liegt gar nicht in meiner Macht, Madam«, sagte Belinda ruhig, »Ihrer Forderung nachzukommen.«

»Dann müssen Sie die Folgen tragen«, rief Mrs Freke aus. Sie eilte an ihr vorbei, rannte die Treppen hinunter und rief laut: »Der Blödmann soll meinen Dreispänner vorfahren.«

Sie, ihr Dreispänner und ihr Blödmann waren in wenigen Minuten außer Sichtweite.

Gutes kann aus Schlechtem erwachsen. Auch wenn Belinda das Gespräch mit Mrs Freke zunächst durcheinanderbrachte, so wurde sie doch, als sie darüber nachdachte, dazu angeregt, die Gewohnheit und die Prinzipien, die ihr Verhalten bestimmten, zu überprüfen. Alles in allem fand sie sie richtig und notwendig, aber nun unterschied sie in ihrem Denken mit Hilfe von Lady Anne und Mr Percival die genauen Grenzen zwischen dem, was richtig, und dem, was falsch war. Die Offenlegung ihrer moralischen Grundsätze zu sehen, die für sie zunächst stillschweigend gegolten hatten, erfüllte sie mit Zufriedenheit und gab ihr Sicherheit. Logisches Denken gefiel ihr nach und nach ebenso sehr wie geistreiche Spielerei, wobei ihre Freude an witziger Konversation deswegen nicht abnahm, sondern sich nur noch verfeinerte. Sie verglich und beurteilte nun die verschiedenen Ausprägungen dieses brillanten Talents.

»Mrs Frekes Witz«, dachte sie, »ist wie ein Knallfrosch, den vulgäre, boshafte Jungen auf der Straße loslassen. – Die Vorübergehenden schrecken auf – aber es ist nur ein momentaner Schrecken. Lady Delacours geistreiche Art ist wie ein elegantes Feuerwerk, das bei einem Fest entzündet wird – die Zuschauer applaudieren – aber es ist nur die Bewunderung eines Augenblicks. Lady Annes Geist hingegen ist wie ›die glänzende Lampe der Nacht‹ – wir ›lieben ihre milden Strahlen und segnen sie ob des Lichts, das uns dient‹.«[59]

»Miss Portman«, sagte Mr Percival, »fürchten Sie nicht, sich Mrs Freke zum Feind zu machen, wenn Sie ihre Einladung nach Harrogate ablehnen?«

»Ich finde, man sollte ihre Freundschaft mehr fürchten als ihre Feindschaft«, antwortete Belinda.

»Dann lassen Sie sich nicht von einer Obeah-Frau erschrecken?«, sagte Mr Vincent.

»Nicht im Geringsten, es sei denn, sie erschiene mir in der Gestalt einer falschen Freundin«, sagte Belinda.

»Bis vor kurzem«, sagte Mr Vincent, »hatte ich noch ganz falsche Vorstellungen von Mrs Frekes Charakter. Ich meinte, sie sei eine fesche, offenherzige Exzentrikerin, die einen treuen Freund und einen prima Gefährten abgeben würde. Als Geliebte oder Gattin würde sie ja kein Mann von Geschmack in Erwägung ziehen. Vergleichen Sie die Frau nur mit den kreolischen Damen.«

»Aber warum mit einer Kreolin?«, sagte Mr Percival.

»Um des Kontrastes willen zunächst einmal – unsere kreolischen Frauen sind ganz Sanftheit, Grazie, feine Zartheit ...«

»Und Trägheit«, sagte Mr Percival.

»Ihre Trägheit ist nur ein leichter und, wenn Sie mich fragen, liebenswerter Fehler, sie hält sie von Unfug fern und bindet sie an das häusliche Leben. Sie würden einer so aktiven Frau wie Mrs Freke niemals nacheifern, und umso besser.«

»Ja, umso besser, ganz ohne Zweifel«, sagte Mr Percival, »aber gibt es nicht andere Arten von Aktivität, die ihren Ehrgeiz auf anständigere Ziele richten könnten? Könnten sie nicht, ohne etwas von ihrer Grazie, Sanftheit und feinen Zartheit zu verlieren, ihren Geist kultivieren? Empfinden Sie Unwissenheit als einen ebenso liebenswerten Fehler, der wesentlich zum weiblichen Charakter gehört?«

»Nicht wesentlich. Sie werden doch, hoffe ich, nicht denken, ich sei so überzeugt von der Überlegenheit der Frauen aus meiner eigenen Heimat, dass ich die Überlegenheit der europäischen Zivilisation *in bestimmten Dingen* nicht erfasse und verstehe? Ich spreche nur ganz allgemein.«

»Und so ganz im Allgemeinen«, sagte Lady Anne Percival, »möchte Mr Vincent unser Geschlecht auf die Glückseligkeit des Unwissens beschränkt wissen?«

»Falls es Glückseligkeit ist«, sagte Mr Vincent, »welchen Grund hätten die Frauen dann, sich zu beklagen?«

»*Falls*«, sagte Belinda, »aber das ist eine Frage, die Sie noch nicht beantwortet haben.«

»Und wie können wir sie beantworten?«, sagte Mr Vincent. »Der Geschmack und die Gefühle von Individuen müssen Richter über ihr Glück sein.«

»Sie lassen die Vernunft also ganz außen vor«, sagte Mr Percival, »und stellen das Ganze Geschmack und Gefühl anheim? So dass, wenn die unwissendste Person der Welt behauptete, sie sei glücklicher, als Sie es sind, Sie gezwungen wären, ihr zu glauben.«

»Warum sollte ich nicht?«, sagte Mr Vincent.

»Weil diese Person zwar ein Urteil über ihr eigenes Vergnügen abgeben kann, aber nicht über das Ihre; das Vergnügen dieses Menschen ist Ihnen beiden vertraut, aber Ihres ist dem anderen unbekannt. – Würden Sie in diesem Augenblick mit dem pflügenden Bauern tauschen, der dabei vor sich hin pfeift, weil er gerade an gar nichts denkt? Oder würden Sie noch einen Schritt weitergehen bezüglich der Glückseligkeit des Unwissens und ein Wilder werden wollen?«

Mr Vincent lachte und betonte, er sei absolut nicht dazu bereit, seinen Anspruch auf zivilisierte Gesellschaft aufzugeben, und dass er, statt sich zu wünschen, weniger Wissen zu haben, es bereue, dass er nicht noch mehr habe. »Mir ist schon bewusst«, sagte er, »dass ich viele Vorurteile habe – Miss Portman hat schon dafür gesorgt, dass ich mich wegen mancher geniere.«

Es lag so viel Offenheit in Mr Vincents Wesen und in seiner Art, sich zu unterhalten, dass er alle sehr für sich einnahm, Belinda gehörte auch dazu. Sie war in Mr Vincents Gesellschaft völlig unbefangen, weil sie ihn für jemanden hielt, dem an ihrer Freundschaft gelegen war, ohne dass er irgendwelche Absichten bezüglich ihrer Gefühle erkennen ließ. Nach mehreren Hinweisen, die er selbst hatte fallenlassen, ebenso wie Mr Percival und Lady Anne, war sie zu der Überzeugung gelangt, dass er einer Kreolin verbunden war, und alles, was er über die elegante

Sanftheit und Zartheit der Frauen seiner Heimat gesagt hatte, bestärkte sie in ihrer Vermutung.

Miss Portman gehörte nun einmal nicht zu den jungen Damen, die sich einbilden, jeder Gentleman, der sich ungezwungen mit ihnen unterhält, müsste unvermeidlich der Macht ihrer Reize verfallen, und die in jedem Mann entweder einen Liebhaber sehen oder ihn für vollkommen uninteressant halten.

Kapitel XVIII
Eine Erklärung

»Ich hab's gefunden! – Ich hab's gefunden! – Mama!«, rief der kleine Charles Percival und rannte voller Begeisterung ins Zimmer, eine Pflanze in der Hand. »Wirst du das in deinem Brief an Helena Delacour mitschicken und ihr sagen, dass es genau das ist, was Goldfische so gerne mögen? – Und sag ihr, es heißt Lemna und man kann es in jedem Graben oder Teich finden.«

»Aber wie soll sie denn Gräben und Teiche in Grosvenor Square finden, mein Lieber?«

»Oh, daran habe ich gar nicht gedacht. – Kannst du ihr dann sagen, Mama, dass ich ihr eine große Menge zuschicken werde?«

»Und wie, mein Schatz?«

»Weiß ich auch nicht, Mama, noch nicht – aber ich werde schon einen Weg finden.«

»Wäre es nicht besser, mein Lieber«, sagte seine Mutter lächelnd, »dir erst einmal zu überlegen, wie du deine Versprechen halten kannst, bevor du sie machst?«

»Ein Gentleman«, sagte Mr Vincent, »macht niemals ein Versprechen, das er nicht halten kann.«

»Das weiß ich doch«, sagte der Junge stolz. »Miss Portman, die immer so freundlich ist, wird, da bin ich sicher, so gut sein, wenn sie zu Lady Delacour zurückkehrt, das Futter für die Goldfische für Helena mitzunehmen. – Ihr seht also, ich habe eine Möglichkeit gefunden, mein Versprechen zu halten.«

»Nein, ich fürchte nicht«, sagte Belinda. »Ich gehe nämlich nicht zu Lady Delacour zurück.«

»Da freue ich mich aber sehr!«, sagte der Junge, ließ die Entengrütze fallen und klatschte entzückt in die Hände, »denn dann können Sie doch, hoffe ich, immer hierbleiben. – Du nicht auch, Mama? – Und *Sie* auch, ja, Mr Vincent? – Ach, *Sie* bestimmt, denn ich hab' gehört, wie Sie das neulich zu Papa gesagt haben! – Aber warum werden Sie denn so rot?«

Seine Mutter nahm seine Hand, als er ebendiese Frage wiederholen wollte, und führte ihn aus dem Zimmer mit der Bitte, ihr die Stelle zu zeigen, wo er die Nahrung für die Fische gefunden habe.

Zur großen Erleichterung von Mr Vincent schien Belinda gar keine Notiz von der Bemerkung des Kindes zu nehmen, noch schien sie von seiner Neugier betroffen zu sein; sie kopierte unverwandt Westalls Zeichnung von Lady Anne Percival und ihrer Familie; die erste Erwähnung von Helena Delacours Namen hatte sie aufgeschreckt und viele schmerzliche sowie einige schöne Erinnerungen in ihr wachgerufen. – »Was für eine charmante Frau! Und was für eine charmante Familie!«, sagte Mr Vincent, als er die Zeichnung betrachtete, »und wie viel interessanter ist dieses Bild von häuslichem Glück als all die Bilder von Schäfern und Schäferinnen, von Göttern und Göttinnen, die je gezeichnet wurden!«

»Ja«, sagte Belinda, »und wie viel interessanter ist dieses Bild für uns, die wir wissen, dass es nicht bloß der Einbildung entspringt, sondern dass das Glück echt ist und nicht nur ausgedacht; dass das der natürliche Ausdruck von Zuneigung im Gesicht der Mutter ist und dass diese Kinder, die sie umgeben, das sind, was sie zu sein scheinen, der Stolz und die Freude ihres Lebens!«

»Es kann«, rief Mr Vincent enthusiastisch, »kein reizvolleres Bild geben! Oh, Miss Portman, ist es möglich, dass Sie das nicht fühlen, was Sie so schön nachzeichnen?«

»Ist es möglich, Sir«, sagte Belinda, »dass Sie mich einer so üblen Heuchelei verdächtigen und meinen, ich könne bewundern, was ich nicht imstande bin zu fühlen?«

»Sie missverstehen mich – Sie missverstehen mich völlig. – Heuchelei! – Nein, es gibt auf dieser Welt keine Frau, die so unfähig zu jeder Art von Heuchelei ist, jeder Art von Verstellung. – Aber ich glaubte – ich fürchtete ...«

Als er die letzten Worte sprach, war er ein wenig durcheinander und wendete eilig die Drucke in dem Portfolio um, das auf dem Tisch lag. Belindas Blick fiel auf einen Stich von Lady Delacour im Kostüm der komischen Muse. Mr Vincent wusste nichts von der engen Beziehung, die zwischen ihrer Ladyschaft und Miss Portman bestanden hatte. Sie seufzte bei der Erinnerung an Clarence Hervey und all die Dinge, die während des Kostümballs geschehen waren.

»Was für ein Kontrast!«, sagte Mr Vincent und stellte den Druck von Lady Delacour neben das Bild von Lady Anne Percival. »Was für ein Kontrast! – Vergleichen Sie nur die beiden Bilder – vergleichen Sie die beiden Charaktere – vergleichen ...«

»Entschuldigen Sie«, unterbrach ihn Belinda, »Lady Delacour war einmal meine Freundin, und ich möchte keinen Vergleich anstellen, der so sehr zu ihrem Nachteil ausfallen müsste. Ich habe noch keine Frau gesehen, die nicht unter einem Vergleich mit Lady Anne Percival leiden müsste.«

»Da habe ich mehr Glück gehabt. Ich *habe* eine gesehen – eine, die der Hochachtung ebenso würdig ist – der Bewunderung – der Liebe.«

Mr Vincents Stimme brach, als er das Wort ›Liebe‹ aussprach, aber Belinda, die immer noch glaubte, er sei einer kreolischen Dame verbunden, antwortete einfach, ohne von der Zeichnung aufzublicken: »Sie sind wirklich in einer sehr glücklichen Lage, ungemein glücklich. Sind die Damen von den Westindischen Inseln ...«

»Damen von den Westindischen Inseln!«, unterbrach Mr Vincent. »Aber Miss Portman, Sie können doch nicht wirklich annehmen, dass ich gerade an eine Dame von den Westindischen Inseln denke!« Belinda schaute ihn überrascht an. – »Wunderbare Miss Portman!«, fuhr er fort, »ich habe *europäische Schönheit, europäische Exzellenz* schätzen gelernt – ich habe ganz neue Vorstellungen vom weiblichen Charakter entwickelt – Ideen – Empfindungen, die mich künftig entweder außerordentlich glücklich oder außerordentlich elend machen werden.«

Miss Portman war schon so oft ›wunderbar‹ genannt worden, dass sie bei dem Klang des Wortes weder erschrak noch vor Entzücken verging, und das Wort wäre ganz unbeachtet geblieben, wenn nicht etwas so Leidenschaftliches in Mr Vincents Gebaren gelegen hätte, dass sie es schwerlich für die übliche Galanterie halten konnte, und das verwirrte sie sehr. – Nun kam ihr zum ersten Mal der Gedanke an Mr Vincent als Verehrer in den Sinn. Im nächsten Augenblick schalt sie sich wegen ihrer Eitelkeit und fürchtete, er könne ihre Gedanken erraten haben.

»Außerordentlich elend!«, sagte sie in scherzhaftem Ton. »Ich kann mir nach allem, was ich von Mr Vincent gesehen habe, nicht vorstellen, dass ihn irgendetwas außerordentlich elend machen könnte.«

»Dann kennen Sie meinen Charakter nicht – kennen mein Herz nicht. – Es liegt in *Ihrer* Macht, mich außerordentlich elend zu machen. – Meine Worte sind nicht die kalten abgedroschenen Phrasen der Galanterie, sondern die glühende Sprache der Leidenschaft«, rief er und griff nach ihrer Hand.

In diesem Augenblick kam eines der Kinder mit ein paar Blumen für Belinda herein, und da sie froh über die Unterbrechung war, legte sie hastig ihre Zeichenutensilien zur Seite und verließ das Zimmer mit der Bemerkung, sie habe kaum noch Zeit, sich für das Dinner anzukleiden. – Aber kaum war sie allein, vergaß sie, wie spät es war, und obwohl sie sich vor den Spiegel setzte, um sich anzukleiden, machte sie gar keine Fortschritte in dieser Sache, sondern blieb für eine Weile bewegungslos sitzen und versuchte, alles zu verstehen, was geschehen war. Das Ergebnis ihrer Überlegungen war die Gewissheit, dass sie doch mehr von Clarence Hervey eingenommen war, als sie bis zu diesem Moment angenommen hatte. – »Ich habe meiner Tante Stanhope gesagt«, dachte sie, »der Gedanke an Mr Hervey habe keinen Einfluss auf meine Ablehnung von Sir Philip Baddely gehabt. Ich habe behauptet, meine Gefühle seien ganz in meiner Gewalt. Also, warum bin ich dann so konsterniert bei der Entdeckung von Mr Vincents Ansichten? Warum vergleiche ich ihn mit einem Mann, den ich glaubte, vergessen zu haben? – Und doch, wie soll man überhaupt einen Charakter beurteilen? Wie können wir zu einer gerechten Einschätzung gelangen, was liebenswert ist und ob uns jemand glücklich oder unglücklich machen wird, wenn nicht durch einen Vergleich? – Kann man es mir vorwerfen, dass ich den einen dem anderen für überlegen halte? – Kann man es mir vorwerfen, wenn mir der eine mehr zusagt oder mir mehr zuzusagen scheint als der andere? – Kann man es mir vorwerfen, wenn ich Mr Vincent nicht lieben kann?«

Bevor Belinda all diese Fragen zu ihrer Zufriedenheit beantwortet hatte, ertönte die Glocke zum Dinner. Zufälligerweise dinierte an diesem Abend bei der Familie Percival ein Herr, der soeben aus Lissabon angekommen war, und im Verlauf der Unterhaltung kam die Praxis der Seeleute zur Sprache, die Wellen bei der Barre von Lissabon dadurch zu beruhigen, dass man Öl auf das Wasser goss. Charles Percivals Neugier wurde durch dieses Gespräch geweckt, und er wollte es im Experiment sehen. Am Abend kam sein Vater seinen Wünschen nach. Die Kinder waren entzückt von dem, was sie sahen, und Charles bestand darauf, dass Belinda ihm zu einer Stelle folgte, wo sie seiner Meinung nach besser als irgendwo sonst alles beobachten konnte. »Pass auf«, rief Lady Anne, »sonst führst du deine Freundin noch in den Fluss, Charles.« Der Junge hielt inne, und später stellte er seinem Vater mehrere Fragen zum Thema Schwimmen und Untergehen und dazu, wie man Menschen wiederbeleben könne, nachdem sie untergegangen waren. »Weißt du nicht mehr, Papa«, *dieser* Mr Hervey, der beinahe in der Serpentine in London ertrunken ist?« Belinda errötete, als sie unerwartet den Namen der Person hörte, an die sie gerade in dem Moment dachte, und das Kind fuhr fort: »Ich konnte diesen Mr Hervey sehr gut leiden – ich mochte ihn vom ersten Tag an, an dem ich ihn gesehen habe. Was hat er uns für spannende Dinge erzählt beim Dinner! Wir haben ihn immer den ›gutherzigen Gentleman‹ genannt. – Ich mag ihn wirklich sehr – ich wünschte, er wäre gerade jetzt hier. Haben Sie ihn schon einmal getroffen, Miss Portman? – Oh, ja, sie müssen ihn ja kennen, er war es doch, der Helenas Goldfische zu ihrer Mutter getragen hat, und er war doch früher auch oft bei Lady Delacour – stimmt das nicht?«

»Ja, mein Lieber, ganz oft.«

»Und mochten Sie ihn auch so gern?« – Diese simple Frage löste bei Belinda unaussprechliche Verwirrung aus, aber glücklicherweise wurde ihr hochrotes Gesicht nur von Lady Anne Percival gesehen. Sie war froh darüber, dass Mr Vincent an diesem Abend die Unterhaltung vom Morgen nicht wieder aufnahm; er versuchte, sich mit seiner üblichen Lebhaftigkeit und Fröhlichkeit unter die Gesellschaft der Familie zu mischen, und Belindas Verlegenheit ließ deutlich nach, als sie am nächsten Tag beim Frühstück hörte, dass er nach Harrogate gefahren war. Lady Anne bemerkte, dass sie an diesem Morgen ungewöhnlich munter war.

Als sie nach dem Frühstück auf dem Weg zu ihrem Morgenspaziergang im Park durch die Eingangshalle gingen, hielt einer der Jungen an, um sich das Musikinstrument anzuschauen, das an der Wand hing.

»Was ist das, Mama? – Das ist doch keine Gitarre, oder?«

»Nein, mein Lieber, man nennt das ein Banjo; es ist ein afrikanisches Instrument, das die Schwarzen besonders mögen – Mr Vincent erwähnte es neulich in Gegenwart von Miss Portman, und ich glaube, sie sagte, sie wüsste gern, wie es aussieht.

Juba hat, wie man sieht, sich sofort an die Arbeit gemacht, eines herzustellen. – Der arme Kerl, ich glaube wirklich, er war sehr unglücklich, dass er mit nach Harrogate fahren und seine afrikanische Gitarre unfertig zurücklassen musste; vor allem da sie ein Geschenk für Miss Portman ist. Er ist das dankbarste und anhänglichste Wesen, das ich je gesehen habe.«

»Aber warum, Mama«, sagte Charles Percival, »ist Mr Vincent überhaupt weggefahren? Ich finde es schade, dass er weg ist. Ich hoffe, er kommt bald wieder. – Und bis dahin muss ich mal schnell laufen und meine Nelken gießen.«

»Seine Trauer über die Abwesenheit seines Freundes Mr Vincent scheint seine Laune nicht sehr zu beeinträchtigen«, sagte Lady Anne. »Leute, die erwarten, bei sechsjährigen Kindern große Gefühlsregungen zu finden, wären jetzt enttäuscht und würden ihnen wahrscheinlich beibringen wollen, wenigstens so zu tun. Aber es ist doch sicherlich besser, ihren natürlichen Gefühlen die Zeit zu geben, sich zu entwickeln. Wenn wir die Rosenknospe aufreißen, verderben wir die Blume auf alle Zeit.« Belinda lächelte über diese Parabel von der Rosenknospe, die, sagte sie, auf Männer und Frauen ebenso wie auf Kinder angewandt werden könne, das Wachsen von Gefühlen müsse einfach spontan erfolgen.

»Und doch, wenn ich es mir überlege«, sagte Lady Anne, »so hat das Herz nicht viel gemein mit einer Rosenknospe. Unsinnige Anspielungen machen sich natürlich sehr hübsch in einer Unterhaltung. – Ich meine, wenn wir mit lieben Freunden sprechen, aber wir würden einen Denkfehler machen und uns vollkommen falsch verhalten, wenn wir poetischen Analogien bedingungslos vertrauen würden. Unsere Gefühle entstehen nun einmal aus Umständen, die ganz und gar unabhängig von unserem Willen sind.«

»Das ist genau das, was ich sagen wollte«, unterbrach Belinda eifrig.

»Sie ergeben sich aus den angenehmen und nützlichen Eigenschaften, die wir an Dingen oder Personen entdecken.«

»Ohne Zweifel«, sagte Belinda.

»Oder durch das, was unsere Vorlieben entdecken«, sagte Lady Anne.

Belinda schwieg, aber sagte nach einem Moment des Innehaltens, dass es definitiv besonders für Frauen sehr gefährlich sei, der eigenen Vorliebe zu vertrauen, wenn es um ihre Gefühle gehe. »Und doch«, fuhr sie fort, »ist es eine Gefahr, der sie häufig in Gesellschaft ausgesetzt sind. Männer haben es in ihrer Macht, sich das Mäntelchen all dessen umzuhängen, was einnehmend und schätzenswert ist, und Frauen haben kaum die Möglichkeit, einen solchen Betrug zu erkennen. Wie sollen wir ohne den Speer des Ithuriel[60] Gut von Böse unterscheiden? Das ist eine häufig vorgebrachte und allgegenwärtige Klage, ich weiß, die Entschuldigung, die immer schnell zur Hand ist, wenn wir Fehler machen, derentwegen uns unsere Freunde Vorwürfe machen oder derentwegen wir uns selbst Vorwürfe machen.«

»Diese Klage ist allgegenwärtig und immer schnell zur Hand, gerade weil sie allgemein und gerecht ist«, erwiderte Lady Anne. »In den kurzen und frivolen Begegnungen, die die modischen Schönen im Allgemeinen mit den modischen Schönlingen haben, die sich ihre Liebhaber nennen, ist es eher überraschend, dass sie überhaupt etwas vom wirklichen Charakter des anderen entdecken können. Tatsächlich tun sie das ja auch nur selten, und das ist wahrscheinlich der Grund dafür, dass es so viele unpassende und unglückliche Ehen gibt. Eine Frau, die die Gelegenheit hat, ihren Liebhaber in einer privaten Umgebung, im häuslichen Leben, zu sehen, hat unendlich viele Vorteile, denn wenn sie über genug Verstand verfügt und er über genug Ehrlichkeit, so kann sich der wahre Charakter beider entwickeln.«

»Das ist wahr«, sagte Belinda (die jetzt den Verdacht hatte, dass Lady Anne sich auf Mr Vincent bezog), »und in einer solchen Situation wäre eine Frau auch schnell in der Lage, sich zu entscheiden, ob der Mann, der sich an sie wendet, ihrem Geschmack entspricht oder nicht, so dass es unverzeihlich wäre, wenn sie aus Eitelkeit oder Koketterie ihre wahren Gefühle verbergen würde.«

»Und Miss Portman, die von niemandem, der sie kennt, der Eitelkeit oder der Koketterie verdächtigt werden kann, wird sie mir erlauben, zu ihr mit der Offenheit einer Freundin zu sprechen?«

Belinda, die von der Freundlichkeit, die in Lady Annes Ton lag, sehr gerührt war, drückte ihre Hand und rief aus: »Ja, liebe Lady Anne, sprechen Sie ganz frei mit mir, Sie können mir keinen größeren Gefallen tun. Kein Gedanke in meinem Kopf, kein geheimes Gefühl in meinem Herzen soll Ihnen verborgen bleiben.«

»Bitte meinen Sie nicht, ich wollte die großzügige Offenheit Ihres Wesens missbrauchen«, sagte Lady Anne. »Sagen Sie mir, wenn ich zu weit gehe, und ich werde schweigen. Jemand wie Sie, Miss Portman, der in der großen Welt gelebt hat, hat schon eine ganze Reihe verschiedener Charaktere kennengelernt und hat wahrscheinlich schon einige Bewunderer gehabt und muss eine ganz entschiedene Idee haben, wie der Gefährte aussehen soll, der sie glücklich machen könnte, falls sie denn heiraten würde – es sei denn, sie hätte sich grundsätzlich gegen eine Ehe entschieden.«

»Ich habe keine solche grundsätzliche Entscheidung getroffen«, sagte Belinda. »Es ist im Gegenteil eher so, dass ich, seit ich das Glück gesehen habe, das Sie und Mr Percival im Kreise Ihrer Familie genießen, eher dazu neige zu denken, dass eine Vereinigung mit – dass eine Vereinigung wie die Ihre mein Glück durchaus vergrößern würde. Gleichzeitig hat sich meine Aversion gegen die Vorstellung, aus wirtschaftlichem Interesse oder aus Bequemlichkeit oder aus irgendeinem anderen Motiv außer Hochachtung und Liebe zu heiraten, nahezu zu einem regelrechten Horror gesteigert. Oh, Lady Anne, es gibt nichts, was ich nicht täte, meine Freunde glücklich zu machen, denen ich verpflichtet bin, außer meinen Seelenfrieden zu opfern oder meinen Anstand, das Glück meines Lebens, indem ich …«

Lady Anne versicherte ihr, in sanftem Ton, dass sie die Letzte sei, die sie in eine Verbindung hineinzwingen würde, die sie unglücklich machen würde. »Sie merken schon, dass Mr Vincent mit mir über das gesprochen hat, was sich gestern zwischen Ihnen zugetragen hat. Sie merken, dass ich seine Freundin bin, aber vergessen Sie nicht, dass ich auch die Ihre bin. Wenn Sie einen *ungebührlichen Einfluss* von irgendeinem Ihrer Verwandten fürchten wegen seines großen Vermögens und dergleichen, so lassen Sie seinen Antrag ein Geheimnis zwischen uns beiden bleiben, bis Sie nach weiterer Bekanntschaft mit ihm entscheiden, ob es in Ihrer Macht steht, seine Zuneigung zu erwidern.«

»Ich fürchte, meine liebe Lady Anne«, rief Belinda, »dass es nicht in meiner Macht liegt, seine Zuneigung zu erwidern.«

»Und darf ich nach Ihren Einwänden fragen?«

»Reicht es nicht als Einwand aus, dass ich überzeugt bin, dass ich ihn nicht lieben kann?«

»Nein, denn Sie könnten sich in dieser Überzeugung irren. Bedenken Sie, was wir gerade eben über *Vorliebe und spontane Gefühle* gesagt haben. Erscheint Ihnen Mr Vincent als jemand, dem es an irgendeiner der Qualitäten fehlt, die Sie für wesentlich für Ihr Glück erachten? Mr Percival kennt ihn, seit er zum Mann herangereift ist, und kann für seine Rechtschaffenheit und sein freundliches Naturell bürgen. Sind das nicht die ersten Aspekte, die Sie berücksichtigen sollten? Sie sollten es tatsächlich sein, und ich glaube; sie sind es auch. Über seinen Verstand werde ich jetzt nichts sagen, denn Sie hatten ausreichend Gelegenheit, diesen in den Unterhaltungen mit ihm zu beurteilen.«

»Mr Vincent scheint einen exzellenten Verstand zu haben«, sagte Belinda.

»Wogegen erheben Sie denn dann Einwände? – Gibt es an seiner Person oder an seinem Verhalten etwas, das Ihnen zuwider ist?«

»Er ist überaus gutaussehend, er ist gut erzogen, und sein Verhalten ist völlig natürlich und ungekünstelt«, sagte Belinda,

»aber – und werfen Sie mir jetzt bitte keine Capricen vor – alles in allem entspricht er einfach nicht meinem Geschmack; und ich kann es nicht für ausreichend halten, gegen einen Ehemann keinen Widerwillen zu empfinden – auch wenn ich glaube, dass diese Doktrin gesellschaftlich durchaus sehr in Mode ist.«

»Es ist nicht die meine, dessen kann ich Sie versichern«, sagte Lady Anne. »Ich gehöre nicht zu denen, die meinen, es sei ›am sichersten, mit ein wenig Aversion zu beginnen‹,[61] aber da Sie zugeben, dass Mr Vincent die wesentlichen guten Eigenschaften besitzt, die ihm ein Recht auf Ihre Wertschätzung geben, bin ich es zufrieden. Bei jemandem, der so ausgeglichen und überlegt ist wie Sie, kann Achtung sich mit der Zeit in Liebe wandeln. Ich werde ihm das so mitteilen.«

»Nein, meine liebe Lady Anne! Nein, das dürfen Sie nicht, nein, nein, bitte nicht. Sie haben eine zu gute Meinung von mir – ich bin nicht überlegt und ausgeglichen – ich bin schwächer, dümmer, als Sie denken, als Sie sich überhaupt vorstellen können«, sagte Belinda.

Lady Anne beruhigte sie auf das freundlichste und schloss mit den Worten: »Mr Vincent hat versprochen, nicht aus Harrogate zurückzukommen, um Sie mit seinen Anträgen zu quälen, wenn Sie ganz entschieden gegen ihn sind. Er hat ein zu großherziges und vielleicht auch zu stolzes Wesen, als dass er Sie mit vergeblichen Ansinnen belästigen würde, und wie sehr Mr Percival und ich auch wünschen mögen, dass er eine solche Frau bekommt, wir werden genug gesunden oder ungesunden Menschenverstand und genug Gutmütigkeit besitzen, unseren Freunden zu erlauben, auf ihre eigene Weise glücklich zu werden.«

»Sie sind so freundlich, allzu freundlich. Aber sollte ich der Grund sein, der Mr Vincent von allen seinen Freunden – von Oakley Park vertreibt?«

»Wird er nicht das tun, was am klügsten ist, und die zauberhafte Miss Portman meiden«, sagte Lady Anne lächelnd, »solange er sie nicht lieben darf? Das war zumindest der Rat, den ich ihm gegeben habe, als er uns gestern Abend um Rat fragte. Aber ich will sein Verbannungsschreiben nicht so leichten Herzens unterschreiben. Nichts außer der Versicherung, dass das Herz anderweitig vergeben ist, kann ein hinreichender Grund für diese Verzweiflung sein; nichts anderes könnte in meinen Augen Sie, meine liebe Belinda, vor dem Vorwurf der Launenhaftigkeit bewahren.«

»Ich kann Ihnen keine endgültige Versicherung geben, hoffe ich – glaube ich«, sagte Belinda mit großer Verlegenheit, »und doch möchte ich Sie um Himmels willen nicht belügen; Sie haben ein Recht auf meine Aufrichtigkeit.« Sie hielt inne, und Lady Anne sagte mit einem Lächeln: »Vielleicht kann ich Ihnen die Mühe ersparen, mir in Worten zu sagen, was Ihr Erröten mir gestern Abend gesagt hat, oder zumindest hat es in mir den Verdacht erweckt, als wir am Ufer des Flusses standen und unser kleiner Charles Sie gefragt hat ...«

»Ja, ich erinnere mich – ich habe gesehen, dass Sie zu mir hingeschaut haben.«

»Ohne jede Absicht, glauben Sie mir.«

»Ohne jede Absicht natürlich, aber ich fürchtete, Sie möchten glauben ...«

»... was die Wahrheit ist.«

»Nein, mehr als die Wahrheit. Die Wahrheit sollen Sie zu hören bekommen, und den Rest überlasse ich Ihrer eigenen Beurteilung und Güte.«

Belinda berichtete in allen Einzelheiten über ihre Bekanntschaft mit Clarence Hervey, das Hin und Her in seinem Verhalten ihr gegenüber und die exzellente Art und Weise, wie er mit Lady Delacour umgegangen war (davon sprach sie übrigens am ausführlichsten). Aber sie war wortkarger, als es um den Zustand ihres eigenen Herzens ging, und ihre Stimme versagte fast, als es um die Locke von schönem Haar ging, um die Unbekannte aus Windsor und das Bild von Virginia. Sie schloss damit, dass sie ihrer Überzeugung Ausdruck verlieh, der Anstand gebiete es, einen Mann zu vergessen, der aller Wahrscheinlichkeit nach an eine andere Frau gebunden war, und sie erklärte, sie habe sich dazu entschieden, ihn aus ihren Gedanken zu verbannen. Lady Anne meinte, nichts könne umsichtiger und lobenswerter sein, als diesen Vorsatz zu fassen – außer einem: ihn auch konsequent auszuführen. Lady Anne hatte eine hohe Meinung von Mr Hervey, aber sie hatte aufgrund von Belindas Bericht, von eigenen Beobachtungen, die sie bei Mr Hervey gemacht hatte, und allerlei Geschehnissen, die Mr Percival zufällig zu Ohren gekommen waren, keine Zweifel, dass er, wie es Belinda befürchtete, mit Virginia St. Pierre liiert war. Sie wünschte daher, sie könnte Miss Portman in diesem Glauben bestärken, so dass diese ihre Gedanken auf jemanden richten konnte, der nicht nur ihrer Achtung und Liebe wert war, sondern für sie auch echte und ehrliche Zuneigung empfand. Sie wollte sie in diesem Moment jedoch nicht weiter drängen, sondern beschränkte sich darauf, von Belinda zu verlangen, sie möge sich drei Tage Zeit nehmen (die Zeit, die in Märchen üblicherweise für eine Entscheidung gelassen wird), bevor sie sich gegen Mr Vincent entscheide.

Am nächsten Tag gingen sie sich eine Pförtnerloge anschauen, die Mr Percival gerade hatte bauen lassen; sie wurde von einem alten Mann und einer alten Frau bewohnt, die über viele Jahre fleißige Pächter gewesen waren, aber nun im Alter in Armut leben mussten, nicht wegen eigener Unvorsichtigkeit, sondern infolge verschiedener Schicksalsschläge. Lady Anne freute sich, sie so behaglich in ihrem neuen Haus untergebracht zu finden, und während sie und Belinda mit dem alten Ehepaar sprachen, kam die Enkelin, ein hübsches Mädchen von etwa achtzehn Jahren, mit einem Korb voller Eier in der Hand herein. »Nun, Lucy«, sagte Lady Anne, »hast du keine Angst mehr vor dem schwarzen Gesicht des armen Juba?« Das Mädchen errötete, lächelte und schaute seine Großmutter an, die sie mit den Worten neckte: »Oh, ja, Milady! Wir haben *überhaupt* keine Angst mehr vor Jubas schwarzem Gesicht, wir haben uns sogar miteinander angefreundet. Dieser hübsche Korbstuhl für meinen lieben Mann stammt aus seiner Hand, und diese Körbe hat er für mich gemacht. Er ist wirklich der fleißigste, erfindungsreichste und gutherzigste junge Mann überhaupt; und jetzt stört sich unsere Lucy auch nicht mehr an seinem schwarzen Gesicht, Milady, das versichere ich Ihnen. Diese Halskette«, fügte sie noch leise hinzu und zeigte dabei auf eine Kette aus Angola-Erbsen, die das Mädchen trug, »diese Halskette ist ein Geschenk von ihm und sie nimmt sie gar nicht mehr ab, Milady. Also sage ich ihm, er solle sich nicht entmutigen lassen, auch wenn es schon so war, dass sie erst nicht so viel von ihm gehalten hat; denn sie ist ein gutes Mädchen und ein verständiges Mädchen, das darf ich wohl sagen, wenn sie auch meine eigene Enkelin ist, und die Augen gewöhnen sich ja an ein Gesicht nach einiger Zeit, und dann macht es nichts mehr. Man sagt ja, die Einbildungskraft ist der Anfang und das Ende bei der Liebe. Also, wenn Sie mich fragen, bedeutet Einbildungskraft nichts bei Mädchen, die ihre fünf Sinne beisammenhaben. Aber entschuldigen Sie, dass ich so vor mich hinplappere, wo ich doch auch schon so alt bin, dass ich bestimmt alles vergessen habe, was ich mal über diese Sachen wusste.«

»Aber Sie haben alles Recht der Welt, über diese Dinge zu sprechen, und Ihre Enkelin hat den besten Grund der Welt, auf Sie zu hören«, sagte Lady Anne, »denn trotz all der Schicksalsschläge waren Sie eine wunderbare und glückliche Ehefrau, seit ich denken kann.«

»Und auch seit ich denken kann, was noch mehr bedeutet; nehmen Sie mir es nicht übel, Ihre Ladyschaft«, sagte der alte Mann und klopfte mit seiner Krücke auf den Boden. »Seit ich denken kann, hat sie mich zum glücklichsten Mann der Welt gemacht, der ganzen Gemeinde, wie jedermann weiß, und ich am besten von allen!«, rief er mit einer solchen Begeisterung, dass sein altes Gesicht leuchtete und seine schwache Stimme wieder voller Leben zu sein schien.

»Und doch«, sagte die brave Alte, »wenn ich meiner ersten Verliebtheit gefolgt und bei meiner ersten großen Liebe geblieben wäre, wäre *er* es nicht geworden, Lucy. Ich hatte mich (Milady ist ja so gut und lässt mich erzählen), ich hatte mich in einen faulen jungen Mann verguckt, aber er meinte dann zu meinem großen Glück, er müsse sich in eine andere junge Frau verlieben, so dass mir die Zeit blieb, deinen Großvater in Betracht zu ziehen, der erst gar nicht so recht nach meinem Geschmack gewesen war. Aber als ich herausfand, wie gut und klug er war, und dann noch, wie viel Zärtlichkeit er für mich empfand, habe ich es mir anders überlegt, Lucy (und wer weiß, vielleicht tust du das auch noch, obwohl du von mir nicht ein Wort hören wirst, ich will dich wegen des armen Juba nicht drängen); und weil ich es mir anders überlegt habe, bin ich über all diese Zeit glücklich gewesen und bin es noch in meinem hohen Alter. Ach, Lucy, mein Liebes, wie lange das Altsein dann doch dauert! Aber junge Leute denken meistens nicht daran, was in dreißig oder sogar vierzig Jahren sein wird. Aber ich sage das gar nicht deinetwegen, Lucy, denn du bist ein gutes Mädchen und sehr vernünftig, auch wenn das, wie gesagt, von deiner eigenen Großmutter kommt, und wirst dich deswegen nicht von reinem Verliebtsein leiten lassen, das schnell kommt und verschwindet – du wirst eine kluge Wahl treffen, die du niemals bereuen musst. Aber ich verlier' jetzt kein Wort mehr; ich überlasse alles dir und dem armen Juba, der, hoffe ich, nicht allzu lang in Harrogate bleiben wird, Milady.«

»Das hoffe ich auch nicht«, sagte Lady Anne, »aber das hängt weder von Ihnen noch von mir ab. Ich wünsche allseits einen guten Morgen! Leb wohl, Lucy! Das ist eine hübsche Halskette und sie steht dir sehr gut. – Leb wohl!«

Und sie beeilte sich, mit Belinda aus dem kleinen Häuschen zu kommen, in der Sorge, die gesprächige alte Dame möchte die Wirkung ihres gesunden Menschenverstandes und ihrer Erfahrung durch einen weiteren Wortschwall mindern.

»Man könnte beinahe glauben«, sagte Belinda mit einem kleinen Lächeln, »dass diese Lektion über die Gefahren des *Verliebtseins* für mich gedacht war: Nun, ich kann sie zumindest zu meinem Vorteil verwenden.«

»Glücklich sind diejenigen, die all die Erfahrungen anderer Menschen zu ihrem eigenen Vorteil nutzen können!«, sagte Lady Anne. »Das wäre ein wertvolleres Privileg als die Macht, alles, was man berührt, in Gold zu verwandeln.«

Sie gingen ein paar Minuten lang schweigend weiter; dann rief Miss Portman, die ihren eigenen Gedanken nachgehangen hatte und sich gar nicht bewusst war, dass sie diese Lady Anne nicht erklärt hatte, plötzlich: »Aber was, wenn ich mich auf etwas einlasse, aus dem ich dann nicht mehr wieder herauskomme! – Und wenn ich schließlich merke, ich kann ihn doch nicht lieben, wird er vielleicht glauben, ich hätte nur mit ihm kokettiert, um ihm dann den Laufpass zu geben; er hat allen Grund, sich über mich zu beklagen, wenn ich seine Zeit vergeude und mit seinen Gefühlen nur spiele. Wäre es dann nicht besser, ich würde mit einer deutlichen Absage jede mögliche Verletzung von Mr Vincent vermeiden und damit auch jegliche Schuld meinerseits?«

»Es besteht gar nicht die Gefahr, dass Mr Vincent Sie missversteht oder ein falsches Bild von Ihnen vor den Leuten zeichnet. Das Risiko, das er eingeht, hat er freiwillig auf sich genommen, und ich bin mir sicher, dass er, wenn Sie bei weiterer Bekanntschaft mit ihm herausfinden, dass Sie seine Zuneigung nicht erwidern können, sich wegen Ihrer Ablehnung nicht schlecht behandelt fühlen wird.«

»Aber nach einer gewissen Zeit – wenn alle Welt den Verdacht hegt, zwei Leute seien miteinander verlobt, ist es kaum mehr möglich für eine Frau, sich zurückzuziehen: Wenn sie einmal eine gewissen Nähe erreicht haben, drängt man sie zu einer Vereinigung, einfach weil die äußeren Umstände eine eigene Dynamik entwickeln. Eine Frau muss oft mit diesem Dilemma zurechtkommen – entweder sie muss einen Mann heiraten, den sie nicht liebt, oder sie muss sich von aller Welt Vorwürfe machen lassen, entweder sie opfert ein Gutteil ihres Rufes oder ihr ganzes Lebensglück.«

»Unsere Gesellschaft ist in diesen Dingen tatsächlich häufig zu neugierig und zu voreilig«, sagte Lady Anne. »Man gibt jungen Frauen in dieser Hinsicht oft nicht genug Zeit zum Nachdenken. Sie sehen, wie Mr Percival einmal gesagt hat, das Damoklesschwert des Tyrannen Konvention nur um Haaresbreite entfernt über ihrem Haupt hängen.«

»Und obwohl Ihre Ladyschaft sich der Gefahren so sehr bewusst ist, wollen Sie mich ihnen doch aussetzen«, sagte Belinda.

»Ja. Weil ich glaube, dass in diesem Fall die Chance auf Glück größer ausfällt als das Risiko«, sagte Lady Anne. »Da wir das allgemeine Recht der Konvention nicht ändern können und da wir die Welt nicht von Klatsch und Tratsch befreien oder weniger tadelsüchtig machen können, dürfen wir nicht erwarten, dass wir der Kritik immer entgehen; alles, was wir tun können, ist, diese nicht zu verdienen – und es wäre absurd, wenn wir uns von der Meinung der Müßiggänger und Dummköpfe versklaven ließen. Bis zu einem gewissen Punkt ist es Klugheit, die Meinung der Welt zu respektieren, jenseits dieses Punktes ist es Schwäche. Sie sollten auch daran denken, dass *die Welt* von Oakley Park und die Welt in London zwei verschiedene Welten sind. Wenn Sie und Mr Vincent in London oft gemeinsam gesehen würden, so gäbe es sofort Gerede, dass Miss Portman und Mr Vincent heiraten wollten, und wenn es dann nicht dazu käme, würden tausend närrische Geschichten erzählt, warum die Verbindung wohl nicht zustande gekommen sei. Aber hier sind Sie nicht von geschäftigen Augen und geschäftigen Zungen umgeben. Die Metzger, Bäcker, Landarbeiter und alten Jungfern, die unsere Welt ausmachen, müssen sich alle um ihre eigenen Angelegenheiten kümmern. Außerdem erreichen ihre

Kommentare nur einen engen Kreis; man ist daran gewöhnt, Mr Vincent ständig hier zu sehen, und wenn er den Rest des Herbstes bei uns bleibt, wird das niemandem irgendwie denkwürdig oder bedeutungsschwer erscheinen.«

Ihre Unterhaltung wurde unterbrochen. Mr Vincent kehrte nach Oakley Park zurück – aber unter der ausdrücklichen Bedingung, dass er seine Verehrung nicht durch besondere Aufmerksamkeiten öffentlich machen und dass er keine Schlüsse zu seinen Gunsten daraus ziehen sollte, wenn Belinda einverstanden war, sich mit ihm frei und offen über alle möglichen Themen zu unterhalten. Für diesen Freundschaftspakt übernahm Lady Anne die Bürgschaft.

Kapitel XIX
Eine Hochzeit

Belinda und Mr Vincent konnten sich einfach nicht auf eine Definition des Wortes ›*Schmeichelei*‹ einigen, so dass es auf der einen Seite ständige Klagen über Vertragsbrüche gab und auf der anderen leidenschaftliche Beteuerungen, man halte sich doch auf das genaueste an die vereinbarten Vorgaben. Wie auch immer die Dinge lagen, es bleibt festzuhalten, dass der Gentleman insofern die Auseinandersetzung für sich entscheiden konnte – durch Wahrheit oder Fiktion, das sei dahingestellt, als er nach einigen Wochen die Dame seines Herzens auf dem Wege zur Liebe so weit brachte, dass sie ihm »Dankbarkeit und Wertschätzung«[62] bekundete.

Eines Abends spielte Belinda gerade mit dem kleinen Charles Percival Jackstraws.[63] Mr Vincent, der Vergnügen an allem fand, was Belinda Freude bereitete, und Mr Percival, der sich für alles interessierte, was der Unterhaltung seiner Kinder diente, schauten bei dem einfachen Spiel zu.

»Mr Percival«, sagte Belinda, »geruht tatsächlich, sich ein Spiel wie Jackstraws anzuschauen!«

»Ja«, sagte Lady Anne Percival, »denn er ist derselben Meinung wie Dryden, dass, wenn ein Strohhalm ein Instrument zum Glück sein kann, derjenige ein weiser Mann ist, der ihn nicht verachtet.«[64]

»Ah, Miss Portman, Vorsicht!«, rief Charles, der hoffte, sie würde gewinnen, obwohl er gegen sie spielte. »Vorsicht! Berühren Sie den Buben nicht!«

»Ich würde hundert Guineen auf die ruhige Hand von Miss Portman wetten«, rief Mr Vincent.

»Ich wette aber Sixpence«, rief Charles begeistert, »dass sie den König bewegen wird, wenn sie den Buben berührt – ich wette sogar einen ganzen Schilling.«

»Abgemacht! Abgemacht!«, rief Mr Vincent.

»Abgemacht! Abgemacht!«, rief der Junge und streckte seine Hand aus, aber sein Vater hielt sie fest.

»Langsam, langsam, Charles! – Keine Wetten, bitte, mein Lieber. – Abgemacht! abgemacht! – hat manchen schon ins Unglück 'bracht.«

»Das war meine Schuld – der Fehler liegt ganz bei mir«, rief Mr Vincent sofort, mit der Freimütigkeit, die er bei Kleinigkeiten wie auch bei bedeutenden Fragen an den Tag legte.

»Ich bin sicher, Sie haben ihn gerade wiedergutgemacht«, sagte Mr Percival, »und, was noch besser ist, als wenn nur ich das so sehe, Miss Portman meint das auch, wie mir ihr Lächeln gerade sagt.«

»Sie haben ihn bewegt, Miss Portman!«, rief Charles, »oh, wirklich, der Kopf des Königs hat sich gerade in dem Moment bewegt, als Papa gesprochen hat. Ich wusste, dass es nicht möglich ist, den Buben herauszuziehen, ohne den König zu verschieben. Papa, nun schau einmal, in welcher Balance sie lagen.«

»Das muss ich wirklich sagen«, meinte Mr Vincent, »ich wäre eine ganz schön unvorsichtige Wette eingegangen. Es ist ja wirklich gut, dass es nicht dazu gekommen ist, denn jetzt sehe ich, dass die Chancen gegen mich zehn zu eins standen oder zwanzig zu eins oder sogar hundert zu eins.«

»Ich glaube gar nicht, dass es hier um Chancen geht«, sagte Mr Percival. »Dieses Spiel ist eines, bei dem es um Geschicklichkeit und Sorgfalt geht, und das ist auch der Grund dafür, dass ich es so mag.«

»Oh, Papa! Oh, Miss Portman! Schaut doch, wie perfekt diese hier ausbalanciert sind. Da! Mein Atem hat sie in Bewegung gebracht. – Guckt doch! Sie wackeln, wackeln, wackeln wie die großen Schaukelsteine bei Brimham Craggs.«

»Also, das nenne ich einmal kleine Dinge mit großen vergleichen!«, sagte Mr Percival.

»Ach, übrigens«, rief Mr Vincent, »Miss Portman hat noch nie so wunderbare Schaukelsteine gesehen. – Was halten Sie davon, wenn wir morgen dorthin reiten würden, um sie uns anzuschauen?«

Der Vorschlag wurde mit großer Begeisterung von den Kindern unterstützt, und jedermann stimmte zu. Es wurde ausgemacht, dass sie, nachdem sie Brimham Craggs gesehen hatten, den Rest des Tages auf dem schönen Anwesen von Lord — in der Nachbarschaft verbringen wollten.

Am nächsten Morgen war es weder zu heiß noch zu kalt, und sie machten sich zu ihrer kleinen Vergnügungsreise auf: Die Kinder durften zu ihrer großen Freude mit ihrer Mutter in deren offenem Vierspänner fahren, und Mr Vincent durfte zu seiner großen Freude an der Seite von Belinda reiten. Als sie auf Sichtweite an die Steine herangekommen waren, rief Mr Percival, der mit den beiden jungen Leuten geritten war: »Was ist denn das da hinten, ganz oben auf einem der großen Schaukelsteine?«

»Es sieht aus wie eine Statue«, sagte Vincent. »Die ist wohl dort aufgestellt worden, seitdem wir das letzte Mal hier waren.«

»Na, ich glaube beinahe, sie hat sich dort von selbst hinaufbegeben«, sagte Belinda, »denn sie scheint auch von selbst wieder hinunterzuklettern. Ich meine, ich hätte sie sich bücken sehen. – Oh! Ich kann jetzt erkennen, dass es ein Mann ist, der dort hinaufgekommen ist, und er scheint eine Pistole in der Hand zu haben, oder nicht? Er macht so etwas wie eine militärische Übung damit zu seiner eigenen Unterhaltung. – Oder zur Unterhaltung der Zuschauer unten, wie ich nun sehe. – Da steht eine Gruppe von Leuten, die ihm zuschauen.«

»Ihm!«, sagte Mr Percival.

»Ich glaube es nicht, es ist eine Frau!«, sagte Vincent.

»Aber nein«, meinte Belinda, »es kann doch keine Frau sein!«

»Es sei denn, es ist Mrs Freke«, antwortete Mr Percival.

Und tatsächlich war es Mrs Freke, die mit einer Gruppe von Gentlemen zum Schießen unterwegs gewesen und den Schaukelstein hinaufgeklettert war, auf dessen Gipfel sie die Schießübung auf das Kommando ihres Offiziers durchführte. Als sie näher zu der Szene ritten, hörte Belinda die schrillen Schreie einer weiblichen Stimme, und sie entdeckten zwischen den Herren eine schlanke Gestalt in Reitkleidung.

»Miss Moreton, nehme ich an?«, sagte Mr Vincent.

»Das arme Mädchen! Was machen sie denn mit ihr?«, rief Belinda. »Sie scheinen sie dazu zu zwingen, auf die Spitze des Steins zu klettern, was sie gar nicht will. – Sehen Sie nur, wie Mrs Freke sie am Arm hinaufzieht!«

Als sie näher kamen, hörten sie Mrs Freke laut lachen, die das verschreckte Mädchen auf dem Stein schaukelte.

»Wir mischen uns da wohl besser nicht ein, denke ich«, sagte Belinda, »denn da sie mir ja Rache angedroht hat, könnte sie es sich in den Kopf setzen, mich auch noch auf diese Zinne der Glorie zu stellen.«

»Das würde sie nicht wagen«, rief Vincent, und seine Augen blitzten vor Ärger. »Sie müssen darauf vertrauen, dass wir Sie verteidigen würden.«

»Ja, natürlich! – Aber ich will mich nicht absichtlich in Gefahr begeben, nur um Ihnen das Vergnügen zu bereiten, mich zu verteidigen«, sagte Belinda, und während sie noch sprach, wandte sie ihr Pferd in die andere Richtung.

»Sie wollen doch wohl nicht zurückreiten, Miss Portman?«, rief Vincent eifrig und legte eine Hand an ihre Zügel. – »Um Himmels willen, Madam! Wir können doch nicht weglaufen! – Wir sind hergekommen, um uns die Schaukelsteine anzuschauen! – Wir haben sie nicht einmal richtig gesehen. Lady Anne und die Kinder werden gleich hier sein. Sie möchten ihnen doch das Vergnügen nicht nehmen, diese Dinge zu sehen!«

»Ich zweifle, ob sie viel Vergnügen daran hätten, *einige dieser Dinge* zu sehen; und was den Rest betrifft, wenn ich den Kindern jetzt eine Enttäuschung bereite, so wird Mr Percival vielleicht die Freundlichkeit besitzen, sie an einem anderen Tag herzubringen.«

»Aber natürlich«, sagte Mr Percival. »Miss Portman beweist ihre übliche Klugheit.«

»Die Kinder sind so gutmütig, dass ich sicher bin, sie werden es mir verzeihen«, fuhr Belinda fort, »und Mr Vincent würde sich schämen, ihrem Beispiel nicht zu folgen, auch wenn er sich gerade anscheinend recht über mich ärgert, weil er umkehren – den Pfad der Gefahr verlassen soll.«

»Das sollte Sie nicht überraschen«, sagte Mr Percival lachend, »denn Mr Vincent ist ein Kavalier und Held. Sie wissen ja, dass es in den Romanzen grundsätzlich so ist, dass, wenn der Kavalier und seine Dame ausreiten, ihnen ein Abenteuer begegnen muss. Das Pferd muss mit der Dame durchgehen und der Herr muss sie in seinen Armen auffangen, gerade rechtzeitig, bevor sie sich den Hals bricht. Sollte das Pferd zu schlecht dressiert sein für die Bedürfnisse der Dame, so muss ›ein Straßenräuber, wild' Bandit, ein grauslich' Bergbewohner gar‹,[65] irgendein eifersüchtiger Rivale ganz unerwartet aus dem Nichts an der Wegbiegung erscheinen, und die Dame muss mit flatternden Gewändern! das Haar fliegend! davongetragen werden wie in Bürgers Gedicht ›Leonore‹. Dann muss ihr Kavalier ihr gerade im rechten

Moment zur Rettung eilen. – Aber wenn man leider doch nicht so einfach mit der armen Heldin davonlaufen kann, muss sie zumindest, als letzte Möglichkeit, in einen Fluss purzeln, um sich interessant zu machen, und der Held sollte wenigstens beinahe ertrinken, wenn er sie da herauszieht, so dass sie ihm auf ewig verpflichtet und gezwungen ist, ihn zum Schluss aus reiner Dankbarkeit zu heiraten.«

»Aus Dankbarkeit!«, unterbrach Mr Vincent. »Jemand ist meiner Meinung nach kein Held, wenn er sich mit Dankbarkeit zufriedengibt, statt auf Liebe zu hoffen.«

»Sie müssen sich nicht aufregen; Miss Portman scheint nicht geneigt zu sein, Sie irgendwie auf die Probe zu stellen, sehen Sie«, sagte Mr Percival lächelnd. »Nun ist es ja wirklich schade, dass sie Sie um die Gelegenheit gebracht hat, mit einigen der Herren in Mrs Frekes Gefolge zu kämpfen oder sie von der gefährlichen Höhe der Schaukelsteine herunterzuholen. – Das wäre mal ein neues Abenteuer für einen Roman gewesen.«

»Wie das arme Mädchen geschrien hat!«, sagte Belinda. »War ihre Angst echt oder nur vorgespielt?«

»Teils echt, teils vorgespielt, würde ich sagen«, meinte Mr Percival.

»Sie tut mir leid«, sagte Mr Vincent, »denn ihr Leben bei Mrs Freke ist schrecklich.«

»Sie kann einem wirklich leidtun, aber sie trägt auch selbst Schuld an ihrer Lage«, sagte Mr Percival. »Sie kennen ihre Geschichte nicht. Miss Moreton ist von ihren Freunden weggelaufen, um bei dieser Mrs Freke zu leben, die sie zu allerlei Unfug und Verrücktheiten verführt hat. Das Mädchen ist schwach und eitel und meint, sie könne sich alles erlauben, von dem Mrs Freke meint, es zieme sich für eine junge Frau. Einmal hat sie sie überredet, zu einem öffentlichen Ball zu gehen mit Armen, die so nackt waren wie die der Göttin Juno, und Füßen, so nackt wie die von Madame Tallien.[66] Ein anderes Mal hat Mrs Freke Miss Moreton (die unglücklicherweise nie von dem griechischen Sprichwort gehört hatte, dass die Hälfte besser ist als das Ganze) dazu gebracht, ihre Halbstiefel beiseitezulegen und sich mit hohen Männerstiefeln zu bekleiden, und so ist sie in der Gegend herumgeritten, sehr zum Erstaunen der ganzen Welt. – Das sind nur Kleinigkeiten, aber Frauen, die es lieben, sich den Sitten in Kleinigkeiten zu widersetzen, respektieren diese auch in wichtigen Dingen oft nicht. Miss Moretons hohe Stiefel am Morgen und ihre nackten Füße am Abend wurden von jedermann durchgehechelt, bis sie den Leuten noch mehr Gesprächsstoff gab durch eine Verbindung zu einem jungen Offizier. Mrs Freke, deren Lebensphilosophie zugegebenermaßen weitherzig in Bezug auf moralische Fragen ist, lachte, als sich herausstellte, dass das Mädchen doch der Zeremonie des Verheiratens gern den Vorzug gegeben hätte. Der Offizier auch, denn Miss Moreton verfügte über kein Vermögen. Man hatte den Verdacht, dass die junge Dame die Schwierigkeit mancher Philosophen, Theorie und Praxis in Einklang miteinander zu bringen, nicht so recht nachvollziehen konnte. Die *unaufgeklärte* Welt verwarf die Theorie in gewissem Maße und die Praxis in noch größerem. Ich nehme trotz des Skandals an, dass das arme Mädchen einfach unvorsichtig war. Wie auch immer, es bedauerte seine Dummheiten zu spät. Es hat jetzt überhaupt keine Freunde mehr, abgesehen von Mrs Freke, die in Wirklichkeit seine schlimmste Feindin ist und es gnadenlos tyrannisiert. Man stelle sich vor, was es bedeutet, die Zielscheibe für die Verrücktheiten einer ewigen Possenreißerin zu sein!«

»Was für eine Lektion für junge Frauen, was die Wahl von Freundinnen angeht!«, sagte Belinda. »Aber hatte denn Miss Moreton keine Verwandten, die sich hätten einmischen können, um sie aus Mrs Frekes Händen zu befreien?«

»Ihr Vater und ihre Mutter waren alt, und was noch schwerer wog, sie verachtete beide und fand sie altmodisch: Sie wollte nicht auf ihren Rat hören und lief davon. Einige ihrer Verwandten waren, glaube ich, ganz einverstanden damit, dass sie bei

Mrs Freke blieb, weil diese doch eine fesche und modische Dame der Gesellschaft war, und sie dachten wohl, es sei für sie das, was man so ›vorteilhaft‹ nennt. Sie hatte zwar einen Verwandten, der ganz anderer Meinung war und nachdrücklich protestierte – aber es änderte leider nichts. Das war ein Cousin von Miss Moreton, ein sehr angesehener Geistlicher. Mrs Freke war so über diese ›unverschämte Einmischung‹ erbost, wie sie es zu nennen beliebte, dass sie ein Abbild von Mr Moreton in seinem geistlichen Talar anfertigte und es als Vogelscheuche in einem Garten in der Nähe der Hauptstraße aufstellte. Dieser Mann wurde jedoch von seiner Gemeinde so sehr für seine Mildtätigkeit und seine ungekünstelte Frömmigkeit geliebt und respektiert, dass Mrs Frekes Versuch, ihn lächerlich zu machen, vollkommen fehlschlug; ihre Vogelscheuche wurde von den Mitgliedern der Gemeinde in Stücke gerissen, und obwohl er aus echter Barmherzigkeit alles tat, um ihrer Entrüstung gegen seine Feindin Einhalt zu gebieten, wurde die Dame dort ein Objekt der tiefsten Abscheu, so dass ihr Auftreten mit Gestöhn und Gezische begleitet wurde, wo immer sie erschien, sie konnte sich nicht näher als bis auf zehn Meilen in die Nähe des Dorfes wagen.

Dann wechselte Mrs Freke ihre Verfolgungsstrategie; sie war mit einem Adligen bekannt, von dem unser Kirchenmann sich eine Pfründe erhoffte, und sie bearbeitete seine Lordschaft so erfolgreich, dass er darauf bestand, der arme Mann müsse sich bei ihr entschuldigen. Mr Moreton hatte ebenso viel geistige Würde wie Sanftmut; seine Langmütigkeit entsprang echten Prinzipien, und das galt auch für seine Beharrlichkeit: Er verweigerte die Zugeständnisse, die man von ihm verlangte. Sein adliger Patron setzte ihn unter Druck. Obwohl er eine große Familie zu versorgen hatte, wollte sich dieser geistliche Herr nicht dem Druck unterwerfen und die unangemessene Entschuldigung abgeben, die man von ihm verlangte. Der Amtsinhaber verstarb, und die Pfründe wurde einem Freund gegeben, der fügsamer war. – So endet die Geschichte von einem von Mrs Frekes vielen lustigen Scherzen.«

»Das war die Geschichte«, sagte Mr Vincent, »die meine Meinung über sie grundlegend änderte. Bis ich sie hörte, hatte ich Mrs Freke immer für einen jener gedankenlosen, gutartigen Menschen gehalten, die, wie man so sagt, niemandem mehr schaden als sich selbst.«

»Es ist in der Gesellschaft«, sagte Mr Percival, »besonders für Frauen schwierig, sich selbst zu schaden, ohne dabei anderen Schaden zuzufügen: Sie mögen im Scherz beginnen, aber dann endet doch alles in echter Bosheit. Sie widersetzen sich der Welt – die Welt exkommuniziert sie daraufhin – die weiblichen Geächteten verzweifeln schließlich und machen es sich zur Lebensaufgabe, den Frieden ihrer besonneneren Nachbarn zu zerstören – und das auch noch voller Stolz. Frauen, die sich vor der öffentlichen Meinung erniedrigt haben, haben keine Ruhe, bis sie nicht andere auf ihr eigenes Niveau herabgewürdigt haben.«

»Mrs Freke ist trotz der wilden Fröhlichkeit, mit der sie immer auftritt, offensichtlich unglücklich«, sagte Belinda, »und da wir ihr weder mit unseren Schuldzuweisungen noch mit unserem Mitleid irgendetwas Gutes tun können, sollten wir besser an etwas anderes denken.«

»Skandale«, sagte Mr Vincent, »scheinen Ihnen nicht viel Vergnügen zu bereiten, Miss Portman. Sie werden froh sein zu hören, dass Mrs Frekes Boshaftigkeit gegen den armen Mr Moreton ihn nicht in den Ruin geführt hat. Wissen Sie eigentlich, Mr Percival, dass er gerade eine gute Pfründe von einem großzügigen jungen Mann erhalten hat, der von seinem exzellenten Verhalten gehört hat?«

»Das freut mich wirklich sehr«, sagte Mr Percival. »Wer ist denn dieser großzügige junge Mann? Ich würde ihn gern kennenlernen.«

»Das würde ich auch gern«, sagte Mr Vincent. »Es ist ein Mr Hervey.«

»Clarence Hervey vielleicht?«

»Ja, Clarence war sein Name.«

»Es gibt keinen Mann, bei dem es wahrscheinlicher ist, dass er zu einer so großzügigen Handlung fähig wäre, als Clarence Hervey«, sagte Mr Percival.

»Niemand, bei dem es wahrscheinlicher ist, dass er zu einer so großzügigen Handlung fähig wäre, als Mr Hervey«, wiederholte Belinda mit sehr viel leiserer Stimme. Sie konnte Clarence Hervey nun loben, ohne zu erröten, und sie konnte an seine Großzügigkeit denken ohne übertriebenen Enthusiasmus, wenn auch nicht ganz ohne Freude. Durch geistige Disziplin und frühzeitiges Eingreifen hatte sie verhindert, dass ihre Zuneigung sich zu einer echten Leidenschaft ausgewachsen hatte, die sie womöglich unglücklich gemacht hätte. Stolz auf diesen Sieg über sich selbst, neigte sie nun eher dazu, Mr Vincent mit freundlichen Augen zu betrachten, als zuvor. Selbstzufriedenheit verstärkt ja oftmals unser Wohlwollen gegen unsere Freunde.

Nachdem man einige angenehme Stunden auf Lord C—s schönem Anwesen verbracht hatte, wo die Kinder zu ihrer Freude jede Waldschlucht und jedes kleine, mit Büschen bewachsene Tal erforscht hatten, kehrten sie in der Kühle des Abends heim. – Mr Vincent fand, es sei der wunderbarste Abend, den er je erlebt habe.

»Wie bitte? So reizvoll wie ein Abend auf den Westindischen Inseln?«, sagte Mr Percival. »Das ist mehr, als ich je an Lob Ihrerseits über England zu erwarten gewagt hätte. Erinnern Sie sich noch, wie Sie sich früher kaum lassen konnten vor Begeisterung über das Klima und die Aussichten, die Jamaika bietet?«

»Ja, aber mein Geschmack hat sich völlig geändert.«

»Ich erinnere mich noch an eine Zeit«, sagte Mr Percival, »als Sie es für unmöglich hielten, dass Ihr Geschmack sich jemals verändern würde, nämlich als Sie mir sagten, Geschmack, sei es an der Schönheit der belebten oder der unbelebten Natur, sei unveränderlich.«

»Sie und Miss Portman haben mich bekehrt. Erste Lieben sind im Allgemeinen dumme Sachen«, fügte er noch hinzu und errötete ein wenig. Belinda errötete ebenso.

»Eine erste Liebe«, fuhr Mr Percival fort, »ist nicht unbedingt dümmer als andere, aber die Chancen stehen definitiv schlechter für sie. Zeitliche Nähe und eine Vielzahl rein zufälliger Umstände ziehen oft mehr als die wesentlichen Eigenschaften des Objekts das nach sich, was man so erste Liebe nennt. Junge Leute formen oft anhand von Poesie und Romanzen ihre ersten Ideen von der Liebe, noch bevor sie dann tatsächlich Leidenschaft empfinden, und sie statten die ersten möglichen Objekte, die ihnen begegnen, mit dem Bild aus, das sie in ihrem Kopf von ihrem Ideal des Schönen haben. Dies ist, wenn Sie mir den Ausdruck erlauben, Cupidos Fata Morgana. In die Irre geführte Sterbliche sind in Ekstase, solange die Illusion währt, und verzweifeln, sobald sie verschwindet.«

Mr Percival schien sich nicht bewusst zu sein, dass sich das, was er sagte, irgendwie auf Belinda anwenden ließ. Er wandte sich allein Mr Vincent zu, und sie konnte in aller Ruhe zuhören.

»Aber«, sagte sie, »meinen Sie nicht doch, dass dieses Vorurteil, als solches erkenne ich es gern an, zugunsten erster Liebe nicht *bei unserem Geschlecht* von Vorteil sein kann? Sogar wenn eine Frau überzeugt ist, sie sollte sich nicht ihrer *ersten* Liebe hingeben, wäre es nicht besser für sie, wenn sie aus Taktgefühl davon absähe, an eine zweite zu denken?«

»Taktgefühl, meine liebe Miss Portman, ist ein reizvolles Wort und auch wahrlich eine reizvolle Sache, und Mrs Freke hat wahrscheinlich unsere Neigung in diese Richtung noch verstärkt; aber sogar Taktgefühl muss wie alle anderen Tugenden auf seine Nützlichkeit überprüft werden. Wir würden uns in rein romantischem Denken und Irrtümern und Elend verlieren, wenn wir uns nicht immer wieder dieser Standards vergewisserten. Unsere ethischen Überlegungen, die sich mit moralischer Vorsicht befassen, müssen letzten Endes auf Fakten zurückgeführt werden. Nun, wie viele von der Gesamtzahl der Menschen auf dieser Welt, glauben Sie, haben ihre *erste große Liebe* geheiratet? Wahrscheinlich nicht einer von zehn. – Also, würden Sie wollen, dass neun von zehn ihr ganzes Leben lang unverheiratet dahinschmachten oder in einer unerfüllten Ehe leben, weil sie nicht die Person haben konnten, in die sie sich als erste *verliebt* haben?«

»Ich muss zugeben, dass das nicht zum Glück einer Gesellschaft beitragen würde«, sagte Belinda.

»Auch zu ihrer Tugendhaftigkeit nicht«, sagte Mr Percival. »Ich kenne kaum eine Vorstellung, die für das häusliche Glück gefährlicher ist als dieser Glaube an die Unauslöschbarkeit der ersten Flamme. Es gibt Menschen, die uns überreden wollen, dass sie, selbst wenn sie über Jahre hinweg unterdrückt werden kann, doch irgendwann wieder ausbrechen und dann mit zerstörerischem Feuer lodern muss. – Eine ganz verderbliche Doktrin! Genauso falsch, wie sie verderblich ist! – Der Kampf zwischen Pflicht und Leidenschaft mag in Romanzen seinen Zauber haben, aber er wird im wahren Leben nur zu Elend führen. Die Frau, die einen Mann heiratet und einen anderen liebt, die, trotz allem, was ein liebevoller und schätzenswerter Gatte tun kann, um ihr Vertrauen und ihre Zuneigung zu gewinnen, ein Geheimnis in sich trägt, eine *fatale* Voreingenommenheit für ihre erste Liebe, mag vielleicht dank der Sprachgewalt eines guten Schriftstellers eine interessante Heldin abgeben, aber würde jemals ein Mann mit Verstand und Gefühl die Wahl treffen, mit einer solchen Frau geschlagen zu sein? – Müsste nicht allein die Idee, dass Frauen ein solches Verhalten bewundern, unser Vertrauen, wenn nicht in ihre Tugend, so doch in ihre Ehrlichkeit mindern? Und würde dieser Verdacht nicht unser Glück zerstören? Ehemänner können bisweilen ebenso zarte Gefühle haben wie ihre Frauen, auch wenn ihnen diese ungerechten Romanschreiber selten solche zubilligen. – Nun, könnte ein Ehemann, der auch nur über ein Quäntchen Feingefühl verfügt, sich damit zufriedengeben, einen Menschen sein Eigen zu nennen ohne dessen Geist? – Mit Pflichtgefühl ohne Liebe? – Könnte er vollkommen glücklich sein, wenn er in den zärtlichsten Augenblicken sich die Frage stellen müsste, ob er ein Objekt der Abscheu oder der Liebe ist? Ob das Lächeln augenscheinlicher Freude nur das Bemühen einer duldsamen Märtyrerin ist? – Dem Himmel sei Dank, dass ich nicht mit einer solchen wunderbaren Märtyrerin verheiratet bin. Wer Bewunderung für solche Frauen aufbringt, mag mit ihnen leben. Ich für mein Teil bewundere und liebe die Ehefrau, die nicht nur glücklich zu sein scheint, sondern es wirklich ist – was«, fügte Mr Percival lächelnd hinzu, »wie ich mir gern einbilde, bei uns beiden der Fall ist. Sollte ich zu lang und mit zu viel Gefühl über das Kapitel der *ersten Liebe* gesprochen haben, so bin ich doch zumindest jemand, der diese Liebe ohne jedes Eigeninteresse in Frage stellt, denn ich kann Ihnen versichern, Miss Portman, dass ich Lady Anne nicht im Verdacht habe, im Geheimen nach einer Vision von Vollkommenheit zu seufzen, genauso wenig wie sie mich verdächtigt, der charmanten Lady Delacour nachzutrauern, die, wie Sie vielleicht gehört haben, meine *erste Liebe* war. Heutzutage heiraten jedoch so viele Leute, ohne auch nur so zu tun, als würden sie irgendeine Art von Liebe empfinden, dass Sie vielleicht meinen, ich hätte mir die ganze Tirade sparen können. – Doch nein, es gibt durchaus unschuldige Gemüter, die sich niemals von Mode oder Geldinteressen leiten lassen, sich aber dann doch den Romanzen hingeben und von ihnen betrogen werden, oder vom *Taktgefühl* ihrer eigenen Vorstellungskraft.«

»Ich höre«, sagte Belinda lächelnd, »ich höre und verstehe, warum Sie das Wort *Taktgefühl* mit so viel Nachdruck aussprechen. Ich bemerke, dass Sie nicht vergessen haben, dass ich es vor einer halben Stunde falsch verwendet habe. Davon haben Sie mich überzeugt.«

»Glücklich die«, sagte Mr Percival, »die in einer halben Stunde überzeugt werden können! Es gibt Menschen, die können in ihrem ganzen Leben nicht überzeugt werden, und sie enden dann, wo sie angefangen haben, mit den Worten: ›Das ist nun einmal meine Meinung, ich habe immer so gedacht und werde auch immer so denken.‹«

Mr Vincent hatte Mr Percival schon immer geliebt, aber er hatte noch nie so viel Zuneigung für ihn empfunden wie an diesem Abend, und seine Argumente erschienen ihm unwiderlegbar. – Auch wenn Belinda Mr Vincent gegenüber den Namen Clarence Hervey bis zu diesem Tage nie erwähnt hatte und auch wenn sie sich so verhielt, dass er nicht im mindesten den Verdacht hegte, dieser Herr könnte ihr besonders am Herzen liegen, hatte sie ihm doch mit ihrer üblichen Ehrlichkeit gebeichtet, dass jemand großen Eindruck auf sie gemacht habe, bevor sie nach Oakley Park gekommen sei.

Nach dieser Unterredung mit Mr Percival merkte Mr Vincent, dass er schneller ihre Gunst gewann; sie gewöhnte sich daran, ihn als ihren Verehrer anzusehen, und seine Gesellschaft gefiel ihr von Tag zu Tag mehr; er war überzeugt davon, dass, wenn er erst ihre Wertschätzung besitzen würde, er auch nach gewisser Zeit ihre Zuneigung erlangen könnte.

»Zeit«, wiederholte Lady Anne Percival. »Sie müssen ihr Zeit lassen, oder Sie werden alles verderben.«

Es fiel Mr Vincent nicht leicht, seine Ungeduld zu zügeln, auch wenn er von der Richtigkeit dieses freundlichen Ratschlages überzeugt war. So entwickelten sich die Dinge in diesem verheißungsvollen, aber, wie er fand, langsamen Tempo bis zum Ende des Monats September.

Eines schönen Morgens kam Lady Anne Percival in Belindas Zimmer mit einem Hochzeitsandenken in der Hand. »Wissen Sie eigentlich«, sagte sie, »dass wir heute eine Hochzeit haben? Dieses Hochzeitsandenken wurde meiner Zofe zugeschickt. Lucy, das hübsche Mädchen mit der Kette aus Angola-Erbsen, ist die Braut und Juba ist der Bräutigam. Mr Vincent hat für sie eine nette kleine Farm in der Nachbarschaft gepachtet und – hören Sie doch, da erklingt ja auch schon die Musik.«

Sie schauten aus dem Fenster und sahen eine Truppe von Dörflern in fröhlich-bunter Kleidung, die zur Hochzeit gingen. Lady Anne, die immer gern harmlose Festivitäten unterstützte, sorgte gleich dafür, dass ein Zelt im Park aufgestellt wurde, und die ganze Dorfgemeinschaft wurde für den Abend zum Tanz eingeladen. Es war ein heiteres Spektakel. – Belinda hörte von allen Seiten Lobreden auf Mr Vincents Großzügigkeit, und sie konnte gar nicht anders, als sich daran zu erfreuen, wie begeistert Juba die Güte seines Herrn bezeugte. Juba hatte in seinem gebrochenen Dialekt ein kleines Lied zu Ehren seines Wohltäters komponiert, das er von seinem Banjo begleitet mit einem rührenden Ausdruck von Dankbarkeit zum Besten gab. In einigen Strophen konnte Belinda ihren eigenen Namen ausmachen, der häufig wiederholt wurde. Lady Anne rief Juba herbei und fragte nach dem Text des Liedes. Es war eine Mischung aus Englisch und seiner Heimatsprache, und er beschrieb darin auf dramatische Weise, wie es um seine Gefühle bestellt gewesen war, als er unter dem Schrecken von Mrs Frekes feuriger Obeah-Frau gelitten hatte, dann seine Freude, als er von diesen furchtbaren Ängsten befreit worden war, und wie herrlich es war, wieder gesund zu sein. Dann sprach er ganz unvermittelt von seiner Dankbarkeit Belinda gegenüber, der Person, der er seine Genesung zu verdanken hatte. Er schloss, indem er ihr alle möglichen Arten des Glücks wünschte, und vor allem, dass das Glück ihr in Liebesdingen hold sein möge, was Juba für die größtmögliche Seligkeit hielt. Kaum hatte er sein Lied beendet, das besonders Miss Portman sehr zu Herzen ging, da bat er auch schon seinen Herrn, ihr das kleine Instrument, das er mit so viel Mühen und Einfallsreichtum gebaut hatte, als Geschenk anzubieten. Sie nahm das Banjo mit einem Lächeln entgegen, das Mr Vincent bezauberte, aber in diesem Augenblick wurden sie vom Geräusch einer Kutsche aufgeschreckt, die mit großer Geschwindigkeit in den Park einfuhr. Belinda schaute auf, und zwischen den Köpfen der Tänzer erhaschte sie einen Blick auf eine wohlbekannte Livree. – »Gütiger Himmel!«, rief sie aus, »Lady Delacours Kutsche! – Kann es denn Lady Delacour sein?«

Die Kutsche hielt an, und Marriott sprang in großer Eile heraus. Belinda drängte sich zu ihr; die arme Marriott war völlig aufgelöst: »Oh, Miss Portman! Meine arme Lady ist furchtbar krank – ganz furchtbar krank. Sie hat mich zu Ihnen geschickt – hier ist ihr Brief. Liebe Miss Portman, ich hoffe, Sie werden sich doch nicht weigern mitzukommen? Sie ist schon eine ganze *Weile* krank und *ist* es noch immer, aber es würde ihr sicher bessergehen, wenn sie Sie wiedersehen könnte. Aber ich werde Ihnen alles erzählen, Ma'am, wenn wir unter uns sind und wenn Sie den Brief gelesen haben.«

Miss Portman begleitete Marriott sofort zum Haus, und auf dem Weg dorthin erfuhr sie, dass Lady Delacour sich an den Quacksalber gewandt hatte, dem sie so vorbehaltlos vertraute, und vergeblich versucht hatte, ihn dazu zu bewegen, die Operation durchzuführen, der sie sich unterziehen wollte. Er fürchtete sich, das Wagnis einzugehen, und hatte sie inständig gebeten, den Plan aufzugeben und ein neues medizinisches Mittel zu probieren, von dem er sich Wunder versprach. Kein Mensch wusste, was es mit seinen Medikamenten auf sich hatte, aber sie griffen ihren Kopf auf alarmierende Weise an.

In ihrem Delirium hatte sie oft nach Miss Portman gerufen, sie manchmal des gemeinsten Verrates beschuldigt, sie manchmal angesprochen, als sei sie bei ihr im Raum, und sie mit den wärmsten Ergüssen der Freundschaft bedacht. »In ihren klaren Momenten, Ma'am«, fuhr Marriott fort, »hat sie wochenlang Ihren Namen kaum genannt und konnte es auch nicht ertragen, wenn ich ihn erwähnte. Eines Tages, als ich sagte, wie sehr ich wünschte, Sie wären wieder hier, warf sie mir den furchtbarsten Blick zu, den ich je erlebt habe.«

»›Wenn ich in meinem Grab liege, Marriott‹, rief Milady, ›ist es früh genug für Miss Portman, dieses Haus wieder zu besuchen, und Sie können Ihre Anhänglichkeit ihr gegenüber dann mit mehr Schicklichkeit wieder zum Ausdruck bringen.‹ Das waren Miladys eigene Worte – ich werde sie nie vergessen – sie haben mich so sehr erschreckt und erstaunt, Ma'am, dass ich wie versteinert dastand und dann das Zimmer verließ, um sie noch einmal ganz für mich allein zu überdenken und zu versuchen, sie, wenn das möglich ist, zu verstehen. – Nun, Ma'am, wirklich, plötzlich kam es wie der Blitz über mich: Meine Lady war eifersüchtig – und zwar, entschuldigen Sie bitte, Ihretwegen. Das erschien mir das Widersinnigste überhaupt, wenn man bedenkt, wie leichthin Milady immer über Milord gesprochen hat. Aber da wurde mir klar, dass das der Grund gewesen war, warum Sie uns so plötzlich verlassen hatten. – Naja, mir war schon bewusst, dass von Anfang an Mr Champfort hinter der Sache gesteckt hat, und, wo ich einmal Lunte gerochen hatte, machte ich mich mit frischem Schwung daran, die Sache aufzudecken, da war ich fest entschlossen, und wenn ich einmal fest entschlossen bin, dann mach' ich das auch, Ma'am. Also hab ich alles Mögliche über Miss Portman und meinen Herrn, das Sir Philip Baddelys Butler mal erwähnt hatte, zusammengesammelt und dann hab ich alles, was der wusste, aus ihm herausgebracht, teils im Ernst, teils im Flirt, was bei einer guten Sache keine Sünde ist (der tut nämlich immer so, als wär' er ein kleiner Bewunderer meiner Person, Ma'am, auch wenn ich ihn nie irgendwie ermutigt hab), und wo er einen Verdacht hatte oder was er mal gehört hatte, wie man es erzählt hat oder drüber geflüstert hat. Und da kam heraus, dass Mr Champfort hinter allem steckte und dass er einen Haufen Lügen erzählt hat über Banknoten, die Milord Ihnen gegeben hätte, und dass Sie und Milord heiraten würden, sobald Milady tot wär', und was weiß ich, was dieser üble Kerl noch alles über Sir Philips Butler an Sir Philip durchgestochen hat und was dann wieder bei meiner Lady gelandet is'. Also, Sir Philips Butler hat sich in der Sache wie ein Gentleman benommen, das muss ich wirklich zugeben und werd' ich ihm auch nicht vergessen; und als ich ihm dann berichtet hatte, was wirklich passiert war, und ihm klargemacht hatte, was für ein Unheil das alles nach sich gezogen hatte, meinte er, er hätte ja nur die Interessen von seinem Herrn Sir Philip im Auge gehabt, und bot unumwunden an, mir dabei zu helfen, Champfort, diesen Schurken, zu entlarven, was er dann mit Hilfe von ein paar Flaschen Rotwein und ein paar netten Worten getan hat; ich kann zwar Heuchelei gar nicht leiden, aber ich fand doch, dass das in diesem Fall erlaubt sein musste. Nun, Ma'am, als Mr Champfort nicht mehr so auf der Hut war wegen dem Rotwein, fing der Butler von Sir Philip an, von Milord und Milady zu reden und von Miss Portman; er hätte beobachtet, dass Milord und Milady wieder ein wenig mehr zueinander fänden als früher, seit Miss Portman das Haus verlassen hätte. Das beantwortete Champfort mit einem Fluch, typisch für seine schlechten Manieren und seinen üblen Charakter, und in seinem Kauderwelsch in Französisch und Englisch, das ich nicht nachahmen kann, aber es sollte wohl Folgendes heißen: ›Mein Herr und Milady sollen nie mehr zusammenkommen, wenn ich da irgendwas mit zu tun habe. Um das zu verhindern, habe ich dafür gesorgt, dass Miss Portman verbannt wurde, denn Milord war wie ausgewechselt, seitdem sie Helena ins Haus geholt hatte, und ich bin mir sicher, er hätte womöglich dazu gebracht werden können, von seinem Burgunder zu lassen, und wär' noch ein normaler nüchterner Mann geworden, was mir überhaupt nicht passen würde. Wenn Milady wieder Einfluss auf ihn hätte, könnte ich mir meine Position abschminken – deswegen (mit einem weiteren üblen Fluch) werden Milord und Milady nicht mehr zusammenkommen, solange ich lebe.‹

Nun, Ma'am«, fuhr Marriott fort, »sobald ich diese feine Rede gehört hatte, hab ich die Nachricht und einen Brief von Sir Philip Baddelys Butler, der sie bestätigte, zu meiner Herrin gebracht. Milady war wie vom Donner gerührt und so verärgert, dass man sie, wie sie sagte, an der Nase herumgeführt hatte, dass sie gleich nach Milord geschickt und darauf bestanden hat, er müsse

Champfort aufgeben. – Milord erhob Einwände, weil Milady ihn so bedrängte und ›ich bestehe darauf‹ gesagt hatte. Er hätte es, glaube ich, mit Freuden von sich aus getan, wenn Milady ihn nicht so herumkommandiert hätte. Aber er meinte dann schließlich: ›Lady Delacour, ich bin nicht der Mann, der sich von seiner Frau beherrschen lässt – ich werde in meinem eigenen Haus meine eigene Dienerschaft behalten oder mich von ihr trennen, wie es mir beliebt‹, und damit verließ er das Zimmer. Ich habe meine Herrin noch nie so verärgert erlebt, wie sie es bei der Weigerung von Milord war, Champfort zu entlassen. Das ganze Haus war für ein paar Tage völlig durcheinander. Ma'am, ich wollte nicht mehr an einem Tisch mit Champfort sitzen, hab' nicht mehr mit ihm gesprochen und ihn auch nicht mehr angeguckt, und es gab unten und oben Parteien für ihn und gegen ihn. – Und zuletzt erkrankte Milady, die doch auf dem Weg der Besserung gewesen war, wieder an einem Nervenfieber, das sie fast umgebracht hätte; sie war doch schon vorher so geschwächt von den Medikamenten dieses Quacksalbers und hatte Krämpfe gehabt und hatte im Geheimen so viel gelitten. Sie wollte Milord überhaupt nicht mehr sehen, und dann hat Champfort ihm auch noch eingeredet, ihre Krankheit sei nur vorgeschoben, um ihn dazu zu bringen, zu tun, was sie wollte, was er auch deshalb glaubte, weil niemand je in ihr Schlafzimmer durfte außer mir. In dieser ganzen Zeit hat sie Ihren Namen nie erwähnt, Ma'am, aber einmal, als ich an ihrem Bett saß und sie schlief, schreckte sie plötzlich hoch und rief aus: ›Ach, liebste Belinda! Bist du zu mir zurückgekommen?‹ – Sie wurde plötzlich wach, richtete sich im Bett auf, zog die Vorhänge zurück und sah sich im ganzen Zimmer um. Ich bin sicher, sie hat erwartet, Sie zu sehen, und als sie merkte, dass es nur ein Traum gewesen war, seufzte sie herzzerreißend und sank wieder auf die Kissen zurück. Da konnte ich nicht anders, ich musste mit ihr sprechen, und diesmal war Milady sehr gerührt, als ich Ihren Namen nannte. – Sie hat Tränen vergossen, Ma'am, und Sie wissen ja, dass Milady nicht bei jeder Kleinigkeit in Tränen ausbricht. Aber als ich dann etwas in der Richtung sagte, ich könnte ja nach Ihnen schicken, antwortete sie, sie wäre sicher, Sie würden nicht zu ihr zurückkommen, und sie würde niemals so tief sinken, jemanden vergebens um einen Gefallen zu bitten, nicht einmal Sie. Da habe ich geantwortet, ich wär' mir sicher, Sie würden sie immer noch lieben, genauso wie früher, und der Beweis dafür wär' doch, dass weder Mrs Luttridge noch Mrs Freke Sie mit ihren Listen zu ihrer Gesellschaft nach Harrogate hätten locken können, und Sie hätten Mrs Freke vor den Kopf gestoßen, als Sie ihre Ladyschaft verteidigt hätten. Milady war vollkommen überrascht und fragte begierig, woher ich das denn wüsste. – Na, Ma'am, ich habe das aus einem Brief von Mrs Luttridges Zofe, die meine Cousine ist und immer alles weiß, was so passiert. Von dem Moment an verging kaum eine Sekunde, in der Milady nicht auf Sie gehofft hat und sich nach Ihnen gesehnt hat, das konnte ich an ihrem Verhalten erkennen. Eines Tages hat mich dann Milord auf der Treppe getroffen, als ich aus dem Zimmer von meiner armen Lady kam, und er hat mich gefragt, wie es ihr denn ginge und warum sie keinen Arzt holen wollte. ›Der beste Arzt, Milord, den sie holen könnte‹, hab' ich gesagt, ›wär' Miss Portman, denn sie wird nie wieder gesund, bis die liebe junge Frau zurückkommt, meiner bescheidenen Meinung nach.‹

›Und was sollte die liebe junge Dame davon abhalten zurückzukommen? Ich ja wohl nicht‹, erwiderte Milord, ›denn ich wünschte von ganzem Herzen, sie wäre wieder bei uns.‹

›Es ist wohl nicht anzunehmen, Milord‹, sagte ich, ›dass sich die junge Dame nach allem, was geschehen ist, entschließen könnte zurückzukehren oder dass Milady sie darum bittet, solange Mr Champfort hier das Haus regiert.‹ – ›Wenn das alles ist‹, rief Milord, ›so sagen Sie Ihrer Herrin, dass ich mich auf der Stelle von Champfort trennen werde, der Kerl hatte doch tatsächlich die Frechheit, darauf zu bestehen, dass ein Paar neue Stiefel nicht zu eng für mich seien, obwohl ich gesagt habe, sie sind es.

Ich werde ihm schon zeigen, dass ich in meinem eigenen Haus den Herrn geben kann und das auch tun werde.‹ – Ma'am, mein Herz wollte bei diesen Worten vor Freude schier zerspringen, und ich bin sofort mit der Neuigkeit zu meiner Lady gelaufen. Im Stillen kam ich zu dem Schluss, dass Milord froh war über den Vorwand mit den Stiefeln, damit er auf elegante Weise nachgeben konnte, wo er doch so lange durchgehalten hatte. Es stimmt schon, Milord ist furchtbar darauf bedacht, der Herr im Haus zu sein und alles bestimmen zu dürfen, aber ich vergebe ihm das, weil er zum Schluss doch getan hat, was ich wollte, und diesen Oberschurken Mr Champfort weggeschickt hat. Milady hat gleich um ihr Schreibpult gebeten, hat sich im Bett aufgesetzt und mit zitternder Hand, wie Sie an ihrer Schrift sehen können, so schnell sie nur konnte, einen Brief an Sie geschrieben, und es wurde nach dem Zweispänner geschickt. Ich weiß auch nicht, was sie da wieder hatte, aber Sie erinnern sich vielleicht, Ma'am, dass der Kutschenstoff an ihrem neuen Wagen zuerst orange und schwarze Fransen hatte. Sie wollte nicht damit fahren, bis die in blaue und weiße geändert worden waren. Nun, Ma'am, plötzlich fiel ihr das wieder ein, als ich mich fertigmachte, um zu Ihnen zu fahren, und sie hat den Dienern befohlen, sich gleich an die Arbeit zu machen, die blauen und weißen wieder abzunehmen und die schwarzen und orangefarbenen anzubringen, was erledigt werden sollte, noch bevor Sie kämen. Aber, Ma'am, ich will Sie nicht weiter davon abhalten, Ihren Brief zu lesen, ich will nur noch sagen, dass ich den Himmel anflehe, Sie möchten sich nicht weigern, zu meiner armen Herrin zurückzukehren, und sei's nur, damit sie Frieden findet, bevor sie stirbt. Sie kann nicht mehr lange Zeit unter uns sein.«

Als Marriott mit diesen Worten geendet hatte, erreichten sie das Haus, und Belinda ging in ihr eigenes Zimmer, um Lady Delacours Brief zu lesen. Er enthielt nicht ihre übliche *éloquence de billet*,[67] kein munter-witziges Geplauder, keine echte oder vorgetäuschte Fröhlichkeit; ihr Geist schien von körperlichem Leiden erschöpft, und ihre frühere Lebendigkeit war einer gewissen Bedrücktheit gewichen. Sie verlieh ihrem tiefsten Bedauern Ausdruck, dass sie einen so ungerechten Verdacht gegen sie gehegt und maßlosen Gefühlen so unbedacht nachgegeben habe. Sie beklagte, dass sie die Wertschätzung und die Zuneigung der einzigen echten Freundin, die sie je gehabt habe, aufs Spiel gesetzt habe – einer Freundin, von deren Duldsamkeit, Zartgefühl und Treue sie doch so viele unbestreitbare Beweise erhalten habe. Sie schloss mit den Worten: »Ich fühle, dass mein Ende bald naht, und vielleicht, Belinda, wird Ihre Menschenfreundlichkeit Sie veranlassen, mir eine letzte Bitte zu erfüllen, und ich darf Sie noch einmal sehen, bevor ich sterbe.«

Belinda beschloss sogleich, zu Lady Delacour zurückzukehren – auch wenn sie es sehr bedauerte, Lady Anne Percival und die glückliche Familie, der sie sich mittlerweile so verbunden fühlte, verlassen zu müssen. Die Kinder drängten sich um sie, als sie hörten, dass sie weggehen musste, und Mr Vincent stand in stummer Trauer daneben – aber wir wollen unseren Lesern diese Abschiedsszene ersparen. Miss Portman versprach, so bald wie nur möglich nach Oakley Park zurückzukehren. Mr Vincent bat ängstlich, ihr in die Stadt folgen zu dürfen, aber das wurde mit Nachdruck abgelehnt, und er unterwarf sich ihrem Diktum so bereitwillig, wie ein Verehrer es eben kann, wenn etwas seiner Leidenschaft zuwiderläuft.

Kapitel XX
Versöhnung

Da sie sich darüber im Klaren war, dass ihr Aufenthalt in der Stadt zu einer so ungewöhnlichen Jahreszeit denjenigen ihrer Bekannten, die sich strikt an die modischen Gebräuche hielten, unerklärlich erscheinen musste, hatte sich Lady Delacour eine für sie sehr charakteristische Begründung ausgedacht. Sie verkündete, es gebe nur eine einzige Möglichkeit, Vergnügen zu empfinden, nämlich das Erleben von etwas Neuem, und für sie sei es nun einmal etwas völlig Neues, den ganzen Sommer über in der Stadt zu bleiben. Die meisten ihrer Freunde, unter denen sie sich sehr erfolgreich einen kapriziösen Ruf erarbeitet hatte, gaben sich damit zufrieden und hielten es nur für eine weitere ihrer Launen, mit deren Hilfe sie ihre Einzigartigkeit zu untermauern suchte. Der wahre Grund, der sie in London hielt, war ihre Abhängigkeit von dem Quacksalber, der sie wiederholt besucht und ihr ständig etwas Neues verschrieben hatte. Nun war sie aber angesichts der schrecklichen Situation, in die sie seine Verschreibungen in letzter Zeit gebracht hatten, überzeugt, dass er ihr Vertrauen nicht verdient hatte, und sie beschloss, ihn zu entlassen, aber sie konnte das erst bei Marriotts Heimkehr tun, da sie ihm noch eine beträchtliche Summe zu bezahlen hatte; und außer Marriott konnte sie niemandem so weit vertrauen, dass dieser ihn die geheime Treppe zu ihrem Boudoir hätte hinaufführen dürfen.

Während Marriotts Abwesenheit erlaubte ihre Ladyschaft keinem, sie zu bedienen, außer einer Kammerzofe, die als ganz außergewöhnlich dumm bekannt war. Ihre Ladyschaft glaubte, sie habe von diesem Mädchen nichts zu befürchten, denn noch nie hatte es ein menschliches Wesen mit so wenig Neugier gegeben. Es war etwa Mittag, als Belinda und Marriott ankamen. Lady Delacour, die eine ruhelose Nacht verbracht hatte, schlief noch. Als sie aufwachte, fand sie Marriott an ihrem Bett stehen.

»Dann war das wohl alles vergebens, wie ich sehe?«, rief ihre Ladyschaft aus, »Miss Portman ist nicht bei dir? – Gib mir mein Laudanum.«

»Miss Portman ist doch gekommen, Milady«, sagte Marriott. »Sie ist im Ankleidezimmer; sie wollte nicht mit hereinkommen, damit sie Sie nicht erschreckt.«

»Belinda ist gekommen! Hast du das wirklich gesagt? Wunderbare Belinda!«, rief Lady Delacour und klatschte voller Entzücken in die Hände.

»Soll ich ihr sagen, Milady, dass Sie wach sind?«

»Ja – nein – bleib – Lord Delacour ist zu Hause. – Ich werde sofort aufstehen. Sag Milord, dass ich ihn zu sprechen wünsche – dass ich ihn bitte, mit mir im Ankleidezimmer zu frühstücken in einer halben Stunde. Ich ziehe mich sofort an.«

Marriott protestierte vergebens, dass sie sich nicht so anstrengen sollte in ihrem bedenklichen Zustand. Ganz mit ihren eigenen Gedanken beschäftigt, hörte sie nichts von dem, was gesagt wurde, sondern drängte Marriott immer wieder, sich zu beeilen. Sie legte eine ungeheure Menge Rouge auf, und als sie sich im Spiegel betrachtete, sagte sie mit einem gezwungenen Lächeln: »Marriott, ich sehe so gut aus, dass Miss Portman vielleicht derselben Ansicht sein wird wie Lord Delacour und glauben wird, dass es gut um mich steht. – Ach, nein! – Sie hat ja hinter die Kulissen geschaut, sie kennt die Wahrheit zu gut! – Marriott, sag doch, hat sie viele Fragen gestellt, wie es mir geht? – Tat es ihr nicht sehr leid, Oakley Park zu verlassen? – War dort nicht jedermann bekümmert, dass sie sich verabschieden musste? – Hat sie nach Helena gefragt? – Hast du ihr gesagt, dass ich darauf bestanden habe, dass sich Milord von Champfort trennt?«

Bei dem Wort ›Champfort‹ öffnete sich Marriotts Mund sogleich, und sie machte Anstalten, mit ihrer üblichen Redseligkeit zu antworten. Lady Delacour wartete gar nicht auf eine Antwort auf die verschiedenen Fragen, die sie in aller Eile gestellt hatte, sondern schlüpfte schnell an Marriott vorbei und riss die Tür zum Ankleidezimmer auf. Bei Belindas Anblick blieb sie abrupt stehen und wäre völlig übermannt zu Boden gesunken, hätte Miss Portman sie nicht in ihren Armen aufgefangen und ihr zum Sofa geholfen. Als sie wieder zu sich kam und den beruhigenden Klang von Belindas Stimme hörte, schaute sie ängstlich einige Zeit in ihr Gesicht, ohne dass sie hätte sprechen können.

»Und Sie sind wirklich wieder hier, meine liebe Belinda?«, rief sie schließlich – »Und ich darf Sie noch meine Freundin nennen? – Und vergeben Sie mir auch? – Ja, ich *sehe* schon, dass Sie das tun – und von Ihnen kann ich die Erniedrigung ertragen, dass man mir vergibt. Sie dürfen das edle Gefühl Ihrer Überlegenheit ruhig genießen.«

»Meine liebe Lady Delacour«, sagte Belinda, »Sie sehen das alles in einem zu grellen Licht – Sie haben mir ja keine Verletzung zugefügt – ich habe gar nichts, was ich Ihnen vergeben könnte.«

»Ich *kann* es gar nicht in einem zu grellen Licht sehen. – Nichts zu vergeben! – Doch, das haben Sie, und zwar etwas, das zu vergeben am schwierigsten ist – Ungerechtigkeit. – Oh, wie müssen Sie mich für die Dummheit, die Niederträchtigkeit meiner Verdächtigungen verachtet haben! Wenn man sich die verschiedenen Wesensarten des Menschen anschaut, so ist das, was mir am widerwärtigsten ist und Ihnen bestimmt auch, doch ein misstrauisches Wesen. Meines war einmal so offen und großherzig wie das Ihre. – Da können Sie sehen, wie die besten Anlagen verdorben werden können! – Was bin ich jetzt? – Nur dazu gut, ›eine Moral zu weisen, Geschichten schön zu schmücken‹[68] – ein Wesen, das nirgendwo hinpasst, nirgendwo hingehört, sich nirgendwo glücklich fühlt und bei dem alles und jedes verdreht und verkehrt ist.«

»Und jetzt, da Sie sich schlechtgemacht haben, bis Ihnen der Atem ausgeht, habe ich vielleicht einmal die Chance«, sagte Belinda, »zu Ihrer Verteidigung gehört zu werden. Ich bin ganz Ihrer Meinung, ein misstrauisches Wesen ist verabscheuenswürdig und unerträglich, aber es gibt einen großen Unterschied zwischen einem akuten Eifersuchtsanfall, wie ihr Freund Dr. X— es nennen würde, und der chronischen Angewohnheit, jedermann zu verdächtigen. Die edelsten Geschöpfe können durch gezielte Boshaftigkeit zu Misstrauen verleitet werden, und dann reicht ein Taschentuch oder ein Kutschenstoff, ›Dinge leicht wie Luft‹[69] ...«

»Oh, meine Liebe, Sie sind zu gütig! Aber meine Dummheit lässt keine Entschuldigung zu, keine Beschönigung«, unterbrach Lady Delacour. »Meine Eifersucht lässt sich nicht einmal mit Liebe rechtfertigen.«

»Das würde wirklich jede Rechtfertigung zum Verstummen bringen«, sagte Belinda, »daher werden Sie mir vergeben, wenn ich das für ganz unmöglich halte – zumal ich entdeckt habe, dass Sie ja doch eine gewisse Zuneigung für Ihre kleine Tochter empfinden, nachdem Sie Ihr Bestes getan haben, ich meine Ihr Schlechtestes, um mich glauben zu machen, dass Sie ein Monster von Mutter sind.«

»Das war eine ganz andere Sache, meine Liebe. Ich wusste ja nicht, dass Helena es wert war, geliebt zu werden. Ich konnte mir gar nicht vorstellen, dass meine kleine Tochter mich lieben könnte. Als ich meinen Fehler entdeckt habe, habe ich auch meine Überzeugung geändert. Aber bei meinem armen Ehegatten besteht keine Hoffnung, dass ich mich geirrt haben könnte. Ihr eigener Verstand müsste Ihnen sagen, dass Lord Delacour kein Mann ist, den man lieben könnte.«

»Das kann aber nicht *von jeher* die Meinung Ihrer Ladyschaft gewesen sein«, sagte Belinda mit einem verschmitzten Lächeln.

»Himmel, meine Liebe!«, sagte Lady Delacour, ein wenig verlegen, »in den schlimmsten Krämpfen meines Wahnsinns habe ich Sie nie im Verdacht gehabt, Sie könnten Lord Delacour *lieben*. Ich habe definitiv immer nur angedeutet, Sie hätten sich in sein Adelskrönchen verguckt. Das war wirklich und wahrhaftig schon absurd genug. Jetzt machen Sie es nicht noch absurder, als es ohnehin schon ist.«

»Es ist also der Gipfel der Absurdität, seinen Ehegatten zu lieben?«

»Liebe! Unsinn! Unmöglich! – Doch psst! Hier kommt er mit seinen grässlich quietschenden Schuhen. Welcher Mann kann schon erwarten, dass man ihn liebt, wenn er quietschende Schuhe trägt?«, führte Lady Delacour noch aus, als Lord Delacour den

Raum betrat, wobei seine Schuhe bei jedem Schritt quietschten. Sie bemühte sich, einen leichten Ton anzuschlagen, und hieß ihn wie einen Fremden in ihrem Ankleidezimmer willkommen. »Keine Reden, Milord, keine Reden, ich flehe Sie an!«, rief sie, als er ansetzte, um mit Miss Portman zu sprechen. »Glauben Sie mir, Erklärungen machen alles nur noch schlimmer. Miss Portman ist da – dem Himmel sei Dank, und ihr natürlich auch! – Champfort ist gegangen – dafür danke ich Ihnen – oder Ihren Stiefeln. Und jetzt wollen wir uns zum Frühstück niederlassen und so bald wie möglich alles vergessen, was unangenehm ist.«

Wenn Lady Delacour sich einmal dazu entschlossen hatte, schmerzliche Erinnerungen zu verbannen, war es kaum möglich, der magischen Wirkung ihrer Konversationskünste und ihrer Umgangsformen zu widerstehen; dennoch entspannten sich die Gesichtszüge ihres Gatten während des ganzen Frühstücks nicht zu einem Lächeln. Er schwieg hartnäckig und blieb ernst, bis er sich zum Schluss vom Tisch erhob, sich an Miss Portman wandte und sagte: »Von allen Capricen eleganter Damen der Gesellschaft ist die, die mich am meisten erstaunt, die Marotte, im Bett zu bleiben, ohne krank zu sein. Nun, Miss Portman, Sie würden wohl kaum annehmen, dass Lady Delacour, die heute Morgen so lebhaft war, seit vierzehn Tagen, wie man mir sagt, zu Bette liegt. – Ist das nicht erstaunlich?«

»Ungeheuer erstaunlich ist, dass mein Lord Delacour wie der Rest der Welt sich so leicht vom reinen Augenschein beeindrucken lässt«, rief ihre Ladyschaft. »Schenken Sie mir für einige Minuten weiterhin Ihre Aufmerksamkeit, Milord, und vielleicht kann ich Ihr Erstaunen noch vermehren.«

Seine Lordschaft, überrascht, wie plötzlich ihr Ton von Fröhlichkeit zu großem Ernst wechselte, heftete seinen Blick auf sie und kehrte an seinen Platz zurück. Sie hielt inne – und sagte dann an Belinda gewandt: »Meine unvergleichliche Freundin«, sagte sie, »ich werde Ihnen jetzt beweisen, was für eine ungeheure Macht Sie über mich haben. Milord, Miss Portman hat mich zu dem Schritt überredet, den ich jetzt gehen werde. Sie hat mich dazu gebracht, Ihre Umsicht und Güte auf die entscheidende Probe zu stellen. Sie hat mich so weit beeinflusst, dass ich mich Ihrer Gnade anheimstelle.«

»Gnade!«, wiederholte Lord Delacour und wirre Gedanken, sie werde jetzt bekennen, wie recht er gehabt habe mit einigen seiner früheren Verdächtigungen, formten sich in seinem Kopf: Er schaute bestürzt drein.

»Ich werde Ihnen, Milord, ein Geheimnis von ungeheurer Wichtigkeit anvertrauen – ein Geheimnis, das nur drei Menschen auf dieser Welt kennen, Miss Portman, Marriott und ein Mann, dessen Namen ich Ihnen nicht nennen kann.«

»Halt, Lady Delacour!«, rief seine Lordschaft mit so viel Gefühl und Energie, wie er bisher noch nicht gezeigt hatte, »halt, ich beschwöre Sie, ich befehle Ihnen, Madam – ich bin gerade nicht im notwendigen Maße Herr meiner selbst – ich habe Sie einmal zu sehr geliebt, um nun einen solchen Schlag hinnehmen zu können. Vertrauen Sie mir ein solches Geheimnis gar nicht erst an – sagen Sie nichts weiter – Sie haben genug gesagt, schon zu viel gesagt. Ich vergebe Ihnen, das ist alles, was ich tun kann, aber wir müssen auseinandergehen, Lady Delacour!«, sagte er und wollte sich mit einem Ausdruck der Verzweiflung von ihr abwenden.

»Der Mann hat ein Herz, eine Seele, ich fasse es nicht! – Sie kannten ihn besser, als ich es tat, Miss Portman. Nein, Sie sind noch nicht gegangen, Milord! Sie lieben mich wirklich, merke ich!«

»Nein, nein, nein«, schrie er leidenschaftlich. »Auch wenn Sie mich für schwach halten, Lady Delacour, so bin ich doch unfähig, eine Frau zu lieben, die Schande über mich gebracht hat, Schande über sich selbst, ihre Familie, ihre gesellschaftliche Stellung, ihre unglaublichen Begabungen, ihre ...«

Ihm fehlten die Worte – »Oh, Lady Delacour!«, rief Belinda, »wie können Sie so Ihren Spaß mit ihm treiben?«

»Ich wollte«, sagte ihre Ladyschaft, »keinen Spaß mit ihm treiben. Ich bin mit dem Ergebnis hochzufrieden. Milord, es wird Zeit, dass auch Sie zufriedengestellt werden. Ich *kann* Ihnen unwiderlegbare Beweise liefern, dass Sie, wie leichtfertig mein Verhalten auch erscheinen mochte, überhaupt keinen ernsthaften Grund zur Eifersucht haben. Aber dieser Beweis wird Sie schockieren – Sie könnten ihn abscheulich finden. – Haben Sie den Mut, mehr zu erfahren? – Dann folgen Sie mir.«

Er folgte ihr. Belinda hörte, wie die Tür des Boudoirs aufgeschlossen wurde. Nach wenigen Minuten kamen sie wieder. – Trauer, Schrecken und Mitleid zeichneten sich in Lord Delacours Miene ab, und er ging schnell durch den Raum.

»Liebste Freundin, ich bin Ihrem Ratschlag gefolgt, hätte ich ihn doch um Himmels willen eher angenommen!«, sagte Lady Delacour zu Miss Portman. »Ich habe Lord Delacour meine wahre Situation offenbart. Der arme Mann! Man kann gar nicht beschreiben, wie schockiert er war. Er hat sich unvergleichlich gut verhalten. Ich bin davon überzeugt, er ließe sich, wie er gesagt hat, die Hand abhacken, um mein Leben zu retten. In dem Moment, als seine dumme Eifersucht ausgelöscht war, kam seine Liebe zu mir mit voller Kraft zurück. Würden Sie es glauben, er hat versprochen, mit der grässlichen Mrs Luttridge zu brechen. Als ich ihn dazu verpflichten wollte, ihr mein Geheimnis niemals zu verraten, hat er sofort auf die formvollendetste Weise der Welt erklärt, er würde sie lieber gar nicht mehr wiedersehen, als mir auch nur einen Moment der Sorge zu bereiten. Ich mache mir solche Vorwürfe, dass ich jahrelang ein Dorn im Leben dieses Mannes war!«

»Sie können etwas Besseres tun, als sich Vorwürfe zu machen, meine liebe Lady Delacour!«, sagte Belinda. »Sie können noch lange Jahre leben, um der Segen und der Stolz seines Daseins zu werden. Ich bin fest davon überzeugt, dass nichts weiter als die fehlende Hoffnung auf häusliches Glück Sie zur Sklavin reiner Vergnügungssucht hat werden lassen, und jetzt, da Sie einen Freund in Ihrem Gatten finden, jetzt, da Sie um das anhängliche Wesen Ihrer kleinen Helena wissen, werden Sie neue Einsichten gewinnen und neue Hoffnung schöpfen; Sie werden den Mut haben, um Ihrer selbst willen zu leben und nicht um dessentwillen, was man ›die große Welt‹ nennt.«

»Die große Welt!«, rief Lady Delacour voller Verachtung. »Wie lange hat das Wort eine Seele versklavt, die für höhere Zwecke bestimmt war!« Sie hielt inne und schaute mit einem Ausdruck so inbrünstiger Andacht zum Himmel, den Belinda einmal, aber erst ein einziges Mal, in ihrem Gesicht gesehen hatte. Dann, als hätte sie sogar vergessen, dass Belinda anwesend war, warf sie sich auf das Sofa und fiel, oder es schien zumindest so, in eine tiefe Träumerei. Sie wurde von Marriott daraus geweckt, die ins Zimmer kam, um zu fragen, ob sie ihr Laudanum einnehmen wolle. »Ich dachte, ich hätte es schon eingenommen«, sagte sie mit schwacher Stimme, und als sie aufblickte und Belinda sah, fügte sie mit einem kleinen Lächeln hinzu: »Miss Portman, glaube ich, war heute Morgen Laudanum für mich, aber sogar das hält nicht lange vor, wie Sie sehen, nichts hilft mir mehr als *das* hier.« Dabei streckte sie die Hand nach dem Laudanum aus. »Ist es nicht entsetzlich zu wissen«, fuhr sie fort, nachdem sie es getrunken hatte, »dass ich allein in Laudanum das Mittel finde, mein Leben zu ertragen.«

Sie legte die Hand an den Kopf, als sei sie sich der Wirrnis ihrer Gedanken in gewissem Maße bewusst und beschämt, dass Belinda all das mitbekam; dann bat sie Marriott, ihr aufzuhelfen und sie in ihr Schlafzimmer zu bringen. Sie machte Miss Portman ein Zeichen, ihr nicht zu folgen. »Nehmen Sie es mir nicht übel, aber ich bin völlig erschöpft und möchte gern allein sein, denn es ist mir eine liebe Angewohnheit geworden, einige Stunden am Tag allein zu sein, und vielleicht kann ich ja schlafen.«

Marriott kam eine Viertelstunde später aus dem Zimmer ihrer Herrin und sagte, dass ihre Herrin wohl schlafen wollte, aber dass sie darum gebeten hätte, ihr ein Buch ans Bett zu bringen.

Marriott suchte unter mehreren, die noch auf dem Tisch lagen, nach einem, in das ein Lesezeichen eingelegt war. Belinda schaute sie mit Marriott durch und war überrascht, als sie sah, dass die Bücher fast alle methodistische Fragestellungen behandelten. Lady Delacours Lesezeichen steckte in John Wesleys *Lehrpredigten*. Auf mehreren Seiten in Büchern von ähnlicher Art fand Miss Portman Bleistiftmarkierungen und doppelt unterstrichene Zeilen; Belinda wusste, dass ihre Ladyschaft auf diese Weise Passagen kennzeichnete, die sie besonders mochte. Einige waren rhetorisch brillant, aber die meisten hatten eine mystische Ausrichtung und erschienen Belinda kaum verständlich zu sein. Sie hatte allen Grund, erstaunt zu sein, dass sie solche Bücher im Ankleidezimmer einer Frau von Lady Delacours Charakter vorfand. Während der einsamen Zeit ihrer Krankheit hatte ihre Ladyschaft erstmals angefangen, über religiöse Fragen nachzudenken, und sich an den Einfluss ihrer Mutter, die Methodistin gewesen war, auf ihre frühe Kindheit erinnert. Da ihr Denkvermögen wahrscheinlich durch die Krankheit geschwächt und ohnehin nie allein an Verstand und Vernunft ausgerichtet gewesen war, fiel es ihr schwer, zwischen Wahrheit und Irrtum zu unterscheiden, und ihr Temperament, das von Natur aus immer schon sehr enthusiastisch gewesen war, ließ sie von einem Extrem ins andere fallen, von gedankenlosem Skeptizismus in visionäre Gutgläubigkeit. Ihre Religiosität war ganz und gar nicht stetig oder dauerhaft; sie kam anfallsartig über sie, meist wenn der Effekt des Laudanums nachließ oder bevor eine frische Dosis zu wirken begann. In diesen Zwischenzeiten war sie niedergeschlagen – bittere Gedanken daran, wie sie ihre Talente und ihr Leben vergeudet hatte, fingen an, sie zu bedrücken; die Erinnerung an den viel zu frühen Tod von Colonel Lawless, für den sie sich verantwortlich fühlte, kehrte zurück, und ihr Geist neigte in diesen traurigen Momenten zu schrecklichsten abergläubischen Panikattacken – Panikattacken, die umso furchtbarer waren, als sie sie geheim halten wollte. Während die Stimulierung durch das

Laudanum andauerte, hellte sich ihr Geisteszustand immer auf, und sie wunderte sich selbst über die Ängste, die Schwäche und die sonderbaren Gedanken, von denen sie getrieben wurde; und doch lag es nicht in ihrer Macht, diese Nachtgedanken ganz zu vertreiben, sondern sie fingen an, sie nach und nach zu beherrschen, wofür sie sich sehr schämte. Sie beschloss, diese *Schwäche*, wie sie es in ihren froheren Momenten nannte, vor Belinda zu verbergen, von der sie wegen ihrer überlegenen Geistesstärke Spott und Verachtung fürchtete. Ihre Erfahrungen mit Miss Portmans Sanftmut und ihrer treuen Freundschaft hätten im Grunde genommen solche Befürchtungen ausräumen müssen, aber Lady Delacour wurde von Stolz beherrscht, von Gefühlen, von Launen, von Überschwänglichkeit, von Leidenschaft – von allem Möglichem, nur nicht von der Vernunft.

Als sie sich nach ihrem Schwächeanfall erholt hatte und durch das Opium sowie den Schlaf erfrischt fühlte, klingelte sie nach Marriott und fragte nach Belinda. Sie war sehr verärgert, als Marriott ihr sagte, dass Miss Portman sich auch allein nicht gelangweilt, sondern die Bücher im Ankleidezimmer *durchstöbert* hätte.

»Was für Bücher?«, rief Lady Delacour. »Ich hatte ganz vergessen, dass *die* noch dort herumlagen. Miss Portman liest sie ja wohl nicht noch immer, nehme ich an? Hole die Bücher einmal, lass sie in meinem privaten Bücherschrank einschließen und bringe mir den Schlüssel.«

Ihre Ladyschaft schien guter Stimmung zu sein, als sie Belinda wiedersah. Sie zog sie wegen der ernsthaften Studien auf, die sie sich für den Morgen ausgesucht habe. »Diese methodistischen Bücher mit ihren wunderlichen Titeln«, sagte sie, »sind allerdings unterhaltsam genug für die, die wie ich selbst sich gerne vom Gipfel menschlicher Absurdität unterhalten lassen.«

Getäuscht von der Leichtigkeit ihres Tones, glaubte Belinda, die Markierungen in den Büchern seien ironisch gemeint, und sie dachte nicht weiter über die Sache nach, denn Lady Delacour gab der Unterhaltung eine neue Wendung, indem sie ausrief: »Da wir schon vom Gipfel menschlicher Absurdität reden, was sollen wir denn von Clarence Hervey denken?«

»Warum sollten wir überhaupt an ihn denken?«, fragte Belinda.

»Aus zwei durchaus überzeugenden Gründen, meine Liebe, weil wir gar nicht anders können und weil er es verdient. Ja, er verdient es, glauben Sie mir, und sei es nur, weil er mir diese reizenden Briefe geschickt hat«, sagte Lady Delacour, öffnete einen Schrank und entnahm ihm ein kleines Päckchen Briefe, die sie Belinda in die Hände legte. »Bitte lesen Sie sie, Sie werden sie erstaunlich erbaulich finden, aber auch sehr unterhaltsam. Ich muss schon sagen, ich weiß nicht so recht, soll ich sie bei Sternes *Empfindsamer Reise* oder bei Fordyces *Predigten für junge Frauen* einordnen?«

Sie öffnete einen der Briefe und fuhr fort: »Hier finden Sie, meine Liebe, wenn Sie Beschreibungen mögen, eine Tour entlang der pittoresken Küste von Dorset und Devon, wie sie Ann Radcliffe geschrieben haben könnte. Warum er die Tour überhaupt unternommen hat, außer um des ungeheuren Vergnügens willen, über sie zu schreiben, weiß der Himmel! Wolken und Dunkelheit liegen über der Privatgeschichte des Touristen, aber das macht die Briefe nur pikanter und interessanter. Alle, die einen gewissen Geschmack entweder an Literatur oder an Galanterie haben, wissen, wie sehr wir dem Obskuren für das Erhabene zu danken haben, und Redner und Liebende fühlen ja, welches Glücksgefühl darin liegt, literarische Spannung zu erzeugen.«

»Das ist tatsächlich eine sehr schöne Beschreibung!«, sagte Belinda, ohne ihre Augen von dem Brief abzuwenden oder dem letzten Teil von Lady Delacours Rede irgendwelche Aufmerksamkeit zu schenken, »wirklich eine sehr gute Beschreibung!«

»Nun, meine Liebe! Es gibt aber noch Besseres als *reine Beschreibung*, hier finden Sie Vernunft, und bitte bemerken Sie doch, wie viel Höflichkeit darin liegt, eine Frau mit Vernunft zu traktieren – eine vernünftige Frau, meine ich – und wer von uns wäre das nicht? Und hier ist auch noch eine gefühlvolle Passage«, fuhr Lady Delacour fort und breitete einen weiteren Brief vor Belinda aus. »Die Geschichte einer Dame aus Dorset, die das Unglück hatte, mit einem Mann verheiratet zu sein, der Mr Percival so *unähnlich* wie möglich war und Lord Delacour so ähnlich wie möglich, und doch – oh Wunder! – sind sie ein Paar, so glücklich, wie man es sich nur wünschen kann. Nun finde ich mich wirklich brav und artig, dass ich diesem Brief Bewunderung zolle, denn jedes Wort ist eine Lektion für mich, und das war wohl auch so gedacht. Aber ich nehme das freundlich hin, denn man muss Clarence Gerechtigkeit widerfahren lassen, er beschreibt die Freuden dieses häuslichen Paradieses in einer so eleganten Sprache, dass es mich nicht anwidert. Kurz und gut, meine liebe Belinda, um meinen Lobgesang zu Ende zu bringen, wie schon von anderen Episteln gesagt wurde, wenn es je Briefe gegeben hat, die mit dem Ziel geschrieben wurden, dass man sich in den Schreiber verliebt, so sind es diese.«

»Dann«, sagte Miss Portman und faltete den Brief zusammen, den sie eben hatte lesen wollen, »will ich lieber nicht das Risiko eingehen, sie zu lesen.«

»Aber, aber, meine Liebe!«, sagte Lady Delacour mit einem Gesicht, in dem Sorge, Vorwurf und Spott zu lesen waren. »Haben Sie den armen Clarence wirklich aufgegeben nur wegen der Dame vom Walde, dieser Virginia St. Pierre? Das ist doch Unsinn! Es tut mir leid, meine Gute, aber der Mann liebt Sie. Irgendeine Verwicklung, irgendeine pedantische Kleinigkeit, irgendein Zweifel, irgendein Taktgefühl, irgendeine Dummheit hält ihn davon ab, in gerade diesem Moment da zu sein, wo er, das muss ich bekennen, sein sollte, nämlich hier zu Ihren Füßen – und Sie werden, weil Sie die Geduld verloren haben, was eine junge Dame niemals tun sollte, wenn sie es vermeiden kann, heiraten – ich weiß, das werden Sie –, und zwar irgendeinen Holzkopf von Rivalen, einzig und allein, um ihn zu ärgern.«

»Sollte ich je heiraten«, sagte Belinda mit einem Blick stolzer Bescheidenheit, »so werde ich gewiss heiraten, weil es mir behagt, und nicht, um irgendwen zu verärgern – und ganz bestimmt werde ich niemals einen *Holzkopf* heiraten.«

»Verzeihen Sie mir das Wort«, sagte Lady Delacour, »ich weiß wohl, dass Sie das nicht tun werden – aber man neigt immer dazu, andere nach den eigenen Fehlern zu beurteilen. Ich bin ja auch der Auffassung, dass Mr Vincent ...«

»Mr Vincent! Woher wissen Sie denn davon ...«, rief Belinda aus.

»Woher ich das weiß? Nun, meine Liebe, meinen Sie, ich habe so wenig Interesse an Ihnen, dass ich nicht einige Ihrer Geheimnisse herausgefunden habe? Und glauben Sie wirklich, dass Marriott es sich verkneifen konnte, mir im Ton des Triumphes zu erklären, dass Miss Portman nicht umsonst nach Oakley Park gegangen sei, sondern dass sie eine Eroberung gemacht habe, einen Mr Vincent von den Westindischen Inseln, ein Mündel oder ein früheres Mündel von Mr Percival, den schönsten Mann, der je gesehen wurde, und der reichste etc. etc. etc.? Nun, Sie Dummerchen, ich freute mich sehr über die Neuigkeiten, denn ich hielt es für selbstverständlich, dass Sie niemals ernsthaft daran denken würden, den Mann zu heiraten.«

»Aber warum haben Sie sich denn dann gefreut?«

»Warum? Oh, Sie kleine Anfängerin an Cupidos Schachbrett! Können Sie den nächsten Zug nicht voraussehen? Schach mit Ihrem neuen Springer-Ritter und das Spiel ist Ihres. Also, wenn Ihre Tante Stanhope jetzt Ihr Gesicht sehen könnte, so würde sie Sie für immer aufgeben – wenn sie das nicht längst getan hat. In einfacher, unmetaphorischer Prosa: Können Sie nicht verstehen, meine aufrichtige Belinda, dass, wenn Sie Clarence Hervey von Herzen eifersüchtig machen, mögen die Hindernisse Ihrer Vereinigung sein, was sie wollen, er sich endlich eingestehen wird, dass er Sie von Herzen liebt? Ich hätte keine Skrupel, ihn zu seinem eigenen Besten das Fürchten zu lehren, und würde damit bis zum Äußersten gehen. Sir Philip Baddely war nicht der Mann, der ihn hätte ängstigen können, aber Mr Vincent ist nach allem, was man so hört, genau der richtige.«

»Und können Sie wirklich meinen, ich könnte Mr Vincent auf eine solche Weise missbrauchen? – Können Sie denn meinen, ich sei zu so einer Hinterhältigkeit fähig?«

»Ach, in der Liebe und im Krieg sind doch alle Listen erlaubt. – Aber Sie nehmen die Sache so ernst, und Ihre Wangen werden so rot vor lauter tugendhafter Entrüstung, dass ich kein Wort mehr zu sagen wage – nur – darf ich vielleicht fragen – sind Sie fest verlobt mit Mr Vincent?«

»Nein. Wir waren vorsichtig genug, alle Versprechen zu vermeiden und auch eine Verlobung.«

»Ah, braves Mädchen!«, rief Lady Delacour und küsste sie. »Dann kann ja noch alles gut werden. Lesen Sie einmal diese Briefe. Nehmen Sie sie mit auf Ihr Zimmer, lesen Sie sie, lesen Sie sie; und Sie können sich darauf verlassen, meine allerliebste Belinda, Sie sind keine Frau, die glücklich sein wird, die glücklich sein kann, wenn sie eine Ehe aus reiner Zweckmäßigkeit heraus eingeht. – Verzeihen Sie mir, ich hänge zu sehr an Ihnen, als dass ich nicht die Wahrheit sprechen würde, auch wenn ich Sie dabei in diesem Augenblick womöglich verletze.«

»Sie verletzen mich nicht, aber Sie missverstehen mich«, sagte Belinda. »Haben Sie Geduld mit mir, und Sie werden erfahren, dass ich gar nicht fähig bin, eine reine Zweckehe einzugehen.«

Dann gab Miss Portman Lady Delacour einen einfachen, aber umfassenden Bericht über alles, was in Oakley Park mit Bezug auf Mr Vincent geschehen war. Sie wiederholte die Argumente, mit denen Lady Anne Percival sie zu Beginn so weit beeinflusst hatte, dass sie die Avancen von Mr Vincent akzeptiert hatte. Sie sagte, dass sie von Mr Percival überzeugt worden war, dass die

Allmacht der *ersten Liebe* eine Idee sei, die auf Unvernunft beruhe und nur in Romanzen ihre Erfüllung finde, und dass es ein Fehler sei, zu glauben, dass niemand in einer Ehe glücklich werden könne, die er nicht mit dem Objekt seiner ersten Verliebtheit und Zuneigung geschlossen habe, ein Fehler, der schädlich für den Einzelnen wie für die Gesellschaft sei.

Als sie bei den Argumenten, die Mr Percival zu diesem Thema angeführt hatte, ins Detail ging, seufzte Lady Delacour und bemerkte, dass Mr Percival mit Sicherheit recht daran tat, sich gegen die Unvernunft der *ersten Liebe* zu wenden, wenn er nach *seiner eigenen Erfahrung* urteile. »Und aus dem gleichen Grunde«, fügte sie hinzu, »kann man mir wohl ein gewisses Vorurteil zu ihren Gunsten nachsehen.« Sie wandte ihr Gesicht ab, um eine Träne zu verbergen, und an dieser Stelle wurde das Gesprächsthema fallengelassen. Belinda, die sich an die Umstände von Lady Delacours früher Geschichte erinnerte, machte sich Vorwürfe, dass sie dieses schwierige Thema überhaupt angesprochen hatte, doch gleichzeitig wurde ihr mit Nachdruck bewusst, wie recht Mr Percival mit seinen Einwänden gehabt hatte, denn es war offensichtlich, dass der Einfluss, den das Vorurteil auf Lady Delacours Denken gehabt hatte, ihr Glück maßgeblich verhindert hatte; sie hatte deswegen sogar nach ihrer Heirat alle Möglichkeiten, Zufriedenheit zu finden, die ihr zu Gebote standen, vernachlässigt. Ihre ständigen Vergleiche zwischen ihrer *ersten Liebe* und ihrem Ehegatten hatten in ihr konstante Verachtung und Widerwillen gegenüber ihrem Herrn und Gemahl hervorgerufen und über Jahre hinweg jede Anerkennung seiner guten Eigenschaften verhindert, jeden Wunsch, mit ihm auszukommen, und jeden Gedanken, sich ihren Anteil am häuslichen Glück, den sie tatsächlich hätte erlangen können, zu sichern. Belinda beschloss, zu einem späteren Moment, wenn sie dies mit Anstand und auch wirksamer vorbringen konnte, Lady Delacour noch einmal mit ihren Überlegungen zu konfrontieren und diese in der Zwischenzeit ganz zu ihrem eigenen Vorteil zu nutzen. Sie sah wohl ein, dass sie ihre ganze Entschlossenheit würde brauchen müssen, um ihr Urteil weder vom Witz und der überzeugenden Eloquenz ihrer Ladyschaft auf der einen Seite noch ihrer eigenen hohen Meinung von Lady Anne Percivals Einschätzung auf der anderen Seite beeinflussen zu lassen, deren Zustimmung ihr doch so sehr am Herzen lag. Die Briefe von Clarence Hervey las sie des Nachts, nachdem sie in ihr eigenes Zimmer zurückgekehrt war, und sie steigerten nicht nur ihre Meinung von seinen Talenten, sondern vermehrten auch ihre Hochachtung seinem Charakter gegenüber. Sie sah, dass er sich alle Mühe gegeben hatte, den Einfluss, den er auf Lady Delacour gehabt hatte, dafür zu nutzen, sie liebenswürdiger, schätzenswerter und glücklicher zu machen – sie sah, dass Clarence Hervey weit davon entfernt war, zur Befriedigung seiner Eitelkeit seinen vorherrschenden Einfluss auf die Gedankenwelt ihrer Ladyschaft zu erhalten, sondern im Gegenteil ›mit aller Macht, die ihm zur Verfügung stand‹,⁷⁰ versuchte, ihre Gefühle eher in Richtung Ehemann und Tochter zu wenden. In einem seiner Briefe, aber auch wirklich nur in einem, erwähnte er Belinda. Er verlieh seinem Bedauern Ausdruck, dass er von Lady Delacour gehört habe, ihre Freundin Miss Portman sei nicht länger bei ihr. Er führte dann weiter aus, welche unvergleichlichen Vorteile es doch habe und wie glücklich sie sich schätzen könne, eine solche Freundin zu haben – doch dies bezog sich allein auf Lady Delacour, nicht auf ihn selbst. Es lag sehr viel Respekt und eine gewisse Verlegenheit in dem, was er über Belinda sagte, aber nichts gemahnte an Liebe. Ein paar Worte am Ende eines Abschnitts waren jedoch sorgfältig durchgestrichen worden, und ohne eine erkennbare Verbindung begann der Verfasser mit einer ganz allgemeinen Überlegung darüber, wie unsinnig und unklug es doch sei, sich an romantische Projekte zu verlieren. Dann zählte er einige der verschiedenen Pläne auf, die er in seiner frühen Jugend entwickelt habe, und erzählte auf humorvolle Weise, wie er damit gescheitert war oder wie er sie wieder hatte fallen lassen. Im Folgenden änderte sich der Ton von spielerischem Witz zu ernsthafter Philosophie, und er ließ sich über die Veränderungen aus, die diese Experimente in seinem eigenen Charakter bewirkt hatten.

»Mein Freund Dr. X—«, schrieb er, »teilt die Menschheit in drei Klassen ein. Diejenigen, die von den Erfahrungen anderer lernen. Das sind glückliche Menschen. – Diejenigen, die durch eigene Erfahrung lernen. Das sind weise Menschen. – Und schließlich diejenigen, die weder durch eigene Erfahrung noch die Erfahrung anderer Leute lernen. Das sind Narren. – Diese Gruppe sei bei weitem die größte. Ich bin ja ganz zufrieden«, fuhr Clarence Hervey fort, »in der mittleren Gruppe zu sein, vielleicht werden Sie jetzt sagen, das liege nur daran, dass ich nicht in der ersten sein kann. Wenn es allerdings in meiner Macht stünde, meinen eigenen Charakter zu wählen, würde ich, vergeben Sie mir die die vorgebliche Eitelkeit, es immer noch vorziehen, in meiner derzeitigen Position bei dieser Einteilung zu bleiben. Der Charakter der Menschen, die durch ihre eigene Erfahrung lernen, muss einfach entwicklungsfähiger sein, was Wissen und Tugend angeht. Diejenigen, die durch die Erfahrung anderer lernen, könnten stagnieren, denn sie sind in ihrem Vorankommen von den Experimenten abhängig, auf die wir tapferen Freiwilligen, auf deren Kosten sie leben und lernen, uns einlassen. Es mag viel Sicherheit liegen in einer so behaglichen Kampftechnik, oder sagen wir eher im Zuschauen beim Lebenskampf hinter dem breiten Schutzschild eines beherzteren Kriegers. Und doch scheint es mir eher eine schimpfliche als eine beneidenswerte Situation zu sein. Aber ich sollte keine Vorstellungen von militärischer Ehre mit meiner Lebensphilosophie vermischen und nicht von breiten Schutzschilden und Kampfhandlungen sprechen, nur um in den Augen einer schönen Frau besser dazustehen. Daher soll Ihre Ladyschaft nun statt Anspielungen – eine Theorie hören. Es ist meine Theorie, dass energische, schnell schießende Köpfe in der Zeit, in der sie heranwachsen, manchmal geradezu peinlich und lächerlich ihre *moralischen Maßstäbe* verlieren. Unüberlegte Versuche, sie zu schmälern und zu verbessern, hemmen und deformieren ihren Charakter nur.

Unser Freund Dr. X— würde über meine Theorie lachen und noch mehr darüber, dass ich unbedingt in der Gruppe derjenigen bleiben will, die durch eigene Erfahrung lernen. Er würde mich fragen, ob das ultimative Ziel meiner Philosophie sei, Experimente zu machen oder glücklich zu sein. Und welche Antwort könnte ich darauf geben? Ich habe keine zur Hand. Der gesunde Menschenverstand starrt mir ins Gesicht, und ach, meine Gefühle widerlegen sogar in diesem Moment mein System. Ich werde noch allzu teuer für einige meiner Experimente bezahlen. *Sois grand homme, et sois malheureux*[71] ist, fürchte ich, ein Naturgesetz oder vielleicht besser das Dekret der Welt. Ihre Ladyschaft wird dies nicht ohne ein Lächeln lesen, denn sie wird sofort den Schluss daraus ziehen, dass ich glaube, ich sei ein großer Mann, und da ich Heuchelei noch mehr verabscheue als Eitelkeit, werde ich die Anschuldigung nicht zurückweisen. Wie auch immer, zurzeit habe ich das Gefühl – wie heiter ich auch darüber reden mag – auf dem besten Wege zu sein, unglücklich fürs Leben zu werden, gerade so, als sei ich wirklich und tatsächlich der größte Mann Europas.

Ihrer Ladyschafts
ergebener Bewunderer
und aufrichtiger Freund,
CLARENCE HERVEY

PS. Besteht irgendeine Hoffnung, dass Ihre Freundin Miss Portman den Winter in London verbringen wird?«

Auch wenn Lady Delacour von den seelischen Strapazen ihres Tages sehr ermüdet war, nutzte sie doch die Nacht dazu, Mr Hervey zu schreiben. Durch ihre Liebe und ihre Dankbarkeit Belinda gegenüber hatte sie ein ausgeprägtes Interesse an deren Glück, und sie war überzeugt, dass sie dafür am wirksamsten sorgen könne, indem sie ihre Vereinigung mit ihrer *ersten Liebe* herbeiführte. Lady Delacour, die außerdem sehr viel von Clarence Hervey hielt und ihm in ehrlicher Freundschaft verbunden war, dachte zudem, sie handele in seinem Interesse, und sie fand es verdienstvoll ihrerseits, dass sie ihn aus dem Gefolge ihrer Bewunderer entließ und ihn drängte, ein langweiliger verheirateter Mann zu werden. Neben diesen großzügigen Motiven wurde sie vielleicht auch ein wenig von ihrer Eifersucht auf den größeren Einfluss bestimmt, den Lady Anne Percival in so kurzer Zeit auf Belindas Denken gewonnen hatte. »Es wäre doch zu sonderbar«, dachte sie, »wenn die Liebe und ich nicht Lady Anne Percival und der Vernunft gewachsen wären!« Man muss allerdings sagen, dass Lady Delacour in ihrem Brief mit äußerster Sorgfalt darauf achtete, die Gefühle ihrer Freundin nicht zu verraten; sie schrieb mit aller zartfühlenden Vorsicht, der sie fähig war. Sie begann damit, den Empfänger ihres Schreibens damit aufzuziehen, dass er sich so reizend ganz der *Melancholie des Genies* hingegeben habe, und sie schlug als Heilmittel für den *malheureux imaginaire*,[72] wie sie ihn nannte, eben die Freuden des häuslichen Lebens vor, die er doch so wunderbar beschreiben konnte.

»*Précepte commence, example achève*«,[73] schrieb ihre Ladyschaft. »Sie werden mich nie als *la femme comme il y a en peu* sehen, bevor ich Sie nicht als *le bon mari*[74] erlebe. Belinda Portman ist heute von Oakley Park zu mir zurückgekehrt, so frisch und strahlend, so weise und fröhlich, wie Landluft, Schmeichelei, Philosophie und Liebe sie nur machen konnten. Mir scheint, sie hatte für Kopf und Herz viele interessante Anregungen. Mr Percival und Lady Anne haben auf der Grundlage von Wissenschaft und Vernunft die Herrschaft über ihren Kopf an sich gerissen, und ein Mr Vincent, ihr früheres Mündel und erklärter Liebling, belagert mit allem, was er hat, ihr Herz, das er, denke ich, auf gutem Wege ist, durch eine geschickte Eroberung in Besitz zu nehmen. Soweit ich gehört habe – denn ich habe ihren Zukünftigen noch nicht gesehen –, verdient er Belinda, denn er ist wohl nicht nur so gutaussehend wie ein Held in einer Romanze, alter oder neuer Art, er hat auch eine Seele, auf der weder Fleck noch Makel zu finden sind, wenn man einmal von der liebenswerten Schwäche absieht, dass er ganz furchtbar verliebt ist – eine Schwäche, die wir Damen gern dem ausgeprägtesten philosophischen Stoizismus vorziehen. – Apropos Philosophie – wir können davon ausgehen, dass, obwohl Mr V— Kreole ist, er von seinem Vormund zu der Art von Mann erzogen wurde, der von der Erfahrung anderer lernt. Als solcher hat er nach Ihrem System das Recht, erwarten zu dürfen, einmal *ein glücklicher Mann* zu werden, finden Sie nicht auch? Wenn es nach Mrs Stanhopes System geht, hat er das mit Sicherheit, denn seine Tausende und Abertausende übertreffen, wie man mir berichtet, alles, was eine Multiplikationstabelle fassen kann.

Aber diese Summen werden bei ihrer ganz und gar uneigennützigen und edel gesinnten Nichte nicht einmal so viel wie ein Federchen wiegen. Mrs Stanhope weiß auch noch gar nichts von Mr Vincents Avancen, und es ist gut für ihn, dass sie noch nichts davon weiß, denn ihre abgeklärten guten Ratschläge würden das Ganze nur verderben. – Was man von Lady Annes und Mr Percivals Billigung natürlich nicht sagen kann – ihre Meinung bedeutet meiner Freundin einfach alles. Wie sie das angestellt haben, weiß ich nicht, aber sie haben über Belindas Denken eine Macht gewonnen, die schon fast an elterliche Autorität grenzt. Der zweifelnde Balken von Jupiters Waage wird also nicht mehr lang hin und her schaukeln. Nein, mir erscheint es gar nicht notwendig, das Schwert der Autorität in die Waagschale zu werfen.

Wenn Sie sich dazu entschließen können, Ihre pittoreske Tour vor den Iden des wunderbaren Monats November zu beenden, dann seien Sie doch so gut, Clarence, und kommen Sie früh genug zurück, um an Belindas Hochzeit teilzunehmen – und vergessen Sie auch nicht meinen Auftrag wegen des Engels aus Dorset; bringen Sie mir einen mit, der einen goldenen Ring an seinem schlanken Finger trägt! – So helfe Ihnen Cupido! – Oder erwarten Sie kein Lächeln von meiner Seite mehr

von Ihrer aufrichtigen Freundin,
voller Bewunderung
T. C. H. DELACOUR

P. S. Aber Achtung, mein Guter! Ich bin nicht in so furchtbarer Eile, Ihnen zu Ihrer Verheiratung gratulieren zu dürfen, dass ich mit einer ganz gewöhnlichen Mrs Hervey zufrieden wäre. Also werfen Sie sich nicht unter das Joch einer jungen Dame, derer Sie sich dann schämen müssen, nur weil Sie vorgeben, mir einen Gefallen tun zu müssen. Auf eine Frau, die das Zeug hat, um Clarence Herveys Frau zu werden, habe ich einer sehr gemäßigten Schätzung nach hundert gesehen, die als Geliebte für ihn passend wären. Wenn er zu diesem Thema die *Tauglichkeit von Dingen und Personen* falsch einschätzt, so dürfte er wahrlich *auf dem besten Wege sein, fürs Leben unglücklich* zu bleiben.

Man sagt ja im Übrigen, dass das Wesentliche im Brief einer Dame immer im Postskriptum zu finden ist.

Nachdem Lady Delacour diesen Brief beendet hatte, der, da war sie sich ganz sicher, Clarence unmittelbar wieder in die Stadt bringen würde, ließ sie ihn bei Marriott mit der Order, ihn mit der nächsten Post zu schicken. Völlig übermüdet legte sie sich dann zur Ruhe und wurde am nächsten Tag erst zum Abendessen wieder gesehen. Als Miss Portman ihr das Päckchen mit Mr Herveys Briefen zurückgab, war ihre Ladyschaft gar nicht erbaut von den gemessenen Worten, mit denen Belinda ihrer Anerkennung Ausdruck verlieh, und sie sagte mit einem sarkastischen Lächeln: »So, so, dann haben sie wohl eine echte Philosophin aus Ihnen gemacht in Oakley Park! – Die erste Lektion beherrschen Sie schon perfekt: Nichts darf bewundert werden. Und soll die Fackel Cupidos auf dem Altar der Vernunft gänzlich ausgelöscht werden?«

»Eher dort entzündet werden, wenn das möglich ist«, sagte Belinda, und sie versuchte die Unterhaltung in eine Richtung zu lenken, die, wie sie meinte, viel interessanter für Lady Delacour sein musste – ihre eigene Gesundheit. Sie versicherte ihr ganz ehrlich, dass ihr im Moment mehr an Lady Delacours Situation liege als an Cupido und seiner Fackel.

»Ich glaube Ihnen ja, meine liebe, großzügige Belinda!«, sagte Lady Delacour, »und aus gerade diesem Grunde interessiere ich mich für Ihre Belange, ich fürchte, das geht sogar so weit, dass es schon an Unverschämtheit heranreicht. Darf ich fragen, warum Ihr *preux chevalier*[75] Sie nicht begleitet hat oder Ihnen in die Stadt gefolgt ist?«

»Mr Vincent? – Er wusste, dass ich hergekommen bin, um Ihrer Ladyschaft in Ihrer Krankheit beizustehen. Ich habe ihm gesagt, dass Sie mit einem Nervenfieber daniederlägen und dass es mir unmöglich sein würde, ihn im Moment zu sehen, aber ich habe versprochen, nach Oakley Park zurückzukehren, wenn Sie mich nicht mehr brauchten.«

Lady Delacour seufzte und öffnete Clarence Herveys Briefe einen nach dem anderen, ohne ein Wort zu sagen und ohne genau zu wissen, was sie tat. Lord Delacour kam in das Zimmer, als die Briefe noch in ihren Händen waren. Er war seit dem vergangenen Morgen außer Haus gewesen, und jetzt schien es so, als sei er äußerst müde heimgekommen. Er begann, sich in sehr besorgtem Ton nach der Gesundheit von Lady Delacour zu erkundigen. Sie war verärgert, dass er das Haus gerade in diesen Tagen verlassen hatte, verbeugte sich nur kurz vor ihm und fuhr fort zu lesen. Sein Blick fiel auf die Briefe, die sie in der Hand hielt, und als er die wohlbekannte Handschrift von Clarence Hervey erkannte, wandelte sich sein Gebaren ganz und gar, er gab stammelnd ein paar Allerweltsphrasen von sich, warf sich in einen Sessel beim Feuer, klagte, er sei sterbensmüde, nein, sogar schon halbtot – dass er drei Stunden lang in einer Postkutsche gesessen habe, was er hasse – dass er sechzig Meilen seit gestern geritten sei, und murmelte, dass das ja wohl alles völlig umsonst gewesen sei und er sich nur zum Narren gemacht habe – eine Bemerkung, die die Ohren ihrer Ladyschaft wohl erreichte, der zu widersprechen sie sich aber nicht die Mühe machte.

Daraufhin nahm sich seine Lordschaft seine Uhr vor, seinen treuen Freund in der Not, den er immer mit einem ganz bestimmten Ruck aus der Tasche zog, wenn er verärgert war.

»Wird Zeit für mich zu fahren – ich komme sonst noch zu spät zu Studley.«

»Sie dinieren also mit seiner Lordschaft?«, sagte Lady Delacour in sehr gleichgültigem Ton.

»Ja, und ich hoffe, sein guter Burgunder wird mich wieder herstellen«, sagte er und streckte sich, »denn ich bin so richtig am Boden.«

»Richtig am Boden? – Dann dürfen wir wohl annehmen, dass meine Freundin Mrs Luttridge noch nicht wieder nach *Rantipole* zurückgekehrt ist?« Lady Delacour wandte sich an Miss Portman und fuhr fort: »Rantipole, meine Liebe, ist der Name von Harriet Frekes Villa in Kent. Auch wenn er in Ihren und meinen Ohren einen sonderbaren Klang haben mag, so kann ich Ihnen versichern, dass er unter einer gewissen Sorte von geistreichen Köpfen durchaus *Karriere* gemacht hat. Und wenn man ehrlich ist, muss man sagen, dass er zwar nicht elegant, aber doch passend ist; er vermittelt eine gewisse Vorstellung von den Manieren und der Lebensart des Ortes, denn alles dort in Rantipole ist ›rantipole‹.[76] Aber es bereitet mir wirklich Sorge, dass Sie sich für nichts und wieder nichts so zu Tode geritten haben. Warum haben Sie sich nicht genauer erkundigt, bevor Sie sich auf den Weg gemacht haben? Ich fürchte gar, Sie bedauern, was Sie an Champfort verloren haben. Warum haben Sie sich nicht vergewissert, dass die Luttridge in Rantipole ist, mein lieber guter Herr und Gemahl, bevor Sie sich auf so ein fruchtloses Unterfangen eingelassen haben?«

»Meine liebe Frau Gemahlin«, erwiderte Lord Delacour mit so viel Temperament, dass es sie erstaunte, weil es ihm so gut zu Gesicht stand, »warum haben Sie sich nicht genauer erkundigt, bevor Sie mich beschuldigen, ein Rohling und Lügner zu sein! Habe ich Ihnen nicht gestern erst versprochen, dass ich mit *der Luttridge*, wie Sie sie nennen, brechen würde? Und wie können Sie nur denken, dass ich einen Moment später, zu einer Zeit, als ich zutiefst erschüttert war, wie Sie ja wohl wissen – wie können Sie nur denken, ich würde Sie alleinlassen, um nach Rantipole zu gehen, oder zu überhaupt irgendeiner Frau auf dieser Erde?«

»Oh, du meine Güte, ich bitte Sie um Verzeihung, tausendmal um Verzeihung«, rief Lady Delacour und erhob sich tief bewegt; dann gab sie einem plötzlichen Impuls nach, ging zu ihm hin und küsste seine Stirn.

»Das sollten Sie aber auch wirklich«, sagte Lord Delacour, wobei ihm fast die Stimme versagte, jedoch ohne seine Körperhaltung zu verändern.

»Sie müssen aber schon zugeben, dass Sie mich allein gelassen haben? Das ist doch immerhin richtig.«

»Allein gelassen! Ja, das habe ich allerdings, aber nur um durch das ganze Land zu reiten, um nach einem Haus zu suchen, das Ihnen gefallen könnte. Denn aus welchem Grund sonst, denken Sie, *könnte* ich Sie in einer Zeit wie dieser allein lassen?«

Lady Delacour hielt wieder inne und legte einen Arm um seine Schulter.

»Himmel, ich wünschte wirklich, meine Liebe«, sagte seine Lordschaft, schreckte zurück und schob ihre Hand weg, die noch die Briefe von Clarence Hervey hielt – »ich wünschte wirklich, meine Liebe, Sie würden mir nicht diese abscheulich parfümierten Papiere direkt unter die Nase halten. Sie wissen doch, dass ich Parfümgeruch nicht ertrage.«

»Sind sie parfümiert? Oh, stimmt, genau wie alles, was ich in meinem Kuriositätenschrank habe. Danke, Miss Portman«, sagte ihre Ladyschaft, als Belinda sich erhob, um ihr die Briefe abzunehmen. »Wären Sie so gut, sie in den Schrank zurückzulegen, falls Sie es ertragen können, sie zu berühren, und nicht von dem Parfüm ebenso überwältigt sind wie Milord. Es ist ja schließlich nur Rosenöl, gegen das eigentlich die Geruchsnerven weniger Menschen eine Abneigung hegen.«

»Ich habe nun einmal die Ehre, zu den wenigen zu gehören«, sagte seine Lordschaft und erhob sich mit einer so abrupten Bewegung aus seinem Sessel, dass er Lady Delacours Arm, der noch darauf lag, wegstieß. »Was mich betrifft«, fuhr er fort, nahm eine der Öllampen vom Kaminsims und stutzte sie, »so würde ich hundertmal lieber das Öl dieser verfluchten Lampe schnupfen.«

Während sich seine Lordschaft mit großem Ernst dem Stutzen des Lampendochts hingab, beachtete ihre Ladyschaft ihn nicht weiter und ging zum anderen Ende des Raums, wo der Schrank stand, den Belinda aufzuschließen versuchte.

»Ach, halt, meine Liebe, er hat ja ein geheimes Schloss, das nur ich bedienen kann.«

»Oh, liebe Lady Delacour!«, flüsterte Belinda und hielt ihre Hand fest, als sie ihr den Schlüssel gab, »ich kann Sie nicht mehr lieben und schätzen, wenn Sie sich so grausam gegen Lord Delacour verhalten wie jetzt.«

»Grausam verhalten? Wie grausam verhalten? Dieses Schloss

ist irgendwie nicht mehr zu gebrauchen, glaube ich«, sagte sie laut.

»Nein, Sie verstehen mich ganz richtig, Lady Delacour! Sie wissen genau, was in seinem Kopf vorgeht.«

»Allerdings. Ich bin ja nicht so ein Dummkopf, auch wenn er es ist. Ich sehe durchaus, dass er eifersüchtig ist, auch wenn er den – *verflucht noch einmal* – überzeugendsten Beweis bekommen hat – dass – alles in Ordnung ist – der Mann ist ein solcher Narr, das ist alles. Sind Sie sicher, dass dies der Schlüssel ist, den ich Ihnen gegeben habe, meine Liebe?«

»Und können Sie ihn wirklich für einen Narren halten«, fuhr Belinda in noch ernsterem Flüsterton fort, »weil seine Eifersucht, was Ihren Geist angeht, noch die wegen Ihrer Person übertrifft? Narren haben selten einen so genauen Blick oder so viel Feingefühl.«

»Aber, Herrgott noch mal, was soll ich denn machen? Was soll ich denn sagen? Dass Lord Delacour bessere Briefe schreibt als diese hier?«

»Oh, nein! – Aber zeigen Sie ihm diese Briefe, und lassen Sie damit ihm, sich selbst, Cla – jedermann Gerechtigkeit widerfahren.«

»Ach ja, natürlich, ich lasse gar zu gern *jedermann* Gerechtigkeit widerfahren.«

»Dann bitte tun Sie es, und zwar möglichst sofort, liebste Lady Delacour! Und ich werde Sie mein ganzes Leben lang dafür lieben.«

»Abgemacht! – Wer könnte einem solchen Angebot widerstehen? Abgemacht!«, sagte Lady Delacour, dann wandte sie sich an Lord Delacour, »Milord, könnten Sie wohl bitte hierherkommen und uns sagen, was wohl mit diesem Schloss passiert ist?«

»Wenn das Schloss defekt ist, Lady Delacour, sollten Sie wohl besser nach einem Schlosser schicken«, erwiderte seine Lordschaft, der immer noch mit dem Docht der Lampe beschäftigt war. »Ich bin schließlich kein Schlosser – ich habe nie behauptet, etwas von Schlössern zu verstehen – besonders wenn es sich um geheime Schlösser handelt.«

»Aber Sie würden uns doch nicht in unserer größten Not im Stich lassen, da bin ich mir ganz sicher, Milord«, sagte Belinda und näherte sich ihm mit einem beschwichtigenden Lächeln.

»Ich glaube, Sie brauchen die Lampe nötiger, als ich es tue«, sagte seine Lordschaft und kam mit der Lampe zu ihr. »Nun, also, was hat denn Ihr verflixtes Schloss, Lady Delacour? Ich sollte eigentlich längst bei Studley sein. – Aber wie in drei Teufels Namen können Sie erwarten, dass ich ein geheimes Schloss öffne, wenn ich das Geheimnis nicht kenne, Lady Delacour?«

»Dann verrate ich Ihnen einfach das Geheimnis, Lord Delacour – es gibt nämlich keines, was dieses Schloss betrifft oder diese Briefe. Hier, bitte, falls Sie den grässlichen Geruch des Rosenöls ertragen können, nehmen Sie die Briefe und lesen Sie sie, närrischer Mann! Behalten Sie sie, bis der verstörende Parfümgeruch sich verflüchtigt hat.«

Lord Delacour konnte es kaum fassen, er schaute Lady Delacour in die Augen, um zu sehen, ob er sie richtig verstand.

»Aber ich fürchte«, sagte sie lächelnd, »dass Sie das Parfüm zu überwältigend finden werden.«

»Nicht halb so überwältigend«, rief er, nahm ihre Hand und küsste sie eifrig viele Male voller Zärtlichkeit – »nicht halb so überwältigend wie Ihr Vertrauen, Ihre Güte, Ihre wunderbaren Worte.«

»Miss Portman wird uns für zwei alte Narren halten«, sagte ihre Ladyschaft und machte kurz den Versuch, ihre Hand wegzuziehen. »Aber sie ist beinahe selbst ein so großer Einfaltspinsel, denke ich«, fuhr sie fort, als sie sah, dass Belinda die Tränen in den Augen standen.

»Milord«, sagte ein Diener, der in diesem Moment hereinkam, »wollen Sie sich umziehen? Die Kutsche steht vor der Tür, wie Sie befohlen haben, um Sie zu Lord Studley zu bringen.«

»Ich würde Lord Studley lieber beim Teufel sehen, Sir, und das mitsamt seinem Burgunder, als heute zu ihm zu gehen; und das können Sie ihm bitte schön gerne so sagen«, rief Lord Delacour.

»Sehr wohl, Milord!«, sagte der Diener.

»Milord diniert heute zu Hause. Man kann die Kutsche wieder zurückstellen. Das wäre es dann«, sagte Lady Delacour. »Nur lassen Sie uns das Dinner sofort einnehmen«, fügte sie noch hinzu, als der Diener die Tür schloss. »Miss Portman wird uns sonst noch vor Hunger umkommen. Von Gefühl allein kann man nicht leben.«

»Und mit so schönen Frauen kann man auch nicht leben, wenn man sich nicht selbst um ein wenig Schönheit bemüht«, sagte Lord Delacour und betrachtete seine schlammigen Stiefel, »ich werde zum Dinner bereitstehen, bevor das Dinner für mich bereitsteht.« Und mit einer Schnelligkeit, die sehr ungewohnt für ihn war, eilte er aus dem Zimmer, um sich umzuziehen.

»O Tag der Wunder!«, rief Lady Delacour aus. »Und, o Nacht der Wunder, wenn wir ihn ohne die Hilfe von Lord Studleys Wein durch den Abend kriegen. Sie müssen uns mit ein wenig Musik helfen, meine liebe gute Belinda, und ihn dazu bringen, Sie auf der Flöte zu begleiten. Ich kann Ihnen sagen, er hat wirklich einen recht netten Musikgeschmack und weiß fünfzigmal mehr darüber als die meisten Dilettanten, die das menschlichgöttliche Gesicht[77] in alle möglichen lächerlichen Grimassen verziehen, um Sie davon zu überzeugen, dass sie in Ektase sind! Und, meine Liebe, vergessen Sie nicht, uns die reizende Mappe mit Zeichnungen zu zeigen, die Sie aus Oakley Park mitgebracht haben. Lord Delacour war mit mir in Harrogate in den Tagen, als er um mich warb, daher kennt er all die schönen Aussichten, die Sie von Knaresborough und Fountain's Abbey und all diesen Orten festgehalten haben. Ich würde darauf wetten, er erinnert sich hundertmal besser an sie, als ich es tue. Und, mein Liebes, ich kann Ihnen versichern, sein Urteilsvermögen in Bezug auf

Zeichnungen übertrifft das so mancher, die wir in der Orléans-Galerie die Venus, die aus dem Meer aufsteigt, haben beäugen sehen. Lord Delacour hat seine Talente auf schändliche Weise einschlafen lassen, aber er hat durchaus Talente, wenn man sie wieder wecken kann. Ach, und übrigens, bitte fragen Sie nach der Geschichte von Lord Studleys Original-Tizian, die erzählt er wirklich sehr humorvoll. Vielleicht haben Sie es noch nicht bemerkt, aber Lord Delacour kann wirklich sehr drollig sein, auf seine eigene Weise, und ...«

»Das Dinner ist fertig, Milady!«

»Das ist wirklich schade!«, flüsterte Lady Delacour, »denn, wenn man mich in meiner gegenwärtigen Stimmung hätte weiterreden lassen, dürfte ich irgendwann herausgefunden haben, dass Milord über jede Begabung unter der Sonne verfügt, und über alles, was es braucht unter dem Mond, um den Stand der Ehe zu einem glücklichen zu machen.«

Mit der Hilfe von Belindas Zeichenmappe und ihrer Harfe sowie dem Humor und der Lebendigkeit von Lady Delacours Geist verbrachte seine Lordschaft den Abend zu seiner vollen Zufriedenheit. Er spielte Flöte, er erzählte die Geschichte von Studleys Original-Tizian und entdeckte einen Fehler in der Perspektive, der Mr Percival in Miss Portmans Zeichnung von Fountain's Abbey entgangen war. Das Gefühl, dass man seinen Talenten *Raum geben* wollte und dass seine Stärken ungewöhnlich gut zur Geltung kamen, machte aus ihm einen *ausgezeichneten Gesellschafter,* und er merkte, dass die Stimmung durch Zufriedenheit mit sich selbst viel angenehmer gehoben werden kann als durch Burgunder.

Kapitel XXI
Helena

Als sie am nächsten Morgen in Lady Delacours Ankleidezimmer frühstückten, klopfte Marriott an der Tür, öffnete sie gleich und rief mit freudig erregter Stimme: »Miss Portman, sie fressen es, Ma'am, sie fressen es, so schnell sie nur können.«

»Holen Sie sie herein, Ihre Herrin wird das sicher erlauben, denke ich«, sagte Miss Portman. Marriott brachte ihre Goldfische herein; ein paar grüne Blätter trieben auf dem Wasser in der Glaskugel.

»Sehen Sie, Milady«, sagte sie, »was Miss Portman freundlicherweise von Oakley Park mitgebracht hat für meine armen Goldfischchen, die ihr wirklich dankbar sein sollten, so wie ich es ja auch bin.« Marriott setzte die Glaskugel neben ihre Herrin und ging hinaus.

»Von Oakley Park! Und mit was für einem unaussprechlichen Namen muss ich diese grünen Blätter bezeichnen, um botanischen Ohren eine Freude zu machen?«, fragte Lady Delacour.

»Das ist«, antwortete Belinda, »was ›Bildungslose‹ Entengrütze, Gebildete hingegen Lemna nennen, und man findet es in jedem Graben oder jeder stehenden Pfütze.«

»Und was hat Sie geritten, meine Liebe, sich um Marriotts und ihrer Goldfischchen willen die Mühe zu machen, das Zeug hundertsiebzig Meilen weit zu schleppen?«

»Ich wollte dem kleinen Charles Percival einen Gefallen tun«, sagte Miss Portman. »Er wollte doch so gern sein Versprechen halten, es Helena zu schicken. Sie hat in irgendeinem Buch, das sie mit ihm im Sommer gelesen hat, herausgefunden, dass Goldfische diese Pflanze gern mögen. Und ich wünschte«, fügte Belinda noch mit schüchterner Stimme hinzu, »dass sie jetzt gerade in diesem Augenblick hier wäre, um zu sehen, wie sie es fressen!«

Lady Delacour blieb einige Minuten lang stumm und hielt die Augen fest auf die Goldfische geheftet. Nach einer Weile sagte sie: »Ich werde nie vergessen, wie wunderbar das arme kleine Geschöpf sich mit diesen Goldfischen verhalten hat. Ich habe sie erstaunlich liebgewonnen, während sie bei mir war. Aber wie Sie wissen, haben die Umstände, in denen ich war, als Sie mich verlassen hatten, es nicht erlaubt, sie zu Hause zu behalten.«

»Aber jetzt, da ich doch wieder bei Ihnen bin«, sagte Belinda, »wäre sie Ihnen doch keine Last? Und würde sie Ihnen das Haus nicht viel angenehmer machen, und auch Lord Delacour, der ganz offensichtlich an ihr hängt?«

»Ach, meine Liebe«, sagte Lady Delacour, »Sie vergessen, genau wie ich es auch manchmal tue, was ich noch vor mir habe. Es ist doch völlig sinnlos, darüber zu sprechen oder nur darüber nachzudenken, wie ein Heim oder ein Ort oder irgendetwas oder eine Person mir Annehmlichkeiten bereiten würde. Was bin ich denn schon? Die äußere Hülle ist noch da – doch Saft und Kraft sind dahin. Der Baum hält sich von Tag zu Tag wie durch ein Wunder – er kann nicht mehr lange überdauern. Sie wären nicht so erstaunt, dass ich so rede, wenn Sie wüssten, wie schlecht es mir vergangene Nacht ging, als wir auseinandergegangen waren. Aber ich habe jetzt ständig solche Nächte. – Lassen Sie uns von etwas anderem reden. Was haben Sie denn da? Ein Manuskript?«

»Ja, ein kleines Journal von Charles Percival, das er Helena zur Unterhaltung geschickt hat.«

Lady Delacour streckte die Hand nach dem Manuskript aus. »Der Junge wird wohl bald genauso wie sein Vater schreiben«, sagte sie, indem sie die Seiten umblätterte, »ich wünschte, ich könnte das arme Mädchen bei mir haben – aber ich schaffe es einfach nicht. Und Sie wissen ja, sobald Lord Delacour ein Haus findet, das für uns passt, werden wir die Stadt verlassen und ich könnte Helena sowieso nicht mitnehmen. Andererseits könnte dies die letzte Gelegenheit sein, die ich je haben werde, sie zu sehen; und ich *kann* Ihnen einfach nichts abschlagen, meine Liebe. Nun, also, wollen Sie sich auf den Weg zu ihr machen? Sie kann ja ein paar Tage bei uns verbringen. Lady Boucher, die hilfreichste Witwe überhaupt, die nur zu gerne den ganzen Morgen überall hinfährt, wird Sie zu Mrs Dumonts Pensionat in der Sloane Street begleiten. Ich würde eher zu einem Vogelhändler gehen als zu einem Internat für junge Damen. Im Grunde geht es mir gar nicht gut genug, überhaupt irgendwo hinzugehen. Dann werde ich mich wohl auf das Sofa werfen und das Journal dieses Kindes lesen. Ich weiß gar nicht, wie das oder überhaupt irgendetwas mich gerade interessieren kann.«

Belinda, die schon sehr an die zahlreichen Variationen von Lady Delacours Laune gewohnt war, war nicht groß beunruhigt von der niedergeschlagenen Art, in der sie sprach, insbesondere, wenn sie bedachte, dass die Gedanken an die furchtbaren Strapazen, die die unglückliche Frau vor sich hatte, sie mutlos machen mussten. Froh, dass sie die Erlaubnis erhalten hatte, Helena zu holen, schickte Miss Portman sofort nach Lady Boucher, die sie mit zur Sloane Street nahm.

»Nun, meine liebe, gute Miss Portman«, sagte Lady Boucher, »ich muss Sie bitten und leider darauf bestehen, dass Sie Miss Delacour so schnell wie möglich in die Kutsche setzen. Ich darf keine Sekunde verlieren, denn ich muss um zwei Uhr bei einer Porzellanauktion sein, die ich auf gar keinen Fall verpassen darf. Ja, was ist denn nur los mit den Leuten? Warum klopft James denn nicht an der Tür dort? Kann der Mann nicht lesen? Kann der Mann nicht sehen?«, rief die kurzsichtige Witwe. »Steht da nicht Mrs Dumonts Name an der Tür direkt vor seinen Augen?«

»Nein, Ma'am, ich glaube, dieser Name lautet Ellicott«, sagte Belinda.

»Ach, Ellicott, ja? Oh ja, stimmt. Aber warum hält der Mann denn dann an? Mrs Dumonts Haus ist eins weiter, sagen Sie das dem blinden Dummkopf. Der Himmel sei uns gnädig! Muss man auf diese Weise die Zeit vertrödeln! Ich werde noch, das ist wohl sicher wie nur was, zu spät zu der Porzellanauktion kommen. Was hält uns denn jetzt schon wieder auf?«

»Nichts als ein kleiner Karren mit einer Plane, der vor Mrs Dumonts Tür steht. Na bitte, jetzt bewegt er sich, ein alter Mann zieht ihn aus dem Weg, so schnell er nur kann.«

»Öffne die Kutschentür, James!«, rief Lady Boucher, sobald sie vorgefahren waren. »Nun, meine liebe, gute Miss Portman, denken Sie an die Auktion und lassen Sie Miss Delacour nicht erst noch ihr Kleid wechseln oder dergleichen.«

Belinda versprach, ihre Ladyschaft auch nicht nur eine Minute aufzuhalten. Die Tür zu Mrs Dumonts Pensionat war offen, und ein Diener half einem alten Mann, einige Geranien und Springkrautpflanzen von dem Karren mit der Plane, der im Weg gestanden hatte, hereinzutragen. In der Diele hatte sich eine Menge Kinder um einen hohen Sockel versammelt, auf dem sie eifrig ihre Blumentöpfe arrangierten, und das geschäftige Summen der Kinderstimmen war so laut, dass Miss Portman beim Hineingehen weder den Diener hören noch ihm ihren Namen verständlich machen konnte. Nichts konnte man hören außer: »Oh, wie schön! Oh, wie süß! Das ist meins! Das ist deins! Die große Rosengeranie für Mrs Jefferson! Die weiße Provence-Rose für Miss Addely! Nein, wirklich, Miss Pococke, das ist für Miss Delacour, der alte Mann hat es gesagt.«

»*Silence, silence, Mesdemoiselles!*«,[78] rief die Stimme einer Französin, und sofort herrschte Stille. Die kleine Gruppe schaute zur Eingangstür, und aus dem Häufchen ihrer Kameradinnen sprang Helena Delacour hervor, die jetzt einen Blick auf Belinda hatte werfen können, wobei sie die weiße Provence-Rose umwarf, als sie daran vorbeikam.

»Lady Boucher lässt Ihnen Grüße ausrichten, Ma'am«, sagte der Diener zu Mrs Dumont, »sie ist in unglaublicher Eile und bittet darum, dass Sie Miss Delacour nicht erlauben wollen, auch nur daran zu denken, ihr Kleid zu wechseln.«

Das war das Letzte, woran Miss Delacour in diesem Augenblick gedacht hätte. Sie war so überglücklich, als sie hörte, dass Belinda auf Wunsch ihrer Mutter gekommen war, um sie mit nach Hause zu nehmen, dass sie kaum stillhalten konnte, als

Mrs Dumont ihr den Strohhut umband und sie ermahnte, Lady Delacour wissen zu lassen, wie es geschehen konnte, dass sie »so ganz und gar nicht präsentabel« war.

»Ja, Ma'am; ja, Ma'am, ich denke daran; ich denke ganz bestimmt daran«, sagte Helena und stolperte die Treppen hinunter. Aber gerade als sie in die Kutsche stieg, blieb sie beim Anblick des alten Mannes stehen und rief: »Oh, der gute alte Mann, ich darf ihn nicht vergessen.«

»Oh ja, doch, das müssen Sie wohl, meine liebe Miss Delacour«, sagte Lady Boucher und zog sie in die Kutsche. »Jetzt ist nicht die Zeit, an gute alte Männer zu denken.«

»Aber das muss ich. Liebe Miss Portman, wollen Sie nicht helfen? Ich muss noch bezahlen – ich muss noch etwas in Ordnung bringen – und ich muss noch einiges besprechen.«

Miss Portman bat den alten Mann, bei Lady Delacours Haus am Berkeley Square vorzusprechen, und da dies alle Parteien zufriedenstellte, fuhren sie ab.

Als sie am Berkeley Square ankamen, informierte Marriott sie, dass ihre Herrin sich gerade hingelegt habe. Charles Percivals kleines Journal, das sie gelesen hatte, lag noch auf dem Sofa, und Belinda gab es Helena, die voller Interesse begann, es sich anzuschauen. »Dreizehn Seiten! Oh, wie lieb von ihm, so viel für mich zu schreiben!«, sagte sie, und sie hatte es fast durchgelesen, als ihre Mutter in das Zimmer kam.

Lady Delacour schreckte zurück, als ihre Tochter auf sie zugerannt kam, denn sie erinnerte sich nur zu gut an die furchtbaren Schmerzen, die sie nach einer Umarmung Helenas hatte ertragen müssen. Das kleine Mädchen schien eher bekümmert als überrascht darüber zu sein, und nachdem es die Hand seiner Mutter geküsst hatte, ohne ein Wort zu sagen, schaute es wieder auf das Manuskript.

»Verlangt das deine Aufmerksamkeit in einem solchen Maße, mein Liebes«, sagte Lady Delacour, »dass du kein Wort und keinen Blick für deine Mutter übrighast?«

»Oh, Mama! Ich habe doch nur zu lesen versucht, weil ich dachte, Sie seien böse auf mich.«

»Das ist ja ein sehr sonderbarer Grund, warum man versucht zu lesen, mein Liebes!«, sagte Lady Delacour mit einem Lächeln. »Hast du einen besseren Grund dafür, warum ich böse auf dich sein sollte?«

»Ah, jetzt weiß ich ja, dass Sie nicht böse auf mich sind, denn Sie lächeln«, sagte Helena, »aber erst dachte ich, Sie seien es, Mama, weil Sie mir nur Ihre Hand zum Küssen gereicht haben.«

»Nur meine Hand – das nächste Mal, Dummerchen, werde ich dir nur meinen Fuß zum Küssen reichen«, sagte ihre Ladyschaft, setzte sich und hielt ihren Fuß spielerisch hin.

Ihre Tochter warf das Buch beiseite, kniete vor ihr nieder und küsste den Fuß, wobei sie mit leiser Stimme sagte: »Liebe Mama, ich war noch nie in meinem Leben so glücklich, denn Sie haben mich noch nie so, so, so freundlich angeschaut.«

»Du solltest die Freundlichkeit von Menschen nicht immer nur nach ihrem Gesichtsausdruck beurteilen, mein Kind; und denke immer daran, dass es durchaus *möglich* ist, dass eine Person mehr fühlt, als du aus ihrem Gesichtsausdruck schließen kannst. Sag einmal, Helena, da du dich doch so gut mit Physiognomien auskennst, hättest du meinem Gesichtsausdruck entnehmen können, dass ich sterbe?«

Das kleine Mädchen lachte und wiederholte: »*Sterben*? – Oh, nein, Mama.«

»Oh, nein! Weil ich so eine schöne Farbe auf meinen Wangen habe – hm?«

»Nicht deswegen, Mama«, sagte Helena und wandte ihre Augen vom Gesicht ihrer Mutter ab.

»Was, dann erkennst du schon Rouge, wenn du es siehst? – Du kannst zum Beispiel schon unterscheiden zwischen Miss Portmans Gesichtsfarbe und meiner? Da muss ich aber wirklich sagen, du bist ein guter Beobachter. Solche guten Beobachter um sich zu haben, kann manchmal ganz schön gefährlich werden.«

»Ich hoffe, Mutter«, sagte Helena, »dass Sie nicht denken, ich würde versuchen, irgendetwas herauszufinden, von dem Sie nicht möchten – oder von dem ich glaubte, Sie möchten nicht –, dass ich es weiß.«

»Ich verstehe dich nicht, Kind«, sagte Lady Delacour, erhob sich plötzlich auf dem Sofa und schaute ihrer Tochter direkt ins Gesicht.

Helena errötete bis an die Schläfen, aber mit einer Festigkeit, die sogar Belinda überraschte, wiederholte sie, was sie gesagt hatte, in nahezu denselben Worten.

»Verstehen Sie sie, Miss Portman?«, sagte Lady Delacour.

»Sie möchte wohl, glaube ich«, sagte Belinda, »einem Gefühl Ausdruck verleihen, das überaus ehrenwert ist und auch leicht zu verstehen.«

»Ja, im Allgemeinen stimmt das wohl«, sagte Lady Delacour und dachte über das Gesagte nach, »aber ich dachte, sie wollte auf etwas Besonderes anspielen – *das* war es, was ich nicht verstanden habe. Es gibt gar keinen Zweifel, mein Liebes, du hast gerade einem sehr ehrenwerten Gefühl Ausdruck verliehen, einem Gefühl, das ich bei einem Kind in deinem Alter kaum erwartet hätte.«

»Helena, meine Liebe!«, sagte ihre Mutter nach ein paar Minuten des Schweigens, »hast du schon die *Geschichten aus Tausendundeiner Nacht* gelesen? – ›Ja, Mama‹, wird wohl deine Antwort sein. Aber erinnerst du dich an die Geschichte von Zobeide, die den Träger mit zu sich nach Hause nahm, ihm aber zur Bedingung machte, dass er, was immer er höre oder sehe, keine Frage stellen dürfe?«

»Ja, Mama.«

»Würdest du unter derselben Bedingung ein paar Tage bei mir bleiben?«

»Ja. Unter jeder Bedingung, Mama, würde ich gern bei Ihnen bleiben.«

»Dann sind wir uns ja einig, mein Liebes!«, sagte Lady Delacour. »Jetzt lass uns zu den Goldfischen gehen und zuschauen, wie sie Lemna fressen, oder wie immer du das zu nennen beliebst.«

Während sie sich die Goldfische anschauten, erschien der alte Mann, dem Miss Portman aufgetragen hatte, sich zu melden. »Wer ist denn dieser feine grauhaarige alte Mann?«, fragte Lady Delacour. Und Helena, die nicht wusste, dass Belindas Tante und ihre eigene Mutter ihren Anteil an der Transaktion gehabt hatten, erzählte eifrig die Geschichte des armen Gärtners, der von zwei Damen der feinen Gesellschaft um seine Aloe betrogen worden war etc. Dann berichtete sie, wie freundlich Lady Anne Percival und ihre Tante Margaret zu diesem alten Mann gewesen waren; dass sie ihm eine Stellung als Gärtner in Twickenham beschafft hatten; und dass er die Familie, der man ihn empfohlen hatte, so sehr mit seiner guten Arbeit beeindruckt hatte, dass sie, als sie ihr Haus aufgaben und sich leider von ihm trennen mussten, ihm die Geranien und das Springkraut aus dem Treibhaus geschenkt hatten, um das er sich gekümmert hatte, und diese Pflanzen hatte er nun an die jungen Damen bei Mrs Dumont verkauft. »Ich hatte das Geld für ihn bekommen«, sagte Helena, »und sollte ihn bezahlen, gerade als Miss Portman kam, und da habe ich alles andere vergessen. Darf ich jetzt gehen und ihm sein Geld geben, Mama?«

»Er kann noch ein paar Minuten warten«, sagte Lady Delacour, die mit großer Verlegenheit und Ungeduld dieser Geschichte gelauscht hatte. »Bevor du gehst, Helena, sei doch so gut und nenne uns die Namen der *Damen der feinen Gesellschaft*, die den alten Gärtner um seine Aloe betrogen haben?«

»Wirklich, Mama, ich kenne ihre Namen nicht.«

»Nicht! – Hast du denn Lady Anne Percival oder deine Tante Margaret nie gefragt? – Schau mir ins Gesicht, Kind! Haben sie dir nichts gesagt?«

»Nein, Ma'am, nie. Ich habe Lady Anne einmal gefragt, und sie sagte, sie wolle es mir nicht sagen, es könne mir nichts bedeuten.«

»Ich rechne Lady Anne das noch höher an und bin ihr dafür noch dankbarer«, rief Lady Delacour, »als für alles andere. Ich sehe jetzt, dass sie nicht versucht hat, mich in den Augen meines Kindes herabzusetzen. Ich bin diese feine Dame, Helena – ich war der Grund, warum er betrogen wurde – ich hatte damals nur das eine *edle Ziel*, eine gewisse Mrs Luttridge auszustechen – die *edlen Mittel* dazu habe ich anderen überlassen, und diese Mittel waren der ganzen Sache wahrlich angemessen. Ich verdiene es, dass man mir diese schändliche Tat vorwirft, aber dass ich mich dafür schäme, tut niemandem Gutes als mir selbst. Wiedergutmachung ist in diesen Fällen der beste Beweis dafür, dass es einem leidtut. Nun geh, Helena, mein Liebes, bring deine kleine Sache mit ihm in Ordnung und bitte ihn, hier morgen noch einmal vorzusprechen. Ich werde sehen, was wir für ihn tun können.«

Lord Delacour hatte gerade an diesem Morgen einen sehr schönen Diamantring für ihre Ladyschaft vorbeibringen lassen, der eigentlich als Geschenk für Mrs Luttridge gedacht gewesen war und der, dachte er, deswegen seiner Gemahlin besonders zusagen würde. Am Abend, als seine Lordschaft fragte, wie ihr denn der Ring gefalle, den er den Juwelier gebeten hatte, bei ihr zur Ansicht abzugeben, antwortete sie, dass das ein schöner Ring sei, aber dass sie hoffe, er habe ihn nicht für sie gekauft.

»Er ist eigentlich noch nicht gekauft, meine Liebe«, sagte seine Lordschaft, »aber wenn er Ihnen gefällt, werden Sie, hoffe ich, mir die Ehre erweisen, ihn um meinetwillen zu tragen.«

»Ich werde ihn um Ihretwillen tragen, Milord«, sagte Lady Delacour, »wenn Sie es wünschen, und als Zeichen Ihrer Aufmerksamkeit ist er mir natürlich willkommen. – Aber im Grunde genommen gilt für mich wohl:

Meine Freud' an Diamanten ist nun hin,
Der glänzend' Tand ergötzt nicht mehr.[79]

Wenn Sie mir eine Freude machen wollen, werde ich Ihnen sagen, was ich lieber als Diamanten hätte, auch wenn ich weiß, dass es recht schlechtes Benehmen ist, die Art und Weise eines Gefallens zu diktieren. Aber da meine Rolle als Diktator ja nicht mehr sehr lange dauern kann ...«

»Oh, meine liebe Lady Delacour! Ich will so etwas gar nicht hören, Ihre Rolle als Diktator, wie Sie es nennen, wird hoffentlich noch viele, viele Jahre dauern. Aber um auf das Wesentliche zurückzukommen – was hätten Sie denn gern statt des dummen Rings, meine Liebe?«

Ihre Ladyschaft verlieh dann ihrem Wunsch Ausdruck, man möge ein kleines jährliches Einkommen für einen armen alten Mann festsetzen, dem sie einen Schaden zugefügt hatte, ohne es zu wollen. Sie erzählte die Geschichte von den rivalisierenden Galas und der Aloe und schloss, dass ihr Gatte in gewisser Weise jetzt gebeten werde, eines der vielen Übel wieder in Ordnung zu bringen, die sich aus ihrem Hass gegen Mrs Luttridge ergeben hätten, da er ja der ursprüngliche Grund für ihren unauslöschlichen Zorn gewesen sei. Lord Delacour fühlte sich durch diesen Hinweis geschmeichelt und sagte die Jahresrente für den alten Gärtner sofort zu.

Als sie später mit diesem alten Mann sprach, fand Lady Delacour heraus, dass die Familie, in deren Diensten er zum Schluss gestanden hatte, in einem Haus in Twickenham gelebt hatte, das genau das richtige für sie wäre. Lord Delacours Bemühungen waren bisher ohne Erfolg gewesen; er war glücklich, dass er nun doch gefunden hatte, was er suchte, gerade als er die Suche aufgeben wollte. Man übernahm das Haus, und der alte Mann wurde als Gärtner angestellt – ein Umstand, der ihm ebenso viel Freude bereitete wie die Jahresrente, denn in dem Garten gab es einen Schattenmorellenbaum, der die Nachfolge der Aloe in seiner Gunst angetreten hatte. Es hätte ihn schon ganz schön traurig gemacht, sagte er, seinen Lieblingsbaum Fremden zu überlassen, wo er sich doch die ganze

Arbeit mit den *Netzen* gemacht hatte, um die Vögel fernzuhalten.

Als sich die Zeit näherte, in der sich ihr Schicksal entscheiden sollte, schien Lady Delacours Mut zuzunehmen, aber auch ihre Sorge, dass niemand ihr Geheimnis erfahren durfte.

»Wenn ich *die ganze Sache* überlebe«, sagte sie, »so nehme ich mir ganz fest vor, die Rolle zu spielen, die meinem wahren Charakter entspricht. Ich werde mich nicht mehr von Vergnügungssucht leiten lassen – ich werde sofort mit allen Bekannten brechen, die meiner nicht würdig sind – ich werde, in einem Wort, mit Ihnen gehen, meine liebe Belinda! Und zwar zu Mr Percival. Ich kann Demütigungen durchaus ertragen, wenn es mir zum Guten gereicht; und ich bin durchaus willens, denn jetzt weiß ich, wie großzügig Lady Anne Percival sich verhalten hat, als es um Helenas Zuneigung zu mir ging – ja, ich bin willens, es zuzulassen, dass die Wiederherstellung meiner moralischen Gesundheit der heilsamen Luft von Oakley Park zugeschrieben wird. Aber es wäre mir eine unbeschreibliche, unerträgliche Demütigung, wenn man in der eleganten Londoner Gesellschaft von mir wüsste oder sagen würde, ich hätte den Rückzug aus ihren Rängen angetreten, nicht weil mich das Ganze anwiderte, sondern weil mich eine Krankheit daran gehindert hätte. Ein freiwilliger Rückzug hat Stil und Würde, ein erzwungener Rückzug ist peinlich und erniedrigend. Sie müssen verstehen, dass ich es nicht ertragen könnte, wenn man sich zuflüstern würde: ›Lady Delacour spielt jetzt die Prüde, weil sie als Kokette ausgedient hat.‹ Lady Delacour würde dadurch zum Objekt von nicht enden wollenden Witzigkeiten, Epigrammen und Karikaturen werden. Es wäre ein Geschenk für die grässliche Mrs Luttridge, dann würde sie sich gnadenlos für meine Karikatur *von der Eselin mit den Packtaschen* rächen. Wir sähen dann ›Lord und Lady D—‹ oder ›Das häusliche *Tête-à-Tête*‹ oder ›Die bekehrte Amazone‹ in den Schaufenstern einer jeden Druckerwerkstatt! Oh, meine Liebe, stellen Sie sich nur vor, wie schrecklich! Ich würde vor Scham sterben, und von allen Todesarten wäre diese diejenige, die ich am wenigsten ertragen könnte.«

Obwohl Belinda die Gefühle nicht so recht nachempfinden konnte, die Lady Delacour ihren Witz gegen sich selbst richten und solche Karikaturen erfinden ließen, tat sie doch alles in ihrer Macht Stehende, um ihre Ladyschaft in ihren Ängsten, sie möchte entdeckt werden, zu beruhigen.

»Meine Liebe«, sagte Lady Delacour, »ich habe vollstes Vertrauen in Lord Delacours Versprechen und seine Gutherzigkeit, von der er mir in diesen letzten Tagen Beweise gegeben hat, die mir durchaus zu Herzen gehen, aber er ist nun einmal nicht der diskreteste Mann der Welt. Wenn er sich wegen etwas Sorgen macht, so kann man das schon von ferne an seinen Augen, seiner Nase, seinen Augen und seinem Kinn ablesen. Und um Ihnen meine Befürchtungen in einem Wort zusammenzufassen, Marriott hat mich heute Morgen darüber informiert, dass *die Luttridge*, die von Harrogate nach Rantipole gefahren war, um Lord Delacour zu treffen, sich tatsächlich in die Stadt begeben hat, als sie merkte, dass sie ihn nicht dazu bringen kann, sie aufzusuchen.

In die Stadt! – Um diese ungewöhnliche Jahreszeit! Wie wird Milord diesem unmissverständlichen, beispiellosen Beweis ihrer Leidenschaft widerstehen? – Wenn sie ihn wieder zu fassen bekommt, bin ich erledigt. Selbst wenn er, nehmen wir das einmal an, stark bleibt wie ein Fels in der Brandung, dann wird sie in ihrer Überraschung, ihrer Eifersucht, ihrer Neugier mit aller Kraft versuchen herauszufinden, mit welcher Hexenkunst es mir gelungen ist, ihr meinen Ehemann wegzunehmen. Ich habe allerdings jede erdenkliche Vorsichtsmaßnahme gegen ihre bösartige Neugier ergriffen. – Marriott ist über jede Versuchung erhaben, das wissen Sie. – Dieser widerwärtige Schuft« (womit sie die Person bezeichnete, deren Quacksalbermedikamente sie beinahe umgebracht hätten), »dieser widerwärtige Schuft wird aus Furcht den Mund halten, aus Eigeninteresse. Er muss noch bezahlt und entlassen werden. Das hätte schon längst getan werden müssen, aber ich hatte nicht genug Geld für ihn und Mrs Franks, die Putzmacherin. Sie ist jetzt aber bezahlt, und Lord Delacour – ich freue mich sehr, seiner Freundin berichten zu dürfen, wie sehr er ihre Wertschätzung verdient – Lord Delacour hat mich überaus großzügig in die Lage versetzt, den Mann zu entlohnen. Er wird heute um drei Uhr hier sein, und dies ist das letzte Gespräch, das er mit Lady Delacour *in dem mysteriösen Boudoir* führen wird.«

Die Befürchtungen, denen Lady Delacour wegen Mrs Luttridges bösartiger Neugier Ausdruck verlieh, waren nicht ganz unbegründet – Champfort hatte sich schon an die Arbeit gemacht, in deren Interesse und seinem eigenen. Die denkwürdige Nacht, in der Lady Delacour ihren Unfall gehabt hatte und das Theater, das Marriott wegen des Schlüssels zum Boudoir gemacht hatte, waren ihm noch frisch im Gedächtnis. Er hatte die Hoffnung, dass er, wenn er nur dieses Geheimnis lüften könnte, wieder seine alte Macht über Lord Delacour erlangen, seine lukrative Stellung zurückbekommen und obendrein eine üppige Belohnung oder, um es genauer zu sagen: Bestechungsgeld von Mrs Luttridge erhalten würde. Informationen über alles, was in Lady Delacours Familie vor sich ging, hoffte er sich noch immer beschaffen zu können, auch wenn er nicht mehr im Hause wohnte. Die *dumme Zofe* war nicht so dumm, dass die Stimme der Schmeichelei, oder wie Mr Champfort es nannte, die Stimme der Liebe, ihr Ohr nicht hätte erreichen können. Er entdeckte sein Interesse daran, um sie zu werben, und sie ihr Vergnügen daran, von ihm umworben zu werden. Von diesen Koketten aus dem Dienstbotentrakt – von diesen Nebenhandlungen im Drama – hängt so manche Komödie und auch die eine oder andere Tragödie im Leben ab. Unter der unverdächtigen Maske der Dummheit verbarg die brave Geliebte unseres Dieners hellhörige Ohren und die ach so sittsamen Augen einer Spionin. Lange hatte sie aber vergeblich gelauscht und spioniert, bis Mr Champfort sie schriftlich darüber benachrichtigte, dass seine Liebe keine Woche mehr überdauern würde, sollte sie nicht alsbald Mittel und Wege finden, seine Neugier zu befriedigen, und dass sie, kurzum, den Grund herausfinden *müsse*, warum das Boudoir immer abgeschlossen sei und warum allein Mrs Marriott der Schlüssel dafür anvertraut werde. Nun traf es sich, dass dieses Liebesbillet genau an dem Tag ankam, als Lady Delacour ihr letztes Gespräch mit dem Quacksalberarzt im geheimnisvollen Boudoir hatte. Marriott ließ den Arzt wie gewöhnlich ein, führte ihn über die Hintertreppe zum Boudoir, schloss die Tür auf und bat ihn zu warten, bis ihre Herrin kommen würde. Da der Mann nicht pünktlich zu der verabredeten Stunde erschienen war, hatte Lady Delacour allerdings die Hoffnung aufgegeben und dachte, er würde erst am nächsten Tag kommen. Also hatte sie sich in ihr Schlafzimmer zurückgezogen, wo sie in letzter Zeit meist um diese Stunde ihre methodistischen Bücher las. Als Marriott nun zu ihrer Ladyschaft heraufkam, um ihr zu sagen, dass *die Person*, wie sie den Arzt zu nennen pflegte, gekommen sei, fand sie sie so fest schlafend vor, dass sie es bedauert hätte, sie zu wecken, denn sie hatte in der vergangenen Nacht überhaupt nicht geschlafen. Sie schloss die Tür sehr leise und ließ ihre Ladyschaft ruhen. Am Fuß der Treppe traf sie *die dumme Zofe*, die sie sofort wegschickte mit dem Auftrag, Spitze zu waschen. – »Milady schläft«, sagte sie, »und wehe, ich höre Gerenne die Treppe hinauf und hinunter.« Der Raum, in den die dumme Zofe ging, lag genau unter dem Boudoir, und während sie dort war, meinte sie, die Schritte eines Mannes über ihrem Kopf zu hören. Sie lauschte aufmerksamer – da hörte sie sie wieder. Sie rüstete sich mit einem Glas Gelee *für Milady* aus und eilte sogleich zu Miladys Zimmer. Sie war sehr überrascht, als sie ihre Herrin fest schlafend vorfand. Ihre Verblüffung darüber, dass Mrs Marriott ihr die Wahrheit gesagt hatte, war so extrem, dass sie für einen Moment jede Geistesgegenwart verlor und mit der Tür in der Hand dastand. Während sie noch zögerte, hörte sie, wie sich jemand im Boudoir leise räusperte – jemand Männliches! –, denn als sie wieder an die Schritte dachte, die sie zuerst gehört hatte, war sie überzeugt, es müsse ein männliches Räuspern gewesen sein. Sie lauschte wieder und bückte sich, um zu sehen, ob man unter der Tür irgendwie die Füße erkennen könnte. Als sie gerade in dieser Haltung war, drehte sich ihre Herrin plötzlich im Bett um, und das Buch, in dem sie gelesen hatte, fiel vom Kopfkissen auf den Boden und machte ein Geräusch, das die Lauscherin mit großem Erschrecken aufspringen ließ. Der Lärm weckte Lady Delacour keineswegs, die in dem tiefen Schlaf lag, der manchmal von Laudanum verursacht wird. Das Geräusch war aber lauter gewesen, als es allein ein herunterfallendes Buch hätte machen können, und das Mädchen entdeckte einen Schlüssel, der mit dem Buch heruntergefallen war. Ihm ging auf, dass dies vielleicht der Schlüssel zu dem Boudoir sein könnte. Aus einem dieser unwiderstehlichen Impulse heraus, die manchen Leuten als Entschuldigung dafür dienen, zu tun, was immer sie gerade wollen, nahm sie ihn, denn sie war trotz aller möglichen Gefahren entschlossen, die geheimnisvolle Tür zu öffnen. Sie steckte gerade den Schlüssel in das Schüsselloch, möglichst vorsichtig, um auch ja keinen Lärm zu machen, als sie plötzlich von einer Stimme hinter ihr aufgeschreckt wurde, die sagte: »Wer hat dir denn erlaubt, die Tür zu öffnen?«

Sie wandte sich um und sah, dass Helena bei der halb geöffneten Schlafzimmertür stand.

»Oh, lieber Himmel, Miss Delacour! – Was machen Sie denn hier! – Machen Sie um Gottes willen keinen Lärm, damit Milady nicht aufwacht!«

»Hat meine Mutter dir aufgetragen, in das Zimmer da zu gehen?«, wiederholte Helena.

»Meine Güte, nein, Miss!«, sagte die Zofe und setzte wieder ihr dummes Gesicht auf. »Ich dachte bloß, ich mach' mal die Tür auf und lass ein bisschen frische Luft herein, weil Milady das immer möchte und ich das immer machen soll – und so dachte ich …«

Helena nahm ihr den Schlüssel sanft aus der Hand, ohne weiter zuzuhören, und die Frau verließ das Zimmer, irgendetwas von *Gelee* und *Milady* murmelnd. Helena ging zum Bett ihrer Mutter, entschlossen, so lange zu warten, bis sie aufwachte, um ihr dann den Schlüssel zu geben und ihr zu erzählen, was vorgefallen war. Trotz der Geradlinigkeit im Charakter des kleinen Mädchens war es, wie seine Mutter bereits entdeckt hatte, *eine gute Beobachterin*, und es hatte bemerkt, dass seine Mutter niemals jemanden außer Marriott in das Boudoir hineinließ. Dies veranlasste Helena aber nicht, sich für das Geheimnis zu interessieren, im Gegenteil, sie unterdrückte mit Bedacht all ihre Neugier, weil sie sich an das Versprechen erinnerte, das sie ihrer Mutter gegeben hatte, als sie über Zobeide und den Träger gesprochen hatten. Sie hatte durchaus einmal die Versuchung verspürt, dieses Versprechen zu brechen, denn die Kammerzofe, die sich um ihre Toilette kümmerte, hatte mit allen Mitteln der Kunst, die ihr zur Verfügung standen, versucht, ihre Neugier zu wecken. Noch an ebendiesem Morgen hatte sie, als sie Helena beim Ankleiden half, zu ihr gesagt:

»Der Grund, warum ich Sie heute Morgen so spät geweckt habe, Miss, war, dass ich gestern Abend selbst so spät dran war – ich bin nämlich gestern zu einem Schauspiel gegangen, und da ging es um Blaubart – Himmel, bewahre! Ich bin mir sicher, dass, wenn ich Blaubarts Frau gewesen wäre, ich die Tür geöffnet hätte, selbst wenn ich dafür gestorben wäre – denn den ganzen Tag und auch noch die ganze Nacht in einem Haus zu leben, in dem es einen Raum gibt, in den man nie hineingehen darf, ist etwas, das ich niemals ertragen könnte.« Dann, nach einer Pause und nachdem sie umsonst auf eine Antwort von Helena gewartet hatte, fügte sie hinzu: »Sagen Sie mal, Miss Delacour, waren Sie schon einmal in diesem kleinen Raum im Schlafzimmer von ihrer Ladyschaft, von dem Mrs Marriott immer den Schlüssel aufbewahrt?«

»Nein«, sagte Helena.

»Ich habe mich schon oft gefragt, was da wohl drin ist – aber das ist wahrscheinlich nur, weil ich eine so dumme Gans bin. Ich dachte, *Sie* wüssten das ganz bestimmt.«

An dieser Stelle merkte sie, dass Helena sehr verärgert dreinschaute, und sie brach ab in der Hoffnung, dass das, was sie gesagt hatte, schon zu gegebener Zeit seine Wirkung zeigen würde und dass sie so die junge Dame dazu bringen würde, das Geheimnis von Marriott in Erfahrung zu bringen, das sie dann wiederum Miss Delacour *aus der Nase ziehen* würde, da war sie sich ganz sicher.

Aber damit hatte sie sich verkalkuliert, denn alles, was sie gesagt hatte, hatte bei Helena nur dazu geführt, dass sie ihr misstraute und sie nicht mehr mochte. Es war die Erinnerung an ebendieses Gespräch, was sie veranlasst hatte, der Zofe ins Schlafzimmer ihrer Mutter zu folgen und zu sehen, warum sie sich so lange dort aufhielt. Helena hatte gehört, dass Marriott gesagt hatte, »sie wolle kein Gerenne die Treppe hinauf und hinunter, weil ihre Herrin schlafe«, und sie fand es schon erstaunlich, dass die Zofe ein paar Minuten, nachdem sie diese Information erhalten hatte, mit einem Glas Gelee in der Hand in das Zimmer gegangen war.

»Ach, Mama!«, dachte Helena, während sie am Bett ihrer Mutter stand. »Sie haben mich nicht verstanden und haben mir vielleicht auch nicht geglaubt, als ich sagte, dass ich nicht versuchen würde, etwas herauszufinden, das ich nicht wissen soll. Ich hoffe, dass Sie mich nun besser *verstehen*.«

Lady Delacour öffnete die Augen – »Helena!«, rief sie erschreckt, »wie bist du denn an den Schlüssel gekommen?«

»Oh, Mutter! Schauen Sie nicht so drein, als hätten Sie mich im Verdacht.« Und dann erzählte sie ihrer Mutter, wie der Schlüssel in ihre Hände gelangt war.

»Mein liebes Kind, du hast mir wirklich einen großen Dienst erwiesen«, sagte Lady Delacour. »Du kannst nicht wissen, wie wichtig er ist, zumindest für mich. Aber was mich noch tausendmal glücklicher macht, ist die Tatsache, dass du dich meiner Wertschätzung würdig erwiesen hast – meiner Liebe.«

Marriott kam ins Zimmer und flüsterte ihrer Herrin ein paar Worte ins Ohr.

»Du kannst ruhig laut reden, Marriott, vor meiner kleinen Helena«, sagte Lady Delacour und erhob sich beim Sprechen von ihrem Bett. »Sie ist zwar noch ein Kind, aber Helena verdient mein Vertrauen, und sie soll davon überzeugt werden, dass ihre Mutter, wenn sie einmal Grund hat, sich jemandem anzuvertrauen, unfähig zu jedweder Verdächtigung ist. Warte ein paar Minuten hier, mein Liebes.«

Sie ging ins Boudoir, bezahlte den Arzt schnell und schickte ihn endgültig weg – dann kehrte sie zurück, nahm ihre Tochter bei der Hand und sagte: »Du siehst so geradlinig und ehrlich aus, mein Liebes! Ich habe jetzt festgestellt, dass du keine Neugier kennst wie andere Schulmädchen. Du wirst einmal die Geistesstärke deiner Mutter haben; hoffentlich aber ohne ihre Fehler oder ihr schweres Schicksal! – Ich spreche zu dir nicht wie zu einem Kind, Helena, denn dein Verstand übersteigt deine Jahre bei weitem; und an das, was ich dir jetzt sage, sollst du dich ein Leben lang erinnern. Du wirst Talente haben, Schönheit, ein Vermögen; du wirst bewundert werden, man wird dir nachlaufen, dir schmeicheln, genau wie es bei mir war – aber wirf dein Leben nicht weg, wie ich es getan habe, um des Lobes von Narren willen. Hätte ich nur die Hälfte der Begabungen, die ich besitze, so sinnvoll eingesetzt, wie du es hoffentlich einmal tun wirst, so wäre ich eine Zierde meines Geschlechts geworden, ich wäre so etwas geworden wie Lady Anne Percival.«

Hier brach Lady Delacour die Stimme – aber sie fasste sich wieder, und nach einem kurzen Moment sprach sie weiter: »Wähle deine Freunde mit Bedacht, meine liebe Tochter! Es war mein Unglück, meine Dummheit, dass ich mich in meinen frühen Jahren mit einer Frau verbunden habe, die mich zu allen möglichen unrechten Taten verleitet hat und diese dann ›Spaß‹ nannte. Du bist noch zu jung und zu unschuldig, um die ganze Geschichte schon zu hören, aber du wirst sie hören, wenn die Zeit gekommen ist, von meiner besten Freundin Miss Portman. Ich werde dich ihr anvertrauen, mein Liebes, wenn ich sterbe.«

»Wenn Sie sterben! – Oh, Mutter!«, sagte Helena. »Aber warum reden Sie denn vom Sterben?«, und sie schlang ihre Arme um ihre Mutter.

»Vorsichtig, mein Schatz!«, sagte Lady Delacour und zuckte zurück; doch sie nutzte diesen Moment, um ihrer Tochter zu erklären, warum sie so auf ihre Zärtlichkeiten reagierte und warum sie vom Sterben sprach.

Helena war furchtbar erschrocken.

»Ich wünschte, mein Liebes«, setzte ihre Mutter ruhig zum Schluss wieder an, »ich wünschte, ich hätte dir den Schmerz ersparen können, all das zu erfahren. Ich habe dir nur wenig Freude in diesem Leben schenken können, und es ist ungerecht, dass du durch mich so viel Leid erfahren musst. Wir werden uns morgen nach Twickenham begeben, und ich lasse dich bei deiner Tante Margaret, mein Liebes, bis alles vorüber ist. Sollte ich sterben, so wird Belinda dich sofort nach Oakley Park mitnehmen – du sollst so wenig trauern müssen wie nur irgend möglich. Wenn du mir nicht dein so liebevolles Wesen gezeigt hättest, hättest du dir das Leid ersparen können, das du nun fühlen wirst, und du hättest mir erspart ...«

»Meine liebe, gute Mutter«, unterbrach sie Helena und warf sich ihrer Mutter zu Füßen, »schicken Sie mich nicht fort – ich will nicht zu meiner Tante Margaret – ich will nicht nach Oakley Park gehen – ich will bei Ihnen bleiben. Schicken Sie mich nicht fort, denn ich werde zehnmal so viel leiden, wenn ich nicht bei Ihnen sein kann, auch wenn ich weiß, dass ich keine Hilfe bin.«

Überwältigt von den ernsthaften Bitten ihrer Tochter, erlaubte ihr Lady Delacour schließlich, bei ihr zu bleiben und sie nach Twickenham zu begleiten.

Der Rest des Tages wurde mit Vorbereitungen für ihre Abreise verbracht. Die *dumme Zofe* wurde sogleich entlassen. Es wurden keine Fragen gestellt und keine Begründungen für ihre Kündigung gegeben außer der, dass Lady Delacour ihre Dienste nicht mehr brauche. Marriott allein sollte sie in Twickenham bedienen. Lord Delacour würde, so war es abgesprochen, in der Stadt bleiben, damit nicht die ungewöhnliche Tatsache, dass er seine Frau begleitete, öffentliches Aufsehen erregen möge. Seine Lordschaft, von Natur aus ein sehr gutherziger Mann, den die Freundlichkeit, die seine Gattin ihm in letzter Zeit erwiesen hatte, überaus rührte, war den ganzen Tag über sehr nervös, der, glaubte er, der letzte Tag ihres Lebens sein könnte. Sie dagegen war ruhig und gesammelt; ihr Mut schien zu wachsen, je nötiger sie ihn brauchte.

Am Morgen, als die Kutsche vor der Tür hielt und sie sich von Lord Delacour verabschiedete, legte sie ein Papier in seine Hände, das einige Anweisungen und Anliegen enthielt, mit denen er, so hoffte sie, sich einverstanden erklären würde, falls sie sich als ihr *Letzter Wille* erweisen sollten. Das Papier hielt nur einige Hinterlassenschaften für ihre Dienstboten und ein Vermächtnis für Marriott fest; außerdem bestimmte es als Erbteil ihrer exzellenten und geliebten Freundin Belinda Portman jenen Schrank, in dem sie Clarence Herveys Briefe aufbewahrte.

Zwischen die Zeilen hatte Lady Delacour an dieser Stelle folgende Worte geschrieben: »Meine Tochter ist bestens versorgt, und damit sich kein Zweifel oder eine Schwierigkeit daraus ergibt, dass dies hier nicht eigens erwähnt wird, halte ich es für notwendig zu erklären, dass besagter Schrank die kostbaren Juwelen enthält, die mein verstorbener Onkel mir hinterlassen hat, und ich bekräftige hiermit meine Absicht, dass besagte Juwelen Teil meines Vermächtnisses für die oben erwähnte Belinda Portman darstellen. – Falls sie einen vermögenden Mann heiratet, mag sie sie um meinetwillen tragen, falls sie keinen wohlhabenden Ehegatten findet, wird sie die Juwelen hoffentlich ohne Skrupel verkaufen, da sie nur zu ihrem eigenen Nutzen gedacht sind und nicht als repräsentatives Objekt. Es ist nur angemessen, dass sie in ihren finanziellen Verhältnissen ebenso unabhängig sein möge, wie sie es geistig schon ist.«

Lord Delacour, dem das alles sehr zu Herzen ging, überflog das Papier und versicherte ihrer Ladyschaft, dass man ihren Wünschen in allem nachkommen würde, falls ... Er konnte an dieser Stelle nicht weitersprechen.

»Leben Sie also wohl, Milord!«, sagte sie. »Und verlieren Sie nicht Ihren Seelenfrieden, denn ich habe vor, diesen noch viele Jahr lang auf die Probe zu stellen.«

Kapitel XXII
Ein Gespenst

Der Chirurg, der Lady Delacour operieren sollte, war am festgelegten Tag verhindert; er gehörte zu den Ärzten des königlichen Haushalts, und seine Anwesenheit wurde im Palast verlangt. Dieser Aufschub war für Lady Delacour äußerst belastend, die sich mutig auf diesen Tag eingestellt hatte und nicht darauf gefasst gewesen war, voller Angst warten zu müssen. Sie verbrachte beinahe eine Woche in Twickenham in diesem Zustand der Bangigkeit und Sorge, und Belinda beobachtete, dass sie von Tag zu Tag nachdenklicher und reservierter wurde. Es schien, als hätte sie ein geheimes Thema, über das sie grübelte, und könnte es kaum ertragen, davon abgelenkt zu werden. Wenn Helena bei ihr war, bemühte sie sich, sich mit ihr in ihrer üblichen lebhaften Art zu unterhalten, aber sobald sie unbemerkt, wie sie meinte, entkommen konnte, schloss sie sich in ihren Gemächern ein und blieb dort stundenlang.

»Himmel, ich wünschte, Miss Portman«, sagte Marriott, als sie eines Morgens mit einem unheilverkündenden Gesicht in deren Zimmer kam, »Himmel, ich wünschte wirklich, Ma'am, dass Sie Milady überreden könnten, nicht so viele Stunden Tag und Nacht damit zu verbringen, diese methodistischen Bücher zu lesen, die sie bei sich versteckt hält! – Ich bin mir sicher, dass sie ihr nicht guttun, sondern sogar großen Schaden zufügen, vor allem jetzt, wo sie doch den Mut nicht verlieren darf. Ich habe wahrlich das Gefühl, dass es diese Bücher sind, die Milady so plötzlich melancholisch machen. Ma'am, Milady hat in den letzten zwei, drei Tagen ganz komische Sachen fallenlassen, und sie spricht auf so *zusammenhanglose* Art und Weise, manchmal meine ich fast, sie ist nicht ganz richtig im Kopf.«

Als Belinda Marriott befragte, was ihre Herrin denn genau für komische Sachen gesagt habe, machte sie ein verlegenes, erschrockenes Gesicht und weigerte sich, die Worte zu wiederholen, die man zu ihr gesagt hatte, aber sie bestand darauf, dass Lady Delacour in den letzten zwei, drei Tagen tatsächlich *sonderbar* gewesen sei. »Und wirklich, Ma'am, Sie wären entsetzt, wenn Sie Milady morgens sehen könnten, wenn sie aufwacht, oder vielmehr, wenn ich in ihr Zimmer komme – denn von Wecken kann gar keine Rede mehr sein. Ich bin sicher, sie schläft die ganze Nacht nicht. Sie werden schon sehen, Ma'am, es ist, wie ich es sage, diese Bücher machen sie ganz verdreht, und ich wünsche, sie würden verbrannt werden. Ich weiß noch, wie viel Unheil diese Dinger bei einem armen Cousin von mir angerichtet haben, der melancholisch und dann verrückt wurde wegen einem Methodistenprediger und dann viel zu früh verstorben ist. Oh, Ma'am, wenn Sie wüssten, was ich weiß, wären Sie genauso in Sorge um Milady wie ich.«

Es war unmöglich, Marriott dazu zu bringen, sich deutlicher zu erklären. Das Einzige, was man von ihr erfahren konnte, fand Belinda so unbedeutend, dass es ihr kaum erwähnenswert schien. Zum Beispiel hatte Lady Delacour gegen Marriotts Rat darauf bestanden, in einem Schlafzimmer im Erdgeschoss zu schlafen, und sie hatte sich geweigert, einen Vorhang vor der

Glastür am Fuße ihres Bettes anbringen zu lassen. »Als ich ihr anbot, den Vorhang anzubringen, Ma'am«, sagte Marriott, »meinte Milady, sie sehe gern das Mondlicht und dass sie den Vorhang erst dort haben wolle, wenn die hellen Nächte vorüber wären. Nun, Miss Portman, zu hören, wie Milady über den Mond und das Mondlicht spricht und wie sehr sie den Mond mag, ist ziemlich merkwürdig und unerklärlich, denn ich habe sie im Leben noch nie so etwas sagen hören; ich glaube kaum, dass sie vom Anfang bis zum Ende eines Jahres je gemerkt hat, ob der Mond scheint oder nicht. Aber man sagt ja, der Mond soll viel damit zu tun haben, wenn Leute verrückt werden; und aus eigener Erfahrung weiß ich wohl, Ma'am, dass das auch im Fall von meinem Cousin so war. Er fand auch plötzlich Geschmack am Mond und ging immer bei Mondschein spazieren und hat dauernd von der Schönheit des Mondes gesprochen und so melancholischen Unsinn von sich gegeben, Ma'am.«

Belinda musste lächeln, als sie von diesem »melancholischen Unsinn« hörte, war aber ganz derselben Meinung wie Marriott, was die methodistischen Bücher anging, und beschloss, mit Lady Delacour darüber zu sprechen. Doch kaum hatte sie versucht, das Thema anzuschneiden, setzte Lady Delacour eine abweisende Miene auf, antwortete mit ihrer üblichen Gewandtheit nur noch vorsichtig, kalt und einsilbig und wandte sich anderen Dingen zu, sobald sie konnte.

Nachts, als sie sich zur Ruhe begaben, bemerkte Marriott, die ihnen den Weg zu ihren Zimmern leuchtete, sie fürchte, ihre Herrin könnte krank werden, wenn sie ein so kaltes Schlafzimmer habe, und Belinda drängte ihre Freundin, doch andere Zimmer zu nehmen.

»Nein, meine Liebe«, sagte Lady Delacour ruhig. »Ich habe mir dieses als Schlafzimmer ausgesucht, weil es recht weit von den Zimmern der Dienerschaft entfernt ist, und wenn dann *die Operation* durchgeführt wird, die ich über mich ergehen lassen muss, können meine Schreie, falls ich welche von mir gebe, nicht gehört werden. Der Arzt wird ja in wenigen Tagen hier sein, und es lohnt nicht mehr, jetzt noch etwas zu ändern.«

Am nächsten Tag trafen gegen Abend der Chirurg und Dr. X— ein. Belinda gefror bei ihrem Anblick das Blut in den Adern.

»Würden Sie so freundlich sein, Miss Portman«, sagte Marriott, »und Milady wissen lassen, dass sie gekommen sind? Ich bin dem nämlich nicht gewachsen, und Sie sind bei so was gefasster als ich.«

Miss Portman ging zu Lady Delacours Schlafzimmer. Die Tür war verriegelt. Als sie sie öffnete, heftete sie ihre Augen auf Belinda und sagte mit milder Stimme zu ihr: »Sie sind gekommen, um mir zu sagen, dass der Chirurg eingetroffen ist. Ich konnte das an der Art erkennen, wie Sie an die Tür geklopft haben. Ich werde ihn sofort begrüßen«, fuhr sie mit fester Stimme fort, legte sorgfältig ein Lesezeichen in das Buch, das sie gelesen hatte, ging ruhigen Schrittes zum anderen Ende des Raums und schloss es in ihrem Bücherschrank ein. Es lag etwas Entschlossenes und Würdevolles in all ihren Bewegungen. »Sollen wir gehen? Ich bin bereit«, sagte sie und hielt Belinda ihre Hand hin, die auf einen Stuhl niedergesunken war. »Man möchte meinen, Sie wären die Person, die jetzt leiden muss. Aber trinken Sie einen Schluck Wasser, meine Liebe, und zittern Sie nicht um meinetwillen; wie Sie sehen, zittere ich ja auch nicht. Hören Sie mich an, liebste Belinda! Ich bin Ihnen um unserer Freundschaft willen schuldig, Sie nicht mit unnötigen Befürchtungen zu quälen. Da Sie sich so um mich sorgen, sollte Ihnen dieser schreckliche Anblick erspart bleiben.«

»Nein«, sagte Belinda, »Marriott kann es nicht ertragen, Ihnen dabei behilflich zu sein. Ich muss – ich werde – ich bin so weit. Vergeben Sie mir den Moment der Schwäche. Ich bewundere Ihren Mut und werde versuchen, ihn mir zum Vorbild zu nehmen. Ich werde mein Versprechen halten.«

»Sie hatten versprochen, bei mir zu sein, wenn ich sterbe, und dass ich in Ihren Armen meinen letzten Atemzug tun dürfe.«

»Ich hoffe, dass ich dieses Versprechen niemals einlösen muss.«

Lady Delacour gab keine Antwort, sondern ging vor ihr in den Raum, in dem Doktor X— und der Chirurg warteten. Ohne im mindesten auf den Zweck ihres Besuches einzugehen, begrüßte sie sie, als wollten sie nur einen Höflichkeitsbesuch machen. Scheinbar ohne die ernsten Gesichter ihrer Freunde zu beachten, sprach sie völlig gelassen über unwichtige Dinge, wobei sie sich die ganze Zeit über damit beschäftigte, ein Siegel zu reinigen, das sie von ihrer Uhrkette abgenommen hatte. »Dieses Siegel«, sagte sie und wandte sich an Doktor X—, »ist ein sehr schöner Onyx – es ist der Kopf des Äskulap. Ich hänge sehr daran. Es wurde mir von Ihrem Freund, Clarence Hervey, geschenkt und«, fuhr sie lächelnd fort, »ich habe es in meinem Letzten Willen Ihnen vermacht, Doktor, als ein nicht eben geringes Zeichen meiner Verehrung. Er ist wahrhaftig ein ganz hervorragender junger Mann und ich möchte Sie bitten«, sagte sie, zog Doktor X— an ein Fenster und teilte ihm mit gesenkter Stimme mit, »ich möchte Sie bitten, dass Sie, wenn Sie ihn wiedersehen und wenn ich aus dem Weg bin, ihm sagen, dass dies meine Gefühle gewesen sind bis zur Stunde meines Todes. Hier ist ein Brief, den Sie die Güte haben wollen, in seine Hand zu geben, versiegelt mit meinem Lieblingssiegel. Sie brauchen keine Skrupel zu haben, ihn zu überbringen, es geht darin nicht um mich. Er enthält nur meine Meinung über eine Dame, die, glaube ich, von Ihnen ebenso hoch geschätzt wird wie von mir. Meine Zuneigung und meine Dankbarkeit haben meine Urteilskraft nicht beeinflusst bei dem Rat, den ich wage, Mr Hervey zu geben.«

»Aber er wird doch bald hier sein«, unterbrach sie Doktor X—, »und dann ...«

»Und dann bin ich gegangen«, sagte Lady Delacour ruhig,

»Zu dem unentdeckten Land, von des Bezirk
Kein Wandrer wiederkehrt.«[80]

Doktor X— wollte sie unterbrechen, aber sie fuhr schnell fort: »Und nun, mein lieber Doktor, sagen Sie mir ganz offen, haben Sie heute Abend irgendein Anzeichen von Feigheit an mir entdeckt?«

»Keines«, erwiderte er. »Im Gegenteil, ich habe Ihre ruhige Selbstbeherrschung sehr bewundert.«

»Dann verdächtigen Sie mich bitte nicht eines Mangels an Stärke, wenn ich Sie bitte, dass diese Operation nicht heute durchgeführt werden möge. Ich habe mich in diesen letzten Stunden so entschieden. Ich bin entschlossen, aus einem Grund, den Sie sicherlich überzeugend fänden, die Sache auf morgen zu verschieben. Glauben Sie mir, das ist keine reine Caprice meinerseits.«

Sie sah, dass Doktor X— ihrer letzten Beteuerung nicht recht glaubte und dass er missvergnügt dreinschaute.

»Ich werde Ihnen meinen Grund erklären«, sagte sie, »und dann werden Sie kein Recht mehr haben, verärgert zu sein, wenn ich auf meiner Entscheidung beharre, was ich mit absoluter Bestimmtheit tun werde. Ich bin nämlich der festen Überzeugung, dass ich heute Nacht sterben werde. Mich heute einer schmerzhaften Operation zu unterziehen, hieße nur die letzten Momente meines Lebens für etwas völlig Unsinniges zu opfern. Wenn ich diese Nacht überlebe, können Sie mit mir machen, was Sie wollen. Aber ich bin es, die meine eigenen Gefühle am besten beurteilen kann. Ich werde heute Nacht sterben.«

Dr. X— schaute sie mit einer Mischung aus Erstaunen und Mitleid an. Ihr Puls ging schnell, sie war extrem fiebrig, und er meinte, es sei wohl das Beste, was er für sie tun konnte, bis zum nächsten Tag bei ihr zu bleiben und sie von dieser ihrer Vorstellung abzulenken, die er für eine krankhafte Idee hielt. Er überredete den Chirurgen, bis zum nächsten Morgen zu warten, und informierte Belinda über seine Pläne, die sich ihm anschloss und alles tat, um Lady Delacour für den Rest des Tages zu unterhalten und ihr Interesse durch Konversation auf andere Dinge zu lenken. Diese war klug genug, um zu durchschauen, dass man ihren Prognosen nicht den geringsten Glauben schenkte, und sie verlor kein Wort mehr über das Thema, aber schien sich gerne durch die Versuche, sie zu zerstreuen, unterhalten zu lassen, und war wohl fest entschlossen, den Mut bis zum Schluss nicht sinken zu lassen. Sie verlor sich nicht in leichtfertiger Fröhlichkeit, im Gegenteil, alles, was sie sagte, ließ mehr Stärke und weniger Spitzen als sonst erkennen.

Der Abend verging, und es schien, als habe Lady Delacour ihre eigene Prophezeiung für die kommende Nacht völlig vergessen, bis sie sogar von mehreren Dingen sprach, die sie am kommenden Tag tun wolle. Helena wusste nichts von dem, was sich zugetragen hatte, und Belinda nahm an, dass ihre Freundin sich so sehr beherrschte, um ihre Tochter nicht zu beunruhigen. Aber nachdem Helena ins Bett gegangen war, veränderte sich das Verhalten ihrer Mutter so ganz und gar nicht, dass Doktor X— zu glauben begann, ihre Ladyschaft sei nur ein wenig kapriziös gewesen. Sie bestärkte ihn in dieser Meinung, als sie auf seinen Vorschlag hin, jemand möge über Nacht bei ihr bleiben, in Gelächter ausbrach.

»Mein lieber, weiser Herr«, sagte sie, »nun leben Sie doch schon eine ganze Weile, ist Ihnen da nie eine Frau untergekommen, die Sie überlistet hat? Ich wollte einen Tag Aufschub. Und den habe ich bekommen – ich habe einen Tag gehabt, den ich mit höchst angenehmer Unterhaltung verbringen durfte, wofür ich Ihnen danke. Morgen«, sagte sie, wobei sie sich an den Chirurgen wandte, »muss ich mir eine andere Ausrede für meine Feigheit ausdenken, und auch wenn ich Sie vorher warne, wie der berühmte Taschendieb Barrington es tat, bevor er die Taschen des Mannes leerte, wird es mir doch gelingen. Gute Nacht!«

Sie eilte zu ihren Zimmern und ließ die anderen so erstaunt wie perplex zurück. Belinda war überzeugt, dass sie diese Fröhlichkeit nur vorgespielt hatte, um Doktor X— davon abzuhalten, in ihrem Zimmer bei ihr zu wachen, wie er es vorgeschlagen hatte. Doktor X—, der, wie er sagte, ihre Ladyschaft nach ihrem Charakter ganz allgemein beurteilte, hielt ihr Verhalten für reine Caprice, und der Chirurg, der, wie er wiederum sagte, sich von seiner Erfahrung mit der menschlichen Natur schlechthin leiten ließ, war sich sicher, dass sie, wie sie es ja selbst erklärt hatte, einfach feige gewesen war. Nachdem sie alle ihrer Meinung Ausdruck verliehen hatten, ohne einander überzeugen zu können, zogen sie sich zur Ruhe zurück.

Belindas Schlafzimmer lag neben dem von Helena, und als sie eine Stunde im Bett gewesen war, meinte sie, jemanden im Zimmer nebenan sich bewegen zu hören. Sie erhob sich und fand Lady Delacour vor, die neben dem Bett ihrer Tochter stand. Sie erschrak bei Belindas Anblick, aber sagte nur mit leiser Stimme, wobei sie auf ihr Kind zeigte: »Wecken Sie sie nicht auf.« Dann schaute sie sie einige Minuten still an. Der Mond schien genau auf ihr Gesicht. Sie beugte sich über Helena, strich ihr die Locken aus der Stirn und küsste sie zart.

»Sie werden doch gut zu diesem armen Mädchen sein, wenn ich gegangen bin, Belinda!«, meinte sie und wandte sich von ihr ab, als sie sagte: »Ich bin nur gekommen, um sie ein letztes Mal zu sehen.«

»Meinen Sie das denn ernst, meine liebe Lady Delacour?«

»Psst! Wecken Sie sie nicht«, sagte Lady Delacour und legte einen Finger an die Lippen, dann ging sie langsam aus dem Zimmer, wobei sie Belinda verbot, ihr zu folgen.

»Wenn meine Befürchtungen nur Einbildung sind«, sagte sie, »warum sollte ich Sie dann damit belasten? Wenn sie zutreffen, werden Sie meine Glocke hören, und dann kommen Sie zu mir.«

Für einige Zeit war dann alles vollkommen still im Haus. Belinda ging nicht wieder zu Bett, sondern saß da und wartete ängstlich. Die Uhr schlug zwei, und da sie weiter keinen Laut hörte, fing sie an zu hoffen, dass sie sich von unsinnigen Phantastereien hatte beunruhigen lassen, und sie legte sich auf ihr Bett, entschlossen, sich zu beruhigen und auszuruhen. Sie war gerade dabei einzuschlafen, als sie meinte, eine Glocke zu hören. Sie war sich nicht sicher, ob sie träumte oder wach war. Sie schreckte auf und lauschte. Es war ganz still. Aber ein paar Minuten später wurde Lady Delacours Glocke wild geläutet. Belinda flog die Treppen hinauf zu ihrem Zimmer. Der Chirurg war bereits da, er hatte im Zimmer nebenan gesessen und noch Briefe geschrieben und als Erster den Klang der Glocke gehört. Lady Delacour lag bewusstlos in den Armen des Chirurgen. Auf seine Anweisung hin lief Belinda sofort zu Doktor X—, der am anderen Ende des Hauses untergebracht war. Noch bevor sie zurückkehrte, war Lady Delacour wieder zur Besinnung gekommen. Sie bat darum, dass der Chirurg den Raum verlassen möge und dass erst einmal weder Doktor X noch Marriott hereinkommen sollten, da sie Miss Portman etwas von großer Wichtigkeit mitzuteilen habe. Der Chirurg zog sich zurück, und sie winkte Belinda zu sich heran, die sich auf die Bettkante setzte. Lady Delacour streckte ihr ihre Hand entgegen, die mit kaltem Tau bedeckt war.

»Meine liebe Freundin«, sagte sie, »meine Prophezeiung erfüllt sich – ich weiß, dass ich sterben muss.«

»Der Chirurg hat gesagt, dass Sie überhaupt nicht in Gefahr gewesen seien, meine liebe Lady Delacour! Das war nur ein Ohnmachtsanfall. Erlauben Sie einer reinen Einbildung nicht, Ihre Vernunft zu überwältigen.«

»Das ist keine reine Einbildung – ich muss sterben«, sagte Lady Delacour.

»›Ich hör' die Stimm', die du nicht hörst,
Sie sagt, nun musst du fort:
Ich seh' die Hand, du siehst sie nicht,
Sie weist zum fernen Ort.‹[81]

Sie sehen, ich bin vollkommen bei Sinnen, meine Liebe! Sonst könnte ich wohl kaum Lyrik zitieren. – Ich bin nicht verrückt – ich bin auch nicht im Delirium.«

Sie hielt inne. – »Ich schäme mich, Ihnen etwas zu sagen, womit ich mich, wie ich weiß, der Lächerlichkeit preisgebe.«

»Lächerlichkeit!«, rief Belinda. »Können Sie wirklich glauben, ich sei so grausam, dass ich Ihre Leiden für lächerlich halten könnte?«

Lady Delacour war überwältigt von der Zärtlichkeit, mit der Belinda zu ihr sprach.

»So will ich Ihnen denn alles sagen«, meinte sie, »ohne jede Zurückhaltung. Auch wenn es gar nicht zu der Geistesstärke zu passen scheint, die Sie von mir erwarten könnten, kann ich mich des Eindrucks nicht erwehren, den eine – eine Vision auf mich gemacht hat.«

»Eine Vision!«

»Dreimal«, fuhr Lady Delacour fort, »ist sie mir um diese Stunde erschienen. In der ersten Nacht, als wir hierherkamen, habe ich sie gesehen; letzte Nacht kam sie wieder, und heute Nacht erschien sie mir ein drittes Mal. Ich verstehe sie als Warnung, ich solle mich auf den Tod vorbereiten. – Sie sind überrascht. – Sie können es nicht glauben. Ich weiß, das muss Ihnen extravagant vorkommen, aber verlassen Sie sich darauf, was ich Ihnen sage, ist wahr. Es ist kaum eine Viertelstunde her, dass ich die Gestalt von – von dem Mann gesehen habe, für dessen frühen Tod ich verantwortlich bin. Immer wenn ich die Augen schließe, erscheint dieselbe Gestalt vor mir.«

»Diese Visionen«, sagte Belinda, »sind mit Sicherheit Auswirkungen des Opiums.«

»Die Gestalten, die vor meinen Augen flirren, wenn ich mich in dem Zustand zwischen Schlafen und Wachen befinde«, sagte Lady Delacour, »die sind, das will ich gerne glauben, Auswirkungen des Opiums, aber, Belinda, es ist ganz unmöglich, dass meine Sinne mich bei dem getäuscht haben, was ich im vollkommen wachen Zustand gesehen habe und bei so klarem Verstand, wie ich ihn jetzt gerade beweise. Durch meine Art zu leben, meine angeborene Fröhlichkeit, um nicht zu sagen: meinen

Leichtsinn, war ich immer eher der Ungläubigkeit zugeneigt als dem Aberglauben. Aber es gibt Dinge, denen kann keine Geistesstärke, keine Kühnheit widerstehen. Ich sage es noch einmal – dies ist eine Warnung für mich, ich soll mich auf den Tod vorbereiten. Kein menschliches Mittel, keine menschliche Macht kann mich retten!«

An dieser Stelle wurden sie von Marriott unterbrochen, die sich nicht länger davon abhalten ließ, in den Raum zu stürzen. Dr. X— folgte ihr und ging ruhig zu Lady Delacours Bett, um ihren Puls zu fühlen.

»Mrs Marriott, Sie brauchen sich nicht derartig aufzuregen«, sagte er. »Ihre Herrin ist in diesem Moment ebenso wenig in Gefahr, wie ich es bin.«

»*Sie* denken, sie wird leben! Oh, Milady, warum haben Sie uns einen solchen Schrecken eingejagt?«

Lady Delacour lächelte und sagte ruhig, während Dr. X— weiterhin ihre Pulsschläge zählte: »Der Puls mag Sie irreführen, Doktor, aber ich werde das nicht tun. – Marriott, Sie könnten ...«

Mehr hörte Belinda nicht, denn in ebendiesem Augenblick, als sie allein in der Nähe der Glastür gegenüber dem Bett stand, sah sie in einiger Entfernung die Gestalt, die Lady Delacour beschrieben hatte. Lady Delacour war gerade so in ihr Gespräch mit Dr. X— vertieft, dass sie nichts als ihn sah. Belinda war geistesgegenwärtig genug, vollkommen still zu bleiben. Die Gestalt stand für einen Moment da, ohne sich zu bewegen. Belinda ging ein paar Schritte näher an das Fenster heran, und da verschwand die Gestalt. Belinda hielt ihren Blick fest auf den Ort geheftet, wo sie verschwunden war, und sie sah, wie sie sich wieder erhob und schnell hinter einige Sträucher glitt. Belinda winkte Dr. X— zu sich heran, der wegen ihrer ungeduldigen Gesten erkannte, dass sie ihn sofort sprechen musste. Er überließ seine Patientin Marriott und folgte Miss Portman aus dem Zimmer. Sie erzählte ihm, was sie gerade gesehen hatte, sagte, es sei von allerhöchster Wichtigkeit, dass Lady Delacour die Wahrheit erführe, und verlangte, dass Dr. X— sich mit einigen Dienern aufmachen und den Garten durchsuchen sollte, um herauszufinden, ob sich dort jemand verberge und ob man irgendwelche Fußabdrücke finden könne. Der Doktor musste nicht lange suchen, bis er Fußspuren in den Beeten gegenüber der Glastür von Lady Delacours Schlafzimmer fand. Er folgte soeben deren Richtung, als er einen lauten Schrei hörte, der von der anderen Seite der Gartenmauer zu kommen schien. Es gab eine Lücke in der Mauer, über die er unter großen Mühen klettern konnte. Die Schreie waren nun mit doppelter Lautstärke zu hören. Als er sich auf den Weg zu der Stelle machte, traf er den alten Gärtner, der mit einer Laterne in der Hand einen der Fußwege überquerte.

»Ho, ho!«, rief der Gärtner. »Ich glaube fast, wir haben den Dieb endlich erwischt. Ich nehme an, dass der Kerl, dessen Spuren ich gefunden habe und der jede Nacht an meiner Schattenmorelle war, mir in die Falle gegangen ist. Na, ich hoffe trotz allem, dass er sich nicht das Bein gebrochen hat! – Hierher, Sir! – Hierher!«

Der Gärtner führte den Doktor an die besagte Stelle, und dort fanden sie einen Mann, dessen Bein tatsächlich in der Springfalle klemmte, die man zur Verteidigung des Schattenmorellenbaums aufgestellt hatte. Der Mann war mittlerweile ohnmächtig geworden; sie zogen ihn so schnell wie möglich aus der Falle, und Dr. X— ließ ihn ins Haus zu Lady Delacour bringen, damit der Chirurg, der bei ihr war, sich sein Bein anschauen konnte.

Als sie ihn durch die Eingangshalle trugen, kam ihnen Belinda entgegen. Sie goss ein Glas Wasser für den Mann ein, der sich gerade ein wenig von seiner Ohnmacht erholte, aber als sie näher an ihn herankam, fiel ihr seine wundersame Ähnlichkeit mit Harriett Freke auf.

»Das muss Mrs Freke selbst sein!«, flüsterte sie Marriott zu, deren weit geöffnete Augen sich gerade auf sie richteten.

»Das muss Mrs Freke selbst sein, Ma'am!«, wiederholte Marriott.

Und so war es auch.

Es gibt eine Gruppe von Menschen, die unfähig sind, ihnen Ebenbürtigen großmütig zu vertrauen, die aber die Neigung haben, unter der Hand erworbenen Informationen ihrer Untergebenen grundsätzlich Glauben zu schenken. Vermittelt durch Champfort und die *dumme Zofe*, hatte Mrs Freke eine wirre Geschichte über Lady Delacours Boudoir gehört, von den Tritten eines Mannes, die man gehört habe, dass er von Marriott unter strengster Geheimhaltung eingelassen worden und dort stundenlang eingeschlossen gewesen sei, und dass man die Zofe entlassen habe, nur weil sie in aller Unschuld versucht habe, die Tür zu öffnen, während der Gentleman dort verborgen gewesen sei. Mrs Freke war außerdem von derselben unstrittigen Autorität darüber informiert worden, dass Lady Delacour ein Haus in Twickenham bezogen habe, allein um dort ihren Liebhaber zu treffen, und dass Miss Portman und Marriott ihre einzigen Begleitpersonen bei dieser Vergnügungsreise seien.

Sich voll und ganz auf diese Informationen verlassend, hatte Mrs Freke, die Mrs Luttridge in die Stadt eskortiert hatte, sich prompt nach Twickenham aufgemacht, um einen Cousin dritten Grades zu besuchen und die Gelegenheit zu nutzen, die ganze Intrige aufzudecken und dann die Schandtaten ihrer früheren Freundin öffentlich zu machen. Das Bedürfnis, sich an Miss Portman zu rächen, die ihre freundlichen Angebote bezüglich Harrogate abgelehnt hatte, hatte sie in ihren bösartigen Aktivitäten noch bestärkt. Sie wusste, dass, wenn sie beweisen konnte, dass Belinda in Lady Delacours Intrigen eingeweiht war, deren Ruf auf übelste beschädigt würde, und dass die Percivals dann genauso erpicht darauf sein würden, die Beziehung zu Mr Vincent zu beenden, wie sie diese jetzt zu fördern versuchten. Getrieben von solchen Hoffnungen auf einen doppelten Triumph, begann die rachsüchtige Dame mit ihren Manövern, wobei sie sich auch nicht genierte, in die Rolle einer Spionin zu schlüpfen. Die allumfassende und so schön zweckdienliche Bezeichnung *Spaß* würde schon jede Gemeinheit decken. Sie schwor, es sei einfach »ein Riesenulk, sich nachts Männerkleider anzuziehen und sich auf den Weg zu machen, um die Bewegungen des Feindes auszuspionieren«.

Über einen wenig genutzten Weg fand sie das Fenster, durch das man in Lady Delacours Schlafzimmer schauen konnte. Sie war die Gestalt, die dort nachts um eine bestimmte Stunde erschien und in der verstörten Phantasie ihrer Ladyschaft die Form von Colonel Lawless annahm. Es gab sogar Ähnlichkeiten in ihrer Größe und im Aussehen, die den Irrtum begünstigten. Mehrere Nächte lang machte Mrs Freke ihre Besuche, ohne etwas herauszufinden, aber in dieser Nacht schien sie über die Maßen für ihre Mühen belohnt zu werden, denn zu ihrem Entzücken konnte sie endlich eine Entdeckung machen. Sie glaubte, in dem Chirurgen den vermeintlichen Liebhaber gefunden zu haben, und war eben dabei, mit dieser wunderbaren Neuigkeit nach Hause zu eilen, als sie dem Gärtner in die Falle ging. Die Schmerzen, die sie empfand, waren zunächst entsetzlich, aber nach ein paar Stunden ließen sie nach, und nun wandte sie sich an Belinda und meinte mit einem boshaften Lächeln: »Miss Portman, es ist nur gerecht, dass ich für meine Ausspäherei bestraft werde, aber ich werde nicht so teuer dafür bezahlen wie einige meiner Freunde.«

Miss Portman verstand sie zunächst überhaupt nicht, bis sie hinzufügte: »Sicherlich werden Sie zugeben, dass es für eine Dame besser ist, ihr Bein zu verlieren als ihre Reputation – ich für mein Teil lasse mich lieber in einer Menschenfalle erwischen, als dass ich mit einem Mann in meinem Schlafzimmer erwischt werde. Richten Sie also meiner Freundin Lady Delacour in diesem Sinne schöne Grüße von mir aus.«

»Und wissen Sie auch, wer der Gentleman war, den Sie im Zimmer ihrer Ladyschaft gesehen haben?«

»Ich, nein – noch nicht, aber ich werde es mir zur Aufgabe machen, auch das herauszufinden. Ich sage es Ihnen gleich: Ich werde zum Tier, wenn man mich ärgert. Warum haben Sie keinen Wert auf meine Freundschaft gelegt, als ich sie Ihnen angeboten habe? – Mich führen Sie nicht hinters Licht. Ich habe alles gesehen, was ich sehen wollte, und den Rest reime ich mir schon noch zusammen. Was den Mann betrifft und wer es sein mag, ist mir völlig egal. Ein Lothario[82] hilft mir für meine Zwecke so gut weiter wie ein anderer.«

Mrs Freke hätte wohl noch weiter über ihre bösen Triumphe gesprochen, wenn sie nicht durch lautes Lachen seitens des Chirurgen unterbrochen worden wäre. Ihr Verdruss war unbeschreiblich, als er sie darüber unterrichtete, dass er der Mann gewesen sei, den sie in Lady Delacours Schlafzimmer gesehen und für einen ach so geheimen Liebhaber gehalten hatte.

»Wie der Arzt in Lesages Roman *Gil Blas*«, sagte Doktor X—, »der gefordert wurde, weil er die Ehre eines chirurgischen *Tête-à-Têtes* mit der ehrenwerten Sephora gehabt hatte.«

Mrs Frekes Bein wies tiefe Wunden und blaue Flecken auf, und jetzt, da sie nicht mehr von der Hoffnung auf Rache aufrechtgehalten wurde, begann sie laut und ohne Unterlass über die Verletzung zu klagen, die man ihr zugefügt hatte. Sie verlangte ungeduldig zu wissen, wie lange sie aller Wahrscheinlichkeit nach wegen dieses Unfalls außer Gefecht gesetzt sein würde, und sie wurde erst richtig wütend, als man andeutete, dass die Schönheit ihrer Beine gelitten habe und dass sie wohl nie wieder so gut in Männerkleidung aussehen würde. Die Furcht, von Lady Delacour in dieser betrüblichen, aber auch lächerlichen Situation gesehen zu werden, die sie sich zudem selbst eingebrockt hatte, beschäftigte sie als Nächstes, und immer, wenn die Tür des Raumes sich öffnete, schaute sie erschreckt auf in der Erwartung, ihre Ladyschaft möchte erscheinen. Aber obwohl Lady Delacour sofort von Marriott die Neuigkeiten von Mrs Frekes Desaster gehört hatte, belästigte sie die Dame nicht mit ihrer Gegenwart. Sie war zu großmütig, als dass sie einen gefallenen Feind verhöhnt hätte.

Früh am Morgen brachte man Mrs Freke auf ihren eigenen Wunsch ins Haus ihres Cousins, wo wir sie ohne großes Bedauern allein lassen, damit sie die Folgen ihres ›Riesenulks‹ auskurieren kann.

»Ich falsche Prophetin! – Trotz all meiner Visionen habe ich die Nacht überlebt, wie Sie sehen«, sagte Lady Delacour zu Miss Portman, als sie sich am Morgen trafen. »Ich habe gehört, meine liebe Belinda, und ich glaube das auch, dass das Gefühl der Liebe, die ja alles ertragen kann: Capricen, Laster, Falten, körperliche Verunstaltung, Armut, ja, sogar Krankheit, doch ein wenig heikel auf Torheit beim geliebten Objekt reagiert. Ich hoffe, dass Freundschaft, auch wenn sie eine Verwandte der Liebe ist, eine robustere Konstitution hat, sonst weiß ich nicht, was aus mir würde? Meine Torheit, meine Visionen und mein Gespenst – oh, wenn ich mich doch nicht auf diese Art vor Ihnen entblößt hätte! – Sogar Harriet Freke ist kaum verachtenswerter als ich. Spione und Feiglinge gehören in etwa in dieselbe Kategorie. Harriett Frekes Bosheit und ihre ewigen *Späße* sind einfach Teil ihres Charakters, aber Ängste und Aberglaube passen überhaupt nicht zu dem meinen. Vergessen Sie bitte den Unsinn, den ich Ihnen gestern Nacht erzählt habe, oder sagen Sie sich, ich hätte unter dem Einfluss von Laudanum gesprochen. Heute Morgen werden Sie *die wahre Lady Delacour* wiedersehen. Ist Dr. X— und ist der Chirurg bereit? Wo stecken sie denn? Ich bin so weit. Meine Charakterstärke wird mich in Ihrer guten Meinung wieder rehabilitieren, Belinda, und natürlich in meiner eigenen auch.«

Doktor X— und der Chirurg erschienen prompt, als sie von ihr einbestellt wurden.

Helena hörte, wie sie in Lady Delacours Raum gingen, und sie erkannte an Marriotts Gesicht, die ihnen folgte, dass sich ihre Mutter jetzt der Operation unterziehen würde. Sie setzte sich angstvoll zitternd auf die Stufen, die zum Zimmer ihrer Mutter führten, und wartete lange Zeit, wie ihr schien, in höchster Anspannung. Endlich hörte sie, wie jemand »Helena« rief. Sie schaute auf und sah ihren Vater ganz in ihrer Nähe stehen.

»Helena«, sagte er, »wie geht es deiner Mutter?«

»Ich weiß es nicht – oh, Papa, Sie können da *jetzt* nicht hineingehen«, sagte Helena und hielt ihn auf, als er zur Tür hindrängte.

»Warum hast nicht du oder Miss Portman mir gestern wie versprochen geschrieben?«, fragte Lord Delacour in einer Stimme, die zeigte, dass er kaum in der Lage war, zu sprechen.

»Weil wir, Papa, nichts zu berichten hatten. Gestern ist noch nichts geschehen. Aber der Chirurg ist jetzt da drin«, sagte Helena und zeigte auf das Zimmer ihrer Mutter.

Lord Delacour stand für einen Moment bewegungslos da, dann nahm er plötzlich die Hand seiner Tochter. »Lass uns gehen«, sagte er, »wenn wir hierbleiben, werden wir ihre Schreie hören«, und er schob sie hastig vom Eingang weg, als die Tür von Lady Delacours Räumen sich öffnete und Belinda erschien, ihr Gesicht strahlte vor Freude.

»Gute Neuigkeiten, liebe Helena! – Oh, Milord! Sie kommen in einem glücklichen Augenblick – ich gratuliere.«

»So ein Glück! So ein Glück! So ein Glück!«, rief Marriott, die ihr folgte.

»Ist es vorbei?«, sagte Lord Delacour.

»Und ohne einen einzigen Schrei!«, sagte Helena. »Wie tapfer sie ist!«

»Es gab überhaupt keinen Grund für Schreie und auch keinen für Tapferkeit, dem Himmel sei Dank!«, sagte Marriott. »Doktor X— sagt es, und er ist der beste Arzt der Welt und der klügste. Und ich habe von Anfang an recht gehabt, ich habe ja gesagt, es ist ganz unmöglich, dass Milady ein so entsetzliches Leiden hat, wie sie gedacht hat, sie hätte es. So etwas gibt es in diesem Fall gar nicht, Milord! Ich habe das schon immer gesagt, bis ich von diesem Schurken von einem Quacksalber mich habe bereden lassen, der mir nur immer wegen seinen Einkünften widersprochen hat. Und Doktor X— sagt, wenn Milady die schrecklichen

Mengen Laudanum weglässt, die sie immer genommen hat, würd' er ihr versprechen, dass sie wieder gesund wird.«

Der Chirurg und Doktor X— erklärten Lord Delacour nun, dass der gewissenlose Scharlatan, an den sich ihre Ladyschaft gewandt hatte, um Hilfe zu erhalten, ihr eingeredet habe, sie habe Krebs, dabei resultierten ihre Beschwerden nur aus der Prellung, die sie erlitten hatte. Er habe nur zu gut gewusst, wie man eine Verwundung schlimm und schmerzhaft machen könne, um sie irrezuführen und dies weiterhin zu seinem Vorteil zu nutzen. Doktor X— unterstrich, wenn Lady Delacour ihm oder dem Chrirurgen eher erlaubt hätte, sich über den wahren Stand ihrer Krankheit zu *informieren*, so hätte sie sich unendlich viel Schmerz und ihnen allen große Sorge ersparen können. Belinda war in diesem Moment so von ihren Gefühlen überwältigt, dass sie kein Wort herausbrachte.

»Und jetzt bin ich so sicher wie nur was«, rief Marriott, »dass Mr Champfort vor Ärger umkommen würde, wenn er die Freude sehen könnte, die meinem Herrn in diesem Augenblick ins Gesicht geschrieben ist. Und überhaupt können wir uns alle bei Miss Portman für das hier bedanken, denn sie war's, die alles wieder in Ordnung gebracht hat, und ich hätte nie gedacht, dass ich so ein Glück noch erleben würde.«

Während Marriott auf diese Weise immer weiter plapperte mit der Redseligkeit großer Freude, drängte sich Lord Delacour mit einigen Schwierigkeiten an ihr vorbei, und Helena lag im selben Augenblick in den Armen ihrer Mutter.

Lady Delacour gingen ihre liebevollen Blicke und Worte so zu Herzen, dass sie in Tränen ausbrach. »Wie wenig habe ich doch solche Freundlichkeit von Ihnen verdient, Milord! Auch von dir nicht, mein Kind! Aber meine Gefühle«, fügte sie hinzu und wischte sich die Tränen aus den Augen, »sollen sich nicht in Tränen erschöpfen und auch nicht in sinnlosen Dankesworten. Meine Taten, der ganze Verlauf meines künftigen Lebens, soll zeigen, dass ich doch kein völliger Unmensch bin. Sogar Unmenschen lassen sich mit Liebe und Güte gewinnen. Ich hoffe, Sie haben es gehört, Milord«, fuhr sie lächelnd fort, »*gewinnen* habe ich gesagt, nicht *zähmen!* – Eine gezähmte Lady Delacour dürfte wirklich ein trauriges Wesen sein, keinen Blick wert. Wenn sie dann auch noch zum Haustier würde, wäre es noch schlimmer.«

»Wie das? – Wie das, meine Liebe?«, fragten Lord Delacour und Belinda nahezu im selben Augenblick.

»Wie das! – Nun, wenn Lady Delacour ihr Rouge abwaschen und ihre Allüren ablegen würde und so sanft, gut und lieb wie zum Beispiel Belinda Portman wäre, so würde ihr Herr und Gemahl sicherlich zu ihr sagen:

›So anders sind Gesicht und Geist,
's wär Meineid, liebt' ich dich auch so.‹«[83]

Kapitel XXIII
Der Kaplan

Bei manchen Menschen sind Gefühle der Freude immer mit Wohlwollen und Großzügigkeit verbunden. Lady Delacours Herz weitete sich voller Freundschaft und Dankbarkeit, seit sie von den Sorgen befreit war, die sie so lange niedergedrückt hatten.

»Meine liebe Tochter«, sagte sie zu Helena, »hast du gerade einen Wunsch, den ich dir erfüllen kann? – Bitte mich um alles, was du nur willst, die Fee des guten Willens wird es dir im Handumdrehen herschaffen. Du hast gleich an einen Wunsch gedacht, das erkenne ich an deinen Augen und weil du rot geworden bist. Nein, zögere nicht. Glaubst du mir nicht so recht, weil ich nicht vor dir stehe als kleine hässliche alte Frau, wie Cinderellas Patin? Oder hältst du mich für verachtenswert, weil ich nicht mit einem Zauberstab in der Hand wedele? – ›Ah, du wenig in der Zauberkunst Bewanderte‹,[84] wisse doch, dass ich über einen Talisman verfüge, der mehr Wünsche erfüllen kann, als je eine Fee gewährt hat. Schau einmal, hier, mein Talisman«, fuhr sie fort, zog ihren Geldbeutel heraus und zeigte ihr das Gold durch das Netz. »Sprich frei heraus«, rief sie Helena zu, »und schon gehorcht man dir.«

»Ach, Mama«, sagte Helena, »ich hatte nicht an Dinge gedacht, die Feen oder Gold herbeizaubern können, aber *Sie* können mir einen Wunsch gewähren, und wenn ich darf, so will ich ihn Ihnen ins Ohr flüstern.«

Lady Delacour beugte sich hinunter, um den Wunsch ihrer Tochter anzuhören.

»Dein Wunsch ist dir gewährt, mein liebes, dankbares, wunderbares Mädchen!«, sagte ihre Mutter.

Helenas Wunsch war es gewesen, dass sich ihre Mutter mit ihrer lieben Tante Margaret aussöhnen wolle. Ihre Ladyschaft setzte sich sogleich nieder und schrieb an Mrs Delacour. Helena trug diesen Brief zur Empfängerin, und Lady Delacour versprach, der guten Dame ihre Aufwartung zu machen, sobald sie wieder in die Stadt kommen würde.

In der Zwischenzeit verbesserte sich die Gesundheit ihrer Ladyschaft schnell unter der kundigen Fürsorge von Doktor X—; sie hatte ganz furchtbar unter der Ignoranz und der Schurkerei des üblen Quacksalbers gelitten, dem sie so lange und so übereilt vertraut hatte. Die Geheimmittel, die einzunehmen er sie überredet hatte, und der unmäßige Gebrauch von Opium, an den sie sich gewöhnt hatte, hätten ihre Konstitution völlig ruiniert, wäre sie nicht so außergewöhnlich stark gewesen. Doktor X— empfahl ihrer Ladyschaft, das Opium nach und nach abzusetzen, und diesem Ratschlag kam sie zügig und beharrlich nach.

Die Veränderungen in Lady Delacours Art zu leben, ihrer Zeiteinteilung und der Gesellschaft, mit der sie sich umgab, trugen sehr zu ihrer Genesung[85] bei. Sie war nicht mehr in ständiger Sorge, ihren Gesundheitszustand vor aller Welt verbergen zu müssen. Sie musste kein Geheimnis mehr wahren – nicht mehr schauspielern; die Versöhnung mit ihrem Gatten und seinen Freunden erfüllte sie mit Ruhe und Wohlbehagen. Die kleine Helena war ihr eine tägliche Quelle der Freude, und da sie nicht mehr das Gefühl haben musste, sie vernachlässige ihre Tochter, brauchte sie auch nicht mehr zu fürchten, das Kind könnte ihr entfremdet werden. Doktor X—, der sehr wohl wusste, dass das geistige Wohl großen Einfluss auf den Körper hat, befand es in einigen Fällen für ebenso wichtig, sich mit dem Seelenleben seiner Patienten zu beschäftigen wie mit dem Puls. Durch seine Gespräche mit Lady Delacour und indem er Verbindungen zwischen gewissen Hinweisen und Umständen herstellte, entdeckte er bald, was in letzter Zeit die Richtung ihrer Lektüre bestimmt hatte und welchen Eindruck diese auf ihre Vorstellungskraft gemacht hatte. Mrs Marriott half ihm nach Kräften dabei, indem sie dezidiert die Meinung kundtat, die sie bezüglich *dieser methodistischen Bücher* hatte, und als er sich an die Vorahnungen eines nahen Todes erinnerte, die ihre Ladyschaft beschäftigt hatten, und an den furchtbaren Schrecken, den sie am Abend von Mrs Frekes Abenteuer bekommen hatte, war er fest davon überzeugt, dass abergläubisches Grauen und Ängste die Lebensgeister seiner Patientin niederdrückten und ihre Gesundheit beeinträchtigten. Über religiöse Themen zu diskutieren hielt er jedoch nicht für seine Aufgabe, und es lag ihm auch überhaupt nicht, aber er kannte einen Herrn, der sowohl durch seinen Beruf als auch durch seinen Charakter befähigt war, etwas »zu ersinnen für ein krank Gemüt«,[86] und er beschloss, bei der nächsten passenden Möglichkeit diesen Gentleman ihrer Ladyschaft vorzustellen.

Eines Morgens beklagte sich Lady Delacour gerade darüber, dass die Bücher in der Bibliothek in einem so furchtbaren Durcheinander seien. »Milord hat eigentlich eine sehr gute Bibliothek«, sagte sie, »aber ich wünschte, er hätte nur halb so viele Bücher, bloß dass diese doppelt so gut geordnet wären: Ich kann nie das finden, was ich suche. Dr. X—, ich wünschte wirklich, Sie könnten Milord einen Bibliothekar empfehlen – aber, denken Sie daran, bloß keinen Kaplan.«

»Warum keinen Kaplan? Darf ich Ihre Ladyschaft das fragen?«, sagte der Doktor.

»Oh, weil wir einmal einen Kaplan hatten, der mir den ganzen Stand zuwider hat werden lassen. Ein ganz niedriger Kriecher und dabei gleichzeitig ein unverschämter Wichtigtuer – ständig schmeichelte er einem, und dabei intrigierte er doch die ganze Zeit – wollte die ganze Familie beherrschen und war zugleich der untergebenste Diener von jedermann – scharwenzelte um den Herrn Lord Bischof herum, war unverschämt zum armen Vikar – wer immer ihm widersprochen hat, wurde mit dem Kirchenbann belegt, und dabei konnte er sich überhaupt nicht den Respekt verschaffen, der seinem Glauben und seiner Stellung gebührt. Wartete gierig auf Beförderung, und das ohne einen Gedanken an die Pflichten seines Berufes zu verschwenden. Er hatte es sich angewöhnt, vor der Kirchentür von seinem Pferd zu springen, nachdem er auf der Jagd hinter den Hunden hergeritten war, sich sein Chorhemd überzuwerfen und den Gottesdienst auf eine Art herunterzurasseln, die man nur als Verhöhnung jeder Religion beschreiben kann. Hören Sie eine gewisse Bitterkeit in meinem Ton? Diese ist wahrlich berechtigt. Es war ebendieser Kaplan, der Milord nach Newmarket mitgenommen hat; er war es, der ihm das Trinken nahegebracht hat. Dann hielt er sich auch noch für *geistreich* – unerträglich geistreich! Seine Sprache, nachdem er getrunken hatte, war so geartet, dass keine Frau außer Harriet Freke ihn verstanden hätte und nur *wenige Gentlemen* sie hätten hören wollen. Man hat mich ja – leider! – nie für prüde gehalten, aber sogar in der wildesten Zeit meiner Jugend und Umtriebigkeit hat mich dieser Mann immer nur angewidert. Mit einem Wort, er war eher ein

Geld-Geistlicher und Libertin. Ich hoffe, Ihnen ist diese Gattung genauso ein Graus wie mir?«

»Mit Sicherheit«, erwiderte Doktor X—, »aber ich halte diese Leute für Monster, die, da sie zu gar keiner Gattung gehören, auch keiner zur Schande gereichen dürften.«

»Man sollte sich darauf einigen, sie aus der zivilisierten Gesellschaft hinauszujagen«, sagte Lady Delacour.

»Die öffentliche Meinung vernünftiger Menschen hat sie längst aus deren Gesellschaft verbannt, und die berechtigte Entrüstung ihrer Ladyschaft beweist, dass sie auch keine Chance haben, von der modisch-eleganten Gesellschaft toleriert zu werden. Aber gesteht man solchen Wesen nicht zu viel Bedeutung zu, würden wir nicht ihre Macht, Unheil anzurichten, noch vergrößern, wenn wir feststellen müssten, dass Lady Delacour wegen eines solchen Kaplans den ganzen Berufsstand der Geistlichen verabscheut?«

»Es ist ungewöhnlich«, antwortete ihre Ladyschaft, »wenn ein Arzt so *ganz ernsthaft* die Kleriker verteidigt – und vor allem, wenn es ein Arzt mit literarischen und philosophischen Neigungen ist! Werden wir nach den Lobeshymnen auf Kapläne auch noch welche auf Bischöfe zu hören bekommen?«

»Das haben wir bereits«, antwortete Doktor X—. »Alle Schichten, Überzeugungen und Sorten von Menschen, hoffentlich auch die, die man Philosophen schimpft, sind sich einig in ihrer Bewunderung für den Bischof von St. Pol de Léon.[87] Das Verhalten der echten Märtyrer des Glaubens unter den französischen Geistlichen würde nicht einmal der witzigste und brutalste Skeptiker ins Lächerliche ziehen.«

»Sie überraschen mich, Doktor!«, sagte Lady Delacour. »Denn man sagt von Ihnen, Sie seien überaus liberal in Ihren Meinungen.«

»Ich hoffe doch, dass ich liberal in meinen Meinungen bin«, erwiderte der Doktor, »und dass ich Ihrer Ladyschaft das beweisen kann.«

»Sie würden also einen Mann oder eine Frau nicht deswegen mit Witz und Hohn verfolgen, weil er oder sie an mehr glaubt, als Sie es tun?«, sagte Lady Delacour.

»Diejenigen, die andere verfolgen, um die Religion zu überwinden, können kaum von sich behaupten, sie seien die größeren Philosophen oder liberaler als diejenigen, die andere um der Religion willen verfolgen«, sagte Doktor X—.

»Vielleicht sprechen Sie jetzt, Herr Doktor, nur so, weil es gerade populär ist?«

»Ich halte das, was ich gesagt habe, für wahr«, sagte Doktor X—, »und ich versuche immer, die Wahrheit populär zu machen.«

»Aber womöglich sind das nur Wahrheiten, die sich für Damen eignen. Doktor X— könnte ja ein so wenig galanter Philosoph sein, dass er meint, einige Wahrheiten seien nicht für Damen geeignet. Vielleicht spricht er mit Gentlemen ganz anders.«

»Ich wäre nicht nur ungalant, sondern auch ein schwacher Philosoph«, sagte Doktor X—, »wenn ich nicht glaubte, dass die Wahrheit für alle Menschen, die sie verstehen können, die gleiche ist. Und wer könnte irgendwelche Zweifel daran hegen, dass Lady Delacour dazugehört?«

Lady Delacour, die sich am Beginn dieser Unterhaltung noch vorsichtig zurückgehalten hatte, weil sie befürchtete, die Meinung des Doktors über ihre Fähigkeit zu denken könne Schaden nehmen, wurde durch die Art, wie er jetzt sprach, beruhigt. Nun ließ sie ein wenig ihren üblichen spöttischen Ton beiseite und sagte zu ihm: »Nun, Doktor, ernsthaft, ich bin nicht so ›illiberal‹, dass ich *alle* Kapläne wegen des einen verdammen würde, auch wenn er wirklich grässlich war. Aber wo soll man seinen Gegenpart in diesen heruntergekommenen Zeiten finden? Können Sie, der Sie ein Verteidiger des Glaubens und so weiter sind, mir helfen? Würden Sie Milord jemanden empfehlen?«

»Gerne«, sagte Doktor X—, »und das würde ich nicht um Unsummen an Geld sagen, wenn ich mir nicht absolut sicher wäre, dass er der richtige Mann ist.«

»Was für ein Mann ist er?«

»Kein Geld-Geistlicher und Libertin.«

»Und hoffentlich kein Pedant, kein Dogmatiker, denn das wäre beinahe genauso schlimm. Bevor wir uns einen neuen Kaplan ins Haus holen, möchte ich all seine Eigenschaften kennen und eine vollständige und zutreffende Beschreibung von ihm bekommen.«

»Darf ich Ihnen dann eine vollständige und zutreffende Beschreibung in den Worten von Chaucer geben?«

»In welchen Worten Sie wollen. Aber ein Kaplan aus der Chaucer-Zeit dürfte mittlerweile ein wenig altmodisch geworden sein, denke ich.«

»Ah, verzeihen Sie, aber einige Menschen und einige Dinge kommen nie aus der Mode. Ich würde mich nicht schämen, Chaucers Pfarrer heute in die beste Gesellschaft in England einzuführen. Ich würde mich ebenso wenig schämen, ihn für ihre Ladyschaft herbeizuschaffen, und wenn ich mich der etwa zwanzig Verse zu seinen Gunsten erinnern kann, so hoffe ich, Sie werden mir zugestehen, dass ich ein echter Freund des würdigen Teils der Geistlichkeit bin. Bitte verstehen Sie mich nicht falsch, Sie müssen sie nehmen, wie ich sie noch zusammenbekomme; ich kann nicht versprechen, dass ich zwanzig Verse fortlaufend und ohne ein Wort auszulassen rezitieren kann; ich würde nicht einmal darauf schwören, dass mir das gelingen würde, wenn ich es für seine Gnaden, den Erzbischof von Canterbury, tun müsste.«

»Seine Gnaden würde Sie wahrscheinlich nicht unbedingt darauf schwören lassen, in jedem Fall werde ich es nicht tun«, sagte Lady Delacour, »zumindest in diesem Falle. Und jetzt lassen Sie uns die zwanzig Verse hören, in welcher Reihenfolge auch immer.«

Doktor X— rezitierte die folgenden Verse, mit mehreren Denkpausen, die wir dem Leser ersparen:

Ein guter Mann aus heil'gem Stand war dort;
Ein Pfarrer war's aus einem kleinen Ort;
Arm, und doch reich an Werken und Gedanken.
Er war gelehrt und wollte sonder Wanken
Das Evangelium Christi treu erklären
Und die Gemeinde frommen Sinns belehren.
Wohlwollend war er, immer dienstbereit
Und voll Geduld in Widerwärtigkeit.
Das zeigt' er oft, wenn schwer er ward versucht.
Um seinen Zehnten hat er nie geflucht.
Nein, lieber schenkt' er selber voll Erbarmen
Von den Gebühren noch den Kirchspielarmen,
Ja selbst von seinem eignen Hab' und Gut.
Bei Wen'gem lebt' er mit vergnügtem Muth.
Weit war sein Kirchspiel und fernhin zersplittert
Und doch, wie sehr es regnet und gewittert,
Blieb er bei Siechthum und bei Mißgeschick
Die Fernsten zu besuchen nicht zurück –
Zu Fuß, in seiner Hand den Wanderstab.
Das Beispiel, das er der Gemeinde gab,
War, erst zu handeln und hernach zu lehren.
So pflegt' er Gottes Worte zu erklären.[88]

Lady Delacour wünschte, sie könne einen Kaplan finden, der auf irgendeine Art und Weise diesem wunderbaren Gemeinde-Priester entspräche, und Doktor X— versprach, er würde ihr am nächsten Tag seinen Freund Mr Moreton vorstellen.

»Mr Moreton!«, sagte Belinda, »etwa der Gentleman, von dem Mr Percival gesprochen hat, Mrs Frekes Mr Moreton?«

»Ja«, sagte Doktor X—, »der Geistliche, den Mrs Freke *in effigie*[89] hat hängen lassen und dem Clarence Hervey eine kleine Pfründe vermittelt hat.«

Diese Umstände hätten Lady Delacour, selbst wenn der Mann nicht so ganz Chaucers Beschreibung des wohltätigen

Geistlichen entsprochen hätte, zu seinen Gunsten eingenommen. Sie fand bei näherer Bekanntschaft, dass er das genaue Gegenteil von ihrem früheren Kaplan war, und ihm gelang es nach und nach, sie in ihrem Denken so wohltuend zu beeinflussen, dass er sie von den Schrecken des Methodistentums befreien konnte und ihr an dessen Stelle die Tröstungen einer milden und vernünftigen Frömmigkeit vermittelte.

Ihr Gewissen war damit zur Ruhe gekommen, ihre Lebensgeister waren an der Wirklichkeit orientiert und ausgeglichen, und ihre Konversationsgabe war noch nie so unterhaltsam gewesen. Belebt von dem neugewonnenen Gefühl, dass ihre Gesundheit wiederhergestellt war, und von der Hoffnung auf häusliches Glück, schien sie bemüht, ihr Glück an alle um sie herum weiterzugeben, aber vor allem an Belinda, der sie besonders viel zu verdanken hatte und der sie mit ganz besonderer Herzlichkeit zugetan war. Belinda ließ ihre Freundin nie das Gewicht irgendeiner Verpflichtung fühlen, was zur Folge hatte, dass Lady Delacours Dankbarkeit eine ganz freiwillige Freude war statt einer unliebsamen Pflicht. Nichts konnte Miss Portman mehr beglücken, als sich auf diese Weise gleichzeitig als Objekt von Wertschätzung, Zuneigung und Respekt zu fühlen, zu sehen, dass sie nicht nur die Mittel gefunden hatte, um das Leben ihrer Freundin zu retten, sondern auch, dass der Einfluss, den sie auf deren Denken gewonnen hatte, wahrscheinlich langfristig eine Wohltat für deren Familie war und ebenso für sie selbst.

Belinda fand, dass nicht nur ihr das Verdienst für diese Bekehrung gebührte, sie wollte es, was sie betraf, nur zu gerne nicht nur mit Doktor X— und Mr Moreton, sondern auch mit dem *armen Clarence Hervey* teilen. Sie bemerkte mit Freuden, dass Lady Delacour keine Gelegenheit ausließ, seinem Verdienst die Ehre zu erweisen, und sie liebte sie für diese Großmut, in deren Überschwang ihre Lobeshymnen manchmal die Grenzen der reinen Gerechtigkeit überschritten. Aber Belinda bemühte sich, konsequent zu bleiben und ihr Herz vor der gefährlichen Wirkung dieses begeisterten Lobs zu schützen, und da Lady Delacour nun gesundheitlich ausreichend wiederhergestellt war, kündigte sie an, dass sie vorhabe, gleich nach Oakley Park zurückzukehren, gerade wie sie es Lady Anne Percival und Mr Vincent versprochen hatte.

»Aber, meine Liebe«, sagte Lady Delacour, »eine Woche ist alles, worum ich Sie bitte. – Darf die Freundschaft nicht ein solches Opfer von der Liebe fordern?«

»Sie erwarten, wie ich weiß«, sagte Miss Portman freimütig, »dass vor dem Ende dieser Zeit Mr Hervey wieder hier sein wird.«

»Das ist wahr. Und haben Sie für ihn denn keine freundschaftlichen Gefühle?«, sagte Lady Delacour mit einem verschmitzten Lächeln. »Oder ist Freundschaft für die Menschen dieser Schöpfung, einen gewissen Augustus Vincent ausgenommen, durch die Statuten von Oakley Park verboten?«

»Durch die Statuten von Oakley Park ist gar nichts verboten«, sagte Belinda, »aber was sagt Ihnen die Stimme der Vernunft …«

»Vernunft! Ich gebe es wirklich auf, wenn Sie mir mit der Stimme der Vernunft daherkommen. Sie sind, wie ich weiß, unverwundbar durch die leichten Pfeile des Witzes, wenn Sie sich in diesem schweren Panzer der Vernunft verschanzen; Cupido selbst könnte seinen Bogen noch so eifrig spannen und Pfeile ohne Ende bemühen, es wäre vergebens. Aber, seien Sie gewarnt – Sie können nicht Ihr ganzes Leben in dieser Rüstung verbringen – wenn Sie sie nur für einen Augenblick ablegen, wird der freche kleine Kerl seine Beute bekommen. Denken Sie nur an Raphaels Bild von Cupido, der in die Rüstung des Weltenherrschers kriecht.«

»Ich bin mir der Macht Cupidos und seiner Listen«, sagte Belinda lächelnd, »durchaus bewusst. Ich würde mich gegen seine üblen Taten nicht wehren, sondern vor ihnen fliehen.«

»Es ist so feige zu fliehen!«

»Man kann doch sagen, dass Vorsicht, nicht wilder Mut, die Tugend unseres Geschlechtes ist, und wirklich, meine liebe Lady Delacour, ich bitte Sie von Herzen, Ihren Einfluss auf mich nicht derart geltend zu machen, sonst könnten Sie mein Glück mindern, ohne meine Entschlossenheit zu verändern.«

Betroffen von der Ernsthaftigkeit, mit der Belinda diese Worte von sich gab, stichelte Lady Delacour nicht weiter, noch stellte sie sich ihrer Entscheidung, sofort nach Oakley Park zurückzukehren, mehr in den Weg.

»Darf ich Sie denn daran erinnern«, sagte Miss Portman, »auch wenn es meist weder diplomatisch noch höflich ist, jemanden an sein Versprechen zu erinnern – aber darf ich Sie daran erinnern, dass Sie so etwas wie ein Versprechen abgegeben haben, mich zum Haus von Mr Percival zu begleiten?«

»Wollen Sie denn wirklich, dass ich mich so scheußlich gegen Lord Delacour verhalte und auf diese Weise vor ihm weglaufe, sobald ich die Kraft habe, wieder zu laufen?«

»Lord Delacour ist doch ebenfalls eingeladen«, sagte Miss Portman und legte den letzten Brief, den sie von Lady Anne Percival bekommen hatte, in ihre Hände.

»Wenn ich mich daran erinnere«, sagte Lady Delacour, als sie den Brief überflog, »wie einwandfrei sich Ihre Lady Anne mir gegenüber in Bezug auf Helena verhalten hat – wenn ich mich daran erinnere, dass sie, obwohl Sie so lange bei ihr gewesen sind, weder meinen Platz in Ihrem Herzen eingenommen hat noch versucht hat, Sie bei sich zu behalten, als ich Marriott nach Oakley Park geschickt habe – und wenn ich bedenke, wie sehr es mir zu meinem eigenen Vorteil gereichen wird, diese Einladung anzunehmen, so kann ich mich wirklich nicht dazu entschließen, sie aus Stolz oder Torheit oder aus irgendeinem anderen Motiv heraus abzulehnen. Also, meine liebe Belinda, bringen Sie Lord Delacour dazu, Weihnachten auf Oakley Park zu verbringen statt auf Studley Manor (Rantipole kommt ja, dem Himmel sei Dank, überhaupt nicht in Frage), und bringen Sie sich selbst dazu, noch ein paar Tage um meinetwillen zu bleiben, dann können Sie uns alle im Triumph mitnehmen.«

Belinda war davon überzeugt, dass Lady Delacour, wenn sie einmal die Freuden des häuslichen Lebens genossen hätte, nicht so leicht wieder zu der Vergnügungssucht zurückkehren würde, von der sie sich aus reiner Gewohnheit hatte bestimmen lassen und zu der sie zuerst durch eine Mischung aus Eitelkeit und Verzweiflung getrieben worden war. Alle Verbindungen, die sie unvorsichtigerweise mit verschiedenen modischen, extravaganten und gedankenlosen Frauen eingegangen war, würden unmerklich durch diese Maßnahme gekappt werden, denn Lady Delacour, die deren Gesellschaft ohnehin überdrüssig geworden war, würde so sehr beeindruckt sein vom Unterschied zwischen deren geistloser Konversation und der lebendigen, interessanten Gesellschaft von Lady Annes Familie, dass sie die anderen danach nicht nur belastend, sondern unerträglich finden würde. Lord Delacours enge Freundschaft mit Lord Studley gehörte zu den größten Anreizen für seine ungezügelten Trinkgelage, die in gleichem Maße seiner Konstitution und seinem Geist schadeten; er hatte sich jetzt seit einigen Wochen von jedem Exzess ferngehalten, aber Belinda war sich wohl bewusst, dass er, sobald das unmittelbare Motiv, seine Frau zu unterstützen, wegfallen würde, mit großer Wahrscheinlichkeit zu seinen früheren Gewohnheiten zurückkehren würde, wenn er seine früheren Bekannten besuchte. Es war daher von Bedeutung, seine Verbindung zu Lord Studley zu beenden und ihm eine Situation zu bieten, in der er neue Gewohnheiten entwickeln konnte und seine schlummernden Talente zu neuem Leben erwachen konnten. Sie war überzeugt, dass sein Denkvermögen nicht so unterdurchschnittlich war, wie sie es einmal gedacht hatte; sie hatte auch festgestellt, dass Lady Delacour sich seit der Versöhnung bemühte, ihn zu seinem Vorteil zur Geltung zu bringen: Immer wenn er irgendetwas sagte, was sich zu hören lohnte, schaute sie Belinda triumphierend an, und immer, wenn er in einer Unterhaltung *einen Fehler* machte, ließ sie entweder Anzeichen von Unbehagen erkennen oder überspielte ihn mit ihrem leichten Witz, mit dem sie üblicherweise »etwas Üblem einen guten Grund«⁹⁰ gab. Miss Portman wusste, dass Mr Percival über das glückliche Talent verfügte, die Fähigkeiten der Menschen, mit denen er sich unterhielt, zur Geltung zu bringen und dass er Männer nicht nur wegen ihrer Gelehrsamkeit und ihrer Kenntnisse aus Wissenschaft und Literatur zu schätzen wusste; er war in der Lage, *ihr Potenzial* zu erahnen, ebenso wie *die tatsächliche Reichweite* ihres Geistes. Seinen Großmut in Zweifel zu ziehen, hatte sie keinen Grund, und sie wusste wohl, dass er jedes Mittel nutzen würde, das die Gutherzigkeit, die sich mit gesundem Menschenverstand verband, ihm eingab, um Lord Delacour in der Wertschätzung seiner Gemahlin gut dastehen zu lassen und diese Verbindung glücklich zu machen, die ja nun einmal nicht aufgelöst werden konnte. All diese Überlegungen schossen mit der größtmöglichen Schnelligkeit durch Belindas Kopf, und das Resultat war, dass sie sich einverstanden erklärte, sich mit ihrer Reise nach Lady Delacours Wünschen zu richten.

ENDE DES ZWEITEN BANDES

Band III

Kapitel XXIV
Peu à peu[1]

So standen die Dinge, als eines Tages Marriott während der Toilette ihrer Herrin auftauchte mit einem Gesicht, das einerseits ausdrückte, dass etwas sie ungemein aufgeregt hatte, und dass sie andererseits gefragt werden wollte, was denn passiert sei.

»Was *ist* denn bloß, Marriott?«, sagte Lady Delacour. »Denn ich weiß genau, dass Sie wollen, dass ich frage.«

»Ich sollte wollen, dass Sie fragen! Um Himmels willen, Milady. Nein! – Ich bin mir ganz sicher, dass es etwas ist, das ich wahrhaftig überhaupt nicht sagen möchte, denn ich hab' wirklich mehr von der Person gehalten, um die es geht, und zwar dermaßen, dass ich wünschte, ich müsste das, was ich mich wirklich schäme überhaupt zu erwähnen, gar nicht sagen, besonders in Gegenwart von Miss Portman, die nur das Beste von allem verdient, was diese Welt zu bieten hat. Nun, Ma'am, in einem Wort«, fuhr sie fort, wobei sie sich an Belinda wandte, »ich bin ja hocherfreut, dass die Dinge sind, wie sie sind, auch wenn ich zugeben muss, dass das nicht immer mein Wunsch oder meine Meinung gewesen ist, wofür ich Mr Vincent um Verzeihung bitte und auch Sie, aber ich hoffe, Sie mögen es mir verzeihen. Denn ich denke jetzt ganz so wie Lady Anne Percival, so wie ich es in Oakley Park aus sicherer Quelle erfahren habe; und ich bin wirklich überzeugt und ganz zuversichtlich, Miss Portman, dass es gut ist, so wie es ist.«

»Marriott wird uns, wenn die Zeit dafür gekommen ist, schon noch darüber informieren, was diesen ach so plötzlichen und so glücklichen Sinneswandel herbeigeführt hat«, sagte Lady Delacour zu Belinda, die ein wenig überrascht und verwirrt Marriotts Ausführungen lauschte, aber diese redete sich weiter in Fahrt: »Meine Güte! Ich hatte ja gedacht, wir wären alle Betrüger los, jetzt wo Mr Champfort nicht mehr im Hause ist, aber, mein Gott, es gibt einfach nicht genug Fallen in der Welt für die alle;

ich wünschte nur, sie würden alle in einer Falle gefangen, wie es mit gewissen Leuten neulich nachts passiert ist. – Das würden alle Betrüger – und Champfort an erster Stelle von der ganzen Brut – verdienen, so viel ist sicher.«

»Wir müssen uns in Geduld fassen, meine liebe Belinda«, sagte Lady Delacour ruhig, »bis Marriott alle Schimpfwörter in der englischen Sprache aufgebraucht hat, und wenn sie dann all ihre Schlachten mit Champfort noch einmal geschlagen hat, können wir hoffen, die Tatsachen zu erfahren.«

»Himmel, nein, Milady, es hat nichts mit Mr Champfort zu tun und auch nicht mit dieser Art von Person, das kann ich Ihnen versichern, und überhaupt, ich wäre ja froh, denn ich würde lieber hundert Millionen Champforts mit meiner Verachtung strafen als einen Gentleman wie Mr Clarence Hervey.«

»Clarence Hervey!«, rief Lady Delacour aus. Sie hielt es für selbstverständlich, dass Belinda erröten würde, obwohl sie das gar nicht tat, deswegen drehte sich ihre Ladyschaft mit völlig überflüssigem Eifer schnell so, dass sie das Gesicht ihrer Freundin vor Marriott verbarg. »Nun, Marriott, was ist mit Mr Hervey?«

»Oh, Milady, etwas, das zu hören Sie überraschen wird und Miss Portman auch. Es ist ja gar nicht so, dass ich prüder bin, als mir zusteht, Milady; und ich bin auch nicht so furchtbar unschuldig, dass ich nicht wüsste, dass junge Männer mit Vermögen eine Geliebte (ich bitte um Entschuldigung, dass ich solche Übel überhaupt erwähne) haben, und sei es auch nur um der Mode willen. Aber kein Mensch, der einmal in der großen Welt gelebt hat, denkt sich etwas dabei – außer –«, fügte sie bei einem Blick auf Belindas Gesicht hinzu, »außer – nun es ist wohl wahr, Ma'am, wenn man es von der moralischen Seite betrachtet, dass es sehr böse und schockierend ist und einen in Gesellschaft erröten lässt, bis man sich daran gewöhnt; es sollte auch mit einem Parlamentsdekret verboten werden, Ma'am; aber, Milady, Sie wissen ja, wenn die Sache eine Überraschung oder verwerflich sein sollte bei einem jungen Mann von Mr Herveys Vermögen und Ambitionen, so wäre es eigentlich bloß Neid und Skandalgerede, wenn man daraus etwas machte, das erwähnenswert wäre.«

»Dann, um Himmels willen oder um meinetwillen«, sagte Lady Delacour, »sprechen Sie endlich über etwas, das erwähnenswert ist.«

»Also, Milady, das war so. Also, gestern brauchte ich etwas Hanfsamen für meinen Dompfaff – Miss Helenas Dompfaff, meine ich, denn sie war es, die ihn zufällig gefunden hat, wissen Sie, Miss Portman, am Tag, nachdem wir hierhergekommen sind; das arme Vögelchen, es hat sich in einem Netz über der Schattenmorelle verfangen im Garten, so dass es weder herein- noch hinausgelangen konnte, aber zum Glück hat Miss Helena den kleinen Kerl gesehen und gerettet und hereingeholt; er war schon fast tot, Milady.«

»Ach tatsächlich? – Das tut mir aber leid – nun, ich meine, das soll ich doch jetzt wohl sagen, nicht wahr? – Nun reden Sie weiter – vielleicht schaffen Sie es ja, über den Dompfaff hinauszukommen oder uns zu sagen, was das alles mit Clarence Hervey zu tun hat.«

»Darauf wollte ich ja gerade hinaus, so schnell wie möglich, Milady. – Also, ich habe nach etwas Hanfsamen für den Dompfaff geschickt, und mit dem Hanfsamen haben sie mir um das Ganze herumgewickelt einen gedruckten Handzettel gebracht oder so ein Anzeigenblatt, das ich weggeworfen habe, ich habe es nicht groß beachtet und für unwichtig befunden, vielleicht so eine Anzeige für Pastillen oder Streichriemen, die einem ständig über den Weg laufen, wo immer man hingeht, aber Miss Delacour hat es aufgehoben und hat herausgefunden, dass da jemand verzweifelt nach einem gestohlenen oder entflogenen Dompfaff suchte. Ma'am, ich war wirklich fertig mit den Nerven, ich hätte weinen können, denn da erfuhr ich, es war genau die Beschreibung von unserem kleinen Bobby bis auf die letzte Feder – grau auf dem Rücken und rot auf ...«

»Oh, jetzt ersparen Sie mir bitte die Beschreibung bis auf die letzte Feder. – Also, Sie haben den Vogel genommen und den Dompfaff oder Bobby, wie Sie ihn nennen, heim zu seinem wahren Besitzer gebracht, nehme ich einmal an. – Lassen Sie mich Ihnen so weit auf Ihrem Weg helfen.«

»Nein, entschuldigen Sie, Milady, so war es nicht.«

»Dann haben Sie den Vogel also nicht zu seinem Besitzer gebracht – und jetzt sind Sie ein Vogeldieb? – Was soll's – von mir aus können Sie ein Hundedieb sein – nur reden Sie endlich weiter.«

»Aber, Milady, Sie hetzen mich so, das bringt in meinem Kopf alles furchtbar durcheinander; ich könnte es auf meine Art ganz schnell erzählen.«

»Also, nur zu.«

»Ich war wirklich den Tränen nahe, als ich erfuhr, dass man uns unseren Bobby wegnehmen wollte, das steht schon einmal fest, aber Miss Delacour meinte, dass die Leute, bei denen er gelebt hätte, bis er grau wurde, noch trauriger sein müssten, ihn nicht mehr bei sich zu haben, also beschloss ich, ehrlich und anständig gegenüber der Dame zu sein, die die Anzeige aufgegeben hatte, und ihn selbst dorthin zurückzubringen, und die fünf Guineen Belohnung auszuschlagen, die sie angeboten hatte. Der Name der Dame war Ormond, der Anzeige nach.«

»Ormond!«, wiederholte Lady Delacour und schaute aufmerksam Belinda an. »War das nicht der Name, den Sir Philip Baddely uns gegenüber erwähnte – Sie erinnern sich?«

»Ja, Ormond war der Name, wenn ich mich richtig entsinne«, sagte Belinda mit einer solchen Ruhe und Festigkeit, dass ihre Ladyschaft wirklich irritiert war. – »Reden Sie weiter, Marriott.«

»Und da stand, man sollte den Vogel bei einem Parfümhändler in Twickenham lassen gegenüber von –, aber das tut ja nichts zur Sache. – Nun, Milady, ich bin also heute Morgen mit dem Vogel zu dem Parfümhändler gegangen. Nun, ich hatte meine guten Gründe, ich wollte diese Mrs Ormond selbst sehen, denn,

Milady, es gab eine Sache, die bei diesem Dompfaff recht bemerkenswert war, er singt eine besondere Weise, die ich noch nie von einem Dompfaff oder von irgendeiner menschlichen Kreatur habe singen hören; also blieb ich entschlossen bei meiner Idee, diese Mrs Ormond zu fragen, welche Weise der Dompfaff denn singen könne, bevor ich ihn ihr zeigen würde, und wenn sie gar nicht erwähnen würde, dass er eine besondere kennt, so wollte ich meinen Vogel behalten, was ich dann ja wohl mit Fug und Recht hätte tun können. Also, Milady, als ich bei dem Parfümhändler ankam, habe ich gefragt, wo man diese Mrs Ormond denn finden könnte. Man sagte mir, dass sie keinen Besuch empfange, zumindest nicht von Personen weiblichen Geschlechts, und dass ich den Vogel hierlassen müsse, bis man ihn abholen würde. Ich überlegte noch, was ich tun sollte und was es mit der sonderbaren Information über das weibliche Geschlecht auf sich haben könnte, als in das Geschäft ein Gentleman kam, der mir die taktlose Nachfrage nach irgendwelchen Einzelheiten ersparte. Der Dompfaff zwitscherte gerade aus voller Kehle daher, und wie es der Zufall wollte, eben die sonderbare Weise, von der ich gerade gesprochen habe. – Sagt der Gentleman, als er das Geschäft betritt, und schaut den Vogel mit so großen Augen an, dass sie ihm fast aus dem Kopf fallen: ›Wie kommt der Vogel denn hierher?‹ – ›Ich habe ihn hierhergebracht, Sir‹, sage ich. Dann fing er an, mir in sehr sonderbarem Ton Berge von Gold zu versprechen, wenn ich ihm irgendetwas über die Dame erzählen könne, der der Vogel gehört. Der Händler hinter der Theke beugte sich vor und flüsterte dem Gentleman ins Ohr, er könne ihm dazu Informationen geben, wenn es sich für ihn lohnen sollte, und sie gingen beide in einen kleinen Salon hinter dem Ladenraum, und ich habe nichts mehr von ihnen gesehen. Aber, Milady, ich hatte wirklich großes Glück, denn ich platzte ja schier vor Neugier: Aus dem Salon schickten sie eine junge Frau heraus, die sich um das Geschäft kümmern sollte und die sich als eine Bekannte von mir herausstellte, der ich ein paar Gefälligkeiten erwiesen hatte, als ich in London in Diensten gestanden hatte. – Und diese junge Frau erklärte mir die ganze Sache, als ich ihr von meinem Problem mit der Anzeige und dem Dompfaff erzählte: ›Ma'am‹, sagte sie, ›alles, was man hier im Hause oder sonstwo über Mrs Ormond weiß, kommt von mir; deswegen war es gar nicht nötig, mich aus dem Salon wegzuschicken. Ich habe mit Mrs Ormond ein halbes Jahr lang in dem Haus gelebt, das sie jetzt bewohnt, und deswegen kann niemand besser informiert sein als ich‹ – da stimmte ich ihr zu. Dann erzählte sie mir, dass der Grund, warum Mrs Ormond nie irgendwen empfängt, der ist, dass sie nicht für Besuche taugt – für Besuche anständiger Leute, denn sie wäre keine anständige Frau, sie hat dort bei sich ein ganz wunderschönes junges Mädchen eingesperrt, das man verführt hat und das jetzt verlassen worden ist, und zwar auf ganz grausame Weise von einem Mr Hervey. Oh, Milady, wie der Name in meinen Ohren dröhnte! – Ich hoffte natürlich, es wäre nicht unser Mr Hervey, aber es war genau der Mr Clarence Hervey. Ich habe die junge Frau ihn beschreiben lassen, denn sie hatte ihn ganz, ganz oft gesehen, als er die unglückliche junge Frau besucht hatte, und die Beschreibung konnte auf niemanden passen außer auf unseren Mr Hervey. Und dann kam noch etwas hinzu, was die Sache über jeden Zweifel erhebt, sie sagte mir, seine Wäsche wäre mit C. H. markiert. Es ist also bewiesen, Ma'am«, fügte Marriott noch hinzu, wobei sie sich an Belinda wandte, »es ist unser Mr Hervey, sosehr es mich auch bestürzt und durcheinanderbringt.«

»Au, Marriott! Mein armer Kopf!«, rief Lady Delacour und wand sich unter Marriotts Händen. »Der grausame Kamm hat sich mindestens einen Zentimeter in meinen Kopf gebohrt; Köpfe haben auch Gefühle, genauso wie Herzen, das kannst du mir glauben.« Und während sie noch sprach, schnappte sie sich den Kamm, mit dem Marriott gerade ihre Haare aufgesteckt hatte, und warf ihn auf ein Sofa, das einige Meter entfernt stand. Während Marriott hinging, um ihn wieder zu holen, sollte so dachte Lady Delacour, Belinda genügend Zeit haben, um ihre Bestürzung und Verwirrung zu überwinden, die sie doch wohl empfinden musste. Doch ihre Ladyschaft wurde erneut enttäuscht, als sie Belindas Gesicht betrachtete. – »Nun komm, Marriott, beeil dich, wenigstens *dir* habe ich einen Gefallen getan, denn jetzt musst du die Haare noch einmal von vorn bearbeiten und hast genug Zeit, deine Geschichte in aller Ruhe zu Ende zu erzählen – die, wie man es auch betrachtet, zwar nicht in jeder Hinsicht wunderbar, aber dabei doch wunderbar lang ist.«

»Nun, Milady, um es also kurz zu machen – ich war noch neugieriger geworden, als ich all das hörte, und wollte natürlich mehr erfahren, also habe ich meine Freundin gefragt, wie sie denn in einem Haus bleiben konnte, in dem Damen dieser Art wohnten! Daraufhin hat sie sich gerechtfertigt, indem sie mir versicherte, dass sie bei ihrer Ehre zunächst gedacht hätte, die junge Dame wäre unter der Hand mit Mr Hervey verheiratet worden, denn manchmal kam im Geheimen ein Geistlicher und las Gebete. Und sie ist fest überzeugt davon, dass die unglückliche junge Frau auf das übelste betrogen worden ist und man sie glauben ließ, sie sei nach allen Regeln verheiratet, bis Mr Hervey plötzlich die Maske fallen ließ und sie nicht weiter besuchte unter dem Vorwand, er müsse auf eine Reise gehen. Da hat er sie dann wohl der widerwärtigen Frau, dieser Mrs Ormond, überlassen, die sie irgendwie vertröstet hat mit all den Dingen, die man einer Frau bei solchen Gelegenheiten sagt. Aber das arme, in die Irre geführte Ding erkannte nun gar zu deutlich, wie es wirklich war, und es hat ihm beinahe das Herz gebrochen, aber nicht auf eine laute und niedrige Art, sondern in stummer Trauer, sich verzehrend und dahinwelkend. Meine Freundin konnte das alles nicht mehr ertragen, und auch der Anblick von Mrs Ormond war ihr so zuwider, dass sie das Haus sofort verlassen hat, ohne irgendwelche Gründe anzugeben. Ich hab' noch vergessen zu sagen, dass der Mädchenname der Unglücklichen St. Pierre war, Milady, aber den Vornamen, der irgendwie sehr sonderbar war, den habe ich ganz vergessen.«

»Macht nichts«, sagte Lady Delacour, »wir können ohne ihn leben, oder wir können ihn uns vorstellen.«

»Also wirklich, es tut mir ja leid, aber der Name von solchen Leuten kann ja nicht so wichtig sein, und es ist mir wirklich unangenehm nach allem, was ich da gehört habe, dass ich überhaupt zu dem Haus gegangen bin.«

»Sie sind also doch zu dem Haus gegangen?«

»Ja, ich muss gestehen, meine Neugier hat mich einfach überwältigt, und da bin ich dorthingegangen – aber in den Augen der Welt nur wegen dem Dompfaff. Es hat ewig gedauert, bis ich hereindurfte, aber ich habe mich einfach geweigert, den Vogel irgendwem außer der Dame des Hauses selbst zu übergeben, so dass ich schließlich doch hereingekommen bin. Oh! Ich habe noch nie im Leben jemanden gesehen, der so schön ist oder so anmutig oder so unschuldig wirkt.« – Belinda seufzte – Marriott seufzte ebenfalls und fuhr fort: »Sie war gerade ganz allein und weinte bittere Tränen, als ich hereinkam, Ma'am, und sie erschrak, als hätte sie überhaupt noch nie in ihrem Leben einen Menschen gesehen. Aber als sie ihren Dompfaff sah, klatschte sie in die Hände und lächelte wie ein Kind unter Tränen, dann rannte sie zu mir und dankte mir wieder und wieder, sie küsste dabei den Vogel und drückte ihn an sich. Also, ich muss wirklich sagen, wenn sie bis in alle Ewigkeit auf mich eingeredet hätte, ich hätte nicht halb so viel Mitleid mit ihr gehabt wie durch ihr Verhalten, weil es so sehr nach reiner Unschuld aussah. Ich muss wirklich sagen, niemand, der nicht unschuldig ist – oder wenigstens meint, unschuldig zu sein, könnte sich so geben und solch eine unschuldige Zuneigung zu einem kleinen Vögelchen haben. Nun weiß ich ja wohl, dass Damen einer gewissen Art oft Vögel halten, aber bei denen ist die Liebe zu Vögeln nur modisches Getue, aber dieses arme Ding war ganz und gar natürlich. Ach, du armes unglückliches Mädchen, dachte ich ... Aber es ist unwichtig, was ich damals dachte«, sagte Marriott und schloss die Augen, um ihre Tränen zu verbergen, »ich schämte mich jedenfalls, sobald ich Mrs Ormond in das Zimmer kommen sah, was mich daran erinnerte, in welcher Gesellschaft ich mich befand. Brrr, Milady, wie mir ihr Anblick zuwider war! Sie sah mich auch an, als wäre ich ein Drache, eher als alles andere, allerdings auf höfliche Art, und als wäre sie vor Angst außer sich, fragte sie (leise flüsternd) Miss St. Pierre, wie sie sie nannte, wie ich denn hereingekommen wäre, und machte ihr dann alle möglichen Zeichen, sie solle aus dem Zimmer gehen. Da ich ja noch nie in einer solchen Situation gewesen war, blieb mir die Sprache weg, und ich konnte – wegen dem Widerwillen, den ich für die eine, und wegen der Traurigkeit, die ich wegen der anderen empfand – kein vernünftiges Wort herausbekommen; ich konnte mich nicht einmal entsinnen, welcher Vorwand mich hergebracht hatte, bis der Vogel mich glücklicherweise daran erinnerte, indem er zu singen begann; da habe ich dann gefragt, ob sie beweisen könnten, dass es ihrer sei, weil er eine ganz bestimmte Weise singen könnte. ›Oh, ja‹, sagte Miss St. Pierre, und sie sang genau das Lied. Eine so süße Stimme habe ich noch nie gehört, aber da fiel ihr plötzlich wohl etwas wieder ein, und sie hörte mittendrin auf zu singen, doch sie dankte mir dafür, dass ich den Vogel zurückgebracht hatte, der, wie sie sagte, ihr schon seit vielen Jahren gehöre und den sie furchtbar liebhabe. Ich stand, glaube ich, wie erstarrt da, bis ich wieder zu mir kam, als *diese Frau* mir die fünf Guineen Belohnung in die Hand drücken wollte, wie es in der Anzeige gestanden hatte. Die Berührung mit ihrem Gold ließ mich erschrecken, als wäre es eine Schlange, und ich schob es weg; und als sie mich wieder damit bedrängte, warf ich es auf den Tisch, ohne richtig zu wissen, was ich tat, und da sah ich doch tatsächlich in ihrer schändlichen Hand einen Brief, der an Clarence Hervey Esq. gerichtet war. Oh, wie ich in diesem Augenblick den Anblick seines Namens hasste, Ma'am, und alles, was dazugehört. Also, mich hätte wirklich nichts davon abhalten können, etwas ganz Unerhörtes zu sagen, wenn ich das Haus nicht gleich verlassen hätte, was ich dann auch getan habe.

Wo es doch Frauen genug gibt, die geradezu dazu geboren und erzogen sind, in Schimpf und Schande zu leben – und wo es doch Damen genug gibt, mit denen man flirten kann und die sich nichts anderes wünschen, wie kann es sich da ein Gentleman wie Clarence Hervey, Ma'am, zur Aufgabe machen, wenn man so sagen darf, ein so süßes, unschuldig aussehendes Mädchen zu ruinieren, und es dann auf so üble Weise im Stich lassen, nachdem er einen Geistlichen dahergebracht hat für eine angebliche Zeremonie und alles. – Oh! Es ist einfach nicht zu fassen, und es gibt auch keine Entschuldigung für eine solche Bösartigkeit! Es ist der Gipfel der Bösartigkeit und der Grausamkeit – und ich werde das bis zur letzten Stunde meines Lebens so sagen.«

»Gut gesagt, Marriott«, rief Lady Delacour.

»Ich fand schon immer, dass Marriott das Herz auf dem rechten Fleck hat«, sagte Belinda.

»Und jetzt wissen Sie auch den Grund dafür, Ma'am«, fügte Marriott noch hinzu, »dass ich gesagt habe, ich wär' froh, dass die *Dinge sind, wie sie sind*. Also wirklich, ich und auch alle anderen haben einmal gedacht – aber das ist ja jetzt vorbei – und ich bin froh, dass die *Dinge sind, wie sie sind*.«

Lady Delacour warf Belinda noch einen schnellen Blick zu und war sehr enttäuscht, als sie an ihrem Gesichtsausdruck erkennen konnte, dass sie Marriotts Philosophie sogar noch mehr zustimmte, als sie mit deren Entrüstung mitfühlte.

»Nicht eifersüchtig!«, dachte ihre Ladyschaft. »Dann ist das mit Clarence wohl vorbei. Wenn noch ein letztes Liebesfünkchen in ihr glimmen würde, hätte es der Ärger trotz all ihrer Vorsicht zu einer Flamme entfacht – aber sie ist nicht eifersüchtig, oh weh! – Ihre Liebe zu Hervey ist von kalter philosophischer Gelassenheit erstickt worden – aber ich halte es noch für unmöglich, dass sie völlig ausgelöscht worden ist.«

Am Abend, als sie allein waren, griff Lady Delacour das Thema noch einmal auf und bemerkte, dass sie nun aller Wahrscheinlichkeit nach Mr Hervey in ein paar Tagen wiedersehen würden und dann die ganze Geschichte besser beurteilen könnten, die, da sei sie sich sicher, doch wahrscheinlich sehr übertrieben sei. »Sie sollten Clarence nach seinem Verhalten und seinem Charakter insgesamt beurteilen und nicht nur einen Teil herausnehmen«, sagte ihre Ladyschaft. »Sind seine Briefe nicht der Ausdruck von Großherzigkeit?«

»Aber«, unterbrach Miss Portman, »es steht mir ja gar nicht zu, Mr Herveys Verhalten und Charakter insgesamt zu beurteilen, genauso wenig wie einen Teil davon; seine Briefe und seine Großherzigkeit bedeuten ...«

»... Ihnen nichts?«, sagte Lady Delacour mit einem Lächeln.

»Das ist jetzt nicht der Augenblick und auch nicht das richtige Thema für Spöttelei, meine liebe Freundin«, sagte Belinda. »Sie haben mir versichert und ich habe es Ihnen geglaubt, dass Mr Herveys Rückkehr gar nicht zur Debatte stand, als Sie mich baten, meine Reise nach Oakley Park noch aufzuschieben. Da ich jetzt sehe, dass Ihre Ladyschaft es sich anders überlegt haben, muss ich Ihre Ladyschaft bitten, mir zu erlauben ...«

»Ich erlaube Ihnen, was immer Sie wollen, liebste Belinda, nur nicht, mich zweimal pro Minute *Ihre Ladyschaft* zu nennen. Sie dürfen schon übermorgen nach Oakley Park zurückkehren: Sind Sie damit zufrieden, meine Liebe? Ich bewundere Ihre Entschiedenheit – Sie haben Ihr Leben viel besser im Griff als ich meines. Ich will es auch gar nicht mehr mit Spott und Hohn versuchen – mein oberstes, mein einziges Ziel ist Ihr Glück – ich respektiere Sie und schätze Sie genauso, wie ich Sie liebe, und ich liebe Sie mehr als alles andere auf Erden – die Macht ausgenommen, werden Sie sagen – nein, sogar die Macht nicht ausgenommen, glauben Sie mir, und wenn Sie zu den sonderbaren Leuten gehören, die nichts glauben können, wenn sie keine echten Beweise haben, so sollen Sie diese auf der Stelle bekommen«, fügte sie hinzu und betätigte die Glocke, während sie noch sprach. »Ich werde nicht weiter mit Ihrer Freundin auf Oakley Park um die Macht über Sie wetteifern. Ich werde in Ihrer Gegenwart Marriott den Marschbefehl geben – ich habe es nicht Rückzug genannt, aber es gibt nichts, das so viel militärisches Genie zeigt wie ein guter Rückzug, es sei denn, es handele sich um einen großartigen Sieg. Ich habe, das gebe ich zu, allerdings einen Sieg noch sehr viel lieber.«

»So geht es mir auch«, sagte Belinda mit einem Lächeln. »Mir ist ein Sieg so viel lieber, dass ich, wenn ich sonst keinen erlangen kann, sogar mit einem Sieg über mich selbst zufrieden bin.«

Kaum hatte Belinda diese Worte ausgesprochen, als Lord Delacour, der in der Stadt diniert hatte, den Raum betrat, begleitet von Mr Vincent.

»Erlauben Sie mir, Lady Delacour«, sagte seine Lordschaft, »Ihnen einen jungen Herrn vorzustellen, der den Wunsch hat, bestimmt ohne irgendwelche eigennützigen Interessen, die nähere Bekanntschaft Ihrer Ladyschaft zu machen.«

Lady Delacour empfing ihn mit aller erdenklichen Höflichkeit, und selbst ihre Vorliebe für Clarence Hervey konnte nicht verhindern, dass sie von seiner Erscheinung beeindruckt war. »*Il a infiniment l'air d'un héro de roman*«,[2] dachte sie, »und Belinda ist doch keine so große Philosophin, wie ich gedacht habe.« Nach einer angemessenen Zeit erinnerte sich ihre Ladyschaft daran, dass sie Marriott noch Befehle wegen der Reise erteilen wollte, so dass es absolut notwendig war, Miss Portman, »wenn es irgendwie möglich wäre«, die Aufgabe zu überlassen, Mr Vincent für ein paar Minuten allein zu unterhalten, und Lord Delacour ging ebenfalls, wobei er sich mit der üblichen Entschuldigung begnügte, er habe – *Briefe zu schreiben*.

»Ich sollte entzückt über Ihren galanten Einfall sein, Mr Vincent«, sagte Belinda, »dass Sie so viele Meilen zurücklegen, um mich an mein Versprechen in Bezug auf Oakley Park zu erinnern, aber es tut mir ganz im Gegenteil leid, dass Sie sich so viel unnötige Mühe gemacht haben: Lady Delacour bereitet sich eben in diesem Augenblick auf unsere Reise zu Mr Percival vor. Wir haben vor, uns übermorgen auf den Weg zu machen.«

»Das zu hören freut mich wirklich sehr – ich werde über die Maßen für meine Reise belohnt durch die Freude, mit Ihnen zurückzufahren.«

»Noch mehr Galanterie! – Aber kommen Sie«, sagte Belinda, »erzählen Sie mir das wirkliche Motiv für Ihren Besuch, denn ich sehe, dass etwas in Ihrem Kopf vor sich geht, das Sie mir noch nicht gesagt haben.«

»Nichts, liebe Belinda, kommt mir so sehr entgegen wie vollkommene Offenheit und Ehrlichkeit. Ich bewundere diese an Ihnen, und ich bin stolz, dass sie auch zu meinem Charakter gehören, aber kann man darin nicht auch zu weit gehen? Ist es klug zu sagen, was unweigerlich Schmerz mit sich bringt, wenn es nicht unbedingt nötig ist? Nehmen wir beispielsweise den Fall, Sie hören etwas, was meinem Ruf abträglich ist: Würden Sie es als freundlich empfinden, darüber mit anderen zu sprechen, wenn Sie gar nicht so recht glaubten, dass es wahr ist?«

»Ja, ich würde es nicht nur als freundlich empfinden, sondern ich sähe mich *nun* absolut dazu gezwungen. Sie können also ganz ohne zu zögern sagen, was Sie über mich gehört haben.«

Mr Vincent legte ihr den folgenden anonymen Brief in die Hand:

Sie voreiliger junger Mann! Hüten Sie sich davor, sich mit der Dame zu verbinden, der den Hof zu machen man Sie verleitet hat. Sie ist die listenreichste Frau der Welt. Sie wurde erzogen – das können Sie herausfinden, wenn Sie sich erkundigen – von einer Frau, deren Geschäft es ist, junge Männer mit Vermögen für ihre Nichten einzufangen, deswegen ist diese überall unter der Bezeichnung *die Kupplerin schlechthin* bekannt. Die Einzige, die sie auf keinem anderen Weg loswerden konnte, sandte sie zur vergnügungssüchtigsten und prinzipienlosesten Viscountess der Stadt. Die Viscountess wurde krank, und die junge Dame sollte, wie man sich überall in der Stadt im letzten Winter erzählte, gleich nach dem Versterben ihrer Freundin deren Witwer angetraut werden. Aber die Viscountess entdeckte die Verbindung, und die junge Dame musste, um dem Zorn ihrer Freundin und der öffentlichen Schande zu entgehen, sich an einen so entlegenen Ort wie Harrogate zurückziehen, wo sie sich als Heilige ausgab denen gegenüber, die selbst zu ehrenwert sind, als dass sie andere verdächtigt hätten.

Schließlich wurde der Streit zwischen ihr und der Viscountess beigelegt, weil sie sich darum bemühte und unverschämt genug war zu erklären, dass, wenn man sie nicht zurückrufe, sie einige Geheimnisse preisgeben würde, die ein gewisses *mysteriöses Boudoir* im Haus ihrer Ladyschaft beträfen. Diese Drohung versetzte die Viscountess in solchen Schrecken, dass sie gleich ihre verstoßene Gefährtin aus niederem Stande zurückholen ließ. Der Streit wurde vertuscht, und die junge Dame ist jetzt bei ihrer adligen Freundin in Twickenham. Die Person, die über die geheime Treppe von Mrs Marriott ins Boudoir gelassen wurde, wird jetzt geschickterweise in Twickenham empfangen.

In diesem Ton ging es noch weiter und weiter. Der Name Clarence Hervey fiel Belinda auf der letzten Seite ins Auge, und mit einem Zittern und Zagen, das sie zu Beginn der Lektüre nicht gefühlt hatte, las sie den Schluss.

Man sagt, der Viscount sei nicht ohne Rivalen in der Gunst der jungen Dame. Ein junger Gentleman mit einem üppigen Vermögen, großartigen Begabungen und einem ungewöhnlichen Talent, allseits zu gefallen, ist seit ein paar Monaten das Objekt ihrer geheimen Machenschaften, aber er war vorsichtig genug, um ihren ehelichen Fallstricken zu entkommen, obwohl er die Korrespondenz mit ihr aufrechterhält, indem er ihrer Freundin, der Viscountess, heimlich schreibt. Die adlige Dame hat sich verpflichtet, ihrer Vertrauten jegliches Anrecht auf das Herz Herveys zu überlassen. Man erwartet ihn in diesen Tagen von seiner Reise zurück, und wenn die Ränke gegen ihn Früchte tragen, so wird die versprochene Rückkehr nach Harrogate nicht mehr in Betracht gezogen werden. Mr Vincent sitzt dann in der Patsche; er wird die schöne Hand der Dame nicht erringen – ihr Herz jedenfalls gehört ganz Clarence Hervey. Weitere Einzelheiten werden Mr Vincent gerne mitgeteilt, wenn er dem hier Aufmerksamkeit zollt, denn es ist eine Warnung von

EINEM AUFRICHTIGEN FREUND.

Sobald Belinda dieses merkwürdige Geschreibsel durchgelesen hatte, gab sie Mr Vincent ihre Hand mit größerer Freundlichkeit, als sie ihm je zuvor gezeigt hatte.

»Ich danke Ihnen, Mr Vincent, dass Sie mir diesen Versuch, meinen Ruf zu zerstören, gezeigt haben. Es war nicht nur anständig, sondern auch klug. Sollten wir je eine Verbindung eingehen, so wird dies eine verlässliche Grundlage für das Vertrauen sein, das häusliches Glück so nötig hat. Der schäbige Autor dieser Verleumdungen konnte ja nie im Leben vorhersehen, dass ich Ihnen alles über mein früheres Leben, was Sie wissen müssen, schon erzählt habe. Hier wird allerdings Mr Herveys Name erwähnt, den zu nennen ich mir nicht erlauben wollte, weil ich ihm dann womöglich irgendeine Schuld an der Sache zugeschrieben hätte. Ich bin jedoch froh, dass das nun auch ans Tageslicht gekommen ist, denn ich bin der festen Überzeugung, dass er Ihnen als ein Mann von Welt und echten Talenten erscheinen muss. Sein Name weckt in mir jedoch keine Gefühle, die Ihnen Schmerz bereiten könnten.«

Vincents Antwort muss der geneigte Leser sich denken: Die verzückten Antworten eines Verehrers sind nicht einmal auf der

Bühne von großem Interesse, wo die Handlung und das Theater dem Mitgefühl der Zuschauerschaft einigen Raum geben. Eine Erzählung kann Begeisterung dieser Art kaum vermitteln, weil sie nicht über die genannten Vorteile verfügt.

Es mag genügen zu sagen, dass Mr Vincent sich auf dem Gipfel der Seligkeit glaubte; mit größter Bereitwilligkeit gab er seine Zustimmung, den anonymen Brief Lady Delacour zu zeigen, obwohl er zuvor die Wirkung gefürchtet hatte, den er auf die Gefühle dieser Dame haben könnte.

Ihre erste Reaktion war: »Das ist einer von Harriett Frekes ›Späßen‹«, aber die Empörung, die ihre Ladyschaft lange in Bezug auf Mrs Freke empfunden hatte, war tiefster Verachtung gewichen, sie verschwendete keinen weiteren Gedanken an den Verfasser dieses schrecklichen Briefes. Stattdessen brach sich sofort die ganze Energie ihres Denkens und das ganze Feuer ihrer Beredsamkeit in einer Lobeshymne auf ihre Freundin Bahn. Ohne an das zu denken, was sie selbst betraf, erklärte sie, wobei sie nicht eine Sekunde zögerte, alles, was Belinda zu Ehren gesagt werden konnte: Sie beschrieb die schwierigen Umstände, in denen ihre Freundin hatte leben müssen; sie führte das Geheimnis an, das man ihr anvertraut hatte; die Ehrenhaftigkeit, mit der sie, sogar als ihre eigene Reputation auf dem Spiel stand, das Geheimnis wie versprochen gewahrt hatte, als Lord Delacour in trunkenem Zustand versucht hatte, den Schlüssel zum *mysteriösen Boudoir* Marriott zu entwinden. Sie bekannte sich zu ihrer eigenen absurden Eifersucht, erklärte, wie diese durch die Machenschaften von Champfort und Sir Philip Baddely geweckt worden war, wie kleinste Umstände sie zu einem wahren Wahn hatten werden lassen. »Die ruhige Haltung, die Würde, die Sanftmut und die freundliche Menschlichkeit, mit denen Belinda mich in diesen Attacken von Wahnsinn ertragen hat«, sagte Lady Delacour, »werde ich ihr nie vergessen; auch das gerade Rückgrat nicht, mit dem sie mein Haus verlassen hat, als sie fand, ich sei ihrer Hochachtung unwürdig und zu undankbar für ihre

Güte, noch die Großherzigkeit, mit der sie zu mir zurückgekehrt ist, als ich mich auf meinem Totenbett glaubte, all das hat einen Eindruck auf meiner Seele hinterlassen, der, solange ich lebe und denken kann, nicht ausgelöscht werden wird. Sie hat mein Leben gerettet. Sie hat mein Leben so verändert, dass es sich lohnte, gerettet zu werden. Sie hat mich meinen eigenen Wert erkennen lassen. Sie hat mich erkennen lassen, wo mein Glück zu finden ist. Sie hat mich mit meinem Ehegatten versöhnt. Sie hat mich wieder mit meinem Kind vereint. Sie war mein Schutzengel. – Und *sie* soll die Verbündete meiner Intrigen gewesen sein! – *Sie* soll mir geholfen haben, meine Laster zu befriedigen! – Nein, ich bin ihr in Gefühlen verbunden, die stärker sind, als sie das Laster je gekannt hat, als das Laster sogar in der genialsten Erfindungsgabe seiner Verderbtheit sich überhaupt ausdenken kann.«

Erschöpft von dem Nachdruck, mit dem sie gesprochen hatte, hielt Lady Delacour inne, aber Vincent, der ihre Begeisterung ja vollends teilte, hielt die Augen fest auf sie geheftet in der Hoffnung, sie habe womöglich noch mehr zu sagen.

»Sie werden vielleicht denken«, fuhr sie fort und lächelte, »ich hätte Ihnen diese meine Geschichte und die meiner Belange ersparen können, Mr Vincent, aber ich fand, es sei notwendig, Sie mit den reinen Fakten vertraut zu machen, die diese Bosheit zu solch einer grässlichen Form verzerrt hat. Das ist der Streit, das ist die Versöhnung, über die Ihr anonymer Freund so hervorragend informiert ist. Und nun zu Clarence Hervey.«

»Ich habe Mr Vincent schon alles erklärt«, unterbrach Belinda, »was er wissen wollen könnte, was diesen Herrn betrifft. Ich bitte nun Sie, ihm zu sagen, dass ich mein Versprechen, nach Oakley Park zurückzukehren, treu und brav halten wollte und dass wir eben dabei waren, uns auf die Reise vorzubereiten.«

»Schauen Sie nur, Sir«, rief Lady Delacour und öffnete die Tür zu ihrem Ankleidezimmer, in dem Marriott kniete und gerade einen großen Koffer abschloss, »hier sehen Sie ›schreckliche Zeichen der Vorbereitung‹.«[3]

Mr Vincent erneuerte seine Dankesbekundungen gegen Belinda und seine Beteuerungen, dass sie ihre Zeit verschwende, wenn sie die Beweise für ihre Güte »doppelt sicher« machen wolle.

»Sie sind ein glücklicherer Mann, als Sie es bisher überhaupt wissen können«, fuhr Lady Delacour fort, »denn ich kann Ihnen sagen, dass einiges an Überredungskunst, einiges an sanftem Spott und einiges an Witz, wie ich mir schmeichle, erforderlich war, um Miss Portman bislang von Ihnen fernzuhalten.«

»Von Oakley Park«, unterbrach Belinda.

»Von Oakley Park etc. – ein paar Tage länger. – Soll ich ehrlich mit Ihnen sein, Mr Vincent? – Ja, ich kann einfach nicht anders. Ich bin nicht so geartet wie diese anonymen Briefschreiber: Ich kann weder im Geheimen noch in aller Öffentlichkeit mit ›aufrichtige Freundin‹ unterschreiben oder mich so nennen, ohne eine solche zu sein, so gut ich es vermag. Ich votiere nie für etwas, ohne mein Interesse offenzulegen, noch lege ich je mein Interesse offen, ohne meine Stimme für etwas abzugeben. Nun ist Clarence Hervey mein Freund. Erschrecken Sie nicht, Sir – Sie haben dazu nicht den leisesten Grund; denn wenn er der meine ist, so ist Miss Portman die Ihre. Wer hat jetzt das bessere Geschäft gemacht? – Aber wie ich Ihnen gerade sagen wollte, Mr Clarence Hervey ist mein Freund, und ich bin seine Freundin. Meine Stimme, mein Interesse und meinen Einfluss habe ich also ganz in seinem Sinne eingesetzt. Ich hatte allen Grund zu glauben, dass er seit langem *ihre große innere Würde und die schlichte Natürlichkeit* ihres Charakters bewundert«, fuhr ihre Ladyschaft mit einem schelmischen Blick auf Belinda fort, »und obwohl er zu sehr ein Mann von Genie ist, als dass er schlicht im Präsens Indikativ mit ›ich liebe‹ begonnen hätte, so war ich doch und bin immer noch davon überzeugt, dass er Sie wirklich liebt.«

»Können Sie, Lady Delacour«, rief Belinda, »all das behaupten, wenn Sie sich daran erinnern, was wir gestern von Marriott gehört haben? Und was bezwecken Sie überhaupt damit?«

»Was ich damit bezwecke, meine Liebe? Ich will Ihren Freund Mr Vincent davon überzeugen, dass ich weder eine Närrin noch ein Bösewicht bin, sondern auf faire Weise mit Ihnen, mit ihm und aller Welt umgehe. Mr Herveys Verhalten gegenüber Miss Portman war, das gebe ich zu, Sir, unentschlossen. Es sind mir in letzter Zeit Umstände zu Ohren gekommen, die einige Zweifel an seiner Ehre und seiner Integrität zulassen – Zweifel, die er, das glaube ich ganz bestimmt, zu *meiner* Zufriedenheit ausräumen wird, zumindest sobald ich ihn wiedersehe oder sobald es in seiner Macht liegt. Aufgrund dieser festen Überzeugung und weil ich glaube, dass kein Mann auf dieser Erde so gut zu meiner Freundin passen würde, müssen Sie entschuldigen, Mr Vincent, wenn meine Wünsche den Ihren entgegenstehen; meine Ehrlichkeit mag jetzt schmerzlich für Sie sein, aber sie kann Sie vielleicht vor schmerzlichen Erfahrungen in der Zukunft bewahren.«

»Ich bewundere die Ehrlichkeit Ihrer Ladyschaft trotz aller schmerzlichen Folgen«, sagte Mr Vincent mit einigem Stolz, »aber ich sehe wohl, dass ich auf die Ehre verzichten muss, von Ihrer Ladyschaft Glückwünsche zu erhalten.«

»Pardon«, unterbrach ihn Lady Delacour, »da irren Sie sich aber gewaltig – der Mann, den Belinda sich aussucht, *muss* meine Glückwünsche bekommen – er muss noch etwas mehr – er muss mein Freund werden. Ich würde nicht ruhen, bis ich seine Achtung erlangt hätte, und ich hätte auch keine Befürchtungen, dass er nicht genug Herzensgüte besäße, um mir zu vergeben, dass ich ihm ein Ausmaß an Ehrlichkeit zugemutet habe, welches die üblichen Formen der Höflichkeit überschreitet und dessentwegen kleinere Geister sich für alle Zeiten entsetzt abwenden würden.«

Mr Vincents Stolz war durch diese Worte vollkommen besiegt, und mit der Offenheit, die sein Verhalten ohnehin auszeichnete, dankte er ihr dafür, dass sie ihn nicht zu den *kleineren Geistern* zählte, und versicherte, dass solche Ehrlichkeit tausendmal mehr nach seinem Geschmack sei als die raffinierte Höflichkeit, die, das wisse er wohl, keiner besser beherrsche als Lady Delacour.

Damit endete ihre Unterhaltung, und da es spät geworden war, verabschiedete sich Mr Vincent.

»Wirklich, meine liebe Belinda«, sagte Lady Delacour, als er gegangen war, »ich bin nicht überrascht, dass Sie so ungeduldig waren, nach Oakley Park zurückzukehren; ich bin nicht so völlig von meinem Ritter eingenommen, dass ich meine, er könne sich nicht mit Ihrem Helden messen, was seine persönlichen Vorzüge angeht. Ich muss auch zugeben, dass etwas Einnehmendes in Mr Vincents Offenheit liegt; er hat sich zudem bewundernswert verhalten anlässlich dieses abscheulichen Briefs, aber was in den Augen einer Frau noch viel besser ist, er ist *éperdument amoureux*.«[4]

»Nicht *éperdument*, hoffe ich«, sagte Belinda.

»Also, wenn Sie es nicht für nötig halten, dass Ihr Held *éperdument amoureux* ist«, sagte Lady Delacour, »nehme ich an, Sie halten es auch nicht für notwendig, dass eine Heldin sich überhaupt verliebt. Ich hoffe, Mr Vincent teilt Ihre Meinung.«

»Das hoffe ich auch«, sagte Belinda, »denn dann wären wir uns ganz und gar einig.«

»So, so, Liebe und Ehe sollen durch philosophisches Denken ebenso auseinandergehalten werden wie durch die Mode unserer Zeit. Ist das Lady Annes Doktrin? Da kann ich Mr Percival ja nur gratulieren. Ich erinnere mich an eine Zeit, in der er sich einbildete, Liebe sei die beste Grundlage für das Glück.«

»Ich glaube, er bildet sich das nicht nur ein, sondern ist sich dessen jetzt sicher, und zwar aus Erfahrung.«

»Dann hat er nur bei seinen Freunden Einwände gegen die Liebe? Er hält es also nicht für wesentlich, dass Sie irgendetwas von der Sache verstehen. Sie dürfen sein Mündel heiraten, und alles ist bestens, auch wenn Sie nicht in den Mann verliebt sind?«

»Aber nicht, wenn ich ihn nicht liebe.«

»Sie sind jetzt tatsächlich rot geworden, meine Liebe, als Sie das gesagt haben. Dann *können* Sie erröten über Ihrer Liebe zu Mr Vincent?«

»Ich hoffe und glaube, dass ich nie erröten muss, *weil* ich ihn liebe«, sagte Belinda.

»Eine noch tiefere Röte! – Gütiger Himmel! – Kann ich meinen Sinnen trauen? War das eine Röte aus Ärger oder aus Liebe?«

»Nicht aus Ärger«, sagte Belinda. Lady Delacour schwieg einige Zeit.

»Und ist es möglich, dass Sie sich diesem Mann ernsthaft verbunden fühlen?«

»Warum sollte das nicht möglich sein? Sie werden das sofort einsehen, meine liebe Freundin, sobald Sie so genaue Bekanntschaft mit seinen guten Eigenschaften gemacht haben wie ich.«

»Gute Eigenschaften! Aber man verliebt sich doch nicht in gute Eigenschaften, mein Kind.«

»Aber man liebt sie, und das ist besser. Sie müssen mir doch zugestehen, dass es einen großen Unterschied gibt zwischen ›lieben‹ und ›verliebt sein‹.«

»Wie Sie natürlich aus Erfahrung wissen? Oh, ich merke schon, Sie wechseln nicht die Farbe, jedenfalls nicht *sehr*, wenn Sie an Clarence Hervey denken! Sie haben mich nun doch überzeugt, dass es mit ihm vorbei ist. Wir wissen ja alle, *qu'un petit nez retroussé peut renverser les lois d'un empire*.[5] Aber was ist schon *un petit nez retroussé* verglichen mit einer Adlernase?«

»Das ist ein Vergleich, den ich nie angestellt habe«, sagte Belinda.

»Sie geben aber zu, dass Sie Mr Vincent gutaussehend finden, und ich kann nur ganz offen sagen, dass Mr Vincent, was sein Äußeres betrifft, Clarence Hervey überlegen ist.«

»Sicherlich. Aber sogar wenn er ein Adonis wäre, hätte er auf mich nicht sofort großen Eindruck gemacht. Wir erkennen erst nach und nach die guten Eigenschaften der Menschen, die sich bemühen, uns zu gefallen, und wenn sie wirklich liebenswert sind, so entwickeln wir Schritt für Schritt eine Vorliebe für sie, wir gewöhnen uns an ihre Art, mit uns zu sprechen, und mit der Zeit ...«

»Gewöhnen uns!«, sagte Lady Delacour lachend. »Verzeihung, meine Liebe – aber ich kann nicht anders, ich muss lachen – Sie erinnern mich an Mr Transfer in John Moores Roman *Zeluco*, den Kaufmann, der seinen Neffen nicht mochte, weil er *nicht* an ihn gewöhnt war, und als er später dann an ihn gewöhnt war, da mochte er ihn sehr. Aber Sie übertreffen Transfer bei weitem, ich habe noch nie eine Frau sagen hören, sie möge ihren Verehrer, weil sie an ihn gewöhnt sei.«

»Und haben Sie noch nie gehört, dass eine Person *einen Ehemann* mehr mochte, weil sie sich so an ihn gewöhnt hatte?«, sagte Belinda.

»Man gewöhnt sich auch an unangenehme Dinge, gewiss, und es ist gut, dass man das tut«, sagte Lady Delacour, ein wenig peinlich berührt. »Aber wenn wir so weitermachen, hege ich keinen Zweifel mehr, dass Sie sich selbst an Caliban[6] gewöhnen würden.«

»So weit geht mein Glaube an die versöhnliche Kraft der Gewöhnung nun auch wieder nicht«, sagte Belinda lachend. »Sie reicht weder aus für Caliban noch für *La belle et la bête*.[7] Auch wenn Sie gesehen haben, wie eine französische Zuschauerschaft dem mit Begeisterung applaudiert und das englische Publikum Zemire und Azor[8] immerhin toleriert hat.«

»*Faites moi le plaisir, ma chère, d'orienter votre royaume d'habitude*«,[9] sagte Lady Delacour.

»Tun Sie mir zuvor den Gefallen, die Grenzen des Königreiches der Neuheit zu definieren; Sie müssen zugeben, dass der Reiz des Neuen den Vorrang hat, deswegen zeigen Sie mir erst einmal all dessen Vorzüge.«

»Es ist wohl wahr«, sagte Lady Delacour, »dass Neuheit und Gewöhnung sich die Welt der Einbildungskraft teilen. Die Jungen sind die Untertanen des einen, die Alten die des anderen.

Sie sehen, dass ich selbst mich meinem entsprechenden Souverän unterwerfe, aber eine junge Frau wie Belinda sollte der abenteuerlichen Fahne der Neuheit folgen.«

»Wenn die Neuheit am Ende ihre Eroberungen aufgeben muss«, sagte Belinda, »so ist es doch sicher umsichtiger, wenn wir uns dem endgültigen Sieger anschließen.«

»Meine liebe Belinda, es gibt nun einmal keine Gewöhnung, ohne zuvor etwas Neues erfahren zu haben; Sie beginnen daher am falschen Ende.«

»Das denke ich nicht, denn wenn ich sage, ich fange an, mich an Mr Vincent zu gewöhnen, so schließt das schließlich ein, dass er mir zunächst neu war. Nun, ich denke wirklich, dass man neben Religion, Moral, Ehre, Vorsicht und allem, was sonst noch die Tugend unseres Geschlechts bewahrt, die Macht der Gewohnheit nicht außer Acht lassen sollte. Ich meine nicht einfach das, woran die Welt gewöhnt ist, aber doch die Gewohnheit, die uns davon abhält, irgendeine Person plötzlich für einen Liebhaber zu halten.«

»Das hat Ihnen sicherlich Ihre Tante Mrs Stanhope erzählt, darauf würde ich wetten. Ja, was ihre Geschichte gewesen sein mag, das weiß ich nicht, aber immer dann, wenn ihre Maximen nicht meinen Gefühlen zuwiderlaufen, will ich gerne aus ihrer Erfahrung lernen. Ihre Tante liegt in diesem Falle einmal nicht falsch. Sogar Harriett Freke muss zugeben, dass es, auch wenn eine neue Liebe reizvoll ist, ein wenig heikel sein kann, einen neuen Verehrer zu haben.«

»Sie erlauben mir dann wohl, meine liebe Lady Delacour, dass ich sagen darf, ich habe mich an Mr Vincent gewöhnt, ohne ausgelacht zu werden; denn selbst wenn ich ihn nicht einfach nur aus Gewohnheit mag, würde ich ihn doch nicht so sehr mögen, wie ich es tue, wenn diese Gewöhnung *nicht* da wäre.«

»Ich sehe mich gezwungen zuzugeben, dass Sie recht haben, meine Liebe«, sagte Lady Delacour, »und es tut mir in der Seele weh.«

Belinda setzte sich schelmisch lächelnd an ihr Pianoforte und sang das schöne französische Lied, das mit den Versen endet:

»Un peu d'amour, un peu de soin,
Menent souvent un cœur bien loin.«[10]

Kapitel XXV
Liebe mich, liebe meinen Hund

Das einzige Interesse, das ehrliche Menschen am Schicksal von Schurken haben können, betrifft deren Entdeckung und Strafe; der Leser wird also insofern am Schicksal von Mr Champfort interessiert sein, als es ihn mit Genugtuung erfüllen dürfte, wenn er erfährt, dass dieser sicher im Gefängnis untergebracht worden war. Zu dieser wünschenswerten Katastrophe geführt hatte der anonyme Brief an Mr Vincent. Von dem Moment an, als Marriott diesen Brief gesehen oder von ihm gehört hatte, war sie der festen Überzeugung, Mr Champfort müsse *hinter der Sache stecken*. Lady Delacour war ebenso fest davon überzeugt, dass Harriett Freke die Autorin des Schreibens sei, und sie belegte ihre Meinung durch die Beobachtung, dass Champfort weder vernünftig schreiben könne noch die Rechtschreibung des Englischen gut genug beherrsche. Marriott und ihre Herrin hatten beide recht. Es waren beide, oder besser: insgesamt drei Personen an dem Unterfangen beteiligt gewesen. Champfort hatte zusammen mit der dummen Zofe für die Informationen gesorgt, die Mrs Freke dann bearbeitet hatte, und als sie das Ganze mit dem richtigen Ausdruck versehen und in die richtige Form gebracht hatte, hatte Mr Champfort ihre Rohfassung in aller Ruhe schön abgeschrieben und diese Abschrift Mr Vincent zukommen lassen. Nun wurde all dies anhand einer winzigen Kleinigkeit entdeckt. Der Brief war von Mr Champfort auf einem Blatt Trauerpapier geschrieben worden, von dem er, wie er meinte, die Ränder sorgfältig abgeschnitten hatte, aber ein kleines bisschen schwarzer Rand war noch zu sehen, was Marriotts scharfen Augen nicht entgangen war. »Der liebe Gott meint es gut mit uns, Milady!«, rief sie aus. »Das muss das Papier sein, ich meine, das könnte das Papier sein, von dem Mr Champfort einen Bogen zugeschnitten hat, gerade an dem Tag, bevor Miss Portman die Stadt verlassen hat. Es ist schon eine ganze Zeit her, aber ich erinnere mich daran, als wär' es gestern gewesen; ich habe ein ganzes Päckchen Papier mit schwarzen Zacken herumliegen sehen, und auf meine Frage, was denn das wohl sein könnte, wurde mir gesagt, dass das nur von Mr Champfort wär', der Papier zugeschnitten hätte, von dem ich dachte, dass Milord es ihm gegeben hätte, weil er es nicht mehr brauchte, denn Sie, Milord und Milady, waren zu der Zeit gerade dabei, Ihre Trauerzeit zu beenden, vielleicht erinnern Sie sich.«

Als man Lord Delacour das Papier zeigte, erkannte er es sofort durch ein privates Kennzeichen, das er auf der Rückseite eines Stapels Briefpapier angebracht hatte; er hatte davon in Wahrheit Champfort nichts gegeben, sondern es gerade um die Zeit, von der Marriott sprach, vermisst. Zwischen die Blätter dieses Papiers hatte seine Lordschaft, wie er es oft tat, einige Geldscheine gelegt. Es waren Scheine von geringem Wert gewesen, und als er sie vermisst hatte, konnte Champfort ihn mit Leichtigkeit davon überzeugen, dass er sie, weil er in der vergangenen Nacht so betrunken gewesen war, wohl zusammen mit überflüssigem Papier weggeworfen haben musste. Er hatte seinen Schreibtisch ohne Erfolg durchwühlt und die Suche dann aufgegeben. Es stimmte allerdings, dass er bei dieser Gelegenheit Champfort einen Rest von dem Trauerpapier gegeben hatte, deswegen hatte dieser keine Skrupel gehabt, es offen zu zeigen. Da er mit großer Bestimmtheit hätte schwören können, dass sich sein privates Kennzeichen auf dem Papier befand und dass er seine Geldscheine durch die Zahlen und dergleichen darauf identifizieren konnte, weil er sie sich glücklicherweise notiert hatte, wurde Lord Delacour, der wütend war, dass sein Lieblingsdiener ihn beraubt und betrogen hatte, erfolgreich aus seiner natürlichen Trägheit gerissen. Er wurde aktiv und sorgte erfolgreich dafür, dass Mr Champfort im Gefängnis landete, um dort sein Verfahren wegen Diebstahls zu erwarten. Um besser dazustehen, bekannte jener, er sei von Mrs Freke angestiftet worden, den anonymen Brief zu schreiben. Diese Dame erhielt nun ihre gerechte Strafe für ihre ›Späße‹, und Lady Delacour fand, sie sei inzwischen so tief gefallen, dass sie Belinda den Rat gab, ihre Machenschaften einfach nicht zu beachten, sondern lediglich den Brief an sie zurückzuschicken mit »Miss Portmans, Mr Vincents und Lord und Lady Delacours besten Grüßen und einem Dank an *den aufrichtigen Freund*, der dafür gesorgt hatte, dass Schurkerei bestraft werden konnte«.

So viel zu Mrs Freke und Mr Champfort, die zusammengenommen kaum eine Erwähnung von zehn Zeilen verdienen.

Nun zurück zu Mr Vincent. Er hatte erkannt, dass er bei Belinda einen Schritt weitergekommen war, und weil er von neuer Hoffnung erfüllt war, machte er ihr mit dem ganzen Feuer seines optimistischen Temperaments den Hof. Obwohl er gar nicht die Neigung hatte, zukünftige Übel zu fürchten, besonders jetzt, da ihm das Glück hold war, war er sich doch der Gefahr bewusst, die sich für ihn ergeben könnte, wenn Clarence Hervey zurückkehrte; er wartete deswegen voller Ungeduld darauf, dass der Tag, den man ihm noch abverlangt hatte, vergehen möge, und es erfüllte ihn mit großer Freude, als er die Kutschen vor der Tür stehen sah, die sie endlich nach Oakley Park bringen sollten. Mr Vincent, der wie viele Menschen von den Westindischen Inseln eine Schwäche für Prachtentfaltung hatte, fuhr bei dieser Gelegenheit eine außerordentlich schöne Equipage. Lady Delacour war zwar enttäuscht, dass Clarence Hervey noch nicht aufgetaucht war, versuchte jedoch nicht, die Abfahrt hinauszuzögern. Sie begnügte sich damit, ihm ein Briefchen zu hinterlassen, das ihm bei seiner Ankunft ausgehändigt werden sollte und das, diese Überzeugung ließ sie sich einfach nicht nehmen, ihn dazu veranlassen würde, sofort nach Harrogate zu fahren. Die Koffer wurden auf die Kutschen geladen, die große Dachtruhe wurde herausgetragen, Marriott war ganz in ihrem Element, Lord Delacour schaute wie immer nach den Pferden, Helena tätschelte Mr Vincents großen Hund, und Belinda zog ihren Liebhaber auf wegen seiner Vorliebe dafür, »mit Pracht und Pomp und Glanz und Gloria« so herrschaftlich zu reisen ...[11]

... als ein Expressbrief aus Oakley Park ankam. Dieser sollte ihre Reise für einige Wochen verschieben. Mr Percival und Lady Anne schrieben, dass sie unerwartet hatten abreisen müssen, weil ... Lady Delacour hielt sich gar nicht damit auf, weiterzulesen, so entzückt war sie über diese Gnadenfrist. Mr Vincent ertrug die Enttäuschung so gut, wie man es von ihm erwarten konnte; besonders als Belinda, um ihn zu trösten, meinte, »der Kopf ist ein Ort für sich«,[12] und dass sie schon der Ansicht sei, der ihre sei der gleiche, ob er sich nun in Twickenham oder auf Oakley Park befinde. Auch gab *sie* ihm überhaupt keinen Grund, ihre Entschiedenheit in Zweifel zu ziehen oder zu bedauern, dass sie nicht sofort wieder in den Einflussbereich seiner eigenen Freunde zurückkehrte. Belinda fürchtete, zu sehr von Lady Delacour bestimmt zu werden, und hatte den ernsthaften Wunsch, sich anständig gegenüber Mr Vincent zu verhalten. Sie hätte ihm gern gezeigt, dass sie nicht mit seinem Glück spielen wollte und unfähig war, so tief zu sinken, dass sie sich einen Verehrer als *pis aller*[13] behielt. All diese Empfindungen wirkten sich stärker zu seinem Vorteil aus als alles, was sogar Lady Anne Percival hätte sagen können oder ihr hätte zu verstehen geben können. Der Kontrast zwischen der Offenheit und der Entschlusskraft, die er ihr gegenüber an den Tag legte, und Clarence' ewigem Hin und Her mit all seinen Geheimnissen, die Überzeugung, dass Mr Hervey an eine andere Frau gebunden war oder es zumindest hätte sein sollen, das sichere Wissen, dass Mr Vincent ihr über die Maßen verbunden war und dass er sehr viele der Eigenschaften besaß, die für ihr Glück wesentlich waren, all diese Dinge ließen Belindas Zuneigung mit jedem Tag wachsen. Wir werden dem Leser ein Tagebuch der Zweifel und Skrupel einer jungen Dame ebenso ersparen wie eines, das die Hoffnungen und Befürchtungen ihres Verehrers festhält; es mag der Hinweis genügen, dass sich die Hoffnungen des Verehrers schließlich zu Erwartungen entwickelten und dass die skrupulöse junge Dame anerkennen musste, dass diese berechtigt waren.

Wo war nun Clarence Hervey während all dieser Zeit? Ach, Lady Delacour konnte es sich nicht erklären. Jeden Morgen war sie sicher, dass er an diesem Tag erscheinen würde, und jeden Abend musste sie zugeben, sich geirrt zu haben. Keine Erkundigungen – und sie zog wirklich alle ein, die sich nur denken ließen, wenn man sich Mühe gibt und Durchhaltevermögen hat –, keine Erkundigungen konnten das Geheimnis von Virginia und Mrs Ormond enthüllen, so dass sich ihre Ungeduld, ihren Freund Clarence wiederzusehen, Stunde um Stunde steigerte. Sie war hin- und hergerissen zwischen dem Vertrauen in ihn und ihrer Zuneigung zu Belinda; sie war nicht willens, ihn aufzugeben, und doch voller Furcht, Belindas Glück zu behindern oder sie durch unüberlegte Ratschläge und unangebrachte Einmischung zu verletzen. Eine Sache hielt Lady Delacours Laune jedoch aufrecht – Miss Portmans Zusicherung, sie werde sich weder durch ein Versprechen binden noch sich mit Mr Vincent verloben, auch wenn sie sich zu seinen Gunsten entschieden habe, und dass sie ihm und auch sich selbst vollkommene Freiheit zugestehen werde, bis sie tatsächlich verheiratet seien. Das entsprach Lady Annes und Mr Percivals Grundsätzen, und Lady Delacour wurde nicht müde, auf direkte oder indirekte Weise ihrer Bewunderung für die Umsicht und Schicklichkeit dieser Prinzipien Ausdruck zu geben. Doch was nützte es schon, sich auf diese Ausstiegsklausel gegen Versprechen im Vorfeld zu verlassen? Schließlich und endlich wurde doch eine Zustimmung gegeben – eine Zustimmung unter Erröten – den heiligsten aller Eide vor dem Altar zu schwören, und nun begannen die Vorbereitungen für die Hochzeit von Augustus Vincent und Belinda Portman.

Lady Delacour erinnerte sich an ihr Versprechen, *dem siegreichen Ritter aufrichtig zu gratulieren*, und sie versuchte, sich und Belinda davon zu überzeugen, dass sie ganz einverstanden sei mit der näherrückenden Verbindung; sie war jedoch weniger erbaut davon, als sie vollkommen zufällig entdeckte, dass er immer noch freundschaftliche Beziehungen mit *der grässlichen Mrs Luttridge* pflegte. Eines Morgens spielte Helena mit dem großen Hund von Mr Vincent, den er über alles liebte; der Hund hieß Juba, zu Ehren seines treuen Dieners.

»Helena, mein Liebes«, sagte Lady Delacour. »Pass auf! Leg nicht so vertrauensvoll deine Hand in das riesige Maul dieser Kreatur.«

»Ich kann Ihrer Ladyschaft versichern«, rief Mr Vincent, »dass er die ruhigste und beste Kreatur der Welt ist.«

»Aber natürlich«, sagte Belinda lächelnd, »schließlich gehört er ja Ihnen; Sie wissen ja, dass Sie, wie Mr Percival schon gesagt hat, alles, was unter Ihrer Obhut steht, lebendig oder nicht, notwendigerweise für das Allerbeste halten, was es von dieser Art gibt.«

»Aber ja, Juba *ist* die beste Kreatur der Welt«, wiederholte Mr Vincent mit großem Nachdruck. »Juba ist absolut und ohne Ausnahme die beste Kreatur des Universums.«

»Juba, der Hund, oder Juba, der Mann?«, fragte Belinda. »Es ist Ihnen schon klar, dass nicht beide zugleich die besten Kreaturen des Universums sein können.«

»Nun, Juba, der Mann, ist der beste Mann – und Juba, der Hund, ist der beste Hund im Universum«, sagte Mr Vincent, der mit seiner üblichen Freimütigkeit über seinen Fehler lachte, als man ihn darauf hinwies. – »Aber wirklich, Lady Delacour, Sie müssen sich überhaupt keine Gedanken machen und können

Miss Delacour ruhig diesem armen Kerl anvertrauen. Wissen Sie, als ich in Harrogate war, habe ich ihn Mrs Luttridge für einen ganzen Monat geliehen, und sie hat ihn ständig in ihrem Zimmer bei sich schlafen lassen, und jetzt leckt er ihre Hand, wann immer er sie sieht, als sei er ein Schoßhündchen, und erst gestern, als ich ihn dabeihatte, erklärte sie, er sei sanftmütiger als jedes Schoßhündchen in London.«

Bei der Erwähnung des Namens Luttridge veränderte sich Lady Delacours Miene, und sie schwieg für eine gewisse Zeit. Mr Vincent schrieb ihre plötzliche Verstimmung einer Abneigung oder Furcht vor dem Hund zu und führte ihn aus dem Zimmer.

»Meine liebe Lady Delacour«, sagte Belinda, die merkte, dass sie immer noch missvergnügt dreinschaute, »ich hoffe doch, dass Ihre Antipathie gegen *die grässliche Mrs Luttridge* sich nicht auf jeden bezieht, der sie besucht.«

»*Tout au contraire*«,[14] rief Lady Delacour, erwachte aus ihrer Träumerei und fuhr scherzend fort, »ich habe eine Generalamnestie gegen all meine alten Lieblingsgegner ausgesprochen, und sogar die grässliche Mrs Luttridge, auch wenn sie eine ganz hartgesottene Straftäterin ist, muss in diesen Akt der Gnade eingeschlossen werden. Sie müssen also nicht befürchten, dass Mr Vincent mein königliches Missfallen zuteilwird, nur weil er mit dieser üblen Kriminellen verkehrt. Ich kann ihn zwar nicht so ganz verstehen, aber ich vergebe ihm beides, dass er diesen riesigen Hund mag und dass er diese kleine Frau mag, zumal ich, scharfsinnig wie ich bin, den Verdacht hege, dass er den Spieltisch der Dame mehr mag als diese selbst.«

»Spieltisch! Du lieber Himmel! Sie meinen doch wohl nicht, dass Mr Vincent ...«

»Nein, meine Liebe, schauen Sie nicht so furchtbar entsetzt drein! Ich versichere Ihnen, dass ich nicht andeuten wollte, dass es irgendeine ernsthafte *unpassende* Verbindung zwischen ihm und dem Spieltisch gibt, nur einen kleinen Flirt vielleicht, dem seine Leidenschaft für Sie jedoch bestimmt längst ein Ende gesetzt hat.«

»Ich frage ihn, sobald ich ihn sehe«, rief Belinda, »ob er gerne spielt; ich weiß wohl, dass er früher auf Oakley Park Billard gespielt hat, aber nur so zum Vergnügen. Spiele, die sportliche Geschicklichkeit erfordern, meint Mr Percival, könne man nicht mit reinen Glücksspielen vergleichen.«

»Es kann einem Mann aber auch durchaus gelingen, viel Geld beim Billard zu verlieren, wie Ihnen der arme Lord Delacour bestätigen kann. Aber ich bitte Sie sehr, meine Liebe, verraten Sie Mr Vincent nicht, was ich gesagt habe; zehn zu eins, dass ich mich irre, nur weil sein riesiger Hund mich geärgert hat...«

»Aber mit so einem Zweifel, der noch völlig ungeklärt ist...«

»Er wird sich schon klären lassen; Lord Delacour soll sich für mich erkundigen. – Lord Delacour *soll*, sagte ich? Er *soll* nicht nur, er *wird* sich sicher gern erkundigen, hätte ich sagen sollen. Wenn Champfort mich gehört hätte, was hätte er nicht für einen Gewinn aus diesem unglücklichen Wort ›soll‹ gezogen. Wie vorsichtig eine Frau doch mit der Grammatik umgehen muss, wenn sie in Frieden mit einem Ehegatten leben möchte, der ihr im Denken unterlegen ist! Mit einem, der ihr überlegen ist oder auch nur ihr ebenbürtig, könnte sie ›soll‹ und ›wird‹ so unkorrekt verwenden, wie es ihr beliebt. Wunderbares Privileg! Wie werde ich Sie darum beneiden, meine liebe Belinda! Aber wie können Sie je hoffen, sich daran zu erfreuen? Wo ist der Mann, der Ihnen überlegen ist? Wo ist der, der Ihnen ebenbürtig sein könnte?«

Mr Vincent, der mittlerweile seinem Hund beim Fressen zugeschaut hatte, was eine seiner täglichen Freuden war, kam zurück und informierte Lady Delacour höflich, dass Juba sie nicht noch einmal stören würde. Um ihren Frieden mit Mr Vincent zu machen und den Spieltisch aus Belindas Gedanken zu vertreiben, lenkte ihre Ladyschaft nun die Unterhaltung von Juba, dem Hund, auf Juba, den Mann. Sie sprach über Harriet Frekes

Obeah-Frau aus Phosphor, von der sie, wie sie sagte, von Miss Portman gehört habe. Sie ließ sich über Jubas Verheiratung aus und darüber, wie großzügig sich sein Herr ihm gegenüber erwiesen hatte. Davon ausgehend kam sie auf den afrikanischen Sklavenhandel als Kontrast zu sprechen und endete schließlich genau damit, worauf sie hinausgewollt hatte und was in Mr Vincents Sinne war, nämlich mit einem Lob für das Gedicht mit dem Titel »Der sterbende Schwarze«[15], das er am Vorabend mitgebracht hatte, um es Belinda vorzulesen. Dieses Lob freute ihn ganz besonders, weil er seiner Urteilskraft in Bezug auf Dichtkunst nicht so ganz traute und weil seine Kenntnis der englischen Literatur nicht so umfassend war wie die von Clarence Hervey – ein Umstand, den Lady Delacour eines Morgens entdeckt hatte, als sie auf dem Weg zu Alexander Popes berühmter Villa in Twickenham gewesen waren. Geschmeichelt von ihrer Bestätigung seines Geschmacks, erklärte sich Mr Vincent sofort bereit, das Gedicht für Belinda zu lesen; sie waren alle ganz versunken in die Reize der Poesie, als sich plötzlich die Tür auftat, und es erschien – Clarence Hervey!

Das Buch fiel aus Vincents Hand, als er nur den Namen hörte. Lady Delacours Augen glänzten vor Freude. Belindas Farbe veränderte sich, aber ihr Gesicht behielt einen Ausdruck ruhiger Würde. Mr Hervey hatte bei seinem Eintreten zunächst versucht, ruhig und gelassen zu wirken, doch diese Haltung gab er auf, noch bevor er das Zimmer durchschritten hatte. Er schien überwältigt von der Freundlichkeit, mit der Lady Delacour ihn empfing – berührt von Belindas Reserviertheit – aber nicht überrascht oder verärgert über den Anblick von Mr Vincent. Im Gegenteil, er bat sogleich darum, ihm vorgestellt zu werden, wobei er entschlossen zu sein schien, sich mit ihm anzufreunden. Aufgebracht und erstaunt rief Lady Delacour in einem Ton, in dem sich Vorwurf und Überraschung mischten, aus: »Auch wenn Sie mir nicht die Ehre erwiesen haben, Mr Hervey, Notiz von meinem letzten Brief zu nehmen, so entnehme ich doch der Art, in der Sie Ihrem Verlangen Ausdruck gaben, Mr Vincent vorgestellt zu werden, dass Sie ihn erhalten haben.«

»Erhalten? Gütiger Himmel! Haben Sie meine Antwort noch nicht bekommen?«, rief Clarence Hervey in einer Stimme und mit einem Ausdruck höchster Überraschung und zutiefst bewegt. »Hat Ihre Ladyschaft denn kein Päckchen bekommen?«

»Ich habe kein Päckchen bekommen! – Ich habe auch keinen Brief! – Mr Vincent, seien Sie doch so gut und läuten Sie die Glocke«, rief Lady Delacour eifrig, »ich will jetzt gleich wissen, was damit geschehen ist.«

»Ihre Ladyschaft muss gedacht haben, ich ...«, und während er noch sprach, wanderte sein Blick unwillkürlich zu Belinda.

»Egal, was ich von Ihnen gedacht habe«, rief Lady Delacour, die ihm alles vergab für diesen einzigen Blick, »wenn ich Ihnen in meinem Ärger ein wenig Unrecht getan habe, Clarence, so müssen Sie mir vergeben, denn ich kann Ihnen versichern, ich werde Ihnen in anderen Dingen durchaus gerecht.«

»Ist für mich irgendein Brief, irgendein Päckchen gekommen? Schauen Sie nach, schauen Sie nach«, sagte sie ungeduldig zu dem Diener, der nun hereinkam. Man hatte weder von einem Brief noch von einem Päckchen gehört. Es war, wie sich Mr Hervey jetzt erinnerte, an das Haus ihrer Ladyschaft in London geschickt worden. Sie gab den Befehl, es sofort holen zu lassen, aber kaum hatte sie diesen erteilt, als sie sich auch schon an Mr Hervey wandte, lachte und sagte: »Das war wohl ein sehr albernes Kompliment an Sie und Ihren Brief, denn Sie können sicherlich genauso gut sprechen, wie Sie schreiben können, ach, nein, noch besser, denke ich – obwohl Sie auch nicht schlecht schreiben – aber Sie können mir in zwei Worten sagen, wofür Sie beim Schreiben einen halben Band brauchten. Überlassen Sie diesen Gentleman und die Dame dem ›Sterbenden Schwarzen‹ und lassen Sie mich Ihre zwei Worte in Lord Delacours Ankleidezimmer hören, wenn ich bitten darf«, sagte sie und öffnete die Tür zum angrenzenden Raum. »Lord Delacour wird nicht eifersüchtig werden, wenn er Sie bei einem *tête-à-tête* mit mir findet, das kann ich Ihnen versprechen. Aber ich will Sie auch zu nichts verpflichten. Sie sehen aus ...«

»Ich sehe aus«, sagte Mr Hervey mit gezwungenem Lachen, »als wäre mir die Unmöglichkeit bewusst, einen halben Band in zwei Worte zu fassen. Es ist nämlich eine lange Geschichte und ...«

»Und ich muss auf das Päckchen warten, ob ich will oder nicht – nun, dann kann ich es nicht ändern«, sagte Lady Delacour. Sie wurde sich bewusst, wie bestürzt er war, und bedrängte ihn nicht weiter mit ihrer Spöttelei, sondern versuchte sofort, die Unterhaltung auf allgemeinere Themen zu lenken.

Wieder griff sie auf den »Sterbenden Schwarzen« zurück. Mr Vincent, an den sie sich nun wandte, sagte: »Ich für mein Teil bin kein großer Kenner der Literatur und will das auch gar nicht vorgeben, aber ich bewundere in diesem Gedicht den männlichen und energischen Geist, den es ausstrahlt.« Von dem Gedicht kam man bald auf den Autor zu sprechen, und Clarence Hervey, der sich Mühe gab, an der Unterhaltung teilzunehmen, bemerkte, dass der Schriftsteller (Mr Day) ein gutes Beispiel dafür abgebe, dass echte Beredsamkeit von Herzen kommen müsse. »Cicero hatte sicher recht«, fuhr er fort und wandte sich dabei an Mr Vincent, »wenn er einen großen Redner so definierte, dass es für einen solchen eine grundlegende Voraussetzung sei, ein guter Mensch zu sein.«

Mr Vincent erwiderte kalt: »Diese Definition würde zu viele Männer mit großartigem Talent von jeglicher Bewunderung ausschließen.«

»Vielleicht reicht es in vielen Fällen«, sagte Belinda, »tugendhaft zu erscheinen, auch wenn man es in Wahrheit nicht ist.«

»Ja, wenn der Mann ein so guter Schauspieler ist wie Mr Hervey«, sagte Lady Delacour, »und wenn er ›die Handlung an die Worte und die Worte an die Handlung‹ anpasst.«[16]

Belinda schaute nicht auf, während ihre Ladyschaft diese Worte von sich gab; Mr Vincent war so beschäftigt damit, etwas in einem Buch zu suchen, das er in der Hand hielt, oder es schien zumindest so, dass er nicht weiter an der Unterhaltung teilnahm; und plötzlich herrschte Totenstille.

Lady Delacour, die von Natur aus ungeduldig war, besonders wenn es um eine Rechtfertigung ihrer Freunde ging, konnte es nicht ertragen, dass Belinda, wie nun an ihrem Gesichtsausdruck abzulesen war, Marriotts Geschichte über Virginia St. Pierre keineswegs vergessen hatte, und obwohl ihre Ladyschaft fest davon überzeugt war, dass *das Päckchen* alle Geheimnisse klären würde, konnte sie es nicht hinnehmen, dass »der arme Clarence«[17] zu Unrecht verdächtigt werden sollte, und sei es nur übergangsweise; auch ließ sie es sich nicht nehmen, es mit einem Hilfsmittel zu versuchen, das ihr gerade in den Sinn kam, um sie selbst und alle Anwesenden zufriedenzustellen. Sie brach also das Schweigen:

»Man muss schon sagen, meine Freunde, Sie sind ja alle beste Gesellschaft heute Morgen. Mr Vincent können wir damit entschuldigen, dass er verliebt ist, und Belinda kann entschuldigt werden, weil – weil – Mr Hervey, helfen Sie mir, eine Entschuldigung für Miss Portmans Dummheit zu finden, da ich mich so sehr davor fürchte, die Wahrheit auszuplaudern. Aber warum bitte ich überhaupt *Sie*, mir zu helfen? In Ihrer gegenwärtigen Verfassung scheinen Sie vollkommen unfähig zu sein, sich selbst zu helfen. Kein Wort mehr! – Gehen wir noch einmal die üblichen Themen einer Unterhaltung durch – das Wetter – die Mode – Skandale – Duelle – Todesfälle – Verheiratungen – reicht das alles nicht? Nun gut, nehmen wir einfach an, Sie müssten mich mit den Gedanken anderer Menschen unterhalten, da Sie wohl keine eigenen vortragen können. – Willkürliche Macht hat hier ihr Pfand verloren«, fuhr ihre Ladyschaft fort und nahm spielerisch Mr Vincent das Buch aus der Hand: »Es ist mir schon vor geraumer Zeit aufgefallen, dass niemand sich mit so viel Anstand der

Willkür unseres Geschlechts unterwirft wie wirklich mutige Männer, die ihren letzten Blutstropfen dafür geben würden, solche Willkür bei einem Mann zu bekämpfen. Auch die besten unter Ihnen sind so widersprüchlich! – Also darf ich Sie darum bitten, doch einmal dieses reizende kleine Gedicht für uns zu lesen, Mr Hervey?«

Dieser wollte gleich beginnen, aber Lady Delacour legte ihre Hand auf das Buch und hinderte ihn daran.

»Halt, auch wenn ich eine Tyrannin bin, so will ich Sie doch in keine Falle locken. Ich warne Sie, ich habe Ihnen eine schwierige, eine gefährliche Aufgabe auferlegt. Falls Sie noch irgendwelche Sünden ›ungepeitscht von Gerechtigkeit‹[18] auf dem Kerbholz haben, so gibt es darin Zeilen, die Sie wohl kaum lesen können, ohne ins Stocken zu geraten. – Hören Sie sich nur einmal das Vorwort an.«

Ihre Ladyschaft begann wie folgt:

»Mr Day hielt tatsächlich zeitlebens, wie man es von seinem Charakter erwarten konnte, einen starken Widerwillen gegen das Verführen von Frauen aufrecht ... Als er einmal zufällig Verse in die Hand bekam, geschrieben von einer jungen Dame nach einem solchen Ereignis, das dann mit einer fatalen Katastrophe endete – die unglückliche junge Frau, die das Opfer perfider Machenschaften eines Verehrers geworden war, war überwältigt von tiefen Schamgefühlen an gebrochenem Herzen gestorben – wandte er sich auf folgende Weise an die schöne Dichterin, mit deren Gefühlen er sympathisierte.«

Lady Delacour hielt inne und heftete ihre Augen auf Clarence Hervey. Er nahm das Buch, wie es schien, in völliger Unschuld ohne zu zögern aus ihrer Hand an und las die Zeilen, auf die sie zeigte, laut vor.

»Schwör bei den furchtbar'n Rächern aus dem Grab,
Bei all der Hoffnung, die des Todes Schauer nicht verdarb,
Dass du nie hintergingst die zarte Maid,
Ihr Zutraun niemals schobst zur Seit',
Dein Triumph sie niemals weinen ließ voll Schmerz,
Bitt're Qual zu Tränen niemals rührt ihr Herz;
Dann sei dein der Segen, den des Schicksals Los,
Wirft auf den Guten, nimmt vom Großen bloß,
Dein Leben sei voll wahrem Sonnenschein
Des Himmels Göttergabe, echte Lieb', sei dein!«[19]

Mr Hervey las diese Zeilen so unbefangen und frei von Scham oder Verlegenheit, dass Lady Delacour nicht umhinkonnte, Belinda einen triumphierenden Blick zuzuwerfen, der sagte oder zu sagen schien: »Wie Sie sehen, lag ich in meiner Einschätzung von Clarence ganz richtig!«

In Belindas Gesicht war ganz offen ihre Genugtuung zu sehen; es schien sagen zu wollen: »Ich bin froh, dass Mr Hervey unsere Wertschätzung verdient, auch wenn er keinen Anspruch mehr auf meine Liebe haben kann.« Ihr Verhalten ihm gegenüber drückte genau dasselbe Gefühl aus. Ihre Reserviertheit, die sie aufrechterhalten hatte, solange der Verdacht im Raum gestanden hatte, er habe vielleicht unehrenhaft gehandelt, war nun verflogen, und sie wandte sich im Gespräch wieder an ihn mit einer ruhigen und freundlichen Vertrautheit, die ein Mann von seinem Verstand nicht missverstehen konnte. Hätte sich Mr Vincent ganz auf seine eigenen Beobachtungen verlassen, so hätte er die Wahrheit sofort erkannt, aber ihn beunruhigten und täuschten Lady Delacours unvorsichtige Bekundungen von Freude und die bedeutungsvollen Blicke, die sie ihrer Freundin, Miss Portman, zuwarf, die ihm *wie Blicke gegenseitigen Einverständnisses* erschienen. Er wagte es kaum, das Objekt seiner Verehrung anzuschauen oder ihn, den er für seinen Rivalen hielt, er hielt seine Augen ängstlich auf ihre Ladyschaft gerichtet, in deren Gesicht er wie in einem Spiegel alles, was sich zutrug, zu lesen glaubte.

»Sagen Sie, haben Sie, seitdem wir uns zuletzt gesehen haben, Schach gespielt?«, fragte Lady Delacour Clarence. »Ich hoffe, Sie haben nicht vergessen, dass Sie *mein Ritter* sind. Ich vergesse das nicht, da können Sie sicher sein – Sie sind *mein* Ritter, diesen Anspruch erhebe ich vor aller Welt, im Öffentlichen wie im Privaten – das ist doch so, nicht wahr, Belinda?«

Eine dunkle Wolke verdüsterte Mr Vincents Stirn – er hörte Belindas Antwort nicht mehr. Von Eifersucht überwältigt, warf er Mr Hervey einen Blick voller Verachtung und Wut zu und verließ nach ein paar unverständlichen Worten an Miss Portman und Lady Delacour das Zimmer.

Clarence Hervey, der nicht recht wagte, länger in Belindas Gegenwart zu verweilen, zog sich einige Minuten später auch zurück.

»Mein liebe Belinda!«, rief Lady Delacour, sobald er aus dem Raum war, »wie froh ich bin, dass er weg ist, damit ich Ihnen von all dem Guten sprechen kann, das ich über ihn denke. Zunächst einmal: Clarence Hervey liebt Sie. Ich war noch nie davon so überzeugt wie heute. – Warum haben wir den Brief bloß nicht früher erhalten? – Der wird alles erklären, aber ich brauche eigentlich gar keine Erklärung mehr; ich brauche keinen Brief, um in meiner Meinung bestätigt zu werden, meiner festen Überzeugung – dass er Sie nämlich *liebt*, in diesem Punkt *kann* ich gar nicht irren; er liebt Sie von ganzem Herzen.«

»Er liebt sie von ganzem Herzen! – Ja, aber natürlich, diese Neuigkeiten hätte ich Ihnen schon vor geraumer Zeit mitteilen können«, rief Lady Boucher, die im Zimmer stand, bevor sie gemerkt hatten, dass sie hereingekommen war; sie waren beide so versunken gewesen, die eine ins Zuhören, die andere ins Sprechen.

»Liebt sie von ganzem Herzen!«, wiederholte die verwitwete Lady; »ja, das ist kein Geheimnis, Lady Delacour.« Dann wandte sie sich an Belinda und begann ihr zu gratulieren, da sie von ihrer bevorstehenden Verheiratung mit Mr Vincent gehört habe. – »Ich trete Ihnen hier zu nahe und es entspricht wirklich keiner Regel, in dieser Art und Weise zu sprechen, Miss Portman, aber da ich eine alte Bekannte und eine alte Freundin und eine alte Frau bin, werden Sie das entschuldigen. Ich kann nicht anders, ich muss Ihnen sagen, dass ich mich ungemein freue, dass Sie eine solche Verbindung eingehen werden – in jeder Hinsicht wünschenswert und in jeder Hinsicht erfreulich. – Ein ganz reizender junger Mann, höre ich, Lady Delacour; ich sehe schon, ich muss meine Worte ausschließlich an Sie richten, oder ich bin der Grund, warum Miss Portman bis in die Mitte der Erde versinken wird, was ich natürlich nicht möchte, zumal in einem so entscheidenden Augenblick. Ein ganz reizender junger Mann! Ich habe gehört, er hat ein üppiges westindisches Vermögen zu erwarten, und so ein nobler Geist und so gute Verbindungen und leidenschaftlich verliebt – nun, kein Wunder. – Aber ich sage ja schon gar nichts mehr, das verspreche ich, ich stelle auch keine Fragen – nun laufen Sie doch nicht davon, Miss Portman; ich stelle keine Fragen, das verspreche ich.«

Um sicherzugehen, dass sie dieses Versprechen hielt, fragte Lady Delacour, was es denn Neues in der großen Welt gebe. Diese Frage würde, das wusste sie, der guten Witwe freudige Beschäftigung verschaffen. »Ich lebe ja ganz ohne Kontakt zur großen Welt hier, aber da Lady Boucher die Güte hat, mich zu besuchen, werden wir doch alle ›Geheimnisse, die zu wissen es wert sind‹,[20] erfahren, und das aus der bestmöglichen Quelle.«

»Dann ist die erste Neuigkeit, die ich für Sie habe, dass Lord und Lady Delacour sich ganz und gar ausgesöhnt haben sollen und dass sie das glücklichste Ehepaar seien, das je gelebt hat.«

»Das ist durchaus wahr«, erwiderte Lady Delacour.

»Wahr?«, wiederholte Lady Boucher. »Also wirklich, Lady Delacour, Sie setzen mich in Erstaunen! – Meinen Sie das ernst? – Gab es jemals etwas so Ärgerliches? – Da habe ich den

Erzählungen widersprochen, wo immer ich sie gehört habe, denn ich war fest davon überzeugt, dass die ganze Geschichte ein Irrtum sein müsse und ein Lügenmärchen.«

»Die Geschichte über die Bekehrung mag vielleicht nicht ganz exakt sein, aber dass es eine Bekehrung gegeben hat, stimmt wohl, Ihre Ladyschaft, Sie hören es ja aus meinem eigenen Mund.«

»Also, wie überaus erstaunlich! – Wie unglaublich! – Lieber Himmel – aber Ihre Ladyschaft kann das doch nicht ernst meinen? Sie sehen genauso aus wie zuvor und Sie sprechen auch auf dieselbe Art und Weise: Ich kann keine Veränderung erkennen, muss ich gestehen.«

»Und welche Veränderung, meine liebe Lady Boucher, hatten Sie zu sehen erwartet? Hatten Sie gedacht, dass ich, nun da ich so äußerst tugendhaft geworden bin, wie Lady Q— meine Sätze nur mit einem Wort pro Minute von mir gebe? ›Wie – winz'ge – Tropfen – von – des – Daches – Rinne.‹[21] Oder hatten Sie erwartet, dass ich, in der Hoffnung, ein Vorbild für die kommende Generation abzugeben, mein Gesicht in Buße erstarren lassen würde – wie einige der armen Damen aus Antigua, die, nachdem sie ihre Gesichter mit Brandblasen überzogen haben, um eine zarte Haut zu bekommen, gezwungen sind, während sich ihre Haut erneuert, dazusitzen, ohne zu sprechen, zu lächeln oder auch nur einen Muskel zu bewegen, damit keine dauerhafte Falte entstehen möge?«

Lady Boucher wartete ungeduldig darauf, dass Lady Delacour mit ihrer Rede fertig würde, denn sie hatte eine Neuigkeit zu erzählen. »Nun ja«, rief sie, »man weiß nicht immer, was man glauben soll und was nicht, man hört so viele sonderbare Dinge, aber ich habe eine Neuigkeit für Sie, auf die nun wirklich Verlass ist. Ich kenne ein Geheimnis, das zu wissen sich tatsächlich lohnt und das ich Ihrer Ladyschaft erzählen kann – und es ist eins, das Ihre Ladyschaft und Miss Portman mit Freuden hören werden. Ihr Freund, Clarence Hervey, wird sich verheiraten.«

»Verheiraten? – Verheiraten!«, rief Lady Delacour.

»Ja, ja, Ihre Ladyschaft, Sie dürfen gerne erstaunt aussehen, es kann Sie auch nicht mehr in Erstaunen versetzen, als es mir erging, als ich es gehört habe. Clarence Hervey! Der Mann, Miss Portman, von dem jeder glaubte, er sei nun einmal absolut keiner, der jemals heiraten würde; und dann hätten Sie, Ihre Ladyschaft, ja niemals im Leben angenommen, dass er sich auf diese Weise vermählt!«

»Auf welche Weise? – Meine liebe Belinda, wie können Sie nur dieses Feuer ertragen!«, sagte Lady Delacour und platzierte den Kaminschirm so, dass ihr Gesicht vor den Augen der verwitweten Dame verborgen war.

»Ich brauche keinen – ich möchte den Schirm gar nicht, danke schön«, sagte Belinda und schob ihn freundlich und gefasst zur Seite.

»Nun raten Sie einmal, wen er heiraten wird?«, fuhr Lady Boucher fort. »Wen, was meinen *Sie*, Miss Portman?«

»Eine liebenswerte Frau, würde ich sagen, wenn ich an Mr Herveys Charakter im Allgemeinen denke«, sagte Belinda.

»Oh, eine liebenswerte Frau, das nehme ich schon an; jede Frau ist natürlich liebenswert, wenn sie heiratet, das sagen ja auch die Zeitungen«, sagte Lady Delacour. »Eine liebenswerte Frau, da kann man schon sicher sein, aber das heißt ja gar nichts. Raten Sie noch einmal. Und gehen Sie nicht von seinem Charakter ganz im Allgemeinen aus, meine liebe Belinda, denn in solchen Fällen kann man aus dem Charakter überhaupt nicht schließen, was die Leute mögen und was nicht.«

»Dann überlasse ich es Ihrer Ladyschaft diesmal zu raten, wenn Sie nichts dagegen haben«, sagte Belinda.

»Sie werden das beide bis zum Sankt Nimmerleinstag nicht erraten!«, rief Lady Boucher. »Ich muss es einfach sagen, Mr Hervey wird – das ist alles wirklich so merkwürdig! – ein Mädchen heiraten, das niemand kennt – die Tochter eines gewissen Mr Hartley. – Der Vater kann ihr eine schöne Mitgift geben, das stimmt schon, aber man nimmt natürlich nicht an, dass ihr Vermögen für Mr Hervey einen Unterschied macht, der ja selbst über ein beträchtliches verfügt. Es ist wirklich schwierig, das Ganze zu glauben.«

»Dermaßen schwierig, dass ich es für ganz unmöglich halte«, sagte Lady Delacour mit einem ungläubigen Lächeln.

»Verlassen Sie sich darauf, meine liebe Lady Delacour«, sagte Lady Boucher und legte das ganze überzeugende Gewicht ihres Armes auf den von Lady Delacour, »verlassen Sie sich darauf, meine liebe Lady Delacour, dass meine Information korrekt ist. Raten Sie einmal, von wem ich es gehört habe.«

»Aber gerne. Nur lassen Sie mich Ihnen sagen, dass ich Mr Hervey erst vor einer halben Stunde gesehen habe, und mir ist noch nie ein Mann unter die Augen gekommen, der weniger wie ein Bräutigam aussah als er.«

»Ach, tatsächlich! Nun ja, ich habe auch schon gehört, dass er über die Verbindung nicht so glücklich ist, aber wie schade, dass Sie, als Sie ihn heute Morgen gesehen haben, nicht alle Einzelheiten von ihm in Erfahrung bringen konnten. Doch er mag aussehen, wie er will, Sie werden herausfinden, dass meine Information absolut korrekt ist. – Raten Sie, von wem ich sie habe. Von Mrs Margaret Delacour; es war ihr Haus, in dem Clarence Hervey zuerst Mr Hartley kennengelernt hat, der, wie gesagt, ja der Vater der jungen Dame ist. Es gab da noch eine reizende Szene und eine romantische Geschichte, wie er das Mädchen in einem Cottage gefunden haben und sie Virginia irgendetwas genannt haben soll, aber das habe ich nicht so ganz genau verstanden. Es ist jedoch gewiss, dass das Mädchen, wie ihr Vater Mrs Delacour erzählt hat, ganz furchtbar verliebt in Mr Hervey ist und dass sie so bald wie möglich heiraten werden. Verlassen Sie sich darauf, Sie werden herausfinden, dass meine Information korrekt ist. Noch einen schönen Morgen wünsche ich. – Ach, du lieber Himmel! Jetzt fällt mir erst ein, dass man einmal gesagt hat, Mr Hervey sei ein großer Bewunderer von Miss Portman«, sagte Lady Boucher.

»Die Information Ihrer Ladyschaft in diesem Punkt, das kann ich Ihnen unter Berufung auf die bestmögliche Autorität versichern, war allerdings *nicht* korrekt«, sagte Belinda.

»Sie sind ja wohl nicht so anmaßend, dass Sie Ihre eigene die *bestmögliche* Autorität nennen, hoffe ich doch«, sagte Lady Delacour.

Die neugierige Witwe witterte eine neue Spur und starrte gleich in Belindas Gesicht, aber dort konnte sie nichts Auffallendes entdecken. – Lag es daran, dass sie nicht die besten Augen hatte, oder daran, dass es nichts zu sehen gab? Um das herauszufinden, blickte sie durch ihr Lorgnon, um klarer sehen zu können, aber Lady Delacour lenkte ihre Aufmerksamkeit ab, indem sie plötzlich ausrief: »Meine liebe Lady Boucher, wenn Sie wieder in die Stadt kommen, seien Sie doch so gut und senden Sie mir eine Flasche konzentrierten Extrakt aus *anima quassia*.«

»Aha! Habe ich Sie endlich bekehrt?«, sagte Lady Boucher, und sehr zufrieden mit ihrer glorreichen Missionsarbeit ging sie davon.

»Bewundern Sie bitte meine Kenntnis der menschlichen Natur, meine liebe Belinda«, sagte Lady Delacour. »Jetzt wird sie im nächsten Haus, das sie besucht, von nichts anderem reden als von meinem Glauben an *anima quassia,* und sie wird ganz vergessen, eine Klatschgeschichte aus dem höchst unglücklichen Hinweis zu machen, den ich ihr dummerweise gegeben habe, dass Clarence Hervey einmal einer Ihrer Verehrer gewesen ist. Bitte verlassen Sie nicht das Zimmer, Belinda, ich habe noch tausend Dinge, die ich mit Ihnen besprechen muss, meine Liebe.«

»Entschuldigen Sie mich für den Moment, meine liebe Lady Delacour, ich muss unbedingt ein paar Zeilen an Mr Vincent schreiben. Er ist gegangen ...«

»Weil er entsetzlich eifersüchtig war, und darüber bin ich sehr froh.«

»Und mir tut das leid«, sagte Belinda. »Es tut mir leid, dass er so wenig Vertrauen in mich hat, dass er ohne Grund eifersüchtig sein kann – oder ohne ausreichenden Grund, sollte ich sagen, denn Ihre Ladyschaft haben ihm sicherlich durch die Art, wie Sie Mr Hervey empfangen haben, Schmerz verursacht.«

»Herrgott, meine Liebe, Sie würden auch jeden Mann auf Erden verzärteln. Sie könnten sich kaum närrischer verhalten, wenn der Mann Ihr Ehegatte wäre. – Haben Sie ihn etwa heimlich geheiratet? – Wenn nicht – um meinetwillen – um Ihretwillen – um Mr Vincents willen – schreiben Sie ihm nicht, bis wir den Inhalt von Clarence Herveys Päckchen gesehen haben.«

»Das *kann* doch den Inhalt dessen, was ich schreibe, nicht verändern«, sagte Belinda.

»Nun, meine Liebe, dann schreiben Sie eben, was immer Sie wollen, ich hoffe nur, Sie schicken Ihren Brief nicht ab, bis das Päckchen ankommt.«

»Verzeihen Sie, aber ich werde ihn abschicken, sobald ich nur eben kann – ›die schöne Freud', Schmerz zu bereiten‹,[22] entspricht einfach nicht meinem Geschmack.«

Lady Delacour begann, sobald sie allein war, über die Geschichte, die sie von Lady Boucher gehört hatte, nachzudenken; trotz ihres ungläubigen Lächelns war sie doch sehr beunruhigt, denn sie hatte ihr zumindest ein wenig Glauben schenken müssen, als sie erfahren hatte, dass Mrs Margaret Delacour die Quelle war, aus der sie stammte. Mrs Delacour war eine Frau skrupulösester Ehrlichkeit und absolut rigide in ihrer Ablehnung von jeglichem Klatsch und Tratsch, so dass eine Geschichte, die von ihr kam, schwerlich völlig unbegründet sein konnte, wie sehr sie auch immer ausgeschmückt worden sein mochte. Der Name Virginia passte zu Sir Philip Baddelys Andeutungen und den Entdeckungen, die Marriott gemacht hatte; wenn sie all das in Betracht zog, wusste Lady Delacour nicht, was sie denken sollte, und ihre Spannung in Bezug auf Mr Herveys Päckchen wuchs von Moment zu Moment. Sie lief im Zimmer auf und ab – schaute auf ihre Uhr – meinte, sie sei stehengeblieben – hielt sie an ihr Ohr – und klingelte jede Viertelstunde, um zu fragen, ob der Bote noch *immer* nicht zurück sei. Schließlich kam das sehnlichst erwartete Päckchen. – Sie nahm es und eilte damit sofort in Belindas Zimmer.

»Clarence Herveys Päckchen, mein Liebes! – Und jetzt wehe demjenigen, der uns stört!« Sie verriegelte die Tür, während sie sprach, und rollte einen Sessel zum Feuer. »Dann wollen wir mal!«, sagte sie und setzte sich. »Wenn der ›hinkende Teufel‹[23] von einem Hausdach auf mich herunterblicken würde, oder Champfort, der der schlimmere Teufel von beiden ist, wenn er durch das Schlüsselloch hereingucken würde, könnten sie tatsächlich glauben, ich würde einen Liebesbrief öffnen – und ich hoffe ja auch, dass ich das tun werde. Dann wollen wir mal!«, rief sie und brach das Siegel.

»Meine liebe Freundin«, sagte Belinda und legte ihre Hand auf die von Lady Delacour, »bevor wir dieses Päckchen öffnen, lassen Sie mich mit Ihnen reden, solange wir noch ruhig sind.«

»Ruhig! Es ist wirklich zu sonderbar, dass Sie in diesem Moment ruhig sein können. – Aber ich sollte Sie nicht damit vor den Kopf stoßen, dass ich Ihnen keinen rechten Glauben schenke. Sprechen Sie, aber beeilen Sie sich, denn ich kann nicht von mir behaupten, dass *ich* ruhig bin, das wurde mir nun einmal nicht in die Wiege gelegt – es ist nicht *mon métier d'être philosophe*.[24] ›Krack‹ macht das letzte Siegel. Sprechen Sie jetzt oder schweigen Sie hinfort, meine *ach so ruhige Philosophin* von Oakley Park, aber möchten Sie auch, dass ich Ihnen zuhöre?«

»Ja«, erwiderte Belinda lächelnd, »das wollen die meisten, wenn sie etwas sagen.«

»Sehr wahr, und ich kann auch recht gut zuhören, wenn ich nicht weiß, was die Leute sagen werden, aber wenn ich alles schon im Vorhinein weiß, habe ich die schlechte Angewohnheit, kein einziges Wort aufzunehmen. Nun, meine Liebe, lassen Sie mich raten, was Sie mir sagen wollen, und wenn ich falschliege, können Sie es mir erklären und ich werde«, sagte sie (und legte einen Finger auf die Lippen), »Ihnen zuhören wie Harpokrates,[25] ohne auch nur mit der Wimper zu zucken.«

Weil Belinda dachte, es sei der sicherste Weg, angehört zu werden, willigte sie ein, Lady Delacour zuzuhören, bevor sie das Wort ergriff.

»Ich werde Ihnen jetzt«, fuhr Lady Delacour fort, »nicht sagen, was Sie mir sagen wollen, sondern, was Sie sich selber sagen, weil das den Zweck genauso gut erfüllt. Sie sagen sich: ›Das Päckchen von Clarence Hervey mag enthalten, was es will, es kommt zu spät. Er kann sagen oder tun, was er will, das ist mir doch ganz gleich – denn – (nun kommt die Vernunft ins Spiel), denn die Sache mit Mr Vincent ist nun schon so weit gediehen, dass Lady Anne Percival und alle Welt (auf Oakley Park) es mir übelnehmen würden, wenn ich einen Rückzieher machte. Außerdem habe ich schon an meine Tante, Mrs Stanhope, geschrieben und die Vorbereitungen für meine Hochzeit laufen schon. Kurzum: *Die Dinge sind schon so weit gediehen*, dass ich nicht mehr zurückkann, denn – *die Dinge sind schon so weit gediehen*.‹ – In diesem Kreis dreht sich Ihre Argumentation. Nein, hören Sie mir erst zu, dann sind Sie dran, eine Stunde lang, wenn Sie möchten. Die Dinge mögen noch so weit gediehen sein, sie können aufgehalten werden und in die andere Richtung gehen, oder nicht? Lady Anne Percival ist Ihre Freundin und kann nur Ihr Glück wollen. Sie denken, sie ist ›das Ungewöhnlichste auf Erden, eine vernünftige Frau‹,[26] also kann sie nicht verärgert sein, wenn Sie auf Ihre eigene Art glücklich werden. Daher brauche ich, wie die Redner gern sagen, *diesen Aspekt nicht weiter auszuführen*. Was nun Ihre Tante angeht, dass Sie ihr so überstürzt geschrieben haben, war sicherlich ein Fehler, das heißt, es widersprach meinem Ratschlag. Aber die Furcht, Mrs Stanhope ein bisschen mehr oder ein bisschen weniger zu verärgern, sollte gar nicht so sehr in die Waagschale fallen, wenn es um das Glück Ihres Lebens geht, zumal es Ihnen doch gelungen ist, einige Monate zu existieren, obwohl Sie gänzlich exkommuniziert worden waren, was die Gunst Ihrer Tante angeht. Schließlich wissen Sie so gut wie ich, dass Mrs Stanhope um nichts trauern wird als um das Vermögen von Mr Vincent, und Mr Herveys Vermögen genügt ja auch, oder genügt beinahe ebenso gut; oder, sagen wir einmal, sie kann ihren Stolz damit besänftigen, dass ein englisches Mitglied des Parlaments in den Augen der Welt (die einzigen Augen, mit denen sie sieht) eine bessere Verbindung darstellt als der Sohn eines westindischen Plantagenbesitzers, auch wenn er ein Protegé von Lady Anne Percival ist.

Ach, ersparen Sie mir Ihre Entrüstung, meine Liebe! – Was für ein Blick! – Wenn man stellvertretend für Mrs Stanhope argumentiert, muss man so argumentieren, wie sie es täte. – Nun, kommen wir zu den Vorbereitungen für Ihre Hochzeit, Sie sind doch kein Mädchen, das nur heiratet, weil sein Hochzeitskleid schon genäht ist. Ein paar Guineen sind dahin, werfen Sie doch nicht Ihr Glück hinterher, das wäre eine dumme Art zu sparen. Vertrauen Sie mir, meine Liebe, in der Zeit der Not, so wie ich Ihnen vertraut habe. Und selbst wenn Sie einer Person nichts schulden möchten, die doch so tief in Ihrer Schuld steht, steht es doch zehn zu eins, dass die Vorbereitungen für *eine* Hochzeit so oder so bald getroffen werden müssen, wenn auch nicht für genau *diese* Hochzeit. Mrs Franks ist es doch gleich, wer der Bräutigam sein wird, Hauptsache, ihre Rechnung wird bezahlt. Ihr ist es Jacke wie Hose, ob sie von Mrs Vincent oder Mrs Hervey bezahlt wird. Ich hoffe, ich konnte Sie überzeugen, ich bin sicher, ich habe Sie erröten lassen, meine Liebe, und das ist mir schon eine gewisse Genugtuung. Ihre roten Wangen sind bereits ein Pfand des Sieges. *Io, triumphe!*[27] Und jetzt will ich mein Päckchen öffnen, meine Hand wird jetzt nichts mehr aufhalten.«

»Ich spreche Sie von Ihrer Zusage frei, mir eine Stunde lang zuzuhören, aber Sie müssen schon Ihr Versprechen halten, mir ein paar Minuten Gehör zu schenken, meine liebe Freundin«, sagte Belinda. »Ich danke Ihnen von Herzen für Ihre Freundlichkeit, ich würde nicht zögern, irgendwelche Verpflichtungen Ihnen gegenüber einzugehen.«

»Danke! Oh, danke! – Wie lieb und gut von Ihnen! – Ganz meine wunderbare Belinda!«

»Aber Sie missverstehen mich ganz und gar; Ihre Argumentation ...«

»Sagen Sie mir, wo ich falschliege, ich fechte die Logik aller Percivals an.«

»Ihre Logik wäre hervorragend, wenn Sie nicht einfach bestimmte Fakten als erwiesen annehmen würden. – Zum Beispiel nehmen Sie es einfach als erwiesen an, dass Mr Hervey in mich verliebt ist.«

»Nein«, sagte Lady Delacour, »ich nehme das nicht ohne Belege als erwiesen an, das werden Sie schon herausfinden, wenn ich dieses Päckchen öffne.«

»Sie gehen auch davon aus«, fuhr Belinda fort, »dass ich im Geheimen noch immer an ihm hänge – ich versichere Ihnen, dass das nicht der Fall ist.«

»Das kann ich feststellen, ohne das Paket zu öffnen«, sagte Lady Delacour.

»Und Sie gehen einfach davon aus«, sagte Belinda, »dass mich nur die Furcht vor Lady Anne Percival, vor meiner Tante und der Welt davon abhält, mit Mr Vincent zu brechen? Falls Sie diesen Brief lesen mögen, den ich ihm geschrieben habe, als Sie ins Zimmer kamen, werden Sie vielleicht einsehen, wie falsch Sie liegen.«

»Dann stimmt es also, dass Sie allen Ernstes und *bona fide*,[28] wie mein alter Onkel, der Rechtsanwalt, immer sagte – allen Ernstes und *bona fide* Mr Vincent lieben?«

»Können Sie sich vorstellen, dass ich einer Heirat mit einem Mann zustimmen würde, den ich nicht liebe?«, sagte Belinda entrüstet.

»Nein, aber es könnte sein, dass Sie ihn im Positiv lieben – nicht aber im Komparativ – oder im Superlativ. – Kurz und gut, meine Liebe, es könnte sein, dass Sie nicht wissen, was Sie wollen – Mr Herveys Rückkehr könnte die Lage verändern. Ich befürchte tatsächlich so sehr, Sie zu verletzen, dass ich kaum die richtigen Worte finde – aber es stimmt doch, dass Sie einmal meinen armen Clarence sehr mochten, und trotz Mr Percivals Heilmitteln für *die erste Liebe* neige ich dazu ...«

»Sie neigen dazu«, sagte Belinda, »Liebe als eine üble Laune anzusehen, die einen nur ein einziges Mal überkommen kann.«

»Sie könnten nicht so geistreich sein, meine Liebe, wenn Sie Leidenschaft fühlen würden. Glauben Sie mir, Belinda, Sie machen sich da etwas vor; Sie sind nicht in Mr Vincent verliebt; wenn Sie ihn heiraten, werden Sie es bereuen; Sie werden unglücklich werden.«

»Ich gebe ja gar nicht vor, das zu sein, was man ›verliebt‹ nennt, noch glaube ich, dass mein Verliebtsein für mein Glück die notwendige Voraussetzung ist oder für das seine. – Aber ich schätze ihn sehr, ich liebe ihn ...«

»Ja, ja«, sagte Lady Delacour, »wie das die halbe Welt tut, wenn sie heiratet.«

»Wie es ein Glück für die halbe Welt wäre, wenn sie es täte«, erwiderte Belinda milde, aber mit einer gewissen Festigkeit in ihrem Ton, die Lady Delacour zu denken gab. »Ich würde mich selbst verachten und kein Mitleid von anderen Menschen erwarten dürfen, wenn ich, nach allem, was ich gesehen habe, aus Motiven reiner Zweckdienlichkeit und aus materiellem Interesse heiraten würde.«

»Oh, entschuldigen Sie! Ich habe einen solchen Gedanken nicht einmal andeuten wollen; ich wollte Sie nur vorsichtig darauf hinweisen, meine liebe, liebe Belinda, dass ein Herz wie das Ihre für die Liebe gemacht ist in ihrer höchsten, reinsten und glücklichsten Ausprägung ...«

»Was nur sichergestellt werden kann, wenn ich einen Mann heirate, der Vernunft und Anstand zu bieten hat; so dass es nicht nur um das Amüsement von ein paar Monaten geht, sondern der Zauber vieler Jahre werden könnte«, sagte Belinda. »So, wie ich es mit Mr Vincent zu erleben hoffe, ohne in ihn verliebt zu sein. Mr Vincent hat sich mir gegenüber ehrenhaft und ehrlich verhalten; er hat mir Beweise seiner unbeirrbaren Zuneigung geliefert und seines Glaubens an meine Integrität. Ich hatte ausreichend Zeit, mein Urteil zu fällen und meine Gefühle zu ergründen. Das Erstere fällt ganz zu seiner Gunst aus, die Letzteren sind nicht gegen ihn.«

»Nicht gegen ihn! – Hmpf! Darf ich fragen, ob Sie, wenn Sie herausfänden, dass sich Mr Vincent eine Virginia hält, ihn für immer aus Ihren Gedanken verbannen würden?«

»Wenn ich entdecken würde, dass er eine Frau getäuscht und unehrenhaft behandelt hätte, so würde ich ihm bestimmt keine Achtung mehr schenken.«

»Mit derselben Leichtigkeit, wie Sie es bei Clarence Hervey getan haben?«

»Vielleicht sogar mit mehr.«

»Dann geben Sie also zu – mehr will ich ja gar nicht –, dass Sie Clarence einmal mehr mochten, als das je bei Vincent der Fall war?«

»Das tue ich – aber Sie haben doch hoffentlich bemerkt, dass ich ›gemocht‹ sage – nicht ›geliebt‹. Hätte mich Mr Hervey als Liebender angesprochen, so hätte ich ihn sicherlich auch geliebt, aber er hat nie behauptet, mir in Liebe verbunden zu sein, und deswegen habe ich meiner Vorstellungskraft verboten, sich mit seinen guten Fähigkeiten zu beschäftigen; ich will auch jetzt nicht zurückschauen.«

»Aber wenn Sie gezwungen wären, genau das zu tun, meine Liebe, wenn Clarence nun um Ihre Hand anhielte, würden Sie nicht doch einen zögernden Blick in die Vergangenheit werfen? Würde das nicht doch etwas ändern?«

»Nein.«

»Sie würden ihn ablehnen?«

»Ohne zu zögern.«

»Dann werde ich jetzt gehen und mein Päckchen in meinem eigenen Zimmer lesen«, rief Lady Delacour und erhob sich hastig, offensichtlich verärgert.

»Nicht einmal Ihre Verärgerung darüber, meine liebe Freundin«, sagte Belinda, »kann meinen Entschluss ändern; ich kann ihren Ärger ertragen, weil ich weiß, dass er aus Ihrer Zuneigung zu mir resultiert.«

»Ich habe Sie noch nie so wenig gemocht wie in diesem Moment, Belinda.«

»Sie werden mir Gerechtigkeit widerfahren lassen, wenn Sie wieder einen kühlen Kopf haben!«

»Einen kühlen Kopf!«, wiederholte Lady Delacour, als sie das Zimmer verließ. »So kühl wie Sie, Belinda, möchte ich niemals werden.«

Kapitel XXVI
Virginia

Clarence Herveys Päckchen enthielt eine Geschichte seiner Verbindung zu Virginia St. Pierre.

Damit man unseren Helden nicht der Selbstherrlichkeit bezichtigen kann, erzählen wir die wichtigsten Sachverhalte in der dritten Person.

Etwa ein Jahr, bevor er Belinda gesehen hatte, kehrte Clarence Hervey von seinen Reisen zurück; er war kurz vor der Revolution in Frankreich gewesen, als der Luxus und die Verschwendung in Paris ihren Höhepunkt erreicht hatten und ein allgemeiner Geist zügelloser Galanterie vorherrschte. Einige Geschehnisse, die ihn persönlich betrafen, weckten in ihm einen enormen Widerwillen gegen die Belles von Paris; er fand, dass Frauen, die voller Eitelkeit, Affektiertheit und kunstvoller Listen waren, deren Geschmack pervertiert und deren Gefühle verdorben waren, ebenso wenig echtes Glück schenken wie empfinden konnten. Während diese Erkenntnis ihn beschäftigte, las er die Werke von Rousseau:[29] Die Philosophie dieses beredten Schriftstellers beeinflusste Clarence' Denken sehr, und dessen Rhetorik wirkte sich auf seine Weltsicht, die ohnehin von Natur aus gefühlvoll und leidenschaftlich war, stärker aus, als es normalerweise der Fall gewesen wäre. Ihn bezauberte der Charakter der Sophia,[30] da er ihn als Kontrast sah zu den Lebedamen, die ihn so angewidert hatten, und er nahm sich als ein romantisches Projekt vor, sich selbst eine Frau zu erziehen. Erfüllt von diesem Gedanken, kehrte er nach England zurück, wild entschlossen, sein Vorhaben auf der Stelle auszuführen, aber was ihn für gewisse Zeit aufhielt, war die Tatsache, dass er kein geeignetes Objekt für seine Absichten fand: Es war leicht, Schönheit in Nöten und Unwissenheit in Armut aufzutreiben, aber schwierig, Einfachheit ohne das Vulgäre und Scharfsinn ohne Durchtriebenheit oder sogar Unwissenheit ohne Vorurteile zu finden; es war schwierig, einen Kopf zu finden, der noch völlig unkultiviert war, aber doch darauf hinwies, dass sich die Mühe späterer Instruktion lohnen würde, ein Herz, das noch kaum Erfahrungen gemacht hatte, aber doch empfindsam war und fähig schien zur höchsten Leidenschaft, zu Feinsinnigkeit des Gefühls und der Festigkeit rationaler Überlegung. Es ist gar nicht sehr erstaunlich, dass Mr Herveys hohe Erwartungen sich nicht sofort erfüllen ließen. Auch wenn er bei seiner ersten Suche enttäuscht worden war, gab er doch sein Vorhaben nicht auf, und nach einer gewissen Zeit entdeckte er, oder dachte das zumindest, ganz durch Zufall ein Objekt, das für seine Zwecke wie gemacht war.

An einem wunderbaren Abend im Herbst ritt er gerade durch den New Forest und erfreute sich an der malerischen Schönheit der Gegend. Er verließ die vorgegebene Straße und schlug eine frisch angelegte Abzweigung ein, der er mit zunehmendem Vergnügen folgte, bis die untergehende Sonne ihn daran erinnerte, dass er weitere Betrachtungen über die Szenerie des Waldes verschieben musste und dass es Zeit war, einen Weg aus dem Wald zu finden. Er war jetzt im tiefsten Teil des New Forest und sah keinen Pfad, der ihm die Richtung gewiesen hätte, doch als er anhielt, um zu überlegen, in welche Richtung er sich wenden sollte, sprang ein Hund aus dem Dickicht und bellte wütend sein Pferd an; das Pferd war sehr temperamentvoll, aber er hatte es gut im Griff und zwang das Tier, ruhig stehen zu bleiben, bis der Hund, der sich heiser gebellt hatte, sich von selbst zurückzog. Clarence beobachtete, welchen Weg er einschlagen würde, und folgte ihm in der Hoffnung, die Person zu treffen, der der Hund gehörte. Er ließ also seinen Führer nicht aus den Augen, bis er auf eine schöne Lichtung kam, in deren Mitte ein ordentliches, aber sehr kleines Cottage stand mit mehreren Bienenkörben im Garten und umgeben von einer Fülle von Kletterrosen, die in voller Blüte standen. Dieser von Menschen gestaltete Ort stand in auffallendem Kontrast zu der Wildheit der ihn umgebenden Szenerie. Als er näher kam, sah Mr Hervey ein junges Mädchen, das die Rosen, die rund um das Cottage wuchsen, goss, und eine alte Frau neben ihm, die einen Korb mit Blüten füllte. Die alte Frau war wie die meisten anderen alten Frauen, nur hatte sie ein bemerkenswert gütiges Gesicht, und ihr Verhalten ließ darauf schließen, dass sie bessere Tage erlebt hatte, aber das junge Mädchen erschien Clarence Hervey wie kein anderes Mädchen zuvor. Die untergehende Sonne leuchtete ihm ins Gesicht, der Wind blies die Locken seines hellen Haares zurück, und Bescheidenheit rötete seine Wangen, als es den Fremden erblickte. In seinen großen blauen Augen lag ein Ausdruck von ungekünstelter Sensibilität, der Mr Hervey mit einer solchen Macht ergriff, dass er einen Moment ganz still dastand und vollkommen vergaß, dass er ja gekommen war, um nach dem Weg aus dem Wald zu fragen. Sein Pferd war auf dem Gras so leise gewesen, dass er nur noch ein paar Meter von ihnen entfernt war, als ihn die alte Frau bemerkte. Sobald sie ihn sah, wandte sie sich abrupt an das junge Mädchen, übergab ihm den Korb mit Rosen und bat es, diese ins Haus zu tragen. Als es an ihm vorbeiging, hielt das Mädchen mit einem süßen, unschuldigen Lächeln Clarence den Korb hin und bot ihm eine der Rosen an.

»Geh hinein, Rachel! – Geh hinein, Kind«, sagte die alte Frau, in einem so lauten und strengen Ton, dass beide, Rachel und Mr Hervey, erschraken. Der Korb kippte um, und alle Rosen wurden auf den Rasen verstreut. Clarence war, auch wenn er versuchte, sich zu entschuldigen, wegen des kleinen Unfalls keineswegs unglücklich, weil er Rachel einen Moment länger aufhielt, bis sie ihre Blumen wieder eingesammelt hatte, so dass er die Möglichkeit hatte, ihre wohlgestalteten Hände und Arme zu bewundern wie auch die Leichtigkeit und die natürliche Grazie ihrer Bewegungen.

»Geh hinein, Rachel«, wiederholte die alte Frau in noch strengerem Ton, »lass die Rosen hier – ich kann sie ebenso gut aufsammeln wie du, Kind – geh hinein.«

Das Mädchen schaute die alte Frau mit Erstaunen an, seine Augen füllten sich mit Tränen, es warf die Rosen, die es in der Hand hatte, hin und sagte: »Ich *gehe* ja schon, Großmutter.« Die Tür schloss sich hinter ihm, noch bevor sich Clarence besinnen und der alten Dame sagen konnte, er habe sich verirrt und so weiter. Ihre Strenge verschwand, sobald ihre Enkelin sicher im Haus war, und sie war sofort bereit, ihm den Weg, nach dem er fragte, zu zeigen.

Sobald sich jedoch die Möglichkeit ergab, kam er an den Ort zurück, denn er hatte sich die Stelle gut gemerkt, und er fand mit Leichtigkeit den Weg auf die Lichtung zurück, die ihm wie ein irdisches Paradies erschien. Als er in das Tal hinabstieg, hörte er schon das Summen der Bienen, aber er sah keinen Rauch vom Schornstein des Cottages aufsteigen – kein Hund bellte – keine lebende Kreatur war zu sehen – die Haustür war verschlossen – die Fensterläden ebenso – alles war still. Der Ort sah aus, als sei er von seinen Bewohnern verlassen worden – die Rosen waren nicht gegossen worden, viele von ihnen verloren schon ihre Blätter, und ein Korb mit halbverwelkten Blumen stand verlassen in der Mitte des Gartens. Clarence stieg vom Pferd und prüfte den Riegel an der Tür, aber er war festgemacht; er lauschte, aber hörte keinen Laut; er ging hinter das Haus, wo ein kleines Gitterfenster halb geöffnet war, und als er darauf zuging, meinte er eine leise klagende Stimme zu hören; er zog vorsichtig den Vorhang zur Seite und schaute hinein. Das Zimmer war dunkel und seine Augen noch vom hellen Sonnenschein geblendet, so dass er zunächst nichts deutlich sehen konnte, aber er hörte das Wehklagen mehrmals mit Pausen zwischendurch, und eine leise Stimme sagte schließlich: »Oh, sprich mit mir! – Sprich nur einmal wieder mit mir – nur einmal – nur einmal wieder, sprich mit mir!«

Die Stimme kam aus einer Ecke des Zimmers, in die er noch nicht geschaut hatte, und als er den Vorhang weiter wegzog, um mehr Licht hereinzulassen, sprang eine Gestalt von der Seite des Betts auf, bei dem sie gekniet hatte, und er sah das schöne junge Mädchen mit zerzausten Haaren und einem Gesicht, in dem tiefste Trauer geschrieben stand. Er fragte, ob er ihr irgendwie helfen könne. Sie winkte ihm, hereinzukommen, und zeigte dann auf das Bett, auf dem die alte Frau ausgestreckt lag, und sagte: »Sie kann nicht mit mir sprechen – sie kann die eine Seite nicht bewegen – sie liegt jetzt so seit drei Tagen – aber sie ist nicht tot – sie ist nicht tot!«

Die arme Frau war vom Schlag getroffen worden. Als Clarence näher an das Bett herantrat, öffnete sie die Augen und blickte ihn fest an, streckte ihre ausgezehrte Hand aus, hielt ihre Enkelin fest, erhob sich mit ungeheurer Mühe und brachte nur ein Wort hervor: »Hinfort!« Ihr Gesicht wurde schwarz, sie schien einen Krampf zu haben und sank zurück auf das Bett, ohne weitersprechen zu können. Clarence verließ das Haus sofort, stieg auf sein Pferd und galoppierte in die Stadt, um medizinische Hilfe zu holen. Die arme Frau erholte sich in ein paar Tagen dank der Hilfe eines tüchtigen Apothekers so weit, dass sie sich artikulieren konnte und man sie verstand. Sie wusste, dass ihr Ende sich schnell näherte, und schien sich fromm ihrem Schicksal zu ergeben. Mr Hervey kam immer wieder zu ihr, aber obwohl sie ihm wohl dankbar war für seine Freundlichkeit und die Hilfe, die er für sie gesucht hatte, schien sie doch beunruhigt, wenn er im Zimmer war, und schaute oft mit ungewöhnlicher Angst zu ihm und zu ihrer Enkelin. Schließlich flüsterte sie dem Mädchen etwas ins Ohr, das sofort den Raum verließ, dann winkte sie ihm, er möge näher an den Sessel, in dem sie saß, herankommen.

»Es kann sein, Sir«, sagte sie, »dass Sie dachten, ich sei nicht ganz bei mir, als ich an dem Tag auf dem Bett lag und in so entschiedenem Ton zu Ihnen ›Hinfort!‹ sagte. Es war alles, was ich damals sagen konnte – und um die Wahrheit zu sagen, kann ich immer noch nicht ganz offen reden und werde es wohl auch nicht mehr können. Aber Gottes Wille geschehe. Es gibt da nur etwas, was ich Ihnen, Sir, wegen meines armen Mädchens sagen wollte ...«

Clarence hörte ihr mit großem Interesse zu. Sie hielt inne, dann legte sie ihre kalte Hand auf die seine, schaute mit ernstem Blick in sein Gesicht und fuhr fort: »Sie sind ein feiner junger Herr und Sie sehen wie ein braver Gentleman aus, aber das tat auch der Mann, der das Herz ihrer armen Mutter brach. Ihre Mutter wurde aus dem Internat entführt, als sie kaum sechzehn Jahre alt war, und zwar von einem Schurken, der, nachdem er sie im Geheimen geheiratet hatte, nicht zu der Verheiratung stand, sondern nur zwei Jahre bei ihr blieb, dann ins Ausland ging und Frau und Kind verließ. Wir haben nie wieder von ihm gehört. Meine Tochter starb an gebrochenem Herzen. – Rachel war damals ungefähr drei oder vier Jahre alt, ein schönes Kind. – Gott vergebe ihrem Vater! – Gottes Wille geschehe!« Sie hielt inne, um ihrer Gefühle Herr zu werden, dann fuhr sie mühsam fort: »Mein einziger Trost ist, dass ich Rachel in vollkommener Unschuld erzogen habe; ich habe sie nie in ein Internat geschickt. – Nein, nein, vom Moment ihrer Geburt an bis heute habe ich sie im Auge behalten. Sie hat in diesem Cottage mit mir gelebt, weit weg von aller Welt. Sie sind der erste Mann, mit dem sie je gesprochen hat; der erste Mann, der jemals in diesem Haus gewesen ist. Sie ist die Unschuld selbst! – Oh, Sir, wenn Sie je auf Gnade hoffen, wenn es Ihnen einmal so ergeht wie mir jetzt, so bewahren Sie die Unschuld dieses armen Kindes! – Kommen Sie niemals, niemals hierher zu ihr, wenn ich tot bin und nicht mehr da bin! Bedenken Sie, sie ist doch noch ein Kind, Sir. – Der Herr hat nie ein besseres Wesen geschaffen. – Oh, versprechen Sie mir, dass Sie nicht der Ruin meines süßen unschuldigen Mädchens sein werden, und ich kann in Frieden sterben!«

Clarence Hervey war gerührt. Er gab sofort das Versprechen ab, das sie von ihm verlangte, und da die arme sterbende Frau nicht eher zufrieden war, bekräftigte er es mit einem feierlichen Schwur.

»Jetzt bin ich beruhigt«, sagte sie, »vollkommen beruhigt – möge Gott Sie dafür segnen. In dem Dorf hier gibt es eine Mrs Smith, eine brave Bauernfrau, die uns gut kennt; sie wird dafür sorgen, dass ich ordentlich beerdigt werde, und hat außerdem versprochen, alles, was ich habe, für mein Mädchen zu verkaufen und für es zu sorgen. – Und Sie werden ihr nie wieder nahe kommen?«

»Das habe ich nicht versprochen«, sagte Hervey.

Die alte Frau sah wieder sehr besorgt aus.

»Ach, guter junger Herr!«, sagte sie. »Hören Sie auf meinen Rat, es wäre das Beste für Sie beide. Wenn Sie sie wiedersehen, werden Sie sie lieben, Sir – das können Sie gar nicht verhindern; und wenn sie Sie sieht – das arme Ding, wie unschuldig sie lächelte, als sie Ihnen die Rose gab! – Oh, Sir, kommen Sie nicht mehr in ihre Nähe, wenn ich nicht mehr bin! Es ist jetzt zu spät, ich kann sie nicht mehr verschwinden lassen. – Diese Nacht, da bin ich mir sicher, wird meine letzte in dieser Welt sein. – Oh, versprechen Sie mir, dass Sie nicht mehr herkommen!«

»Nach dem Eid, den ich geschworen habe«, erwiderte Clarence Hervey, »wäre dieses Versprechen doch unnötig. Vertrauen Sie meinem Ehrgefühl ...«

»Ehrgefühl! Oh, das war genau das Wort, das der Gentleman verwendete, der ihre Mutter betrogen hat und sie dann hat sterben lassen! – Oh, Sir! Sir! –«

Die heftigen Gefühle, die sie empfand, waren zu viel für sie – sie fiel erschöpft auf die Kissen – sprach nicht mehr – und eine Stunde später starb sie in den Armen ihrer Enkelin. Das arme Mädchen konnte nicht glauben, dass sie ihren letzten Atemzug getan hatte. Es gab dem Arzt und Clarence Hervey, der neben ihm stand, ein Zeichen, still zu sein, und lauschte in dem Glauben, der Leichnam würde wieder atmen. Dann küsste es die kalten Lippen und die faltigen Wangen und Augenlider, die sich für immer geschlossen hatten. Es wärmte die toten Finger mit seinem Atem – es nahm den schweren Arm hoch, und als dieser zurückfiel, erkannte es, dass es keine Hoffnung mehr gab; es warf sich auf die Knie. – »Sie ist tot!«, rief es aus. »Sie ist gestorben, ohne mir ihren Segen zu geben. Sie kann mich nie mehr segnen.«

Sie nahmen die junge Frau mit nach draußen, und Clarence Hervey sprenkelte ein wenig Wasser auf ihr Gesicht. Es war eine schöne Nacht, und die frische Luft ließ sie wieder zu Sinnen kommen. Er sagte dann, er würde sie bei dem Arzt lassen, zum Dorf reiten und jene Mrs Smith suchen, die versprochen hatte, sich ihrer anzunehmen.

»Dann gehen *Sie* jetzt auch weg und lassen mich allein?«, fragte sie und brach in Tränen aus. Als er die Tränen sah, wandte Clarence sich ab und eilte davon. Er schickte die Frau aus dem Dorf zu ihr, aber kam in dieser Nacht nicht mehr zurück.

Ihre schlichte Art, ihre Empfindsamkeit und, vielleicht mehr, als er es wahrhaben wollte, ihre Schönheit hatten ihm gefallen und waren ihm zu Herzen gegangen. Die Vorstellung, ein vollkommen reines, uneigennütziges und unerfahrenes Herz an sich zu binden, erfüllte ihn mit Entzücken; die Verfeinerung ihres Denkens, dachte er, würde eine leichte und erfreuliche Aufgabe werden: Alle Schwierigkeiten verschwanden angesichts seiner hoffnungsvollen Zuversicht.

»Sensibilität«, sagte er sich, »ist die Mutter großer Talente und großer Tugenden, und es ist ganz offensichtlich, dass sie naturgegebene Gefühle in Hülle und Fülle besitzt; dies alles wird entwickelt werden mit Geschick, Geduld und Feingefühl, und ich werde meine Belohnung verdient haben, bevor ich sie einfordere.«

Am nächsten Tag kehrte er in Begleitung einer älteren Dame zu dem Cottage zurück, einer Mrs Ormond, derselben Dame, die später in Marriotts voreingenommenen Augen eher *wie eine Duenna*[31] *erschien als sonst etwas*, aber die dieses einfache Mädchen als das erkannte, was sie war, eine wahrhaft gutherzige und wohlwollende Frau. Es erklärte sich sehr bereitwillig damit einverstanden, sich in die Obhut von Mrs Ormond zu begeben, »vorausgesetzt, Mrs Smith würde es erlauben«. Es war nicht schwierig, Mrs Smith davon zu überzeugen, dass das zu ihrem Vorteil sein würde. Mrs Smith, die eine einfache Bauersfrau war, erzählte alles, was sie von Rachels Geschichte wusste, aber das, was sie wusste, war recht wenig. Sie hatte nur dann und wann Andeutungen von der alten Frau gehört, und diese passten genau zu dem, was Mr Hervey bereits erfahren hatte.

»Die *alte Edeldame*«, sagte Mrs Smith, »wie ich sie eigentlich nennen sollte, hat schon seit vielen Jahren da im Wald gewohnt, wo Sie sie gefunden haben – sie hat von der Imkerei gelebt und indem sie Rosenwasser hergestellt hat – sie war eine gute Seele, aber sehr eigen, besonders wenn es um ihre Enkeltochter ging, wofür man sie, mein' ich, nicht tadeln kann. Sie hat mir oft erzählt, sie würd' Rachel niemals in ein Internat geben, was ich für ganz richtig hielt, da ich ja wusste, dass sie kein Vermögen hat, und es ist oft der Ruin von jungen Mädchen, wenn man sie über ihre Erwartungen hinaus erzieht; das hat man ja auch bei ihrer Mutter gesehen, Sir. Dann wollte sie Rachel das Schreiben gar nich' beibringen, damit sie nich' auf die Idee kommen konnte, dumme Liebesbriefe zu krakeln, wie ihre Mutter das gemacht hatte. Also, Sir, das fand ich gut, denn ich hab's auch nicht so mit dem Lernen aus Büchern, und ich hätte gedacht, es wäre auch gar nicht schlimm, wenn das Mädchen gar nicht lesen gelernt hätte, aber das hat es doch gelernt und immer gern getan, und ich bin mir ganz sicher, dass das für ihre Großmutter auch eher eine Plage war als nützlich, denn sie war so eigen mit den Büchern, die das Mädchen lesen sollte, wie mit allem anderen. Sie ist sogar noch weiter gegangen, Sir, sie hat dem Mädchen nich' mal erlaubt, mit einem Mann zu sprechen – kein Mann ist je in das Haus gekommen.«

»Das hat sie mir schon erzählt.«

»Ja, dann hat sie Ihnen das richtig erzählt. Aber das, finde ich, war einfach falsch, denn es ist doch klar, dass das Mädchen mal früher oder später mit Männern sprechen muss, welchen Sinn hat es also, dass sie nich' weiß, wie man das vernünftig macht? – Himmel, Madam!«, fuhr Mrs Smith fort und wandte sich an Mrs Ormond, »Himmel, Madam! Mag ja eine Sünde sein, wenn man sich an all so Kleinkram von den Toten erinnert, aber ich muss ehrlich sagen, man kann lange suchen, bevor man eine alte Dame findet, die so übermäßig viele Bedenken hatte wie die Verstorbene. Ich hab' tatsächlich einmal gedacht, jetzt kriegt sie 'nen Anfall, bloß weil Rachel ganz zufällig ein Bild von einem Mann gesehen hat; als ob ein Bild irgendwie jemanden verletzen könnte. Na, wenn das eins von den nackten Bildern gewesen wäre, da hätte sie ja noch irgendwie Anstoß nehmen können, aber das war's gar nicht, war ein völlig anständiges Bild – nur eine Miniatur, Madam, die der junge Herr, der in meinem Haus wohnte, bei mir gelassen hatte für seine Mutter. Rachel sah sie und fand wohl so großen Gefallen daran, weil sie so etwas noch nie gesehen hatte – und sie bat mich, sie mit nach Hause nehmen zu dürfen, was ich ihr auch erlaubte; und aus reiner Freundlichkeit, sagte ich, sie dürfte sie so lange haben, bis die Dame, der sie gehört, käme, um sie zurückzuholen – also hat Rachel sie behalten, und ich habe mir wirklich nichts dabei gedacht. Aber eines Tages überraschte ihre Großmutter sie mit der Miniatur, und sie hat sich furchtbar aufgeregt, Madam! Ich werd' das nie vergessen. Die alte Dame brachte das Bild persönlich zurück zu mir und schien so entsetzlich besorgt, als würde sie tatsächlich glauben, man könnte mit dem Mädchen davonlaufen allein wegen dem Bild, dabei hatte es den Mann doch noch nie gesehen. Aber, Madam, jeder hat so seine merkwürdigen Ideen, und ich sollte eigentlich nicht so viel über jemanden sagen, der gestorben ist. Ich hab' der guten Frau an dem Tag versprochen, ich würd', wenn sie mal stirbt, auf ihre Enkelin aufpassen, und hab' bei mir gedacht, wenn einer meiner Jungs sich in sie verguckt, würd' ich nichts dagegen haben, denn sie war immer ein gutes Mädchen, sehr bescheiden, ich bin sicher, sie würd' eine gute Ehefrau abgeben, auch wenn sie zu zart für harte Arbeit auf dem Feld ist. Aber da es ja nun einmal Gottes Plan ist, dass Sie, Madam, und der gute Gentleman die Verantwortung für sie aus meinen Händen übernehmen sollen, so will ich es auch zufrieden sein, und ich verkaufe alles hier für sie ganz ehrlich und anständig und bringe es Ihnen, Madam, für die arme Rachel.«

Es gab nichts, das Rachel unbedingt mitnehmen wollte, außer einem kleinen Dompfaff, an dem sie sehr hing. Eine, aber auch wirklich nur eine Gegebenheit bezüglich Rachels störte die vielen Vorstellungen und Pläne, die Clarence nun machte, und gerade diese empfand er als sehr verdrießlich – ihren Namen. Den Namen ›Rachel‹ konnte er einfach nicht ertragen, und er fand, er passe so wenig zu ihr, dass er kaum glauben konnte, er könne ihr wahrer Name sein. Folglich beschloss er, ihn so bald wie möglich zu ändern. Als er sie zum ersten Mal gesehen hatte, war ihm die Idee gekommen, dass sie der Beschreibung der Virginia in Monsieur St. Pierres berühmter Liebesgeschichte ähnele, und bei diesem Namen rief er sie von der Stunde an, in der sie ihr Cottage verließ.

Mrs Ormond, die Dame, die er angestellt hatte, um sich um Virginia zu kümmern, war eine Witwe, die Mutter eines Gentlemans, der sein Tutor im College gewesen war. Der Sohn war gestorben und hatte sie in schlechten Verhältnissen zurückgelassen, so dass sie gezwungen war, ihre Freunde um finanzielle Hilfe zu bitten.

Mr Hervey war stets sehr großzügig in seinen Spenden gewesen; von Jugend an hatte er den Wert der Witwe erkannt, und ihre Anhänglichkeit ihm gegenüber mischte sich mit großem Respekt; sie war nicht unbedingt eine Frau von hervorragenden Fähigkeiten oder Kenntnissen, aber dank ihrer Ausgeglichenheit und ihrer sanften Art gewann sie jedermanns Zuneigung, auch wenn sie keine Talente hatte, die Bewunderung hervorriefen. Mr Hervey vertraute ihrer Integrität voll und ganz, er meinte, sie würde sich exakt an seine Anweisungen halten, und dachte, ihr Mangel an literarischen Kenntnissen und Erfindungsreichtum könne leicht durch seine eigene Betreuung und Anleitung ausgeglichen werden. Er mietete ein Haus für sie und ihre schöne Schülerin in Windsor, und er nahm ihr das feierliche Versprechen ab, dass sie weder Besuche empfangen noch machen werde. Virginia war dadurch von allem Umgang mit der Welt abgeschnitten. Sie sah niemanden außer Mrs Ormond, Clarence Hervey und Mr Moreton, einen älteren Geistlichen, den Mr Hervey engagiert hatte, damit er jeden Sonntag vorsprach und Gebete für sie daheim las. Virginia zeigte nie auch nur die leiseste Neugier, andere Menschen zu sehen oder irgendetwas jenseits der Mauern um den Garten des Hauses, in dem sie lebte; ihr gegenwärtiges zurückgezogenes Dasein war nicht anders als das, an das sie seit langem gewöhnt war, folglich empfand sie ihre Abgeschiedenheit von der Welt nicht als Einschränkung; von den Umständen, die sich in ihrer Situation geändert hatten, war sie weder geblendet noch fand sie es besonders reizvoll; Annehmlichkeiten oder Luxusgegenstände, die ihr neu waren, bedachte sie mit Gleichgültigkeit, aber alles, was sie an ihr früheres Leben erinnerte und an das Cottage ihrer Großmutter, entzückte sie.

Eines Tages fragte Mr Hervey sie, ob sie lieber wieder in das Cottage zurückkehren würde oder ob sie bleiben wollte, wo sie war? Er fürchtete sich sehr vor der Antwort. – Sie erwiderte ganz unschuldig: »Ich würde am liebsten wieder zu dem Cottage zurückkehren, wenn Sie mit mir gehen würden, aber ich würde lieber hierbleiben, als ohne Sie dort zu leben.«

Clarence war gerührt und geschmeichelt von dieser einfachen Antwort, und eine Zeitlang entdeckte er, wie er meinte, jeden Tag neue Zeichen der Tugend und des Könnens bei seiner reizenden Schülerin. Ihre Gleichgültigkeit gegenüber Objekten reiner Zurschaustellung und solchen, die nur Zierrat waren, erschienen ihm wie ein unbestreitbarer Beweis ihrer Großherzigkeit und der Überlegenheit eines vorurteilslosen Geistes. – Was für ein Unterschied, dachte er, zwischen diesem Kind der Natur und den frivolen, mondänen Sklavinnen der Kunst!

Um die unverdorbene Einfachheit ihres Geschmacks und die Reinheit ihres Denkens zu prüfen und zu beweisen, bot er ihr einmal ein Paar Diamantohrringe und eine Rosenknospe auf Moos an und bat sie, das zu wählen, was ihr am besten gefalle. – Sie griff begeistert nach der Rose und rief: »Oh, sie erinnert mich an das Cottage – wie süß sie doch duftet!«

Sie steckte sie in ihren Ausschnitt, schaute dann auf die Diamanten und sagte: »Das sind hübsche, glitzernde Dinger. – Was ist das? – Wozu braucht man sie?« – Und sie schaute mit mehr Neugier und Bewunderung auf die Vorrichtung, mit der man den Ohrring schloss und wieder öffnete, als auf die Diamanten selbst. Clarence war entzückt von ihr. Als Mrs Ormond ihr erzählte, dass man diese Dinge an die Ohren hänge, lachte sie und sagte: »Wie? Wie kann man sie denn anhängen?«

»Hast du noch nie bemerkt, dass ich Ohrringe trage?«, sagte Mrs Ormond.

»Doch, schon! Aber Ihre sind nicht wie diese. – Und lassen Sie mich einmal sehen, ich habe nie gesehen, wie Sie sie festmachen. – Lassen Sie mich doch einmal schauen. Oh, Sie haben Löcher in den Ohren, aber ich habe keine.«

Mrs Ormond sagte ihr, dass man ganz leicht Löcher in die

Ohren machen könne, wenn man eine Stahlnadel hindurchbohre. Sie schreckte zurück, verteidigte ihr Ohr mit der einen Hand, schob die Diamanten mit der anderen von sich und rief: »Oh, nein, nein! – Es sei denn«, fügte sie in ganz anderem Ton hinzu und wandte sich an Clarence, »es sei denn, Sie wünschten es – wenn Sie mich darum bitten, tue ich es.«

Clarence konnte sich in diesem Moment kaum beherrschen, und nur unter größten Schwierigkeiten konnte er ihr mit der leidenschaftslosen Ruhe antworten, die seine Situation und die ihre verlangte. – Und doch lag vielleicht mehr Unwissenheit und Furcht in Virginias Gleichgültigkeit den Diamanten gegenüber als gesunder Menschenverstand und Philosophie; sie sah sie nicht als Schmuckstücke an, die ihrer Trägerin irgendwie zu einer besonderen Auszeichnung verhalfen, weil sie ja nicht wissen konnte, dass die Gesellschaft ihnen einen Wert zuschrieb. Isoliert von aller Welt, hatte sie keinen Grund, sich herauszuputzen und in Wettbewerb zu treten, sie kannte keinen Vergleich, hatte keine Möglichkeit, sich zur Schau zu stellen; Diamanten waren daher so nutzlos für sie wie Geld für Robinson Crusoe auf seiner Wüsteninsel. Man konnte weder mit Fug und Recht behaupten, er sei nicht geizig, weil er dem Gold keinen Wert zumaß, noch dass sie frei von jeder Eitelkeit sei, weil sie die Diamanten zurückwies. Diese Überlegungen wären einem Mann von Clarence Herveys Fähigkeiten unmöglich entgangen, wenn er nicht so damit beschäftigt gewesen wäre, sein wunderbares Erziehungssystem zu verteidigen, oder wenn seine Schülerin nicht so gutaussehend gewesen wäre. Virginias völlige Unkenntnis der Welt gab ihren trivialsten Beobachtungen oft einen Anschein von Originalität, die sie zugleich interessant und originell erscheinen ließ. All ihre Vorstellungen von Glück beschränkten sich auf das Leben, das sie in ihrer Kindheit geführt hatte, und da sie zufälligerweise in einer schönen Umgebung im New Forest gelebt hatte, schien sie instinktiv Gefallen an der Schönheit der Natur zu finden und an dem, was wir ›pittoresk‹ nennen. Diese Vorliebe erkannte Mr Hervey, wann immer er ihr Drucke und Zeichnungen zeigte, und sie war eine ständige Quelle von Entzücken und Selbstbestätigung für ihn. Alles, was liebenswürdig und schätzenswert an Virginia war, hatte einen doppelten Zauber, weil er sich im Geheimen dazu gratulierte, dass er diesen Schatz entdeckt und als solchen erkannt hatte. Die Gefühle dieses unschuldigen Mädchens hatten kein Objekt als ihn selbst und Mrs Ormond, und ihre Stärke stand womöglich in direktem Verhältnis zu ihrer Konzentration. Die schlichte Zutraulichkeit ihres Wesens und ihre arglose Zuversicht, die schon nahezu in Leichtgläubigkeit ausartete, übten eine unwiderstehliche Macht auf Mr Hervey aus; er empfand sie als Appell an sein Zartgefühl und seine Großzügigkeit gleichermaßen. Er behandelte sie mit äußerstem Feingefühl, und sein Eid blieb ihm immer gegenwärtig, aber er war voller Stolz davon überzeugt, dass, selbst wenn er nicht durch so ein feierliches Versprechen gebunden wäre, keine noch so große Versuchung ihn je dazu gebracht hätte, dieses Vertrauen und diese Unschuld zu täuschen oder zu betrügen.

In dem Bewusstsein, dass seine Absichten ehrbar waren, und voller Vorfreude auf das selbstlose Vergnügen, das er haben würde, wenn er den Beweis anträte, dass er bei der Wahl seiner Ehefrau über jede Art von Gewinnsucht und weltlichen Vorurteilen erhaben wäre, gab er sich mit einem gewissen Stolz einer immer engeren Bindung an Virginia hin, aber er war sich des schnellen Fortschreitens seiner Leidenschaft nicht bewusst, bis er plötzlich durch eine einfache Bemerkung von Mrs Ormond aus diesem Zustand herausgerissen wurde.

»Heute ist Virginias Geburtstag. Sie sagt, sie werde heute siebzehn.«

»Siebzehn! – Ist sie erst siebzehn?«, rief Clarence mit einer Mischung aus Überraschung und Enttäuschung. – »Erst siebzehn! – Aber dann ist sie ja noch ein Kind.«

»Ein richtiges Kind«, sagte Mrs Ormond, »und das ist ja auch besser so.«

»Das ist schlechter so, denke ich«, sagte Clarence. »Aber sind Sie denn sicher, dass sie erst siebzehn ist – sie muss sich irren – sie muss doch mindestens achtzehn sein.«

»Das möge der Himmel verhüten!«

»Der Himmel verhüten! – Warum denn das, Mrs Ormond?«

»Weil wir so noch ein Jahr mehr Zeit haben, wissen Sie.«

»Das mag für Sie eine sehr zufriedenstellende Aussicht sein«, sagte Mr Hervey lächelnd.

»Für Sie doch sicher auch«, sagte Mrs Ormond. »Denn ich nehme doch an, Sie wären froh, wenn Ihre Frau zumindest die üblichen Dinge wissen würde, die jedermann weiß.«

»Was das angeht«, sagte Clarence, »so wäre ich froh, wenn meine Frau überhaupt nicht wüsste, was *jedermann weiß*. Nichts ist für einen Mann, der auf seinen Geschmack hält und gewisse Fähigkeiten hat, so enervierend wie das, *was jedermann weiß*. Ich wünsche mir eher eine Frau, die ein unübliches als ein übliches Verständnis von der Welt hat.«

»Aber Sie würden doch schon eine Frau wählen«, sagte Mrs Ormond zögernd und mit einem Ausdruck großer Ergebenheit, »die schreiben kann, nicht wahr?«

»Ja, wie«, sagte Clarence errötend, »kann Virginia denn nicht schreiben?«

»Wie sollte sie?«, sagte Mrs Ormond. »Es ist ja nicht ihre Schuld, das arme Mädchen. Man hat es ihr nie beigebracht, wissen Sie; das war so eine Idee ihrer Großmutter, dass sie das Schreiben nicht lernen sollte, damit sie keine Liebesbriefe schreibt.«

»Aber *Sie* haben versprochen, dass Sie ihr das Schreiben beibringen wollten, und ich habe Ihnen vertraut, Mrs Ormond.«

»Sie ist doch erst zwei Monate hier, und die ganz Zeit über habe ich alles getan, was in meiner Macht lag, aber wenn jemand erst einmal sechzehn oder siebzehn ist, geht das nicht so schnell.«

»Ich werde sie selbst unterrichten«, rief Clarence, »ich bin sicher, man kann ihr alles beibringen.«

»Sie können das«, sagte Mrs Ormond lächelnd, »aber ich kann es nicht.«

»Sie haben doch wohl keine Zweifel, was ihren Verstand angeht?«

»Ich kann das in Bezug auf Virginia nicht beurteilen, zumal es um jemanden geht, den ich liebe, und Virginia ist mir sehr ans Herz gewachsen; sie hat ein ganz reizendes, offenherziges, einfaches und liebevolles Wesen. Ich denke eher, es liegt an ihrer Bequemlichkeit, dass sie nicht lernt, nicht weil sie es nicht könnte.«

»Alle Bequemlichkeit entspringt einem Mangel an Begeisterung«, sagte Clarence, »wenn sie die richtigen Anreize zu lernen hätte, würde sie ihre Bequemlichkeit auch überwinden.«

»Nun ja, es stimmt schon, wenn ich ihr sagen würde, sie bekäme keinen Brief mehr von Mr Hervey, bis sie ihm eine Antwort schreiben kann, so würde sie sehr schnell schreiben lernen, aber ich dachte, das sei kein schicklicher Anreiz, weil Sie mir doch verboten haben, ihr zu erzählen, was Sie in Zukunft vorhaben. Und tatsächlich wäre es auch überaus unvorsichtig Ihrerseits, aber auch was sie angeht, ihr irgendeinen Hinweis in diese Richtung zu geben, denn Sie könnten es sich anders überlegen, bevor sie alt genug ist, dass Sie ernsthaft an sie denken könnten, und dann wüssten Sie nicht, was Sie mit ihr anfangen sollten; und wenn sie erst einmal die Hoffnung gehegt hätte, Ihre Frau zu werden, wäre sie doch kreuzunglücklich, da bin ich mir sicher, gefühlvoll wie sie ist, wenn Sie sie im Stich ließen. Noch weiß sie nichts von der Sache, wir sind also in Sicherheit und alles ist, wie es sein sollte.«

Obwohl Clarence Hervey es zu dieser Zeit nicht für sehr wahrscheinlich hielt, dass er es sich anders überlegen würde, war ihm doch bewusst, wie viel gesunder Menschenverstand und wie viel Gerechtigkeitsempfinden in Mrs Ormonds Vorschlägen lag, und er war einigermaßen entsetzt darüber, dass sein Verstand in einem nahezu berauschten Zustand gewesen war, so dass ihm solche offensichtlichen Überlegungen schlichtweg entgangen waren. Mrs Ormond, die er für gewöhnlich als ihm weit unterlegen in diesen Fähigkeiten eingeschätzt hatte, entpuppte sich nun als eine Frau, die ihm weit überlegen war, was ihre Umsicht anging, einfach weil sie nicht von Leidenschaft getrieben wurde. Er beschloss, seinen Kopf wieder unter Kontrolle zu bekommen und sich bewusst zu machen, dass er ja in Virginia keine Geliebte, sondern eine Ehefrau suchte, zumal eine Ehefrau ohne Denkvermögen, des Schreibens nicht einmal kundig, niemals eine Gefährtin sein konnte, die zu ihm passte, da mochten ihre Schönheit und ihre Sensibilität noch so exquisit und faszinierend sein. Das Glück seines Lebens und des ihren standen auf dem Spiel, und alles, was er an Vorsicht und Feingefühl besaß, drängte ihn, seine Gefühle zu zügeln. Er war jedoch noch immer optimistisch, was seine Einschätzung von Virginias Denkfähigkeit anging und seine eigenen Möglichkeiten, diese zu entwickeln. Er machte mehrere Versuche mit größtem Geschick und ganz viel Geduld, und seine schöne Schülerin erfüllte zwar nicht seine eigenen Hoffnungen, aber erstaunte immerhin Mrs Ormond mit ihren relativ schnellen Fortschritten.

»Ich habe ja immer geglaubt, dass *Sie* sie zu allem bringen können, was Sie sich vornehmen«, sagte sie. »Sie sind ein Lehrer, der bei Virginia Wunder bewirken kann.«

»Ich sehe keine Wunder«, erwiderte Clarence, »ich bin mir einer solchen Macht nicht bewusst, und es täte mir auch leid, wenn ich einen solchen Einfluss besäße, zumindest solange ich nicht sicher bin, dass er zu unser beider Glück dient.«

Mr Hervey beschwor nun Mrs Ormond bei allem, was ihr teuer war, Virginia niemals auch nur im Entferntesten die Idee zu vermitteln, dass er die Absicht habe, sie zu seiner Frau zu machen. Sie versprach, alles in ihrer Macht Stehende zu tun, um dieses Geheimnis zu bewahren, aber sie kam nicht umhin zu bemerken, dass es schon verraten worden sei, und zwar von Mr Hervey selbst, weil ja auch Blicke sprechen könnten. Clarence versuchte vergebens, diesen Vorwurf zu entkräften; Mrs Ormond brachte ihm so viele Augenblicke der Indiskretion in Erinnerung, dass sich seine Schuld sogar vor seiner eigenen Urteilskraft manifestierte, und er war erstaunt, dass, obwohl er seiner Neigung stets derartige Zwänge auferlegt hatte, diese doch so klar zu erkennen gewesen war. Seine Überraschung war zu diesem Zeitpunkt jedoch frei von schmerzlichem Bedauern; er sah die Möglichkeit, er möchte es sich anders überlegen, nicht voraus, und auch wenn Mrs Ormond ihm versicherte, dass Virginias Sensibilität gewachsen war, so redete er sich ein, sie irre sich und sowohl das Herz als auch die Einbildungskraft seiner Schülerin seien unberührt. Die unschuldige Offenheit, mit der sie ihrer Zuneigung zu ihm Ausdruck verlieh, bestätige, wie er sagte, seine Meinung. Um ihm Gerechtigkeit angedeihen zu lassen, muss man sagen, dass Clarence nichts von der Überheblichkeit besaß, die manche Männer auszeichnet, die, wie man so sagt, erfolgreich beim schönen Geschlecht sind. Seine Bekanntschaften mit Frauen hatten ihn in der Überzeugung bestärkt, dass es schwierig sei, echte Liebe im Herzen einer Frau zu erwecken, und was ihn selbst anging, war er erstaunlich skeptisch in Bezug auf dieses Thema. Es war kaum möglich, ihn davon zu überzeugen, dass er geliebt wurde.

Mrs Ormond, die die Sache nicht einfach auf sich beruhen lassen wollte, beschloss, die Gefühle ihrer Schülerin genauer zu erforschen.

»Meine Liebe«, sagte sie eines Tages zu Virginia, die ihren Dompfaff fütterte, »ich glaube beinahe, du hängst mehr an dem Vögelchen als an irgendetwas anderem in der Welt – du hängst mehr an ihm, da bin ich mir sicher, als an mir?«

»Oh, das können Sie doch nicht denken«, sagte Virginia mit einem liebevollen Lächeln.

»Nun ja, du hängst mehr an ihm als an Mr Hervey, das musst du immerhin zugeben?«

»Aber nein!«, rief sie eifrig. »Wie können Sie nur denken, ich sei so dumm, so kindisch, so undankbar, dass ich ein wertloses kleines Vögelchen ihm vorziehen würde ...« (Der Dompfaff begann in diesem Augenblick so laut zu singen, dass sie ihre gefühlvolle Rede unterbrechen musste.) – »Mein hübsches Kerlchen«, sagte sie, während er auf ihrer Hand saß, »ich liebe dich sehr, aber wenn Mr Hervey es verlangen würde, es wünschen würde, so würde ich das Fenster öffnen und dich fliegen lassen; ja, und ich würde dich bitten, für immer von mir davonzufliegen. Vielleicht möchte er das ja? – Will er das? – Hat er Ihnen das gesagt?«, rief sie und schaute mit großem Ernst in Mrs Ormonds Gesicht, wobei sie bereits zum Fenster ging.

Mrs Ormond legte ihre Hand auf den Fensterriegel, den Virginia aufmachen wollte –

»Nun, nun, meine Liebe – was du dir auch immer einbildest?«

»Ich dachte *so etwas* wegen Ihrem Blick«, sagte Virginia errötend.

»Und ich dachte auch an *etwas*, meine liebe Virginia«, sagte Mrs Ormond lächelnd.

»Was dachten Sie denn? – Was *konnten* Sie denn denken?«

»Ich kann dir – also ich meine, ich möchte es dir im Moment noch nicht sagen. Aber schau nicht so ernst drein, ich werde es dir ein andermal erzählen, falls du es nicht von selbst errätst.«

Virginia schwieg und stand verlegen da.

»Aber, mein liebes Kind«, sagte Mrs Ormond, ich hatte nicht vor, dich mit irgendetwas, was ich gesagt habe, zu verwirren oder dir irgendeine Schuld zuzuweisen. Es ist nur zu natürlich, dass du Mr Hervey dankbar bist und dass du ihn bewunderst und ihn *in gewissem Sinne* liebst.«

Virginia schaute entzückt auf, und doch lag etwas Zögerndes in ihrem Blick.

»Er gehört wirklich«, sagte Mrs Ormond, »zu den besten Menschen überhaupt; das habe sogar *ich* immer von ihm gedacht, und ich mag dich für all deine Empfindsamkeit umso mehr, meine Liebe«, sagte sie und küsste Virginia beim Sprechen, »nur müssen wir aufpassen, dass diese Zärtlichkeit nicht zu weit geht.«

»Warum denn das?«, sagte Virginia und erwiderte ihre Liebkosung freudig. »Kann ich Sie und Mr Hervey denn zu sehr lieben?«

»Mich nicht.«

»Ihn doch auch nicht, da bin ich mir sicher – er ist so gut, so überaus gut! – Ich fürchte eher, ich liebe ihn nicht *genug*«, sagte sie seufzend. »Ich liebe ihn genug, wenn er nicht da ist, aber nicht, wenn er da ist. Wenn er bei mir ist, fühle ich eine Art Furcht, die sich mit Liebe mischt. Ich wünsche so sehr, ihm zu gefallen, aber ich fände es nicht so schön, wenn er seine Liebe zu mir so zeigte, wie Sie es tun – so wie gerade eben.«

»Meine Liebe, es wäre auch nicht passend, wenn er das täte; du hast ganz recht, das nicht zu wollen.«

»Stimmt das? Ich hatte schon Angst, es möchte ein Zeichen dafür sein, dass ich ihn nicht so sehr mag, wie ich es sollte.«

»Ach, mein armes Kind! – Du liebst ihn genauso, wie es richtig ist.«

»Meinen Sie? Da bin ich aber froh«, sagte Virginia mit einem Blick von solch zutraulicher Einfachheit, dass ihre Freundin von tiefstem Herzen berührt war.

»Das meine ich allerdings, mein Liebes«, sagte Mrs Ormond, »und ich hoffe, ich werde es nie bedauern und du auch nicht. Aber es ist nicht angemessen, dass wir jetzt noch mehr zu diesem Thema sagen. Wo sind deine Zeichnungen? Wo ist das, was du geschrieben hast? Meine Liebe, wir müssen in diesen Dingen so schnell vorankommen, wie wir nur können. So kannst du Mr Hervey eine Freude bereiten, das kann ich dir sagen.«

Mrs Ormond fühlte sich durch diese Unterhaltung in ihrer eigenen Meinung bestätigt und war es zufrieden. Aus Taktgefühl ihrer Schülerin gegenüber wiederholte sie nicht alles, was sie gehört hatte, vor Mr Hervey, sondern entschied sich zu warten, bis sich der *passende* Moment ergeben würde. »Sie ist noch zu jung und kindlich, als dass er den Gedanken haben könnte, sie zu heiraten, das dauert sicher noch ein, zwei Jahre«, dachte sie, »und es ist besser, ihre Empfindsamkeit zu unterdrücken, bis ihre Erziehung weiter vorangeschritten ist; bis dahin wird Mr Hervey seinen Irrtum schon noch selbst herausfinden.«

In der Zwischenzeit kam sie nicht umhin zu denken, dass er blind sein musste, denn er fuhr fort, an Virginias Gleichgültigkeit ihm gegenüber zu glauben.

Um sich selbst zu zerstreuen und ihr Zeit für die Entwicklung ihres Geistes zu geben, ließ er nun wie beschlossen seine Schülerin in der Obhut von Mrs Ormond und mischte sich so oft wie möglich unter fröhliche und elegante Gesellschaft. Etwa in dieser Zeit erneuerte er seine Bekanntschaft mit Lady Delacour, die er bereits, bevor er ins Ausland gegangen war, getroffen und bewundert hatte. Es stellte sich heraus, dass ihre Ladyschaft seine Galanterie an dem berühmten Tag der Schlacht zwischen den Truthähnen und den Schweinen noch immer dankbar in Erinnerung hatte; sie empfing ihn mit ausgesuchter Höflichkeit, und bald wurde er ein ständiger Gast ihres Hauses. Ihr Witz unterhielt ihn, ihre Beredsamkeit entzückte ihn, er folgte und bewunderte sie und machte ihr ohne Skrupel *den Hof*, weil er sie für nichts weiter hielt als *une franche coquette*,[32] die den Ruhm der Eroberung der Sicherheit eines guten Rufes bei weitem vorzog. Mit einer solchen Frau, dachte er, könne er sich gefahrlos amüsieren, und er war immer an erster Stelle im langen Strom der Bewunderer ihrer Ladyschaft. Bald schon entdeckte er jedoch, dass ihre Talente weit über das hinausgingen, was eine Dame der Gesellschaft braucht; seine Besuche machten ihm mehr und mehr Freude, und er war froh, als er merkte, dass seine Leidenschaft für Virginia, weil er seine Aufmerksamkeit nicht mehr nur ihr schenkte, unmerklich nachließ oder, wie er sich selbst sagte, normaler wurde. In einer Unterhaltung mit Lady Delacour wurden seine Fähigkeiten immer bis zum Äußersten gefordert; wenn er mit Virginia sprach, blieb sein Denken vollkommen passiv; er erkannte, dass ein großer Teil seiner intellektuellen Kraft und seiner Kenntnisse in ihrer Gesellschaft völlig ungenutzt blieb, und das steigerte nicht gerade seine Liebe und Wertschätzung ihr gegenüber. Ihre Einfachheit und Naivität taten ihm gleichwohl manchmal gut, wenn er erschöpft war von der extravaganten Fröhlichkeit und dem *Blendwerk* im Umgang mit ihrer Ladyschaft, und er dachte sich, dass die Koketterie, die ihn bei einer Bekannten amüsierte, ihm bei seiner Frau verhasst wäre: Die vollkommene Unschuld Virginias versprach ein sicheres häusliches Glück, und er änderte seine Meinung in Bezug auf sie nicht, auch wenn er nicht mehr so begierig darauf wartete, dass ihre Erziehung vollendet würde. »Ich kann schließlich nicht alles erwarten, was wünschenswert wäre«, sagte er sich; »ein brillanteres Wesen, als es Virginia ist, würde meine Bewunderung erregen, aber ich hätte kein rechtes Vertrauen in eine solche Frau.« Als seine Überlegungen ungefähr an diesem Punkt angelangt waren, machte er die Bekanntschaft von Belinda. Zunächst hatte er Vorurteile gegen sie, weil sie ja von der bekannten Kupplerin Mrs Stanhope erzogen worden war, aber als er dann mehr Gelegenheiten hatte, ihr Verhalten zu beobachten, wurden diese Vorbehalte überwunden, und sobald sie einmal seine Wertschätzung gewonnen hatte, konnte er sich nicht mehr des Einflusses erwehren, den sie auf sein Herz hatte. Im Vergleich mit Belinda erschien ihm Virginia wie ein langweiliges, wenn auch unschuldiges Kind; die eine war ihm ebenbürtig, die andere reichte nicht an ihn heran; die eine konnte er als seine Gefährtin anerkennen, als eine Freundin fürs Leben; die andere würde immer nur seine Schülerin sein oder sein Spielzeug. Belinda hatte einen kultivierten Geschmack, sie erfasste Dinge sehr schnell, sie kannte sich mit Literatur aus, hatte die Kraft und war daran gewöhnt, das Richtige zu tun. Virginia war unwissend und bequem, sie hatte wenig eigene Ideen und keinen Wunsch, ihr Wissen zu erweitern. Da sie so völlig unerfahren in weltlichen Dingen war, erschien es vollkommen unmöglich, dass sie jemals die Besonnenheit bewiesen hätte, die das Resultat einer Mischung von Vernunft und Erfahrung war. Mr Hervey hatte sich grundlos auf Virginias Unschuld verlassen, aber er lernte nach und nach, dass man Belindas Klugheit, die vor seinen Augen auf die Probe gestellt wurde, eine höhere Art von Zutrauen entgegenbringen durfte, ein Zutrauen, das wir nicht einfach so gewähren oder verweigern können. Die Tugenden Virginias entsprangen dem Gefühl, die Belindas der Vernunft.

Clarence' Zuneigung zu Belinda wurde von Tag zu Tag begründeter und inniger, während er all diese Vergleiche zog, und schließlich verspürte er das dringende Bedürfnis, die Art seiner Verbindung zu Virginia zu ändern und nur noch als ihr Freund und Wohltäter zu erscheinen. Er nahm sich vor, ihr zweitausend Pfund zu schenken und sie der Sorge und Aufsicht von Mrs Ormond zu überlassen, bis sich eine passende Möglichkeit für sie auftat, eine Stellung in der Welt zu finden. Unglücklicherweise ergaben sich, gerade als Mr Hervey diesen Plan entwarf und noch bevor er ihn Mrs Ormond mitteilen konnte, Schwierigkeiten, die ihn daran hinderten, ihn umzusetzen.

Während er sich in der fröhlichen Gesellschaft bei Lady Delacour umgetan hatte, blieb seine Schülerin notwendigerweise sehr der Leitung durch Mrs Ormond überlassen. Diese Dame hatte, auch wenn sie die allerbesten Absichten hatte, nun einmal nicht den geistigen Horizont und die geistigen Möglichkeiten, die notwendig gewesen wären, um der exquisiten Sensibilität von Virginia und ihrer lebhaften Phantasie Orientierung zu geben. Die Abgeschiedenheit, in der sie lebte, machte ihre Aufgabe nur noch schwieriger; ohne Gefährten, die ihr Bedürfnis nach geselligem Umgang befriedigt hätten, ohne echte Objekte, die ihre Sinne und ihren Verstand beschäftigt hätten, war Virginias Geist entweder vollkommen träge oder *exaltiert* durch romantische Aussichten und visionäre Gedanken von Glück. Da sie nie etwas von der Gesellschaft gesehen hatte, bezog sie alle ihre Ideen aus Büchern; die strengen Einschränkungen, die ihre Großmutter ihrer Lektüre in ihrer Kindheit auferlegt hatte, schienen ihre Neugier geweckt und ihren Appetit auf Bücher nur noch verstärkt zu haben – er war unersättlich geworden. Das Lesen war nun tatsächlich fast ihr einziges Vergnügen, denn Mrs Ormonds Konversation war selten unterhaltsam, und Virginia hatte ja die Beschäftigungen nicht mehr, die einen Gutteil ihres Tages im Cottage gefüllt hatten.

Mr Hervey hatte Mrs Ormond davor gewarnt, ihr *gewöhnliche* Romane zu geben, aber er hatte keine Einwände gegen romantische Liebesgeschichten gehabt; diese, so meinte er, atmeten einen Geist, der der weiblichen Tugend zuträglich sei, sie förderten den Respekt gegenüber der Keuschheit und ermunterten zu einer begeisterten Verehrung von Ehre, Großmut und Wahrheitsliebe wie auch von all den edlen Eigenschaften, die die menschliche Natur auszeichnen. Virginia verschlang diese Geschichten mit großem Eifer, und Mrs Ormond, die erkannte, dass das Mädchen sich zu Tode langweilte, wenn seine Phantasie nicht beschäftigt wurde, begegnete seinen Vorlieben mit Nachsicht; auch hatte sie den starken Verdacht, dass sie dazu beitrugen, Virginias Passion für den einzigen Mann zu verstärken, der in ihrer Vorstellung einen Helden darstellen konnte.

Eines Nachts fand Virginia in Mrs Ormonds Zimmer eine Ausgabe von St. Pierres Buch *Paul und Virginia*. Sie wusste, dass ihr eigener Name dieser Geschichte entnommen worden war; Mr Hervey hatte ihr Porträt als diese Figur malen lassen, und all diese Umstände machten sie sehr neugierig auf dieses Buch. Mrs Ormond konnte es ihr kaum verweigern, denn obwohl es nicht zu den alten Liebesgeschichten gehörte, konnte man es schwerlich einen gewöhnlichen Roman nennen, und Mr Hervey war nicht zugegen, um seinen Rat zu geben. Virginia setzte sich gleich mit ihrem Band nieder und bewegte sich nicht von der Stelle, bis sie ihn beinahe ausgelesen hatte.

»Was beschäftigt dich denn so sehr? Worüber denkst du so intensiv nach, mein Liebes?«, fragte Mrs Ormond, der aufgefallen war, dass das Mädchen in Gedanken versunken schien. »Lass mich einmal sehen, meine Liebe«, fuhr Mrs Ormond fort und wollte das Buch nehmen, das es in seiner Hand hielt. Virginia schreckte aus ihren Träumen auf, aber hielt das Buch fest. »Magst du mich nicht über deine Schulter hinweg lesen lassen, zusammen mit dir?«, sagte Mrs Ormond. »Willst du mich nicht an deinem Vergnügen teilhaben lassen?«

»Es war aber kein Vergnügen, das ich empfunden habe, glaube ich«, sagte Virginia. »Es wäre mir lieber, dass Sie den Teil, den ich gerade gelesen habe, nicht sehen; aber, natürlich, wenn Sie es unbedingt wollen«, fügte sie hinzu und gab das Buch widerstrebend ab. –

»Was kann dir denn eine solche Furcht vor mir einjagen, mein liebes Kind?«

»Ich fürchte mich nicht vor Ihnen – sondern – vor mir selbst«, sagte Virginia seufzend.

Mrs Ormond las die folgende Passage:

»Sie dachte an Pauls Freundschaft, die reiner als das Wasser des Brunnens war, stärker als die ineinander verschlungenen Palmen und süßer als der Duft von Blumen; und diese Bilder gaben in der Einsamkeit der Nacht der Leidenschaft, die sie in ihrem Herzen nährte, doppelte Macht. Plötzlich verließ sie die gefährlichen Schatten und ging zu ihrer Mutter, um Schutz vor sich selbst zu finden. Sie wollte ihr ihre Not offenbaren; sie drückte ihr die Hand, und der Name von Paul lag ihr auf den Lippen, aber die Beklemmung in ihrem Herzen nahm ihr die Möglichkeit zu sprechen, und so legte sie die Hand an den Busen ihrer Mutter und weinte nur.«

»Und bin ich nicht wie eine Mutter für dich, meine geliebte Virginia?«, sagte Mrs Ormond. »Selbst wenn ich meine Zuneigung nicht in so hübscher Sprache wie dieser ausdrücken kann, solltest du mir doch glauben, dass keine Mutter je mehr an ihrem Kind gehangen hat.«

Virginia warf ihre Arme um Mrs Ormond und legte ihren

Kopf an die Brust ihrer Freundin, als ob sie die Geschichte in die Wirklichkeit übertragen wollte und die Virginia sei, von der sie gelesen hatte.

»Ich weiß alles, was du denkst, und alles, was du fühlst, ich weiß«, flüsterte Mrs Ormond, »welcher Name *dir* auf den Lippen liegt.«

»Oh, nein, das tun Sie absolut nicht; das können Sie gar nicht«, rief Virginia, wobei sie plötzlich den Kopf hob und voller Überraschung und Verlegenheit in Mrs Ormonds Gesicht schaute. »Wie sollte es möglich sein, dass Sie *alle* meine Gedanken und Gefühle kennen? Ich habe sie Ihnen ja nicht gesagt, denn ich habe wirklich nur verworrene Ideen, die in meinem Kopf herumschwirren und aus den Büchern kommen, die ich gelesen habe. Ich kenne meine eigenen Gefühle ja selbst nicht genau.«

»Das ist alles ganz natürlich und der Beweis deiner vollkommenen Unschuld und Unverdorbenheit, mein Kind. Aber warum hat die Passage, die du gerade gelesen hast, einen solchen Eindruck auf dich gemacht?«

»Ich habe nur überlegt«, sagte Virginia, »ob sie vielleicht eine Beschreibung von – Liebe sein könnte.«

»Und dein Herz hat dir gesagt, dass sie das sei?«

»Ich weiß es einfach nicht«, sagte sie seufzend. »Aber eines weiß ich genau, ich hatte nicht den Namen, an den Sie gedacht haben, auf meinen Lippen.«

»Ah«, dachte Mrs Ormond, »sie hat nicht vergessen, wie ich ihren Empfindungen vor einiger Zeit Einhalt geboten habe. Armes Mädchen! Sie hat Angst vor mir und ich habe ihr auch noch beigebracht, sich zu verstellen, aber sie verrät sich ständig.«

»Mein Liebe«, sagte Mrs Ormond, »du brauchst mich nicht zu fürchten – ich kann dir keinen Vorwurf machen – in deiner Situation kannst du gar nicht anders, als Mr Hervey zu lieben.«

»Ist das so?«

»Ja, natürlich, absolut. Also mach dir auch selbst keine Vorwürfe.«

»Nein, ich mache mir deswegen keine Vorwürfe. Ich mache mir nur Vorwürfe, weil ich ihn nicht genug liebe, wie ich Ihnen ja schon einmal gesagt habe.«

»Ja, meine Liebe, und je öfter du mir das sagst, desto überzeugter bin ich von deiner Zuneigung. Es ist eines der stärksten Symptome der Liebe, dass wir uns ihrer Ausmaße gar nicht bewusst sind. Wir bilden uns ein, wir könnten niemals genug für das Objekt unserer Liebe tun ...«

»Das ist genau, was ich für Mr Hervey empfinde.«

»... dass wir ihn niemals genug lieben können.«

»Ah, das ist genau, was ich für Mr Hervey fühle.«

»Und das solltest du auch – ich meine, das ist das, was man natürlicherweise fühlen sollte und was er selbst, wie ich hoffe, wohl auch, nehme ich an, irgendwann früher oder später sich wünschen wird und worüber er sich freuen wird, wenn du so fühlst.«

»Früher oder später! – Wünscht er es jetzt denn nicht?«

»Ich – er – meine Liebe, was ist denn das für eine Frage? Und wie soll ich die denn beantworten? Wir müssen seine Gefühle nach dem beurteilen, was er zum Ausdruck bringt: Wenn er Liebe für dich zeigt, dann ist die Zeit gekommen, dass du ihm die deine zeigen kannst.«

»Er hat doch immer Liebe für mich zum Ausdruck gebracht, denke ich«, sagte Virginia – »immer, bis vor kurzem«, fuhr sie fort, »aber seit einiger Zeit ist er so häufig fort gewesen, und wenn er heimkommt, sieht er nicht so glücklich aus, so dass ich schon befürchtet habe, er könnte sich über mich ärgern und denken, ich sei undankbar.«

»Oh, mein Liebchen, quäle dich nicht mit solch unnützen Befürchtungen! Und doch weiß ich wohl, dass du gar nicht anders kannst.«

»Da Sie so gütig, so unglaublich gütig zu mir sind«, sagte Virginia, »will ich Ihnen alle meine Befürchtungen und Zweifel erzählen. – Aber es ist spät. – Da, die Uhr hat eins geschlagen. – Ich will Sie nicht davon abhalten, ins Bett zu gehen.«

»Ich bin gar nicht müde«, sagte die nachsichtige Mrs Ormond.

»Ich auch nicht«, sagte Virginia.

»Nun denn«, sagte Mrs Ormond, »was diese Zweifel und Befürchtungen angeht.«

»Ich hatte Angst, dass Mr Hervey vielleicht darüber verärgert wäre, wenn er wüsste, dass ich an etwas anderes in der Welt denken würde als an ihn.«

»An was denkst du denn? – An nichts anderes vom Morgen bis zum Abend, das sehe ich doch.«

»Ah, dann sehen Sie nicht in meinen Kopf. Tagsüber denke ich oft an diese Helden, diese wunderbaren Helden, von denen ich in den Büchern lese, die Sie mir gegeben haben.«

»Ja, natürlich tust du das.«

»Und ist das nicht falsch? Wäre Mr Hervey nicht verstimmt, wenn er das wüsste?«

»Warum sollte er das sein?«

»Weil sie nicht so ganz wie er sind. Ich mag einige von ihnen lieber als ihn, und er könnte das für *undankbar* halten.«

»Wie die Liebe doch wie von selbst den Gedanken an die Eifersucht nach sich zieht«, dachte Mrs Ormond. »Mein Liebes«, sagte sie, »du steigerst deine Vorstellung von Feingefühl und Dankbarkeit ins Extrem, aber es ist nur natürlich, dass du das tust; aber du musst nicht befürchten, dass Mr Hervey auf diese wunderbaren Helden eifersüchtig ist, die ja nie existiert haben, auch wenn sie nicht ganz so sind wie er.«

»Ich bin sehr froh, dass er mich nicht für undankbar halten würde – aber was, wenn er wüsste, dass ich manchmal von ihnen träume?«

»Dann würde er denken, dass du das tust, was alle Menschen tun, nämlich von dem träumen, woran sie tagsüber denken.«

»Und er wäre nicht verärgert? Da bin ich aber froh. – Aber ich habe einmal ein Bild gesehen …«

»Ich weiß, dass du das getan hast – nun«, sagte Mrs Ormond, »und deine Großmutter war ängstlich, weil es das Bild von einem Mann war – nicht? Wenn sie nicht deine Großmutter wäre, würde ich sagen, sie war ein wenig einfältig. Ich kann dir versichern, dass Mr Hervey nicht so ist wie sie, wenn es das ist, was du fragen willst. Er wäre nicht verärgert, selbst wenn du fünfzig Bilder gesehen hättest.«

»Da bin ich wirklich froh – aber ich sehe es oft in meinen Träumen.«

»Tja, wenn du mehr Bilder gesehen hättest, so würdest du dieses eine nicht so oft sehen. Es war das erste, das du je gesehen hast, und natürlich erinnerst du dich daran. Mr Hervey wäre deswegen nicht verärgert«, sagte Mrs Ormond lachend.

»Aber manchmal spricht es in meinen Träumen sogar zu mir.«

»Und was sagt es?«

»Dieselben Dinge, die diese Helden, von denen ich gelesen habe, zu ihren Geliebten sagen.«

»Und du hörst in deinen Träumen nie Mr Hervey diese Dinge sagen?«

»Nein.«

»Und du siehst Mr Hervey auch in diesen Träumen nicht?«

»Doch, manchmal, aber er spricht nicht mit mir; er sieht mich auch nicht mit derselben Zärtlichkeit an und er wirft sich mir nicht zu Füßen.«

»Nein, weil er das in der Wirklichkeit auch noch nie getan hat.«

»Nein; und ich frage mich, wie es kommt, dass ich von all dem träume.«

»Ja, das tue ich auch, aber du hast von all dem gelesen und darüber nachgedacht, das ist offensichtlich. Nun geh schlafen, sei ein braves Mädchen; das ist das Beste, was du im Moment tun kannst. – Geh schlafen.«

Es war nicht lange nach dieser Unterhaltung, dass Sir Philip Baddely und Mr Rochfort die Gartenmauer erklommen, um einen Blick auf Clarence Herveys Geliebte zu werfen. Virginia war erstaunt, erschreckt und angewidert ob ihres Erscheinens; sie schienen ihr eine Tierart zu sein, deren Namen sie nicht kannte und für die sie keinen Prototyp in ihrer Vorstellungswelt hatte. Dass es sich um Männer handelte, sah sie wohl, aber sie waren ganz offensichtlich keine *Clarence Herveys,* und sie hatten noch weniger Ähnlichkeit mit den höflichen Rittern der Romanzen. Ihre Sprache war so ganz anders als die der Bücher, die sie gelesen hatte, oder die aus den Unterhaltungen, die sie mit angehört hatte, dass sie ihr kaum verständlich erschien. Nachdem sie sich ihrer Gegenwart aufgedrängt hatten, hatten sie keine Skrupel gezeigt, sie auf höchst ungezwungene Art anzusprechen. Neben anderen groben Dingen hatten sie gesagt: »Verdammich, mein hübsches Schätzchen, du kannst doch den Mann, der dich auf diese Weise gefangen hält, nicht lieben, was? Verdammich, du solltest besser mitkommen und mit einem von uns leben. Du kannst diesen tyrannischen Kerl doch nicht lieben?«

»Er ist kein tyrannischer Kerl – ich *liebe* ihn ebenso sehr, wie ich Sie verabscheue«, rief Virginia und wandte sich mit Grausen von ihnen ab.

»Verdammich! Gute Schauspielerin! Man sollte sie auf eine Bühne stellen, wenn er sie leid ist. – Also willst du nicht mit uns kommen? – Na, denn, mach's gut, bis wir uns wiedersehen. Ist schon ganz richtig, dass du dich ordentlich benimmst, vielleicht kriegst du ihn ja doch dazu, dass er dich heiratet, Kindchen!«

Als Virginia dies hörte, wandte sie sich von dem sie beleidigenden Mann mit einer Entrüstung ab, die man ihrer sanften Natur niemals zugetraut hätte.

Mrs Ormond hoffte, dass ihre Schülerin, nachdem der erste Schrecken überwunden war, die ganze Angelegenheit vergessen würde, aber sie hinterließ im Gegenteil einen mächtigen Eindruck. Virginia wurde still und melancholisch und verbrachte ganze Stunden in Träumereien. Mrs Ormond glaubte, dass Virginia, obwohl sie nichts von der Welt wusste, sich doch so viel Wissen aus Büchern angeeignet hatte, dass sie beunruhigt war, weil man sie für Clarence Herveys Geliebte gehalten hatte. Sie sprach dieses Thema mit ausgesuchtem Feingefühl an, und die Antworten, die sie bekam, bestätigten sie in ihrer Meinung. Virginia war von Romanzen beeinflusst worden, die die erhabensten Vorstellungen von weiblicher Tugend und Ehre enthielten, aber weil sie so völlig unwissend war, waren diese eher vage Ideen als Verhaltensprinzipien.

»Wir werden Mr Hervey morgen sehen; er hat mir Bescheid gegeben, dass er aus der Stadt kommt und mit uns den Tag verbringen wird.«

»Ich werde mich schämen, ihn zu sehen, nach allem, was passiert ist«, sagte Virginia.

»Du hast überhaupt keinen Grund, dich zu schämen, meine Liebe; Mr Hervey wird versuchen, die Personen, die dich beleidigt haben, zu entdecken, und er wird sie bestrafen. Sie werden niemals wieder hier auftauchen, davor musst du keine Angst haben. Er will dich beschützen, und er kann das auch.«

»Ja, da bin ich mir sicher. Aber was hat dieser sonderbare Mann gemeint, als er sagte ...«

»Was denn, meine Liebe?«

»Dass Mr Hervey mich vielleicht heiraten würde.«

Virginia kamen diese Worte nur schwer über die Lippen. Mrs Ormond schwieg, denn sie war in großer Verlegenheit. Doch da Virginia nun einmal ihre ersten Schwierigkeiten überwunden hatte, schien sie entschlossen, eine Antwort zu erhalten.

»Sie sagen nichts! Wollen Sie mir nicht verraten, liebe Mrs Ormond«, sagte sie und hängte sich zärtlich an sie, »was er damit gemeint hat?«

»Was er gesagt hat, nehme ich an.«

»Aber er hat gesagt, wenn ich mich ordentlich benehme, könnte ich Mr Hervey dazu bringen, dass er mich heiratet. Was hat er damit gemeint?«, sagte Virginia mit einem Ton verletzten Stolzes.

»Er hat etwas sehr Ungezogenes und Unpassendes gesagt,

aber es lohnt sich nicht, darüber nachzudenken, was er gesagt hat und was er gemeint haben könnte.«

»Aber, liebe Mrs Ormond, gehen Sie doch jetzt nicht weg, ich habe in meinem ganzen Leben nicht so sehr den Wunsch verspürt, mit Ihnen zu reden, und Sie wenden sich von mir ab.«

»Nun, mein Liebes, was möchtest du denn noch sagen?«

»Sagen Sie mir eins, nur das eine, und ich kann wieder leichten Herzens leben. *Möchte* Mr Hervey denn, dass ich seine Frau werde?«

»Das kann ich dir nicht sagen, meine liebste Virginia. Die Zeit wird es weisen. Vielleicht hat sich sein Herz noch nicht entschieden.«

»Ich wünschte, es würde sich entscheiden«, sagte Virginia und seufzte schwer, »und ich wünschte, dieser merkwürdige Mann hätte mir nichts darüber gesagt; es hat mich sehr unglücklich gemacht.«

Sie bedeckte ihre Augen mit den Händen, aber die Tränen sickerten zwischen ihren Fingern hindurch und liefen an ihrem Arm entlang. Mrs Ormond, von ihrer Trauer ganz überwältigt, war einfach nicht mehr in der Lage, das Geheimnis, das Clarence Hervey ihr anvertraut hatte, zu bewahren. – »Und außerdem«, dachte sie, »wird Virginia es ja von ihm selbst bald hören. Ich werde ihr also nur etwas unnötigen Schmerz ersparen, es ist grausam, sie so zu sehen und sie so auf die Folter zu spannen. Auch könnte ihre Schwäche seiner guten Meinung von ihr abträglich sein, wenn sie ihr all ihre Energie und die Möglichkeit zu gefallen nähme. Wie blass sie aussieht und wie schwer ihre schlaflosen Augen wirken! Sie ist tatsächlich nicht in einem Zustand, in dem sie ihn treffen sollte, wenn er morgen kommt; wenn sie ein wenig Hoffnung schöpfen könnte, so würde sie aufleben und mit ihrer natürlichen Ungezwungenheit und Grazie auftreten.«

»Mein liebes Kind«, sagte Mrs Ormond, »ich kann es nicht ertragen, dich so melancholisch zu sehen; denk doch daran,

Mr Hervey wird morgen bei uns sein und es wird ihm weh tun, dich so zu sehen.«

»Wird es das? Dann werde ich versuchen, sehr fröhlich zu sein.«

Mrs Ormond war so froh, Virginia lächeln zu sehen, dass sie sich nicht enthalten konnte, noch hinzuzufügen: »Der sonderbare Mann lag nicht bei allem falsch, das er gesagt hat; du *wirst* eines schönen Tages Mr Herveys Frau werden.«

»Ich weiß aber«, sagte Virginia und brach in Tränen aus, »ich weiß aber, dass ich das nicht will, es sei denn, *er* will es so.«

»Das tut er, das tut er, mein Liebes – lass dieses Feingefühl, das dir einfach zu sehr eingeimpft wurde, dich nicht unglücklich machen. Er hat an dich gedacht, und er hat dich schon vor langer, langer Zeit ins Herz geschlossen.«

»Er ist sehr gut, zu gut«, sagte Virginia schluchzend.

»Nein, es geht noch darüber hinaus – ich kann jetzt nichts mehr vor dir verbergen – er hat dich die ganze Zeit in der Absicht erziehen lassen, dass du seine Frau werden kannst, und er wartet nur, bis deine Erziehung abgeschlossen ist und bis er sicher ist, dass du keinen Widerwillen ihm gegenüber empfindest.«

»Ich wäre aber sehr undankbar, wenn ich ihm gegenüber Widerwillen empfände«, sagte Virginia. »Den empfinde ich auch nicht.«

»Oh, das musst du mir nicht versichern«, sagte Mrs Ormond.

»Aber ich will ihn nicht heiraten – ich will überhaupt nicht heiraten.«

»Es ist überaus sittsam von dir, dass du das so sagst, und dieser bescheidene Anstand wird dich nur noch zehnmal so liebenswert machen, besonders in Mr Herveys Augen. Der Himmel verhüte, dass ich da eingreife!«

Am nächsten Morgen weckte Virginia, die immer im selben Raum schlief wie Mrs Ormond, diese, weil sie im Schlaf mit panischer Stimme rief: »Oh, rettet ihn! – Rettet Mr Hervey! – Mr Hervey! – Vergebt mir! Vergebt mir!«

Mrs Ormond zog den Vorhang zurück und sah, dass Virginia noch fest schlief, dass ihr schönes Gesicht jedoch Todesqualen zum Ausdruck brachte.

»Er ist tot! – Mr Hervey!«, schrie sie mit einer Stimme voll höchster Pein; dann schreckte sie auf, streckte die Arme aus, gab einen durchdringenden Schrei von sich und erwachte.

»Mein Liebes, du hast etwas Schreckliches geträumt«, sagte Mrs Ormond.

»Ist Mr Hervey noch am Leben? Wo ist er? Hat er mir vergeben? War das nur ein Traum?«, rief Virginia und schaute voll Furcht um sich.

»Es war nur ein Traum, meine Liebe!«, sagte Mrs Ormond und nahm ihre Hand.

»Ich bin so froh, so froh! – Lassen Sie mich erst einmal durchatmen. – Es war wirklich ein schrecklicher Traum!«

»Deine Hand zittert ja noch«, sagte Mrs Ormond. »Lass mich dir die Haare aus deinem armen Gesicht streichen, dann wird dir kühler und du kannst diesen dummen Traum vergessen.«

»Nein, ich muss ihn Ihnen erzählen. Ich sollte ihn Ihnen wirklich erzählen. Aber es war alles so verworren, ich kann mich nur an einige Teile erinnern. Als Erstes erinnere ich mich, dass ich dachte, ich sei nicht ich selbst, sondern die Virginia, von der wir neulich in dem Buch gelesen hatten; ich war irgendwo auf Mauritius. Ich fand, der Ort war ein wenig wie der Wald, wo das Cottage meiner Großmutter früher war, nur gab es dort hohe Berge und Felsen und Kakaobäume und Bananenstauden.«

»So wie du sie in den Drucken in dem Buch gesehen hast?«

»Ja, nur schön, so unbeschreiblich schön! Und der Mond schien, heller und klarer, als ich jemals den Mond habe scheinen sehen; und die Luft war frisch und doch voller Duft; und ich saß im Schatten einer Platane neben Virginias Brunnen.«

»Genauso, wie du es auf dem Bild tust.«

»Ja, aber Paul saß neben mir.«

»Paul!«, sagte Mrs Ormond lächelnd. »Das heißt Mr Hervey.«

»Nein, es war nicht Mr Herveys Gesicht, obwohl es mit seiner Stimme sprach – das ist ja, was ich meinte, Ihnen erzählen zu müssen. Es war eine andere Gestalt, und sie schien eine echte lebende Person zu sein: Sie kniete zu meinen Füßen und sie sprach so freundlich, so zärtlich zu mir, und gerade als sie im Begriff war, meine Hand zu küssen, erschien Mr Hervey, und ich erschrak ganz furchtbar, weil ich fürchtete, er könnte verärgert sein und denken, ich sei *undankbar*; und das war er dann auch und er nannte mich ›undankbare Virginia‹, und er runzelte die Stirn; und dann gab ich ihm meine Hand und alles veränderte sich plötzlich, ich weiß gar nicht wie, und ich war an einem Ort wie auf den großen Druck von der Kathedrale, den Mr Hervey mir gezeigt hat, und es war da eine so große Menschenmenge – ich wurde beinahe erstickt. *Sie*, Mrs Ormond, haben mich weitergezogen, daran erinnere ich mich noch; und Mr Moreton war da, er stand auf ein paar Stufen bei dem, was Sie Altar nennen, und dann haben wir uns hingekniet und Mr Hervey hat einen Ring auf meinen Finger geschoben, aber da kam plötzlich aus der Menge dieser sonderbare Mann, der hier war vor ein paar Tagen, und hat mich mit sich fortgezogen, ich weiß nicht wie und wohin, jedenfalls ging es einen Abgrund hinunter, während ich mich nach Kräften gewehrt habe und schließlich gefallen bin. Dann änderte sich wieder alles und ich war auf einem wunderbaren Feld, das mit einem Tuch aus Gold bedeckt war, und es gab dort schöne Damen, die unter Baldachinen saßen; und ich dachte, es handele sich da um ein Turnier, wovon ich schon gelesen habe, nur war alles noch prachtvoller, und zwei Ritter, die in voller Rüstung waren und auf feurigen Rossen ritten, kämpften miteinander; sie kämpften voller Wut und ich dachte, sie kämpften um mich. Einer der Ritter trug einen schwarzen Federbusch auf seinem Helm und der andere einen weißen; und als er an mir vorbeiritt, wurde das Visier des Ritters mit dem weißen Federbusch heruntergelassen und ich sah, es war ...«

»Clarence Hervey?«, sagte Mrs Ormond.

»Nein; noch immer die Gestalt, die neben mir gekniet hatte, und ich wünschte mir, er möge gewinnen. Und er hat gewonnen. Er hat seinen Gegner aus dem Sattel gehoben und stand über ihm mit gezücktem Schwert, und dann sah ich, dass der Ritter mit dem schwarzen Federbusch Mr Hervey war, und ich wollte zu ihm hinrennen, um ihn zu retten, aber ich konnte es nicht. Ich sah, wie er in seinem Blut dalag, und ich hörte ihn sagen: ›Heimtückische, *undankbare* Virginia! Dir habe ich meinen Tod zu verdanken!‹ – und dann habe ich, glaube ich, geschrien und das hat mich aufgeweckt.«

»Nun, das war ja nur ein Traum, mein Liebes«, sagte Mrs Ormond. »Mr Hervey ist in Sicherheit; steh auf und zieh dich an und du wirst ihn bald sehen.«

»Aber war es nicht falsch und *undankbar*, mir zu wünschen, dass der Ritter mit dem weißen Federbusch den Sieg davontragen sollte?«

»Dein armer kleiner Kopf kreist nur noch um diese Romanzen und deine Liebe zu Mr Hervey. Es ist deine Liebe zu ihm, die dich fürchten lässt, er könnte eifersüchtig sein. Aber er ist nicht so einfach gestrickt wie du. Er wird dir vergeben, dass du dir gewünscht hast, der Ritter mit dem weißen Federbusch möchte der Sieger sein, vor allem da du ja nicht wusstest, dass der andere Ritter Mr Hervey war. Komm, mein Liebes, zieh dich an und denk nicht mehr an diese dummen Träume, und alles wird gut werden.«

Kapitel XXVII
Eine Entdeckung

Statt der offenen, kindlichen und anhänglichen Vertrautheit, mit der Virginia früher Clarence Hervey begegnet war, empfing sie ihn nun mit reservierter und furchtsamer Verlegenheit. Bestürzt über die Veränderung in ihrem Wesen und beunruhigt über die Niedergeschlagenheit, die sie vergeblich zu verbergen suchte, fragte er Mrs Ormond voller Sorge, was denn der Grund für diese Wende sei.

Mrs Ormonds Antworten und ihr Bericht über alles, was in seiner Abwesenheit geschehen war, verstärkte seine Besorgtheit noch. Er war sehr entrüstet über die Beleidigung, die Virginia von den Fremden, die über die Gartenmauer geklettert waren, erfahren hatte. All seine Bemühungen, herauszufinden, wer sie waren, erwiesen sich als fruchtlos, aber damit sie ihren Besuch nicht wiederholen konnten, brachte er sie von Windsor nach Twickenham. Dort blieb er einige Tage bei ihr und Mrs Ormond, um durch eigene Beobachtung herauszufinden, inwieweit die Lage, die man ihm geschildert hatte, wirklich zutraf. Bis zu diesem Zeitpunkt war er der Überzeugung gewesen, dass Virginias Beziehung zu ihm eher von Dankbarkeit als von Liebe geprägt war, und deshalb hatte er geglaubt, er habe keinen Grund, sich ernsthaft vorzuwerfen, wie unvorsichtig er seine Vorliebe für sie zu erkennen gegeben hatte, als ihre Bekanntschaft begann. Er hatte sich eingebildet, dass ihr Herz, selbst wenn sie seine Absichten durchschaute, keinen Schaden nehmen würde, falls sich seine Gefühle für sie änderten; und solange ihr Glück nicht in Gefahr war, so sagte ihm die Vernunft, sei er nicht rein ehrenhalber verpflichtet, ihr die Treue zu halten. Nun war die Lage ganz anders. Auch wenn er es nicht gern tat, er konnte nicht länger zweifeln. Virginia konnte ihn weder anschauen noch mit ihm sprechen, ohne eine Betretenheit an den Tag zu legen, die zu verbergen sie einfach nicht geschickt genug war: Sie zitterte, wann immer er sich ihr näherte, und wenn er ernst dreinschaute oder keine Notiz von ihr nahm, brach sie in Tränen aus. Dann wieder strengte sie sich mit unglaublicher Energie an, ihm zu gefallen, obwohl sie doch von Natur aus eher zur Trägheit neigte; sie lernte alles, was er von ihr verlangte; sie schien plötzlich viel aufnahmefähiger zu sein. Für kurze Zeit bildete sich Clarence ein, dass beides, ihre Anfälle von Traurigkeit und die Anstrengung, sich aus dem heimlichen Wunsch erklärten, dass sie etwas von der Welt sehen wollte, von der man sie bisher ferngehalten hatte. Eines Tages sprach er das Thema an, um herauszufinden, welchen Effekt dies hätte, aber entgegen seinen Erwartungen schien sie kein Bedürfnis zu haben, ihren Rückzugsort zu verlassen; sie wollte die Zerstreuungen, die er beschrieb, gar nicht; sie wollte keineswegs in die elegante Gesellschaft eingeführt werden.

Während der Zeit seiner großen Leidenschaft für sie hatte Clarence ein Bild malen lassen, auf dem sie St. Pierres Virginia darstellte. Es hing zufällig in dem Raum, in dem sie sich gerade unterhielten, und als sie davon sprach, dass sie ihr einsames Leben liebte, warf Clarence zufällig einen Blick auf das Bild und dann auf Virginia. Sie wandte sich ab – seufzte schwer, und als er sie mit großer Freundlichkeit fragte, ob sie unglücklich sei, verbarg sie das Gesicht in den Händen und gab keine Antwort.

Mr Hervey konnte nicht umhin, sich ihren Kummer und ihre Empfindsamkeit zu Herzen zu nehmen. Er sah, wie sie jeden Tag an Frische verlor, wie niedergeschlagen sie war und wie ihr das Leben zur Bürde wurde, und er fürchtete, dass seine eigene Unvorsichtigkeit der Grund für diese Misere war.

»Ich habe sie aus einer Situation herausgeholt, in der sie ihr Leben hätte nützlich und glücklich verbringen können; ich habe ihr falsche Hoffnungen gemacht, und nun ist sie ein elendes und nutzloses Geschöpf; ich habe ihre Zuneigung gewonnen; ihr Glück hängt vollkommen von mir ab, und kann ich sie da verlassen? Mrs Ormond sagt, sie sei davon überzeugt, dass Virginia den Tag meiner Hochzeit mit einer anderen Frau nicht überleben würde. Ich kann nicht recht glauben, dass Mädchen oft aus Liebe sterben oder sich das Leben nehmen; auch bin ich kein so eingebildeter Stutzer, dass ich glauben könnte, dass eine Liebe zu mir so extrem und verzweifelt sein müsse. Aber hier ist ein Mädchen, das eine melancholische Natur hat, das überaus sensibel ist, dessen Gefühle auf ganz wenige Menschen konzentriert sind, das in Einsamkeit gelebt hat, dessen Phantasie für eine ganze Weile nur von wenigen Vorstellungen geprägt wurde und das nur eine Hoffnung kennt: In einem solchen Wesen und unter solchen Umständen kann eine Leidenschaft durchaus zu verzweifelten Taten führen.«

Mitleid, Großmut und sein Ehrgefühl brachten ihn zu dem Entschluss, dieses unglückliche Mädchen nicht im Stich zu lassen, obwohl er fühlte, dass seine Liebe zu Belinda jedes Mal, wenn er sie sah, größer wurde. Es war dieser innere Kampf zwischen Liebe und Ehre, der all die scheinbare Unbeständigkeit und Unentschlossenheit verursachte, die Lady Delacour Rätsel aufgab und Belinda so verwirrte. Die Locke schönen Haars, die Belinda so unglücklich vor die Füße gefallen war, war Virginias gewesen; er hatte sie zu dem Maler bringen wollen, der ihr Haar in dem Bild viel zu dunkel dargestellt hatte. Und wie dieses Bild in die Ausstellung gelangt war, muss nun auch noch erklärt werden.

Während Mr Hervey in dem schmerzlichen Zustand des Zweifels war, der gerade beschrieben wurde, geschah etwas, das ihn auf eine Erlösung aus seiner peinlichen Situation hoffen ließ. Mr Moreton, der Geistliche, der früher jeden Sonntag Gebete für Mrs Ormond und Virginia gelesen hatte, kam eines Sonntags nicht zur üblichen Zeit; dafür besuchte er am nächsten Morgen Mr Hervey mit einem Gesicht, das zeigte, dass er etwas Wichtiges mitzuteilen hatte.

»Ich habe Hoffnungen, mein lieber Clarence«, sagte er, »herausgefunden zu haben, wer der Vater Ihrer Virginia ist. Gestern hatte mich ein Freund, der die Musik liebt, überredet, mit ihm eine Gesangsdarbietung im Kinderheim in St. George's Fields anzuhören. Es gibt da ein Mädchen, das eine wahrhaft schöne Stimme hat – aber darum geht es ja im Moment nicht. Nachdem der Gottesdienst vorüber war, ergab es sich, dass ich einer der Letzten war, die noch geblieben waren, denn ich bin zu alt für das Gedränge in der Menge. Vielleicht sind Sie jetzt ungeduldig und meinen, das sei doch auch nicht wichtig, das ist es aber doch, wie Sie gleich hören werden. Als die Gemeinde die Kirche beinahe verlassen hatte, beobachtete ich, dass die Kinder aus dem Heim auf ihren Sitzen blieben, weil einer der Direktoren es befohlen hatte, und ein Herr in mittleren Jahren unter den älteren Mädchen herumging, ihre Gesichter sorgfältig musterte und sehr begierig nach ihrem Alter und allen Details zu ihren Eltern fragte. Der Fremde hielt eine Miniatur in seiner Hand, mit der er ein jedes Gesicht verglich. Ich stand nicht nah genug bei ihm, um diese Miniatur deutlich sehen zu können, aber anhand des kurzen Blicks, den ich darauf werfen konnte, dachte ich, sie sähe Ihrer Virginia ähnlich, obwohl es das Porträt eines Kindes von nur vier oder fünf Jahren zu sein schien. Soweit ich weiß, wird dieser Gentleman am nächsten Sonntag wieder beim Kinderheim sein; ich hörte, wie er darum bat, einige Mädchen zu sehen, die am vergangenen Sonntag zufällig nicht anwesend waren.«

»Kennen Sie den Namen dieses Herrn oder wissen Sie, wo er wohnt?«, fragte Clarence.

»Ich weiß gar nichts von ihm«, erwiderte Mr Moreton, »außer, dass er sich für Malerei interessiert, denn er muss einem der Direktoren gesagt haben, der sich die Miniatur anschaute, dass sie erstaunlich gut gemalt sei und dass er in glücklicheren Tagen einmal so etwas wie ein Kunstkenner gewesen sei.«

Voller Ungeduld, den Fremden zu sehen, der, wie er ohne Zweifel glaubte, Virginias Vater war, ging Clarence Hervey am nächsten Sonntag zum Kinderheim, aber es erschien kein Herr dieser Art, und alles, was er in Bezug auf ihn herausfinden konnte, war, dass dieser sich an einen der Direktoren der Institution mit der Bitte gewandt hatte, die Mädchen sehen und befragen zu dürfen, in der Hoffnung, unter ihnen seine verlorene Tochter zu finden, und dass er im Laufe der Woche bereits all jene gesehen hatte, die am vergangenen Sonntag nicht in der Kirche gewesen waren. Keiner der Direktoren wusste irgendetwas in Bezug auf ihn, aber der Pförtner hatte bemerkt, dass er in einer prächtigen Kutsche vorgefahren war, und eines der Mädchen sagte, er habe ihm eine halbe Guinee gegeben, weil es ein wenig wie seine arme Rachel aussehe, die tot sei, aber er habe mit einem Seufzer hinzugefügt: »Sie kann aber nicht meine Tochter sein, denn sie ist erst dreizehn, und mein Mädchen, wenn es noch am Leben ist, müsste jetzt beinahe achtzehn sein.«

Das Alter, der Name und alle weiteren Sachverhalte bestätigten Mr Hervey in der Überzeugung, dass dieser Fremde der Vater von Virginia sei, und er war enttäuscht und verärgert, dass er die Gelegenheit, ihn zu sehen und zu sprechen, verpasst hatte. Clarence kam der Gedanke, dass der Gentleman vielleicht das Hospital für Findelkinder besuchen könnte, und er machte sich sofort dorthin auf, um Erkundigungen einzuziehen. Ihm wurde berichtet, dass eine Person, wie er sie beschrieb, etwa einen Monat zuvor dort gewesen war und die Gesichter der ältesten Mädchen mit einem kleinen Bild von einem Kind verglichen hatte; dass der Mann mehreren Mädchen Geld gegeben hatte, dass sie aber seinen Namen nicht kannten oder auch sonst nichts von ihm wüssten.

Mr Hervey setzte nun geeignete Anzeigen in alle Zeitungen, aber auch daraus ergab sich nichts. Schließlich erinnerte er sich daran, was Mr Moreton über die Liebe des Fremden zu Gemälden gesagt hatte, und er beschloss, sein Porträt von Virginia in einer Ausstellung zu zeigen, in der Hoffnung, der Gentleman möge sich dorthin begeben und Fragen darüber stellen, die zu einer Entdeckung führen könnten. Der junge Künstler, der dieses Bild gemalt hatte, stand in Clarence' Schuld und versprach, er werde seiner Bitte, er möge regelmäßig jeden Morgen in Somerset House sein, sobald man die Ausstellung eröffne, ohne Fehl nachkommen, und er würde dort bleiben, bis man wieder schließe, und genau beobachten, ob irgendwelche Besucher besonders von dem Porträt von Virginia beeindruckt seien. Wenn irgendwer Fragen zu dem Bild stelle, so sollte er dies Mr Hervey sofort wissen lassen und dem Fragenden seine Adresse geben.

Zufällig geschah es genau an dem Tag, als Lady Delacour und

Belinda in der Ausstellung waren, dass der Maler Clarence beiseitenahm und ihn darüber informierte, dass ein Herr sich gerade mit großem Interesse bei ihm erkundigt habe, ob das Bild von Virginia ein Porträt sei. Dieser Herr erwies sich nicht als der Fremde, der in dem Kinderheim gewesen war, aber als ein bekannter Juwelier, der Mr Hervey erzählte, dass seine Neugier wegen des Bildes nur daher komme, dass es einer Miniatur so ähnlich sehe, die man vor kurzem in seinem Haus abgegeben habe, damit sie neu gefasst würde. Sie gehöre einem Mr Hartley, einem Gentleman, der ein beträchtliches Vermögen auf den Westindischen Inseln gemacht habe, der aber seinen Reichtum nicht genießen könne, weil er seine einzige Tochter verloren habe, die das Miniaturporträt im Alter von vier oder fünf Jahren darstelle. Als Clarence all dies hörte, wollte er möglichst schnell erfahren, wo Mr Hartley zu finden sei, aber der Juwelier konnte ihm nur sagen, dass die Miniatur am Tag zuvor von Mr Hartleys Diener abgeholt worden sei, der gesagt habe, sein Herr müsse die Stadt in großer Eile verlassen, um nach Portsmouth zu fahren und sich dort der westindischen Flotte anzuschließen, die mit dem nächsten günstigen Wind absegeln wolle.

Clarence, der beschloss, ihm sofort nach Portsmouth zu folgen, konnte nicht auch nur einen Augenblick warten, denn der Wind stand tatsächlich gerade günstig, und er hatte nur eine Chance, Mr Hartley zu sehen, wenn er Portsmouth so bald wie möglich erreichte. Das war der Grund dafür gewesen, warum er Belinda auf so abrupte Art verlassen hatte; seine Gefühle waren in diesem Moment überaus schmerzlich, und es fiel ihm sehr schwer, von ihr wegzugehen, ohne sein Verhalten zu erklären, das ihr kapriziös und wunderlich erscheinen musste. Er wusste wohl, dass er gegenüber Lady Delacour seine Bewunderung für Miss Portman ausdrücklich erklärt hatte und dass er mit tausend Kleinigkeiten seine Leidenschaft verraten hatte. Aber er wagte es nicht, an ihre Liebe zu denken, solange es um seine Angelegenheiten so zweifelhaft stand. Er hatte wohl gewisse vage

Hoffnungen, dass eine Veränderung in Virginias Situation auch einen Wechsel ihrer Gefühle mit sich bringen könnte, und er beschloss, sein eigenes Verhalten danach auszurichten, was sie tun würde, falls ihr Vater gefunden und sie sich als die Erbin eines beträchtlichen Vermögens erweisen würde. Neue Ansichten könnten sich dann in ihrer Vorstellungswelt eröffnen; die Welt, die elegante Welt in all ihrer Pracht läge ihr dann zu Füßen; ihre Schönheit und ihr Geld würden eine Schar von Bewunderern anziehen, und Clarence dachte, ihre Voreingenommenheit für seine Person möchte vielleicht weniger ausschließlich sein, wenn sie mehr Wahlmöglichkeiten hätte. Falls ihre Liebe sich nur aus den Umständen ergeben hatte, würde sie sich mit den Umständen womöglich auch verändern; falls sie nur eine Krankheit ihrer Phantasie wäre, die aus der Abgeschiedenheit von jeder Gesellschaft erwachsen war, könnte sie vielleicht durch mehr Umgang mit der Welt geheilt werden, und dann wäre er frei, seinem eigenen Herzen zu folgen und sich Belinda zu erklären. Aber wenn er herausfinden würde, dass die Veränderung der Situation keinen Einfluss auf Virginias Gefühle haben sollte, wenn ihr Glück ganz und gar von der Verwirklichung der Hoffnungen abhinge, die er unvorsichtigerweise in ihr erweckt hatte, dann glaubte er sich an sie durch alle Gesetze der Gerechtigkeit und der Ehre gebunden, Gesetze, die keine Leidenschaft ihn verleiten konnte, jemals zu brechen. Von diesen Gedanken erfüllt, eilte er auf der Suche nach Virginias Vater in Richtung Portsmouth. Die erste Frage, die er bei seiner Ankunft stellte, kann man sich leicht denken.

»Ist die westindische Flotte schon abgefahren?«

»Nein, sie segelt morgen um ein Uhr«, war die Antwort.

Er beeilte sich sogleich, Erkundigungen über Mr Hartley einzuziehen. Eine solche Person ließ sich aber nicht finden, man hatte von keinem solchen Gentleman irgendwo gehört. *Hartley*, da war er sich sicher, lautete der Name, den der Juwelier ihm genannt hatte, doch er wiederholte ihn vergebens, man kannte keinen Mr Hartley in Portsmouth außer einen Pfandleiher. Schließlich und endlich erinnerte sich der Steward eines der Schiffe, die zu den Westindischen Inseln segeln sollten, dass ein Herr mit ihm auf der »Effingham« hergekommen sei und dass er davon gesprochen hatte, auf demselben Schiff zu den Westindischen Inseln zurückzukehren, falls er England wieder verlassen sollte.

»Aber wir haben seitdem nichts von ihm gehört, Sir«, sagte der Steward. »Es ist keine Fahrt für ihn bei uns gebucht worden.«

»Ich würde mein letztes Hemd drauf verwetten«, rief ein Matrose, der in der Nähe stand, »dass er schon hops gegangen is' oder noch wahrscheinlicher in der Klapsmühle gelandet, denn der war komplett verrückt im Oberstübchen und se hätten ihm die Birne reparieren müssen, würd' ich sagen, Jack, wenn das der war, der immer auf'm Deck herumgelaufen is', du weißt schon, mit so'nem kleinen Bild, nicht so groß wie das *Auge von 'nem Toten* in seiner Hand, dem er wohl seine Gebete von morgens bis abends vorgebrabbelt hat. Hat keinen Zweck, Master, den zu suchen, der is' schon lange in Davys Spind oder se ham ihn längst inne Zwangsjacke gesteckt.«

Trotz der Meinung dieses wohlinformierten Matrosen wollte Clarence seine Suche nicht aufgeben, denn da er von Mr Hartley in den letzten Tagen an so verschiedenen Orten gehört hatte, konnte er an die Sache mit Davys Spind und der Klapsmühle nicht glauben. Er vermutete, dass er vielleicht durch einen Unfall auf der Straße nach Portsmouth aufgehalten worden war, und in der Erwartung, dass er sicher noch ankommen würde, bevor die Flotte ablegen würde, wartete Clarence recht geduldig. Er wartete jedoch vergebens; er sah, wie die »Effingham« und der Rest der Flotte abfuhr – kein Mr Hartley war erschienen. Als er ein Boot der »Effingham« anrief, das einige Passagiere zum Schiff brachte, die zu spät gekommen waren, antwortete sein Freund, der Matrose: »Wir haben hier keine verrückten Kerls; ich hab' Ihnen ja gesagt, der würd' nicht mehr mit der Effingham fahren. Der ist, wo ich gesagt hab', Master, das werden Se schon 'rausfinden, und nirgends sonst.«

Mr Hervey blieb noch ein paar Tage in Portsmouth, nachdem die Flotte schon abgefahren war, in der Hoffnung auf weitere Information, aber es ergab sich nichts. Er konnte auch keine weiteren Neuigkeiten von dem Juwelier erhalten, der Mr Hartley zuerst erwähnt hatte. Obwohl er nicht mehr glaubte, Erfolg im Anliegen seiner Reise zu haben, entschloss er sich doch, seine Rückkehr in die Stadt für einige Zeit aufzuschieben, weil er hoffte, dass seine Abwesenheit den Eindruck, den er auf Virginias Herz gemacht hatte, möglicherweise auslöschen würde. Er machte eine Tour entlang der pittoresken Küste von Dorset und Devonshire, und während dieser Reise schrieb er die Briefe an Lady Delacour, die so oft schon erwähnt wurden. Er bemühte sich, seine Gedanken durch neue Landschaften und Beschäftigungen zu zerstreuen, aber all sein Denken konzentrierte sich doch auf Belinda. Wenn er neue Menschen traf, verglich er sie mit ihr oder überlegte, inwiefern sie sie mögen oder ablehnen würde. Die Bücher, die er las, wurden ständig danach beurteilt, was sie darüber denken oder fühlen würde, und während seiner ganzen Reise betrachtete er nie eine schöne Aussicht, ohne zu wünschen, sie könne sie in diesem Moment ebenfalls sehen. Wenn ihr Name nur ein einziges Mal in den Briefen erwähnt wurde, so lag das daran, dass er sich selbst nicht traute, von ihr zu sprechen; sie war ihm ständig gegenwärtig, aber wenn er Lady Delacour schrieb, fühlte sein Herz regelrecht ihre Gegenwart. Er erinnerte sich, dass sie es gewesen war, die ihm erst den wahren Charakter ihrer Ladyschaft erschlossen hatte. Er erinnerte sich, dass sie sich mit ihm voller Wohlwollen in dem Vorhaben verbündet hatte, Lady Delacour mit ihrem Gatten zu versöhnen und Geschmack an häuslichem Glück finden zu lassen. Diese Erinnerungen wirkten so mächtig auf ihn ein, dass er sich umso mehr bemühte, und die Beredsamkeit, die Lady Delacour in diesen »erbaulichen« Briefen, wie sie sie nannte, fand, war im Grunde von Belinda inspiriert.

Wann immer er direkt an seine zukünftigen Pläne dachte, erschienen ihm Virginias Gefühle für ihn und die Hoffnungen, die er unvorsichtigerweise in ihr erweckt hatte, als unüberwindbare Hindernisse für eine Verbindung mit Miss Portman, aber in optimistischeren Augenblicken redete er sich ein, diese Schwierigkeiten könnten vielleicht überwunden werden. Wie groß war seine Überraschung und Bestürzung, als er den Brief von Lady Delacour erhielt, in dem sie ankündigte, es bestünde die Möglichkeit, dass Belinda Mr Vincent heiraten würde. Durch einen dieser kleinen, unglücklichen Zufälle, die sich manchmal gerade in den wichtigsten Momenten unseres Lebens ereignen, erhielt er diesen Brief erst beinahe vierzehn Tage später, als er eigentlich in seine Hände hätte gelangen sollen. Sobald er ihn erhalten hatte, machte er sich auf den Weg nach Hause; er reiste so schnell, wie es Geld in England nur möglich machen kann, und sein erster Gedanke und größter Wunsch, als er in die Stadt kam, war natürlich, zu Lady Delacours Haus zu gehen, aber er hielt seine Ungeduld in Schach und begab sich sofort nach Twickenham, um Virginia über sein Schicksal entscheiden zu lassen. Mit den schmerzlichsten Gefühlen sah er sie wieder. Die Berichte, die er von Mrs Ormond erhielt, überzeugten ihn davon, dass seine Abwesenheit nicht die Wirkung bei seiner Schülerin hervorgebracht hatte, die er erwartet hatte. Mrs Ormond war von Natur aus von sehr zugewandtem und furchtsamem Wesen; sie hing mit ganzem Herzen an Virginia, und ihre Sorge um sie übertraf ihre Liebe zu ihr noch; manchmal glich sie sogar ihre Hochachtung und ihren Respekt für Clarence Hervey selbst aus oder übertraf diese noch. Als er von seiner Zuneigung für Belinda sprach und seine Zweifel wegen Virginia zum Ausdruck brachte, konnte sie nicht länger an sich halten.

»Oh, also wirklich, Mr Hervey«, sagte sie, »es ist nun aber nicht der Moment für großartige Überlegungen und Zweifel. Kein Mann, der seine Sinne beieinanderhat – kein Mann, der nicht blind sein will, könnte bezweifeln, dass sie ganz verrückt nach Ihnen ist.«

»Das tut mir wirklich leid«, sagte Clarence.

»Aber warum? Oh, warum, Mr Hervey? Erinnern Sie sich denn nicht mehr an die Zeit, als Sie so ungeduldig waren und sie möglichst bald die Ihre nennen wollten – als Sie sie für die reizendste Kreatur der ganzen Welt hielten?«

»Damals hatte ich Belinda Portman noch nicht gesehen.«

»Und ich wünschte wahrlich, das hätten Sie auch nie; aber, oh, bitte, Mr Hervey, Sie werden doch meine Virginia nicht im Stich lassen! – Muss ihre Gesundheit, ihr Glück, ihr Ruf jetzt geopfert werden?«

»Ihr Ruf, Mrs Ormond?«

»Ihr Ruf, Mr Hervey! – Sie wissen nicht, in welchem Licht sie den Leuten hier erscheint, ich wusste es bis vor kurzem ja auch nicht. Aber ihr Ruf ist beschädigt, auf das übelste beschädigt. Man erzählt sich im Geheimen oder auch nicht nur im Geheimen, dass sie Ihre Geliebte sei. Eine Frau kam neulich mit dem Dompfaff hierher, und sie sah mich an und sprach mit mir in einer so merkwürdigen Weise, dass ich so schockiert war, dass ich es überhaupt nicht in Worte fassen kann. Ich brauche Ihnen die Einzelheiten gar nicht zu erzählen, es reicht, dass ich Erkundigungen eingezogen habe, und sicher bin, nur allzu sicher bin, dass es stimmt, was ich sage. Nur Ihre Heirat mit Virginia kann ihren Ruf retten, oder ...«

Mrs Ormond hielt inne, denn in diesem Augenblick kam Virginia in den Raum; sie ging so langsam, dass es schien, als sei sie in tiefen Träumen befangen.

»Seit meiner Rückkehr«, sagte Clarence verlegen, »habe ich kaum eine Silbe aus Miss St. Pierres Mund gehört.«

»*Miss St. Pierre*! – Früher hat er mich Virginia genannt«, sagte sie an Mrs Ormond gewandt. »Er ist böse auf mich – früher hat er mich Virginia genannt.«

»Aber da warst du doch noch ein Kind, weißt du, mein Liebes«, sagte Mrs Ormond.

»Und ich wünschte, ich wäre immer noch ein Kind«, sagte

Virginia. – Dann, nach einer langen Pause, näherte sie sich Mr Hervey sehr schüchtern, öffnete eine Mappe, die auf dem Tisch lag, und sagte zu ihm: »Wenn Sie Zeit hätten – wenn ich Sie nicht störe – würden Sie sich vielleicht diese Zeichnungen anschauen? Obwohl, sie sind es eigentlich nicht wert, angeschaut zu werden, außer als Beweis dafür, dass ich meine natürliche Trägheit überwinden *kann*.«

Die Zeichnungen waren Ausblicke, die sie aus dem Gedächtnis festgehalten hatte, auf die Landschaft im New Forest beim Cottage ihrer Großmutter. Dieses Cottage war mit einer Genauigkeit gezeichnet, die bewies, wie frisch es ihr noch in Erinnerung war. Viele Erinnerungen kamen Clarence mit Macht in den Sinn, als er das Cottage wiedersah. Das reizende Bild von Virginia, wie sie ihm zu Anfang aufgefallen war; ihr Lächeln, ihr unschuldiges, liebes Lächeln, als sie ihm die schönste Rose aus ihrem Korb angeboten hatte; die strenge Stimme, mit der ihre Großmutter mit ihr gesprochen hatte; die prophetischen Befürchtungen ihrer Beschützerin; die Gestalt der sterbenden Frau; das feierliche Versprechen, das er ihr gegeben hatte; all das zog in schneller Folge vor seinen Augen dahin.

»Sie scheinen es nicht zu mögen«, sagte Virginia; dann legte sie eine andere Zeichnung in seine Hände, »vielleicht gefällt Ihnen das besser.«

»Sie sind schön, sie sind überraschend gut ausgeführt!«, rief er aus.

»Ich wusste, dass er sie mögen würde! Ich habe es dir ja gesagt!«, rief Mrs Ormond in triumphierendem Ton.

»Sie sehen«, sagte Virginia, »dass, auch wenn Sie kaum eine Silbe aus dem Mund von Miss St. Pierres Mund gehört haben seit Ihrer Heimkehr, sie doch während Ihrer Abwesenheit an Ihre Wünsche gedacht hat. Sie hatten vor einiger Zeit gesagt, Sie wünschten, sie möge versuchen, sich im Zeichnen zu verbessern. Sie hat ihr Bestes gegeben. Aber machen Sie sich nicht die Mühe, sie länger anzuschauen«, sagte Virginia und nahm eine

Zeichnung aus seiner Hand, »ich wollte Ihnen bloß zeigen, dass ich, auch wenn ich nicht eben genial bin, doch wirklich ...«

Ihre Stimme versagte ihr, so dass sie das Wort ›dankbar‹ nicht aussprechen konnte.

Mrs Ormond sprach es für sie aus und fügte hinzu: »Ich kann Ihnen versprechen, dass Virginia nicht undankbar ist.«

»Undankbar!«, wiederholte Clarence. »Wer um Himmels willen hat denn gesagt, sie sei es! Warum haben Sie ihr denn so etwas in den Kopf gesetzt?«

Virginia lehnte ihren Kopf auf Mrs Ormonds Schulter und weinte bitterlich.

»Sie haben sie so sehr in ihrer Sensibilität beeinflusst, dass sie jetzt ganz elend ist«, sagte Clarence ärgerlich. »Virginia, hör mir zu; schau mich an«, sagte er und nahm liebevoll ihre Hand, aber sie drückte sich noch enger an Mrs Ormond und wollte den Kopf nicht heben. »Sieh mich doch nicht als deinen Meister an – als einen Tyrannen – glaub doch bitte nicht, dass ich meine, du seiest undankbar.«

»Oh, das bin ich aber – ich bin es – ich bin undankbar Ihnen gegenüber«, rief sie schluchzend aus, »aber Mrs Ormond hat mir das nie gesagt, also geben Sie nicht ihr die Schuld; sie hat mich nie in meiner Sensibilität beeinflusst. Denken Sie denn«, sagte sie und schaute auf, wobei ein flüchtiger Ausdruck von Entrüstung über ihre Züge huschte, »denken Sie denn, ich kann nichts *fühlen*, das man mir nicht beigebracht hat?«

Clarence seufzte tief.

»Aber wenn du zu viel fühlst, meine Liebste – wenn du dich deinen Gefühlen auf diese Art ganz überlässt«, sagte Mrs Ormond, »so wirst du euch beide, dich und Mr Hervey, unglücklich machen!«

»Das möge der Himmel verhüten! Mein größter Wunsch ist ja –«, sie hielt inne. »Ich wäre die undankbarste Kreatur der Welt, wenn ich ihn unglücklich machte.«

»Aber wenn er dich so elendig sieht, Virginia?«

»Dann soll er es nicht sehen«, sagte sie und wischte sich die Tränen aus dem Gesicht.

»Sich vorzustellen, du seist unglücklich und würdest es vor uns verbergen, wäre noch schlimmer«, sagte Clarence.

»Aber warum sollten Sie es sich überhaupt vorstellen?«, erwiderte Virginia, »Sie sind doch nur allzu gut und freundlich; denken Sie doch nicht, ich sei nicht glücklich; ich bin mir ganz sicher, dass ich glücklich sein sollte.«

»Sehnst du dich nach deinem Cottage zurück?«, sagte Clarence »Diese Zeichnungen zeigen ja, wie gut du dich daran erinnerst.«

Virginia errötete und antwortete ein wenig zögerlich: »Ist es meine Schuld, wenn ich es nicht vergessen kann?«

»Du warst damals glücklicher, Virginia, glücklicher, als du es jetzt bist, das wirst du zugeben«, sagte Mrs Ormond, die nicht gerade eine Frau von ausgesprochenem Taktgefühl war. Sie dachte, ihre beste Chance, auf Mr Herveys Sinn für Ehre einzuwirken, bestehe darin, ihm klarzumachen, wie sehr die Gefühle ihrer Schülerin schon an ihn gebunden waren.

Virginia gab auf diese Frage keine Antwort, und ihr Schweigen berührte Clarence mehr als alles, was sie hätte sagen können. Als Mrs Ormond ihre Frage wiederholte, erlöste Clarence das zitternde Mädchen, indem er sagte: »Meine liebe Mrs Ormond, Vertrauen muss gewonnen werden, man kann es nicht einfordern.«

»Ich habe nicht das Recht, auf Bekenntnissen zu bestehen, das weiß ich wohl«, sagte Mrs Ormond, »aber ...«

»Bekenntnisse – ich will doch gar nichts verbergen, aber ich denke, Ehrlichkeit ist bei unserem Geschlecht nicht *immer* im Einklang mit – ich meine – ich weiß auch nicht, was ich meine – was ich sage – oder was ich sagen sollte«, rief Virginia und sank in großer Verwirrung auf das Sofa.

»Warum müssen Sie sie auch derartig aufregen, Mrs Ormond?«, sagte Mr Hervey plötzlich sehr verärgert. Darauf folgte ein Blick von so zärtlichem Mitleid für Virginia, dass Mrs Ormond sich freute, seinen Ärger hervorgerufen zu haben: Sie wollte um jeden Preis ihrer geliebten Schülerin behilflich sein.

»Bitte mach dir keine Sorgen, meine liebe Virginia, dass wir die Offenheit und die schlichte Natürlichkeit deines Charakters irgendwie auf kleinliche Weise ausnutzen würden«, sagte Mr Hervey.

»Oh, nein, nein, ich habe ja gar keine Angst, dass Sie mich in irgendeiner Weise kleinlich und ungerecht behandeln würden – Sie sind – Sie waren schon immer mein bester, mein großherzigster Freund! Aber ich fürchte, ich habe gar nicht die Ehrlichkeit des Charakters und die Offenheit, die Sie zu erkennen glauben; und doch bin ich mir ganz sicher – ich wünschte im tiefsten Grunde meines Herzens – ich möchte gern das Richtige tun, wenn ich nur wüsste wie. Aber es gibt keinen, keinen einzigen Menschen in der Welt«, fuhr sie fort, und ihre Augen bewegten sich von Mrs Ormond zu Mr Hervey und von ihm wieder zu Mrs Ormond, »es gibt keinen einzigen Menschen, dem ich mein Herz auszuschütten wage – oder ausschütten dürfte. Ich habe vielleicht bereits mehr gesagt, als sich gehört. Aber eines weiß ich doch«, fügte sie mit fester Stimme hinzu, erhob sich und wandte sich an Clarence: »*Sie* werden durch mich nie unglücklich gemacht werden. Und denken Sie nicht so viel über mein Glück nach«, sagte sie und zwang sich zu einem Lächeln. »Ich bin, ich werde vollkommen glücklich sein; lassen Sie mich einfach Ihre Wünsche wissen, Ihre Empfindungen, Ihre Gefühle, und dem werde ich die meinen, so wie ich es sollte, anpassen.«

»Du liebes, reizendes und großherziges Mädchen!«, rief Clarence.

»Sei vorsichtig«, sagte Mrs Ormond, »sei vorsichtig, Virginia, dass du nicht mehr versprichst, als du halten kannst. Wünsche und Gefühle und Empfindungen kann man nicht so einfach anpassen.«

»Ich habe ja, glaube ich, auch nicht gesagt, es sei leicht, aber ich hoffe, es ist möglich«, erwiderte Virginia. »Ich verspreche nichts als das, was ich auch halten kann.«

»Ich bezweifle, dass du glücklich *bist*«, sagte Mrs Ormond und schüttelte den Kopf, »dass du es vollkommen sein *wirst*. Oh, Virginia, mein Liebes, täusche dich nicht, täusche auch uns nicht auf so furchtbare Weise. Es tut mir leid, dass ich dich erröten lasse, aber ...«

»Kein Wort mehr, meine liebe Mrs Ormond, ich bitte Sie – ich bestehe darauf«, sagte Mr Hervey im Kommandoton, aber zum ersten Mal in ihrem Leben achtete sie nicht auf seine Wünsche und fuhr fort: »Ich bitte dich nur, meine liebe Virginia, dich daran zu erinnern«, sagte sie und nahm ihre Hand, »wie du eines Morgens im Schlafe geschrien hast, an dem Morgen, an dem du mir von deinem schrecklichen Traum erzählt hast. – Warst du da vollkommen glücklich?«

»Es ist leicht, mir meine Gedanken zu entlocken«, sagte Virginia und entzog Mrs Ormond ihre Hand, »aber es ist auch grausam, wenn man das tut.« Und mit einem Gesicht, das verletzte Würde ausdrückte, ging sie an ihnen vorbei und verließ den Raum.

»Ich wünschte bei Gott«, rief Mrs Ormond, »dass Miss Portman verheiratet und aus dem Weg wäre – ich werde mir das nie verzeihen! Wir haben beide diesem armen Mädchen auf das grausamste Unrecht getan: Sie liebt Sie voller Hingabe, und ich habe sie in ihrer Leidenschaft auch noch ermutigt und sie betrogen. – Oh, ich Närrin! Ich habe ihr gesagt, sie würde ganz bestimmt Ihre Frau werden.«

»Sie haben ihr das gesagt! – Aber ich hatte Sie doch inständig gebeten, Mrs Ormond ...«

»Ja, aber ich konnte nicht anders, als ich sah, wie das süße Mädchen sich vor Kummer verzehrte – und überhaupt, ich bin sicher, sie muss es aus Ihrem Verhalten geschlossen haben, lang, lang bevor ich es ihr gesagt habe. Haben Sie vergessen, wie zärtlich Sie an ihr vor noch kaum einem Jahr gehangen haben? Und haben Sie vergessen, wie deutlich Sie Ihre Leidenschaft haben erkennen lassen? Oh, wie können Sie es ihr vorwerfen, wenn sie Sie liebt und wenn sie unglücklich ist?«

»Ich werfe niemandem etwas vor, nur mir selbst«, rief Clarence. »Ich muss jetzt mit den Folgen meiner eigenen Dummheit leben. Unglücklich! – Sie soll nicht unglücklich sein, sie hat das einfach nicht verdient.«

Er ging einige Minuten lang mit hastigen Schritten auf und ab; dann setzte er sich und schrieb einen Brief an Virginia.

Als er damit fertig war, legte er ihn in Mrs Ormonds Hand.

»Lesen Sie ihn – versiegeln Sie ihn – geben Sie ihn ihr – und ihre Antwort soll sie in die Stadt schicken zum Haus von Dr. X— in der Clifford Street.«

Mrs Ormond klatschte voller Freude in die Hände, als sie den Brief überflog, denn darin hielt er um Virginias Hand an.

»So kenne ich Sie, ich wusste immer, dass Sie so handeln würden, lieber Mr Hervey!«, rief sie aus.

Aber er nahm ihren Ausruf gar nicht mehr wahr. Als sie aufschaute, um ihr Lob zu wiederholen, bemerkte sie, dass er gegangen war. Nachdem er sich so sehr bemüht hatte, richtig zu handeln, brauchte er einfach Zeit, um zur Ruhe zu kommen, bevor er Virginia wiedersehen würde; wie ihre Antwort auf den Brief lauten würde, diesbezüglich gab es für ihn keinen Zweifel; sein Schicksal war besiegelt, und er beschloss sofort, an Lady Delacour zu schreiben, um seine Situation zu erklären; er hatte das Gefühl, ihm fehle in diesem Moment die nötige Standfestigkeit, um diese Erklärung persönlich vorzubringen. Mit aller Entschlossenheit seines Geistes versuchte er, Belinda aus seinen Gedanken zu verdrängen, aber die *Neugier* – (denn er konnte sich nicht dazu durchringen, es bei einem anderen Namen zu nennen) –, die Neugier zu erfahren, ob sie wirklich mit Mr Vincent verlobt sei, drängte sich ihm mit solcher Macht auf, dass er ihr einfach nicht widerstehen konnte.

Von Dr. X— glaubte er alle nötigen Informationen erhalten zu können, und er machte sich eilig auf den Weg in die Stadt. Als er Clifford Street erreichte, traf er den Doktor jedoch nicht zu Hause an; sein Diener sagte, man könne ihn vielleicht bei Mrs Margaret Delacour finden, da er die Angewohnheit habe, seine morgendlichen Runden in ihrem Haus zu beenden. Also begab sich Mr Hervey sofort dorthin.

Das erste Geräusch, das er hörte, war das Geschrei eines Aras; die erste Person, die er durch die offene Tür des Salons sah, war Helena Delacour. Sie stand mit dem Rücken zu ihm und beugte sich über den Käfig des Aras, und er hörte, wie sie mit freudiger Stimme sagte: »Ja, wenn du auch so schrecklich schreist, mein Hübscher, so liebe ich dich doch genauso, wie Marriott es immer getan hat. Als meine liebe, gute Miss Portman diesen Ara geschickt hat – ah, liebe Tante, hier ist Mr Hervey! – Sie haben doch gerade den Wunsch geäußert, ihn zu sehen.«

»Mr Hervey«, sagte die alte Dame mit einem wohlwollenden Lächeln, »Ihre kleine Freundin Helena sagt die Wahrheit. Wir haben Sie tatsächlich herbeigewünscht. Ich bin sicher, es wird Ihnen Freude bereiten, dass ich nun doch zu Ihrer Meinung von Lady Delacour konvertiert bin. Sie hat alle aufgegeben, die ich immer ihre ›Rantipole-Bekannten‹ genannt habe. Sie hat sich mit ihrem Gatten und seinen Freunden versöhnt, und Helena soll nach Hause zurückkehren und bei ihr leben. Hier ist ein ganz reizendes Briefchen, das ich soeben von ihr erhalten habe! Dinieren Sie doch mit mir am kommenden Donnerstag, und Sie können ihre Ladyschaft treffen und eine glückliche Familie sehen. Sie hatten, wie ich weiß, einen gewissen Anteil an *der Bekehrung*, und das ist der Grund, warum ich mir gewünscht hatte, dass Sie am Donnerstag bei uns sein sollten. Sie sehen, ich bin gar keine so starrsinnige alte Dame, wenn ich auch ärgerlich war, als ich Sie an diesem ersten Tag bei Lady Anne Percival gesehen habe. – Ich habe mittlerweile herausgefunden, dass ich mich in Ihrem Charakter geirrt habe, und ich bin sehr froh darüber. Aber dieses Briefchen von Lady Delacour hat Ihnen wohl die Sprache verschlagen.«

Es gab tatsächlich ein paar Worte in dem Brief, die es ihm für einen Augenblick unmöglich machten, etwas zu sagen.

»Die Gerüchte, die Sie gehört haben, stimmen (anders als andere Gerüchte) voll und ganz. Belinda Portman wird Mr Vincent heiraten. – Ich werde ihn am Donnerstag mitbringen.«

Mr Hervey wurde der Notwendigkeit enthoben, Mrs Delacour seine plötzliche Verlegenheit zu erklären, weil Dr. X— hereinkam und ein anderer Herr, den er in seiner Verwirrtheit zunächst gar nicht bemerkte. Dr. X— wandte sich mit der für ihn üblichen Mischung aus Freundlichkeit und Spott an Clarence, während der Fremde einige Papiere aus seinen Taschen nahm und mit leiser Stimme eine ernsthafte Unterhaltung mit Mrs Delacour begann.

»Nun sagen Sie mir doch, Clarence, wenn das möglich ist«, sagte Dr. X—, »welche ihrer drei Geliebten Sie am meisten mögen? Ich meine, ich hätte Sie vor einigen Monaten mit starken Zweifeln bezüglich dieses Themas zurückgelassen. – Sind Sie noch immer mit dieser philosophischen Frage beschäftigt?«

»Nein«, sagte Clarence, »alle Zweifel sind beseitigt – ich werde heiraten.«

»Bravo! – Aber Sie sehen eher aus, als ob Sie gehenkt würden. Darf ich, da es ja ohnehin bald in den Zeitungen steht, fragen, wie die glückliche Dame heißt?«

»Virginia St. Pierre – Sie werden ihre Geschichte und die meine hören, wenn wir allein sind«, sagte Mr Hervey, wobei er die Stimme senkte.

»Sie brauchen nicht die Stimme zu senken«, sagte Dr. X—, »denn Mrs Delacour ist, wie Sie sehen, so mit ihren eigenen Angelegenheiten beschäftigt, dass sie keine Neugier für die ihrer Mitmenschen aufbringt; und Mr Hartley ist so eifrig dabei ...«

»Mr wer? Mr Hartley haben Sie gesagt!«, unterbrach Clarence und wandte sich voller Interesse dem Fremden zu, einem Herrn mittleren Alters, der genau der Beschreibung des Mannes entsprach, der in dem Kinderheim gewesen war, um nach seiner Tochter zu suchen.

»Mr Hartley! Ja. Was erstaunt Sie denn so?«, sagte Dr. X— ruhig. »Er kommt von den Westindischen Inseln. Ich habe ihn im letzten Sommer in Cambridgeshire getroffen bei seinem Freund Mr Horton; er war sehr großzügig zu den armen Leuten, die unter dem Feuer gelitten haben, und er bespricht gerade mit Mrs Delacour, die ein Anwesen gleich neben dem von Mr Horton hat, was man für ihre Pächter tun kann, deren Häuser im Dorf niedergebrannt sind. Jetzt habe ich Ihnen in so wenigen Worten und Umschweifen wie möglich alles gesagt, was ich über Mr Hartleys Geschichte weiß, aber Ihre Neugier ist noch lange nicht befriedigt, wie ich sehe.«

»Ich hätte gern gewusst, ob er eine Miniatur hat«, sagte Clarence hastig. »Stellen Sie mich ihm vor, um Himmels willen, aber schnell!«

»Mr Hartley«, rief der Doktor mit erhobener Stimme, »erlauben Sie mir, Ihnen meinen Freund Mr Hervey vorzustellen, Ihnen und Ihrer Miniatur, falls Sie eine haben.«

Mr Hartley seufzte traurig, während er aus seiner Westentasche ein kleines Porträt hervorzog, das er in Herveys Hände legte, wobei er sagte: »Ach, Sir, Sie können, fürchte ich, mir keine Neuigkeiten von dem Original berichten; es ist das Bild einer Tochter, die ich nicht mehr gesehen habe, seit sie ein kleines Kind war – die ich wohl auch nie wiedersehen werde.«

Clarence wusste sofort, dass es sich um Virginia handelte, aber gerade als er einen Ausruf der Freude von sich geben wollte, bemerkte er, wie Dr. X— seine Schulter berührte, und als er zu Mr Hartley aufschaute, sah er in dessen Gesicht sich so leidenschaftliche Gefühle spiegeln, dass er vorsichtshalber seine Empfindungen unterdrückte und ruhig sagte: »Es wäre sicherlich grausam, Sir, wenn man Ihnen falsche Hoffnungen machte.«

»Es würde mich umbringen, es würde mich umbringen, Sir –

oder noch schlimmer – schlimmer! – tausend Mal schlimmer!«, rief Mr Hartley und legte die Hand an seine Stirn. »Was«, fuhr er ungeduldig fort, »was hatte denn der Blick zu bedeuten, den ich gesehen habe, als Sie das Bild zum ersten Mal sahen? Sprechen Sie, wenn Sie irgendwelche Gefühle für Ihre Mitmenschen haben! Haben Sie schon einmal jemanden gesehen, der diesem Bild ähnlich sah?«

»Ich meine, ich hätte einmal ein Bild gesehen«, sagte Clarence Hervey, »das eine gewisse Ähnlichkeit damit hatte.«

»Wann? Wo?«

»Mein lieber, guter Herr«, sagte Dr. X—, »ich möchte doch zu bedenken geben, dass es kaum möglich ist, von den Gesichtszügen eines Kindes darauf zu schließen, wie sein Gesicht aussehen wird, wenn es erwachsen ist. Nichts kann so täuschen wie diese rein zufälligen Ähnlichkeiten zwischen den Bildern von Kindern und Erwachsenen.«

Die Hoffnung in Mr Hartleys Gesicht schwand.

»Aber«, fügte Clarence Hervey hinzu, »Sie werden es vielleicht der Mühe wert finden, Sir, das Bild anzuschauen, von dem ich spreche; Sie können es bei Mr F—, dem Maler, in der Newman Street finden, und ich werde Sie dorthin begleiten, wann immer Sie es wünschen.«

»Gleich in diesem Moment, wenn Sie die Güte hätten! Meine Kutsche steht vor der Tür, und Mrs Delacour wird sicherlich so freundlich sein, uns zu entschuldigen ...«

»Oh, entschuldigen Sie sich nicht in einem Augenblick wie diesem«, sagte Mrs Delacour, »fort mit Ihnen, meine Herren, so bald Sie nur wollen; aber nur unter der Bedingung, dass, wenn Sie gute Neuigkeiten haben, jemand von Ihnen sich bei all Ihrer Freude daran erinnert, dass eine so alte Dame wie Mrs Margaret Delacour existiert, die froh ist, *gute* Nachrichten von denen zu hören, die diese verdienen.«

Es war so spät am Tag, als sie Newman Street erreichten, dass sie Kerzen anzünden mussten. Zitternd vor Begierde, das Bild zu sehen, näherte sich Mr Hartley ihm, während Clarence das Licht hochhielt.

»Es ist ihr so ähnlich«, sagte er und sah dabei auf seine Miniatur, »dass ich meinen Augen nicht trauen mag. Dr. X—, bitte schauen Sie doch einmal. Mir ist so schwindelig und meine Augen sind so ... Was meinen Sie, Sir? Was sagen Sie, Doktor?«

»Dass die Ähnlichkeit wirklich beeindruckend ist – aber dies scheint ein der Phantasie entsprungenes Bild zu sein.«

»Der Phantasie entsprungen!«, wiederholte Mr Hartley voller Schrecken; »ja, aber warum haben Sie mich dann hierhergebracht? – Der Phantasie entsprungen!«

»Nein, Sir, es ist ein Porträt«, sagte Clarence, »und wenn Sie sich beruhigen wollen, so will ich Ihnen gern mehr erzählen –«

»Ich werde mich schon beruhigen – nur – ist sie am Leben?«

»Die Dame, von der dieses Porträt gemacht wurde, ist am Leben«, erwiderte Clarence Hervey, der sich mit Gewalt zwingen musste, sich nicht gehenzulassen und die Haltung zu bewahren, die, wie er sah, notwendig war; »die Dame, von der das Bild gemacht worden ist, ist am Leben, und Sie werden sie morgen sehen können.«

»Oh, warum nicht jetzt? Kann ich sie nicht jetzt sehen? Ich muss sie heute Abend noch sehen, in diesem Augenblick, Sir!«

»Es ist leider unmöglich«, sagte Mr Hervey, »dass Sie sie in diesem Augenblick sehen, denn sie befindet sich in einem Haus einige Meilen von hier, in Twickenham.«

»Es ist zu spät, um jetzt noch dorthin zu fahren, denken Sie gar nicht daran, Mr Hartley«, fuhr Dr. X— in einem befehlenden Ton fort, von dem dieser sich eher lenken ließ als von reiner Vernunft.

Clarence war geistesgegenwärtig genug, um daran zu denken, dass es notwendig sein würde, die arme Virginia auf dieses Treffen vorzubereiten, und er sandte sofort einen Boten zu Mrs Ormond, die ihr die Neuigkeiten mit all der Behutsamkeit, über die sie verfügte, beibringen sollte.

Am nächsten Morgen machten sich Mr Hartley und Mr Hervey zusammen auf nach Twickenham. Auf dem Weg dorthin bestärkte Clarence Mr Hartley nach und nach in dem Glauben, dass Virginia seine Tochter sei, indem er ihm all die Begleitumstände mitteilte, die er von ihrer Großmutter und von Mrs Smith, der Frau des Bauern, mit der sie früher bekannt gewesen waren, erfahren hatte: Der Name, das Alter und jede Einzelheit erhöhten, als man sie Mr Hartley eröffnete, dessen Gewissheit und Freude. Es gab jedoch ein kleines Kennzeichen, das, wie er sagte, sein Kind für ihn unumstößlicher identifizieren würde als alle Begleitumstände: Er wusste, dass seine Tochter als Kind ein kleines Muttermal genau über der rechten Schläfe gehabt hatte.

»Ich habe danach gestern in ihrem Bild Ausschau gehalten«, sagte er, »aber wahrscheinlich hat der Maler es, weil er es für einen Makel hielt, weggelassen, und im Übrigen hat ihr Haar einen Schatten auf die Stelle geworfen, wo es hätte sein sollen.«

Für eine Weile war Mr Hartley so mit dem Gedanken an das Muttermal beschäftigt, dass er gar nicht zuhören konnte, und Clarence konnte ihm in diesem Punkt keine zufriedenstellende Auskunft geben, aber schließlich lenkte er seine Aufmerksamkeit wieder auf sich und lenkte ihn von seiner Besorgnis ab, indem er ihm erzählte, wie er Virginia kennengelernt hatte, von dem ersten Tag, als er sie im New Forest entdeckt hatte, bis zu dem Brief, den er ihr gerade geschrieben hatte, um um ihre Hand anzuhalten. Dass man annahm, Virginia bringe ihm eine besondere Zuneigung entgegen, war das Einzige, was er verschwieg, denn trotz all der Dinge, die Mrs Ormond gesagt hatte, und alles dessen, was er selbst gehört und gesehen hatte, wartete er mit hartnäckiger Ungläubigkeit auf eine Bestätigung von ihrer eigenen Hand, oder noch besser: aus ihrem eigenen Munde. Er glaubte noch immer, dass ein Wandel der Situation ihre Ansichten und Empfindungen verändern könnte, und er bat mit Nachdruck darum, dass man das ganz ihrer eigenen Entscheidung überlassen möge. Es war auch vonnöten, dass man dies ihrem Vater abverlangte, denn in dessen übermäßiger Dankbarkeit für das, was Clarence für sie getan hatte, betonte er, er würde es als ganz und gar monströs empfinden, wenn sie ihn nicht liebe; er fügte hinzu, dass er, selbst wenn Mr Hervey über keinen einzigen Penny verfüge, ihn doch jedem Mann auf Erden vorziehen würde. Er versprach jedoch, seine Wünsche für sich zu behalten und seine Tochter ganz nach ihren eigenen Bedürfnissen entscheiden zu lassen. Voller Dankbarkeit erzählte er Clarence alle Einzelheiten, die sein Verhalten gegenüber Virginias Mutter betrafen, das ihn mit großer Reue erfüllte. Sie war kaum sechzehn gewesen, als er mit ihr von ihrem Internat weggelaufen war; er war damals ein unternehmungslustiger Offizier gewesen und sie ein sentimentales Mädchen, das durch das Lesen von Romanen in früher Jugend verdorben worden war. Ihr Vater hatte eine kleine Anstellung am Hofe gehabt, hatte über seine Verhältnisse gelebt und seine Tochter, der er überhaupt keine Mitgift geben konnte, erzogen, als sei sie die Erbin eines großen Vermögens. Dann starb er und hinterließ eine Witwe, die in absoluter Armut leben musste. Diese Witwe war die alte Dame, die in dem Cottage im New Forest gelebt hatte. Es war gerade, nachdem ihr Mann gestorben war und als sie selbst in so schwierigen Verhältnissen war, als sie von der Flucht ihrer Tochter aus der Schule hörte. Mr Hartleys Eltern waren jedoch so erzürnt über die Heirat, dass sie ihn dazu brachten, sich von seiner Frau zu trennen und ins Ausland zu gehen, um dort sein Glück bei der Armee zu suchen. Seine Verheiratung war im Geheimen geschehen, selbst seine Freunde leugneten sie trotz des wiederholten verzweifelten Flehens seiner Frau und deren Mutter, die ihre einzige noch lebende Verwandte war. Seine Frau schrieb ihm auf ihrem Totenbett und drängte ihn, sich seiner Tochter anzunehmen, und um den Appell an seine Gefühle zu verstärken, schickte sie ihm ein Bild des kleinen Mädchens, das zu der Zeit etwa vier Jahre alt war. Mr Hartley hegte jedoch damals den Plan, eine neue Verbindung mit der reichen Witwe eines Plantagenbesitzers in Jamaika einzugehen. Er heiratete die Witwe, bemächtigte sich ihres Vermögens und schenkte all seine Zuneigung einem Sohn, für dessen Fortkommen er sich seit dem Augenblick, in dem er geboren wurde, allerlei Maßnahmen überlegte. Der Junge wurde etwa zehn Jahre alt, dann zog er sich ein Fieber zu, das damals in Jamaika wütete, und starb nach wenigen Tagen der Krankheit. Seine Mutter wurde von demselben Fieber dahingerafft, und Mr Hartley, der nun allein in all seinem Reichtum war, merkte, wie wenig dieser zu seinem Glück beitrug. Nun packte ihn die Reue; es ließ ihm keine Ruhe, dass er seine Tochter im Stich gelassen hatte, also kehrte er nach England zurück, um sie zu suchen. Er sah der Begegnung mit diesem Kind, das er so vernachlässigt hatte, nun mit Freude entgegen und hoffte, durch seine Tochter Frieden und Glück für den Rest seines Lebens zu finden. Die langen Monate der Enttäuschung bei all seinen Nachforschungen hatten ihm so sehr zugesetzt, dass sein Geist manchmal verwirrt war; dieser Zustand war der Grund dafür gewesen, dass er sein Kind nicht eher gefunden hatte. Er war in der Zeit, als Clarence Herveys Anzeige in den Zeitungen erschienen war, unpässlich gewesen, und aufgrund seiner Krankheit war er auch nicht nach Portsmouth gereist und mit der »Effingham« in See gestochen, wie er es eigentlich vorgehabt hatte. Also war die Annahme des Matrosen doch richtig gewesen, oder beinahe richtig. Die Geschichte seiner Verbindung mit Mr Horton wäre für den Leser uninteressant; es genügt zu sagen, dass er von diesem Gentleman gedrängt worden war, einige Zeit um seiner Gesundheit willen auf dem Lande zu verbringen. Dort machte er zudem die Bekanntschaft von Dr. X—, der ihn, wie wir gesehen haben, Mrs Margaret Delacour vorstellte, in deren Haus er Clarence Hervey traf. Dies ist der kürzeste Bericht, den wir von ihm und seiner Geschichte geben können. Sein eigener war zehnmal so lang, aber wir wollen den Lesern seine unzusammenhängende Redeweise und seine Reflexionen ersparen, weil sie es vielleicht eilig haben, nach Twickenham zu gelangen und von dem Treffen mit Virginia zu erfahren.

Mrs Ormond fiel es nicht leicht, Virginia auf den Anblick von Mr Hartley vorzubereiten. Virginia hatte kaum je über ihren Vater gesprochen, aber die Erinnerung an all die Dinge, die sie von ihrer Großmutter über ihn gehört hatte, war ihr noch sehr gegenwärtig; sie hatte ihn sich oft in ihrer Phantasie vorgestellt und im Geheimen die Hoffnung genährt, sie möchte nicht für immer ein *verlassenes Kind* bleiben. Mrs Ormond hatte beobachtet, dass alles, was in den romantischen Geschichten, die Virginia so liebte, mit Kindern zu tun hatte, die von ihren Eltern verlassen worden waren, oder mit deren plötzlicher Entdeckung, das Mädchen stark bewegte.

Der Glaube an das, was die Franzosen *la force du sang*[33] nennen, entsprach ihrem anhänglichen Wesen und ihrer leidenschaftlichen Imagination, und er hatte ihr Denken fest in Besitz genommen. Die eindrücklichen romantischen Geschichten hatten sie davon überzeugt, dass sie ihren Vater nicht nur wiederfinden, sondern auch mit aller intuitiven kindlichen Ehrfurcht lieben würde, und sie verzehrte sich danach, diese *sehnsuchtsvollen Gefühle* zu durchleben, von denen sie so viel gelesen hatte.

Schon der erste Moment, in dem Mrs Ormond von Mr Herveys Hoffnungen zu sprechen begann, er könnte ihren Vater entdeckt haben, versetzte sie in helles Entzücken.

»Mein *Vater*! – Wie wunderbar doch allein schon das Wort ›Vater‹ klingt! – *Mein* Vater! – Darf ich sagen: *mein* Vater? – Und wird er mich als seine Tochter anerkennen und wird er mich lieben, wird er mir seinen Segen geben, mich in seine Arme schließen und mich seine Tochter nennen, seine liebe Tochter? – Oh, wie ich ihn lieben werde! Ich werde es mir zu meinem einzigen Lebensziel machen, ihm zu gefallen.«

»Zu deinem einzigen Lebensziel?«, sagte Mrs Ormond lächelnd.

»Nicht zu meinem einzigen«, sagte Virginia. »Ich hoffe, mein Vater wird Mr Hervey mögen. Haben Sie nicht gesagt, er sei reich? Ich wünschte, mein Vater wäre *sehr* reich.«

»Das ist ja nun der letzte Wunsch, den ich von dir erwartet hätte, meine liebe Virginia.«

»Aber können Sie sich denn nicht denken, warum ich mir das wünsche? – Damit ich Mr Hervey meine Dankbarkeit beweisen kann.«

»Mein liebes Kind«, sagte Mrs Ormond, »das sind ja sehr großzügige Gefühle, die du da hast, und sie sind deiner würdig, aber lass deine Phantasie nicht auf diese Weise mit dir durchgehen. – Mr Hervey ist selbst reich genug.«

»Ich wünschte, er wäre arm«, sagte Virginia, »damit ich ihn reich machen könnte.«

»Er würde dich auch nicht mehr lieben, meine Kleine«, sagte Mrs Ormond, »wenn du allen Reichtum Indiens hättest. Vielleicht ist dein Vater gar nicht so reich, deswegen setze nicht so viel Hoffnung darauf.«

Virginia seufzte – Furcht löste die Hoffnung ab, und ihre Phantasie verwandelte das schöne Bild, das sie gezeichnet hatte, sofort in sein Gegenteil.

»Ach, ich fürchte«, sagte sie, »dass dieser Gentleman gar nicht mein Vater ist – wie enttäuscht ich dann sein werde! Ich wünschte, Sie hätten mir das alles gar nicht gesagt, meine liebe Mrs Ormond.«

»Ich hätte es dir auch nicht gesagt, wenn Mr Hervey nicht verlangt hätte, dass ich es tue; und du kannst davon ausgehen, dass er es nicht verlangt hätte, hätte er nicht gute Gründe zu glauben, dass du nicht enttäuscht werden wirst.«

»Aber er ist sich nicht sicher – er sagt nicht, dass er sich sicher ist. Und selbst wenn er ganz sicher wäre, dass der Mann mein Vater ist, wie kann ich sicher sein, dass er mich nicht ablehnen wird – er hat mich schließlich eine so lange Zeit im Stich gelassen? Meine Großmutter, daran erinnere ich mich noch, pflegte oft zu sagen, er könne überhaupt keine natürliche Zuneigung kennen.«

»Dann muss sich deine Großmutter geirrt haben, denn er hat

in ganz England nach seinem Kind gesucht, sagt Mr Hervey; und er hat beinahe den Verstand verloren, weil er so voller Trauer und Reue ist.«

»Reue?«

»Ja, Reue – denn weil er sich so lange nicht um dich gekümmert hat, fürchtet er, du könntest ihn hassen.«

»Hassen? – Ist es denn möglich, einen Vater zu hassen?«, fragte Virginia.

»Er hat Angst, du möchtest ihm niemals vergeben.«

»Vergeben? – Ich habe davon gelesen, dass Eltern ihren Kindern vergeben, aber ich kann mich nicht daran erinnern, von einer Tochter gelesen zu haben, die ihrem Vater vergibt. – *Vergeben!* Sie hätten das Wort gar nicht gebrauchen sollen. Ich kann meinem Vater gar nicht *vergeben*, aber ich kann ihn lieben, und ich werde dafür sorgen, dass er alle seine Sorgen vergisst – ich meine, die Sorgen, die er meinetwegen hat.«

Nach dieser Unterhaltung verbrachte Virginia ihre Zeit damit, sich vorzustellen, was für eine Art Mensch ihr Vater wohl sein mochte; ob er Mr Hervey ähnlich sein würde; was er wohl sagen würde; wo er sitzen würde; ob er neben ihr sitzen würde und vor allem, ob er ihr seinen Segen geben würde.

»Ich habe Angst«, sagte sie, »dass ich meinen Vater lieber haben werde als *jeden anderen*.«

»Das wird schon nicht geschehen, meine Liebe«, sagte Mrs Ormond lächelnd.

»Da bin ich aber froh, denn es wäre sehr falsch und *undankbar*, irgendetwas in der Welt so sehr zu mögen wie Mr Hervey.«

Die Kutsche fuhr vor, und Mrs Ormond rannte sofort zum Fenster, aber Virginia hatte nicht die Kraft, sich zu bewegen – ihr Herz schlug heftig.

»Ist er da?«, fragte sie.

»Ja, er steigt gerade in diesem Moment aus der Kutsche!«

Virginia stand da, die Augen fest auf die Tür geheftet – »Hören Sie!«, sagte sie und legte eine Hand auf Mrs Ormonds Arm, um sie davon abzuhalten, sich zu bewegen. – »Psst! Ich will seine Stimme hören.«

Ihr blieb der Atem weg. Es war keine Stimme zu hören. »Sie kommen gar nicht«, sagte sie und wurde totenbleich. Eine Sekunde später kehrte die Farbe wieder in ihr Gesicht zurück – sie hörte, wie zwei Personen die Treppe heraufkamen.

»Seine Schritte! Hören Sie es? Ist es mein Vater?«

Virginias Phantasie arbeitete geradezu fieberhaft, sie konnte sich kaum aufrecht halten; Mrs Ormond stützte sie. In diesem Augenblick erschien ihr Vater.

»Mein Kind! – Ganz die Mutter!«, rief er aus – hielt inne – er sank auf einen Stuhl.

»Mein Vater!«, rief Virginia, sprang herbei und warf sich ihm zu Füßen.

»Die Stimme ihrer Mutter!«, sagte Mr Hartley. – »Meine Tochter! – Mein so lange verlorenes Kind!«

Er versuchte, ihr aufzuhelfen, aber er konnte es nicht; sie hatte die Arme um sein Knie geklammert, ihr Gesicht ruhte darauf, und als er sich hinunterbeugte, um ihre Wange zu küssen, fühlte diese sich kalt an. Sie war in Ohnmacht gefallen.

Als sie zu sich kam und sich in den Armen ihres Vaters wiederfand, konnte sie kaum glauben, dass nicht alles nur ein Traum war.

Er teilte die Locken ihres feinen Haars und fand das Muttermal auf ihrer Stirn. Der entzückte Vater küsste es, geradezu hingerissen vor lauter Freude und Zärtlichkeit.

»Ihr Segen! – Geben Sie mir Ihren Segen, und dann werde ich wissen, dass Sie tatsächlich mein Vater sind!«, rief Virginia, kniete vor ihm nieder und schaute ihm mit einem begeisterten Ausdruck kindlicher Ehrfurcht in sein Gesicht.

»Gott segne dich, mein liebes Kind!«, sagte er, wobei er seine Hand auf ihr Haupt legte, »und möge Gott deinem Vater vergeben!«

»Meine Großmutter starb, ohne mir ihren Segen gegeben zu

haben«, sagte Virginia, »aber jetzt bin ich von meinem Vater gesegnet worden! – Oh, glücklicher, glücklicher Moment! – Ach, könnte sie doch vom Himmel herabblicken und uns in diesem Augenblick sehen!«

Es ist manchmal angebracht, einen Schleier über maßlose Freude zu breiten, wie das auch für Trauer gilt. Es gibt Szenen, die man sich vorstellen kann, die aber nicht beschrieben werden können.

Virginia war so erstaunt und überwältigt von dieser plötzlichen Entdeckung eines Elternteils und von der Neuheit seiner ersten Zärtlichkeiten, dass sie, nachdem das erste leidenschaftliche Aufwallen ihrer Empfindsamkeit vorüber war, einem gleichgültigen Zuschauer dumm und gefühllos erscheinen mochte. Mrs Ormond erwies sich, obwohl sie bei weitem keine gleichgültige Zuschauerin war, nicht gerade als besonders kluge Kennerin des menschlichen Herzens; sie sah selten mehr als die äußeren Anzeichen von Gefühlen, und sie hatte die Neigung, recht wenig Geduld für ihre Freunde aufzubringen, wenn deren Gefühle nicht mit ihren eigenen übereinstimmten.

»Virginia, meine Liebe«, sagte sie in vorwurfsvollem Tone, »Mr Hervey hat, wie du siehst, das Zimmer ausdrücklich verlassen, damit du alle Freiheit hast, mit deinem Vater zu sprechen, und ich gehe nun auch; aber du bist so schweigsam?«

»Ich habe so viel zu sagen, und mein Herz ist so voll!«, sagte Virginia.

»Ja, ich weiß doch, dass du mir von tausend Dingen erzählt hast, die du deinem Vater sagen wolltest, bevor du ihn gesehen hast.«

»Aber nun, da ich ihn sehe, habe ich sie alle vergessen. Ich kann an nichts anderes denken als an ihn.«

»An ihn und an Mr Hervey«, sagte Mrs Ormond.

»An Mr Hervey habe ich in diesem Moment gar nicht gedacht«, sagte Virginia und errötete.

»Nun, mein Liebes, ich lasse dich dann einmal denken und

reden, worüber du möchtest«, sagte Mrs Ormond mit einem bedeutsamen Lächeln und verließ den Raum.

Mr Hartley schloss seine Tochter mit den zärtlichsten Ausdrücken väterlicher Liebe in die Arme und wollte sich gerade darüber auslassen, wie sehr er mit der Wahl ihres Herzens einverstanden war, aber er erinnerte sich an sein Versprechen und beschloss, ihrer Neigung genauer auf die Spur zu kommen, bevor er den Namen Clarence Hervey überhaupt erwähnte.

Er fing damit an, indem er ihr alles vor Augen führte, was zu geben in seiner Macht lag und was er ihr auch gerne geben wollte. Er malte ihr ein Bild von der Welt, eben der Welt, von der sie bisher so lange ferngehalten worden war.

Sie lauschte ihm mit schlichter Gleichgültigkeit; nicht einmal ihre Neugier war geweckt.

Er merkte an, dass, wenn sie auch vielleicht nicht gespannt darauf war, diese Welt zu sehen, sie doch Vergnügen daran haben würde, gesehen zu werden.

»Was für ein Vergnügen?«, sagte Virginia.

»Nun, das Vergnügen, bewundert und geliebt zu werden. Schönheit und Anmut, wie du sie hast, mein Kind, können gar nicht gesehen werden, ohne dass sie Bewunderung und Liebe hervorrufen.«

»Ich will nicht bewundert werden«, erwiderte Virginia, »und ich will nur von denen geliebt werden, die ich auch liebe.«

»Meine herzallerliebste Tochter, du sollst ganz und gar selbst bestimmen dürfen; ich werde mich niemals, direkt oder indirekt, dabei einmischen, wem du dein Herz schenken willst.«

Bei diesen letzten Worten nahm Virginia, die sich alles Bisherige unberührt angehört hatte, die Hand ihres Vaters und küsste sie immer wieder.

»Jetzt, da ich dich gefunden habe, mein liebes, liebes Kind, lass mich wenigstens dafür sorgen, dass du glücklich wirst, wenn ich das kann. – Es ist die einzige Wiedergutmachung, die in meiner Macht liegt; es wird der einzige Trost meiner letzten Jahre sein. Allen Reichtum, den ich dir geben kann ...«

»Reichtum!«, unterbrach Virginia. »Sie sind also reich?«

»Ja, mein Kind – möge er dich glücklich machen! Das ist alles, was ich mir davon erhoffe. – Er soll ganz dir gehören.«

»Und darf ich damit tun, was ich möchte? – Oh, dann wird er mich wahrhaftig glücklich machen. Ich werde ihn ganz und gar Mr Hervey geben. Wie ungeheuer wundervoll, etwas zu haben, das ich Mr Hervey *geben* kann!«

»Und hattest du bisher noch nie etwas, das du Mr Hervey geben konntest?«

»Noch nie! Noch nie! Er hat mir immer alles gegeben, und jetzt – oh, welch ein Tag der Freude! –, jetzt kann ich ihm beweisen, dass Virginia nicht undankbar ist!«

»Mein liebes, großzügiges Mädchen«, sagte ihr Vater und wischte sich Tränen aus den Augen, »was habe ich doch für eine Tochter gefunden! Aber sage mir, mein Kind«, fuhr er lächelnd fort, »meinst du, Mr Hervey wird zufrieden sein, wenn du ihm nur dein Vermögen gibst? Meinst du, er würde dein Vermögen ohne dein Herz annehmen? – Nein, wende dein liebes Gesicht, das jetzt ganz rot wird, nicht von mir ab; denke daran, es ist *dein Vater*, der mit dir spricht. – Mr Hervey wird dein Vermögen nicht ohne deine Person annehmen, fürchte ich. Was sollen wir tun? Muss ich ihm deine Hand verweigern?«

»Verweigern? Meinen Sie, ich könnte ihm irgendetwas verweigern, ihm, der mir doch alles gegeben hat? – Ich wäre ja wahrhaftig ein Monster! Es gibt kein Opfer, das ich nicht bringen würde, keine Mühe, die ich nicht auf mich nehmen würde um Mr Herveys willen. Aber, mein lieber Vater«, sagte sie in ganz verändertem Ton, »er hat nicht um meine Hand angehalten bis gestern.«

»Aber dein Herz hat er schon, wie ich sehe, vor langer Zeit gewonnen«, dachte ihr Vater.

»Ich habe eine Antwort auf seinen Brief geschrieben, wollen Sie sie sehen und mir sagen, dass Sie damit einverstanden sind?«

»Ich bin schon damit einverstanden, mein herzallerliebstes Kind – ich will deine Antwort nicht lesen – ich kann mir schon denken, wie sie lauten wird – er hat ein Recht auf die Vorrangstellung, die er sich auf so edle Weise verdient hat.«

»Oh, das hat er! Das hat er wirklich«, rief Virginia voller Gefühl. »Und jetzt ist es an der Zeit, ihm zu zeigen, dass ich nicht undankbar bin.«

»Wie sehr ich dich doch dafür liebe, mein Kind!«, rief ihr Vater und umarmte sie zärtlich. »Das ist genau, was ich mir gewünscht habe, obwohl ich nicht gewagt habe, es zu sagen, bis ich sicher war, wie es um deine Gefühle bestellt ist. Mr Hervey hat mir aufgetragen, es ganz dir zu überlassen; er dachte, deine neue Situation könnte vielleicht eine Veränderung in deinen Empfindungen nach sich ziehen: Wie ich sehe, hat er sich geirrt, und darüber bin ich von Herzen froh. – Aber du wolltest noch etwas sagen, mein Liebes, lass mich dich nicht unterbrechen.«

»Ich wollte Sie nur bitten, dass Sie diesen Brief, lieber Vater, an Mr Hervey weitergeben. Er ist die Antwort auf den, den er mir geschrieben hat, als ich noch arm war ...« – »und verlassen«, hatte sie sagen wollen, aber sie hielt inne.

»Ich wünschte«, fuhr sie fort, »Mr Hervey könnte wissen, dass meine Gefühle jetzt genau dieselben sind, wie sie es immer gewesen sind. Sagen Sie ihm bitte«, fügte sie noch voller Stolz hinzu, »dass er mir Unrecht getan hat, als er meinte, meine Gefühle könnten sich mit meiner Situation ändern. Da kennt er Virginia aber schlecht.«

Clarence betrat in diesem Moment den Raum, und Mr Hartley führte mit großem Eifer seine Tochter zu ihm hin.

»Nehmen Sie ihre Hand«, rief er, »Sie haben ihr Herz – Sie verdienen es – und sie war gerade noch sehr ärgerlich über meine Zweifel. Aber lesen Sie ihren Brief, der besser für sie sprechen wird und Sie ganz bestimmt eher zufriedenstellen wird, als ich es kann.«

Virginia legte hastig den Brief in Mr Herveys Hand, riss sich von ihrem Vater los und zog sich in ihr eigenes Zimmer zurück.

Mit der ganzen Furchtsamkeit eines Menschen, der weiß, dass das Glück seines Lebens sich in wenigen Momenten entscheiden wird, riss Clarence Virginias Brief auf, und da er sich bewusst war, dass er seine Gefühle nicht im Griff haben würde, entfernte er sich aus dem Blickfeld der fragenden Augen ihres Vaters. Mr Hartley sah jedoch nichts in seiner Erregung, als was er für natürlich bei einem Liebhaber hielt, und war entzückt zu bemerken, was für eine starke Leidenschaft seiner Tochter entgegengebracht wurde.

Virginias Brief enthielt nur diese kurzen Zeilen.

»Ich werde nur zu glücklich sein, wenn mein ganzes zukünftiges Leben Ihnen beweisen kann, wie tief ich Ihre Güte empfinde.

VIRGINIA ST. PIERRE«

Eine derart direkte Annahme seines Antrags ließ Clarence keine Alternative; sein Schicksal war besiegelt. Er beschloss sofort, sich dazu zu überwinden, Belinda und Mr Vincent zu sehen, denn er bildete sich ein, dass er ruhiger sein würde, wenn er sich mit eigenen Augen davon überzeugt hätte, dass sie unwiderruflich miteinander verlobt seien und dass er folglich, selbst wenn er frei gewesen wäre, keine Möglichkeit gehabt hätte, ihre Zuneigung zu gewinnen. Es gibt Momente im Leben, in denen wir nach genau der Bestätigung verlangen, die uns zu anderer Zeit in Verzweiflung stürzen würde. Dies war die Stimmung, in der Mr Hervey seinen Besuch bei Lady Delacour machte, aber wir haben gesehen, dass er unfähig war, auch nur für wenige Minuten die philosophische Gelassenheit aufrechtzuerhalten, mit der er im ersten Moment den Raum betreten hatte. Er war weiter als je zuvor von der Ruhe entfernt, die er sich als Konsequenz dieses Besuchs erhofft hatte. Die überschäumende Freude, mit der

Lady Delacour ihn empfangen hatte, und ein unbeschreibliches Etwas in der Art, wie sie von ihm ihren Blick auf Belinda richtete und von Belinda dann zu Mr Vincent schaute, legten ihm schnell nahe, dass ihre Ladyschaft wünschte, er wäre an Mr Vincents Stelle. Der Gedanke war so wunderbar, dass seine Seele ganz hingerissen war, und für ein paar Minuten verschwand Virginia nebst allem, was mit ihr zu tun hatte, aus seiner Erinnerung. In diesem Zustand befand er sich, als Lady Delacour (wie der Leser sich vielleicht erinnert) ihn in das Ankleidezimmer ihres Gatten bat, damit er ihr von dem Inhalt des Päckchens erzählen möge, das sie zu diesem Zeitpunkt noch nicht erreicht hatte. Ihre Bitte brachte ihn ganz plötzlich wieder zur Besinnung, aber er hatte das Gefühl, er könne sich in diesem Moment nicht dem Scharfsinn ihrer Ladyschaft aussetzen; deswegen verwies er auf seinen Brief zur Erklärung all dessen, was er fürchtete in eigener Person darzulegen, und er entkam Belindas Gegenwart mit dem festen Entschluss, sich nie wieder in eine solche Gefahr zu begeben.

Welche Wirkung das Päckchen auf Lady Delacour hatte und ob sie Belinda deren beständige Anhänglichkeit an Mr Vincent nachsehen würde, können wir im Moment nicht genauer erforschen, aber da wir Mr Herveys Geschichte bis zum gegenwärtigen Zeitpunkt erzählt haben, sollten wir nun berichten, wie es ihm weiter erging.

Kapitel XXVIII
Roulette

Obwohl Clarence Hervey keine große Neigung verspürte, Virginia oder ihren Vater zu sehen, während er in dem Zustand der Verwirrung war, in den ihn das Gespräch mit Belinda versetzt hatte, zögerte er nicht, seinen Diener mit einer Nachricht an Mrs Ormond nach Hause zu schicken, um Bescheid zu geben, dass er Mr Hartley bei seinem Anwalt treffen würde, wann immer es diesem recht sei, um alles Nötige für eine angemessene Eheschließung zu regeln.

Da er keine Möglichkeit sah, sich ehrenvoll aus der Affäre zu ziehen, bemühte er sich mit lobenswerter Entschlossenheit, die Dinge so schnell wie möglich voranzutreiben und sich vor Augen zu halten, wie absolut *notwendig* das Opfer sei, das er nun einmal bringen musste. Seine Gefühle waren von Natur aus ungestüm, aber er hatte sie durch ausdauernde Bemühungen seiner Vernunft unterworfen. Seine Selbstbeherrschung sollte nun auf eine schwere Probe gestellt werden.

Auf dem Weg in die Stadt traf er Lord Delacour, der durch den Park ritt; er war völlig mit seinen eigenen Gedanken beschäftigt und hoffte sehr, unbemerkt zu bleiben. In früheren Zeiten wäre das die einfachste Sache der Welt gewesen, denn Lord Delacour pflegte damals den Anblick von Clarence Hervey zu verabscheuen, den er für den Nachfolger von Colonel Lawless in der Gunst seiner Gattin hielt, aber seine Meinung und seine Gefühle hatten sich durch das Lesen der Briefe, die mit Rosenöl parfümiert waren, vollkommen geändert; sogar der Duft sagte ihm, da er nun angenehme Assoziationen auslöste, inzwischen durchaus zu. Er grüßte Clarence jetzt mit einer Wärme und Herzlichkeit, die diesem bei jeder anderen Gelegenheit genauso gefallen, wie sie ihn überrascht hätten. Aber Clarence war nun einmal nicht in der Stimmung, sich auf eine Unterhaltung einzulassen.

»Sie scheinen es eilig zu haben, Mr Hervey«, sagte Lord Delacour, dem seine Ungeduld aufgefallen war, »aber da ich Ihre Gutmütigkeit kenne, habe ich keine Skrupel, Sie für eine Viertelstunde aufzuhalten.«

Während er noch sprach, wendete er sein Pferd und ritt neben Clarence her, der aussah, als wünsche er durchaus, seine Lordschaft hätte mehr Skrupel und er, Clarence, keinen solchen Ruf als gutmütiger Gesell.

»Sie werden mir diese Viertelstunde nicht versagen, da bin ich mir sicher«, fuhr Lord Delacour fort, »wenn Sie hören, dass Sie, indem Sie mir kurz Ihre Aufmerksamkeit schenken, einer alten – oder besser: ›jungen‹ – Freundin einen großen Gefallen tun werden, zumal sie jemand ist, der Ihnen, wie ich immer dachte, besonders lieb und wert ist – ich meine Miss Belinda Portman.«

Bei dem Namen Belinda Portman war Clarence Hervey sofort ganz Ohr und versicherte seiner Lordschaft, dass er es gar nicht eilig habe; sein einziges Problem war es nun, seine ungeheure Neugier zu zügeln.

»Wir können ja eine kleine Runde oder zwei im Park drehen, es geht hier so gut wie anderswo«, sagte seine Lordschaft. »Hier kann niemand hören, was wir besprechen, und je eher Sie erfahren, was ich zu sagen habe, desto besser.«

»Natürlich«, sagte Clarence.

Die bösartigste Person der Welt hätte die Geduld des armen Clarence nicht mehr auf die Probe stellen können, als es der gutherzige Lord Delacour nun mit seinen üblichen Weitschweifigkeiten zu tun verstand, obwohl er nur die besten Absichten hatte.

Er stimmte eine langatmige Rede darüber an, wie schwer es doch falle in der Welt, wie sie nun einmal sei, einen verschwiegenen Freund zu treffen, dem man wirklich vertrauen könne in einer Angelegenheit, die Taktgefühl, ehrenvolles Handeln und echtes Engagement verlange. Männern, die über ausgezeichnete Fähigkeiten verfügten, fehle oft jede Integrität, Männer von großer Integrität hätten oft nicht die nötigen Fähigkeiten. Als er Herveys Zustimmung zu dieser These erhalten hatte, machte er ihm diverse freundliche, aber weitschweifige Komplimente; dann lobte er sich selbst, dass er auf den Gedanken gekommen war, Mr Hervey sei doch genau die richtige Person, an die er sich wenden könne; anschließend gratulierte er sich zu seinem Glück, genau den Mann getroffen zu haben, an den er gerade gedacht habe. Gegen Ende hin, nachdem ihm Clarence seinen

Dank für all seine Freundlichkeiten ausgesprochen und den Binsenweisheiten seiner Lordschaft immer wieder zugestimmt hatte, kam er endlich auf die eigentliche Sache zu sprechen.

Lord Delacour informierte Mr Hervey, dass er vor kurzem von Lady Delacour den Auftrag erhalten habe, herauszufinden, was einen gewissen Mr Vincent denn dazu bringe, sich ständig zu Mrs Luttridge zu begeben ...

Hier wollte er dazu ansetzen zu erklären, wer Mr Vincent war, aber Clarence versicherte ihm, dass er bestens darüber informiert sei, dass es sich um ein Mündel Mr Percivals handele und dass er ein Mann von den Westindischen Inseln sei mit einem großen Vermögen etc.

»Und ein Verehrer von Miss Portman – das ist für *mich* der bedeutendste Teil der Geschichte«, fuhr Lord Delacour fort, »denn andernfalls würde mir Mr Vincent nicht mehr bedeuten als jeder andere Gentleman. Aber in dieser Hinsicht – ich meine, als Verehrer von Belinda Portman und, das kann ich wohl sagen, mit der Aussicht auf eine baldige Heirat – ist er für Lady Delacour von großem Interesse und auch für mich und auch für Sie, denke ich, die wir doch alle nur das Beste für Miss Portman wollen, da stimmen Sie mir doch zweifelsohne zu?«

»Zweifelsohne!«, war alles, was Mr Hervey antworten konnte.

»Nun, Sie müssen wissen«, fuhr seine Lordschaft fort, »dass Lady Delacour für eine Frau ungewöhnlich scharfsinnig ist und auf geradezu wunderbare Weise Zusammenhänge zwischen den Dingen herstellen kann; kurz und gut, es ist ihr – also Lady Delacour – zu Ohren gekommen, dass Mr Vincent, bevor Miss Portman im vergangenen Sommer in Oakley Park war und nachdem sie es in diesem Herbst verlassen hat, ein ständiger Besucher bei Mrs Luttridge war, als sich diese in Harrogate aufhielt, und hohe Einsätze beim Billard verspielt hat (ohne dass die Percivals es gewusst hätten natürlich), und zwar mit Mr Luttridge – einem *Mann*, der mir, das muss ich zugeben, *immer* zuwider war, sogar als ich die Wahlkampagne für ihn organisiert habe. – Aber das tut nichts zur Sache: Es ist nicht, als spräche ich jetzt aus alter Feindschaft heraus. Aber es ist überall bekannt, dass Luttridge nur ein kleines Vermögen hat und doch so lebt, als hätte er ein großes; und all die jungen Männer, die hohe Einsätze wagen, können sicher sein, dass man sie in seinem Haus gerne sieht. – Nun, ich hoffe, dass Mr Vincent nicht aus diesem Grund ein gern gesehener Gast im Hause Luttridge ist.

Seitdem Lady Delacour und ich so gute Freunde geworden sind«, fuhr seine Lordschaft fort, »habe ich alle Verbindungen zu den Luttridges abgebrochen, deswegen kann ich nicht selbst dorthin gehen; außerdem möchte ich nicht in Versuchung geraten, weitere Tausende an die Dame zu verlieren, aber Sie spielen ja nie, und es ist nicht wahrscheinlich, dass Sie sich jetzt dazu verführen lassen; deswegen würden Sie mir und Lady Delacour einen Gefallen tun, wenn Sie heute Abend zu den Luttridges gingen. Sie ist immer entzückt, Sie zu sehen, und Sie können ja einmal schauen, was sich da so abspielt. Mr Vincent ist sicher ein angenehmer und offenherziger junger Mann, aber wenn er ein Spieler ist, so möge Gott verhüten, dass Miss Portman je seine Frau wird.«

»Das möge Gott verhüten!«, sagte Clarence Hervey.

»Der Mann, der Belinda Portman verdient«, setzte Lord Delacour wieder an, »muss meiner Meinung nach wahrlich etwas ganz Besonderes sein. Oh, Mr Hervey, Sie wissen ja nicht, Sie können gar nicht wissen, welche Verdienste sie sich erworben hat, so wie ich es tue. Es ist eine Sache, Sir, ein nettes Mädchen in einem Ballsaal zu sehen, und eine andere – eine ganz andere – über Monate hinweg in einem Haus mit ihm zu leben und es zu sehen, wie ich Belinda Portman gesehen habe, in ihrem Alltagsleben sozusagen. *Dann* erst kann man das wahre Wesen, ihre Manieren und ihren Charakter beurteilen; und es gibt keine Frau, die ein so einnehmendes Wesen, so vollendete Manieren und einen so schönen, offenen, großzügigen, entschiedenen und doch sanften Charakter wie Miss Portman hat.«

»Ihre Lordschaft sprechen *con amore*«,³⁴ sagte Clarence.

»Ich spreche, Mr Hervey, aus den Tiefen meiner Seele«, rief Lord Delacour, brachte sein Pferd zum Stehen und hielt inne. »Ich wäre ein gefühlloser, undankbarer Rohling, wenn ich mir nicht bewusst wäre, dass Lady Delacour und ich in Belinda Portmans Schuld stehen – ja, Schuld. Allerdings, Sir, sie hat Frieden zwischen uns geschaffen. – Aber wir wollen jetzt nicht darüber sprechen. Lassen Sie uns ihre Angelegenheiten ins Auge fassen. Wenn Mr Vincent erst einmal in Mrs Luttridges verfluchten Kreis hineingerät, weiß kein Mensch, wie das Ganze enden wird. Ich spreche aus eigener Erfahrung, denn ich hatte eigentlich nie viel für hohe Einsätze beim Glücksspiel übrig, und doch, als ich erst einmal in diese Kreise geraten bin, konnte ich nicht widerstehen. Ich habe Hunderte und Tausende verloren, und so wird es ihm auch ergehen, so viel steht fest, noch bevor er weiß, wie ihm geschieht. Mrs Luttridge wird ihn für einen Tölpel halten und ausnehmen wie eine Weihnachtsgans. Ich hatte immer den Verdacht – aber das muss unter uns bleiben –, dass ich meinen letzten Tausender nicht auf faire Weise an sie verloren habe. So, Hervey, jetzt wissen Sie alles, versuchen Sie doch, Mr Vincent um Belinda Portmans willen zu retten.«

Clarence Hervey schüttelte Lord Delacours Hände mit einem Gefühl echter Dankbarkeit und Zuneigung und versicherte ihm, dass sein Vertrauen nicht missbraucht werden würde. Seine Lordschaft ahnte nicht, dass er ihn gebeten hatte, seinen Rivalen zu retten, aber sein Vertrauen sollte wirklich nicht missbraucht werden. Clarence' Liebe war nicht von der egoistischen Sorte, die, sobald man ihr die Hoffnung nimmt, zu Gleichgültigkeit verkommt oder sich in Hass verwandelt. Belinda konnte nicht die Seine werden, aber obwohl er das aufs bitterste bereute, hielt ihn das Bewusstsein seiner eigenen Ehrenhaftigkeit und Großherzigkeit aufrecht: Er spürte eine edle Art von Entzücken bei der Vorstellung, das Glück der Frau zu befördern, der er seine zärtlichsten Gefühle geschenkt hatte, und er war überglücklich zu fühlen, dass er über genug Seelengröße verfügte, um einen Rivalen vor dem Ruin zu bewahren. Er war sogar entschlossen, diesen Rivalen zu seinem Freund zu machen, trotz all der Voreingenommenheit, die Mr Vincent, wie er wohl wusste, ihm entgegenbrachte.

»Seine Eifersucht wird sich in dem Moment geben, in dem er von meiner wahren Situation erfährt«, sagte Clarence sich. »Er wird sich davon überzeugen können, dass meine Seele unfähig ist, Neid zu empfinden, und wenn er meine Liebe zu Belinda erahnt, wird er die Seelenstärke respektieren, mit der ich meine Leidenschaft im Zaum halten kann. Ich setze einfach einmal voraus, dass Mr Vincent so viel Herz und Verstand besitzt, wie ich das bei einem Freund erwarten würde, sonst könnte er doch nie – das sein, was er für Belinda ist.«

Erfüllt von diesen großzügigen Empfindungen, wartete Clarence voller Ungeduld auf die Stunde, um die er sich bei Mrs Luttridge einfinden konnte. Er ging dort so früh am Abend hin, dass er den Salon noch ganz leer vorfand; die Gesellschaft, die zum Essen eingeladen war, hatte das Empfangszimmer noch nicht verlassen, und die Dienerschaft hatte gerade erst die Kartentische aufgestellt und die Kerzen angezündet. Mr Hervey wollte nicht, dass irgendjemand durch sein frühes Kommen gestört werden sollte, und glücklicherweise wurde Mrs Luttridge noch ein paar Minuten durch Lady Newlands langsamen Genuss ihres Madeira aufgehalten.

In der Zwischenzeit machte sich Clarence an die Ausführung seines Planes. Frühere Beobachtungen und die Andeutungen, die Lord Delacour gemacht hatte, hatten in ihm den Verdacht geweckt, dass in diesem Haus manchmal nicht nur mit hohem Einsatz, sondern auch falschgespielt wurde: Er erinnerte sich, dass einmal bei einem Billardspiel dort der Tisch nicht exakt eben gestanden hatte, und ihm kam der Gedanke, dass der Roulettetisch vielleicht auch so eingerichtet sein mochte, dass das Glück all derer, die in dem Haus spielten, in der Hand der Besitzer lag. Clarence war intelligent genug, um sich die Methode, mit der sich dies bewerkstelligen ließe, zu überlegen, und er hatte die nötigen Mittel in seinem Besitz, um den Betrug zu entdecken. Der Roulettetisch stand in einem Raum gleich neben dem Salon; er fand seinen Weg dorthin, und er entdeckte, dass er so gebaut war, dass man ihn zum Betrügen nutzen konnte, daran gab es überhaupt keinen Zweifel. Sein erster Impuls war, dies Mr Vincent sogleich mitzuteilen, damit dieser auf der Hut sein konnte, aber nach einigem Nachdenken beschloss er, die Entdeckung für sich zu behalten, bis er sich davon überzeugt hatte, ob dieser Gentleman denn nun eine Leidenschaft für das Glücksspiel hatte oder nicht.

»Wenn er sie hat«, dachte Clarence, »ist es für Miss Portman von größter Wichtigkeit, dass er früh im Leben einen Schrecken bekommt, der bei ihm einen unauslöschlichen Eindruck hinterlässt. Nur um ihm ein paar Stunden der Reue zu ersparen, werde ich nicht die Möglichkeit aufgeben, ihm einen bedeutenden Dienst zu erweisen. Ich werde ihn weitermachen lassen – wenn er denn überhaupt die Neigung hat –, bis er am Rand des Ruins und der Verzweiflung steht; ich werde ihn die ganzen Gräuel, die das Schicksal eines Spielers mit sich bringt, durchmachen lassen, bevor ich ihm sage, dass ich die Mittel habe, um ihn zu retten. Mrs Luttridge muss, wenn ich ihr sage, was ich weiß, ihm alles zurückerstatten, was er verloren hat: Sie wird schließlich nicht wollen, dass diese Schande öffentlich wird – sie kann eine öffentliche Verurteilung[35] nicht überstehen.«

Kaum hatte Clarence diesen Plan entworfen, da hörte er auch schon die Damen, die aus dem Empfangszimmer kamen.

Mrs Luttridge hatte ihren Auftritt in Begleitung einer sehr hübschen, eleganten und affektierten jungen Dame, Miss Annabella Luttridges, ihrer Nichte. Deren kokettes Gehabe war an Clarence Hervey verschwendet, der stets die Tür fest im Blick behielt und auf das Eintreten Mr Vincents wartete. Jener hatte am Dinner teilgenommen und kam kurz nach den Damen die

Treppe herauf. Er schien darauf gefasst zu sein, Mr Hervey anzutreffen, dem er mit kalter, hochmütiger Miene seine Verbeugung machte; dann wandte er sich Miss Annabella Luttridge zu, die sich ganz offensichtlich bemühte, seine Aufmerksamkeit auf sich zu ziehen.

Nach allem, was an diesem Abend geschah, drängte sich Mr Hervey der Verdacht auf, dass die hübsche Annabella der geheime Anreiz für Mr Vincents Besuche bei ihrer Tante war, auch wenn es viele Gründe gab, die das doch sehr unwahrscheinlich machten. Es war nur natürlich, dass Clarence zu dieser Ansicht kommen musste angesichts der Situation, in der er sich selbst befand. Während der drei Stunden, die er bei Mrs Luttridge verbrachte, schloss sich Mr Vincent keiner der Gruppen an, die an den Spieltischen saßen, aber gerade als er sich im Aufbruch befand, hörte Clarence jemanden sagen: »Wie kommt es denn, Vincent, dass Sie den ganzen Abend über so untätig geblieben sind?« Diese Frage ließ Mr Herveys Verdacht wieder aufleben, und da er sich unsicher war, welchen Bericht er Lord Delacour geben sollte, beschloss er, erst einmal nichts zu sagen, bis sich mehr Gelegenheiten für ein Urteil ergeben hätten.

Wenn sich Mr Hervey fragte, wie es denn möglich sei, dass ein Schüler von Mr Percival ein Spieler werden konnte, vergaß er, dass Mr Vincent ja nicht von seinem Vormund erzogen worden war, sondern auf den Westindischen Inseln gelebt hatte, bis er achtzehn Jahre alt war, und dass er erst seit ein paar Jahren unter der Obhut von Mr Percival stand, nachdem seine Gewohnheiten und sein Charakter schon in hohem Maße geformt waren. Er hatte Freude am Glücksspiel schon als Kind gefunden, aber da es sich damals auf Kleinigkeiten beschränkte, hatte man es nicht weiter beachtet, sondern als unbedeutende Jugendsünde angesehen, die niemals bis in sein Erwachsenendasein anhalten würde. Sein Vater hatte in seiner Kindheit gesehen, wie er sich Tag für Tag mit großem Eifer Glücksspielen mit den schwarzen Sklaven oder den Söhnen der benachbarten Plantagenbesitzer hingab, doch es hatte ihn nie beunruhigt. Er war zu sehr damit beschäftigt gewesen, ein Vermögen für seine Familie zu verdienen, als dass er sich Gedanken gemacht hätte, wie diese es einmal ausgeben würde, und er sah nicht voraus, dass die kleine Jugendsünde das Mittel sein könnte, mit dem sein Sohn in ein paar Stunden den Reichtum verlieren würde, den anzuhäufen ihn Jahre gekostet hatte. Als der junge Vincent nach England gekommen war, hatte Mr Percival zunächst keine Möglichkeit gehabt, diese Schwäche seines Mündels zu entdecken, aber er merkte schon, dass in dessen Kopf der anmaßende Glaube fest verankert war, dass ihm besonderes Glück zuteilwerden müsse, der auf natürliche Weise zu einer Vorliebe für Glücksspiele führt. Statt ihm Vorhaltungen zu machen, hatte sein Vormund an seine Vernunft appelliert und nach Möglichkeiten gesucht, ihm die ruinösen Wirkungen hoher Einsätze im Spiel im wahren Leben vor Augen zu führen. Der junge Mr Vincent war durchaus betroffen und, wie er meinte, auch überzeugt, aber seine Gefühle waren dann doch stärker als seine Überzeugungen; seine Gefühle waren immer mächtiger als seine Vernunft. Er empfand tiefe Abscheu gegen den egoistischen Charakter eines Spielers und brachte dies mit Enthusiasmus und Beredsamkeit zum Ausdruck, und schließlich empörte er sich bei der leisesten Vermutung, dass *er* in Zukunft einmal in Versuchung geraten könnte, das zu werden, was ihm zutiefst zuwider war. Unglücklicherweise verachtete er jede Form von Vorsicht als eine erkünstelte Tugend von Kleingeistern: Er meinte, die Leitlinie eines Mannes von Ehre müssten von Anfang bis Ende seine *Gefühle* sein, und bei der Lebensführung als Mann und als Gentleman, bekannte er stolz, könne man dem erhabenen Instinkt eines guten Herzens trauen. Die Zweifel seines Vormunds, dass dieser moralische Instinkt unfehlbar sei, beziehungsweise ob er überhaupt existiere, verletzten Mr Vincents Stolz, statt ihm zu denken zu geben, und er war eher begierig als abgeneigt, sich in Gefahr zu begeben, um zu beweisen, wie weit er jeder Versuchung überlegen war. – Wie unterschiedlich Gefühle doch in unterschiedlichen Situationen sind! Und andererseits, selbst wenn das noch so oft gesagt wurde, wie schwierig ist es, unerfahrenen und optimistischen Köpfen die Wahrheit zugänglich zu machen! – Während der junge Vincent noch direkt unter den Augen seines Vormunds in Oakley Park lebte, erschien es ihm wenig ehrenvoll, sich derart vom Laster fernzuhalten; er war voller Ungeduld, sich in die Welt zu begeben, denn er vertraute der ihm angeborenen Tugendhaftigkeit mehr als der, die er sich angeeignet hatte.

Als er Mrs Luttridge in Harrogate kennenlernte, wusste er, dass sie eine erklärte Spielerin war, und er verachtete sie dafür; und trotzdem fuhr er fort, sie zu besuchen, ohne weiter über die Gefahr nachzudenken und vielleicht auch um des Vergnügens willen, Mr Percival davon zu überzeugen, dass er sich davon nicht beeinflussen ließ. Für eine Weile blieb er ein passiver Beobachter. Billard war jedoch ein Spiel, bei dem es auf Können ankam, kein reines Glücksspiel; es gab einen Billardtisch in Oakley Park genau wie bei Mr Luttridge, und er spielte es mit seinem Vormund. Warum also sollte er nicht mit Mr Luttridge spielen? Er spielte mit ihm, sein Geschick wurde bewundert; er wettete darauf, seine Wetten waren erfolgreich; aber er nannte das nicht ›Spielen‹, denn bei den Wetten ging es nicht um viel Geld, und er spielte schließlich nur Billard. Mr Percival wurde ein paar Wochen länger in der Stadt aufgehalten als üblich und wusste nichts davon, wie sein junger Freund seine Zeit verbrachte. Sobald Mr Vincent von seiner Ankunft in Oakley Park hörte, ließ er ein noch nicht abgeschlossenes Billardspiel unbeendet, und zu seinem Glück ließen ihn Belindas Reize für einige Monate vergessen, dass es überhaupt so etwas gab wie einen Billardtisch. Alles, was bei Mr Luttridge geschehen war, verschwand aus seinem Gedächtnis wie ein Traum, und solange sein Herz durch seine neue Leidenschaft erregt war, konnte er kaum glauben, dass ihn je andere Gefühle umgetrieben hatten. Er war überrascht, als ihm zufällig die Begeisterung in den Sinn kam, mit der er sich früher in der Gesellschaft von Mr Luttridge *amüsiert* hatte, aber er war sich sicher, dass das nun alles vorbei war, und gerade weil ihn nun eine starke Leidenschaft beherrschte, dachte er, er könne niemals von einer anderen bestimmt werden. So blieb er dabei, die Vernunft als moralisches Prinzip zu verachten, Mr Vincent dachte, handelte und litt als ein Mann des Gefühls. Kaum hatte Belinda Oakley Park für eine Woche verlassen, als die Langeweile, die nun auf seine extreme Passion folgte, unerträglich wurde, und um sich über ihre Abwesenheit hinwegzutrösten, flog er schier zurück an den Billardtisch. Ein Gefühlsrausch der ein oder anderen Art war ihm unerlässlich geworden, er sagte sich, nichts zu fühlen hieße, nicht zu leben, und bald schon erschienen ihm die Spannung, die Sorge, die Hoffnungen, die Befürchtungen und all die ständigen Wechselfälle im Leben eines Spielers nahezu ebenso ergötzlich wie die im Leben eines Liebenden. Da sie sich vom Augenschein täuschen ließ, dachte Mrs Luttridge, dass seine Zuneigung für Belinda schon besiegt war oder doch besiegt werden könnte, und ihre Hoffnung, sein Vermögen für ihre Nichte Annabella zu ergattern, fand neue Nahrung. Weil Mr Vincent Mrs Freke nicht ertragen konnte, sah sie auf Wunsch von Mrs Luttridge davon ab, im Haus ihrer Freundin zu erscheinen, solange er dort war, und Mrs Luttridge gewann sehr in seinem Ansehen, indem sie behauptete, ihre Entrüstung über *Harriets* Verhalten sei so extrem, dass dies zu einem vollständigen Bruch ihrer Freundschaft geführt habe. Dass Mrs Freke aus Harrogate plötzlich abreiste, ließ diesen Streit umso wahrscheinlicher erscheinen; allerdings hatten sich die beiden Damen im Geheimen verbündet mit dem Plan, Belindas Verbindung mit Mr Vincent zunichtezumachen, da Mrs Freke ja Rache gegen sie geschworen hatte. Der anonyme Brief, von dem sie sich Entsprechendes erhofft hatten, erzielte jedoch eine völlig unerwartete Wirkung bei diesem großmütigen Mann – er erriet zwar nicht, wer ihn geschrieben haben könnte, aber seine Empörung über derart üble Anschuldigungen bahnte sich mit einer Gewalt ihren Weg, die Mrs Luttridge in Erstaunen versetzte: Seine Liebe zu Belinda schien nun zehnmal so groß zu sein wie zuvor – sobald man sie angriff, empfand er sich als ihr Verteidiger genauso wie ihr Liebhaber. Der böse Geist des Spielers verließ ihn wie durch ein Wunder, und der Billardtisch samt Mrs Luttridge und Annabella verschwanden aus seinem Gesichtskreis. Er atmete nichts als Liebe; er wollte nicht mehr auf eine Erlaubnis warten und würde auch keine vonseiten Belindas einholen; er erklärte im selben Augenblick, er würde sich auf die Suche nach ihr machen und den infamen Brief in ihrer Gegenwart in Fetzen zerreißen; er würde ihr zeigen, dass sich Verdächtigungen mit seiner Natur nicht vereinbaren ließen. Der ersten Wucht des Sturmes konnte Mrs Luttridge nichts entgegensetzen, und sie gedachte auch nicht, ihm irgendwie entgegenzutreten, aber während seine Pferde und sein offener Zweispänner vorbereitet wurden, verabschiedete sie sich auf so gefühlvolle Weise von seinem Hund Juba und betonte so oft, dass sie und Annabella gar nicht wüssten, wie sie ohne den armen Juba auskommen sollten, dass Mr Vincent, der außerordentlich an seinem Hund hing, mit ihrer Trauer Mitleid haben musste: Er nahm an, genau wie sie es beabsichtigt hatten, dass ihre Zuneigung für das Tier einer Freundschaft, ja Liebe, zu seinem Herrn entsprach. Er konnte Mrs Luttridges inständigen Bitten, er möge doch den Hund unter ihrer Aufsicht zurücklassen, zwar nicht nachkommen, aber er versprach – wobei er seine Hand aufs Herz legte –, dass Juba Mrs Luttridge seine Aufwartung machen würde, sobald sie in die Stadt zurückkehre. Als diese Verabredung getroffen worden war, erlaubte sich Miss Annabella, ein wenig getröstet zu erscheinen. Es wäre ungerecht, nicht zu erwähnen, dass sie alles, was nur getan werden konnte, mit einem Batisttaschentuch zuwege brachte, um ihre zarte Empfindsamkeit in dieser Abschiedsszene zu bekunden. Mrs Luttridge verdient in diesem Zusammenhang ebenfalls einiges

Lob für die Art, wie sie ihre Nichte tadelte, ihre Gefühle verraten zu haben, und für den Nachdruck, mit dem sie den Himmel anflehte, der armen Annabella doch ein so ruhiges und gelassenes Wesen zu verleihen, wie es dem Vernehmen nach Miss Portman ganz beispielhaft verkörpere.

Während Mr Vincent in Richtung London fuhr, dachte er über diese letzten Worte nach, und es drängte sich ihm die Vermutung auf, dass Belinda, wenn sie mehr Fehler hätte, auch liebenswerter wäre. Ihre Zuneigung zu ihm, fürchtete er, würde nie so sein wie die, die er ihr entgegenbrachte – nie so ungemein zärtlich oder leidenschaftlich, dass sie sein Glück vollkommen machte oder seiner Idee von einer leidenschaftlichen Liebe wirklich gleichkäme.

Diese Gedanken lösten sich jedoch in Luft auf und ließen kaum eine Spur zurück, sobald er sie wiedersah und sich mit ihr unterhielt. Die Würde, Ehrlichkeit und Güte, die sie an dem Abend bewies, an dem er den anonymen Brief in ihre Hände legte, bezauberten und berührten ihn tief; und seine echten Gefühle und seine Begeisterung verschworen sich miteinander, bis er glaubte, dass sein ganzes Glück von ihrem Lächeln abhinge. Ihr Bekenntnis, dass sie einmal Gefühle für Clarence Hervey gehegt hatte, ließ bei Mr Vincent starke Eifersucht aufkommen und verstärkte seine Leidenschaft noch, genauso wie es seinen Stolz anstachelte, und sie erschien ihm in einem neuen und überaus interessanten Licht, als er entdeckte, dass die Kälte in ihrem Verhalten, die er einem Mangel an Gefühl zugeschrieben hatte, einem Übermaß desselben entsprang – dass ihr Herz bereits vergeben gewesen war, erschien ihm erträglicher als seine frühere Vorstellung von einer entschiedenen Gleichgültigkeit. Er war so beschäftigt mit den vielen Facetten seiner Liebe zu Belinda, dass er sich erst, als er einen vorwurfsvollen Brief von Mrs Luttridge erhielt, die ihn an den versprochenen Besuch von Juba erinnerte, dazu entschließen konnte, Twickenham zu verlassen, und sei es nur für ein paar Stunden. Lady Delacours Abneigung oder Angst vor Juba, die er zufällig vor Miss Annabella erwähnte, erschienen ihr und ihrer Tante als »das Unglaublichste auf dieser Welt«, und als er sie mit ihrer extremen Zärtlichkeit für den Hund verglich, fand er sie gleichermaßen unerklärlich. Aus reiner Rücksicht auf die Nerven ihrer Ladyschaft bat Mrs Luttridge Mr Vincent, den Hund doch bei ihr zu lassen, damit Helena nicht der ständigen Gefahr durch die »monströsen Kiefer des Tiers« ausgesetzt sei. Diese Bitte wurde ihr gewährt, und wie die Damen es vorausgesehen hatten, wurde Juba zu einem äußerst nützlichen Verbündeten. Jubas Herr besuchte ihn täglich, und manchmal, wenn er morgens erschien, war Mrs Luttridge nicht im Hause, so dass seine Besuche am Abend wiederholt werden mussten, und der Abend ist in London das, was an anderen Orten die Nacht ist. Mrs Luttridges Nächte konnten nicht ohne ausführliches Spiel verbracht werden. Der Anblick des Roulettetisches hatte Mr Vincent zunächst schockiert; er hatte an Mr Percival gedacht und sich abgewandt, aber da er nun einmal so gesellig veranlagt war, empfand er es als überaus ärgerlich, untätig und uninteressiert herumzustehen, während alle anderen sich eifrig einer gemeinschaftlichen Aktivität widmeten; seinem großzügigen Wesen erschien es eines Gentlemans nicht würdig, als stummer Zensor der ganzen Gesellschaft danebenzustehen. Und wenn er sich überlegte, wie unwichtig ein paar Hundert oder sogar Tausend für einen Mann mit seinem großen Vermögen waren, *konnte er nicht umhin zu fühlen*, dass es schäbig, eigensüchtig und geizig wäre, sich vor dem möglichen Verlust des Geldes zu fürchten. So taten sie sich also zusammen, Geselligkeit, Mut und Großzügigkeit, und trugen unseren Mann des Gefühls gemeinsam an den Spieltisch. Als er erst einmal daransaß, war sein Ruin unausweichlich. Mrs Luttridge, die nun sein Schicksal in ihrer Hand hielt, überlegte nur noch, ob es eher in ihrem Interesse sei, ihn mit ihrer Nichte zu verheiraten oder sich mit seinem Vermögen zu begnügen. Angesichts seiner Leidenschaft für Belinda, die, wie sie sah, irgendwie trotz des anonymen Briefes noch zugenommen hatte, schwanden ihre Hoffnungen auf einen Erfolg mit Annabella, und das, obwohl Juba so gut geholfen hatte, und trotz all ihrer demonstrativen Empfindsamkeit. Also beschloss die Tante, ohne auf die Enttäuschung ihrer Nichte zu achten, dass Mr Vincent *ihr* Opfer sein sollte, und da sie sich im Klaren darüber war, dass man ihm keine Zeit zum Überlegen lassen durfte, trieb sie ihn so sehr an, dass er an wenigen Abenden am Roulettetisch nicht nur Tausende, sondern Zehntausende verlor. – Nur eine glückliche Nacht, versicherte sie ihm, würde alles wieder in Ordnung bringen; das Los konnte nicht immer gegen ihn sein, und Frau Fortuna musste ihre Gunst auch ihm wieder schenken, wenn er sich nur mit genug Ausdauer darum bemühte.

Der Schrecken, die Seelenqualen, die er bei dem plötzlichen Ruin ertragen musste, der ihm bevorstand, sowie die Erinnerung an Belinda und an Mr Percival trieben ihn fast in die völlige Verzweiflung. – Er zog sich eines Nachts vom Roulettetisch zurück und schwor, er würde niemals wieder auch nur eine Guinee setzen. Aber sein Ruin war noch nicht vollkommen – er hatte noch Tausende, die er verlieren konnte, und daher wollte Mrs Luttridge ihre Beute nicht aus ihren Fängen lassen. Sie überredete ihn, sein Glück nur noch *ein einziges Mal* zu versuchen. Sie schenkte ihm auch frischen Mut, indem sie ihn etwas von seinem eigenen Vermögen zurückgewinnen ließ. Er fühlte sich von der unmittelbaren Gefahr erlöst und war froh, dass er seine Verluste nicht Mr Percival und Belinda beichten musste. Am Tag darauf traf er sie mit ungewöhnlichem Vergnügen, und das war eben der Morgen, an dem Clarence Hervey seinen Besuch machte. – Die Unbedachtsamkeit Lady Delacours bewirkte zusammen mit einem gewissen Gefühl, dass sein geheimes Laster ihn in den Augen seiner Liebsten herabsetzen würde, dass er alles, was geschah, falsch interpretierte – seine Eifersucht flammte plötzlich mit aller Macht wieder auf. Er floh von Lady Delacours Haus zu Mrs Luttridge – er ließ sich von der scheinbaren Freundlichkeit beschwichtigen, mit der ihn Annabella und ihre Tante empfingen, aber nach dem Dinner flüsterte einer der Diener Mrs Luttrige zu, die neben ihm saß, dass Mr Clarence Hervey oben sei. Das versetzte ihm einen solchen Schrecken, dass ein Teil aus dem Weinglas, mit dem er auf ihre Gesundheit anstoßen wollte, auf dem Schoß der schönen Annabella landete. Während all der Verwirrung und der Entschuldigungen, die dieser Unfall nach sich zog, hatte Mrs Luttridge Zeit genug zu überlegen, was denn wohl der Grund für dieses Erschrecken sein möchte. Sie kombinierte all ihre Verdachtsmomente so schnell und so treffend, dass sie die Wahrheit erriet – nämlich, dass er fürchtete, am Roulettetisch von einer Person gesehen zu werden, die sich etwas davon versprechen könnte, Belinda Portman die Wahrheit zu berichten. – »Mr Vincent«, sagte sie mit leiser Stimme, »ich habe furchtbare Kopfschmerzen, ich bin heute aber auch zu gar nichts zu gebrauchen – ich *kann* heute einfach kein Roulette spielen, Sie müssen also auf Ihre Revanche bis morgen warten.«

Mr Vincent war von Herzen froh, seiner Verabredung entbunden zu sein, und er versuchte Clarences Argwohn zu entkräften, indem er sich den ganzen Abend über Annabella widmete, wobei er keine Befürchtungen hatte, Mr Hervey könnte am nächsten Abend wieder auftauchen. Mr Vincent fand sich also zur üblichen Stunde am Roulettetisch ein, denn er war sehr darauf bedacht, zurückzugewinnen, was er verloren hatte, nicht so sehr um des Geldes willen, das er ja verschmerzen konnte, sondern vielmehr, damit Mr Percival nicht erfahren musste, auf welche Weise er sein Vermögen verschwendet hatte. Er konnte es nicht ertragen, sich so sehr durch seinen übereilten Glauben an sich selbst erniedrigt zu sehen, nachdem er sich doch so gebrüstet hatte, und im Geheimen schwor er sich, dass er sich durch eine einzige glückliche Nacht wieder auf den früheren Stand der Dinge bringen und dann die Gesellschaft von Spielern für immer hinter sich lassen wollte. Ein paar Monate vor dieser

Zeit hätte er den Gedanken, einen Teil seines Verhaltens oder auch nur irgendeine seiner Handlungen vor seinem besten Freund Mr Percival zu verbergen, voller Hohn von sich gewiesen, aber sein Stolz versöhnte ihn nun mit der Niedrigkeit dieses Versteckspiels, und damit rechtfertigte die Heftigkeit seiner Gefühle in seinem eigenen Denken seine Heuchelei. So trügerisch ist moralischer Instinkt ohne Aufklärung und Kontrolle durch Vernunft und Religion.

Mr Vincent wurde in seinen Hoffnungen, das zurückzugewinnen, was er verloren hatte, enttäuscht. Dies war nicht die Nacht des Glücks, die ihm Mrs Luttridges Prognose fälschlicherweise versprochen hatte. Er spielte jedoch weiter mit dem ganzen Ungestüm seiner Natur; seine Urteilsfähigkeit ließ ihn im Stich; er wusste kaum, was er sagte oder tat; und im Laufe weniger Stunden hatte er sich in einen so extremen Wahnsinn gesteigert, dass er in einem Moment der Verzweiflung nahezu alles, was er auf dieser Welt besaß, setzte – und verlor! – Er stand wie versteinert da – das Stimmengemurmel drang kaum an sein Ohr – er sah Gestalten, die sich um ihn herum bewegten, aber er konnte nicht erkennen, wer oder was sie waren.

Das Nachtessen wurde angekündigt, und der Raum leerte sich schnell, während er bewegungslos am Roulettetisch lehnte. Er wurde von Mrs Luttrige aus seiner Erstarrung geweckt, die im Vorbeigehen sagte: »Essen Sie heute Abend gar nichts, Mr Hervey?« – Vincent schaute auf und sah Clarence Hervey ihm gegenüber. Sein Gesichtsausdruck veränderte sich sofort, und ein Blitz des Ärgers drang durch die dunklen Wolken seiner Verzweiflung. Er gab keine Silbe von sich, aber sein Blick sagte: »Wie kommt denn das, Sir? Wieder hier heute Abend, um mich zu beobachten – meinen Ruin zu genießen – bereit, die Neuigkeit prompt zu Belinda zu tragen?«

Bei diesem letzten Gedanken schlug sich Vincent mit der Faust gegen die Stirn; er stürzte an Mr Hervey vorbei, der vergeblich versuchte, mit ihm zu sprechen, er drängte sich mitten in die Menge auf der Treppe und ließ sich von ihr in den Raum für das Nachtmahl tragen. Beim Essen nahm er seinen üblichen Platz zwischen Mrs Luttridge und der schönen Annabella ein, und als ob er entschlossen sei, dem forschenden Blick von Clarence Hervey zu trotzen, der am selben Tisch saß, tat er übertrieben fröhlich, er aß, trank, redete und lachte mehr als sonst jemand in der ganzen Gesellschaft. Als das Nachtmahl zu Ende ging, leckte sein Hund, der sich ja bei Mrs Luttridge aufhielt, seine Hand, um ihn daran zu erinnern, dass er ihm noch nichts zu fressen gegeben hatte.

»Trink, Juba! – Trink und hör gar nicht mehr auf, Junge!«, rief Vincent und hielt ein Glas mit Wein vor das Maul des Hundes.»Er ist der einzige *Hund*, den ich je Wein habe probieren sehen.« Dann schnappte er sich ein paar Blumen, die den Tisch dekorierten, und schwor, Juba solle künftig Anakreon[36] genannt werden, und dass er es verdiene, mit Rosen gekrönt zu werden durch die Hand der Schönheit. Die schöne Annabella nahm sogleich eine Treibhausrose aus ihrem Dekolletee und half dabei, eine Girlande zu machen, mit der sie den neuen Anakreon krönte. Unbeeindruckt von diesen Ehren, wandte sich der Hund, der außerordentlich hungrig war, an Mrs Luttridge, von der er bis zu dieser Nacht regelmäßig mit den ausgesuchtesten Bissen gefüttert worden war; er hob seine große Pfote und legte sie, wie er es gewohnt war, auf deren Arm. Sie schüttelte ihn ab; da der Hund aber nichts von den Veränderungen in den Angelegenheiten seines Herrn wusste, legte er seine Pfote wieder auf ihren Arm, und mit der Vertraulichkeit, zu der er lange Zeit ermutigt worden war, hob er seinen Kopf beinahe bis an die Wange der Dame.

»Runter, Juba! – Runter, du, runter!«, rief Mrs Luttridge mit scharfer Stimme.

»Runter, Juba! – Runter, du!«, wiederholte Mr Vincent im Ton der Verbitterung, all seine vorgetäuschte Fröhlichkeit verließ ihn in diesem Moment. »Runter, Juba! – Runter, du – runter! – So tief hinunter wie dein Herr!«, dachte er und schob seinen Stuhl zurück, stand vom Tisch auf und verließ hastig den Raum.

Man nahm wenig Notiz von seinem Rückzug, die Stühle wurden zusammengeschoben, und die Lücke, die sein leerer Platz hinterließ, war nur für einen kurzen Moment sichtbar; die Gesellschaft war so fröhlich wie zuvor; die schöne Annabella lächelte mit einer genauso anziehenden Grazie, und Mrs Luttridge frohlockte über den Erfolg ihrer Machenschaften – während ihr Opfer sich den Qualen der Verzweiflung hingab.

Clarence Hervey, der jeden Wechsel im Gesicht von Vincent beobachtet hatte, sah die Seelenqualen, mit denen dieser sich vom Tisch erhob und den Raum verließ: Er hatte einen Verdacht, was er vorhaben könnte, und folgte ihm sofort. Aber Mr Vincent war aus dem Haus gegangen, noch bevor er ihn einholte; welchen Weg er gegangen war, konnte ihm niemand sagen, weil niemand ihn gesehen hatte; die einzige Information, die er bekommen konnte, war, dass man möglicherweise im Hotel Nerot oder bei Gouverneur Montford[37] am Portland Place von ihm gehört habe. Das Hotel lag nur ein paar Meter von Mrs Luttridges Haus entfernt. Clarence ging sofort dorthin. Er fragte nach Mr Vincent. Einer der Hoteldiener sagte, er sei noch nicht wieder erschienen, aber ein anderer rief: »Sagten Sie Mr Vincent, Sir? Ich habe ihn gerade in sein Zimmer begleitet.«

»Welches ist denn sein Zimmer? – Ich muss ihn sofort sehen«, rief Hervey.

»Nicht heute Nacht – Sie können ihn jetzt nicht besuchen, Sir. Mr Vincent wird Sie nicht einlassen, das kann ich Ihnen versichern, Sir. Ich bin gerade oben gewesen, vor drei Minuten vielleicht, mit ein paar Briefen, die gekommen sind, während er nicht da war, aber er wollte mich nicht hereinlassen. Ich hörte, dass er die Tür doppelt verschlossen hat, und er fluchte schrecklich. Ich kann nicht noch einmal hingehen um diese Zeit in der Nacht – ich wage es für mein Leben einfach nicht, Sir.«

»Wo ist denn sein eigener Butler? – Hat Mr Vincent irgendeinen Diener hier? – Mr Vincents Butler!«, rief Clarence. »Lassen Sie mich ihn sprechen!«

»Das geht nicht, Sir. Mr Vincent hat gerade seinen Schwarzen, den einzigen Diener, den er hier hat, mit einer Botschaft weggeschickt. – Wirklich, Sir, es hat keinen Zweck, nach oben zu gehen«, fuhr der Hoteldiener fort, als Clarence zwei, drei Stufen zugleich nehmend die Treppe hinaufrannte, »Mr Vincent hat verlangt, dass ihn niemand stören darf. Ich gebe Ihnen mein Wort, Sir, er wird sehr ärgerlich werden, und im Übrigen hat es sowieso keinen Zweck, denn er wird die Tür nicht aufschließen.«

»Gibt es nur eine Tür zu dem Zimmer?«, sagte Mr Hervey, und während er die Frage stellte, zog er eine Guinee aus seiner Tasche und zeigte sie dem Hoteldiener.

»Oh, ja ich erinnere mich – ja, Sir, es gibt eine Geheimtür durch einen Wandschrank – vielleicht ist die nicht abgeschlossen.«

Clarence legte die Guinee in die Hand des Dieners, der ihm sofort den Weg über die hintere Treppe hinauf zu der Tür zeigte, die in Mr Vincents Schlafzimmer führte.

»Lassen Sie mich jetzt allein«, flüsterte er, »ich werde keinen Lärm machen.«

Der Mann zog sich zurück. und als Mr Hervey nahe an die verborgene Tür herantrat, um zu prüfen, ob sie verschlossen sei, hörte er deutlich, wie eine Pistole gespannt wurde. Die Tür war nicht verschlossen, er drückte sie leise auf und sah den unglücklichen Mann auf den Knien, die Pistole an der Schläfe, seine Augen zum Himmel gewandt. Clarence war im nächsten Moment bei ihm, griff nach der Pistole und riss sie mit so viel ruhiger Geistesgegenwart und Geschick aus Vincents Griff, dass die Pistole, obwohl der Hahn gespannt war, nicht losging.

»Mr Hervey!«, rief Vincent aus und erschrak. Erstaunen überwältigte all seine anderen Gefühle. Aber im nächsten Moment blitzte Ärger in seinen Augen auf. »Ist das das Verhalten eines

Gentlemans, Mr Hervey? – Eines Ehrenmannes?«, rief er. »So in meine Privaträume einzudringen, meine Handlungen auszuspionieren, über meinen Ruin zu triumphieren, Zeuge meiner Verzweiflung zu werden, mich des einzigen Mittels – zu berauben, des einzigen –«

Er schaute mit wildem Blick auf die Pistole, die Clarence in der Hand hielt; dann griff er schnell nach einer anderen, die auf dem Tisch lag, und fuhr fort: »Sie sind mein Feind – ich weiß es – Sie sind mein Rivale – ich weiß es – Belinda liebt Sie – nun tun Sie nicht so, als überrasche Sie das – dies ist nicht die Zeit für Verstellung – Belinda liebt Sie – das wissen Sie – um ihretwillen, um Ihrer selbst willen, lassen Sie mich diese Welt verlassen – beenden Sie meine Folter. Man wird es nicht Mord nennen, man wird es als Duell ansehen. Sie haben meine Handlungen ausspioniert – ich verlange Satisfaktion. Wenn Sie auch nur ein Fünkchen Ehre oder Mut in sich tragen, Mr Hervey, zeigen Sie es jetzt – kämpfen Sie mit mir, Sir, offen, Mann gegen Mann, als Rivale gegen einen Rivalen, als Feind gegen einen Feind – feuern Sie.«

»Wenn Sie auf mich schießen, so werden Sie es bereuen«, erwiderte Clarence ruhig, »denn ich bin nicht Ihr Feind; ich bin auch nicht Ihr Rivale.«

»Das sind Sie doch«, unterbrach Vincent, wobei er seine Stimme bis zum höchstmöglichen Grad der Entrüstung erhob, »Sie sind mein Rivale, auch wenn Sie nicht wagen, es zuzugeben; es zu leugnen ist niederträchtig, falsch und unmännlich. – Oh, Belinda, ist dies das Wesen, das du *mir* vorziehst? Spieler, Unglückswurm, der ich bin, ist meine Seele doch nie so tief gesunken, dass sie auf Falschheit ausgewichen wäre; Verrat widert mich an; Mut, Ehre und ein Herz, das Belindas wert ist, besitze ich. Ich flehe Sie an, Sir«, fuhr er fort und wandte sich dabei mit einem vor Verachtung zitternden Ton an Mr Hervey, »ich flehe Sie an, Sir, überlassen Sie mich meinen Gefühlen – überlassen Sie mich mir selbst.«

»Sie sind nicht Sie selbst im Moment und ich kann Sie nicht solch fehlgeleiteten Gefühlen überlassen«, erwiderte Hervey. »Reißen Sie sich einen Augenblick lang zusammen und hören Sie mich an: Wenn Sie nur Ihre Vernunft gebrauchen, so werden Sie ganz bald davon überzeugt sein, dass ich Ihr Freund bin.«

»Mein Freund?«

»Ihr Freund. – Aus welchem Grund wäre ich sonst hierhergekommen, um Ihnen die Pistole zu entreißen? Wenn es in meinem Interesse oder mein Wunsch wäre, Sie aus dieser Welt zu haben, warum hätte ich Sie davon abbringen sollen, sich umzubringen? Halten Sie *das* für die Handlung eines Feindes? Gebrauchen Sie Ihre Vernunft.«

»Das kann ich nicht«, sagte Vincent und schlug sich an die Stirn. »Ich weiß nicht, was ich denken soll – ich bin nicht Herr meiner selbst – ich beschwöre Sie, Sir, um Ihretwillen, lassen Sie mich allein.«

»Um *meinetwillen*!«, wiederholte Hervey verächtlich. »Ich denke nicht an mich, und nichts, was Sie soeben gesagt haben, kann mich von meinem Vorhaben abbringen. Ich habe vor, Sie vor dem Ruin zu bewahren um der Frau willen, die ich, auch wenn ich nicht mehr Ihr Rivale bin, länger und auf bessere Weise geliebt habe, als Sie es getan haben.«

Es lag etwas so Offenes in Herveys Gesicht, etwas so Aufrichtiges in seinem Verhalten, dass Vincent nicht umhinkonnte, mit veränderter Stimme auszurufen: »Sie geben zu, dass Sie Belinda geliebt haben – und Sie konnten aufhören, sie zu lieben? Unmöglich! – Und wenn Sie sie lieben, müssen Sie mich nicht verabscheuen?«

»Nein«, sagte Clarence und streckte ihm die Hand entgegen, »ich möchte gern Ihr Freund sein; ich habe keinen so niederträchtigen Charakter, dass ich wünschte, ich könnte andere um ein Glück bringen, das ich selber nicht genießen kann. In einem Wort, um Sie endgültig mit mir zu versöhnen, ich habe keine Absichten bezüglich Miss Portmans, ich kann keine haben. Ich bin mit einer anderen Frau verlobt – in ein paar Tagen werden Sie von meiner Heirat hören.«

Mr Vincent warf die Pistole von sich und gab Hervey die Hand.

»Verzeihen Sie mir, was ich gerade zu Ihnen gesagt habe«, rief er. »Ich wusste nicht, was ich da rede – ich sprach in den schlimmsten Qualen der Verzweiflung – Ihre Absichten sind höchst großmütig – aber es ist alles umsonst – Sie sind zu spät gekommen – ich bin ruiniert, es gibt keine Hoffnung mehr.«

Er verschränkte die Arme, und seine Augen wandten sich unwillkürlich wieder den Pistolen zu. Einen Moment lang herrschte eine schreckliche Stille.

»Das Elend, das Sie heute Nacht durchgemacht haben«, sagte Mr Hervey, »war notwendig, um Ihr zukünftiges Glück sicherzustellen.«

»Glück?«, wiederholte Vincent. »Glück – es gibt kein Glück mehr für mich. Mein Untergang ist besiegelt – besiegelt durch meine eigene Dummheit – meine eigene starrköpfige, unbesonnene Dummheit. Wie konnte ich nur so verrückt sein und mich an den Spieltisch locken lassen? Oh, wenn ich nur ein paar Tage, einige wenige Stunden meines Lebens rückgängig machen könnte! Aber die Reue ist vergebens, die Vorsicht kommt zu spät. Wissen Sie«, sagte er und schaute Hervey an, »wissen Sie, dass ich ein Bettler bin? Dass ich keinen Penny mehr auf Erden habe? Gehen Sie zu Belinda und sagen Sie es ihr; sagen Sie ihr, wenn Sie mir jemals auch nur einen Hauch von Achtung entgegengebracht hat, so verdiene ich diese nicht länger. Sagen Sie ihr, sie möge mich vergessen, verschmähen, verabscheuen. Sagen Sie ihr, sie habe Glück gehabt, dass sie nicht einem Spieler als Ehemann anheimgefallen ist.«

»Ich werde«, sagte Clarence, »ich werde, wenn Sie das wollen, ihr sagen, was ich für die Wahrheit halte, nämlich dass die Verzweiflung dieser Nacht, die teuer erkaufte Erfahrung, die Sie gemacht haben, Ihnen für alle Zeit eine Warnung sein wird.«

»Eine Warnung!«, unterbrach Vincent. »Oh, wenn das alles doch nur noch einen Nutzen für mich haben könnte! – Aber ich sage Ihnen ja, es ist zu spät – nichts kann mich mehr retten.«

»*Ich* kann es«, sagte Mr Hervey. »Schwören Sie mir, um Belindas willen – schwören Sie mir feierlich, dass Sie niemals wieder Ihr Glück und das ihre dem Zufall des Würfels anvertrauen werden – schwören Sie, dass Sie niemals mehr, direkt oder indirekt, irgendein Glücksspiel spielen, und ich werde Ihnen das Vermögen, das Glück, das Sie verloren haben, wiederbeschaffen.«

Mr Vincent stand da, als sei er zwischen Ekstase und Verzweiflung hin- und hergerissen; er wagte es kaum, seinen Sinnen zu trauen; mit inbrünstigem und feierlichem Eid schwor er, was man von ihm verlangte, und dann klärte ihn Clarence über das Geheimnis des Roulettetisches auf.

»Wenn sie erfährt, dass es in meiner Macht liegt, sie der öffentlichen Schande preiszugeben, wird sie sofort alles zurückerstatten, was sie widerrechtlich von Ihnen gewonnen hat. Sogar unter Spielern wäre sie durch diese Entdeckung für immer vernichtet, das weiß sie, und sollte sie versuchen, dem Urteil der öffentlichen Meinung die Stirn zu bieten, so haben wir immer noch rechtliche Mittel und können sie vor Gericht zerren. Die Gesetze der Ehre ebenso wie die Gesetze des Landes würden eine Verurteilung möglich machen. Aber sie wird die ganze Sache niemals vor Gericht gelangen lassen. Ich werde sie ganz früh aufsuchen, so früh ich morgen nur kann, und Sie aus Ihrer Situation erlösen.«

»Oh, Sie sind doch das großherzigste Wesen der Welt!«, rief Vincent aus. »Ich kann Ihnen gar nicht sagen, was ich empfinde, aber Ihr Herz, Ihre eigene Zustimmung ...«

»Leben Sie wohl, gute Nacht«, unterbrach Clarence ihn mit einem wohlwollenden Lächeln. »Ich sehe, ich habe tatsächlich einen Freund gewonnen; ich war fest entschlossen, Belindas Ehegatten zu meinem Freund zu machen – das ist mir nun besser gelungen als erhofft. Und jetzt werde ich nicht weiter *stören*«, sagte er, als er die Tür hinter sich schloss. Seine Empfindungen in diesem Moment waren sogar noch wunderbarer als die des Mannes, den er gerade aus den Tiefen der Verzweiflung gerettet hatte. Wie klug doch die Vorsehung war, als sie die Gefühle der Menschenfreundlichkeit und des Großmuts zu den angenehmsten machte!

Kapitel XXIX
Ein Jude

In der Stille der Nacht, als der Druck, schnell zu handeln, vorüber war und die Begeisterung über seine eigene Großherzigkeit anfing nachzulassen, fielen Clarence Hervey wieder die Worte ein, die Mr Vincent in der höchsten Not der Verzweiflung und Wut hatte fallenlassen, die Worte ›*Belinda liebt Sie*‹, und er musste sich regelrecht zwingen, den Klang aus seinen Ohren und den Gedanken aus seinem Kopf zu verbannen. Er versuchte, sich selbst zu überreden, diese Worte seien nur einem plötzlichen Anfall von Eifersucht geschuldet und es gebe keine Grundlage für die Behauptung; vielleicht war dieser Glaube eine notwendige Stütze für seine Integrität. Er kam zu dem Schluss, dass, was auch immer geschehen würde, seine Verlobung mit Virginia nicht rückgängig zu machen sei und dass er nicht anders könne, als die Dienste, die er Mr Vincent angeboten hatte, auch zu leisten; er stand zu seinem Versprechen und musste konsequent bleiben. Noch vor zwei Uhr am kommenden Tag erhielt Vincent von Clarence die folgende kurze Mitteilung:

Beiliegend finden Sie Mrs Luttridges Eingeständnis, dass sie keine Forderungen an Sie hat, was die Geschehnisse der letzten Nacht angeht. Ich habe nichts von dem Geld erwähnt, das sie bei früheren Anlässen gewonnen hat, da ich es so verstanden hatte, dass Sie dieses gezahlt hätten.

Die Dame täuschte einen Anfall vor, aber das half ihr auch nicht. Der Ehemann versuchte, mich einzuschüchtern. Ich sagte ihm, ich stünde ihm jederzeit zur Verfügung, wenn er die Angelegenheit öffentlich machen wolle, indem er Sie fordere.

Ich hätte Sie heute Morgen persönlich aufgesucht, aber ich habe Termine bei Anwälten wegen der Heiratsregelungen.

Ergebenst Ihr
CLARENCE HERVEY

Überglücklich angesichts des schriftlichen Eingeständnisses von Mrs Luttridge, bekräftigte Vincent seinen Eid, sich niemals wieder in ihre gefährliche Gesellschaft zu begeben. Er konnte es kaum erwarten, Belinda zu sehen, und erfüllt von Gefühlen der Großmut und Dankbarkeit, beschloss er in seiner ersten überschwänglichen Freude, nichts vor ihr zu verbergen, sondern sogleich zu bekennen, wie unbesonnen er gewesen war, und ein Loblied auf Clarence Herveys Großzügigkeit anzustimmen. Er war eben dabei, sich nach Twickenham aufzumachen, als sein Onkel, der Gouverneur Montford, nach ihm schickte, der Geschäfte mit ihm zu besprechen hatte, die sein Anwesen auf den Westindischen Inseln betrafen. Er verbrachte den Rest des Vormittags mit seinem Onkel, und dort erhielt er einen ganz reizenden Brief von Belinda – eben den Brief, den sie geschrieben und versandt hatte, während Lady Delacour Clarence Herveys Päckchen gelesen hatte. Er hätte Vincent von jeglicher Eifersucht geheilt, selbst wenn er nicht in der Zwischenzeit Mr Hervey gesehen und von ihm die Neuigkeit von dessen baldiger Verheiratung erfahren hätte. Miss Portman informierte ihn gegen Ende des Briefes, dass Lady Delacour beabsichtige, am nächsten Tag in Berkeley Square einzutreffen, und dass sie eine Woche in der Stadt verbringen würden wegen Mrs Margaret Delacour, die ihrer Ladyschaft einen Besuch versprochen hatte, denn nach Twickenham zu reisen, wäre doch eine zu große Herausforderung für eine gebrechliche alte Dame, die selten ihr Haus verließ.

Jede Verärgerung, die Lady Delacour ihrer Freundin Belinda gegenüber empfunden hatte, weil sie Mr Hervey mit solcher *Kälte* begegnete und so treu zu Mr Vincent hielt, war zu diesem Zeitpunkt verschwunden. Man sagt ja, dass ärgerliche Menschen, die ihren Gefühlen Ausdruck verleihen, schlimmer daherreden, als sie denken. Dies war bei ihrer Ladyschaft meistens der Fall.

Am Morgen nach ihrer Ankunft in der Stadt betrat sie Belindas Zimmer noch lebhafter und zufriedener als sonst. – »Großartige Neuigkeiten! – Großartige Neuigkeiten! – Ganz außerordentlich phantastische Neuigkeiten! – Aber es ist eigentlich unvorsichtig, Ihre Erwartungen zu wecken, meine liebe Belinda. Sagen Sie doch, haben Sie vor einer Weile ein seltsames Geräusch auf dem Platz gehört?«

»Ja, ich dachte, ich hätte ein hektisches Treiben gehört, aber Marriott hat meine Neugier befriedigt und mir gesagt, es sei nur ein Kampf zwischen zwei Hunden gewesen.«

»Na, es wäre schon gut, wenn dieser Kampf zwischen zwei Hunden nicht mit einem Duell zwischen zwei Männern enden würde«, sagte Lady Delacour.

»Die Aussicht auf ein solches Unheil scheint Ihre Ladyschaft ja in wunderbare Laune versetzt zu haben«, sagte Belinda lächelnd. »Aber was haben Sie denn von Mr Vincent gehört?«

»Dass Miss Annabella Luttridge vor lauter Liebe zu ihm schier vergeht – oder zu seinem Vermögen. Da ich nun einmal genau weiß, wie eitel die Menschheit ist, nehme ich an, dass Ihr Mr Vincent, so unfehlbar er auch sein mag, von der kleinen Koketten geschmeichelt war, und vielleicht hat er sich tatsächlich dazu herabgelassen, es ihr in gleicher Münze heimzuzahlen. Ich halte es jedenfalls für erwiesen – denn ich fülle die Lücken in einer Geschichte immer so, wie es mir gefällt –, ich halte es für erwiesen, dass Mr Vincent in irgendeine Affäre mit ihr verwickelt ist und dass das der Grund für seinen Streit mit der Tante war. Dass es da einen Streit gegeben hat, steht jedenfalls fest, denn Ihr Freund Juba hat es Marriott erzählt. Sein Massa habe geschworen, er würde niemals wieder zu Mrs Luttridge gehen, und heute Morgen hat er die eminent wichtige Entscheidung getroffen, nach seinem Hund zu schicken. Juba ging also hin, um seinen Namensvetter zu holen. Miss Annabella Luttridge war die Person, die ihm den Hund übergab, und sie bat den Schwarzen, er möge seinem Herrn mit ihren besten Grüßen sagen, dass Jubas Halsband viel zu eng sei und er möchte daher nicht vergessen, es abzunehmen, sobald er es könne. Vielleicht sind Sie, meine Liebe, ja ebenso arglos wie der Schwarze und hegen gar keinen Verdacht wegen irgendwelcher Finessen. Miss Luttridge war klar, dass dem treuen Burschen Ihre Interessen viel zu sehr am Herzen liegen, als dass man ihn hätte überreden oder bestechen können, ein Billetdoux von irgendeiner anderen als von Ihnen zu seinem Herrn zu bringen. Also wagte sie nicht, es ihm bei dieser Gelegenheit anzuvertrauen, aber sie war listig genug, ihn den Brief transportieren zu lassen, ohne dass er es wusste. *Colin Maillard*,[38] vulgärer auch als ›Blinde Kuh‹ bezeichnet, war vor einiger Zeit ein beliebtes Spiel bei den Damen in Paris. Jetzt wird wohl hier das Versteckspiel in Mode kommen, nehme ich an, und zwar dank der schönen Annabella. Beurteilen Sie ihre Talente nach dem Folgenden: Sie versteckte ihr Billetdoux im Futter von Jubas Halsband. Der Hund, der sich ja seiner würdevollen Aufgabe als Botschafter, oder besser als *chargé d'affaires*,[39] nicht bewusst war, machte sich also auf den Weg nach Hause. Als er Berkeley Square überquerte, traf er Sir Philip Baddely und dessen Hund. Der freche Liebling des Baronets biss den Schwarzen in die Fersen. Juba, der Hund, nahm diese Frechheit prompt übel, und es gab einen wütenden Kampf. Auf dem Höhepunkt der Schlacht fiel Jubas Halsband ab. Sir Philip erblickte das Papier, das in das Futter eingenäht war, und stürzte sich sofort darauf, der Schwarze ergriff es im selben Augenblick; der Baronet fluchte, der Schwarze wehrte sich, dann schlug ihn der Baronet nieder. Der große Hund ließ sofort von seinem Hundegegner ab, warf sich auf Ihren Baronet und hätte ihn in drei Happen verschlungen, wenn Sir Philip nicht den Rückzug angetreten hätte, und zwar in Dangerfields Leihbibliothek. Im Kopf des Schwarzen klaffte eine schreckliche Wunde von der scharfen Spitze eines Steins, und sein Knöchel war verrenkt, aber wie er mir gerade gesagt hat, hat er das erst im Nachhinein gemerkt. Er rappelte sich auf und verfolgte den Feind seines Herrn. Sir Philip las tatsächlich Miss Luttridges Billet gerade laut vor, als der Schwarze die Bücherei betrat. Er forderte das Besitzstück seines Herrn mit großer Furchtlosigkeit zurück, und ein Gentleman, der dort war, unterstützte ihn sofort in seinem Anliegen.

In der Zwischenzeit erklärte Lord Delacour, der sich die Schlacht durch das Fenster unseres Frühstücksraums angesehen hatte, er wolle einmal zu Dangerfields Bücherei hinübergehen, um herauszufinden, was da los sei und wie das alles enden würde. Er betrat die Bücherei, gerade als der Gentleman, der sich dazu entschlossen hatte, Juba beizuspringen, einen Disput mit Sir Philip führte. Der blutende Schwarze erzählte seiner Lordschaft in so deutlichen Worten, wie sie ihm zur Verfügung standen, was der Grund für den Disput gewesen war, und Lord Delacour ist nun einmal, das muss man einfach sagen, ein Mann von Ehre und sprang ihm deswegen sofort bei. Der Baronet fand es dann doch irgendwann besser, sich geschlagen zu geben, und verließ das Schlachtfeld, ohne dass er irgendetwas zu seiner Verteidigung hätte sagen können als: ›Verdammich! – Wirklich erstaunlich – verdammich!‹ – *oder etwas in dieser Art.*

Nun ist Lord Delacour nicht nur ein Mann von Ehre, sondern auch ein Mann großer Menschlichkeit. Ich weiß, dass ich Ihnen keinen größeren Gefallen tun kann, meine liebe Belinda, als meine kleine Ansprache hier mit ein wenig ehelicher Schmeichelei zu würzen. Mein Gatte war besorgt, als er den armen

Schwarzen sich vor Schmerzen winden sah, und mit Hilfe des Herrn, der sich auch dessen Verteidigung angenommen hatte, brachte er Juba über den Platz in unser Haus. Jetzt raten Sie einmal, aus welchem Grund: um auf den verstauchten Knöchel den unfehlbaren Quacksalberbalsam aufzutragen, den ihm die brave verwitwete Lady Boucher empfohlen hatte. Ich war in der Eingangshalle, als sie den armen Burschen hereinbrachten. Marriott wurde gerufen. ›Mrs Marriott‹, rief Milord, ›bitte bringen Sie uns Lady Bouchers unfehlbaren Balsam, und zwar sofort!‹ Hätten Sie nur das begeisterte Gesicht gesehen und den Nachdruck, mit dem er die Worte ›*unfehlbarer* Balsam‹ aussprach – Sie müssen mir jetzt erlauben, allein schon bei der Erinnerung zu lachen. Ein menschliches Lächeln ist erlaubt und verzeihlich.«

»Das Lächeln ist umso verzeihlicher«, sagte Belinda, »da ich sicher bin, dass Sie wissen, es sagt ebenso viel über Sie selbst aus wie über Lord Delacour.«

»Nun, ja, natürlich: Der Glaube an einen Quacksalber als Arzt ist genauso schlimm wie der Glaube an einen albernen Balsam, das gebe ich zu. Ihre Bemerkung ist so boshaft, weil sie so treffend ist, daher werde ich Ihnen, um Sie dafür zu bestrafen, den Rest der Geschichte erst in einer Woche erzählen, und ich kann Ihnen versichern, dass ich den besten Teil noch gar nicht berichtet habe. Um zu unserem Freund Mr Vincent zurückzukehren: Wenn Sie nur wüssten, welche Gründe ich habe, um ihn in diesem Augenblick nach Jamaika zu wünschen, so würden Sie anerkennen, dass ich vollkommen aufrichtig bin, wenn ich zugebe, dass mein Verdacht wegen des Roulettespiels unbegründet war, und ich bin jetzt einmal so großzügig und gebe zu, dass Sie recht hatten, ihn nicht im Vorhinein zu verurteilen.«

Belinda konnte Lady Delacour nicht dazu bringen, diesen letzten rätselhaften Satz zu erklären.

Am Abend erschien Mr Vincent. Lady Delacour bedachte ihn sofort mit mildem Spott wegen der schönen Annabella. Er war sehr froh, dass ihr Verdacht ganz in diese Richtung ging und nichts in Bezug auf die Transaktion, die Clarence Hervey durchgeführt hatte, ans Tageslicht gekommen war. Vincent war sich noch unschlüssig, ob er Belinda die Wahrheit beichten sollte. Obwohl er das im ersten Moment der freudigen Begeisterung beschlossen hatte, hatte der Aufschub der letzten vierundzwanzig Stunden einen grundlegenden Wandel in seinen Gefühlen bewirkt; seine Furcht, Belinda durch seine Aufrichtigkeit zu verlieren, nahm zu, je mehr Zeit er hatte, sich alles durch den Kopf gehen zu lassen. Tatsächlich war es so, dass seine tugendhaftesten Beschlüsse immer einem spontanen Impuls entsprangen und nicht beständiger Vernunft. Aber wenn die Flut der Leidenschaft alle Orientierungshilfen hinweggespült hatte, hatte er keine Möglichkeit mehr, den richtigen Weg zu erkennen. In der gegenwärtigen Situation beeinträchtigte seine Liebe zu Belinda all seine moralischen Überlegungen: In einem Moment verboten ihm seine Gefühle als Mann von Ehre, sich zu gemeiner Verstellung herabwürdigen zu lassen, aber im nächsten gewannen seine Gefühle als Liebender die Oberhand, und er beruhigte sein Gewissen mit dem Gedanken, dass sein Eid ja jede Gefahr, dass er in Zukunft wieder an den Tisch mit Glücksspielen zurückkehren könnte, ausschlösse und er deshalb Belinda nur unnötig beunruhigen würde, wenn er ihr von seiner vergangenen Unbesonnenheit erzählte. Großzügig wie er war, schrak er zunächst vor dem Gedanken zurück, das Lob, das Clarence Hervey so eindeutig verdient hatte, zurückzuhalten, aber seine Eifersucht kehrte wieder und kämpfte gegen seinen ersten rechtschaffenen Impuls an. Er fand, dass seine eigene Minderwertigkeit seiner Liebsten im Vergleich noch stärker ins Auge fallen müsse, und er redete sich mit allerlei Sophisterei ein, dass es ihrem eigenen Glück dienen würde, wenn er die Verdienste eines Rivalen, mit dem sie sich ja nun doch nie würde verbinden können, geheim hielte. Dieses Hin und Her seiner Überlegungen beschäftigte ihn den größten Teil des Abends. Ungefähr eine halbe Stunde, bevor er sich verabschiedete, wurde Lady Delacour von Mrs Marriott aus dem Raum geholt. Allein gelassen mit Belinda nahm seine Verlegenheit noch zu, und die ahnungslose Freundlichkeit ihres Verhaltens wurde ihm zu einem überaus bitteren Vorwurf. Er stand in stummen Qualen da, während sie mit spielerischem Tone lächelnd sagte: »Was beschäftigt Sie nur? Wenn ich eine Neigung zur Eifersucht hätte, so würde ich sagen: die schöne Annabella ...«

»Dann lägen Sie aber falsch«, erwiderte Mr Vincent gezwungen. Er war schon fast so weit, dass er ihr die Wahrheit sagen wollte, aber um noch einen Moment der Galgenfrist zu bekommen, fing er an, sich wegen seines Verhaltens Miss Luttridge gegenüber zu verteidigen.

»Ich habe Sie nicht unterbrochen«, sagte Belinda, als er innehielt, »und ich will Ihnen nicht aus Gründen falscher Großzügigkeit und Höflichkeit die Gelegenheit nehmen, Ihre Integrität zu beweisen, indem ich Ihnen versichere, dass ich das nicht anders erwartet habe und dass Ihre Verteidigung vollkommen unnötig ist. Ich folge meiner eigenen Maxime, wissen Sie: Das ist genau die Art von Gerechtigkeit, mit der Sie mich so großzügig bedacht haben, als es um den anonymen Brief ging. Bitte glauben Sie mir, ich habe – und werde das auch nie tun – Ihr wunderbares Verhalten in dieser Angelegenheit nicht vergessen.«

Sie hielt ihm, während sie sprach, mit einem liebevollen Blick voller Süße und einem Ausdruck vollkommener Ehrlichkeit ihre Hand hin. Er zog die Hand an seine Lippen und rief: »Könnte ich ein solches Vertrauen, wie Sie es mir entgegenbringen, jemals missbrauchen?«

»Ob Sie es könnten oder nicht, ich bin mir jedenfalls sicher, Sie *würden* es niemals tun«, sagte Belinda. »Und ich persönlich vertraue mich lieber denen an, die nicht den Willen haben, statt denen, die gar nicht die Macht haben, mich zu hintergehen.«

Aber als ihr auffiel, mit welcher ungeheuren Anspannung sein ganzer Körper in diesem Moment reagierte, war ihr gar nicht mehr nach Frohsinn zumute.

»Geht es Ihnen nicht gut? Was ist denn nur? Wie lange«, sagte Belinda, »wollen Sie mich noch auf die Folter spannen? Habe ich nicht das Recht, Ihr Unbehagen zu teilen? Es plagt Sie irgendein Zweifel, eine Schwierigkeit, ein Leid! Verharren Sie doch nicht in diesem schmerzlichen Schweigen; sprechen Sie mit mir als Ihrer Freundin, zumindest mit Ihrer gewohnten Ehrlichkeit!«

»Ehrlichkeit! – Oh, Belinda – aber was, wenn Ehrlichkeit eben fatal für mich wäre! – Wenn sie mich das Glück meines Lebens kosten würde – wenn ein einziges Wort mich Ihrer Liebe berauben würde – mir ist nur zu klar bewusst, dass Ihre Zuneigung zu mir nicht von dem Überschwang geprägt ist, der dem Sturm des Ungemachs widersteht.«

»Das ist ja Dichtung – beinahe Blankvers«, sagte Belinda lächelnd.

»Ich meine es aber ernst, glauben Sie mir«, fuhr Vincent fort, »ich muss Ihnen etwas mitteilen, Ihnen etwas bekennen.«

»Etwas bekennen!«, wiederholte Belinda mit einem Blick, der zeigte, wie erschrocken sie plötzlich war.

»Ja, etwas bekennen, das, wie ich fürchte, mich Ihrer Zuneigung berauben könnte.«

»Ist es ein Unglück oder ist es ein Verbrechen?«

»Es ist *kein* Verbrechen«, antwortete Vincent.

»Wie können Sie dann«, sagte Belinda, »so ungerecht sein zu fürchten, dass irgendein Unglück Sie meiner Zuneigung berauben könnte? Obwohl ich für Sie nie diese Art von Schwärmerei empfunden habe, oder vorgegeben habe, sie zu empfinden, die Ihnen so wertvoll erscheint, wird mein Verhalten Sie davon überzeugen, dass eine Frau, selbst wenn sie nicht verliebt ist wie Clelia oder Kleopatra,[40] doch die Zuneigung eines Mannes von Vernunft und Ehre verdienen kann.«

»Sie sind ein Engel!«, rief Vincent.

»Das habe ich schon so oft gehört, dass ich gar nicht anders kann, als es zu glauben«, sagte Belinda. »Aber jetzt zögern Sie nicht länger, teilen Sie mir Ihr schreckliches Unglück mit, geben Sie es weiter oder bekennen Sie es.«

»Ich leide in diesem Augenblick mehr, als Sie sich nur vorstellen können, selbst wenn Sie Ihre Vorstellungkraft auf das äußerste bemühen würden. Muss ich Ihnen doch sagen, dass ich vorgestern durch Betrug und Schurkerei von jemandem, in den ich mein Vertrauen gesetzt hatte, nahezu um mein ganzes Vermögen gebracht worden bin. Könnten Sie, die Sie doch an alle Eleganz des Wohlstands gewöhnt sind, Sie, die Sie dazu gemacht sind, Ihr Licht in den ersten Kreisen der Gesellschaft leuchten zu lassen, damit einverstanden sein, mit mir in einer obskuren Welt der Armut zu leben?«

»Ich bin nicht so romantisch, dass ich denken würde, ich wäre mit Ihnen glücklich oder Sie mit mir, wenn uns nicht einmal die grundlegenden Annehmlichkeiten des Lebens zur Verfügung stünden, aber wenn Ihr Wort ›Armut‹ nichts wäre als eine Redewendung, wenn wir noch das hätten, was die Klugheit, nicht der Jargon der Mode und Kunstwelt, eine *Lebensgrundlage* nennen würde, so könnte ich mit Leichtigkeit auf unsinnigen Luxus verzichten«, sagte Belinda. »Um es genauer zu sagen, ich kann ohne Equipage und auf dem Land leben. Sie wissen ja, als Ihre prachtvolle Equipage bereitstand, um uns nach Oakley Park zu bringen, habe ich Ihnen gesagt, dass Prunk nichts zu meinem Glück beitragen könne, und damals habe ich die Wahrheit gesagt. – Auch weiß ich jetzt, dass stimmt, was Dr. Johnson sagt: ›Es ist Elend, das zu wollen, was zu haben kein Glück bedeutet‹.«

Mr Vincent verlieh seiner Bewunderung und Dankbarkeit in einem Schwall verzückter Worte erneut Ausdruck.

»Sie verletzen mich eher, als dass Sie mir mit diesen Lobesbekundungen Freude bereiteten«, sagte Belinda. »Sind Sie denn überrascht, dass ich so handele, wie Sie das an meiner statt auch täten? Sie können doch nicht ernsthaft glauben, ich würde Sie in der Not im Stich lassen? Sie haben Ihren Reichtum durch den Betrug und die Schurkerei von jemandem verloren, dem Sie vertraut haben; Sie werden nicht auch noch Ihr Glück durch den Wankelmut und die Niederträchtigkeit derjenigen verlieren, in die Sie ein noch viel größeres Vertrauen gesetzt haben«, sagte Belinda mit mehr Zärtlichkeit, als sie je gegenüber Mr Vincent an den Tag gelegt hatte. »Fassen Sie sich also«, fuhr sie fort, »lassen Sie *uns* Ihre Angelegenheiten in Ruhe durchgehen; erklären Sie mir, was passiert ist.«

»Meine großzügige, reizende, anbetungswürdige Belinda! Mein Vermögen ist gar nicht verloren. Jede List ist, wie der Dichter sagt, in der Liebe und im Krieg erlaubt. Dies war nur eine List, um Ihr Mitleid zu erregen.«

»Das war nicht klug von Ihnen«, sagte Belinda und erhob sich mit einem Blick so außerordentlicher Verärgerung, dass es ihm die Sprache verschlug. »Sie haben mir gezeigt, dass Sie mich niemals so sehr wertgeschätzt haben, wie ich gedacht hatte und wie ich es verdient hätte.«

Mr Vincent fand, dies sei wohl nicht der beste Moment für weitere Bekenntnisse. Er hatte nicht den Mut, ihre Verstimmung noch zu vergrößern.

Das plötzliche Eintreten von Lady Delacour erlöste ihn aus seiner Verlegenheit, und man unterhielt sich für den Rest des Abends über allgemeine Gesprächsthemen. Er verabschiedete sich schließlich, insgeheim froh darüber, dass er, wie er meinte, gezwungen war, seine Erklärung aufzuschieben; er überlegte sogar, ob er nicht die Geschichte seiner Transaktionen mit Mrs Luttridge ganz und gar für sich behalten könnte. Sein früherer feiner Sinn für Ehre war durch die Zeit am Spieltisch um einiges abgestumpft, und *jetzt* gelang es ihm, mit einer Verstellung zu leben, die ihn vor ein paar Monaten noch hätte schaudern lassen. Er wusste, dass sein Geheimnis bei Clarence Hervey sicher aufgehoben war. Mrs Luttridge würde um ihrer selbst willen schweigen, und weder Lady Delacour noch Belinda hatten irgendeine Verbindung zu ihren Kreisen. Am nächsten Tag bemerkte Belinda, dass Mr Vincent äußerst krank aussah, und da sie die Trauer milder stimmte, mit der er betonte, wie leid es ihm tue, dass er sie verärgert habe, machte sie sich Vorwürfe, weil sie am Tag zuvor so harsch mit ihm gesprochen hatte. Sie vergab ihm seinen Fehler, der, wie sie meinte, ja ohnehin schon genug bestraft worden sei, und Mr Vincent stieg wieder in ihrer Gunst. Er betrieb die Vorbereitungen für ihre Hochzeit mit unbeschreiblicher Angst und Hast; doch seine Erklärung verschob er von Tag zu Tag. Und nun näherte sich tatsächlich die Erfüllung seiner Hoffnungen.

An eben dem Morgen vor seiner Verheiratung ging Mr Vincent zu Gray, dem Juwelier, da er einige Schmuckstücke für Belinda hatte anfertigen lassen. Lord Delacour war dort, um über den Diamantring zu sprechen, den Gray wie versprochen für ihn verkaufen wollte. Während seine Lordschaft und Mr Vincent mit ihren Angelegenheiten beschäftigt waren, kamen Sir Philip Baddely und Mr Rochfort in das Geschäft. Sir Philip und Mr Vincent waren sich noch niemals begegnet. Lord Delacour hatte ihn davon abhalten wollen, sich wegen einer Dame wie Miss Annabella Luttridge zu befehden, um derentwillen zu streiten es sich so wenig lohnte, und hatte sich deswegen schlichtweg geweigert, Mr Vincent zu erzählen, was er über die Sache wusste, oder ihm den Namen des Mannes zu nennen, der daran beteiligt gewesen war.

Der Verkäufer sprach Mr Vincent mit seinem Namen an, und prompt flüsterte Sir Philip Mr Rochfort zu, dass Mr Vincent »der Herr des Schwarzen sei«. Vincent, der das unglücklicherweise gehört hatte, fragte Lord Delacour sofort, ob dies der Herr sei, der sich gegen seinen Diener so übel verhalten habe. Lord Delacour sagte ihm, dass es ja jetzt zwecklos sei, das Ganze wieder aufzurollen, und er hoffe, er sei zu vernünftig, um am Vorabend seiner Hochzeit noch Streit zu suchen. »Falls«, sagte seine Lordschaft, »einer der Herren Sie ansprechen sollte, fände ich es schon richtig, dem etwas zu erwidern, aber um Himmels willen, fangen Sie keine Auseinandersetzung an!«

Mr Vincents Ungestüm ließ sich jedoch nicht zügeln; er wollte von Sir Philip wissen, ob er die Person gewesen sei, die seinen Diener so übel zugerichtet habe. Sir Philip ließ sich nicht lange um eine positive Antwort bitten, und die Folge davon war, dass der Baronet einen Finger verlor und Mr Vincent eine Wunde an seiner Seite davontrug, die zwar nicht lebensbedrohlich war, aber ihn doch für einige Tage an sein Zimmer fesselte. Seine Ungeduld verschlimmerte sein Fieber noch und verzögerte seine Wiederherstellung wie auch seine Hochzeit.

Lady Delacour machte sich nicht die Mühe, ihre Befriedigung angesichts dieses Aufschubs zu verbergen, auch wenn sie so menschenfreundlich war zu wünschen, er wäre durch irgendein anderes Mittel zuwege gebracht worden. Als Belindas erste Sorge um Mr Vincents Sicherheit vorüber war, befragte sie voller Angst Lord Delacour, was denn genau zwischen Mr Vincent und Sir Philip vorgefallen sei, damit sie beurteilen könne, wie sich ihr Verehrer verhalten habe. Lord Delacour, der ein überaus wahrheitsliebender Mann war, konnte nicht anders als zuzugeben, dass Mr Vincent mehr Temperament als Vernunft an den Tag gelegt hatte und mehr Mut als Klugheit. Lady Delacour freute sich, dass dieser Bericht Belinda ungewöhnlich ernst und nachdenklich werden ließ.

Mr Vincent glaubte sich inzwischen erholt genug, um sein Zimmer zu verlassen; seine Ärzte hätten ihm zwar gern noch einige Tage länger Bettruhe verordnet, aber er war zu ungeduldig, sich danach zu richten und auf ihre Ratschläge zu hören.

»Juba, sag' dem Doktor, wenn er kommt, dass du mich nicht im Haus halten konntest, und das ist alles, was du sagen musst.«

Er nahm nun seinen ganzen Mut zusammen und wollte Belinda alles beichten, was geschehen war. Als er unter großen Schwierigkeiten die Treppe hinunterging, schrak er zusammen, als der Klang einer Stimme an sein Ohr drang, die er in diesem Moment zu hören nicht erwartet hatte – eine Stimme, die er in früheren Zeiten mit großem Vergnügen gehört hatte, die aber nun sein Herz stillstehen ließ: Es war die Stimme von Mr Percival. Zum ersten Mal in seinem Leben wünschte er, er könne sich vor seinem Freund verleugnen lassen. Die Erinnerung an den Roulettetisch, an Mrs Luttridge, an Mr Percival als seinen Vormund und an all die guten Ratschläge, die er ihm als Freund verdankte, stürmte in diesem Moment auf ihn ein; befangen und beschämt schreckte er zurück, eilte schnell in sein Zimmer und warf sich atemlos vor Aufregung in einen Stuhl. Er lauschte in der Erwartung, Mr Percival würde die Treppe hinaufkommen, und versuchte, die Fassung wiederzugewinnen, damit er nicht durch seine Nervosität alles verraten würde, was er doch so angstvoll verbergen wollte. Nachdem er einige Zeit gewartet hatte, läutete er die Glocke, um sich zu erkundigen, was geschehen sei. Der Hoteldiener sagte ihm, dass ein Mr Percival nach ihm gefragt habe, aber da ihm sein Schwarzer gesagt habe, er sei ausgegangen, und da der Herr wohl in großer Eile gewesen sei, habe er eine Mitteilung für ihn hinterlassen, deren Beantwortung er heute Abend um acht Uhr abholen wolle. Vincent war froh um den kurzen Aufschub, der ihm vergönnt war. »Ach!«, dachte er. »Wie sehr ich mich doch verändert habe, jetzt fürchte ich schon, meinen besten Freund zu treffen! Wie tief bin ich doch durch diese einzige fatale Neigung gesunken!«

Er konnte ja nicht wissen, dass ihn ganz neue Schwierigkeiten erwarteten.

Mr Percival teilte ihm Folgendes mit:

Mein lieber *Freund*!
Bin ich nicht ein glücklicher Mensch, dass ich weiß, ich werde in meinem *ci-devant*[41] Mündel einen Freund finden? Aber jetzt ist nicht die Zeit für Gefühle, noch passen sie zu der Rolle, in der ich Ihnen nun schreibe – der eines BITTSTELLERS. – Sie sind zum Glück so reich und so klug, dass das Wort in Großbuchstaben Sie nicht schrecken kann. Der Cousin von Lady Anne, der arme Mr Carysfort, ist tot. Ich bin der Vor-

mund seiner Jungen, und sie sind nur schlecht versorgt. Ich habe glücklicherweise eine Teilhaberschaft in einer guten Bank für den zweiten Sohn erhalten können. Wir brauchen lediglich fünfzehntausend Pfund, um ihm diese Stellung zu verschaffen – wir können aber das Geld nicht zusammenbekommen, ohne bei dem armen Mr Vincent vorstellig zu werden. Beiliegend finden Sie die Schuldverschreibung für das Geld, mit dem Sie von mir im vergangenen Sommer das kleine Anwesen erworben haben. Ich weiß, dass Sie über die doppelte Summe an flüssigem Geld verfügen – also muss ich nicht lange Umschweife machen. Lassen Sie mir die fehlenden zehntausend heute Abend zukommen, wenn Sie können, da ich die Stadt so bald wie möglich verlassen will.

Ihr höchst ergebener
HENRY PERCIVAL

Nun hatte Mr Vincent das Bargeld an Mrs Luttridge verloren und ihr auch bereits ausgehändigt, mit dem eigentlich seine Schulden bei Mr Percival bezahlt werden sollten. Er erwartete zwar neue Überweisungen von den Westindischen Inseln im Laufe von ein paar Wochen, aber er musste das Geld ja sofort aufbringen; das konnte er nur, indem er sich an einen jüdischen Geldverleiher[42] wandte – ein verzweifeltes letztes Hilfsmittel. Der betreffende Jude stellte, sobald er erkannt hatte, dass Mr Vincent die Summe unbedingt bis acht Uhr am selben Abend haben musste, exorbitante Zinsforderungen, und je ungeduldiger der unglückliche junge Mann wurde, desto mehr Schwierigkeiten machte er. Schließlich und endlich wurde ein Handel zwischen den beiden abgeschlossen, bei dem Vincent wusste, dass man ihn auf das übelste übers Ohr haute, aber er stimmte zu, denn er hatte ja keine andere Wahl. Der Jude versprach, ihm die zehntausend Pfund um fünf Uhr abends zu bringen, aber es war halb acht, als er endlich erschien, und dann war er so zögerlich und umständlich beim Durchlesen der Verträge sowie beim Unterschreiben und Erledigen aller Formalitäten, dass ein Hoteldiener an die Tür klopfte, um Vincent zu sagen, dass Mr Percival die Treppe hinaufkomme, noch bevor er das Geld ausgehändigt bekommen hatte. Vincent schob den Juden eilig in das nebenliegende Zimmer und bat ihn, dort zu warten, bis er kommen würde, um das Geschäft zu vollenden. Obwohl er absolut keinen bösen Verdacht hatte, fiel Mr Percival zwangsläufig die Unruhe auf, in der er seinen jungen Freund vorfand. Vincent begann sofort, von dem Duell zu sprechen, das seine Verheiratung hinausgezögert hatte, so dass sein Freund glaubte, dass seine Erregung daher rührte. Er versuchte, ihm die Nervosität zu nehmen, indem er das Thema wechselte. Er sprach von dem Geschäft, das ihn in die Stadt gebracht hatte, und von dem jungen Mann, dem er eine Stelle in der Bank verschaffen wollte.

»Ich hoffe«, sagte er, wobei er bemerkte, dass Vincent immer verlegener wurde, »dass die Tatsache, dass ich Sie um dieses Geld bitten muss, nicht doch ungelegen kommt.«

»Überhaupt nicht – überhaupt nicht. Ich habe das Geld zur Hand – in ein paar Augenblicken – wenn Sie so gut sein wollen, hier zu warten – das Geld liegt im anderen Zimmer bereit.«

In diesem Moment war Lärm zu vernehmen – die erhobenen Stimmen von zwei Personen, die sich stritten. Es waren Juba, der Schwarze, und Salomon, der Jude. Mr Vincent hatte Juba mit einem Auftrag weggeschickt, damit er das Geschäft mit dem Juden in Ruhe besprechen konnte, aber der Schwarze hatte die Angelegenheit, die man ihm aufgetragen hatte, schnell erledigt, und als er zurückkam, ging er ins Schlafzimmer seines Herrn, um in aller Ruhe einen Brief zu lesen, den er soeben von seiner Frau erhalten hatte. Er bemerkte den Juden zuerst gar nicht und buchstabierte gerade die Worte aus dem Brief seiner Ehefrau:

»Mein lieber Juba,
ich ergreife die Ge-le-gen...«

›heit‹, wollte er sagen, aber der Jude, der den Atem angehalten hatte, um nicht entdeckt zu werden, konnte das nun nicht länger aushalten und sog so laut die Luft ein, dass Juba erschrak, sich umsah und die Füße eines Mannes unter dem Vorhang am Fenster entdeckte. Wo Ängste wegen übernatürlicher Erscheinungen nicht in Frage kamen, war unser Schwarzer ein mutiger Mann; er hatte überhaupt keine Zweifel, dass der Mann, der sich hinter dem Vorhang verbarg, ein Räuber sein musste, aber der Gedanke an einen Räuber brachte ihn nicht so aus der Fassung wie der an die Obeah-Frau. Mit einer Geistesgegenwart, mit der er auch einer größeren Gefahr hätte begegnen können, nahm Juba die Pistole seines Herrn, die über dem Kaminsims hing, herunter, marschierte festen Schrittes auf den Feind los, packte den Juden beim Hals und rief: »Du rauben mein Massa aus? – Du toter Mann, wenn du rauben mein Massa.«

Zu Tode erschreckt beim Anblick der Pistole, erklärte der Jude sofort, wer er war, er holte seine große Geldbörse heraus und versicherte Juba, dass er gekommen war, um Geld zu verleihen, nicht um es seinem Herrn zu entwenden, aber das erschien Juba höchst unwahrscheinlich, da er seinen Herrn für den reichsten Mann der Welt hielt. Im Übrigen verstand er die Sprache des Juden kaum und sah, dass dieser versuchte, seine Angst zu verbergen. Salomon fand den Anblick des Schwarzen höchst unsympathisch und gab mit deutlichen Zeichen der Aversion zu erkennen, was er von ihm hielt. Juba wollte ihn nicht loslassen, und jeder fuhr fort, in seinem eigenen Kauderwelsch so laut zu schimpfen, wie er nur konnte, bis Juba den Juden schließlich regelrecht zu seinem Herrn und Mr Percival zerrte.

Es ist unmöglich, Mr Vincents Verwirrung und Mr Percivals Erstaunen zu beschreiben. Die Erklärung des Juden war für ihn leicht verständlich, und er erkannte sofort die Wahrheit. Vincent war von Scham regelrecht überwältigt, er stand da wie ein Bild der Verzweiflung und war unfähig, auch nur eine Silbe von sich zu geben.

»Es ist nicht nötig, dass Sie sich das Geld um meinetwillen borgen«, sagte Mr Percival ruhig, »und wenn es das wäre, so könnten wir es wahrscheinlich zu besseren Bedingungen bekommen, als dieser Herr hier sie bietet.«

»Es ist mir gleich, zu welchen Bedingungen ich es bekomme – es ist mir egal, was aus mir wird – es ist ohnehin alles zu Ende!«, rief Vincent.

Mr Percival entließ den Juden mit ein paar kühlen Worten, machte Juba ein Zeichen, das Zimmer zu verlassen, und dann sagte er an Vincent gewandt: »Ich kann das Geld, das ich brauche, woanders borgen. – Fürchten Sie von meiner Seite keine Vorwürfe – ich habe das alles schon vorausgesehen – Sie haben das Geld beim Glücksspiel verloren. Es ist ja gut, dass es nicht Ihr ganzes Vermögen ist. Ich möchte nur das eine, und davon hängt meine ganze Wertschätzung ab. – Haben Sie Miss Portman schon über diese Sache informiert?«

»Ich habe es ihr noch nicht gesagt, aber ich war tatsächlich bereits halb die Treppen hinunter, um es ihr zu mitzuteilen.«

»Dann, Mr Vincent, sind Sie noch immer mein Freund. Ich kann mir vorstellen, wie schwer es ist, so etwas zuzugeben – aber es muss sein.«

»Könnten nicht Sie, Mr Percival, mir die furchtbare Scham ersparen, dass ich meine Dummheit bekennen muss? – Ersparen Sie mir doch diese Demütigung. – Seien Sie doch bitte der Überbringer dieser Nachricht und vermitteln Sie für mich.«

»Das will ich gerne tun«, sagte Mr Percival. – »Ich gehe noch in diesem Augenblick – aber ich kann nicht sagen, dass ich große Hoffnung habe, Belinda davon zu überzeugen, dass Sie ein für alle Mal den Reizen des Spielens abgeschworen hätten.«

»Aber, mein lieber, bester Freund, sie kann sich wirklich vollkommen darauf verlassen: Ich fühle mich so entsetzlich, wenn ich an das Vergangene denke, ich bin derart fest entschlossen, jeder zukünftigen Versuchung zu widerstehen, dass Sie ihr versprechen müssen, dass ich mich absolut geändert habe.«

Mr Percival versprach, er werde seinen ganzen Einfluss geltend machen und alles tun, was seine eigene Ehre nicht verletze, denn dafür würde er sich niemals hergeben. – »Falls ich gute Neuigkeiten für Sie habe, werde ich so bald wie möglich zurückkommen – aber ich will nicht der Überbringer schmerzlicher Nachrichten sein«, sagte er und verabschiedete sich. Er ließ Mr Vincent in einem Zustand der Angst und Sorge zurück, der bei seinem Charakter eine mehr als angemessene Strafe für nahezu jede Unvorsichtigkeit war, die er überhaupt hätte begehen können.

Mr Percival kam in dieser Nacht nicht mehr wieder. Am nächsten Morgen erhielt Mr Vincent den folgenden Brief von Belinda. Er erriet schon, wie sein Schicksal aussehen würde – er hatte kaum die Kraft, die Worte zu lesen.

Sie haben sich oft darüber beklagt, dass meine Zuneigung für Sie nicht von der schwärmerischen Art war, die Ihrer Vorstellung von der Leidenschaft der Liebe entspricht. Statt darüber zu lamentieren, haben wir nun Grund dazu, uns darüber zu freuen, denn ebendas wird uns vor so manch unnützem Schmerz bewahren. Mir erspart es die Schwierigkeit, eine Leidenschaft zu überwinden, die fatal für mein Glück hätte sein können, und auf Ihrer Seite wird es das Bedauern mindern, das Sie bei unserer Trennung empfinden mögen.

Einer Person, die einen so ehrenvollen Charakter hat wie Sie, muss ich nicht die Grundlagen unserer Abmachung wiederholen, die jedem von uns die Freiheit ließ, sich ohne jeden Vorwurf aus der Verbindung zurückzuziehen, wann immer wir es für richtig halten würden. Ich sehe mich jetzt genötigt zu sagen, dass ich angesichts der Umstände sicher bin, dass wir mit einer Vermählung, die mir noch vor wenigen Tagen so wünschenswert erschien, nicht zu unserem Glück beitragen würden. Die Hoffnung, häusliches Glück mit einem Menschen zu erleben, dessen Betragen, Charakter und Vorlieben zu den meinen passten, hatte mich Ihr Angebot anhören lassen. Ihre unglückselige Neigung zu einem gefährlichen Zeitvertreib, die mir nun zum ersten Mal zu Ohren gekommen ist, setzt dieser Hoffnung jedoch ein jähes Ende, und zwar für immer.

Um meinetwillen wie auch um Ihretwillen freut es mich sehr, dass Ihr Vermögen nicht ernsthaft in Mitleidenschaft gezogen worden ist, da ich so nicht befürchten muss, dass mein gegenwärtiges Verhalten sich aus materiellen Motiven erklärt. Allerdings weiß ich, dass Sie von einer solchen Großzügigkeit sind, dass ich in keiner Situation einen solchen Verdacht würde befürchten müssen.

Die Tatsache, dass es vollkommen ausgeschlossen ist, dass ich zurzeit eine *andere Verbindung* eingehen könnte, wird Sie zudem davon abhalten zu glauben, ich sei von anderen Gefühlen bestimmt als von denen, die ich Ihnen eingestanden habe; auch kann kein noch so schwacher Zweifel in diesem Zusammenhang bei mir Selbstvorwürfe hervorrufen.

Sie sehen, Sir, dass ich nicht gewillt bin, Ihre Wertschätzung ganz und gar zu verlieren, obwohl ich auf das entschiedenste jeden Anspruch auf Ihre Zuneigung von mir weise. Sollte irgendetwas in diesem Brief Ihnen zu harsch erscheinen, so bitte ich Sie, es dem wahren Grund zuzuschreiben – meinem Wunsch, Ihnen jede schmerzliche Ungewissheit zu ersparen, indem ich Sie von Anfang an davon überzeuge, dass meine Entscheidung unwiderruflich feststeht. Ich bin gewiss, dass Liebe nicht lange ohne Hoffnung bestehen kann. Mit guten Wünschen für Ihr Glück und mit Dank für Ihre Zuneigung sage ich Ihnen Lebewohl.

BELINDA PORTMAN

Ein paar Stunden nachdem Mr Vincent diesen Brief gelesen hatte, warf er sich in eine Postkutsche und machte sich auf den Weg nach Deutschland. Er wusste, dass jede Hoffnung, sich mit Belinda zu vermählen, vergebens wäre, und er beeilte sich, so viele Meilen wie nur möglich zwischen sie und sich zu legen. Ihr Brief hatte ihn eher beruhigt, als ihn zu irritieren; ihr Lob seiner Großherzigkeit tat ihm in höchstem Maße gut, und es hatte eine so mächtige Wirkung auf ihn, dass er wild entschlossen war zu beweisen, dass er es verdient hatte. Sein Gewissen plagte ihn jedoch, dass er Clarence Herveys ehrenvolles Verhalten in der Nacht, als er so weit gewesen war, sich das Leben zu nehmen, nicht ausreichend gewürdigt hatte. Bevor er London verließ, schrieb er daher einen ausführlichen Bericht über alles, was geschehen war, der Miss Portman nach seiner Abreise geschickt werden sollte. Er wurde Belinda von dem armen Juba überbracht, der sofort bereit gewesen wäre, seinen unglücklichen Herrn in sein freiwilliges Exil zu begleiten, aber Mr Vincent hatte ihm nicht erlaubt, auf diese Weise zu zeigen, wie sehr er ihm verbunden war.

»Geh zu deiner Frau«, hatte er gesagt, »und bleib in deinem glücklichen Zuhause.«

Der arme Kerl legte den Brief seines Herrn in Miss Portmans Hand, ohne in der Lage zu sein, auch nur eine Silbe von sich zu geben; große Tränen rannen seine schwarzen Wangen hinunter, als sie freundlich zu ihm sagte: »Wir werden uns ja bei deinem Cottage wiedersehen, Juba.«

»Aber Massa wird nicht da sein – Massa ist weg! – Wann werden wir mein Massa wiedersehen? – Nie – nie!«

Er schluchzte wie ein Kind.

Keine Qual, die ein Mensch dem anderen zufügen könnte, hätte wahrscheinlich bei diesem Schwarzen eine der Tränen hervorgerufen, die die Liebe zu seinem Herrn in solchen Mengen strömen ließ.

Belinda war tief gerührt von der treuen Empfindsamkeit dieses Geschöpfes. Er erinnerte sie an einige der liebenswertesten Charakterzüge seines Herrn und an die glücklichen Tage, die sie in Mr Vincents Gesellschaft verbracht hatte. Seinen Brief – seinen Abschiedsbrief – konnte sie nur unter starken Gefühlswallungen lesen. Er war mit wahrem Gefühl geschrieben, aber in männlichem Stil, ohne ein eitles Wort der Klage. Wie großzügig er sich zeigte, als er von Clarence Hervey sprach, ging nicht unbemerkt an ihr vorüber.

»Wie schade es doch ist«, dachte Belinda, »dass ich gezwungen bin, ihm Adieu für immer zu sagen, obwohl er doch so viele gute und großartige Charakterzüge hat!«

Auch wenn dies für sie eine schmerzliche Trennung war, konnte sie ihre Entscheidung nicht rückgängig machen; nichts konnte sie dazu bringen, sich mit einem Mann zu verbinden, der eine fatale Vorliebe für das Glücksspiel hatte. Sogar Mr Percival, der doch sein Mündel wirklich liebte und die Verbindung mit Belinda so sehr gutgeheißen hatte, wagte es nicht, für Mr Vincent in diesem Punkt zu bürgen. Vernunft und Klugheit verboten ihr also, ihr Lebensglück einem vagen Versprechen anzuvertrauen. Sie zitterte bei dem Gedanken, dass sie drauf und dran gewesen war, eine unauflösliche Verbindung mit jemandem einzugehen, der eine so gefährliche, und, wie sie sicher glaubte, unheilbare Vorliebe hatte. Allerdings war sogar ihre Erleichterung, noch einmal davongekommen zu sein, mit vielen schmerzlichen Gefühlen vermischt. Zwar hatte sie ihn niemals mit großer Leidenschaft geliebt, aber sie hatte sich doch daran gewöhnt, mit Herzlichkeit, Hochachtung und Zuneigung an ihn zu denken. All ihre Gedanken waren seit ein paar Monaten auf ihn fixiert gewesen, und sie konnte nicht einfach so ihr ganzes Bewusstsein in eine andere Richtung lenken und sich mit ihrem Verlust versöhnen. Ihr Schmerz wurde jedoch durch einen überaus herzlichen und vernünftigen Brief von Lady Anne Percival gelindert, die auf das freundlichste zum Ausdruck brachte, wie sehr sie ihr Verhalten schätze und dass sie sich wegen ihrer Enttäuschung große Sorgen um sie mache. Sie gab zudem ihrer Hoffnung Ausdruck, dass Belinda weiterhin an sie mit Zuneigung und Wertschätzung denken möge, obwohl sie zu voreilig in ihrem Rat gewesen sei, und auch wenn ihre Freundschaft ihr vielleicht recht selbstsüchtig vorgekommen sein möge.

Belinda wusste, dass sie, sosehr sie ihre jetzige Lage auch bedauern mochte, doch klug gehandelt hatte, als sie die Verbindung zu Mr Vincent abgebrochen hatte; sie bemühte sich, zur Ruhe zu kommen, und beschäftigte sich ohne Unterlass, denn sie fand, dass das Tätigsein am besten über schmerzliche Erinnerungen hinweghelfe.

Kapitel XXX
Neuigkeiten

»Erwarten Sie bloß nicht, dass es mir um Mr Vincent leidtut«, sagte Lady Delacour. »Er mag so großherzig und so reumütig sein, wie er will, ich bin von Herzen froh, dass er sich auf dem Weg nach Deutschland befindet. Er wird schon in den höheren oder *niedrigeren* Kreisen des Reiches eine Heldin im Kotzebue[43]-Stil finden, die ihn elend machen wird, bis er glücklich ist, und glücklich, bis er wieder elend ist. Er gehört zu den Männern, die große Gefühle brauchen. – Solche Männer geben wunderbare Liebhaber auf der Bühne ab! – Sind aber die schlechtesten Ehemänner der Welt! – Im Übrigen hoffe ich, Belinda, dass Sie es mir hoch anrechnen, dass mein Urteil über Mr Vincent besser war als das von Lady Anne Percival?«

»Dass Ihr Urteil schlechter war, meinen Sie wohl? Lady Anne schätzt jeden Menschen immer *so positiv* wie nur möglich ein.«

»Na, ich will Ihnen gerne ein Wortspiel zur Verteidigung Ihrer Freundin erlauben, aber machen Sie sich keine Gedanken wegen der Reputation von Lady Annes Menschenkenntnis. Wenn es Sie glücklich macht, so kann ich mit vollkommener Ehrlichkeit behaupten, dass ich sie im Leben noch nicht so sehr gemocht habe wie jetzt, da ich sie bei einem Fehler erwischt habe. Es rettet sie meiner Meinung nach vor dem Odium, perfekt zu sein.«

»Und es lag etwas so Hochanständiges in der Art, in der sie mir geschrieben hat, als sie ihren Fehler erkannt hatte«, sagte Belinda.

»Sehr wahr, und auch mein Freund Mr Percival hat sich überaus anständig verhalten. Wenn es um einen Konflikt zwischen verschiedenen Freunden geht, hat nicht jeder Mann einen so klaren Kopf, dass er seine Pflicht gegenüber seinem Nächsten erkennt. Mr Percival hat nicht mehr als das, was angemessen war, zugunsten seines Mündels gesagt. Sie haben Grund, ihm dankbar zu sein, und da wir schon einmal dabei sind, allen Personen, die uns vor der drohenden Gefahr bewahrt haben, zu danken, sollten auch Juba, der Schwarze, und Salomon, der Jude, ihren gerechten Anteil erhalten, denn ohne deren kleinen Ringkampf wäre die Wahrheit vielleicht nie ans Licht gekommen, und Mr Vincent wäre heute Ihr Herr und Gebieter. Aber die Gefahr ist gebannt, Sie müssen nicht so verschreckt dreinschauen. – Stellen Sie sich nicht an wie der Mann, der vor Schreck tot umfiel, als man ihm bei Tage die zerbrochene Brücke zeigte, über die er in der Nacht hinweggaloppiert war.«

Lady Delacour war so blendender Laune, dass sie, ohne auf den Zusammenhang groß zu achten, von einem Thema zum anderen kam.

»Sie haben ja jetzt bewiesen, meine Liebe«, sagte sie, »dass Sie kein Mädchen sind, das nur heiratet, weil das Hochzeitskleid geliefert worden ist oder weil der Tag nun einmal festgelegt wurde oder das ›Ganze bereits so weit gediehen‹ ist. Ich muss Ihre Zivilcourage wirklich loben, wie Dr. X— so etwas nennt; militärische Courage könne man, wie er mir gestern sagte – militärische Courage, die ›bis in die Mündung der Kanone suchet nach der Seifenblase Ruhm‹[44] –, ja wohlfeil an jeder Straßenecke finden. Aber Zivilcourage, wie sie zum Beispiel die Prinzessin Parizade in den *Geschichten aus Tausendundeiner Nacht* befähigt hat, unbeirrt den Hügel hinaufzugehen zu ihrem Ziel, obwohl die vielen Zauberstimmen sie deswegen beschimpft haben und ihr immer wieder rieten umzukehren, gehört zu den seltensten Qualitäten eines Mannes oder einer Frau und lässt sich weder mit Geld bezahlen noch mit Liebe oder Bewunderung erreichen.«

»Sie stellen ›Bewunderung‹ nicht nur über ›Geld‹, sondern auch über ›Liebe‹ in Ihrer Rangliste, merke ich wohl«, sagte Belinda lächelnd.

»Sie dürfen heute so feinsinnig sarkastisch sein, wie es Ihnen gefällt, meine Liebe, wenn Sie nur wieder lächeln und nicht mehr so bleich aussehen wie Senecas Paulina,[45] deren Geschichte wir – von wem gehört haben?«

»Von Mr Hervey, glaube ich.«

»Sein Name kommt Ihnen doch ganz schnell über die Lippen. Ich hoffe, er war auch Ihren Gedanken nicht so fern.«

»Niemand könnte weiter entfernt sein«, sagte Belinda.

»Nun ja, sehr wahrscheinlich – ich glaube Ihnen, weil Sie es sagen und weil es ganz unmöglich ist.«

»Ziehen Sie mich so sehr auf, wie Sie Lust haben, meine liebe Lady Delacour. Ich versichere Ihnen, ich sage einfach nur die Wahrheit.«

»Also, ich habe Sie nie im Verdacht gehabt, sich zu verstellen, meine Liebe. Deswegen sagen Sie mir ehrlich, wenn Clarence Hervey Ihnen in diesem Moment zu Füßen läge, würden Sie ihn verschmähen?«

»Ihn verschmähen? Nein – ich würde ihn weder verschmähen noch ›ihn seiner Wege schicken‹, aber ohne die Begriffe aus dem Wörterbuch einer Romanheldin zu benutzen ...«

»Sie würden ihn abweisen?«, unterbrach Lady Delacour mit einem Blick voller Entrüstung. »Sie würden ihn tatsächlich abweisen?«

»Das habe ich nicht gesagt, *glaube* ich.«

»Sie würden seinen Antrag also annehmen?«

»Das habe ich *mit Sicherheit* nicht gesagt.«

»Oh, Sie würden ihm sagen, Sie seien nun einmal nicht an ihn *gewöhnt*?«

»Vielleicht nicht unbedingt mit diesen Worten.«

»Also, wir werden uns jetzt nicht um die Wortwahl streiten«, sagte Lady Delacour, »ich möchte Sie nur bitten, sich an Ihre eigenen Prinzipien zu erinnern, und wenn Sie je in diese Situation kommen, seien Sie bitte konsequent. Das Wichtigste für einen Philosophen ist es, konsequent zu sein.«

»Glücklicherweise besteht keine unmittelbare Gefahr, dass die Glaubwürdigkeit meiner Lebensphilosophie auf den Prüfstand kommt.«

»Sie meinen wohl ›unglücklicherweise‹, es sei denn, Sie müssten befürchten, dass sie die Prüfung nicht besteht. Aber eigentlich wollte ich, als ich vom Konsequentsein sprach, Sie daran erinnern, dass nun all Ihre eigenen und Mr Percivals Argumente in Bezug auf die *erste Liebe* mit ebensolcher Richtigkeit gegen Sie verwendet werden könnten.«

»Wie das – gegen *mich*?«

»Sie lassen sich ebenso gut auf die zweite große Liebe anwenden wie auf die erste, denke ich.«

»Das mag wohl sein«, sagte Belinda, »aber ich bin im Moment wirklich und wahrhaftig nicht geneigt, an Liebe zu denken; zumal überhaupt nicht die Notwendigkeit besteht, das zu tun.«

Belinda griff nach einem Buch, und Lady Delacour hielt sich eine halbe Stunde lang zurück und neckte sie nicht weiter. Aber länger als eine halbe Stunde konnte sie einfach nicht über das Thema schweigen, das in ihrem Denken nun einmal den ersten Platz einnahm.

»Wenn Clarence Hervey«, rief sie, »nicht der ehrenwerteste Dummkopf wäre, könnte er der glücklichste Mann auf Erden sein. Diese Virginia! – Oh, wie ich sie hasse! – Ich bin sicher, dass Clarence sie nicht lieben kann.«

»Weil Sie sie hassen – oder weil Sie sie hassen, ohne sie je gesehen zu haben?«, sagte Belinda.

»Och, ich kann sie mir schon vorstellen«, erwiderte Lady Delacour, »ein sanftes, seufzendes, dahinsiechendes Dämchen, das Dompfaffen an seinen Busen drückt. Lächeln Sie, lächeln Sie, meine Liebe, Sie können nicht anders; wenn Sie auch noch so großzügig veranlagt sind, so weiß ich doch, dass Sie genauso denken wie ich und dass Sie genau wie ich wünschten, sie läge in diesem Moment auf dem Grund des Schwarzen Meeres.« Lady Delacour stand für einige Minuten still da und überlegte und rief dann aus: »Ich werde Himmel und Erde in Bewegung setzen, um diese absurde Vermählung zu unterbinden.«

»Du lieber Himmel, Lady Delacour, was meinen Sie damit?«

»Meinen? Meine Liebe, ich meine, was ich sage, was ja wirklich sehr wenige Menschen tun; darum bin ich nicht überrascht, dass ich Sie damit in Erstaunen versetze!«

»Ich beschwöre Sie«, rief Belinda, »wenn Sie auch nur die geringste Achtung gegenüber meiner Ehre und meinem Glück haben...«

»Ich habe nicht die geringste, sondern die allerhöchste; und verlassen Sie sich darauf, meine Liebe, ich werde nichts tun, das ›die Würde Ihres Denkens und das Zartgefühl Ihres Wesens‹ verletzen könnte, das ich so bewundere und liebe und das im Übrigen auch Clarence Hervey so geliebt hat und immer noch liebt. Vertrauen Sie mir nur – nicht einmal Lady Anne Percival kann skrupulöser in ihren Vorstellungen von Schicklichkeit sein, als ich es bin, wenn es um meine Freunde geht, und seit meiner Bekehrung, darf ich hoffentlich auch sagen, um mich selbst. – Machen Sie sich keine Sorgen.« – Nach diesen Worten läutete sie und ließ ihre Kutsche bereitstellen. »Ich bitte Sie jetzt nicht, mit mir auszufahren, meine liebe Belinda; ich erlaube Ihnen vielmehr, in diesem Sessel zu sitzen, bis ich zurückkehre, mit den Füßen auf dem Kamingitter, einem Buch in der Hand und diesem kleinen Tisch neben sich wie auf Lady S—s Gemälde von der Behaglichkeit.«

Lady Delacour verbrachte den Rest des Morgens in der Stadt,

und als sie heimkam, verriet sie Belinda nicht, was sie gemacht hatte oder was oder wen sie gesehen hatte. Das war so ungewöhnlich, dass es Belinda auffallen musste. Trotz der Lobeshymne, die ihre Ladyschaft auf ihren eigenen skrupulösen Sinn für Schicklichkeit vorgebracht hatte, mochte Miss Portman nicht mit vollkommener Gelassenheit ihrer Rücksicht vertrauen.

»Ihre Ladyschaft hat mir einmal«, sagte sie in spielerischem Ton, »meinen ärgerlichen Mangel an Neugier zum Vorwurf gemacht; Sie haben mich von diesem Fehler vollkommen geheilt, denn es gibt auf der Welt keine Frau, die in diesem Moment neugieriger ist als ich. Ich möchte furchtbar gern wissen, was für einen geheimen Plan Sie auf den Weg gebracht haben.«

»Gedulden Sie sich noch ein wenig länger, und das Geheimnis wird gelüftet werden. In der Zwischenzeit müssen Sie einfach glauben, dass alles, was ich tue, mit den besten Absichten geschieht: Da Sie sich andererseits recht brav verhalten haben, werde ich Ihnen einen kleinen Hinweis geben, sobald Sie mir erklärt haben, was Sie damit meinen, dass Ihr Herz zurzeit nicht gerade offen für die Liebe ist? Sagen Sie, haben Sie der Liebe für immer eine Absage erteilt?«

»Nein, aber ich kann ohne sie existieren.«

»Haben Sie denn ein Herz?«

»Ich hoffe doch.«

»Und es kann ohne Liebe existieren? Ich verstehe jetzt, was mir einmal ein dummes Bürschchen von einem Lord gesagt hat: ›Welchen Nutzen hat denn die Sonnenuhr von der Sonne?‹«[46]

Es kam eine Gruppe von Leuten herein und ersparte Belinda weitere Scherze. Lady Boucher und Mrs Margaret Delacour sollten zusammen mit einer großen Gesellschaft bei Lady Delacour speisen. Beim Dinner nutzte Lady Boucher den ersten günstigen Moment des Schweigens, um eine Neuigkeit mitzuteilen, die, so glaubte sie, alle Augen auf sie ziehen würde.

»Also hat Mr Clarence Hervey schließlich doch geheiratet!«

»Geheiratet!«, rief Lady Delacour – sie war immerhin so geistesgegenwärtig, nicht direkt zu Belinda hinzuschauen, aber sie fixierte die Augen der Lady und wiederholte: »Geheiratet? Sind Sie sich da sicher?«

»Absolut – absolut! Er wurde gestern ganz im Privaten in den Räumen seiner Tante Lady Almeria in Windsor mit Miss Hartley getraut. Ich habe Ihnen ja gesagt, dass das geplant war, und jetzt ist es geschehen; Mr Hervey ist da wirklich eine außergewöhnliche Verbindung eingegangen. Stellen Sie sich bloß vor, er geht hin und heiratet schließlich und endlich ein Mädchen, das seit Jahren seine Geliebte war! Niemand wird sie besuchen, so viel steht fest. Lady Almeria ist furchtbar erschüttert; sie hat getan, was sie konnte, um ihren Bruder, den Bischof, dazu zu bringen, seinen Neffen zu verheiraten, aber er hat sich, wie es sich gehört, mit der Begründung geweigert, man wisse einfach, um was für eine Art Mädchen es sich hier handele.«

»Ich dachte, Milord der Bischof sei in Spa«, warf ein Herr ein, als Lady Boucher Atem holen musste.

»Du meine Güte, nein, Sir, da sind Sie falsch informiert«, nahm sie ihre Rede wieder auf. »Milord der Bischof ist schon seit einiger Zeit aus Spa zurück, und er hat sich geweigert, seinen Neffen zu sehen, das weiß ich sicher. Man kann ja im Grunde den armen Clarence nur bedauern, dass er sich zu einer solchen Verbindung hat überreden lassen. Mr Hartley hat ein bemerkenswert üppiges Vermögen, so viel steht fest, und er hat die Dinge mit erstaunlicher Eile vorangetrieben, um den Ruf seiner Tochter wieder in Ordnung zu bringen. Er sagte gestern Morgen, wie man mir glaubhaft versichert hat, wenn Clarence das Mädchen nicht noch in dieser Nacht heiraten würde, würde er es samt seinem Vermögen am kommenden Tag mit auf die Westindischen Inseln nehmen. Also, das Vermögen hatte sicher einen gewissen Einfluss.«

»Mein liebe Lady Boucher«, unterbrach Lord Delacour, »Sie müssen in diesem Punkt falsch informiert sein; ein Vermögen hat keinen Einfluss auf Clarence Hervey; er ist ein viel zu großzügiger Bursche, als dass er wegen eines Vermögens geheiratet hätte. Was denken Sie – was sagen Sie, Lady Delacour?«

»Ich sage und ich denke und glaube genau dasselbe wie Sie, Milord«, sagte Lady Delacour.

»Sie sagen und denken und glauben dasselbe wie Ihr Gatte. Das ist aber wirklich höchst erstaunlich!«, sagte Lady Boucher. »Ja, wenn es nicht um des Vermögens willen war, so sagen Sie mir doch bitte, warum hat Mr Hervey dann überhaupt geheiratet? Kann mir das jemand verraten?«

»Ich würde denken, weil er verliebt war«, sagte Lord Delacour, »denn ich erinnere mich, dass das der Grund war, warum ich selbst geheiratet habe.«

»Mein lieber guter Lord – aber wenn ich Ihnen doch sage, dass das Mädchen seine Geliebte war, bis er ihrer müde wurde …«

»Lady Boucher«, sagte Mrs Margaret Delacour, die bisher schweigend zugehört hatte, »Lady Boucher, Sie sind da nicht richtig informiert, Miss Hartley war nie Clarence Herveys Geliebte.«

»Ich bin ja durchaus froh, dass Sie so denken, Mrs Delacour, aber ich versichere Ihnen, niemand sonst ist so *wohlwollend*. Wer in der ersten Gesellschaft verkehrt, hört weitaus mehr als jemand, der zurückgezogen lebt. Ich kann Ihnen versichern, niemand wird die Braut besuchen, und danach sollten wir alle urteilen.«

Dann stimmten Lady Boucher und die übrige Gesellschaft ein vielstimmiges Konzert über den Wahnwitz dieser Heirat an. Diejenigen, die sich Lady Delacour gewogen machen wollten, äußerten am lautesten ihr Erstaunen darüber, dass sich Clarence in dieser Weise wegwerfen wollte. Ihre Ladyschaft lächelte und hielt mit viel Geschick das Geplauder im Gang, damit niemand nach Miss Portman schaute, während sie von Zeit zu Zeit einen verstohlenen Blick auf Belinda warf, um herauszufinden, wie sie das, was geschah, aufnahm; sie war irritiert, wie viel Selbstbeherrschung Belinda an den Tag legte. Gegen Ende, als man sich darauf geeinigt hatte, dass alle Herveys *seltsam* seien, aber dass diese Heirat von Clarence doch *das Seltsamste* von all den seltsamen Dingen sei, die irgendjemand aus der Familie seit Generationen angestellt hatte, fragte Mrs Delacour ruhig: »Sind Sie sicher, Lady Boucher, dass Mr Hervey verheiratet ist?«

»Absolut! Wie ich schon sagte, absolut! Madam, meine Zofe hat es von Lady Newlands Schweizer, der es von Lady Singletons Französin hat, die es von Longueville erfahren hat, dem Friseur, der es wiederum von Lady Almerias eigener Zofe hat, die bei der Zeremonie anwesend war und es deswegen so genau wissen muss, wie es nur möglich ist.«

»Die Neuigkeit ist zu uns im Zickzack gelangt so schnell wie der Blitz, aber sie erleuchtet mich nicht so sehr, dass ich völlig überzeugt wäre«, sagte Lady Delacour.

»Mich auch nicht«, sagte Mrs Delacour, »und zwar aus diesem einfachen Grunde. Ich habe Miss Hartley vor zwei Stunden noch gesehen und ich *habe es von ihr*, dass sie nicht verheiratet ist.«

»Nicht verheiratet!«, rief Lady Boucher voller Entsetzen.

»Ich denke, eher nicht; sie ist jetzt mit ihrem Vater in meinem Haus zu Gast, wahrscheinlich sitzen sie beim Dinner, und Clarence Hervey ist bei Lady Almeria in Windsor; ihre Ladyschaft ist nämlich ans Bett gefesselt wegen eines Gichtanfalls und hat deswegen gestern nach ihrem Neffen gesandt. Wenn Leute, die eher zurückgezogen leben, weniger hören, so hören sie manchmal doch vielleicht Genaueres als die Menschen, die sich in der großen Welt bewegen.«

»Ach, dann sagen Sie uns doch, wann Mr Hervey aus Windsor zurückkehren wird?«, fragte die unverbesserliche Lady Boucher.

»Morgen, Madam«, sagte Mrs Delacour. »Da Sie, liebe Lady Boucher, ja zu mehreren Gesellschaften heute Abend gehen werden, denke ich, es ist nur mehr als ›wohlwollend‹, Sie in diesen Dingen zu korrigieren, und ich hoffe doch, Sie werden ihrerseits so ›wohlwollend‹ sein, dem Gerücht zu widersprechen, dass Miss Hartley einmal die Geliebte von Clarence gewesen ist.«

»Nun ja, was das angeht, so müssen wir, da die junge Dame ja nicht verheiratet ist, doch annehmen, dass es dafür gute Gründe gibt«, sagte Lady Boucher. »Sagen Sie doch, von welcher Seite wurde die Verbindung denn aufgelöst?«

»Von keiner Seite«, antwortete Mrs Delacour.

»Die Sache geht also noch weiter? Und an welchem Tag wird die Hochzeit dann stattfinden?«, fragte Lady Boucher.

»Am Montag – oder Dienstag – oder Mittwoch – oder Donnerstag – oder Freitag – oder Samstag – oder Sonntag, glaube ich«, erwiderte Mrs Delacour, die sich auf die Kunst der Vorsicht verstand und Antworten gab, die die Neugier der Klatschsüchtigen parieren konnten.

Lady Boucher tröstete sich in diesem Moment größter Verzweiflung mit einem Teller voller Brandy-Pfirsiche und sprach während des zweiten Gangs kein Wort mehr. Als die Damen sich nach dem Dessert zurückzogen, nahm sie jedoch die Feindseligkeiten wieder auf. Sie wagte es nicht, Mrs Delacour in offener Schlacht zu begegnen, aber in einem kleinen Scharmützel in einer Ecke ging sie wieder zur Attacke über und flüsterte triumphierend: »Sie werden schon sehen, Madam, dass alles genauso enden wird, wie ich es gesagt habe, dass Miss Rachel oder Virginia, oder wie er sie auch immer nennen mag, genau das war, was ich gesagt habe; und wie ich ja bereits sagte, *niemand* wird sie besuchen, keine Seele: Ich weiß schon fünfzig Leute, die mir gesagt haben, sie hätten sich bereits entschieden. Und ich habe mich ebenfalls entschieden, das muss ich offen zugeben; und Lady Delacour denkt genau wie ich, das kann man aus ihrem Schweigen und aus ihren Blicken schließen, sie hält bestimmt nichts von der jungen Dame. Was Miss Portman angeht, das arme Mädchen ist natürlich so sehr mit seinen eigenen Problemen beschäftigt, dass es kein Wunder ist, wenn es gar nichts mehr sagt. Das war ja auch eine traurige Geschichte mit Mr Vincent; ich bin überhaupt erstaunt, dass sie nach alledem so gut aussieht, wie sie es tut. Man hat mir gesagt, dass Mr Percival«, sagte die bestens informierte Witwe und senkte ihre Stimme so sehr, dass alle Klatschliebhaberinnen die Köpfe zusammenstecken mussten, »dass Mr Percival, sagte man mir, sich geweigert hat, seinem Mündel (das ja noch nicht volljährig ist) seine Zustimmung zu geben wegen eines anonymen Briefs, und man nimmt an, Mr Vincent hat das als Entschuldigung dafür genutzt, sich ehrenvoll aus dem Staub zu machen. Das Duell, das er ihretwegen mit Sir Philip Baddely geführt hat, hat den Verlust seiner Liebe endgültig besiegelt – jetzt ist er also nach Deutschland gegangen, und ihr bleibt nur übrig, die Trauerweide zu spielen, was ihr, wie Sie sehen, ebenso gut zu Gesicht steht wie alles andere. Hat sie beim Dinner überhaupt etwas gegessen, Ma'am, Sie saßen doch neben ihr?«

»Ja – tatsächlich mehr als ich.«

»Wie erstaunlich! Dann ist vielleicht Sir Philip Baddely wieder *im Spiel* – Herr im Himmel, was das für eine Verbindung für sie wäre! Na, dann könnte man Mrs Stanhope wirklich den Titel der gewandtesten Kupplerin nicht mehr streitig machen. Die siebte ihre Nichten ist das. Aber schauen Sie nur, nun führt Mrs Delacour Miss Portman ins Spielekabinett, ganz geschäftsmäßig – die Hand in der ihren. – Mein Gott, ich wusste gar nicht, dass die beiden sich so nahestehen! Ich frage mich, was da im Busche ist – stellen Sie sich nur einmal vor, was geschähe, wenn der alte Hartley um Miss Portmans Hand anhielte – das wäre ja einmal ein krönender Abschluss! – Und dann müsste er seine Tochter nur noch vollkommen enterben! Es ist ja schließlich nichts unmöglich, wissen Sie. Hat er Miss Portman überhaupt schon einmal gesehen? Ich muss das jetzt wirklich gleich herausfinden.«

In der Zwischenzeit sprach Mrs Delacour, ohne zu wissen, welches Aufsehen sie erregt hatte, mit Belinda im Spiele-Kabinett.

»Meine liebe Miss Portman«, sagte sie, »Sie sind ja, wie ich weiß, von sehr liebenswürdigem Charakter, sonst würde ich gar nicht erst versuchen, Sie in der gegenwärtigen Situation um etwas zu bitten. Wären Sie so gut und würden Sie einem Freund von mir helfen – einem Gentleman, den ich einst für einen Ihrer Bewunderer hielt?«

»Ich würde alles in meiner Macht Stehende tun, um jedem Ihrer Freunde einen Gefallen zu tun, Madam«, sagte Belinda, »aber von wem sprechen Sie denn?«

»Von Mr Hervey, meine liebe junge Dame.«

»Er war nie einer meiner Bewunderer«, sagte Belinda, »aber das macht mich nicht weniger bereitwillig, ihm zu helfen, als einem Freund. – Sagen Sie mir doch, was ich tun kann.«

»Das werden Sie gleich erfahren«, sagte Mrs Delacour und kramte und wühlte für eine ganze Weile in einem Berg von Briefen, die sie aus der größten Tasche gezogen hatte, die eine Frau je bei sich hatte, sogar wenn man die des vorigen Jahrhunderts dazunimmt.

»Oh, hier ist er«, fuhr sie fort, öffnete die Briefe und schaute sie durch. »Darf ich Sie bitten, diesen Brief einmal kurz durchzulesen? Er ist von dem armen Mr Hartley; er hängt, wie Sie merken werden, außerordentlich an seiner Tochter, die er nach seiner langen Suche glücklicherweise wiedergefunden hat. Er ist sehr nervös und ganz entsetzlich besorgt wegen dieser unbelegten Klatschgeschichten. Sie können ja dem, was Lady Boucher beim Dinner gesagt hat, entnehmen, dass man übereingekommen ist, Virginia sei keine Person, die man besuchen kann, denn sie sei Clarence' Geliebte gewesen und nicht seine Schülerin. Mr Hartley verliert beinahe den Verstand, wie Sie in diesem Brief sehen können, vor lauter Angst, dass der Ruf seiner Tochter ruiniert sein könnte. Ich habe meine Kutsche sofort nach Twickenham geschickt, sobald ich diesen Brief erhalten hatte, um das arme Mädchen und seine Gouvernante abzuholen. Sie sind heute Morgen bei mir eingetroffen, aber was kann ich schon machen? – Ich bin nur eine alte Frau gegen ein eingeschworenes Bündnis von Klatschmäulern, aber wenn ich Sie und Lady Delacour zu meinen Verbündeten machen könnte, müsste ich keinen Gegner mehr fürchten. Virginia wird ein paar Tage bei mir bleiben, und Lady Delacour ist, wie ich sehe, schon beinahe entschlossen, sie zu besuchen, aber sie will nicht ohne Sie kommen, und sie sagt, sie mag Sie nicht darum bitten, sie zu begleiten. Ich verstehe ihre Zurückhaltung in dieser Sache nicht so ganz, ich sehe dafür überhaupt keinen Grund, denn meiner Meinung nach gibt es gar keine Ursache für all die boshaften Berichte, die *entre nous,*⁴⁷ glaube ich, ursprünglich von Mrs Marriott stammen. Nun, wollen Sie mir diesen Gefallen tun? Wenn Sie und Lady Delacour Virginia morgen besuchen kämen, so würde der Rest der Welt Ihrem Beispiel am nächsten Tag folgen. Es ist oft Feigheit, die Menschen zu Bosheit verleitet; haben Sie den Mut, meine liebe Miss Portman, die Erste zu sein, die mildtätig handelt? Ich versichere Ihnen«, fuhr Mrs Delacour mit großem Ernst fort, »ich versichere Ihnen, ich würde eher meine Hand in diesem Moment in dieses Feuer legen, als Sie um etwas zu bitten, das mein Anstand nicht vertreten könnte. – Aber vergeben Sie mir, wenn ich Sie in dieser Sache so bedränge; es ist mir nun einmal ein großes Anliegen, Ihre Stimme zu Virginias Gunsten zu gewinnen, denn Miss Belinda Portmans Klugheit und Anstand wird so hochgeschätzt und steht so unverrückbar fest, dass sie es wagen kann, uns damit Halt zu geben. Ich bin im Übrigen so absolut überzeugt von der Unschuld des armen Mädchens, wie ich es von der Ihren bin, und wenn Sie es gesehen haben, werden Sie ganz meiner Meinung sein.«

»Ich versichere Ihnen, Mrs Delacour«, sagte Belinda, »Sie haben in dieser Sache ungeheure Beredsamkeit verschwendet für ...«

»Das tut mir sehr leid«, unterbrach Mrs Delacour und erhob sich mit einem Ausdruck der Verärgerung von ihrem Platz, »ich wollte Sie mit meiner ›Beredsamkeit‹ weder plagen noch irgendwie verletzen, Miss Portman – es trifft mich nur sehr, dass ich Ihren Charakter so falsch einschätzen konnte, dass ich mir eine solche Ablehnung eingehandelt habe.«

»Ich habe gar nicht abgelehnt«, sagte Belinda milde, »Sie haben mich meinen Satz nur nicht zu Ende sprechen lassen.«

»Entschuldigen Sie, das ist eine ganz dumme Angewohnheit von mir.«

»Was ich sagen wollte, war: Mrs Delacour hat sehr viel Beredsamkeit verschwendet, denn ich bin ganz ihrer Meinung und werde mit größter Bereitwilligkeit ihrem Ansuchen nachkommen.«

»Sie sind so ein liebes, großherziges Mädchen, und ich bin eine hitzköpfige alte Närrin – ich danke Ihnen tausendmal.«

»Sie brauchen sich mir nicht verpflichtet zu fühlen«, sagte Belinda. »Als ich diese Geschichte zum ersten Mal gehört habe, habe ich genau das geglaubt, was Lady Boucher noch immer für die Wahrheit hält – aber ich habe gute Gründe gehabt, meine Meinung zu ändern, und vielleicht hätte sie das auch getan, wenn sie die Informationen besäße, über die ich verfüge; wenn man einmal überzeugt ist, ist es unmöglich, dem Verdacht wieder anheimzufallen.«

»Unmöglich für Sie – die wirklich tugendhaften Frauen sind immer die, deren Meinung über das eigene Geschlecht am wenigsten misstrauisch und missgünstig ist. Lady Anne Percival hat mich zuerst auf diesen Gedanken gebracht, und Miss Portman bestätigt nun meine Einschätzung. – Ich bewundere Ihren Mut, dass Sie es wagen, sich für die Verteidigung der Unschuld einzusetzen. Aber ach! Ich bin schon sehr ungezogen, dass ich Sie überhaupt so sehr lobe.«

»Ich habe gar keinen Anspruch auf Ihre Bewunderung«, sagte Belinda, »denn ich muss Ihnen ehrlich gestehen, dass ich diesen Mut nicht hätte, wenn eine wirkliche Gefahr in dem Fall hier bestünde; ich glaube nicht, dass es in wirklich zweifelhaften Fällen die Aufgabe einer jungen Frau ist, ihren guten Ruf in dem Versuch zu gefährden, den einer anderen zu erhalten. Ich bin überhaupt nicht der Ansicht, dass ich in der Welt so viel Gewicht hätte, dass ich mich dafür eigne, deswegen würde ich es erst gar nicht versuchen. Es ist die Pflicht von Frauen wie Mrs Delacour, deren Ruf die Macht des Skandals nichts anhaben kann, sich für die Verteidigung verletzter Unschuld einzusetzen, aber für Belinda Portman wäre es nicht Mut, sondern Anmaßung und Verwegenheit.«

»Nun, wenn Sie mir nicht erlauben wollen, Ihren Mut oder Ihre Großherzigkeit oder Ihre Vorsicht zu bewundern«, sagte Mrs Delacour lachend, »so müssen Sie mir doch zumindest zugestehen, *Sie* als Person rundum zu bewundern und Sie auch zu lieben, denn ich kann einfach nicht anders. Leben Sie wohl!«

Nachdem die Gesellschaft gegangen war, fand sich Lady Delacour äußerst überrascht von der Nachdrücklichkeit, mit der Belinda sie bat, dass sie am kommenden Morgen Virginia einen Besuch abstatten sollten.

»Meine Liebe«, sagte Lady Delacour, »um Ihnen die Wahrheit zu sagen, so bin ich sehr neugierig und kann es kaum erwarten, das zu tun. Ich hatte nur um Ihretwillen gezögert; ich habe geglaubt, dass Sie vielleicht nicht sehr erpicht auf einen Besuch seien und dass man, wenn ich ohne Sie gegangen wäre, das negativ vermerkt hätte. – Aber ich bin entzückt zu hören, dass Sie mit mir kommen wollen; ich kann nur sagen, dass Sie großzügiger sind, als ich es in derselben Situation wäre.«

Am nächsten Morgen fuhren sie zusammen zu Mrs Delacour. Auf dem Weg dorthin bat Belinda, um sich abzulenken und Lady Delacour aus der tiefen und unnatürlichen Schweigsamkeit herauszuholen, in die sie verfallen war, doch die Geschichte von Sir Philip Baddely, dem Hund, Miss Annabella Luttridge und dem Billetdoux weiterzuerzählen.

»Wegen einiger meiner üblen Verbrechen und meines grässlichen Verhaltens hatten Sie gelobt, den Rest der Geschichte nicht zu erzählen, bis die Woche vorüber wäre; würden Sie denn jetzt vielleicht meine Neugier befriedigen? Sie erinnern sich, Sie haben da aufgehört, wo, wie Sie sagten, der beste Teil der Geschichte beginnen würde.«

»Tatsächlich, habe ich das? – Ja, es stimmt, wir werden schon noch die Zeit haben, sie irgendwann zu beenden, meine Liebe«, sagte Lady Delacour, »im Moment ist mein armer Kopf mit einer anderen Sache beschäftigt, und ich bin ja nicht mehr die phantastische Schauspielerin von einst, sonst könnte ich natürlich über ein Thema sprechen und an ein ganz anderes denken, so wie das die besten können. Halten Sie die Kutsche an, meine Liebe, ich fürchte, man hat meine Anweisungen vergessen.«

»Haben Sie die Sache, wie von mir verlangt, heute Morgen zu Mrs Delacour gebracht?«, sagte Lady Delacour zu einem der Lakaien.

»Das habe ich, Milady.«

»Und haben Sie meine Anordnung überbracht, dass man es nicht enthüllen soll, bis ich da bin?«

»Ja, Milady.«

»Wo haben Sie es abgestellt?«

»In Mrs Delacours Ankleidezimmer, Milady. – Sie hat mir gesagt, ich solle es dorthin bringen, und sie hat die Tür abgeschlossen und gesagt, niemand dürfe hinein, bis Sie kommen.«

»Sehr gut – fahren wir weiter, Belinda. – So, meine Liebe, ich hoffe, ich habe die Spannung jetzt auf das Äußerste gesteigert.«

Kapitel XXXI
Das Finale

Neugier war in diesem Augenblick nicht das, was Belinda am stärksten beschäftigte. Als die Kutsche vor Mrs Delacours Tür anhielt, hörte ihr Herz beinahe auf zu schlagen, aber sie gewann wieder genug Fassung, um mit festem Schritt und voller Würde das zu tun, was sie sich vorgenommen hatte.

Clarence Hervey war nicht im Raum, als sie ihn betraten, auch Virginia nicht. Mrs Ormond sagte, sie habe während der Nacht hohes Fieber gehabt und sie habe ihr geraten, erst spät aufzustehen. Aber Mrs Delacour ging sofort zu ihr, und ein paar Minuten später kam sie herein.

Belinda und Lady Delacour tauschten einen Blick aus, der Überraschung und Bewunderung ausdrückte. Es lag eine Grazie und Schlichtheit in ihren Bewegungen und eine Naivität, die einen sofort für sie einnahmen. Lady Delacour schien jedoch, als die erste Überraschung vorüber war, zu ihrer vorherigen Skepsis zurückzukehren, und die durchdringenden Blicke, mit denen ihre Ladyschaft Virginia bedachte, wenn sie sprach, zeigten ihre Wirkung. Sie wurde verlegen und verstummte. Belinda versuchte, sie in die Unterhaltung einzubeziehen, und mit ihr sprach sie auch ganz mühelos und sogar recht frei. Virginia studierte Miss Portmans Gesicht mit ungezwungener Neugier und Interesse, ohne das hinter gekünstelter Höflichkeit zu verbergen. Diese intensive Betrachtung war nicht sehr angenehm für Belinda, aber sie geschah in so offensichtlicher Unschuld, dass sie sie ihr nicht übelnehmen konnte.

In der ersten Pause der Unterhaltung sagte Mrs Delacour: »Ach bitte, meine liebe Lady Delacour, was ist denn dieses wundervolle Geschenk, das Sie heute Morgen geschickt haben und das Sie niemanden sehen lassen wollten, bis Sie kommen würden?«

»Ich kann Ihre Neugier noch nicht befriedigen«, erwiderte Lady Delacour. »Ich muss noch warten, bis Clarence Hervey kommt, denn das Geschenk ist für ihn gedacht.«

Der feierliche, geheimnisvolle Unterton in der Stimme von Lady Delacour, als sie diese Worte von sich gab, rief allgemeine Aufmerksamkeit hervor. Es herrschte Totenstille, die mehrere Minuten anhielt, hin und wieder machte jeder in der kleinen Gesellschaft schwache Versuche, mit einem neuen Thema die Unterhaltung wieder in Gang zu bringen, aber es gelang einfach nicht – man verfiel immer wieder in erwartungsvolle Stille. Endlich erschien Clarence Hervey. Belinda war froh, dass die allgemeine Neugierde, die Lady Delacour geweckt hatte, alle davon abhielt, den plötzlich wechselnden Ausdruck in Mr Herveys Gesicht zu bemerken, als er sie entdeckte.

»Sie sind wirklich ein niedliches Trüppchen neugieriger Kinder!«, rief Lady Delacour lachend. »Wissen Sie eigentlich, Clarence, dass sie alle hier vor Ungeduld umkommen, *une gage d'amitié*[48] zu sehen, das ich für Sie hergebracht habe? Und der Grund, warum sie so neugierig sind, ist schlicht und ergreifend, dass ich so schlau war, mit feierlicher Stimme zu sagen: ›Ich kann Ihre Neugier nicht befriedigen, bevor Clarence Hervey nicht gekommen ist.‹ Nun folgen Sie mir denn, meine Freunde, und wenn Sie enttäuscht werden, so schreiben Sie nicht mir das zu, sondern Ihrer eigenen Vorstellungskraft.«

Sie führte sie zu Mrs Delacours Ankleidezimmer, und die ganze Gesellschaft folgte ihr.

»Nun, was erwarten Sie denn zu sehen?«, fragte sie, als sie den Schlüssel in die Tür steckte.

Nachdem sie einige Augenblicke vergeblich auf eine Antwort gewartet hatte, stieß sie die Tür auf, und sie sahen einen grünen Vorhang, der an der Wand ihnen gegenüber angebracht war.

»Ich dachte, mein lieber Clarence«, nahm Lady Delacour ihren Gedanken wieder auf, »dass kein Geschenk Ihnen besser gefallen könnte als ein Gefährte für Ihre Virginia. Vermittelt Ihnen diese Gestalt«, fuhr sie fort und zog den Vorhang zurück, »vermittelt Ihnen diese Gestalt eine Vorstellung von Paul?«

Bei diesen Worten wandte sich Virginia dem Bild zu – gab einen gellenden Schrei von sich und fiel ohnmächtig zu Boden.

»Bleiben Sie ganz ruhig«, sagte Lady Delacour, »und sie wird gleich wieder zu sich kommen. Junge Damen müssen bei gewissen Gelegenheiten schreien und in Ohnmacht fallen, aber Männer (dabei sah sie Clarence Hervey an) müssen sich nicht immer übertölpeln lassen. Sie macht hier nur eine *Szene*, nehmen Sie es als eine solche und bewundern Sie die Schauspielerin, wie ich es tue.«

»Schauspielerin? Aber sie ist doch keine Schauspielerin!«, rief Mrs Ormond.

Clarence Hervey half Virginia auf, und Belinda spritzte ihr ein wenig Wasser ins Gesicht.

»Sie ist tot! – Sie ist tot! Oh, mein süßes Kind! Sie ist tot!«, rief Mrs Ormond aus und zitterte so sehr, dass sie Virginias Gewicht nicht halten konnte.

»Sie ist wirklich keine Schauspielerin«, sagte Clarence Hervey, »ich fühle keinen Puls mehr!«

Lady Delacour schaute auf Virginias blasse Lippen, berührte ihre kalten Hände und rief voller Schrecken: »Um Himmels willen! Was habe ich getan! Was machen wir denn jetzt mit ihr?«

»Sie braucht Luft – sie braucht Luft, Luft, Luft!«, rief Belinda.

»Sie lassen ihr nicht genug Luft, Mrs Ormond«, sagte Mrs Delacour. »Überlassen wir sie doch Miss Portman, sie ist geistesgegenwärtiger als wir alle.« Und noch während sie sprach, zwang sie Mrs Ormond, mit ihr das Zimmer zu verlassen.

»Falls Mr Hartley kommen sollte, behalten Sie ihn bei sich, Mrs Delacour«, sagte Clarence Hervey. »Ist ihr Puls gar nicht mehr zu fühlen?«

»Doch, er schlägt jetzt wieder stärker«, sagte Belinda.

»Ihre Farbe kehrt zurück«, sagte Lady Delacour. »Da! Heben Sie sie ein wenig an, liebe Belinda; sie kommt wieder zu sich.«

»Sollten Sie nicht besser den Vorhang wieder vor das Bild ziehen«, sagte Miss Portman, »damit sie es nicht sehen kann, wenn sie die Augen öffnet?«

Virginia kam langsam wieder zu sich, sah Lady Delacour den Vorhang vor das Bild ziehen und heftete dann die Augen auf Clarence Hervey, ohne ein Wort zu sagen.

»Geht es Ihnen jetzt besser?«, sagte er mit sanfter Stimme.

»Oh, sprechen Sie nicht – schauen Sie mich nicht so freundlich an!«, rief Virginia. »Es geht mir gut – ganz gut – besser, als ich es verdiene.« – Und sie drückte Belindas Hand, als ob sie ihr dafür danken wollte, dass sie ihr geholfen und sie gehalten hatte.

»Wir können sie jetzt allein lassen«, flüsterte Belinda Lady Delacour zu, »wir sind doch Fremde und unsere Anwesenheit verstört sie nur.«

Sie zogen sich zurück. Aber in dem Moment, in dem Virginia sich allein mit Mr Hervey fand, wurde sie von einem furchtbaren Zittern erfasst, sie versuchte zu sprechen, aber es kamen keine Worte. Schließlich brach sie in Tränen aus, und als ihr dies eine gewisse Erleichterung gebracht hatte, warf sie sich auf die Knie, faltete die Hände und rief, die Augen zum Himmel gerichtet, aus: »Oh, wenn ich doch nur wüsste, was ich tun soll! – Wenn ich doch wüsste, was ich sagen soll!« –

»Soll ich es Ihnen sagen, Virginia? Und werden Sie mir glauben?«

»Ja, ja, ja!«

»Was Sie sagen sollten, ist – die Wahrheit – was immer die auch sein mag.«

»Aber wenn Sie mich dann für das undankbarste Wesen auf Erden halten werden?«

»Wie oft soll ich Ihnen noch versichern, Virginia, dass ich keinen Anspruch auf Ihre Dankbarkeit erhebe. Sprechen Sie mit mir – ich beschwöre Sie, wenn Ihnen Ihr Glück und das meine etwas bedeuten. Sprechen Sie mit mir ohne jede Falschheit! Was ist denn das für ein Geheimnis, das Sie da haben? Warum sollten Sie fürchten, mich wissen zu lassen, was in Ihrem Herzen vor sich geht? Warum haben Sie so geschrien, als Sie das Bild sahen?«

»Oh, vergeben Sie mir! Vergeben Sie mir!«, rief Virginia, und sie wäre zu seinen Füßen niedergesunken, wenn er es nicht verhindert hätte.

»Das werde ich – ich kann alles vergeben, außer Betrug und Falschheit. Schauen Sie mich nicht mit solch verschreckten Augen an, Virginia – das habe ich nicht verdient – ich will doch nur, dass Sie glücklich werden – ich würde sogar mein eigenes Glück opfern, um Ihres sicherzustellen – aber führen Sie mich nicht in die Irre und ruinieren Sie nicht uns beide. Können Sie mir nicht eine klare Antwort auf diese einfache Frage geben? – Warum haben Sie beim Anblick des Bildes aufgeschrien?«

»Weil – aber Sie werden mich ›heimtückische, undankbare Virginia!‹ schimpfen – weil ich diese Gestalt gesehen habe – er ist vor mir niedergekniet – er hat meine Hand geküsst – und ich ...«

Clarence Hervey zog seine Arme zurück, die sie gestützt hatten, und nachdem er sie auf das Sofa gelegt hatte, ließ er sie schweigend dort liegen, während er für einige Minuten im Zimmer auf und ab ging.

»Und warum, Virginia«, sagte er und blieb stehen, »war es notwendig, all dies vor mir zu verbergen? Warum mussten Sie mich glauben machen, dass ich von Ihnen geliebt würde? Warum war es notwendig, dass mein Glück geopfert werden sollte?«

»Das soll es doch nicht! – Das soll es nicht! Ihr Glück soll nicht geopfert werden. Der Himmel ist mein Zeuge, dass es kein Opfer gibt, das *ich* nicht für Sie bringen würde. Vergeben Sie mir den Schrei! Ich konnte doch die Ohnmacht nicht verhindern! Aber ich werde die Ihre werden; das ist *richtig* so, und ich bin nicht heimtückisch, ich bin nicht undankbar, schauen Sie mich nicht an, wie Sie es in meinem Traum getan haben!«

»Jetzt sprechen Sie mir nicht von Träumen, meine liebe Virginia, dies ist jetzt nicht die Zeit für Albernheiten; ich erwarte kein Opfer von Ihnen, ich erwarte nichts als die Wahrheit.«

»Wahrheit! Mrs Ormond kennt die ganze Wahrheit. Ich habe vor ihr nichts verborgen.«

»Aber sie hat alles vor mir verborgen«, rief Clarence und wollte sie schon voller Entrüstung herholen, doch er hielt inne, die Hand bereits am Türgriff, ging zu Virginia zurück und sagte: »Lassen Sie mich die Wahrheit von *Ihren* Lippen hören, das ist alles, worum ich Sie je bitten werde. Wie und wann und wo haben Sie diesen Mann gesehen?«

»Welchen Mann?«, sagte Virginia und schaute mit einem Ausdruck vollkommener schlichter Unschuld auf.

Clarence zeigte auf das Bild.

»In dem Dorf im New Forest, bei Mrs Smiths Haus«, sagte Virginia, »an einem Abend, als ich mit ihr zum Cottage meiner Großmutter gegangen bin.«

»Und Ihre Großmutter wusste davon?«

»Ja«, sagte Virginia und errötete, »sie war sehr verärgert.«

»Und Mrs Ormond wusste davon?«, fuhr Clarence fort.

»Ja, aber sie hat mir gesagt, Sie würden sich nicht darüber ärgern.«

Mr Hervey machte wieder einen hastigen Schritt auf die Tür zu, aber dann hielt er sein ungestümes Wesen im Zaum, blieb stehen und wartete schweigend, an die Rückenlehne des Stuhls Virginia gegenüber gelehnt, darauf, dass sie fortfahren würde. – Er wartete jedoch vergebens.

»Ich will Sie nicht ängstigen, Miss Hartley«, sagte er.

Sie brach in Tränen aus. – »Ich wusste es, ich wusste es«, rief sie, »dass Sie verärgert sein würden; ich habe es Mrs Ormond auch gesagt. Ich wusste, Sie würden mir niemals vergeben.«

»Aber da irren Sie sich«, sagte Clarence milde, »ich vergebe Ihnen ohne jede Schwierigkeit, so wie ich hoffe, dass Sie sich selbst vergeben können; es kann auch nicht mein Wunsch sein, Ihnen irgendwelche quälenden Bekenntnisse zu entlocken. Aber vielleicht kann es doch noch in meiner Macht liegen, Ihnen zu helfen, wenn Sie mir nur vertrauen wollen. Ich werde persönlich mit Ihrem Vater sprechen. Ich werde alles tun, um Ihnen den Mann zu finden, dem Sie Ihre Zuneigung geschenkt haben, wenn Sie jetzt in diesen letzten Momenten unserer Verbindung mir gegenüber ganz und gar ehrlich sind und mir erlauben, Ihr Freund zu sein.«

Virginia schluchzte eine Weile so sehr, dass sie nicht sprechen konnte – schließlich sagte sie: »Sie sind – Sie sind – so unglaublich großzügig! Sie sind immer mein *bester* Freund gewesen! Ich bin das undankbarste Wesen auf dieser Erde! Aber ich habe bestimmt nie gewollt, habe nie vorgehabt, Sie zu betrügen. Mrs Ormond hat mir gesagt ...«

»Sprechen Sie jetzt nicht von ihr, sonst verliere ich doch noch die Beherrschung«, unterbrach Clarence mit einer ganz veränderten Stimme. »Sagen Sie mir einfach, ich beschwöre Sie – sagen Sie mir in einem Wort, wer ist dieser Mann? Und wo kann man ihn finden?«

»Das weiß ich nicht. Ich verstehe Sie nicht«, sagte Virginia.

»Das wissen Sie nicht? – Sie wollen mir nicht vertrauen. – Dann muss ich Sie – muss ich Sie Mr Hartley überlassen.«

»Verlassen Sie mich nicht – oh, verlassen Sie mich nicht so im Ärger!«, rief Virginia und klammerte sich an ihn. – »Ihnen nicht vertrauen? – Ich? – Ich sollte Ihnen nicht vertrauen? – Oh, wie *können* Sie das nur denken? Ich habe nichts, was ich bekennen könnte! Mrs Ormond kennt jeden einzelnen meiner Gedanken, und das sollen Sie auch, wenn Sie mich nur anhören wollen. Ich weiß nicht, wer dieser Mann ist, ich versichere es Ihnen, und auch nicht, wo man ihn finden kann.«

»Und trotzdem lieben Sie ihn? Können Sie denn einen Mann lieben, den Sie gar nicht kennen, Virginia?«

»Ich liebe nur sein Bild, glaube ich«, sagte Virginia.

»Sein Bild?«

»Wirklich, ich bin völlig durcheinander«, sagte Virginia und schaute mit wilden Blicken um sich; »ich weiß gar nicht, was ich fühle.«

»Aber wenn Sie diesem Mann erlaubt haben, vor Ihnen niederzuknien und Ihre Hand zu küssen, so müssen Sie doch wissen, dass Sie ihn lieben, Virginia?«

»Aber das war doch nur in einem Traum, und Mrs Ormond hat gesagt ...«

»Nur in einem Traum? Aber Sie haben ihn doch bei Mrs Smiths Haus im New Forest getroffen?«

»Das war doch nur auf einem Bild.«

»Nur auf einem Bild? – Aber Sie haben das Original doch schon einmal gesehen?«

»Nein, nie – niemals in meinem Leben, und ich wünschte bei Gott, ich hätte das fatale Bild nie gesehen! Es verfolgt mich Tag und Nacht. Wenn ich tagsüber von Helden lese, so erscheint dieses Bild vor mir statt des Ihren. Wenn ich abends schlafen gehe, so sehe ich es statt des Ihren in meinen Träumen; es spricht mit mir, es kniet vor mir nieder. Ich habe das schon vor langer Zeit Mrs Ormond gesagt, aber sie hat nur über mich gelacht. Ich habe ihr von diesem schrecklichen Traum erzählt. Ich habe Sie da liegen sehen und das Blut floss nur so; ich habe versucht, Sie zu retten, aber ich konnte es nicht. Ich habe gehört, wie Sie sagten: ›Heimtückische, undankbare Virginia! Du bist der Grund, warum ich sterben muss!‹ Oh, es war die furchtbarste Nacht, die ich je erlebt habe! Und noch immer sah ich dieses Bild, diese Gestalt, vor meinen Augen; und er war der Ritter mit dem weißen Federbusch; und er war es, der Sie erschlagen hat; aber als ich gewünscht habe, er möchte der Sieger sein, wusste ich ja gar nicht, dass er gegen Sie kämpfte. Also hat Mrs Ormond gesagt, ich müsse keine Schuldgefühle haben, und sie hat gesagt, Sie seien nicht so dumm, eifersüchtig auf ein Bild zu sein, aber ich wusste genau, dass Sie verärgert sein würden – ich wusste, Sie würden mich für undankbar halten – ich wusste, Sie würden mir nicht vergeben.«

Während all dies aus Virginia heraussprudelte, fiel Clarence der wilde Blick in ihren Augen auf, der schnelle Wechsel in ihrem Gesichtsausdruck, und er erinnerte sich an die Geisteskrankheit ihres Vaters; jedes Gefühl in ihm wurde von Furcht und Mitleid verdrängt; er näherte sich ihr mit aller Ruhe, die er aufbringen konnte, nahm ihre beiden Hände, hielt sie in den seinen und sagte besänftigend: »Meine liebe Virginia! Sie sind doch nicht undankbar. Ich denke das doch gar nicht. Ich bin auch nicht verärgert. Sie haben gar nichts getan, das mir Ärger bereiten könnte. Beruhigen Sie sich, meine liebe Virginia.«

»Ich bin schon wieder ganz ruhig jetzt, da Sie mich wieder ›liebe Virginia‹ nennen. Es ist nur so, wie ich ja auch schon Mrs Ormond gesagt habe, dass ich fürchte, ich liebe Sie nicht *genug*, aber sie sagte, dass ich das schon täte, und dass allein die Tatsache, dass ich so denke, der stärkste Beweis für meine Zuneigung sei.«

Virginia sprach jetzt so zusammenhängend, dass Clarence nicht mehr daran zweifelte, dass sie klar denken konnte. Sie wiederholte ihm alles, was sie Mrs Ormond gesagt hatte, und er begann zu hoffen, dass Mrs Ormond, ohne je irgendwen hintergehen zu wollen, in ihrer Unkenntnis des menschlichen Herzens dem Irrglauben verfallen war, dass Virginia in ihn verliebt sei, während im Grunde genommen deren Phantasie, die durch die Einsamkeit und all die romantischen Geschichten noch gesteigert worden war, sie dazu gebracht hatte, sich in ein Phantom zu verlieben.

»Ich habe Mrs Ormond ja immer gesagt, dass sie sich irrt«, sagte Clarence, »ich habe eigentlich nie geglaubt, dass Sie mich lieben, Virginia, bis –« (er hielt inne und betrachtete sorgsam prüfend ihr Gesicht) »– bis Sie selbst mir Grund gegeben haben, es anzunehmen. War es denn nur das Prinzip der Dankbarkeit, das Ihnen die Antwort auf meinen Brief diktiert hat?«

Sie sah unschlüssig vor sich und sagte schließlich mit leiser Stimme: »Wenn ich vielleicht Mrs Ormond sehen könnte, mit ihr sprechen könnte …«

»Sie kann Ihnen doch nicht sagen, was Sie im tiefsten Herzen fühlen, Virginia. Fragen Sie nicht Mrs Ormond. Fragen Sie niemanden als sich selbst.«

»Aber Mrs Ormond hat mir gesagt, Sie liebten mich und Sie hätten mich dazu erzogen, Ihre Frau zu werden.«

Mr Hervey gab unwillkürlich einen Laut der Empörung über Mrs Ormonds närrisches Handeln von sich.

»Wie können Sie denn glücklich werden«, fuhr Virginia fort, »wenn ich so undankbar bin zu sagen, dass ich Sie nicht liebe?

Dass ich Sie nicht *liebe*! – Oh, *das* kann ich gar nicht sagen, denn ich liebe Sie ja, mehr als sonst jemanden auf der Welt außer meinem Vater, und mit derselben Zuneigung, die ich für ihn empfinde. Sie haben mich gebeten, Ihnen die geheimsten Gefühle meines Herzens zu offenbaren. – Das einzige geheime Gefühl, dessen ich mir bewusst bin, ist – ein Wunsch, nicht zu heiraten, es sei denn, ich könnte in der Wirklichkeit eine solche Person sehen wie … Aber ich weiß wohl, dass das ja nur ein Bild ist, ein Traum; und ich dachte doch, ich müsste zumindest meine dummen Phantasiegefühle für Sie opfern, für Sie, der doch so viel für mich getan hat. Ich wusste, es wäre der Gipfel der Undankbarkeit, Ihnen mit Ablehnung zu begegnen; und außerdem hat mein Vater mir gesagt, dass Sie mein Vermögen nicht ohne meine Hand annehmen würden, also habe ich eingewilligt, Sie zu heiraten. Bitte vergeben Sie mir, wenn dies die falschen Motive waren, ich habe sie für richtig gehalten. Sagen Sie mir nur, was ich tun kann, um Sie glücklich zu machen, ich weiß jedenfalls, dass ich das gern tun möchte; diesem Wunsch würde ich jedes andere Gefühl unterordnen.«

»Sie müssen gar nichts unterordnen, liebe Virginia. Wir können beide glücklich werden, ohne irgendeines unserer Gefühle zu opfern«, rief Clarence. Und hingerissen von dem Gedanken, dass er seine Freiheit zurückgewinnen würde, erschien ihm Virginias schlichtes Wesen in diesem Moment reizvoller als je zuvor. – »Liebste Virginia, vergeben Sie mir, dass ich Sie auch nur für einen Moment einer unschönen Sache verdächtigt habe. Mrs Ormond hat uns mit den bestmöglichen Absichten an den Rand des Elends gebracht. Aber ich finde Sie so, wie ich Sie immer eingeschätzt habe: offen, liebevoll, unschuldig.«

»Und Sie sind nicht böse auf mich?«, unterbrach Virginia mit freudiger Begeisterung. »Und Sie werden mich nicht für undankbar halten? Und Sie werden nicht unglücklich sein? Und Mrs Ormond hat sich geirrt? Und Sie wollen gar nicht, dass ich Sie *liebe*, dass ich Ihre Frau werde, meine ich? Oh, bitte machen

Sie mir nichts vor, denn ich kann nicht anders, ich glaube Ihnen, was immer Sie auch sagen.«

Um ihr einen überzeugenden Beweis zu liefern, dass Mrs Ormond sie in Bezug auf seine Gefühle in die Irre geführt hatte, gestand er ihr sofort seine Leidenschaft für Belinda ein.

»Sie haben mich jetzt von allem Zweifel, aller Furcht, aller Sorge befreit«, sagte Virginia mit dem süßesten Ausdruck unschuldiger Zuneigung. »Mögen Sie so glücklich werden, wie Sie es verdienen! Möge Belinda – ist das nicht ihr Name? – möge Belinda ...«

In diesem Augenblick öffnete Lady Delacour die Tür ein wenig und rief: »Wir können einfach nicht länger warten, wir sind schließlich auch nur Menschen!«

»Vertrauen Sie mir genug, dass ich an Ihrer Stelle erklären darf, liebe Virginia?«, sagte Clarence. »Nur zu gerne«, sagte Virginia und zog sich zurück, als Lady Delacour hereinkam. »Bitte lassen Sie mich hier allein, während Sie, der Sie ja daran gewöhnt sind, mit Fremden zu reden, für mich sprechen.«

»Können Sie denn das Wagnis eingehen, Clarence«, sagte ihre Ladyschaft, indem sie die Tür schloss, »sie mit diesem Bild allein zu lassen? Sie sind kein echter Liebhaber, wenn Sie nicht eifersüchtig sind.«

»Ich bin nicht eifersüchtig«, sagte Clarence, »und doch bin ich ein Liebhaber – sogar ein leidenschaftlicher Liebhaber.«

»Ein leidenschaftlicher Liebhaber!«, rief Lady Delacour und blieb stehen, als sie das Vorzimmer durchquerten. »Dann – also, dann habe ich nichts als Unsinn angestellt. Verliebt in Virginia? – Ich will – ich kann das einfach nicht glauben.«

»Verliebt in Belinda! – Können Sie das, wollen Sie das auch nicht glauben?«

»Mein lieber Clarence, diesbezüglich hatte ich nie den leisesten Zweifel. Aber haben Sie jetzt das Recht, es jemand anderem zu erzählen als mir?«

»Ich habe jetzt das Recht, es der ganzen Welt zu verkünden.«

»Sie machen mir damit eine solch unglaubliche Freude! Ich werde Sie jetzt keine Sekunde mehr von ihr fernhalten. Aber, Moment – es tut mir sehr leid, Ihnen sagen zu müssen, dass sie mich heute Morgen darüber informiert hat, ›sie sei im Moment nicht geneigt, an Liebe zu denken‹. Und hier sind ein halbes Dutzend armer Wesen in diesem Raum, die vor Neugier umkommen. Neugier ist eine genauso starke Leidenschaft wie Liebe und hat ebenso sehr Ihr Mitleid verdient.«

Als er den Raum betrat, galt Clarence' erster Blick natürlich Belinda, und wenn es auch nur ein kurzer Blick war, so erklärte er doch, wie es um sein Herz stand.

Ohne auf die Zuschauer zu achten, ging er schnell auf sie zu, nahm ihre Hand und erklärte mit den leidenschaftlichsten Worten, dass er ihr von dem Moment an, als er bei der Maskerade in Lady Singletons Haus ihren wahren Charakter erkannt hatte, mit Leib und Seele ergeben gewesen sei.

»Und das soll Miss Portman glauben«, rief Mrs Margaret Delacour, »obwohl sie Sie gerade noch am Vorabend Ihrer Hochzeit mit einer anderen jungen Dame gesehen hat?«

»Das größte Verdienst, das ich bei einer Frau wie Miss Portman zu meinen Gunsten vorbringen kann, ist doch, dass ich bereit war, mein eigenes Glück aus Pflichtbewusstsein zu opfern. Jetzt, da ich frei bin –«

»Jetzt, da Sie frei sind«, unterbrach ihn Lady Delacour, »sind Sie in größter Eile, Ihr Herz einer Dame zu Füßen zu legen, die über Monate hinweg all Ihre Verdienste mit vollkommenem Desinteresse betrachtet hat und die trotz all meiner Bemühungen stockblind für Ihre Liebe war.«

»Welche Kämpfe ich in meiner Leidenschaft ihretwegen ausgefochten habe, kann Belinda nicht verborgen geblieben sein«, sagte Clarence. »Aber sie ist mir tausend Mal lieber, gerade weil sie nicht einfach auf Äußerlichkeiten vertraut hat. Eine Liebe, die nicht leicht zu gewinnen ist, ist umso kostbarer. Meiner Meinung nach gibt es einen ungeheuren Unterschied zwischen einer lebendigen Vorstellungsgabe und einem lebendigen Herzen.«

»Nun ja«, sagte Lady Delacour, »wir haben ja alle gesehen, wie Pamela[49] verheiratet wurde – jetzt wollen wir einmal schauen, ob es einen Roman mit dem Titel *Belindas große Liebe* gibt, falls das überhaupt möglich ist. *Falls!* – Verzeihen Sie mir diese letzte kleine Spöttelei, meine Liebe – trotz all meiner spöttischen Bemerkungen glaube ich doch, dass die kluge Belinda eher fähig ist, wahre Leidenschaft zu empfinden, als all die gefühlvollen jungen Damen, deren Motto ist: ›Nur die Liebe zählt – ansonsten kann die Welt ruhig untergehen.‹«

»Was ist denn mit Mr Hartley geschehen?«, fragte Clarence und schaute sich um – »ich sehe ihn gar nicht.«

»Nein, ich habe ihn nämlich versteckt«, sagte Lady Delacour – »aber er kommt bestimmt gleich wieder zum Vorschein.«

»Lieber Mr Clarence Hervey, was haben Sie mit meiner Virginia gemacht?«, fragte Mrs Ormond.

»Liebe Mrs Ormond, was haben *Sie* mit ihr gemacht?«, entgegnete Clarence. »Durch Ihre fehlgeleiteten Liebesdienste, durch Ihr Insistieren darauf, uns Gutes zu tun, ohne dass wir es gewollt hätten, haben Sie uns beinahe für den Rest unseres Lebens ins Elend getrieben. Aber ich beschuldige niemanden, ich habe nicht das Recht, irgendwem die Schuld zu geben außer mir selbst. Alles dies ist das Resultat meiner eigenen Anmaßung und meiner Unbedachtsamkeit. Nichts konnte absurder sein als mein Plan, eine Frau in aller Abgeschiedenheit zu erziehen, um sie dazu zu befähigen, in der Gesellschaft zu bestehen. Ich hätte voraussehen können, was geschehen musste, dass nämlich Virginia mich als ihren Lehrer, ihren Vater, statt als ihren Liebhaber oder ihren Ehegatten ansehen würde; dass sie, die ein ach so zärtliches Herz hat, nichts für mich empfinden konnte als *Dankbarkeit*.«

»Nichts als Dankbarkeit!«, wiederholte Mrs Ormond mit einem solchen Ausdruck des Erstaunens, dass jeder der Anwesenden lächeln musste. »Also ich war mir vollkommen sicher, dass sie vor Liebe zu Ihnen schier umkam.«

»Meine liebe Belinda«, flüsterte Lady Delacour, »wenn ich nach der Farbe dieser Wangen urteilen darf, die seit geraumer Zeit tiefrot erglühen, so würde ich sagen, Sie fangen gerade an herauszufinden, *welchen Nutzen die Sonnenuhr von der Sonne hat.*«

»Wollen Sie mich nicht hören lassen, was Mr Hervey sagt?«, erwiderte Belinda. »Ich bin doch neugierig.«

»Neugier ist eine stärkere Leidenschaft als die Liebe, wie ich ihm gerade sagte«, meinte Lady Delacour.

Trotz all seiner Erklärungen konnte Mrs Ormond nicht dazu gebracht werden, Virginias Gefühle zu verstehen. Sie wiederholte ständig: »Aber es ist doch unmöglich, dass Virginia, oder sonst jemand, sich in ein Bild verliebt.«

»Niemand hat behauptet, dass sie sich in ein Bild verliebt hat«, erwiderte Mrs Delacour, »obwohl ich Ihnen auch dafür durchaus einen Präzedenzfall nennen könnte.«

»Meine liebe Lady Delacour«, sagte Mrs Ormond, »würden Sie uns erklären, wie dieses Bild in Ihren Besitz gelangt ist und wie es hierhergekommen ist und, um es kurz zu machen, was es überhaupt damit auf sich hat?«

»Allerdings, erklären Sie das, erklären Sie, liebe Lady Delacour«, rief Mrs Delacour. – »Ich fürchte nämlich, ich bin mittlerweile fast so neugierig wie Lady Boucher. Erklären Sie es, erklären Sie!«

»Aber nur zu gerne«, sagte Lady Delacour. »Diese Entdeckung haben Sie Marriotts alles beherrschender Leidenschaft für Vögel zu verdanken. Vor einigen Wochen, als wir in Twickenham waren und Marriott in einem Papiergeschäft wartete, um endgültig Adieu zu einem Dompfaff zu sagen, kam ein Herr in das Geschäft, während sie und Bobby (wie sie den Vogel nennt) miteinander kokettierten, und dieser Herr war sogar noch mehr als Marriott von Bobby beeindruckt. Er schien beinahe völlig den Verstand zu verlieren, als er eine besondere Weise hörte, die der

Vogel sang. Bei mir entstand angesichts dieser Symptome der Verdacht, der Gentleman müsse in die Herrin des Dompfaffs verliebt sein oder verliebt gewesen sein. Nun führte die Spur des Dompfaffs zum Heim der *ci-devant*⁵⁰ Virginia St. Pierre, der heutigen Miss Hartley. Ich hatte meine eigenen Gründe, neugierig zu sein, was ihre Liebschaften und ihre Liebhaber anging, und sobald ich die Geschichte von Marriott zu hören bekam, beschloss ich, wenn möglich, herauszufinden, wer dieser Fremde mit der sonderbaren Vorliebe für Dompfaffen wohl sein könnte. Ich befragte also all die Leute, die bei dem Papierwarenhändler anwesend waren, als der Gentleman in Ekstase verfiel, und nahm sie ins Kreuzverhör, und von dem Verkäufer, den man mit Geld zur Geheimhaltung verpflichtet hatte, erfuhr ich, dass unser Herr am Tag, nachdem er Marriott getroffen hatte, zu dem Papierwarenhändler zurückkehrte und die Gegend beobachtete, bis er einen Blick auf Virginia werfen konnte, als sie ans Fenster trat. Nun glaubte das Mädchen, das in dem Geschäft arbeitete und das eine Weile bei Mrs Ormond gelebt hatte ... – Vergeben Sie mir, Mr Hervey, für das, was ich jetzt sage – vergeben Sie mir, Mrs Ormond – gegen Klatsch ist wie gegen den Tod kein Mensch gefeit. – Man glaubt, dass Virginia Mr Herveys Geliebte sei. Mein Fremder hatte dies kaum vernommen, als er auch schon schwor, er würde keinen Gedanken mehr an sie verschwenden, und nachdem er eine ganze Reihe von Seemannsflüchen über den Schurken ergossen hatte, der die himmlische Kreatur verführt hatte, verließ er Twickenham und ward nicht mehr gesehen. Ich habe unermüdlich nach ihm suchen lassen, aber eine ganze Zeit lang keinen Erfolg gehabt. Und so hätte es denn weitergehen können und wir hätten uns alle gegenseitig ins Elend gebracht, wenn da nicht Mr Vincents großer Hund Juba gewesen wäre – Miss Annabella Luttridges Billetdoux – Sir Philip Baddelys Unverschämtheit – Lord Delacours Glaube an den Balsam von Quacksalbern und Captain Sunderlands Mitmenschlichkeit.«

»Captain Sunderland? Wer ist Captain Sunderland? Von dem höre ich zum ersten Mal«, rief Mrs Ormond.

»Sie werden aber nun von ihm hören, genau wie ich es getan habe, wenn es beliebt«, sagte Lady Delacour. »Das heißt, wenn Belinda es ertragen kann, dass ich dieselbe Geschichte ein zweites Mal erzähle.«

Nun erzählte ihre Ladyschaft die Geschichte vom Kampf der beiden Hunde und wie Sir Philip Baddely Juba, den Menschen, niedergeschlagen hatte, weil er sich zur Verteidigung von Juba, dem Hund, in den Kampf eingemischt hatte.

»Nun der Herr, der Lord Delacour half, den verletzten Schwarzen über den Platz zu unserem Haus zu tragen, war Captain Sunderland. Mein Herr Gemahl rief Marriott herbei, damit sie ihm Lady Bouchers unfehlbaren Balsam bringe, dessen Wirkung man auf Jubas verrenktem Fußgelenk erproben wollte. Während Lord Delacour noch mit dem Balsam beschäftigt war, beschäftigte sich Marriott mit Captain Sunderland. Sie erinnerte sich daran, dass sie ihn schon einmal irgendwo getroffen hatte, und in dem Moment, in dem er anfing zu sprechen, wusste sie, dass er der Gentleman gewesen war, der wegen des Dompfaffs in einem Geschäft in Twickenham in Ekstase gefallen war. Marriott beeilte sich, mir die Neuigkeiten mitzuteilen, ich beeilte mich, zu meinem Herrn Gemahl zu gehen, sorgte dafür, dass er mir Captain Sunderland vorstellte, und ich gab keine Ruhe, bis dieser mir alles erzählt hatte, was ich wissen wollte. Vor einigen Jahren, kurz bevor er in See stechen wollte, hatte er seine Mutter besucht, die zu dieser Zeit bei einer Witwe namens Smith im New Forest wohnte. Während er sich dort aufhielt, hörte er von der schönen jungen Frau, die mit ihrer Großmutter, die ›recht merkwürdig‹ war und niemandem erlaubte, die Schöne zu sehen, im Wald lebte.«

»Die Neugier meines Captains war geweckt, er nahm ein Teleskop, und es gelang ihm, ohne dass die Duenna ihn erwischt hätte, Virginia klar und deutlich zu sehen, wie sie die Rosen wässerte und die Bienen versorgte. Beeindruckt von ihrer ungewöhnlichen Schönheit, näherte er sich ihr durch das Dickicht, von dem das Cottage eingeschlossen war, und fand einen Schlupfwinkel, in dem er sich Tag für Tag versteckte und über die sich immer stärker entwickelnden Reize der schönen Waldnymphe nachdachte. Kurzum, er verliebte sich so sehr, dass er wild entschlossen war, sich Einlass in das Cottage zu verschaffen und seine Leidenschaft zu bekennen.«

»Soweit ich weiß, ist er der erste Ritter oder Kavalier der Geschichte, der sich durch ein Teleskop in seine Liebste verguckt hat. Aber Virginia, die sich nach allem, was Sie, Clarence, uns erzählt haben, mit romantischen Liebesgeschichten besser auskennt als irgendwer von uns, kann mich sicher berichtigen, falls ich mich irren sollte. Wie auch immer, ich hoffe zumindest, dass die Neuheit und der zartfühlende Charakter seiner Form des Werbens ihn ihr sympathisch machen wird. Zu seiner Ehre sei gesagt, dass er, als er von der Geschichte der Mutter des armen Mädchens, ihrer besonderen Situation und den Befürchtungen der alten Dame erfuhr, beschloss, seine Annäherungsversuche wegen der außerordentlichen Jugend des Mündels und des außerordentlichen Alters der Hüterin so lange zu verschieben, bis er von den Westindischen Inseln zurückgekehrt sein würde, wohin er in Bälde aufbrechen wollte und wo er, so hoffte er, ein Vermögen verdienen konnte, das ihn in die Lage versetzen würde, das Objekt seiner Zuneigung unabhängig zu machen. Er ließ einen Dompfaff bei Mrs Smith, die ihn Virginia schenkte, ohne ihr zu sagen, wem er gehört hatte, damit ihre Großmutter nicht verärgert sein würde.

Ich dachte wirklich, dass all dies ein gar zu feiner Sinn für Moral bei einem feschen jungen Leutnant der Marine sei, und war der Meinung, dass mein Gentleman als ein Mann von Ehre lediglich das Geheimnis seiner Liebsten wahrte. Und da ich das glaubte, tat es mir leid, dass Clarence Hervey sich an ein Mädchen wegwerfen würde, das seiner nicht wert war.«

»Ich hoffe«, unterbrach Clarence, »Sie sind jetzt voll und ganz davon überzeugt, dass Sie falschlagen.«

»Absolut, absolut! – Ich bin voll und ganz davon überzeugt, dass Virginia nur zur Hälfte verrückt ist. Aber lassen Sie mich meine Geschichte weitererzählen. Ich wollte unbedingt wissen, ob sie noch etwas für diesen Captain fühlte. Das war sinnlos, versicherte er mir, da sie ihn nie gesehen habe. Doch ich brachte ihn dazu, mich meinen eigenen Weg gehen zu lassen, und verlangte dazu nichts weiter, als dass er Modell saß für ein Bild des Paul in St. Pierres romantischer Liebesgeschichte. ›Wenn er‹, so dachte ich, ›die Wahrheit sagt, so wird Virginia dieses Bild ohne jede Gefühlsregung ansehen, und es wird nur wie ein Geschenk an Clarence erscheinen. Aber wenn sie ihn schon einmal gesehen hat oder ein Geheimnis zu verbergen hat, so wird sie sich bei dem plötzlichen Enthüllen dieses Bildes verraten.‹ Die Dinge haben sich ganz entgegen meinen Erwartungen entwickelt, und doch eher noch zum Besseren. – Aber jetzt, Clarence, muss ich Sie bitten, Miss Hartley hereinzuholen, ich kann ohne sie nicht weitermachen.«

Lady Delacour nahm Virginia bei der Hand, sobald sie den Raum betreten hatte.

»Mögen Sie sich mir anvertrauen, Miss Hartley?«, sagte sie. »Ich habe Sie heute schon einmal dazu gebracht, die Besinnung zu verlieren, als Sie ein Bild gesehen haben. Wollen Sie versprechen, nicht noch einmal in Ohnmacht zu fallen, wenn ich Ihnen das Original vorstelle?«

»Das Original?«, sagte Virginia. – »Ich vertraue mich Ihnen da ganz an, denn ich bin sicher, das soll ein Scherz sein – aber vielleicht verdiene ich es ja nicht anders, als dass man über mich lacht.«

Lady Delacour stieß die Türe zu einem anderen Zimmer auf. Mr Hartley erschien und mit ihm Captain Sunderland.

»Meine liebe Tochter«, sagte Mr Hartley, »erlaube mir, dich einem Freund vorzustellen, dem ich stärker verpflichtet bin als sonst jemandem auf Erden, außer Mr Hervey. Dieser Herr war vor einigen Jahren in Jamaika stationiert, und bei einer Rebellion der Sklaven auf der Plantage rettete er mir das Leben. Das Schicksal hat es mir vergönnt, meinem Wohltäter wiederzubegegnen. Es steht gar nicht in meiner Macht zu zeigen, wie sehr ich ihm verbunden bin.«

Virginias Überraschung war extrem; ihre lebhaften Träume und ihre innigsten Wünsche im Wachen erfüllten sich in diesem Moment. Im ersten Moment blickte sie ihn an wie ein zum Leben erwecktes Bild, und all die Vorstellungen von Liebe und Romantik, die mit diesem Bild verbunden waren, stürzten auf sie ein.

Aber als die Wirklichkeit, die sie umgab, die Illusion verbannte, schaute sie schnell woanders hin und errötete zutiefst mit einer so furchtsamen und anmutigen Bescheidenheit, dass jedermann von ihr entzückt war.

»Um Ihnen alle Schwierigkeiten und jede Verlegenheit zu ersparen, muss ich Sie, Miss Hartley, darüber informieren«, sagte Lady Delacour, »dass Captain Sunderland nicht darauf besteht, dass Sie die Dankesschuld Ihres Vaters sofort begleichen; er kann nur noch eine Viertelstunde bei uns verbringen, denn er hat Order zu segeln und wird dann einige Wochen unterwegs sein, so dass Sie Zeit haben werden, sich mit dem Gedanken an einen neuen Verehrer anzufreunden, bevor er zurückkehrt. Clarence, ich gebe Ihnen den guten Rat, Captain Sunderland auf seiner Fahrt zu begleiten, sehen Sie das nicht auch so, Belinda?

Und nun, meine lieben Freunde«, fuhr Lady Delacour fort, »soll ich den Roman für Sie zu Ende bringen?«

»Wenn Ihre Ladyschaft so freundlich sein wollen; niemand könnte das besser.«

»Aber ich hoffe, Sie werden dabei nicht vergessen, liebe Lady Delacour«, sagte Belinda, »dass Romanschriftsteller in nichts so oft irren, als wenn sie die Dinge zu schnell einer Lösung zuführen. Sie lassen dann oftmals dem Leser nicht die *Zeit* für die Veränderung der Gefühle, die die plötzliche Veränderung der Situation mit sich bringt.«

»Das ist wohl richtig, meine liebe Belinda, Sie bleiben Ihren Prinzipien bis zum letzten Atemzug treu. Aber fürchten Sie nichts – Sie sollen genug *Zeit* bekommen, sich an Clarence zu gewöhnen. Hätten Sie es gerne, dass ich die Geschichte auf fünf weitere Bände ausdehne? Mit Ihrem guten Rat und Ihrer Hilfe kann ich das mit größter Leichtigkeit, meine Liebe. – Eine Liebeserklärung ist, wie Sie ja wissen, nur der Anfang von allem; es mag rote Wangen und Seufzer und Zweifel und Befürchtungen und Missverständnisse und Eifersüchteleien ohne Ende und ohne Sinn und Verstand geben, um den notwendigen Platz auszufüllen und die nötige *Zeit* zu gewinnen, aber wenn ich das ganze Geschäft mit zwei Zeilen abschließen dürfte, würde ich sagen:

›Ihr Götter, nehmt doch Raum und Zeit hinweg
Und macht vier Liebende glücklich.‹«[51]

»Oh, das wäre aber ein zu kurzes Schlusswort«, sagte Mrs Margaret Delacour. »Ich bin von der alten Schule, und wenn ich auch ohne die Beschreibung von Miss Harriet Byrons gedrechselten Stühlen und ihrem feinen Porzellan auskomme,[52] so muss ich doch zugeben, dass ich ganz gern von den Hochzeitsvorbereitungen und auch von der Hochzeit selbst höre. Mir gefällt es besser, wenn man mir auf vernünftige Weise zeigt, *wie* Menschen glücklich werden, und nicht im eiligen Stil eines alten Märchens sagt: ›und dann heirateten sie alle und lebten glücklich bis ans Ende ihrer Tage‹.«

»Na, die Gefahr, dass wir das von modernen Ehen hören, ist nicht besonders groß«, sagte Lady Delacour. – »Aber wie soll ich es denn allen recht machen? – Einige Leute rufen: ›Erzählen Sie alles!‹ – andere sagen: ›*Le secret d'ennuyer est celui de tout dire.*‹[53] Etwas muss noch der Vorstellungskraft überlassen bleiben. Ich werde definitiv keine Hochzeitskleider beschreiben oder die Prozession zur Kirche. Ich habe nichts dagegen zu sagen, dass die beiden glücklichen Paare von dem braven Mr Moreton ihren Segen erhielten, dass Mr Percival Belinda zum Altar führte und dass er nach der Zeremonie die ganze Festgemeinde mit zu sich nach Oakley Park eingeladen hat. – Würde das reichen? – Oder, wir könnten, wenn Ihnen das besser gefiele, mit einem dieser für Mrs Stanhope typischen Briefe schließen, in dem sie ihrer herzallerliebsten Nichte Belinda gratuliert und zugibt, dass sie sich geirrt hat, als sie sich mit ihr überwarf, weil sie Sir Philip Baddely eine Absage erteilte, und sie über den grünen Klee dafür lobt, wie sie mit Clarence Hervey umgegangen ist, und ihre Hoffnung zum Ausdruck bringt, dass ihr das ein Leben lang so gut gelingen wird.«

»Nun, also, ich habe nichts dagegen, wenn die Geschichte mit einem Brief aufhört«, sagte Mrs Delacour, »denn letzte Reden sind immer so ermüdend.«

»Ja«, sagte ihre Ladyschaft, »es ist, wie der Kritiker[54] sagt, wirklich schwierig, die Liebenden wieder aus der knienden Haltung herauszubekommen. Wenn ich es mir jetzt recht überlege, so lassen Sie mich Sie alle doch in eine Position bringen, die ein gutes Bühnenbild ergibt. Es nützt ja nichts, wenn alle glücklich sind, man es aber nicht erkennen kann, nicht wahr? – Captain Sunderland – Sie knien mit Virginia zu deren Vaters Füßen, bitte. Sie sind gerade im Begriff, den beiden Ihren Segen zu geben, Mr Hartley. Mrs Ormond klatscht vor Freude in die Hände. – Nichts kann besser aussehen als das, Madam – ich muss Sie für diese Darbietung wirklich ungemein loben. Clarence, Sie haben ein Recht auf Belindas Hand und dürfen sie ihr küssen. Nein, Miss Portman, das ist so üblich auf der Bühne. So, wo ist mein Herr und Gemahl, Lord Delacour? – Er sollte mich umarmen, um zu zeigen, dass wir uns versöhnt haben. Ha! Da kommt er ja auch schon. Auftritt Lord Delacour mit der kleinen Helena an der Hand. Sehr schön! Ein wunderbarer Ausdruck des Erstaunens, Milord. Stehen Sie bitte still, Sie können das gar nicht besser machen als auf diese Weise. Helena, mein Liebes, lass nicht die Hand deines Vaters los. Bravo! Wirklich hübsch und natürlich! – Und nun tritt Lady Delacour, um zu zeigen, dass sie sich gebessert hat, vor die Zuschauer, um ihnen eine Moral zu präsentieren – eine Moral! – ja –

›Uns're *Geschicht'* enthält *Moral* und ist nun aus,
Kein Zweifel, Sie haben Witz genug und finden sie
heraus.‹«[55]

ENDE

Anhang

Zu dieser Ausgabe

Die Erstausgabe erschien 1801. Diese Übersetzung beruht auf der zweiten, durchgesehenen Auflage von 1802:

Maria Edgeworth: Belinda. London: Joseph Johnson, ²1802.

Die Anmerkungen und Zitatübersetzungen stammen, so nicht anders angegeben, von Gerlinde Völker.

Anmerkungen

1 Dieser Tribut von George Lyttelton, 1. Baron Lyttelton (1709–1773), an seine Frau Lucy fand sich in vielen Anthologien der Zeit; der ursprüngliche Titel lautete »To the Memory of a Lady Lately Deceased: A Monody« (1747).

Anzeige

1 Die Bezeichnung bezieht sich auf die *Contes Moraux* des Schriftstellers und Enzyklopädisten Jean-François Marmontel (1723–1799), die auf Englisch im Jahre 1764 als *Moral Tales* veröffentlicht wurden.
2 Isabelle Polier de Crousaz (1751–1832) war die Verfasserin des Romans *Caroline de Lichfield* (1786). Elizabeth Inchbald (1753–1821) war eine bekannte Romanschriftstellerin und Dramatikerin. Frances Burney (1752–1840) war die wohl berühmteste Romanschriftstellerin des 18. Jahrhunderts. John Moore (1729–1802) war Arzt und Schriftsteller. Maria Edgeworth erwähnt ihn als Modell für ihren Dr. X— in *Belinda*.

Band I

1 George Lyttelton, 1. Baron Lyttelton, »Advice to a Lady«.
2 Frz. ›eine zu viel, überflüssig‹.
3 Frz. ›Schöngeist‹.
4 Edgeworth modifiziert Versatzstücke eines Dialogs aus Shakespeares *König Richard III* (1592; Akt I, Szene 4), in dem der Duke of Clarence im Gefängnis von seinem Wärter nach seinen Träumen befragt wird. In jeder der Zeilen ist mindestens ein Wort durch ein anderes ersetzt worden, etwa ›ertrinken‹ durch ›tanzen‹ oder ›Teufel‹ durch ›Engel‹. (Vgl. William Shakespeare, *König Richard III. / King Richard III.* Englisch / Deutsch, übers. und hrsg. von Herbert Geisen, Stuttgart 2007, S. 61 ff.)
5 Frz. ›kleine Streitereien, Kabbeleien‹.
6 Es handelt sich womöglich um ein Bild aus der Milton-Galerie des Schweizer Malers Johann Heinrich Füssli (1741–1825), in dem Satan als Schlange mit Eva spricht. Es könnte allerdings auch dessen Gemälde *Thor im Kampf mit der Midgardschlange* gemeint sein.

7 Der Titel eines beliebten Dramas von Richard Brinsley Sheridan (1751–1816, Drama von 1777).
8 Zitat aus Alexander Popes (1688–1744) *An Essay on Men* (1734), hier aus der deutschen Übersetzung von Barthold Heinrich Brockes (1680–1747, *Aus dem Englischen übersetzter Versuch vom Menschen des Herrn Alexander Pope* […], 1740, S. 57).
9 Zitat aus William Shenstones (1714–1763) Elegie XXVI »Describing the Sorrow of an Ingeneous Mind«.
10 »Persuasive speech, and more persuasive sighs«, Zitat aus Alexander Popes (s. Anm. I,8) *The Iliad of Homer*, S. 1072.
11 Die Muse der tragischen Dichtung.
12 Zitat nach John Miltons (1608–1674) Gedicht »Il Penseroso« (1645; dt. *Das verlorene Paradies*. Übers. von Bernhard Schuhmann u. a. Leipzig 2008).
13 Ein Raum für Bälle und gesellschaftliche Zusammenkünfte in der Oxford Street.
14 Jean Baptiste du Val-de-Grace, Baron de Cloots, (1755–1794), genannt Anacharsis Cloots, war ein preußischer Adliger, der in Paris die Französische Revolution unterstützte. Seiner Redekunst verdankte er den Beinamen *orateur du genre humain* (dt. Redner des Menschengeschlechts). Er starb 1794 auf der Guillotine.
15 Göttin der Anmut in der griechischen Mythologie, sie verkörpert Frohsinn und Freude.
16 Zitat nach den Worten des Kardinals Wolsey aus Shakespeares *Heinrich VIII.* (1612/13; Akt III, Szene 2).
17 Diese Erklärung stammt von den Lippen einer berühmten Person. (Anmerkung der Autorin.)
Edgeworth bezieht sich dabei wohl auf den Parlamentarier Sir Francis Delaval (1727–1771), einen Freund ihres Vaters.
18 Frz. ›Gewandtheit im Schreiben von Briefen und Karten‹.
19 Belinda ist der Name der Heldin in Alexander Popes (s. Anm. I,8) Gedicht »The Rape of the Lock« (1714; dt. »Der Lockenraub«), in dem in pseudoheroischem Ton erzählt wird, wie ein Verehrer eine Locke vom Haar seiner Liebsten raubt. In den zitierten Zeilen wird beschrieben, wie Popes Belinda ihr Bett verlässt und sich auf den Tag vorbereitet. (Deutsche Übersetzung: *Der Lockenraub*, Ein komisches Heldengedicht, mit Zeichnungen von Aubrey Beardsley, übertragen und mit einem Nachwort versehen von Rudolf Alexander Schröder, Berlin 1968.)

20 Eine Kombination aus Titeln, die typisch für Romane dieser Zeit waren.
21 Held des pikaresken Romans von Alain René Lesage (1668–1747) *Histoire de Gil Blas de Santillane* (erschienen zwischen 1715–1735, dt. *Die Geschichte des Gil Blas von Santillana*.)
22 Aus den *Persian Eclogues* (1742) von William Collins (1721–1759).
23 Frz. ›umso mehr‹.
24 Frz. ›Scherereien, Schikanen‹.
25 Zitat vermutlich aus William Cowpers (1731–1800) Hymne »O! for a closer walk with God« (1779).
26 Anspielung auf Mary Wollstonecrafts (1759–1797) *Vindication of the Rights of Women* (1792, dt. *Die Verteidigung der Frauenrechte*).
27 Zitat aus Shakespeares *Hamlet* (1604; Akt III, Szene 2; Übersetzung August Wilhelm von Schlegel).
28 Anspielung auf einen Vers aus Shakespeares Drama *Julius Cäsar* (1599): »Der Mensch ist manchmal seines Schicksals Meister; / Nicht durch die Schuld der Sterne, lieber Brutus, / Durch eigne Schuld nur sind wir Schwächlinge.« (Akt I, Szene 2; Übersetzung August Wilhelm von Schlegel).
29 Frz. ›in aller Ernsthaftigkeit‹.
30 Der Name Lawless bedeutet ›gesetzlos‹.
31 Anspielung auf John Burgoynes (1722–1792) damals sehr beliebtes Drama *The Heiress* (1786), in dem die dümmliche Miss Alscrip fragt: »Don't you doat upon folly?«
32 ›John Bull‹ ist die Bezeichnung für den handfesten und patriotischen Engländer schlechthin.
33 Anspielung auf die englische Redensart *an ass with two paniers* als Bezeichnung für einen Mann mit zwei Frauen.
34 Edmund Burke (1729–1797) galt als der wichtigste politische Schriftsteller und Joshua Reynolds (1723–1792) als der bedeutendste politische Künstler der Zeit.
35 Diese Formulierung findet sich auch in Maria Edgeworths anonym veröffentlichtem Essay »Thoughts on Bores – By a Bore«.
36 Zitat aus Charles Perraults (1628–1703) Märchen *Blaubart* (in *Histoires ou contes du temps passé, avec des moralités*, 1697; dt. *Feenmärchen für die Jugend*, 1822), worin die Frau Blaubarts, die mit dem Tod rechnen muss, ihre Schwester Anne auf die Zinnen der Türme schickt, um nach ihren Brüdern Ausschau zu halten, die sie vielleicht retten könnten.

37 Frz. ›ganz in Tränen aufgelöst‹.
38 Eine Anspielung auf Edmund Burkes (s. Anm. I,34) Sorge, dass Wissen und Gelehrsamkeit durch die Französische Revolution der »swinish multitude« zum Opfer fallen würden (*Reflections on the Revolution in France*, 1790).
39 Frz. ›sehr genau‹.
40 Frz. ›die Unterseite der Karten‹.
41 Das englische Zitat stammt aus Edward Moores (1712–1757) *Fables for the Female Sex* (1744). Die Moral der entsprechenden Fabel lobt jedoch die Bescheidenheit, was Lady Delacours Argumenten durchaus widerspricht.
42 In Frances Burneys (s. Anm. I,3) Roman *Camilla* (1796) verleitet Mrs Mitten die unschuldige und unerfahrene Heldin Camilla dazu, Geld für Kleidung auszugeben, die sie sich nicht leisten kann, so dass Camilla schließlich einen Kredit bei Geldverleihern aufnehmen muss.
43 Zitat aus Voltaires (1694–1778) Tragödie *Zaïre* (1732), die 1736 unter dem Titel *The Tragedy of Zara* ins Englische übersetzt worden war.
44 James Hervey (1714–58), *Meditations among the Tombs: In a Letter to a Lady* (1746).
45 Der Marquis de Pomenars wird des Öfteren als ein amüsanter, aber krimineller Edelmann in den Briefen der Madame de Sévigné an ihre Tochter erwähnt.
46 Frz. ›die schöne Haarpracht‹.
47 Anspielung auf Alexander Popes oben erwähntes Gedicht »Der Lockenraub« (s. Anm. I,8 und I,19).
48 Frz. ›von beiden Seiten‹.
49 Aus einem populären Lied von Moses Mendez (um 1690–1758) für *The Chaplet* (1749), einer humoristischen *Ballad Opera*.
50 Zitat aus dem beliebten irischen Lied *Ally Croker* (1725), geschrieben und komponiert von Lawrence »Larry« Grogan (1701–28/29).
51 Frz. ›Das kommt ganz darauf an!‹
52 Frz. ›unglücklicherweise‹.
53 Die Philosophie des griechischen Denkers Epikur (um 341–271/70 v. Chr.) wurde in der europäischen Kultur oftmals ganz auf das Prinzip der Lustmaximierung und des Vergnügens reduziert.
54 Das Fest des Weingottes Bacchus der griechischen Antike endete oft in orgiastischen Feiern; eine Krone aus Weinblättern war das Zeichen für ihn und seine Anhänger.

55 Der griechische Dichter Anakreon (um 575/70–495 v. Chr.) war berühmt für seine Weinlieder.
56 Dies galt als besondere Ehrung.
57 Der griechischen Sage nach wollte Atalanta, eine schnelle Läuferin, nur einen Mann heiraten, der ein Rennen gegen sie gewinnen konnte. Einer ihrer Verehrer warf drei goldene Äpfel auf ihren Weg, was ihm Aphrodite geraten hatte. Atalanta hielt an, um sie aufzuheben, und er gewann das Rennen.
58 Eine Parodie auf die Worte, die Cäsar in Shakespeares Drama *Julius Cäsar* an Cassius richtet (Akt I, Szene 2, s. Anm. I,28).
59 Davey Jones war der Name, den die Seeleute im 18. Jahrhundert für den bösen Geist des Meeres hatten. Als seinen Spind bezeichnete man das Meer, als Grab für ertrunkene Seeleute.
60 Wahrscheinlich spricht er hier von Tobias Smolletts (1721–1771) Schelmenroman *The Adventures of Roderick Random* (1748), der zwar noch beliebt war, aber allgemein als zu vulgär und unmoralisch angesehen wurde.
61 Diese Sitte wird in dem Trinklied »Contented I am, and contented I'll be« (1750) beschrieben: »'Tis my will when I die, not a tear shall be shed / No hic iacet engrav'd on my stone / But pour o'er my coffin a bottle of red / And write that his drinking is done.«
62 Zitat aus Shakespeares *Macbeth* (1606) in Macbeths Monolog (Akt V, Szene 5).
63 Zitat aus John Drydens (1631–1700) Gedicht »To Sir Geoffrey Kneller« (1694), das damit schließt, die schönen Frauen in Sir Godfrey Knellers (1646–1723) Porträts würden mit der Zeit nur noch schöner.
64 Zitat aus Alexander Popes (s. Anm. I,8) *Sixth Epistle of the First Book of Horace Imitated* (1738).
65 Eine Figur aus Geoffrey Chaucers (um 1342/43–1400) *Canterbury Tales* (verfasst ab 1388), bekannt als die treue, duldsame Gattin schlechthin.
66 Frz. ›schwierig, fordernd‹.
67 Zitat möglicherweise aus Thomas Grays (1716–1771) Gedicht »Ode on a Distant Project of Eton College« (1747).
68 Jean-Antoine Nollet (1700–1770), ein französischer Geistlicher und Professor für Experimentalphysik, war international für seine naturwissenschaftlichen Experimente bekannt.
69 Zitat aus Thomas Bewicks (1753–1828) Naturgeschichte *History of British Birds* (1797).

70 Edward Ives, *A Voyage from England to India in the Year* MDCCLIV (1773).
71 Der Dichter Richard Savage (1697–1743) behauptete, der illegitime Sohn von Lady Macclesfield (1667/68–1753) zu sein, wurde jedoch von ihr verleugnet.
72 Im Drama des antiken Dichters Euripides (um 480–406 v. Chr.) nimmt Medea Rache an ihrem Gatten Jason, der sie betrogen hat, indem sie ihre Kinder tötet.
73 Titel einer Erzählung aus den *Contes Moraux* von Jean-François Marmontel (s. Anm. I,2), wörtlich: ›die Frau, von deren Art es wenige gibt‹.
74 »Die gute Mutter« ist der Titel einer weiteren Erzählung aus den *Contes Moraux* (s. Anm. I,2).
75 Frz. ›als krönender Abschluss‹.
76 Die Kinder wollen wohl Schichten von geschmolzenem Schwefel auf Kupferstiche legen, um Abdrücke von ihnen zu fertigen. Von Ovid (43 v. Chr. – 17 n. Chr.) stammt die Geschichte von Vertumnus, dem Gott der Jahreszeiten, der seine Gestalt verändern konnte, was er dazu benutzte, um in Gestalt einer alten Frau Pomona dazu zu bringen, mit ihm zu sprechen.
77 Anspielung auf zwei Geister in den *Geschichten aus tausendundeiner Nacht*.
78 Zitat nach Alexander Popes (s. Anm. I,8) *First Satire of the Second Book of Horace Imitated* (1733).
79 Zitat aus Thomas Grays (s. Anm. I,67) *The Progress of Posy: A Pindaric Ode* (1757).
80 Zitat aus Edward Youngs (1683–1765) *Love of Fame. The Universal Passion, in Seven Characteristical Satires* (1728).
81 Folgende Werke werden hier angesprochen: Richard Twiss' *Chess* (1787–89); Marco Hieronymus Vidas Gedicht »Scacchia Ludus« (1525); Sir William Jones' *Caissa, or the Game of Chess* (1772).
82 Im Englischen heißt diese Schachfigur *knight*, was auch Ritter bedeutet.
83 Sir Walter Raleigh (1552/54–1618) und Robert Devereux (1565–1601), der Earl of Essex, waren Rivalen um die Gunst der englischen Königin Elizabeth I. (1533–1603).
84 Zitat vermutlich frei nach John Miltons (s. Anm. I,12) »L'Allegro« (Zeilen 39–40; Übersetzung Alexander Schmidt).

85 Frz. ›umso schlimmer und umso besser‹.
86 Frz. ›Gewandtheit im Schreiben von Briefen und Karten‹ (s. Anm. I,18).
87 Frz. ›halb Pflanze, halb Tier‹.
88 Museum zur Naturgeschichte südlich der Themse.
89 Im zwölften Buch seiner *Metamorphosen* (1–8 n. Chr.) beschreibt Ovid (s. Anm. I,76), wie die Göttin des Gerüchtes auf einem Berggipfel an der Grenze zwischen Erde, Meer und Himmel lebt.
90 »Would Chloe know if you're alive or dead, / She bids her footman put it in her head.« (Anmerkung der Autorin.)
Zitat aus Alexander Popes (s. Anm. I,8) *Epistle to a Lady*, 1743, V. 177 f.
91 Der Schweizer Johann Georg Ritter von Zimmermann (1728–1795) war ab 1768 königlich-großbritannischer Leibarzt in Hannover und hatte mit seiner Schrift *Betrachtungen über die Einsamkeit* (1756) auch in England beträchtlichen Einfluss.
92 Anspielung auf Shakespeares Drama *Othello* (1603/04; Akt III, Szene 3), Übersetzung Wolf Graf Baudissin.
93 Zitat aus Shakespeares *Macbeth* (Akt V, Szene 3; s. Anm. I,62).
94 Black Hole of Calcutta, ein Kerker in Fort William, in dem nach einem Zeugenbericht 146 britische Gefangene im Jahre 1756 über Nacht festgehalten wurden, von denen 120 wegen der furchtbaren Bedingungen nicht überlebten.
95 Frz. ›hat keine Seele aus Schlamm‹.
96 Königin Charlotte (1744–1818) gab auf ihrem Landsitz Frogmore des Öfteren ländliche Feste. Die beschriebenen Ereignisse entstammen Berichten von den Festen dort.
97 Der Statthalter der Niederlande vertritt das »House of Orange«.
98 Der Name wäre für einen Leser der Zeit sofort als Anspielung auf den bekannten Roman *Paul et Virginie* (1788) von Jacques-Henri Bernardin de Saint-Pierre (1737–1814) zu erkennen gewesen.
99 Zitat aus Matthew Priors (1664–1721) Gedicht »Henry and Emma« (1709).
100 Frz. ›Ihren eigenen Weg zu gehen‹.
101 Frz. ›im Vorhinein‹.
102 Aus dem wirklichen Leben. (Anmerkung der Autorin.)
103 Anspielung auf Edmund Burkes (s. Anm. I,34) Essay »Philosophische Untersuchungen über den Ursprung unserer Ideen vom Erhabenen und Schönen« (1757).
104 Frz. ›Warten wir es ab‹.

105 Eigentlich Frz. *fracas* ›großes Getöse, Krach‹.
106 Eine der Arbeiten des antiken Helden Herkules war es, die Ställe des Königs Augias auszumisten, die wegen der großen Menge von Tieren ungeheuer schmutzig, laut und übelriechend waren.

Band II

1 Ein Spiel, bei dem man durch zufälliges Aufschlagen im Werk eines Dichters wie z. B. Vergil Rat oder Voraussagen für die Zukunft zu finden versucht.
2 Frz. ›früheren‹ – die Adelstitel waren nach der Französischen Revolution abgeschafft worden.
3 Siehe *Adventures of a Guinea*, Vol. I, chap. 16. (Anmerkung der Autorin.)
 In Charles Johnstones (um 1719–1800) *Chrystal, or the Adventures of a Guinea* (1760) wird von einem gehörnten Hahn berichtet, der sein Horn abfallen lassen kann.
4 *Nanine, ou le Préjugé vaincu* (dt. *Nanine*) (1749), *La Prude* (dt. *Die Scheinheilige*) (1748) und *Le Caffé, ou L'Ecossaise* (dt. *Das Kaffeehaus*) (1760) sind beliebte Dramen von Voltaire (s. Anm. I,43).
5 Frz. ›der zu geben, aber nicht zu leben weiß‹.
6 Richard Brinsley Sheridans bekanntestes Schauspiel (1777, s. Anm. I,7).
7 Die Myrte dient seit der Antike als Brautschmuck, da sie als Symbol für Jungfräulichkeit gilt.
8 Diese Experimente enthielten Tests, die zeigten, dass Wasser Klang leiten konnte.
9 In der »Geschichte des jungen Königs der Schwarzen Inseln« kommt eine Zauberin vor, die Bewohner einer ganzen Stadt in Fische verwandelt.
10 Frz. ›ehrlich gesagt‹.
11 Frz. ›die Mühe/Kosten wert sein‹ – aus einem Brief an den Marquis de Sévigné (*Lettres de Ninon de L'Enclos au marquis de Sévigné*, 1750; dt. *Briefe der Ninon von Lenclos an den Marquis von Sevigne*, aus dem Französischen übersetzt, Leipzig: Weidmann, 1751.)
12 Frz. ›exakt‹.
13 Zitat aus der Komödie *Epicoene, or the Silent Woman* (1609) von Ben Jonson (1572–1637).
14 Zitat aus Alexander Popes »Epistle to a Lady« (s. Anm. I,8 und I,91).

15 Ein süßes, sirupartiges Getränk aus Gerste, Mandeln und Orangenwasser.
16 Frz. ›Schöngeister‹.
17 Die Geschichte erzählt, wie der frivole und verschwenderische Adlige Melidor durch die praktischen Fähigkeiten seiner Gattin Acelia vor dem Ruin gerettet wird.
18 Frz. ›Wahrheiten mitzuteilen‹.
19 Nicht ›die Frau, von der es wenige gibt‹, sondern ›die Frau, die es überhaupt nicht gibt‹.
20 Frz. ›Sie reden sehr salbungsvoll daher‹.
21 *Comédie larmoyante* (rührende Komödie) ist der Fachbegriff für ein gefühlvolles Drama mit einem glücklichen Ende; ein Drama nach der deutschen Mode war eine alternative Bezeichnung dafür; es galt als ein wenig gewagt und besonders dramatisch.
22 Frz. ›ländliches Fest‹.
23 Im Englischen findet sich hier der Begriff *rake* (Wüstling, Lüstling), wobei es sich um eine Figur handelt, die in der englischen Literatur des 18. Jahrhunderts häufig vorkommt, aber eigentlich männliches Verhalten beschreibt.
24 Eine Bezeichnung, die in Shakespeares Drama *Julius Cäsar* von Marcus Antonius in seiner Rede nach Cäsars Tod ironisch verwendet wird, wenn er von den Senatoren spricht, die die Verschwörung gegen diesen angezettelt haben (Akt III, Szene 2, s. Anm. I,28).
25 Zitat frei nach Jagos Plan in Shakespeares Drama *Othello*, Othellos Eifersucht seiner Frau Desdemona gegenüber anzufachen (Akt III, Szene 3; s. Anm. I,92).
26 Ital. ›offenes Gesicht, verborgene Gedanken‹, ein italienischer Aphorismus aus den *Letters to his Son* (1774; dt. *Briefe an seinen Sohn [...]*, München 1984) des Earls of Chesterfield (1694–1773).
27 Ein berühmter Stein, der von Sir George Pigot (1719–1777), dem umstrittenen Gouverneur von Madras, 1760 aus Indien nach England gebracht worden war.
28 Beiname Raschid ad-Din Sinans (um 1133–1193), des Anführers der Assassinen in Syrien zur Zeit des dritten Kreuzzugs.
29 In John Burgoynes Stück *The Heiress* nennt eine Figur die Eifersucht die »Hauptfolter« (s. Anm. I,31).
30 Römisch-antike Totengeister.
31 Saint-Pierres Roman (s. Anm. I,98) spielt auf Mauritius und erzählt

die Geschichte einer idealisierten Liebe zwischen zwei jungen Leuten, die noch völlig unverdorben von der westlichen Kultur leben.

32 Frz. ›Virginias Brunnen‹.

33 Richard Westall (1765–1836) war ein bekannter Maler der Zeit, dessen Bilder und Zeichnungen regelmäßig in der Royal Academy gezeigt wurden.

34 Frz. ›eiskalte Moralität‹.

35 Für das Zitat sind mehrere Quellen möglich, unter anderem Alexander Popes »Lockenraub« (s. Anm. I,8 und I,19).

36 Anspielung auf eine Stelle aus James Macphersons (1736–1796) *Ossian* (1760): »My people saw the fire of my eyes.«

37 Frz. ›und weiter?‹

38 Frz. ›das heißt‹.

39 Anspielung auf den französischen Aphorismus, den man Madame du Deffand (1697–1780) zuschrieb: »Ce n'est que le premier pas qui coûte« (›es ist nur der erste Schritt, der schwerfällt‹) wobei das Wort *pas*, ›Schritt‹, durch *mot*, ›Wort‹, ersetzt wird.

40 Eine französische Diplomatin, Soldatin und Spionin, die vor 1777 vornehmlich als Mann und ab 1785 in England lebte.

41 Ein antiker griechischer Philosoph (um 45–125), der vor allem für die biographische Beschreibung verschiedener Lebensläufe bekannt ist, wobei er besonders ihre Moral vergleicht.

42 Shakespeare, *Der Sturm* (1611; Akt V, Szene 1), Übersetzung von Christoph Martin Wieland. Ariel singt »mein Aufenthalt«, im Folgenden befreit Prospero Ariel aus seinen Diensten.

43 Dieser Roman von William Godwin (1756–1836) ist eine tragische Geschichte eines Adligen, der die Geheimnisse des Steins der Weisen erfährt.

44 Frz. ›Auf Wiedersehen‹.

45 Frz. ›Leben Sie wohl‹.

46 Marmontel. (Anmerkung der Autorin, s. Anm. I,2)

47 Der Name eines afrikanischen Prinzen in Joseph Addisons (1672–1719) beliebter historischer Tragödie *Cato* (1713).

48 Bei den Sklaven auf den Westindischen Inseln war Obeah ein verbreiteter religiös-magischer Glaube. Eine Obeah-Frau konnte eine magiekundige Anführerin sein wie z. B. Nanny of the Maroons (um 1686 – um 1733). Die britischen Kolonialherren sahen im Obeah und den Obeah-Praktizierenden eine Bedrohung für ihre Vormachtstellung,

da sie bei Aufständen immer wieder eine führende Rolle einnahmen. Bryan Edwards *The History, Civil and Commercial, of the British Colonies in the West Indies* (1793) enthält eine detaillierte Darstellung der Obeah-Praktiken.

49 Vgl. Edwards *History of the West Indies*, Bd. II. (Anmerkung der Autorin, s. Anm. I,48.)

50 Anspielung auf Mary Wollstonecrafts *A Vindication of the Rights of Woman* (s. Anm. I,26).

51 Zitat nach Voltaires *Siècle de Louis XIV* (1751; eng. *An Essay on the Age of Lewis XIV*, 1752)

52 Frz. ›starker Geist‹.

53 Der Teufel sagt in Miltons (s. Anm. I,12) *Paradise Lost* (1667): »Fall'n cherub, to be weak is to be miserable«.

54 Anna Laetitia Aikins (1743–1825) »Against Inconsistancy in Our Expectations«.

55 Frz. ›Es lebe die Freiheit!‹

56 Die Idee der Aufklärung, die Alexander Pope (s. Anm. I,8) in seinem *Essay on Man* so formuliert: »Eine Wahrheit steht jedoch fest, alles, was ist, ist richtig« wird hier umgekehrt.

57 Anspielung auf Edmund Burke (s. Anm. I,34) der in den *Reflections on the Revolution of France* (1790) sagt, die Gewohnheiten und Konventionen des zivilisierten Lebens – »the decent drapery of life« – würden durch neues revolutionäres Denken entblößt.

58 Frz. ›Ein Schelm/Schuft, wer Böses dabei denkt.‹

59 Zitat nach einem Lobgesang auf den Mond aus Alexander Popes *The Iliad of Homer* (s. Anm. I,8 und I,10).

60 Als der Engel Ithuriel in Miltons (s. Anm. I,12) *Paradise Lost* (1667) den verkleideten Satan mit seinem Speer berührt, muss dieser seine wahre Gestalt wieder annehmen.

61 Ein Zitat aus Richard Brinsley Sheridans Drama *The Rivals* (1775, s. Anm. I,7).

62 Zitat nach dem berühmten Kapitel »Über die Liebe« aus Henry Fieldings (1707–1754) Roman *The History of Tom Jones, a Foundling* (1749).

63 Ein Spiel wie Mikado, nur mit Spielkarten.

64 John Dryden (1631–1700), englischer Schriftsteller, nach seinem Essay »A Parallel of Poetry and Painting« (1695).

65 Zitat nach Milton, *Comus* (1634, s. Anm. I,12).

66 Thérésa Tallien (1773–1835) unterhielt einen Salon in Paris zur Zeit Napoléons und war bekannt für ihr extravagantes Auftreten; es sind Bilder von ihr erhalten, die sie in einem zerfetzten Rock mit leichten römischen Sandalen zeigen.
67 Frz. ›Gewandtheit im Schreiben von Briefen und Karten‹ (s. Anm. I,18).
68 Samuel Johnsons (1709–1784) zusammenfassende Worte über die Hinterlassenschaft des einst so mächtigen Königs Charles XII in *The Vanity of Human Wishes* (1749).
69 In Shakespeares Drama *Othello* verstärkt Jago die Eifersucht Othellos, weil er ihm erzählt, seine Frau Desdemona habe einem Liebhaber ein von Othello geschenktes Taschentuch gegeben, und beschreibt dann verächtlich, wie aus »Dingen leicht wie Luft« (Akt III, Szene 3; s. Anm. I,92) die Eifersucht genährt werden kann.
70 Zitat nach Sir Henry Wottons (1568–1639) Gedicht »The Character of a Happy Life« (1651).
71 Frz. ›Sei ein großer Mann und sei unglücklich‹ – Das Zitat wurde sowohl Denis Diderot (1713–1784) wie auch Jean-Jacques Rousseau (1712–1778) zugeschrieben.
72 Frz. ›Der eingebildete Unglückliche‹ – Anspielung auf Molières Komödie *Le Malade imaginaire* (1673, dt. *Der eingebildete Kranke*) oder auf die 1776 in Paris aufgeführte Komödie *Le Malheureux Imaginaire* von Claude Joseph Dorat (1734–1780).
73 Frz. ›Mit dem Grundsatz beginnt man, das Beispiel macht vollkommen‹, Sprichwort.
74 Frz. ›der gute Ehemann‹.
75 Frz. ›wackrer Ritter‹.
76 Frz. ›wild, unordentlich, laut, exzentrisch‹.
77 Zitat aus Miltons *Paradise Lost* (s. Anm. I,12; I,60 und II,53).
78 Frz. ›Ruhe, Ruhe, meine Fräulein!‹
79 In dem bekannten Lied von Charles Sackville (1643–1796), Earl of Middlesex, »Arno's Vale« (1737), heißt es: »All taste of pleasures now is over / Thy notes Lucinda please no more.«
80 Zitat nach Versen aus Shakespeares *Hamlet* in Hamlets berühmtem Monolog (Akt III, Szene 1, s. Anm. I,27).
81 Aus Lucys Klage, als sie, betrogen von ihrem Liebsten, stirbt, nach Thomas Tickells (1685–1740) irischer Ballade »Colin und Lucy« (1725).
82 Ein skrupelloser Verführer in einer Geschichte aus Miguel de Cervantes' (1547–1616) Roman *Don Quichotte* (1605, 1615).

83 Aus einem Epigramm des irischen Dichters Robert Nugent (1709–1788).
84 Aus Thomas Parnells (1679–1718) »A Fairy Tale in the Ancient English Style« (in *Poems on Several Occasions*, 1722).
85 Wir wollen der Öffentlichkeit einen ausführlichen Bericht über Lady Delacours Genesung ersparen. Nach allem, was dazu bereits gesagt worden ist, wird der intelligente Leser davon ausgehen, dass diese ihre Zeit brauchte, aber erfolgreich war. (Anmerkung der Autorin.)
86 Zitat nach Shakespeare, *Macbeth* (Akt V, Szene 3; s. Anm. I,62).
87 Jean François de la Marche (1729–1806), der für seinen Einsatz und seine Wohltätigkeit als Bischof in der französischen Stadt St. Pol de Léon bekannt war und während der Französischen Revolution ins Exil nach England gehen musste.
88 Zitat aus dem Prolog von Chaucers *Canterbury Tales* (s. Anm. I,65; Übersetzung von Wilhelm Hertzberg).
89 Frz. ›symbolisch‹.
90 Zitat nach Miltons *Paradise Lost* (s. Anm. I,12; I,60 und II,53).

Band III

1 Frz. ›nach und nach‹.
2 Frz. ›Er sieht auf unglaubliche Weise aus wie ein Held in einem Roman.‹
3 Zitat nach Shakespeares Drama *Henry V* (1600), wo es um die Vorbereitung der Schlacht von Agincourt geht.
4 Frz. ›wahnsinnig verliebt‹.
5 Frz. ›dass eine kleine Stupsnase die Gesetze eines Reiches umstürzen kann‹, eine Anspielung an einen Satz aus Blaise Pascals (1623–1662) *Pensées* (1670), der in der Übersetzung lautet: »Die Nase der Kleopatra: wäre sie kürzer gewesen, das ganze Antlitz der Erde hätte sich verändert.« (dt. *Größe und Elend der Menschen. Aus den Pensées*. Übers. von Wilhelm Weischedel. Stuttgart 1947. S. 28.)
6 Ein ›Wilder‹ aus Shakespeares Drama *Der Sturm* (1611). Es besteht die Möglichkeit, dass die Erwähnung von Caliban auf Mr Vincents jamaikanische Herkunft anspielen soll.
7 Frz. ›*Die Schöne und das Biest*‹ (frz. Orig. von 1740 bzw. 1756), ein Märchen, in dem ein schönes junges Mädchen seine Liebe zu einem hässlichen Tier erklärt, das sich dann in einen gutaussehenden Prinzen verwandelt.

8 *Zémira e Azore* (1779), eine komische Oper von André-Ernest-Modeste Grétry (1741–1813, Komponist) und Jean-François Marmontel (s. Anm. I,2), die auf der Geschichte von *Die Schöne und das Biest* beruht.
9 Frz. ›Tun Sie mir den Gefallen, meine Liebe, die Grenzen Ihres Königreiches der Gewöhnung zu definieren.‹
10 Frz. ›Ein wenig Liebe, ein wenig Sorgfalt / Führen ein Herz oft weit genug.‹
11 Anspielung auf ein Zitat aus Shakespeares *Othello* (Akt III, Szene 3; s. Anm. I,92), das in der Übersetzung von Wolf Graf Baudissin folgendermaßen lautet: »und aller Glanz, / Pracht, Pomp und Rüstung des glorreichen Kriegs!«
12 Zitat nach Miltons *Paradise Lost* (s. Anm. I,12; I,60 und II,53).
13 Frz. hier: ›Reserve‹.
14 Frz. ›ganz im Gegenteil‹.
15 »The Dying Negro« (1773), Antisklavereigedicht von Thomas Day (1748–1789) und John Bicknell (1746–1787).
16 Zitat aus Hamlets Anweisungen an die Schauspieler (Akt III, Szene 2, s. Anm. I,27).
17 So beschreibt sich der Duke of Clarence in Shakespeares Drama *Richard III.* (s. Anm. I,4), kurz bevor er ermordet wird. (Akt I, Szene 4)
18 Zitat nach Shakespeare, *King Lear* (1605) »sins unwhipt of justice« (Akt III, Szene 1).
19 Zitat nach James Keirs (1735–1820) *Account of the Life and Writing of Thomas Day Esq.* (1791), das die Schlusszeilen von Days Gedicht »To the Authoress of Verses to be Inscribed on Delia's Tomb« enthält.
20 Thomas Mortons (1764–1838) Komödie *Secrets Worth Knowing* wurde im Jahre 1798 im Theatre Royal Covent Garden uraufgeführt.
21 Zitat aus Miltons »Il Penseroso« (V. 130; s. Anm. I,12).
22 Zitat aus George Lytteltons Gedicht »Soliloquy of a Beauty in a Country« (s. Anm. I,1).
23 »The Devil upon Two Sticks« ist der englische Titel eines satirischen Romans von Alain-René Lesage (s. Anm. I,21), im Original *Le diable boiteux* (1707; dt. *Der hinkende Teufel*).
24 Frz. ›meine Art, Philosoph zu sein‹.
25 Die griechische Entsprechung des ägyptischen Horuskindes, der Gott des Schweigens.
26 Zitat nach den Anfangszeilen von Alexander Popes (s. Anm. I,8) Gedicht »On a Certain Lady at Court« (1732).

27 »Heil dem Triumphe« – ein Gruß, der den militärischen Sieg in den Zeiten der Antike feierte.
28 Frz. ›in gutem Glauben‹.
29 Der Philosoph Jean-Jacques Rousseau (s. Anm. II,71) schrieb, dass der Mensch in einem tugendhaften Zustand geboren wurde und durch die Normen und die Moral der Gesellschaft verdorben werden kann.
30 In Rousseaus (s. Anm. II,71) Roman *Emile* ist Sophia ein Mädchen, das dazu erzogen wird, die ideale Frau für Emile zu werden. Ihre Erziehung ist sehr eingeschränkt, da Rousseau der Meinung war, Frauen seien passiv und schwach und sollten sich ganz auf die häusliche Sphäre beschränken. Schon frühe Schriftstellerinnen der Frauenemanzipation, wie z. B. die Schriftstellerin Mary Wollstonecraft, wandten sich vehement gegen Rousseaus Frauenbild.
31 Frz. ›Kupplerin‹.
32 Frz. ›eine ausgemachte Kokette‹.
33 Frz. ›die Macht des Blutes‹.
34 Frz. ›mit Liebe‹.
35 Im Jahr 1796 erschienen Drucke, die der Öffentlichkeit zeigten, wie Lady Buckinghamshire, Lady Archer und andere mit dem Pranger oder durch Auspeitschen dafür bestraft wurden, dass sie beim Glücksspiel in ihren Häusern systematisch betrogen hatten.
36 Nach dem griechischen Dichter (s. Anm. I,55).
37 Das Hotel Nerot war ein sehr beliebtes Hotel in der Kings Street, in der Nähe von Pall Mall. Jede der Westindischen Inseln hatte einen eigenen Gouverneur, Montford wird später als Mr Vincents Onkel vorgestellt.
38 Jean Collin-Maillard war ein mittelalterlicher Ritter, der nicht aufhörte zu kämpfen, obwohl man ihm die Augen verbunden hatte und er deswegen wie wild um sich schlagen musste; daher gab man dem alten Spiel, bei dem jemandem die Augen verbunden werden und dieser dann jemand anderen fangen muss, in Frankreich seinen Namen.
39 Frz. ›Handelsbeauftragter‹.
40 *Clélie*, eine romantische Liebesgeschichte von Madame de Scudéry, wurde in Frankreich 1654–60 veröffentlicht und erschien in England 1678 als *Clelia. An Excellent New Romance*; die komplizierte Handlung feiert Clelias treue Liebe. Kleopatra VII. (69–30 v. Chr.) war berühmt dafür, dass sie ihre Pflichten als Königin von Ägypten um der Liebe zu Marcus Antonius (86–30 v. Chr.) willen vernachlässigte, was in Shakespeares Drama *Antony and Cleopatra* (1606/07) thematisiert wird.

41 Frz. ›vormaliges‹.
42 Der jüdische Geldverleiher ist ein antisemitisches Stereotyp, das zu Maria Edgeworths Lebzeiten verbreitet war. Zeitgenossen kritisierten klischeehafte Darstellungen des Judentums in Edgeworths Werken. Daraufhin schrieb Edgeworth den Roman *Harrington* (1817), in dem sie sich kritisch mit Antisemitismus auseinandersetzt.
43 August von Kotzebues (1761–1819) Dramen waren auch im England der 1790er Jahre überaus beliebt.
44 Nach einem Zitat, das der Soldat Jacques in Shakespeares *As you Like it* (1599) spricht (Akt II, Szene 7; Übersetzung August Wilhelm von Schlegel).
45 Als der römische Staatsmann und Schriftsteller Seneca (1–69) auf Befehl des Kaisers Nero (37–68) Selbstmord beging, versuchte seine Frau Pompeia Paulina es ihm nachzutun, indem sie sich die Adern an den Handgelenken aufschlitzte. Ihr Leben wurde gerettet, aber sie soll für den Rest ihres Lebens sehr kränklich und blass gewesen sein.
46 Eine Tatsache! (Anmerkung der Autorin.)
47 Frz. ›unter uns gesagt‹.
48 Frz. ›ein kleines Freundschaftsgeschenk‹.
49 In *Pamela; or, Virtue Rewarded* (1740), einem Briefroman von Samuel Richardson (1689–1761), wird die Heldin Pamela nach vielen Angriffen auf ihre Tugend schließlich doch mit einer Heirat für ihre moralische Einstellung belohnt.
50 Frz. ›vormalig‹.
51 Anspielung auf Popes (s. Anm. I,8) satirisches Beispiel für hyperbolisches Sprechen; aus Alexander Pope, *Peri Bathous: Or, the Art of Sinking in Poetry* (1728), Kapitel 11.
52 Anspielung auf die lang ausgeführten Beschreibungen der Hochzeitsvorbereitungen in Samuel Richardsons (s. Anm. III,49) Roman *The History of Sir Charles Grandison* (1753).
53 Frz. ›Das Geheimnis zu langweilen besteht darin, alles zu sagen.‹ – ein vielzitierter Aphorismus von Voltaire.
54 Anspielung auf Richard Brinsley Sheridans (s. Anm. I,7) *The Critic, or a Tragedy Rehearsed* (1781), in dem die Charaktere in einem Drama im Drama darüber diskutieren, wie sie von der Bühne gehen sollen.
55 Eine Variation des vielzitierten Epilogs von John Gays (1685–1732) berühmter Farce *The What D'Ye Call It* (1715).

Nachwort

»Schreibe, leuchte – zeig es ihnen.«

*Anna Laetitia Barbauld
an Maria Edgeworth*

Als Maria Edgeworth (1768–1849) ihren ersten Gesellschaftsroman *Belinda* (1801) veröffentlicht, ist sie bereits eine respektierte und gefeierte Autorin von pädagogischen Schriften und Kinderbüchern. Im Jahr zuvor hat sie mit *Castle Rackrent* (dt. *Meine hochgeborene Herrschaft*) den vielgelobten ersten Regionalroman der britischen Literatur vorgelegt. ›In der Welt und Zuhause‹, so der ursprünglich angedachte Titel von *Belinda*, verweist auf die oft widersprüchlichen Konventionen des gesellschaftlichen und privaten Lebens, die insbesondere Frauen der Mittelschicht um 1800 meistern müssen. Edgeworth verbindet deren Darstellung mit der bereits etablierten Gattung des weiblichen Entwicklungsromans, der den Eintritt einer jungen Frau in die Gesellschaft erzählt. Auf der Suche nach einem passenden Ehemann muss Belinda darauf achten, die eigenen Vorzüge gleichermaßen anziehend wie unaufdringlich zur Geltung zu bringen, Mitbewerberinnen auf möglichst tugendhafte Weise aus dem Feld zu schlagen und Freund und Feind unterscheiden zu lernen.

Der Roman verbindet dabei Komik und Tragik, Charakter- und Milieustudie – eine Mischung, die in der meisterlichen Hand von Jane Austen (1775–1817) wenige Jahre nach *Belinda* zu einer zeitlos faszinierenden Subtilität und Exzellenz gelangt. Edgeworths heute deutlich berühmtere Zeitgenossin Austen schreibt freilich nicht im Vakuum: Im späten 18. und frühen 19. Jahrhundert ist der britische Roman in Autorschaft und Thematik weiblich geprägt. Austen ist mit der Arbeit von Schriftstellerinnen wie Maria Edgeworth und Frances Burney (1752–

1840) wohlvertraut und entwickelt deren Erzählmuster und Motive gezielt weiter.

Auch selbst begreift sich Maria Edgeworth, die kommerziell erfolgreichste Autorin jener Jahre, als Teil einer weiblichen literarischen Tradition. Als »große Maria« von ihrem Freund und Kollegen Sir Walter Scott (1771–1832) verehrt und als »literarische Löwin« noch Jahrzehnte nach ihrem Tod von der viktorianischen Literaturkritik gewürdigt, verblasst ihr Ruhm erst im Verlauf des ideologisch sortierenden 20. Jahrhunderts, dem der moralische Pragmatismus der liberalen Aufklärerin wohl suspekt war. Als Wegbereiterin und eine der ›Mütter‹ des britischen Romans gerät sie jedoch nie ganz in Vergessenheit; auch ihre Geschichten für Kinder erfreuen sich anhaltender Beliebtheit. In den letzten Jahrzehnten wird ihr Engagement für Bildung und für die Rechte von Frauen wieder stärker wahrgenommen und Maria Edgeworth als wichtige intellektuelle Stimme ihrer Zeit anerkannt.

Geboren am Neujahrstag 1768 in Black Bourton, Oxfordshire, verbringt Maria ihre ersten Lebensjahre in England. Ihre Mutter Anna Maria Elers (1743–1773) stirbt im Kindbett, als Maria fünf Jahre alt ist; der Vater heiratet rasch erneut und im Folgenden mehrfach – im Verlauf ihres Lebens wird Maria drei Stiefmütter und 20 Halbgeschwister bekommen. Seine älteste Tochter gilt Richard Lovell Edgeworth (1744–1817) zunächst als schwieriges Kind, für das er wenig Interesse aufbringt. Mehrere Jahre verbringt Maria auf verschiedenen Internatsschulen und die Schulferien in der Obhut eines Freundes ihres Vaters, des Schriftstellers und Abolitionisten Thomas Day (1748–1789). Dieser erlangt zweifelhafte Berühmtheit dadurch, dass er, von den Ideen Jean-Jacques Rousseaus (1712–1778) inspiriert, zwei Waisenmädchen zu sich nimmt, um sich eine Ehefrau nach eigenem Geschmack heranzuziehen: Gebildet soll sie sein, aber nicht um eigene Ambitionen zu verfolgen, sondern um dem Gatten als verständige und dessen Intellekt wertschätzende Gesprächspartnerin zu dienen. Das Experiment scheitert, keine der beiden wird seine Frau. Maria Edgeworth setzt sich in ihren *Letters for Literary Ladies* (1795) später ironisch mit Days ablehnender Haltung gegenüber eigenständig kreativen und publizierenden Frauen auseinander.

Als Maria vierzehn Jahre alt ist, zieht die Familie auf ihr Landgut nach Edgeworthstown in der irischen Grafschaft Longford. Der Umzug und die neuen Aufgaben bringen die Tochter ihrem Vater näher: Sie begleitet ihn auf seinen Inspektionen, übernimmt kaufmännische und Verwaltungspflichten und unterstützt ihre Stiefmütter bei der Erziehung ihrer Halbgeschwister. Sie beginnt Geschichten für Kinder zu schreiben und verfasst gemeinsam mit ihrem Vater die pädagogische Schrift *Edgeworths Erziehungssystem*, die im In- und Ausland Anerkennung findet. Der Veröffentlichung folgt eine Reise nach Paris, wo Maria den schwedischen Hofbeamten Abram Niclas van Clewberg-Edelcrantz kennenlernt. Sie ist ihm zugetan, lehnt seinen Antrag jedoch ab: Sie möchte ihr Zuhause und ihre Familie nicht verlassen.

Auch ihre schriftstellerische Tätigkeit nimmt sie in Anspruch. Im Verlauf der folgenden Jahrzehnte veröffentlicht sie Brief- und Gesellschaftsromane sowie in Irland spielende Regionalromane, weitere Geschichten für Kinder und Jugendliche und eine Schrift über irischen Humor. Nach dem Tod ihres Vaters gibt sie dessen Lebenserinnerungen heraus. In ihren späteren Jahren reist sie, führt Korrespondenzen, setzt sich für die Teilhabe von Frauen an der Königlich Irischen Akademie der Wissenschaften ein (deren Ehrenmitglied sie 1842 wird) und leitet gemeinsam mit ihrer Stiefmutter das familiäre Landgut; ihr letzter Roman *Helene*, ein psychologisch komplexes Porträt einer Frauenfreundschaft, erscheint 1834. Bis ins hohe Alter körperlich und geistig agil, stirbt Maria Edgeworth nach einem langen, erfüllten Leben in ihrem irischen Zuhause.

Ihr Werk spiegelt in vielfältiger Weise die wirtschaftlichen, politischen, sozialen und kulturellen Umwälzungen wider, die Großbritannien im 18. und frühen 19. Jahrhundert erfährt. Innenpolitisch ist das Königreich seit der Glorreichen Revolution 1688 eine stabile parlamentarische Monarchie mit einem erstarkenden Bürgertum, dessen wachsende soziale und ökonomische Bedeutung mit der Wahlrechtsreform 1832 auch in politische Macht umgewandelt wird. Neue Nutzpflanzen und Anbaumethoden sichern eine bessere Lebensmittelversorgung der Bevölkerung, deren Zahl sich während Maria Edgeworths Lebenszeit mehr als verdoppelt. Der internationale Handel bringt neue Konsumgüter wie Kaffee, Porzellan, Zucker, Tee und Gewürze ins Land; die Gewinne aus dem transatlantischen Sklavenhandel und der Ausbeutung von Sklaven in den überseeischen Plantagen befördern industriell-technologische und wissenschaftliche Entwicklungen in Großbritannien. Nach seinem Sieg im Siebenjährigen Krieg (1756–1763) ist das britische Königreich die neue globale Macht.

Gleichzeitig bleibt in jener Epoche mehr als ein Viertel der britischen Bevölkerung auf Almosen angewiesen. Die Kindersterblichkeit im Land ist hoch: Fast jedes dritte Kind stirbt, bevor es seinen fünften Geburtstag erreicht. Die hygienischen Zustände in den Arbeitersiedlungen der neuen städtisch-industriellen Zentren wie Manchester und Birmingham sind katastrophal. Dennoch zieht es mehr und mehr Menschen dorthin, denn viele Erwerbsmöglichkeiten fallen in der (nun professioneller betriebenen) Landwirtschaft weg. Die neuen Aufstiegs- und Erwerbsmöglichkeiten der mittleren Schichten existieren neben etabliertem Wohlstand: Im Landadel wird Besitz in der Regel an den ältesten Sohn vererbt – jüngere Söhne suchen ihr Auskommen als Anwalt oder Arzt, im Handel, der Kirche oder der Marine. Doch wirtschaftlicher Erfolg ist trotz der neuen Möglichkeiten keineswegs garantiert. Den Frauen der Mittelschicht bleibt ohnehin meist nur die Ehe als Versorgungsquelle, denn sie sind von universitärer Bildung ausgeschlossen. Die wenigen Anstellungen, die ihnen zugänglich sind, wie die einer Lehrenden in Privathaushalten, sind schlecht bezahlt und werden von Unsicherheit und Demütigungen begleitet.

Auch werden die neuen globalen Profitmöglichkeiten keineswegs unkritisch gesehen: Der Sklavenhandel wird von einer wachsenden Bewegung bekämpft und wegen seiner Grausamkeit angeprangert; viele Abolitionisten befürchten zudem eine moralische Korrumpierung der britischen Gesellschaft, sollte sie weiterhin Gewinn aus einer menschenverachtenden Praxis ziehen, die im Kontrast zu ihren Werten stehe. Ehemalige Sklaven wie Olaudah Equiano (1745–1797), dessen Lebenserinnerungen 1789 in Großbritannien publiziert und zum Publikumserfolg werden, engagieren sich im Kampf gegen die Sklaverei. Der Handel mit Sklaven wird schließlich 1807, der Besitz von Menschen auch in den Kolonien 1833 für illegal erklärt.

Maria Edgeworth ist eine der literarischen Stimmen, die die abolitionistische Bewegung unterstützen. Mehrfach baut sie in ihren Texten Figuren wie den karibischen Sklaven Quaco im Theaterstück *The Two Guardians* (1817) ein, um die Bedeutung von Freiheit, Mitgefühl und moralischer Integrität zu versinnbildlichen. In *Belinda* heiratet Juba, der als Diener des kreolischen Plantagenbesitzers Mr Vincent nach England kommt, die Bauerntochter Lucy und lässt sich mit ihr auf einer Farm nieder. Mr Vincent selbst wirbt – nicht ohne Erfolg – um Belindas Zuneigung. Edgeworth bildet hier gesellschaftliche Realität ab, indem sie die wachsende Vielfalt der britischen Bevölkerung durch das Motiv der Heirat von zwei Charakteren unterschiedlicher Herkunft darstellt; auch irisch-englische Hochzeiten finden sich mehrfach in ihren Werken.

Die allegorische Darstellung von Kulturen als Ehepartnern entspricht auch der Selbstwahrnehmung ihrer Familie und anderer Anglo-Iren, die sich nicht als Kolonialherren sehen wollen – und England nicht für überlegen halten. In Irland gehören die Edgeworths gleichwohl zur privilegierten protestantischen Minderheit, die ein Großteil des bewirtschafteten Landes besitzt. Ihr Vater will keiner der sogenannten *absentee landlords*, der häufig abwesenden Landbesitzer, sein, die nur ihre Gewinne einstreichen, ihre Verantwortung den Pächtern gegenüber aber vernachlässigen. Als Abgeordneter im irischen Unterhaus setzt er sich zudem für die Abschaffung der Gesetze ein, welche die katholische Bevölkerung in vielen Bereichen benachteiligen. Maria Edgeworths Regionalromane zeigen ihre Vertrautheit mit irischen Bräuchen, Dialekten und dem sozialen Leben der Menschen. Durch unterschiedliche Erzählperspektiven und die emotionale, persönlichkeitsprägende Verbindung ihrer Figuren zur irischen Landschaft setzt sie die ambivalente Rolle der Anglo-Iren und deren Selbstverständnis auch stilistisch um.

In Großbritannien geht die geographische und soziale Mobilität jener Epoche einher mit einem wachsenden Zugang zu Bildung und steigenden Alphabetisierungsraten. Im Publikationsjahr von *Belinda* (1801) gelten zwei Drittel der Männer und die Hälfte der Frauen als lese- und schreibkundig – und bescheren dem Land eine breite Lese- und Debattenkultur. Neue Verlage, Zeitungen und Journale bringen eine immer größere und vielfältigere Zahl von Publikationen heraus. Dadurch eröffnen sich neue Möglichkeiten auch für Autorinnen, denn das Schreiben bietet talentierten Frauen Einkommensmöglichkeit und Anerkennung. Den literarischen Kreisen, die sich seit Mitte des 18. Jahrhunderts um Autoren, Kritiker und Verleger bilden, gehören zahlreiche Frauen wie Charlotte Lennox, Frances Burney, Hannah More, Elizabeth Inchbald und Anna Laetitia Barbauld an. Letztere gibt 1810 die fünfzigbändige Reihe *The British Novelists* heraus, die neben *Belinda* weitere populäre und die Gattung prägende Romane von Schriftstellerinnen berücksichtigt.

Barbauld ist es auch, die Maria Edgeworth nach der herablassenden Kritik eines Rezensenten mit den Worten »Schreibe, leuchte – zeig es ihnen« ermutigt. Edgeworths Idee, gemeinsam eine Zeitschrift zu gründen, die Autorinnen unterschiedlicher politischer Überzeugungen offenstünde, lehnt Barbauld jedoch ab: Konservative Feministinnen wie More würden, so glaubt sie, nicht im selben Magazin wie liberale Stimmen oder gar radikale Unterstützerinnen der weiblichen Emanzipation wie Mary Hays publizieren wollen. Das Beispiel zeigt, wie leidenschaftlich politisch-philosophische Debatten zu Bildung, religiöser Erziehung und Bürgerrechten um 1800 geführt werden: Auch der Einsatz für Frauenrechte lässt sich nicht auf eine Meinung verengen.

Eine Gemeinsamkeit immerhin ist festzustellen: Das Genre des Romans erfreut sich großer Beliebtheit bei Autorinnen und Autoren ganz unterschiedlicher politischer Couleur. In Großbritannien entwickelt er sich im 18. Jahrhundert zur populären und kommerziell äußerst erfolgreichen Literaturform. Dies geschieht nicht von ungefähr: Romane sind vielfältig und wandelbar. Weder Autoren noch Publikum brauchen eine klassische Bildung, Dialoge nutzen Alltagssprache, die Handlung ist nachvollziehbar und zugänglich. Die Figuren, die von Anfang an aus allen gesellschaftlichen Schichten stammen, sind alltäglichen Herausforderungen ausgesetzt und müssen lernen, diesen zu begegnen. Romane unterhalten und vermitteln gleichzeitig moralische Werte, indem sie zum Miterleben einladen und die erzählten Ereignisse in einen Sinnzusammenhang stellen. In sich rasch wandelnden Zeiten schenken sie ihren Lesern einen Moment der geordneten und begreifbaren gesellschaftlichen Teilhabe. Diese ist auch emotional befriedigend, denn besonders Briefromane bieten intime Einsichten in die Gefühlswelten ihrer Figuren.

Künstlerisch sind Romane im 18. Jahrhundert zunächst wenig angesehen; Prestige wird eher der – klassischen Versmaßen folgenden – Lyrik zugestanden. Viele der Texte, die wir heute als Romane bezeichnen, werden zunächst als ›Erzählung‹, ›Geschichte‹ oder ›Bericht‹ veröffentlicht. Dies soll authentischer wirken und verdeutlichen, dass es sich nicht um reine, gar frivole Unterhaltung handelt, sondern dass dem Werk eine wahre Geschichte zumindest zugrunde liegt. In ihrem Geleitwort zur ersten Ausgabe von *Belinda* distanziert sich auch Maria Edgeworth von der Bezeichnung ›Roman‹: Darunter würden allzu viele Bücher erscheinen, die Dummheiten und Untugenden verbreiteten. Sie will ihr Werk als Moralerzählung verstanden wissen und hofft, dass diese Unterscheidung wohlwollend aufgenommen werde möge.

Dieser Wunsch geht nur bedingt in Erfüllung – tatsächlich nimmt eine zeitgenössische Rezension ihr diese Abgrenzung sogar übel und schlägt vor, dass sich die Autorin doch lieber auf das Verfassen eines guten Buches beschränken und die Gattungszuordnung den geneigten Lesern überlassen solle. Hier deutet sich die zunehmende kritische Wertschätzung von Romanen auch als Kunstform an, die um 1800 einsetzt und mit Sir Walter Scotts historischem Roman *Waverley* (1814) etabliert wird.

Die junge Belinda ist eine von mehreren Hauptfiguren des nach ihr benannten Romans, der die Erlebnisse und Beziehungen von Mitgliedern der wohlhabenden Londoner Gesellschaft in den Mittelpunkt stellt. Da ist zum Beispiel die charmante und selbstsichere Lady Delacour, die Belinda mit potentiellen Ehemännern bekannt und den Regeln des Heiratsmarktes vertraut macht. Dass es sich dabei im wahrsten Sinne des Wortes um einen ›Markt‹ handelt, muss Belinda gleich zu Anfang und auf demütigende Weise erfahren: Auf einem Maskenball hört sie unerkannt mit, wie sich eine Gruppe junger Männer verächtlich über die anwesenden Frauen äußert und sie wie Auktionsware bewertet. Für Belinda ist dieser erste Blick hinter die Kulissen gesellschaftlicher Umgangsformen ernüchternd, und sie bleibt vorsichtig im Umgang mit denen, die ihr allzu leutselig begegnen – und unversöhnlich gegenüber jenen, die sie täuschen.

Die Episode steht exemplarisch für die Gleichzeitigkeit von Macht und Ohnmacht der begehrten jungen Frau: Ihre persönliche Attraktivität ebnet ihr den Weg zu gesellschaftlicher Stellung, weckt jedoch auch Neid und Missgunst und macht sie abhängig von den Meinungen anderer. Der Roman zeigt die Versuchungen und Fallstricke, die auf junge Frauen bei deren Eintritt in die Gesellschaft warten. Die Entwicklung, die Belinda im Verlauf der Handlung nimmt, ist dabei weniger eine psychologische, denn ihr Charakter bleibt unverändert: Sie ist von Beginn an klug, belesen, warmherzig, vernünftig und aufrichtig. Durch die Begegnungen mit ganz unterschiedlichen Typen, durch Freundschaften und Romanzen gewinnt sie jedoch Erfahrung und Menschenkenntnis – und erhält Gelegenheit, ihre eigene Ablehnung von Heuchelei und Eigennutz unter Beweis zu stellen. Der Mann, dem seit Beginn ihr Herz gehört und der letztlich ihr Ehemann wird, muss hingegen eine charakterliche Entwicklung durchmachen und erst seine Gefallsucht überwinden, bevor er ihrer würdig wird. Auch Lady Delacour lässt ihre oberflächlichen Beziehungen nach einigen persönlichen Tragödien schließlich hinter sich, unterstützt durch Belindas loyale Freundschaft.

Im Roman bildet Belindas unbestechlicher Sinn für Moral einen deutlichen Kontrast zu den charakterlichen Schwächen fast aller anderen Figuren. Zeitgenössische Rezensionen würdigen ihre Vorbildfunktion für junge Leserinnen und ihre über jeden Zweifel erhabene Tugend. Manche finden sie dabei aber allzu kühl und als romantische Figur wenig mitreißend – insbesondere im Vergleich zu ihrer Freundin Lady Delacour, deren Leidenschaften diese in allerhand Schwierigkeiten und beinahe ums Leben bringen. Ihre Unternehmungen, Launen und Torheiten sorgen für so manch unerwartete Wendung in der Handlung und sind in der Tat deutlich unterhaltsamer als Belindas zurückhaltende Zuneigungsbekundungen. Auch seinen Realismus bezieht der Roman, wie viele jener Jahre, aus der unverblümten Darstellung menschlicher Schwächen. Die tugendhafte Belinda wird mit deren ganzer Bandbreite konfrontiert: Manche ihrer Bekannten sind opportunistisch, andere feige, dumm oder gehässig, oder sie frönen dem Glücksspiel. Typisch für Edgeworth ist, dass sie insbesondere die Hauptfiguren nicht auf solche negativen Eigenschaften reduziert, sondern sie ihr eigenes Verhalten kritisch reflektieren und auch überwinden lässt.

Ein weiteres Merkmal des Romans sind zugänglich geschilderte philosophische Überlegungen. So unterhalten sich die Figuren darüber, ob Frauen überhaupt Bildung benötigen, um glücklich zu sein. Welche Art von Erziehung Mädchen erhalten sollten und ob diese die natürlichen Anlagen des weiblichen Geschlechts – sofern vorhanden – eher fördern oder disziplinieren sollte, ist ein zentrales Thema der pädagogischen Debatten der Aufklärung. Der Roman zeigt Frauen und Männer als intellektuell ebenbürtig und unterstützt damit frühe feministische Forderungen nach deren Gleichbehandlung in der Bildung. Das Gegenargument, dass weibliche Unwissenheit begrüßenswert sei, da sie den Charme und die Unschuld von Frauen bewahren würde, wird kritisiert und am Beispiel der Nebenfigur Virginia als männlicher Eigennutz entlarvt: Ohne ein vernunftgeleitetes Verständnis für ihre eigenen und die Gedanken und Gefühle anderer bleibt eine Frau Gefangene oberflächlicher Eindrücke. Sie ist manipulierbar, weil sie nicht über den Horizont ihrer Befindlichkeiten hinausdenken kann.

Wie Belindas Entwicklung zeigt, sind auch Freundschaften ein Weg zur Erkenntnis. Ähnlich wie wenige Jahre später Jane Austens Figuren lernt sie durch eigene Erlebnisse ebenso wie durch die Erfahrungen ihrer (schlechten) Vorbilder. Dabei unterscheidet der Roman deutlich zwischen flüchtigen Bekannten und wahren Freunden und zitiert mehrfach die sprichwörtliche »Freiheit des Freundes«, offen zu sprechen – gerade auch dann, wenn es sich, wie im Falle von Belindas Kritik an Lady Delacour, um Wahrheiten handelt, die die Freundin nicht hören will. Ehrlichkeit, so zeigt der Roman, ist der Beweis echter Zuneigung.

Interessant ist die Nebenfigur der Harriet Freke, die zu Beginn als Freundin Lady Delacours auftritt: Sie tönt wiederholt von der Emanzipation der Frauen und nimmt für sich in Anspruch, freimütig und unumwunden gesellschaftliche Heuchelei anzuprangern. Ihr selbstsüchtiges und rücksichtloses Verhalten steht dabei in eklatantem Kontrast zu ihren Worten. Die kluge Belinda durchschaut sie schnell und weist ihre aufdringlichen Manipulationsversuche zurück. Letztlich wird Frekes Charakter für alle offensichtlich, ihr Ränkeschmieden wird enttarnt. Edgeworths Darstellung dieser selbsternannten Progressiven ist in manchen Kritiken misstrauisch beäugt worden, scheint sie doch eine Parodie auf die feministischen Ideen Mary Wollstonecrafts (1759–1797) darzustellen. Freke entspricht diesen Idealen jedoch in keiner Weise – vielmehr illustriert sie deren opportunistische Vereinnahmung und schrumpft sie zu bloßem Jargon. Die Figur bedient sich emanzipatorischer Begriffe, um ihre Gemeinheiten zu rechtfertigen und anderen ihren Willen aufzuzwingen. Für Freke sind diese Begriffe lediglich Mittel zum Zweck, und es ist der Akt der bedenkenlosen Aneignung, der sie charakterisiert, nicht die Prinzipien, die von ihr vulgarisiert werden. Edgeworth verwendet in diesem Zusammenhang ein beliebtes Motiv des britischen Romans im 18. Jahrhunderts: die Entlarvung moralischer Doppelbödigkeit und Heuchelei.

Fast alle ihre Werke publiziert Maria Edgeworth unter ihrem Namen, auch *Belinda*. Der Roman erscheint in kurzer Folge in weiteren Auflagen, die verschiedene Überarbeitungen von Figuren und Handlungselementen enthalten. Für die dritte Edition (1810) streicht Edgeworth unter anderem die in der ersten Auflage gefeierte Eheschließung des karibischen Dieners Juba mit der englischen Bauerstochter Lucy – auf Vorschlag ihres Vaters, der es nun unschicklich findet, dass ihr Werk solche Motive verwendet. Änderungen für Neuauflagen sind nicht ungewöhnlich, dennoch hadert Maria Edgeworth mit ihrer Entscheidung, seinem Rat zu folgen: Die Befürchtung, eine solche Darstellung könne ihrem Ruf schaden, kann sie nicht nachvollziehen.

Mit der Wende zum 19. Jahrhundert setzt eine Entwicklung ein, die als ›Vermännlichung‹ des Romans beschrieben werden kann. Die Form gewinnt mehr und mehr an Prestige, sie gilt nun als ernstzunehmende Literatur. Dazu beigetragen haben sowohl Innovationen und Erfolge von Autorinnen wie Edgeworth als auch neue Gattungen wie der historische Roman, den ihr Freund Sir Walter Scott populär macht. Mit der Reform von 1832, die britischen Männern der Mittelschicht das Wahlrecht gibt, werden Frauen zum ersten Mal explizit davon ausgeschlossen. Dies bewirkt auch den Rückzug von Frauen der Oberschicht aus öffentlichen politischen Debatten – eine Entwicklung, die Edgeworth in ihrem letzten Roman *Helene* nachzeichnet. Aus der Literatur verschwinden die Stimmen von Frauen freilich nicht, oft aber ihre Namen: Die nächste Generation von Autorinnen, darunter die Schwestern Brontë und George Eliot (eigentlich Mary Ann Evans), geboren zur Zeit von Edgeworths großen Erfolgen, wird selbst nur wenige Jahrzehnte später ihre Werke unter männlichem Pseudonym publizieren.

Das deutsche Lesepublikum hat nun Gelegenheit, Maria Edgeworth neu zu entdecken und die gesellschaftlichen Abenteuer Belindas und ihrer Bekannten und Freunde ›in der Welt und Zuhause‹ mitzuerleben. Die gezeigten Widersprüche zwischen Schein und Sein wirken dabei überraschend vertraut – und der Anspruch, moralische Aufrichtigkeit und Integrität zu wahren, ist ebenso aktuell.

Katrin Berndt

Zeittafel

1768	Am 1. Januar kommt Maria Edgeworth in Black Bourton, Oxfordshire, als zweites Kind von Richard Lovell Edgeworth und dessen Frau Anna Maria Edgeworth zur Welt.
1767–1773	Edgeworth wächst bei der Familie der Mutter in Northchurch (England) auf.
1773	Nach dem Tod der Mutter heiratet der Vater Honora Sneyd und Edgeworth lebt bei ihm auf seinem Landgut in Edgeworthstown (County Longford, Irland).
1775	Ausbildung in Mrs Lattafières Schule in Derby.
1780	Ausbildung in Mrs Devis Schule in London. Tod der Stiefmutter Honora, erneute Ehe des Vaters mit deren Schwester Elizabeth Sneyd.
1781	Edgeworth kehrt wegen einer Augeninfektion nach Edgeworthstown zurück und wird von ihrem Vater in irischer Ökonomie, Politik, Recht, Naturwissenschaft und Literatur unterwiesen. Sie kümmert sich um die jüngeren Geschwister und beginnt, ihrem Vater bei der Verwaltung seines Landbesitzes zu assistieren.
1781–96	Edgeworth beginnt zu schreiben. Ihre Beobachtungen des irischen Landlebens auf dem Besitz des Vaters und des Familienlebens fließen in ihre Werke ein.
1795	Das Essay *Letters for Literary Ladies* erscheint und argumentiert für die Bildung und intellektuelle Gleichwertigkeit von Frauen.
1796	*The Parent's Assistant*, eine Sammlung von Kindergeschichten, wird veröffentlicht. Den Eingriffen des Vaters in den Text werden insbesondere die langen moralisierenden Passagen zugeschrieben.

1798	Der Vater heiratet Frances Beaufort, die Illustratorin der 3. Auflage von *The Parent's Assistant*, die für Edgeworth zeitlebens eine enge Vertraute wird.
1800	*Castle Rackrent*, Edgeworths erster Roman, wird anonym hinter dem Rücken des Vaters veröffentlicht und beeinflusste unter anderem Sir Walter Scotts *Waverley*.
1801	*Belinda* (Roman) wird veröffentlicht, wiederum nimmt der Vater starken Einfluss auf das Werk.
1802	*Essay on Irish Bulls* (politischer Essay in Zusammenarbeit mit dem Vater) wird veröffentlicht. Reise der Familie durch die englischen Midlands, nach Brüssel und Frankreich, wo Edgeworth den Heiratsantrag des schwedischen Dichters Abraham Edelcrantz ablehnt.
1804	*The Modern Griselda* wird veröffentlicht.
1805	*Moral Tales for Young People* und *Leonora* (Roman) werden veröffentlicht.
1809	Der erste Teil von *Tales of Fashionable Life* (Geschichtensammlung) und *Ennui* (Roman) werden veröffentlicht.
1812	*The Absentee* (Roman) und der zweite Teil von *Tales of Fashionable Life* werden veröffentlicht. Edgeworth wird zur kommerziell erfolgreichsten Autorin ihrer Zeit.
1813	In London begegnet Edgeworth Lord Byron und Humphry Davy.
1814	*The Patronage* wird veröffentlicht. Korrespondenz und Freundschaft mit Sir Walter Scott.
1817	Der Vater stirbt. *Ormond* (Roman) und *Harrington* (Roman) werden veröffentlicht. Letzterer ist eine Auseinandersetzung mit eigenen antisemitischen Vorurteilen, auf die Edgeworth durch eine Zuschrift aufmerksam gemacht wurde.

1817–20	Edgeworth konzentriert sich auf die Bearbeitung der väterlichen Memoiren.
1820	*Memoirs of Richard Lovell Edgeworth* wird veröffentlicht.
1821	*Rosamond: A Sequel to Early Lessons* wird veröffentlicht.
1822	*Frank: A Sequel to Frank in Early Lessons* wird veröffentlicht.
1823	*Tomorrow* (Roman) wird veröffentlicht.
1834	*Helen* (Roman) wird veröffentlicht.
1837	Ehrenmitgliedschaft in der Royal Irish Academy.
1848	*Orlandino* (Roman) wird veröffentlicht.
1849	Edgeworth stirbt am 22. Mai in Edgeworthtown, County Longford, Irland.

Inhalt

Band I

Kapitel I: Charaktere 5
Kapitel II: Masken 27
Kapitel III: Lady Delacours Geschichte 47
Kapitel IV: Lady Delacours Geschichte – Fortsetzung 72
Kapitel V: Geburtstagskleider 94
Kapitel VI: Mittel und Wege 110
Kapitel VII: Die Serpentine im Hyde Park 120
Kapitel VIII: Eine Familie 132
Kapitel IX: Ratschläge 146
Kapitel X: Das mysteriöse Boudoir 167
Kapitel XI: Schwierigkeiten 181
Kapitel XII: Der Ara 202

Band II

Kapitel XIII: Sortes Virgilanae 221
Kapitel XIV: Die Ausstellung 238
Kapitel XV: Eifersucht 267
Kapitel XVI: Häusliches Glück 285
Kapitel XVII: Die Rechte der Frau 303
Kapitel XVIII: Eine Erklärung 316
Kapitel XIX: Eine Hochzeit 333
Kapitel XX: Versöhnung 354
Kapitel XXI: Helena 384
Kapitel XXII: Ein Gespenst 404
Kapitel XXIII: Der Kaplan 422

Band III

Kapitel XXIV: Peu à peu   437
Kapitel XXV: Liebe mich, liebe meinen Hund   460
Kapitel XXVI: Virginia   487
Kapitel XXVII: Eine Entdeckung   523
Kapitel XXVIII: Roulette   558
Kapitel XXIX: Ein Jude   583
Kapitel XXX: Neuigkeiten   605
Kapitel XXXI: Das Finale   620

Zu dieser Ausgabe   645
Anmerkungen   647
Nachwort   663
Zeittafel   675

Englischer Originaltitel:
Belinda

RECLAM TASCHENBUCH Nr. 20747
2022, 2024 Philipp Reclam jun. Verlag GmbH,
Siemensstraße 32, 71254 Ditzingen
Umschlaggestaltung: Philipp Reclam jun. Verlag GmbH
Umschlagabbildung: London, England. St James's Palace, Westminster Hall
and Pall Mall in 1660. From Memoirs of the Martyr King by Allan Fea,
published 1905. – Classic Image / Alamy Stock Photo. Fashion Plate,
»Abendkleider und Wanderkleider im August 1807« für »La Belle Assemblée«.
John Bell (England, 1745–1831). England, London, 1. September 1807. Drucke;
Gravuren. Handkolorierte Gravur auf Papier. – LMA / AW / Alamy Stock Foto.
Umschlagmaterial: PEYVIDA puro 270 g/m², peyer graphic gmbh
Druck und Bindung: GGP Media GmbH,
Karl-Marx-Straße 24, 07381 Pößneck
Printed in Germany 2024
RECLAM ist eine eingetragene Marke
der Philipp Reclam jun. GmbH & Co. KG, Stuttgart
ISBN 978-3-15-20747-5

Auch als E-Book erhältlich

www.reclam.de

> »Durch gute Leser wird ein Buch erst wahrhaft gut.«
>
> RALPH WALDO EMERSON

www.reclam.de

RECLAM

 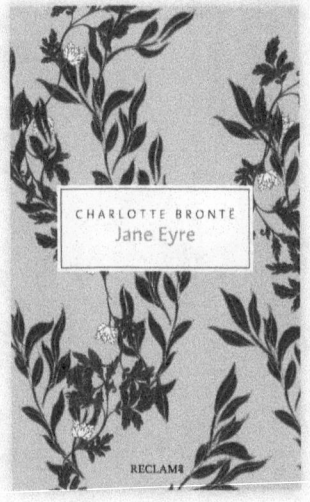

256 Seiten
ISBN 978-3-15-020593-8
Auch als E-Book erhältlich

736 Seiten
ISBN 978-3-15-020592-1
Auch als E-Book erhältlich

Die Schwestern Brontë gehören zu den bedeutendsten Autorinnen der englischen Literaturgeschichte: Charlottes *Jane Eyre* zählt zu den großen Romanen der Weltliteratur, und auch Anne hat mit *Agnes Grey* ein zeitloses literarisches Frauenschicksal geschaffen.

www.reclam.de

RECLAM

444 Seiten
ISBN 978-3-15-020591-4
Auch als E-Book erhältlich

Emily Brontës *Sturmhöhe* ist eine leidenschaftliche Liebes- und Rachegeschichte in der rauen Landschaft des englischen Yorkshire – eine Gegend so stürmisch wie die Gefühle der beiden Hauptfiguren.

RECLAM

240 Seiten
ISBN 978-3-15-020633-1
Auch als E-Book erhältlich

In kleinen liebevollen Episoden erzählt Elizabeth Gaskell vom Landleben im viktorianischen England, von altmodischen Gewohnheiten und von stolzen Frauen, die selbstbewusst die Geschicke ihres Städtchens lenken.

www.reclam.de

RECLAM

486 Seiten
ISBN 978-3-15-020636-2
Auch als E-Book erhältlich

Edith Wharton zeigt sich in ihrer 1905 erschienenen Sozialsatire als kühle Beobachterin, die mit bitterböser Raffinesse die schillernden Kreise der New Yorker High Society zu Beginn des 20. Jahrhunderts zerlegt.

RECLAM